NARRATIVA

422

Jacqueline Carey

IL PRINCIPE E IL PECCATO

Romanzo

TRADUZIONE DI
GIANLUIGI ZUDDAS

EDITRICE NORD

Titolo originale
Kushiel's Justice

ISBN 978-88-429-1692-5

IL PRINCIPE E IL PECCATO

NORD
GOTLAND
Mare
Orientale
JUTLAND
Innisclan
Clunderry
Bryn Gorrydum
ALBA
LE PIANURE
Norstock
Quadrivio
Maarten
SKAL
TERRE D'ANGE
Città di Elua
CAERDICCA
ILLIRIA

VRALIA
lgrad
Miroslas
Tarkov
DRUJAN
A
KHEBBEL-
IM-AKKAD
AT
EPHESIUM
2006 Elisa Mitchell

DRAMATIS PERSONAE

CASA MONTRÈVE

Phèdre nó Delaunay de Montrève - contessa di Montrève
Joscelin Verreuil - della Confraternita Cassiliana (Siovale), consorte di Phèdre
Imriel nó Montrève de La Courcel - figlio adottivo di Phèdre (e membro della famiglia reale)
Ti-Philippe - cavaliere
Gilot (deceduto), Hugues - aiutanti
Eugènie - governante della casa di città
Clory - nipote di Eugènie

MEMBRI DELLA FAMIGLIA REALE ANGELINE

Ysandre de La Courcel - regina di Terre D'Ange, sposa di Drustan mab Necthana
Sidonie de La Courcel - figlia primogenita di Ysandre, erede di Terre D'Ange
Alais de La Courcel - figlia minore di Ysandre
Imriel nó Montrève de La Courcel - figlio del fu Bénédicte de La Courcel e di Mélisande Shahrizai
Barquiel de L'Envers - zio di Ysandre, duca di L'Envers (Namarre)

CASA SHAHRIZAI

Mélisande Shahrizai - madre di Imriel, sposa del fu Bénédicte de La Courcel
Faragon Shahrizai - duca di Shahrizai
Mavros Shahrizai - cugino di Imriel

CORTIGIANI

Ghislain nó Trevalion - nobile, figlio del fu Percy de Somerville
Bernadette de Trevalion - sposa di Ghislain, sorella del fu Baudoin
Bertran de Trevalion - figlio di Ghislain e Bernadette
Amaury Trente - nobile, ex comandante della Guardia della Regina
Julien e Colette Trente - figli di Amaury
Nicola de L'Envers y Aragon - cugina della regina Ysandre, moglie di Ramiro Zormín y Aragon
Raul de L'Envers y Aragon - figlio di Nicola e Ramiro
Marguerite Lafons - marchesa di Lafoneuil
Childric d'Essoms - ambasciatore a Ephesium
Maslin de Lombelon - tenente delle guardie della delfina

LA CORTE DELLA NOTTE

Agnés Ramel - vicaria di Casa Alisso
Mignon - adepta di Casa Alisso
Janelle nó Brionia - priora di Casa Brionia
Simone nó Eglantine - adepta di Casa Brionia

ALBA

Drustan mab Necthana - *cruarch* di Alba, sposo di Ysandre de La Courcel
Breidaia - sorella di Drustan, figlia di Necthana
Talorcan - figlio di Breidaia
Dorelei - figlia di Breidaia
Sibeal - sorella di Drustan, figlia di Necthana, sposa di Hyacinthe
Hyacinthe - Signore dello Stretto, sposo di Sibeal
Firdha - *ollamh* cruithne
Grainne mac Conor - signora dei dalriada
Eamonn, Mairead, Brennan, Caolinn, Conor - figli di lady Grainne

Brigitta - moglie skaldi di Eamonn
Aodhan - *ollamh* dalriada
Urist - comandante della guarnigione di Clunderry
Kinadius, Deordivus - membri della guarnigione di Clunderry
Leodan mab Nonna - signore di Briclaedh
Nehailah Ansout - sacerdotessa di Elua
Milcis - apicoltore

ALTRI

Quintilius Rousse - ammiraglio reale, padre di Eamonn
Favrielle nó Eglantine - modista
Amarante di Namarre - dama di compagnia di Sidonie
Morit - donna di Saba, astronoma
Eleazar ben Enokh - mistico yeshuita
Raphael Murain - sacerdote di Naamah
Diokles Agallon - ambasciatore ephesiano
Tibault de Toulard - marchese di Toulard
Lucius Tadius da Lucca - amico di Imriel
Claudia Fulvia - sorella di Lucius, membro della Gilda Invisibile
Domenico Martelli (deceduto) - duca di Valpetra
Canis (deceduto) - membro della Gilda Invisibile, emissario di Mélisande

FIGURE STORICHE

Bénédicte de La Courcel (deceduto) - prozio di Ysandre
Baudoin de Trevalion (deceduto) - cugino della regina Ysandre, giustiziato per tradimento
Necthana (deceduta) - madre di Drustan
Il *mahrkagir* (deceduto) - folle governante di Drujan, signore di Daršanga
Gallus Tadius (deceduto) - bisnonno di Lucius
Cinhil Ru (deceduto) - leggendario capo dei cruithne
Donnchadh (deceduto) - leggendario mago dei Maghuin Dhonn

1

All'età di diciott'anni - quasi diciannove - ero stato molte cose. Ero stato un orfano, un guardiano di capre e uno schiavo. Ero stato un principe scomparso, perduto e ritrovato. Ero stato il figlio di una traditrice e il figlio di un'eroina. Ero stato uno studente, un amante e un soldato.

Tutte queste cose erano vere, più o meno.

A volte mi sembrava impossibile che un semplice corpo umano potesse contenere tante persone. Ero il principe Imriel de La Courcel, terzo nella linea del trono di Terre D'Ange, destinato a sposare una principessa d'Alba e generare con lei gli eredi di quel regno. Ed ero anche Imriel nó Montrève, figlio adottivo della contessa Phèdre nó Delaunay e del suo consorte, Joscelin Verreuil.

Imriel. Imri, per qualcuno.

Quando giunsi alla maggiore età, diciotto anni, cercai di fuggire da me stesso. Da tutti quei me stessi. Andai all'università di Tiberium, nella Caerdicca Unitas, dove nessuno mi conosceva, e finsi di essere un comune studente. Là trovai amicizie, passioni e intrighi. Fui preso di mira da un nemico che non ero stato io a farmi, e lo costrinsi a più miti consigli. Mi trovai sul lato sbagliato di un assedio e conobbi la sofferenza, il coraggio e la lealtà. Scoprii che pochi sono del tutto buoni o del tutto cattivi, e che non sempre le cose sono come sembrano, compreso lo stesso terreno sotto i nostri piedi.

E da qualche parte lungo quel cammino trovai un po' di sollievo. Non tanto da rimediare al male che mi era stato fatto da bambino; quelle ferite, credo, erano troppo profonde. Ma abbastanza. Abbastanza da rendermi più saggio e compassionevole. Abbastanza da farmi accettare le responsabilità del mio rango e di uomo. Abbastanza da indurmi a tornare a casa, anche se solo per poco.

Abbastanza da affrontare un altro di quei me stessi.

Il figlio di mia madre.

Mio cugino Mavros dice che tutti dobbiamo guardarci in due specchi, quello luminoso e quello oscuro. Forse è vero. Io non avevo mai pensato che avrei dovuto affrontare lo specchio in cui vedevo l'eredità di mia madre. Avevo quattordici anni quando lei scomparve dal tempio della Serenissima dove si era rifugiata per molti anni. Da allora nessuno l'aveva più vista, o almeno nessun essere umano disposto a confessarlo. Prima di quel tempo l'avevo incontrata due sole volte. La prima mi era parsa bella e gentile, e per questo l'avevo amata. Ma non sapevo chi era, come non sapevo chi ero io.

La seconda volta lo sapevo. E per questo l'avevo odiata.

Anni dopo, convinto che fosse uscita dalla mia vita per sempre, scoprii che non era così. Nella città assediata di Lucca, un uomo sacrificò la vita per salvare la mia. Canis, si faceva chiamare; Cane, in lingua caerdicci. L'avevo già conosciuto nelle vesti di filosofo e mendicante, e infine come un enigmatico protettore. Nelle strade di Lucca si gettò davanti a un giavellotto destinato a me, che lo trafisse. Prima di morire sorrise, e le sue ultime parole trafissero me.

Tua madre ti manda il suo amore.

Così tornai in patria. Tornai in Terre D'Ange, nella Città di Elua. Tornai da Phèdre e Joscelin, che amavo con tutta l'anima. Tornai dalla regina Ysandre per acconsentire alle sue manovre politiche; da Mavros e dagli altri miei parenti Shahrizai. Da Bernadette de Trevalion, che aveva assoldato un sicario per farmi assassinare a Tiberium. Dalle principesse angeline mie regali cugine: la giovane Alais, che è come una sorella per me, e Sidonie, l'erede della regina, che... non lo è.

Tornai alle lettere di mia madre.

Lei mi aveva scritto per tre anni. Le sue lettere erano arrivate una volta al mese, fuorché quando l'inverno ne ritardava il trasporto, e in quei casi ne veniva poi recapitato un pacchetto di due o tre. La prima l'avevo gettata in un braciere, ma Phèdre l'aveva salvata. In seguito lei le aveva tenute per me in un cofanetto chiuso a chiave, nel suo studio.

Una sera decisi di leggerle tutte, e proseguii nella lettura sino a notte tarda. Nello studio di Phèdre, le fiammelle si abbassarono fino a vacillare per mancanza d'olio. Rifornii le lampade e continuai a leggere. Oltre la porta potevo udire i rumori domestici di casa Montrève farsi sempre più deboli e lontani, mentre i servitori si ritiravano nelle loro camere da letto.

Terminata l'ultima lettera, la ripiegai sopra le altre e chiusi il cofanetto con la piccola chiave dorata. Poi restai seduto a lungo, in silenzio, da solo, con la mente e il cuore troppo ricolmi per poter pensare.

Quando mi alzai doveva essere quasi l'alba; ma durante l'assedio di Lucca mi ero abituato a fare a meno del sonno. Soffiai sulle lampade e m'incamminai nel quieto interno della casa di città.

« Imriel? »

Nel salone palpitava la luce di una lampada solitaria. Rannicchiata sul divano, Phèdre si raddrizzò. Allungò una mano e tirò su di una tacca lo stoppino. La fiamma crebbe, illuminandole il viso. I nostri occhi s'incontrarono. Era ancora troppo buio per vedere la macchia scarlatta nell'iride sinistra, che rivelava in lei la Prescelta di Kushiel. Ma era lì. Sapevo che c'era.

« Va tutto bene », la tranquillizzai, sottovoce.

« Vuoi parlare? » Il suo sguardo era sereno e fermo. Non c'era uno specchio al mondo in cui Phèdre avrebbe temuto di guardarsi. Non più. Non dopo quello che aveva passato. Pensai a ciò che mia madre aveva scritto di lei.

« No », risposi, ma sedetti al suo fianco. « Non lo so. Non ancora. »

Phèdre aveva letto le lettere. Era stato quattro anni prima, quando mia madre era scomparsa. Poiché non me la sentivo di affrontare quel compito avevo chiesto a lei di farlo, per controllare se vi fossero accenni a nuovi atti di tradimento o al luogo dove intendeva nascondersi. Non aveva trovato niente. Ma ricordavo com'era apparsa dopo quella lettura, oppressa e stanca. Anch'io mi sentivo così, ora.

Mi guardò per un lungo momento senza parlare, e non avrei potuto dire quali pensieri passassero dietro i suoi occhi. Infine mi scostò una ciocca di capelli dalla fronte, con dita leggere come ali di farfalla. « Vai a letto, Imri. Hai bisogno di sonno. »

«Lo so.» Mi girai sul divano e la baciai su una guancia. «Grazie.»

Phèdre mi sorrise. «Di cosa?»

«Di esistere. Di essere tu.»

In camera mi tolsi gli stivali e mi sdraiai sul letto. Con le mani unite dietro la nuca, guardai il soffitto. Quando chiudevo gli occhi vedevo davanti a me le parole scritte da mia madre.

Ti sarai domandato se ti voglio bene, naturalmente. La risposta è sì, mille volte sì. Mentre scrivo mi chiedo: come troverò le parole per dirtelo? Parole che tu riesca a credere pur conoscendo la mia storia? Una cosa te la posso dire: qualunque azione io abbia commesso, non ho mai violato il precetto del Beato Elua. È nella mia natura prediligere i giochi di potere, e li ho giocati fino alle estreme conseguenze. Ho conosciuto l'amore in ogni sua forma, i profondi e immutabili legami di famiglia, l'affetto degli amici e degli amanti, l'inebriante fremito della passione, l'eccitante pericolo della cospirazione.

Tutto questo impallidì al confronto della tua nascita.

Cominciai a capirlo mentre tu crescevi dentro di me; una vita, separata ma collegata. Le nostre vene condividevano lo stesso sangue; il mio cibo era il tuo nutrimento. E poi la squassante separazione della nascita, quell'essere divisi e poi riuniti. Quando ti adagiarono tra le mie braccia, sentii esplodere qualcosa nel mio cuore; un amore più caldo e fiero di ogni altro che avessi conosciuto.

Tu non ricordi niente di questo, lo so. Ma nei primi mesi della tua vita non tolleravo che nessun altro ti lavasse, che nessuna balia ti allattasse. Quelle cose le facevo io stessa. Come tutte le madri orgogliose ti contavo le dita delle mani e dei piedi, meravigliata di quella perfezione in miniatura, di quelle unghie come piccole lune. Mi stupivo che la tua carne, parte della mia, fosse ora divisa. Ero rapita dalle vene sotto la tua pelle, in cui scorreva il mio sangue, e dall'impossibile tenerezza di tutto ciò. Nell'intimità delle mie stanze ti stringevo al seno, e mormoravo quelle dolci sciocchezze che le mamme dicono.

Ricordo la prima volta in cui tu ridesti, e come questo mi fece battere il cuore. E, sì, sognai grandi sogni per te... sogni che tu chiameresti «tradimento». Ma soprattutto seppi che non avrei mai, mai sopportato che qualcuno ti facesse del male. Io, che non avevo mai agito per rancore (nonostante ciò che tu possa credere) sentivo che avrei potuto uccidere con le mie mani chiunque avesse meditato qualcosa contro di te.

Quando ti mandai lontano... se non vuoi credere a tutto il resto, ti prego di credere almeno a questo: desideravo solo che tu fossi al sicuro nel santuario di Elua. Al sicuro dai miei nemici, e al riparo dalle intenzioni della regina. Nascosto e in salvo, il gioiello segreto del mio cuore. Se avessi immaginato ciò che sarebbe accaduto, e ciò che ti avrebbero fatto, avrei agito diversamente. Se oggi ci fosse modo di disfare ciò che feci mi umilierei, supplicherei, pagherei ogni prezzo. Ma non c'è nessun prezzo per me, nessuno che gli dei siano disposti ad accettare.

Mi resta invece solo un'amara lezione, più dura di ogni frustata, più profonda di un colpo di pugnale: la giustizia di Kushiel è crudele.

Ti sarai chiesto se ti ho voluto bene. La risposta è sì, mille volte sì.

Si può restare feriti in battaglia senza accorgersene. Mentre ci ritiravamo dopo il primo assalto nemico, a Lucca, ero stato sorpreso nel trovarmi una ferita a una coscia e un taglio su un braccio, e ora fui sorpreso nel trovare lacrime che mi scendevano dagli occhi chiusi. Nel leggere quelle lettere mi ero accorto di quanto il mio cuore stesse soffrendo. Ma non avevo capito che le parole di mia madre toccavano qualcosa celato molto più profondamente nel mio animo, qualcosa che avevo sepolto laggiù a dieci anni di età, dopo aver saputo chi ero. Adesso il nodo con cui l'avevo chiuso in me si era spezzato.

Faceva male.

Faceva male, perché avevo sempre creduto di non essere stato amato, di rappresentare solo un espediente politico, solo una pedina nelle grandi ambizioni di mia madre. Faceva male perché era triste pensare al pargoletto che aveva riso tra le braccia di quella donna, e a tutte le cose che lei aveva capito troppo tardi. Per anni e anni l'avevo disprezzata, consapevole soltanto del suo mostruoso orgoglio e della sua intelligenza calcolatrice. Era difficile pensarla diversamente.

Nel silenzio della mia camera da letto mi posai le mani sugli occhi e sospirai. Non potevo volerle bene. Non ora, probabilmente mai. Ma potevo cominciare a perdonarla, almeno un poco, per le cose che mi erano accadute.

Più tardi la stanchezza mi risucchiò nelle profondità del sonno. Quella notte sognai di leggere ancora le lettere di mia madre, poi le immagini oniriche cambiarono. Per la prima volta in molti mesi sognai Daršanga. Sognai il sorriso del *mahrkagir* e il rumore di una lama rugginosa affilata sulla pietramola, finché non mi svegliai con un gemito.

Stagliata sul riquadro della finestra una figura si voltò. « Altezza? »

Mi misi a sedere. La stanza era piena di luce. Il rumore che avevo udito era quello delle tende tirate da parte, nient'altro. « Clory? »

La cameriera di Phèdre mi rivolse un rapido inchino. « Sì, sono io. Scusatemi, altezza. »

Mi passai una mano tra i capelli scarmigliati. « È tardi? »

Lei fece un sorrisetto. « Abbastanza, a sentire messer Joscelin. Lui pensa che forse gradirete un po' di colazione. »

Il mio stomaco brontolò. « Colazione? Digli che scendo subito. »

Nessuno accennò alle lettere quando mi presentai, ancora sbadigliando, e sedetti a tavola. Joscelin si limitò a controllare il mio aspetto con uno sguardo, e Phèdre mi sorrise. Ti-Philippe e Hugues parlavano in tono discorsivo di chi fosse da incolpare per aver dimenticato di rifornire uno dei depositi di carbone, nell'edificio della guarnigione.

« Più tardi potremmo incrociare le spade, se vuoi. Da quando sei partito sono fuori allenamento », mi propose Joscelin, dopo che mi fui riempito il piatto.

Ti-Philippe sbuffò. « Tu? »

« Ecco... » Joscelin lo guardò, imbarazzato. « In un certo modo, sì. »

Non gli credevo più di quanto non gli credesse Ti-Philippe. Hugues rise, e declamò: « *Solitario nell'alba il cassiliano sta. / Nelle sue mani luccica la lunga spada / agili sul selciato scivolano i suoi piedi / nell'aria la lama fulminea si avventa*... oh, d'accordo. Non dirò altro », aggiunse, vedendo che Joscelin alzava gli occhi al cielo.

Anch'io risi. Hugues era gentile e leale sino in fondo al cuore, ma quando declamava le sue poesie faceva il vuoto intorno a sé. « Allenarvi è una buona idea. Anzi, perché non lo fate subito? »

Joscelin guardò Phèdre.

« Questa mattina è giunto un messaggero da Casa Trevalion.

Lady Bernadette chiede che tu le faccia visita, non appena sarai in comodo», mi disse pacatamente lei.

«Me l'aspettavo. È quello che farò», risposi.

Ti-Philippe inarcò le sopracciglia. «Un affare clandestino? La si direbbe una cosa delicata, giovane Imriel. Ti rendi conto che quella donna è abbastanza anziana da essere tua madre?»

«Mmm?» Avevo a malapena udito il suo commento. La prospettiva di quell'incontro non mi metteva di buonumore, ma era necessario, e non vedevo l'ora di risolvere la situazione. Ne avevo abbastanza di essere perseguitato per i peccati di mia madre. «Non è come pensi... solo un affare di famiglia, tutto qui. Lei è mia cugina, come sai.»

Lui fece una smorfia. «Oh, certo. Questo non le impedisce di essere velenosa come un'aspide.»

«Vuoi che venga con te?» si offrì Joscelin.

«No. È una cosa che... preferisco fare da solo», dissi lentamente.

Lui mi guardò a lungo. «E sia, allora.»

Finita la colazione accompagnai Phèdre nel suo studio, le mostrai una lettera e le chiesi di farmene una copia. Non era una di quelle di mia madre. Breve e buttata giù con pessima grafia su un foglio di pergamena scadente, oltre alla firma recava anche la rozza impronta di un pollice. L'aveva scritta un individuo di nome Ruggero Caccini. In poche righe costui rivelava i dettagli del suo accordo con lady Bernadette de Trevalion, che gli aveva pagato una considerevole somma di denaro per far sì che nella città di Tiberium mi accadesse un incidente mortale.

Scoprire quel complotto non mi era stato difficile. Né lo era stato estorcergli quella dichiarazione scritta, usando sia la corruzione sia il ricatto.

Oso dire che mia madre sarebbe stata fiera di me.

Feci sellare il Bastardo e andai a palazzo. I primi sentori invernali nell'aria fredda del mattino gli davano una gran voglia di muoversi, e dovetti tener salde le redini per costringerlo al passo. Il Bastardo recalcitrava e scrollava la testa, ma era un buon cavallo. Uno di quelli allevati dagli tsingani, uno dei migliori. Gli diedi qualche pacca sul collo maculato, e nel farlo mi tornò a mente come Gilot ne aveva ammirato uno quasi uguale alla fiera di Montrève, quando avevamo saputo che mia madre era scomparsa dalla sua prigione.

Desiderai poter tornare a quel giorno e comprarglielo.

Ma Gilot era morto. Aveva fatto parte della guarnigione di Montrève, il più giovane di tutti e il più vicino a un amico che avessi avuto tra loro. Era venuto con me a Tiberium, dove non avevo fatto che dargli pensieri e preoccupazioni. Era stato ucciso a Lucca. Mi aveva seguito per proteggermi, e l'avevo riportato in patria in una bara. In patria, ma non a Montrève: due giorni prima, al mio arrivo alla capitale, lo avevamo sepolto nel nostro piccolo cimitero privato. Sentivo la sua mancanza.

A palazzo consegnai il Bastardo a uno stalliere con le solite raccomandazioni. Il valletto di servizio mi accolse con un profondo inchino. « Principe Imriel. Come posso servirvi, altezza? »

« Credo che lady Bernadette de Trevalion mi stia aspettando », risposi.

Lui s'inchinò ancora. « Vi faccio strada. »

Gli tenni dietro nei corridoi di marmo. Il palazzo era molto vasto. Città di Elua era il cuore di Terre D'Ange, e la corte era il cuore della capitale. A volte avevo l'impressione che metà dei pari del regno risiedesse lì. Altri mantenevano ricche dimore in città, ma trascorrevano le giornate giocando d'azzardo nella Sala dei Giochi, assistendo agli spettacoli nel Salone dell'Arpa di Eisheth, aspettando un'udienza con la regina o la possibilità di presentare richieste nell'aula del parlamento durante una seduta.

I giovani nobili si dedicavano al gioco del corteggiamento, usando le loro capacità di seduzione alla ricerca di matrimoni vantaggiosi. Era un gioco che non avevo mai giocato, né avrei potuto farlo adesso. Ero fidanzato a una giovane donna che conoscevo appena, Dorelei mab Necthana, una principessa di Alba.

Gli appartamenti di Casa Trevalion erano al secondo piano del palazzo. Avevo avuto occasione di andarci spesso quando Bertran, il figlio di Bernadette, e io eravamo ancora amici. Poi tutto era cambiato, la notte in cui aveva creduto che io stessi complottando contro la corona, e da allora non lo avevo più frequentato. Il valletto bussò alla porta e scambiò qualche parola sottovoce col paggio che venne ad aprire. Poco dopo fui condotto nel salotto privato dove lady Bernadette mi attendeva a colloquio.

Le rivolsi l'inchino dovuto ai pari grado. «Mia signora.»

La donna sedeva rigida su una sedia dall'alto schienale. Sua madre, Lyonette de Trevalion, era sorella di mio padre. La Leonessa di Azzalle, la chiamavano a quel tempo, ma un tragico destino l'aveva travolta, poiché lei e il figlio Baudoin erano stati condannati a morte per alto tradimento. Lui si era gettato sulla sua spada; lei aveva preso il veleno. Mia madre li aveva traditi entrambi, ed era stata la sua testimonianza a farli imprigionare. «Avete chiesto di vedermi, signora?»

Gli occhi grigio mare di Bernadette si strinsero. «Fatemi la cortesia di non giocare con me, Imriel de La Courcel. Mio figlio Bertran ha detto che avete un messaggio per me. Cosa significa?»

«È presto detto. Ho l'originale.» Le porsi la copia della lettera di Caccini.

Lei la lesse, poi annuì. «Dunque è così. Cosa volete?»

Sospirai. «Mia signora, cosa pensate che dovrei dirvi? Mi dispiace per la morte di vostra madre e vostro fratello. E mi dispiace per il tempo che avete trascorso in esilio. Ma non ho intenzione di pagare per questo con la mia vita.»

Le sue mani tremarono, facendo ondeggiare la lettera. «E con questo documento voi potete distruggermi. Distruggere Casa Trevalion, o ciò che ne resta.» La sua voce s'indurì. «Dunque ve lo chiedo ancora. Cosa volete?»

Mi accomodai sul divano. «Dimenticate la vendetta.»

I suoi occhi si spalancarono. «Questo è tutto?»

«Più o meno.» La studiai. L'eredità di Kushiel mi rendeva capace di cercare la menzogna dentro di lei, le linee di amarezza, di rabbia e d'orgoglio che s'intrecciavano nella sua mente. «Ditemi, Bertran sa di questo? E vostro marito, Ghislain?»

Bernadette de Trevalion chiuse gli occhi. «No. Soltanto io. Saperlo li ucciderebbe.»

«Allora perché lo avete fatto? Perché?»

Riaprì gli occhi, e la sua bocca si torse in una smorfia. «Davvero non lo sapete? Perché soffro, signore. Sento la mancanza di mio fratello, piango per mia madre. Mi tormento per la disgrazia che ha travolto mio padre e il mio casato. Perché *voi*?» Scrollò le spalle. «Ho cercato d'ignorarvi. Quando mio figlio è diventato vostro amico, ne sono rimasta sconvolta. E tuttavia l'ho sopportato. Ma, quando Bertran vi ha sorpreso mentre cospiravate il tradimento, tutto mi è tornato addosso.» Le sue guance s'imporporarono. «Tutto il vecchio dolore, tutto l'odio.»

«E così avete pensato di farmi uccidere, per questo. Benché la regina avesse pubblicamente dichiarato la mia innocenza.»

«Volevo che soffriste come ha sofferto Baudoin. E volevo che vostra madre, la vostra maledetta madre, sapesse come ci si sente. Volevo che le conseguenze delle sue azioni ricadessero su di lei, perché capisse cos'aveva fatto. E soffrisse come io soffrivo.»

Le mie vecchie cicatrici bruciavano. «Voi non avete idea delle sofferenze altrui. Nessuna idea.»

Bernadette de Trevalion mi guardò con fermezza. «Cosa volete?»

Se non altro, aveva coraggio. Non tentava di mentire, non supplicava perché le offrissi una pietà che non meritava. La guardai negli occhi per un lungo momento. «Primo, sappiate questo. Ciò che Bertran ha sentito dire al congiurato, quella notte, era una menzogna.» Lei aprì la bocca per parlare, ma la interruppi. «Dietro quella manovra c'era il duca Barquiel de L'Envers, lady Bernadette. Ci sono le prove. Per questo il duca è stato costretto a lasciare il comando dell'Esercito Reale, quel grado che ora è di vostro marito.»

La sua bocca tremò. «Perché Barquiel avrebbe dovuto...»

Allargai le braccia. «Solo Elua lo sa. L'Envers mi vuole morto fin da quando sono nato. E voi stavate per fargli questo favore.»

Lei impallidì. «Non lo sapevo.»

«Ora lo sapete.» Mi alzai. «Mia signora, non sono un traditore. Non lo sono mai stato. Voi, d'altra parte, avete cospirato per assassinare un principe del sangue.» Accennai col capo alla lettera che aveva in mano. «Voi mi avete chiesto cosa voglio. La lettera di Ruggero Caccini resterà in mio possesso, per sicurezza. Ma, se voi dimenticherete la vendetta contro di me per i misfatti compiuti da mia madre, vi prometto che non verrà mai alla luce. Non parlerò mai più di questo episodio.»

Bernadette esitò. « Perché dovreste farmi una simile promessa? »

« Perché vostro figlio Bertran era un amico, un tempo. Non un grande amico, come abbiamo visto, ma un amico. Perché vostro marito è un leale comandante della regina e un eroe del regno. Perché la regina desidera ardentemente la pace tra la sua gente. E soprattutto perché sono stanco di camminare nelle tracce sanguinose di fatti accaduti molto prima della mia nascita. Siete disposta a giurare? »

Bernadette alzò la testa. Oh, sì, c'era orgoglio in lei. « Nel nome del benedetto Elua e di Azza, giuro di dimenticare la vendetta contro di voi, Imriel de La Courcel. » La sua voce era bassa, ma ferma.

« Vi ringrazio, mia signora. »

« Imriel. » Bernadette si alzò e mi prese per un gomito, mentre mi voltavo per uscire. Nella vecchia angoscia dei suoi occhi grigio mare si era mescolata l'ombra della colpa, e del rimorso « Non lo sapevo, davvero. Mi dispiace. »

La guardai. « Va bene. »

Dopo aver preso congedo da lei, mi recai in un'altra ala del palazzo. La Galleria dei Ritratti era un locale lungo e stretto, al primo piano. Dalla fila di finestre sul lato esterno entrava la fredda luce invernale. Sulla parete interna erano allineati i ritratti su tela dei membri di Casa Courcel, che avevano governato Terre D'Ange negli ultimi tre secoli.

Non avevo mai messo piede in quel locale. Ma dopo aver letto le lettere di mia madre sentivo che era il momento di farlo. M'incamminai verso l'estremità più lontana. I parenti più stretti erano riuniti in gruppi. Passai davanti al viso severo di Ganelon de La Courcel. Sopra di lui era appeso il ritratto di sua moglie. Quello di Lyonette de Trevalion, sua sorella, mancava. Ci voleva poco a supporre che fosse stato tolto dopo la sua condanna a morte. Ma proprio lì, accanto a lui...

Lessi il nome sulla targhetta d'ottone della cornice: Bénédicte de La Courcel.

Mio padre.

Ti sarai fatto delle domande su tuo padre. Credo che in Terre D'Ange restino pochi di quanti lo conobbero bene, o abbastanza bene da poter parlare di lui. Trascorse molti anni alla Serenissima, a causa di fatti che gli avevano impedito di godere dei privilegi del suo rango. Forse hai sentito dire che questo lo amareggiò molto, ed è vero. Noi angeline non siamo gente che si rassegna facilmente all'esilio, neppure dopo averlo accettato per trarne vantaggi politici. Questo lo so meglio di ogni altro.

Ma posso dirti questo di lui: era un uomo coraggioso, a suo modo d'animo nobile. Da giovane combatté per la sua terra. Credeva che ciò che fece – ciò che facemmo assieme – fosse per i migliori interessi di Terre D'Ange. Credeva nella purezza dei discendenti del Beato Elua e dei suoi Compagni. Era certo che la nazione anelasse un erede angeline di sangue puro.

Tu.

Guardai quel ritratto. Non ricordavo nulla di mio padre. Era morto quand'ero appena un lattante, ucciso in combattimento al tempio di Asherat, dove l'ultimo tradimento di mia madre era stato svelato. Era già un uomo anziano, a quel tempo. Lei aveva giocato sui suoi pregiudizi. Era disposto a giustificare l'assassinio della regina, sua bisnipote, pur di aprire la strada a un erede di sangue puro. Io. Se fosse vissuto abbastanza da essere processato, nessuno l'avrebbe salvato da una condanna per alto tradimento.

In quanto a mia madre, lei era già reclusa da tempo. Se avesse messo piede sul suolo angeline, l'avrebbe attesa il boia.

Il quadro raffigurava un uomo giovane, dall'espressione seria. Aveva un atteggiamento formale, un po' rigido, e giudicai che il ritratto risalisse a quando aveva forse cinque o sei anni più di me. Riconobbi pochi tratti del mio viso nel suo, soltanto pochi. La linea dritta e forte delle sopracciglia, l'angolatura della mandibola. Non sembrava un uomo dalla risata facile, ma neppure sgarbato o poco gentile. L'impressione che ne trassi fu soprattutto quella di avere davanti un estraneo, qualcuno che non avevo mai conosciuto.

Non c'era nessun ritratto della sua prima moglie, la suddita della Serenissima. Né nessun ritratto dei figli che aveva avuto da lei, diseredati da Casa Courcel a causa dei suoi intrighi. Ma sopra il suo c'era anche un secondo quadro, coperto da una tendina di mussola nera. Si trovava lì soltanto per me, soltanto perché la regina Ysandre aveva insistito per riconoscermi come membro a ogni effetto di Casa Courcel. Ed era velato perché su quella persona pendeva una sentenza di morte. Scostai quel drappo e guardai mia madre.

Mélisande.

I suoi lineamenti erano quelli inconfondibili di Casa Shahrizai. Come i miei. I capelli, di un nero così intenso da vibrare d'azzurro, incorniciavano in lente onde un volto perfetto dagli occhi blu. Occhi pieni di luce in cui sembravano albergare strani segreti, e labbra generose leggermente socchiuse, come se il pittore l'avesse colta un istante prima che lanciasse a qualcuno un bacio, o un sorriso. Involontariamente mi toccai il labbro inferiore con due dita, pensando al dipinto che Erytheia mi aveva fatto a Tiberium, usandomi come modello per un ritratto di Bacco. Stessa bocca, stessa forma.

Dietro di me sentii un rumore.

« Imri? »

Irrigidito per quell'intrusione, mi voltai e vidi Alais, con la sua lupa grigia che le zampettava accanto facendo ticchettare le unghie sul marmo. Due guardie della regina si erano fermate con discrezione sulla soglia della sala. Mi rilassai. « Che stai facendo qui, furfantella? »

Alais fece una smorfia nel sentirmi usare quel nomignolo. « A volte ci vengo. Ma oggi ho sentito dire che tu eri qui. Sai com'è a corte: tutti guardano sempre chi va e chi viene. Cosa voleva da te lady Bernadette? »

« Oh, si preoccupava che Bertran e io potessimo ricominciare a guardarci in cagnesco, ora che sono tornato. Ma non siamo mai stati davvero in contrasto, lo sai. »

« Be', non ci perderebbe niente se ti chiedesse scusa, per il modo in cui si è comportato con te. » Alais si fermò al mio fianco. « I tuoi genitori? »

Accennai di sì.

La femmina di cane lupo, Celeste, premette il muso contro una mia mano. La conoscevo da quand'era una cuccioletta, prima di portarla in città per regalarla ad Alais. La carezzai distrattamente tra le orecchie, guardando la giovane principessa che contemplava i ritratti. Durante la mia assenza era cresciuta. Una piccola lady ormai, quasi quindicenne, con un visetto vispo dall'incarnato scuro. Alais aveva preso da suo padre, il *cruarch* di Alba. Sangue misto. A corte c'era ancora chi la pensava come mio padre.

«Che te ne pare?» le domandai.

Alais inclinò la testa. «Di loro? Lui sembra... a disagio. Come se fosse in tensione. Mi ha sempre lasciato questo dubbio. Lei, invece... Non avevo mai osato guardarla prima d'ora. Ha un'espressione diversa da quella del marito, vero? Come se il mondo fosse fatto per lei.»

«Ho letto le lettere», dissi sottovoce.

Alais mi guardò, sorpresa. «Che cosa dice?»

«Molte cose. Molte cose, che sommate non portano a niente.»

Lei annuì seria. «Gli adulti parlano sempre così, non è vero?»

Fui sul punto di ridere, poi ci ripensai. Anche se adesso ero un adulto, eravamo stati bambini assieme. Alais aveva una saggezza strana per la sua giovane età, e a volte i suoi sogni si rivelavano veri. Aveva sognato il mio incontro con un uomo con due facce, e a Lucca l'avevo conosciuto davvero. «Sì. Fanno sempre così», dissi.

Perché?

Tu me lo chiedesti quel giorno, e nella tua ira non volesti aspettare la risposta. Era la domanda di un bambino, la prima e l'ultima e forse la più importante che si possa fare. Perché? Perché ho fatto quello che ho fatto? Sapevo che era tradimento? Sì, naturalmente.

Allora... perché?

Ah, Imriel! Figlio mio, ti dirò ciò che ho detto ad altri: al Beato Elua nulla importa delle corone e dei troni. Questo è un gioco umano, un gioco mortale. Immagino che tu obietterai che non valeva il prezzo del sangue innocente sparso nel suo svolgimento, poiché anche Phèdre nó Delaunay mi disse lo stesso. Forse è vero. E tuttavia schiere di persone che lei riterrebbe innocenti non esitarono a gettarsi nella lotta per conquistare quelle cose, quei mortali strumenti di potere.

Che significa essere innocenti? È impossibile muoversi attraverso questa vita senza fare scelte che feriscano il prossimo. Le mie scelte furono più ardite di quelle di altri. E tuttavia, se loro non avessero fatto le scelte che fecero, non ne avrebbero sofferto le conseguenze. Tutti noi siamo spinti dai desideri, alcuni semplici e altri complessi. Alla fine, tutti facciamo delle scelte.

Alla fine, nessuno è davvero innocente.

Scossi il capo per scacciare le parole di mia madre. Tradire i membri di Casa Trevalion era stato solo l'ultimo dei suoi peccati. Prima della mia nascita le sue macchinazioni avevano portato Terre D'Ange a un passo dall'essere conquistata da una nazione straniera. Migliaia di uomini erano morte combattendo l'invasione degli skaldi orchestrata da lei, angeline e albani assieme. Oh, sì, quella di battersi era stata una loro scelta, ma... ah, Elua! Di certo non tutte le scelte hanno uguale valore.

Non mi sorprendeva che ci fosse chi anelava vederla soffrire.

« Imri? » Alais corrugò le sopracciglia, preoccupata.

« Sì, mia signora. » Con uno sforzo mi ricomposi, le sorrisi e richiusi la tendina di mussola. Il volto di mia madre scomparve. Mio padre continuò a osservarmi sobriamente dal muro. M'inchinai ad Alais. « Sono al vostro servizio. Cosa desiderate? »

Con una mano sepolta tra il pelo della cagna, lei distolse lo sguardo. « Sei pregato di non prenderti gioco di me, Imriel. »

Stupito, posai un ginocchio al suolo. « Non volevo farlo. »

« Va bene. Hai mai pensato... hai mai desiderato che lei vincesse? O che loro avessero ragione? »

Restai a bocca aperta. « Mia madre? »

Alais accennò col capo ai ritratti. « Loro due. »

« No. » Le presi l'altra mano e la strinsi. « Mai. »

2

«Ancora!» Nel crepuscolo i denti di Joscelin scintillarono quando si mise in guardia di fronte a me, con la spada di legno protesa.

Risposi con un sogghigno e balzai di nuovo all'attacco.

Le nostre lame si scontrarono in un clangore di colpi mentre ci giravamo intorno nel cortile, ciascuno saggiando le difese dell'altro. Sulle pietre della pavimentazione si era formata una patina di rugiada che mi costringeva a badare dove mettevo i piedi. Con la coda dell'occhio guardavo quelli di Joscelin. A conferma delle scadenti poesie che Hugues scriveva su di lui, sembrava davvero scivolare. I suoi passi erano complicati e impeccabili.

Era bravo, migliore di me. Probabilmente lo sarebbe stato sempre. A dieci anni - l'età in cui imparavo a chiedere pietà nella zenana del *mahrkagir* - Joscelin era entrato nella Confraternita Cassiliana e aveva cominciato a addestrarsi come monaco-guerriero. Si era allenato senza pausa, un giorno dopo l'altro.

Non era solo una questione di allenamento. C'erano altri forti spadaccini tra i Confratelli Cassiliani. Ma nessuno di loro aveva mai dovuto prendere decisioni come le sue. Nessuno era mai stato messo alla prova come lui.

Gli feci pressione sul suo lato debole, il sinistro, dov'era più lento. Il braccio sinistro gli era stato fratturato a Daršanga. Consapevole di questo lui cedette terreno, scivolando indietro passo per passo mentre continuavo ad attaccarlo. Poi, non so come, evitò il mio affondo con una leggera torsione del corpo e mi trovai sbilanciato in avanti. Il suo gomito ossuto mi colpì il dorso della mano.

«Oh, maledizione!» La spada mi cadde dalle dita intorpidite. Le scossi per ritrovare la sensibilità.

Joscelin ridacchiò.

«Mi fai vedere?» chiesi.

Lui gettò a terra la spada, mi premette una mano sul petto e l'altra sulla schiena, più in basso. « Appoggia il peso sul piede che si trova più indietro, e piega il ginocchio. Vedi? »

Feci come aveva detto. « Mi sento sbilanciato. »

« Allarga i punti di appoggio. » Joscelin mi diede un calcetto al piede davanti. « Meglio. » Poi mi premette l'addome. « Tutto parte da qui, Imri. Non devi essere così rigido. Ti sei tenuto in allenamento? »

« No. Gallus Tadius non approvava lo stile cassiliano. Ci faceva allenare con... »

Non mi ascoltava più. Ciò che aveva visto in fondo al cortile, dietro di me, lo aveva fatto sorridere. E, poiché una sola persona al mondo poteva illuminare così il volto di Joscelin Verreuil, non avevo bisogno di guardare per sapere che si trattava di Phèdre.

Mi girai lo stesso. Lei era là, sulla porta che si apriva sul cortile, le braccia strette al petto per difendersi dal freddo mentre osservava il nostro allenamento. Nei suoi occhi c'erano tanto amore e tanta felicità che dovetti distogliere lo sguardo. Ciò che avrei voluto per me, non era per me.

« Mi fai vedere? » ripeté, per punzecchiarlo.

Lui rise piano, dolcemente. Attraversò lo spiazzo lastricato e appoggiò le mani su di lei come aveva fatto con me, solo non proprio così. Non allo stesso modo. Phèdre gli mise le braccia al collo, e le maniche di velluto della sua veste scivolarono indietro lasciandole nude, candide e snelle. Mentre lui piegava la testa per baciarla, i suoi capelli biondo grano ricaddero avanti. In quei brevi momenti tutto il resto del mondo cessò di esistere per loro.

Mi chinai a raccogliere le spade. Quella vista non avrebbe dovuto farmi male. Quand'ero più giovane, quand'ero un bambino, non mi faceva male. Io li amavo. Li amavo molto, entrambi. Mi avevano salvato dall'inferno, pagando un prezzo terribile. Assieme avevamo ritrovato la salute. Avevamo ricostruito le nostre anime ferite diventando una famiglia, e l'amore che li univa era stato il centro di tutto. Non avrei mai potuto, finché fossi vissuto, invidiare una sola briciola della loro felicità. Se l'erano meritata mille volte.

Però mi faceva male. Non avrei mai pensato che sarebbe successo, ma era così.

Ah, Elua! La gelosia è un cattivo padrone. Avevo conosciuto l'amore e avevo conosciuto il desiderio, ma mai le due cose assieme; non in quel modo, il modo che esclude il resto del mondo. E c'era anche una tensione oscura. Che mi piacesse o no, ero il figlio di mia madre; l'erede di Kushiel, benché un erede riluttante. Quella cosa era lì; sarebbe sempre stata lì. Phèdre era la Prescelta di Kushiel, nata per abbandonarsi, serva di Naamah e cortigiana senza uguali. Quella cosa era lì tra noi, e avrebbe continuato a esserci.

Mia madre ne aveva scritto:

Quando, mi chiedo, quando leggerai questa lettera? Non subito, credo. Ora sei troppo arrabbiato con me. Penso che aspetterai di essere più maturo. Penso che aspetterai di essere un uomo fatto.

Vorrei parlarti di Phèdre nó Delaunay.

Ti sarai chiesto: l'ho amata? La risposta è no... e sì. Una cosa te la dirò per certa, figlio mio: l'ho conosciuta. Più di chiunque altro; meglio di chiunque altro.

Mi lasciai sfuggire un sospiro, chiedendomi cos'avesse pensato Phèdre di quelle parole. Tutto sommato, doveva essere stata d'accordo. Eppure, qualunque cosa fosse accaduta tra loro, lei amava Joscelin. E anche lui la conosceva. La guardai mentre si scostava da lui, sorridendo. Nella luce delle lampade che usciva della porta scorsi un lieve rossore sulle sue guance.

«Vieni in casa, caro? Fa un gran freddo qui fuori», mi disse.

«Vengo», risposi.

Com'era potuto accadere che due persone così diverse, così incompatibili, si fossero trovate e messe assieme? Quella sera a cena ci pensai, guardandoli, seduto a tavola. E pensai che difficilmente sarebbe successo anche a me. Avevo conosciuto la mia promessa sposa, Dorelei mab Breidaia, la nipote del *cruarch*. Era una dolce giovane donna dalla risata melodiosa, ma non riuscivo a immaginare di condividere con lei quella passione che consuma l'anima.

Feci un altro sospiro.

«Perché quell'aria così malinconica? Il nostro messer cassiliano ti ha dato una batosta?» domandò Hugues.

«No», dissi, poi notai lo sguardo divertito di Joscelin e mi corressi. «Be', sì.» Mi massaggiai la mano contusa. «Ma non è per questo. Credo... credo che domani andrò al tempio di Kushiel.»

Joscelin mi guardò, incredulo. «Cosa? Sei uscito di senno?»

Non mi ero reso conto che avrei detto quelle parole finché non mi erano sfuggite di bocca. Le soppesai. «No. Penso di aver bisogno di espiare», dissi lentamente.

«Espiare cosa?» Lui continuò a fissarmi.

Pensai alla mia recente escursione nel campo dell'estorsione e del ricatto. Pensai ai soldati che avevo ucciso a Lucca, a Canis col petto trapassato dal giavellotto e a Gilot dopo la rivolta, calpestato e ferito. Pensai al tradimento nei confronti di Deccus Fulvius, e al folle fantasma di Gallus Tadius in piedi sul bordo del gorgo che alzava lo sguardo in cerca del mio, mentre lasciava cadere la sua maschera mortuaria. Pensai alla notte in cui Mavros mi aveva portato a Casa Valeriana, e al mattino dopo, quando avevo afferrato un polso di Phèdre e un impeto di desiderio mi aveva mozzato il fiato. «Certe cose», dissi.

Joscelin scosse il capo.

Phèdre appoggiò il mento su una mano e mi scrutò con uno sguardo intenso che non rivelava niente.

Lo sostenni con fermezza.

«Sei sicuro?» mi domandò. «È come risvegliare i ricordi. I brutti ricordi.»

«Tu ci vai. Cosa ci trovi?»

Lei sorrise appena. «Oh, certe cose.»

«Sono sicuro.» Non lo ero, non realmente; o almeno non ero sicuro di volerci andare l'indomani. Non sapevo neppure con certezza cosa avesse suscitato in me quell'impulso urgente. Dopo Daršanga, avrei detto che nulla mi avrebbe convinto a sottomettermi alla frusta di un uomo, o di una donna. Eppure quell'idea si era fatta strada fra i miei pensieri.

Il mattino dopo Joscelin era rassegnato. «Sai, qualche volta penso che tu sia un po' matto, Imriel nó Montrève», mi disse nel cortile anteriore dell'edificio, tenendo il Bastardo per le redini.

« A Phèdre non hai mai detto una cosa del genere », osservai.

Lui sogghignò, suo malgrado. « Ah, be', questo perché lei non ha bisogno di sentirselo ricordare. » La sua espressione tornò pensierosa. « Imri, davvero, so quale peso ti opprime. Lo so meglio di altri. Posso essere un servo di Cassiel, ma non rinnego i misteri di Kushiel. È solo che per te potrebbe essere diverso. »

Montai in sella. « Per via di quello che mi è successo? »

« Sì. » I suoi occhi erano seri.

« Lo so. Ma, Joscelin, sono stanco di avere dentro di me un bambino di dieci anni che ogni tanto si sveglia terrorizzato. E ho avuto in eredità un senso di colpa con cui devo scendere a patti, e... altre cose. Sei stato tu a dirmi che devo trovare una strada, la *mia* strada. Così, ci sto provando. »

« Ti capisco. » Lasciò le redini. Poi si volse a Hugues. « Penserai tu a riportarlo a casa sano e salvo? »

Anche Ti-Philippe si era offerto di venire, ma preferivo affidarmi a Hugues. Sapevo di poter confidare nelle sue cure, se la prova si fosse rivelata più dura di quello che pensavo. « Naturalmente », rispose.

Era un'altra giornata fredda e luminosa a Città di Elua, sovrastata dall'azzurra cupola del cielo. Il mondo sembrava di un umore frizzante. Mentre tenevamo i cavalli al passo Hugues tirò fuori il flauto, ci giocherellò qualche momento, poi cambiò idea e lo rimise nella borsa.

« Per me va bene. Suona pure, se vuoi », gli dissi.

Lui scrollò le larghe spalle. « Non mi sembra l'occasione più adatta. »

« Sei mai stato al tempio? » chiesi.

Sul suo volto non c'era ombra di colpa. « No. Non ne ho mai sentito la necessità. »

Era stata una domanda sciocca; non sapevo immaginare un motivo per cui avrebbe dovuto farlo. Conoscevo Hugues da quand'ero bambino, e non gli avevo mai sentito uscire di bocca una parola scortese. Mi chiesi cosa si provasse a essere come lui, sempre paziente e gentile, sempre pronto a vedere il lato buono in tutti. Non che a me sfuggissero le doti altrui, ma le vedevo inevitabilmente sovrapposte ai difetti. I pensieri oscuri, le linee di colpa. Era una delle caratteristiche di Kushiel, e la mia stirpe se la portava nel sangue. Il dono di mia madre, che lei aveva usato per cercare le debolezze negli altri.

Ma ero anche un discendente di Elua.

Mi domandai se fosse stato Elua a scegliere i suoi Compagni. Nelle scritture non c'era niente che lo dicesse. Loro si erano uniti a lui mentre peregrinava sulla terra; avevano scelto di lasciare l'Unico Dio là nel suo cielo per incamminarsi al fianco del Beato Elua fino a trovare una patria in Terre D'Ange, e poi una patria più vera nella Terre D'Ange dell'aldilà.

Lui li aveva amati, però. Doveva averli amati. E se il Beato Elua aveva trovato qualcosa da amare in Kushiel, che un tempo era incaricato di punire i dannati, allora forse l'avrei trovato anch'io.

I templi di Elua sono luoghi senza mura, aperti al cielo e pavimentati di fertile terra. Nel santuario di Elua - dov'ero cresciuto prima di essere rapito dagli schiavisti - il tempio era un campo di papaveri. Amavo sdraiarmi là.

Ma non ero mai stato in un tempio di Kushiel. Quelli erano luoghi chiusi. Il tempio della capitale, benché fosse in centro, era isolato in una piazza cinta da muri spogli. Non c'erano attività commerciali intorno, niente botteghe, né taverne, né bancherelle. Un silenzioso edificio di marmo travertino color miele.

«Strano. Mi aspettavo che fosse più cupo», scherzò Hugues.

«Anch'io», mormorai.

Il cancello era aperto, e non si vedevano custodi. Mentre passavamo in un cortile dove gli zoccoli dei cavalli strappavano echi ai muri, mi tornarono in mente i larghi bastioni di Lucca, su cui crescevano file di querce nodose. Un giovane in tonaca nera uscì dalla scuderia. «Siete i benvenuti», ci salutò, inchinandosi.

Affidammo a lui le nostre cavalcature. Seguii con lo sguardo il Bastardo che si lasciava condurre via e mi chiesi se sarebbe stato così docile anche coi sacerdoti di campagna che avevo conosciuto al santuario di Elua.

Hugues mi diede di gomito. «Da questa parte.»

La scalinata d'ingresso era stretta e ripida, e l'alta porta a due battenti fornita di robusti cardini luccicava di piastre bronzee. Il battiporta che usai per bussare era un semplice anello metallico, e i colpi parvero perdersi in un silenzio vuoto.

Uno dei battenti fu aperto da un'altra figura in tonaca nera: un sacerdote, cui la maschera di bronzo dava un aspetto duro, più che anonimo. O forse una sacerdotessa, impossibile capirlo. Quell'accoglienza fredda mi stava innervosendo. L'uomo - o donna che fosse - si limitò a invitarci con un gesto, ed entrammo nell'atrio. Poi attese, scrutandoci attraverso i fori della maschera.

«Sono qui per fare penitenza», dissi.

A parte un paio di panche marmoree l'atrio era spoglio di ogni arredo, e l'unica risposta che ebbi fu l'eco della mia voce.

Il sacerdote mosse la testa per indicare una delle panche a Hugues, che andò a sedersi, poi fece un cenno a me. Prima di seguirlo gettai uno sguardo al mio compagno. Sembrava preoccupato e a disagio, con le spalle curve.

Nel tener dietro alla figura vestita di nero studiai i movimenti del suo corpo sotto la tonaca fluttuante, e notai che ancheggiava. Una donna, mi dissi. Non ero sicuro di trovarlo un particolare molto incoraggiante. Fui preceduto attraverso altre porte e un paio di corridoi, fino al locale del bagno purificatore.

Pur non essendo mai stato lì, conoscevo la procedura. Avevo fatto qualche domanda a Phèdre, una volta. Un tempo mi dava fastidio che lei frequentasse quei posti. Avevo paura della catarsi violenta che le ripuliva l'anima e la mente. Lo specchio oscuro, l'avrebbe chiamato Mavros.

E adesso ero io a cercarlo.

L'architettura del bagno era squallidamente semplice. La luce entrava da finestre alte e strette. C'era una vasca di marmo bianco, riscaldata da una tubatura sommersa. Spirali di vapore si levavano dall'acqua limpida nei raggi del sole. La sacerdotessa m'indicò la vasca.

«Tu sai chi sono?» le domandai.

Lei annuì appena. Le guance lucide della sua maschera si erano appannate d'umidità, e nelle buie aperture ovali vidi due occhi fermi. Le labbra bronzee erano semiaperte per consentirle il respiro, ed ebbi l'impressione che stesse per rispondermi, ma non lo fece, e di nuovo si limitò a indicarmi la vasca.

Sganciai il cinturone con la spada, tolsi gli stivali, ripiegai gli indumenti su uno sgabello ed entrai in acqua. Era molto calda, quasi al punto di ustionare la pelle, eppure mi accorsi di tremare.

« Inginocchiati. » Dalle labbra di bronzo era uscita una voce di donna, bassa e sibilante.

M'inginocchiai, immerso fino alle spalle nell'acqua calda. Aveva un vago odore di zolfo. Lei raccolse un semplice secchio di legno e lo riempì nella vasca. Chiusi gli occhi mentre me lo versava sulla testa in una cascata bruciante; una, due, tre volte. Quando non arrivò più acqua, lasciai uscire il fiato che avevo trattenuto e la guardai.

La sacerdotessa mi accennò di uscire.

Emersi dalla vasca nudo e accaldato, colando acqua sul pavimento di marmo. Lei mi consegnò un telo di lino. Dopo essermi asciugato mi guardai intorno in cerca di un accappatoio, ma la sacerdotessa indicò i miei indumenti.

« Mi sembra un po' sciocco », borbottai. Lei non disse parola, così mi rivestii e la seguii fuori dal bagno. Mi sentivo umido, e anche un po' ansioso.

Una spaziosa galleria conduceva a un'altra porta di bronzo. Là c'era il tempio vero e proprio. Mentre i battenti si aprivano, il suono di un gong mi fece sussultare. Avevo la bocca secca.

Il sancta sanctorum di Kushiel.

Tutto ciò che potei vedere nei primi momenti fu la statua. Torreggiava nella sala, sfiorando il soffitto. Mi domandai come avessero fatto a portarla dentro attraverso quella porta, poi compresi che l'intero tempio doveva essere stato costruito intorno a essa. Aveva le braccia incrociate sul petto, e teneva in una mano la frusta, nell'altra una verga. Una distaccata fermezza traspirava dal suo bel volto serio, un volto uguale alla maschera della sacerdotessa che mi aveva condotto lì e dei sacerdoti che mi stavano aspettando.

Uno impugnava una frusta.

Non potei evitare di sentirmi un groppo in gola. Ai piedi della statua c'era la conca per le offerte e un braciere, da cui si levavano vaghe spirali di fumo. Una patina secolare di fuliggine anneriva i muri, ma il pavimento era lucidato a specchio, soprattutto la zona dinanzi alla statua di Kushiel, dove campeggiava un breve palo di legno da cui pendeva un anello.

« Dannazione! » sussurrai. Per un attimo temetti che mi sarebbero venute le lacrime agli occhi. Poi pensai a Gilot. *L'ho finita con le lacrime,* gli avevo promesso, quand'eravamo partiti per Tiberium. Irritato con me stesso, andai di fronte alla statua e deposi alcune monete d'oro nella conca, poi raccolsi una manciata d'incenso e la misi nel braciere.

Il fumo azzurrino si levò fragrante. L'ultima volta in cui avevo fatto un'offerta a Kushiel era stata nel giardino dell'ambasciatrice, a Tiberium; lavanda e resina di pino. Stavolta il fumo aveva un odore diverso. Questo era il suo tempio.

Un sacerdote alto e robusto si fece avanti. La sua maschera di bronzo mi rivolse un breve inchino. « Sei qui per fare penitenza? »

« Sì, sant'uomo. » Battei le palpebre, che continuavano a bruciarmi, e me le sfregai col dorso di una mano. « Tu sai chi sono? »

« Sì. »

Una sola parola, una breve sillaba, che però aveva un tono di comprensione umana. Ma dietro i fori della maschera il suo sguardo non esprimeva niente. La decisione era mia. Allargai le braccia. « Procedete. »

Mani anonime mi tolsero la spada e mi spogliarono, slacciando fibbie, sciogliendo lacci. Mani anonime di figure senza volto. L'uno dopo l'altro tutti gli indumenti mi furono tolti finché non restai lì a tremare di freddo, nudo tra le loro tonache nere. Una mano pesante su una spalla mi costrinse a chinarmi. Posai le ginocchia sulla pavimentazione consunta.

Due di loro mi presero per le braccia facendomele alzare verso il palo. Cercai di non muovermi mentre mi legavano i polsi all'anello metallico. Il profumo d'incenso mi riempiva il naso, ma in me si mescolava al ricordo di un odore diverso: puzzo d'acqua stagnante, sporcizia e marciume.

Il castigatore venne avanti con la sua maschera di bronzo e implacabile calma. Sollevò la frusta su entrambe le mani, come se mi facesse un'offerta. Non era un giocattolo confezionato per i sadici giochi sessuali, in morbida pelle di cervo. In fondo ai duri nerbi di cuoio c'erano punte metalliche. Uno strumento fatto per ferire.

Stavo battendo i denti. Tutto ciò che potei fare fu un cenno di assenso.

Lui ne prese nota annuendo, e si spostò alle mie spalle.

Cercai di farmi forza.

Ah, Elua! Il primo colpo fu duro e improvviso, sferrato da mano esperta. Una saetta di fuoco al calor bianco mi esplose sulla schiena nuda. Lo spasimo con cui tesi le corde dei polsi me le fece affondare nei nervi come lame. Non mi ero ancora ripreso dalla prima frustata quando la seconda mi strappò il fiato dai polmoni, e poi ne arrivò un'altra, e altre ancora, finché non mi trovai accecato dal panico e in muta lotta con l'anello cui ero legato. Mi gettai avanti contro il palo e affondai le unghie nel legno, sforzandomi di non urlare. Ma la frusta continuò a cadere su di me senza pause, con immutata violenza.

I miei occhi vedevano Daršanga.

Donne agonizzanti, bambini morti. Gli occhi folli del *mahrkagir* pieni di gioia.

Phèdre, stravolta dal Nome di Dio.

Tenebra.

Lampi di luce.

Tutti quei morti, i miei morti. Daršanga, Lucca, gli amici caduti.

Il viso di Kushiel, oltre un velo di fumo.

« È fatto. » Il sacerdote tornò davanti a me.

Avevo smesso di contorcermi e penzolavo inerte dall'anello, ma trovai la forza di rimettermi in ginocchio.

« Confessati, ora. »

Alzai lo sguardo su di lui. « Sono pentito. E cercherò di essere buono », sussurrai.

Ci fu una breve pausa di silenzio. Lasciai che il mento mi ricadesse sul petto. Con la coda dell'occhio vidi l'alto sacerdote fare un gesto.

Ci fu il rumore di qualcosa immerso nell'acqua, e un'altra voce disse: « Sii libero da ciò che ti affligge ».

Una spugna colma d'acqua salata fu premuta sulle mie ferite.

Restai lì con la fronte posata su un gomito, sospirando di dolore per quel contatto.

Il rito era terminato, la mia condanna scontata. Le mani anonime mi slegarono i polsi, e fui aiutato ad alzarmi. Qualcuno asciugò la mia schiena lacerata con un panno morbido e mi restituì i vestiti. Benché stessi in piedi a stento mi sentivo stranamente calmo, e purgato.

Il sacerdote alto mi guardò. «Va tutto bene, erede di Kushiel?»

Se gliel'avessi chiesto, pensai, mi avrebbe parlato come si fa da uomo a uomo, entrambi mortali, vittime delle loro imperfezioni e proni alla volontà degli dei. Ma non lo feci. Gli rivolsi un inchino, invece, ignorando lo sfregamento della maglia sulla carne torturata. Non era una sensazione nuova; un tempo l'avevo conosciuta bene. Stavolta c'era una differenza: ero stato io a sceglierla. «Va tutto bene, sant'uomo», dissi.

Lui annuì un'ultima volta. «Vai, allora.»

Hugues balzò in piedi quando tornai nell'atrio. «Cosa ti... come stai?»

Mi passai la lingua sui denti, e ci pensai. Potevo sentire il sangue nell'interno delle guance, dove mi ero morso, e un residuo di odore d'incenso. Nient'altro. Il dolore c'era, ma non più di quello che mi restava nelle ossa dopo una giornata d'addestramento con la squadra dei Barbari, a Lucca. I segni della frusta sarebbero scomparsi. E non ero ferito dentro. «Sto bene», dissi, sorpreso di scoprire che era vero. Gli sorrisi. «Vieni, andiamo a casa.»

3

Qualche giorno dopo la visita al tempio di Kushiel, la regina diede una festicciola per celebrare il mio ritorno a Città di Elua.

Come avvenimento mondano non fu nulla di speciale. Se avesse potuto fare a modo suo lei avrebbe dato maggiore risalto alla serata – e di certo Phèdre l'avrebbe incoraggiata in questo – ma ero partito dalla capitale quando ancora gravavano su di me sospetti e recriminazioni e, sebbene fossi lieto di essere tra le persone che amavo, il mio ritorno era ancora appesantito da quelle ombre. Una semplice cena di corte era ciò che preferivo anch'io.

Il duca Barquiel de L'Envers non sarebbe stato presente, grazie al cielo. Quell'individuo, zio della regina da parte di madre, me l'aveva giurata. Il complotto da lui ordito l'anno addietro ai miei danni era stato semplice quanto efficace. Un misterioso messaggero, una frase sussurrata ad arte perché giungesse anche alle orecchie di altri, un biglietto che proponeva un incontro clandestino. Questo era bastato a convincere molti, troppi pari del regno – compresi alcuni miei supposti amici – che il figlio di Mélisande Shahrizai aveva ereditato il vizio di complottare per il potere. Alcuni di loro erano venuti a chiedermi scusa, dopo che la regina aveva pubblicamente proclamato la mia innocenza.

Altri no.

Bertran de Trevalion era uno di questi ultimi e, benché mi fossi augurato il contrario, appariva nella lista degli invitati. Al mio ritorno in Terre D'Ange l'avevo salutato educatamente. Ero stato lieto di saperlo estraneo agli intrighi della madre, e questo aveva contribuito alla decisione di proporle una fredda tregua. Ma non ero affatto pronto a mostrarmi cortese con quei due, a cena. Essere bersaglio di ripetuti tentativi d'omicidio ha questo effetto. «Avrei preferito che Casa Trevalion non fosse presente», dissi a Phèdre.

«Lo so, caro.» C'era una lieve ruga tra le sue sopracciglia. «Credimi, lo preferirei anch'io, e anche Joscelin. Ma fra i Trevalion e Casa Courcel ci sono legami di sangue e d'altro genere. Tu sai come la pensa Ysandre su queste cose. È il prezzo della scelta che hai fatto, e dovrai adattarti, a meno che tu non voglia cambiare idea.»

Scossi il capo. «Ho dato la mia parola.»

Era una scelta che avevo fatto anche, in parte, per rispetto alla regina. Nata da un discusso matrimonio e salita al trono in un'epoca avvelenata dal tradimento, Ysandre aveva la ferma volontà di chiudere le vecchie ferite e creare un'armonia tra i suoi inquieti parenti. Così si era opposta alla mia richiesta di mandare sotto processo suo zio per il complotto ai miei danni. Questo mi rodeva ancora, soprattutto dopo aver saputo che Bernadette de Trevalion aveva assoldato il sicario proprio perché influenzata da quelle calunnie. In un certo modo biasimavo Barquiel de L'Envers ancora più di lei.

«Maslin de Lombelon, almeno, non ci sarà», m'informò Phèdre.

«È ancora in disgrazia? Sempre per colpa di quel suo duello con Raul?» domandai. Lei annuì.

Maslin de Lombelon doveva a me la sua modesta posizione a corte. Ero stato io a regalargli una tenuta, Lombelon, la più piccola delle mie proprietà terriere, che lui amava. L'avevo fatto perché sapevo che era appartenuta a suo padre, prima che la corona gliela sequestrasse per assegnarla ad altri. Inoltre mi ero sentito accomunato a lui dal fatto che suo padre era stato un traditore, come mia madre, e contavo che con quel gesto la sua amarezza verso di me si spegnesse. Mi sbagliavo. Maslin se n'era andato da Lombelon per arruolarsi nella Guardia della Regina, e l'uniforme gli aveva dato l'opportunità di mostrarsi ostile a me in diverse occasioni. Più tardi avevo saputo che aveva ferito gravemente a duello Raul de L'Envers y Aragon, un giovane imparentato alla lontana con la regina.

La vita nell'ambiente della capitale mi stava facendo tornare il vecchio mal di capo.

«È stato Raul a sfidarlo. Ma Maslin si è spinto troppo oltre», disse seccamente Phèdre.

La prima volta in cui io e Maslin ci eravamo incontrati, mi aveva minacciato con la falce che usava per potare un pero. Già allora era molto svelto di mano, benché non sapesse ancora maneggiare la spada, ma in seguito era diventato un abile spadaccino. E, per qualche misteriosa ragione, mia cugina Sidonie provava qualcosa per lui. Già prima che io lasciassi Terre D'Ange correva voce che se lo fosse preso come amante, e che un giorno lo avrebbe nominato capitano della Guardia.

« Mi chiedo se sia vero che abbiano litigato per Colette Trente », mormorai.

Phèdre scrollò le spalle. « No, sembra che Maslin abbia detto qualcosa di offensivo a Colette. Forse un rimprovero un po' troppo sgarbato. Anche lord Amaury Trente si è irritato molto. »

« Mmm. » Mi spostai alle sue spalle per sbirciare il foglio di pergamena su cui stava scrivendo una lista di nomi. « Dunque Maslin non c'è, e non sarò io a lamentarmene. Chi abbiamo, tra gli invitati? »

« Lo saprai a tempo debito. » Phèdre coprì il foglio con una mano e mi rivolse un sorriso, uno di quei suoi sorrisi mozzafiato che nessun poeta potrebbe mai descrivere. « C'è una sorpresa per te, una cosa di cui non ti ho accennato per lettera. Ti piacerà », aggiunse, vedendo il mio sguardo dubbioso.

« Tu credi? »

Phèdre annuì, con occhi scintillanti. Era ancora nel pieno della sua bellezza, e quando sorrideva in quel modo non sembrava più anziana di Claudia Fulvia. « Non ti fidi di me? »

Anch'io le sorrisi. « Sempre. »

Era la verità. Al mondo c'erano due sole persone alle quali avrei lasciato il cuore in mano. Se fossi stato sull'orlo di un precipizio e Phèdre o Joscelin mi avessero chiesto di chiudere gli occhi e fare un passo avanti, lo avrei fatto. Era per questo che lottavo tanto coi miei stessi sentimenti. « E cosa mi dici di... dell'altra faccenda? » domandai.

« La Gilda Invisibile? » Phèdre abbassò la voce, gettando uno sguardo alla porta del suo studio.

Mi alzai a chiuderla.

« Non ho ancora avuto tempo di occuparmene. Ma ho trovato un riferimento al metodo di scrittura del curatore cieco di cui mi hai parlato. Stavo pensando di chiedere a Ti-Philippe di fare un'indagine discreta all'Accademia di Medicina, a Marsilikos. Loro dovrebbero avere in archivio dei documenti.»

Questa era una delle cose che avevo appreso a Tiberium: il gioco della politica e del potere veniva portato avanti in tutto il mondo conosciuto da una setta segreta di giocatori. Ero stato avvicinato da una loro reclutatrice, ma avevo rifiutato la proposta. Non ero affatto certo della vera natura di quella setta, né lo era Phèdre.

Ma, qualunque cosa fosse, mia madre ne faceva parte.

«Credi che sia sicuro fare domande di quel genere?» le chiesi.

La ruga tra le sue sopracciglia riapparve. «Non c'è niente di sicuro. Ma tutti sanno che ho una biblioteca molto grande e ben fornita. Nessuno può trovare qualcosa di strano nel fatto che uno dei miei dipendenti cerchi di ampliarla. E Ti-Philippe non è un ragazzino, sa come cautelarsi, anche se non ritengo di dovergli dire il perché.»

«Vero.» I segni delle frustate prudevano. Mossi le scapole e sentii le croste piegarsi e incrinarsi.

L'espressione di Phèdre s'intristì.

«Che c'è?» domandai.

Scosse il capo. «Ah, tesoro! Niente, solo che sei cresciuto così in fretta. Ricordo che mi preoccupavo per te, dopo Daršanga... eri così piccolo e magro, come un uccellino.»

«Non lo sono più», dissi, serenamente.

«È vero. Non lo sei più.»

Per un poco restammo in silenzio. Eravamo stati entrambi vittime laggiù, in quel luogo senza luce. Ci capivamo senza bisogno di parlarne. Ma Phèdre c'era entrata di sua volontà, sapendo cosa avrebbe dovuto affrontare. Era stato peggio di ciò che immaginava, probabilmente, ma aveva sopportato tutto e ne era uscita viva. E dopo la mia visita al tempio di Kushiel capivo meglio sia me stesso sia lei. La pietà del Castigatore era dura, ma non senza scopo.

«Bene.» Mi chinai a baciarla su una guancia. «Non vedo l'ora di sapere qual è questa sorpresa.»

I giorni passarono in fretta. Trascorsi lunghe ore allenandomi con Joscelin, e i miei riflessi tornarono quelli di un tempo. A volte però accantonavo la trappola dello stile cassiliano, e duellavo usando spada e scudo alla vecchia maniera, così come Gallus Tadius aveva insistito che si addestrassero i suoi uomini. In un paio di occasioni fui io a insegnare qualcosa a Joscelin. Gallus aveva fatto di me un buon soldato.

Cominciai a ripassare il mio cruithne.

Parlavo già abbastanza bene la lingua albana, ma volevo perfezionare la pronuncia. In primavera Drustan mab Necthana sarebbe tornato via mare in Terre D'Ange, portando con sé la mia promessa sposa. Quell'estate Dorelei e io ci saremmo uniti in matrimonio. E, quando la nave del *cruarch* di Alba avrebbe di nuovo attraversato lo Stretto, sarei andato con loro. Avrei lasciato Terre D'Ange per diventare un principe di Alba, e avere figli destinati al trono di un regno straniero.

I giorni che mancavano a quel futuro così vago sarebbero passati fin troppo in fretta, mi dissi.

Diventai un cliente fisso del salone di Favrielle nó Eglantine, l'inguaribilmente irrispettosa sarta di Phèdre. A Tiberium avevo viaggiato leggero, e molto di ciò che mi restava era inutilizzabile. Inoltre, quegli abiti non mi andavano più a misura. Durante l'assedio di Lucca avevo messo su muscoli intorno alle spalle e perso peso in altre parti del corpo, a causa del razionamento. Nonostante gli sforzi culinari di Eugenie, il mio corpo non voleva saperne d'ingrassare.

Fu così che andai al ricevimento con un abito fresco di sartoria: giubba di velluto e calzoni azzurro-Courcel, un blu scuro come la notte. La giubba era adorna di ricami argentei, e d'argento erano anche i bottoni, con impresso il giglio, cosa che a me sembrava un po' eccessiva. Il colletto, aperto, lasciava in evidenza gli eleganti nastri della camicia bianca, che si mostravano anche dai polsini.

Al mio ingresso in sala, Alais mi guardò a bocca aperta portandosi le mani al petto. «Oh, Imri, stasera sei così...»

«Goffo?» suggerii, offrendole il braccio.

«No.» Il suo visetto dall'incarnato scuro era serio. «Così bello.»

Non ero il solo tra i presenti di cui si poteva dir questo; noi angeline siamo di belle fattezze, come il mio amico Eamonn si divertiva a elogiarci, fingendo di dimenticare di essere lui stesso per metà angeline. Avrei voluto che fosse lì con me, ma era partito per inseguire la sua sposa skaldi, che i truci parenti di lei avevano riportato nella loro terra selvaggia approfittando della sua assenza.

La cena si teneva in una delle sale più piccole del palazzo, e non era presente più di una mezza dozzina di pari del regno. A un'estremità, il lungo tavolo era apparecchiato di bianco, con piatti e posate d'argento. All'estremità opposta, dove il fuoco ruggiva in un enorme caminetto, poltrone e divani ospitavano gli invitati che conversavano in attesa della cena.

Presentai i miei omaggi alla regina Ysandre, che teneva corte davanti al caminetto.

Lei tagliò corto al mio inchino e si alzò per darmi il bacio di benvenuto. « È un piacere averti qui, cugino. Questa sera festeggiamo il tuo ritorno a casa, sano e salvo. »

« Vi sono grato, mia signora », risposi educatamente.

Ysandre de La Courcel era alta e snella, con un profilo elegante che risaltava nitido sulla faccia delle monete. Alais non le somigliava neppure un poco, a parte la sfumatura viola degli occhi. Mi chiesi dove fosse Sidonie. Non l'avevo ancora vista.

Phèdre e Joscelin ci avevano seguiti attraverso la sala, e mentre mi scostavo per lasciare che salutassero la regina notai che in loro presenza Ysandre si rilassava, più serena e a suo agio. Mi era stato insegnato a osservare quei particolari.

« Imriel de La Courcel! » disse una voce allegra. Mi voltai a salutare Julien Trente. Un tempo ci frequentavamo spesso. Era uno degli amici che mi avevano chiesto scusa, e avevo deciso di perdonargli quella sua temporanea defezione.

Gli strinsi la mano « Julien. Allora, come va il gioco del corteggiamento? »

« Non c'è male. Ho sentito dire che *tu* hai avuto delle avventure. Abbiamo qualche speranza di sentirtele raccontare, questa sera? »

« Non sono così interessanti », dissi.

« Quanta modestia! » intervenne un'altra voce. Mavros Shahrizai mi passò un braccio intorno alle spalle. « La tua umiltà è insopportabile, cugino. » Mi strinse con affetto, poi rivolse un profondo inchino ad Alais. «Bentrovata, altezza. Scommetto che il nostro Imriel non vi tiene segrete le sue avventure. Come a noi non tiene segreta la sua amicizia con voi.»

Le sue attenzioni illuminarono il viso di Alais, e ne sorrisi tra me, un po' tristemente. Ben pochi tra i pari del regno facevano conversazione con Alais, e da quand'era stato annunciato il suo fidanzamento col principe albano Talorcan - il suo cugino cruithne, fratello della mia promessa sposa - dubitavo che la situazione fosse migliorata.

«Imriel.» Bertran de Trevalion mi si avvicinò cautamente. «Piacere di vederti.»

Gli strinsi la mano. «Bertran.»

Lui trasse un profondo respiro. «Ho saputo... mia madre mi ha detto di aver avuto un colloquio con te, e che certe faccende sono state chiarite. Mi sento... se ti ho fatto torto, me ne dispiace.»

«Sì, c'è stato un colloquio. E... sì, c'è stato anche un torto.» Mi voltai a guardare Bernadette. Sedeva accanto al marito Ghislain, che stava conversando sottovoce con Joscelin. Avevano combattuto assieme, durante l'invasione skaldi. Un tempo invidiavo quanti erano nati prima di me e avevano vissuto quell'epoca eroica. Dopo Lucca, però, la pensavo diversamente. «Ti ringrazio, Bertran.»

«Di niente. A me *dispiace*, Imri», mormorò lui.

Con mio sollievo, Bertran andò a unirsi a un altro gruppetto. Bernadette guardò nella mia direzione. Sul suo volto c'era un misto di timore e di colpa. La salutai con un cenno del capo.

«Ecco qua, cugino.» Mavros mi mise in mano un calice di vino rosso. «Forse questo scaccerà la tristezza dai tuoi occhi. Hai l'aria di uno che preferirebbe essere altrove.»

«Grazie.» Bevvi un sorso. In quel momento sentii un fremito dietro il collo. Mi voltai verso la porta e incontrai gli occhi di Sidonie, che stava entrando in sala.

«Cosa...» Mavros seguì il mio sguardo. «Ah. Ancora?»

Scrollai le spalle. «No, è solo...»

«Un prurito che devi grattarti, eh?» scherzò lui. «Attento al profumo della rosa, Imri. Ti fa dimenticare come pungono le spine.»

«Oh, taci, per favore», borbottai.

Alzò le mani. «Come vostra altezza desidera.»

Mavros mi piaceva. Era simpatico. All'inizio i nostri rapporti non erano stati facili, ma poi avevo imparato ad apprezzare i miei parenti da parte di madre. Gli Shahrizai erano fedeli soprattutto al loro casato, e quando lottavo contro i sospetti dei cortigiani lui mi aveva sostenuto senza batter ciglio. Ma perché mai gli avessi confidato i miei furtivi sentimenti per Sidonie - insondabili perfino per me - non riuscivo a capirlo.

La delfina era scortata da una delle sue dame di compagnia: Amarante di Namarre, figlia della sacerdotessa suprema dell'Ordine di Naamah. Nel camminare inclinavano la testa l'una verso l'altra, parlando sottovoce tra loro.

«Imri!»

Il richiamo di Phèdre mi fece sussultare. Stava venendo verso di me, accompagnata da una strana donna. Corrugai le sopracciglia, cercando d'identificarla. Né giovane, né vecchia, di etnia non angeline. La sua pelle aveva una sfumatura olivastra comune a una dozzina di nazioni diverse, e del vestito semplice e sobrio si notava solo che era di buona fattura. Negli occhi di Phèdre brillava una certa eccitazione.

La donna mi rivolse un inchino col capo. «Shalom, altezza.»

Il suo accento e il suono della sua voce mi richiamarono alla mente un cielo stellato, un immenso firmamento notturno su un lago senza fine. Habiru. Questa la lingua in cui mi aveva salutato. «*Morit?*» sussurrai, incredulo, ripescando quel nome dal fondo della mia memoria.

Lei sorrise. «Ti ricordi di me.»

Mi trovai a ridere. «Per la barba di Elua! Come potrei dimenticarti?»

Venni così a sapere che si trovava in Terre D'Ange con una dozzina di compatrioti, una piccola delegazione di sabeani venuti a studiare tra i nostri yeshuiti, interessati anche alla teologia angeline. Soltanto Morit era stata invitata a palazzo quella sera, per i servigi che ci aveva reso, ma Phèdre aveva già incontrato gli altri.

Dimenticai perfino dov'ero mentre ascoltavo avidamente Morit descrivere il caos destato dalla nostra visita a Saba, quella terra dimenticata dal tempo. Era ai confini del mondo conosciuto, ancor più a sud della lontana Jebe-Barkal, e i discendenti habiru della Tribù di Dân che vivevano laggiù isolati da secoli avevano usanze altrove sconosciute.

Noi li avevamo trovati all'oscuro dell'esistenza di Yeshua ben Yosef, che in altre terre i loro fratelli riconoscevano come il Mashiach, il loro salvatore, condannato a morte dai tiberiani.

E ovviamente ignoravano tutto anche del Beato Elua, allevato nel ventre della terra, frutto del sangue di Yeshua e delle lacrime di Maria di Magdala, che l'avevano amato. Elua, che aveva infine eletto a sua patria Terre D'Ange.

A quell'epoca io ero troppo giovane, e troppo chiuso nelle mie preoccupazioni, per pensare cosa avrebbe potuto provare qualcuno nel veder capovolte le sue convinzioni religiose, e nel sapere che altri si erano mossi verso nuove credenze, nuove verità, o nell'accorgersi che il mondo era così diverso e vario. Ma da allora ero cresciuto. E un giorno mi ero trovato sul tetto di un edificio nella Lucca inondata, e avevo visto Gallus Tadius aprire la porta del sottomondo per mandare quelle acque giù nell'inferno, come aveva promesso.

Probabilmente ciò che i sabeani avevano provato non era molto diverso.

«E ora? I tuoi compatrioti diventeranno yeshuiti?» domandai a Morit.

«O angeline?» Lei scosse il capo, pensosa. «No, non credo. Ma forse alcuni yeshuiti torneranno a essere habiru.»

Avrei voluto parlare ancora con lei, ma fummo chiamati a tavola e indirizzati a posti troppo lontani per poter fare conversazione.

Morit mi guardò. «Ci ritroveremo più tardi. Lady Phèdre è stata molto generosa.»

A me spettava il posto d'onore, accanto a Sidonie, che sedeva alla destra di sua madre Ysandre.

«Cugino Imriel. Sono lieta di averti qui con noi, questa sera», disse la giovane principessa nel suo solito tono sobrio e controllato.

Le baciai la guancia che mi offriva. «Lo sei davvero?»

«Naturalmente.» Le sue labbra si curvarono in un lieve sorriso. A differenza di sua sorella Alais, Sidonie somigliava alla regina. La stessa pelle candida, gli stessi lineamenti cesellati. C'era stato un tempo in cui mi guardava con sospetto e con timore, un tempo in cui a mia volta la trovavo insopportabile. Poi, durante un incidente di caccia, l'avevo raggiunta nella boscaglia e mi ero gettato su di lei per proteggerla col mio corpo. Il pericolo si era rivelato soltanto immaginario, ma in quei pochi momenti tutto era cambiato. Adesso il pericolo era quello strano brivido tra noi due

Intorno al tavolo gli ospiti parlarono del più e del meno mentre le portate venivano servite: sformato di vitello, maialino al forno, stufato di cavolo e mele cotogne, e vassoi di altre prelibatezze. Mi concentrai sul cibo con appetito, consapevole delle occhiate divertite di Sidonie.

« A Tiberium non ti davano da mangiare? » mi prese in giro.

Mi passai sulle labbra un tovagliolo di lino. « A Tiberium, sì. A Lucca, no. »

« Parlaci di Lucca, Imriel. Siamo curiosi di sentire le tue gesta eroiche. » Nella voce di Bertran de Trevalion c'era una nota conciliante.

Lo guardai a lungo. « Sono sopravvissuto a un assedio, tutto qui. Non c'è stato niente di eroico. »

Dall'altra parte del tavolo Alais disse: « Ma quando hai mozzato la mano a... »

« Nobili signori », la interruppe Sidonie con voce nitida. La giovane donna guardò sua madre, che fece un cenno d'assenso. « Mie nobili dame e cavalieri, non temete. Questa sera non resterete privi di racconti eroici. Per festeggiare il ritorno di nostro cugino, e in onore della nostra ammirata ospite sabeana, l'esimio Gilles Lamiz ne ha scritto uno. È una vicenda già nota a molti, ma osservata da un punto di vista del tutto nuovo. »

Il poeta della regina entrò in sala e rispose agli applausi con un profondo inchino. « Per questo racconto sono in debito con la signora Morit », disse, e cominciò a leggere.

« Grazie per avermi salvato », bisbigliai a Sidonie.

Lei annuì senza guardarmi.

Gilles Lamiz raccontò la storia di come Phèdre, Joscelin e io eravamo giunti a Saba, alla ricerca del Nome di Dio. E il punto di vista da cui essa veniva narrata sorprese anche me, perché era quello delle donne sabeane: la loro meraviglia per le notizie che avevamo portato; l'acceso dibattito con cui avevano cercato di capire se il nostro arrivo fosse un presagio; la loro decisione di aiutarci, e il modo in cui Morit ci aveva aiutati a leggere le sue carte stellari per attraversare il Lago delle Lacrime sulla rotta verso il tempio nascosto.

Mi sfregai le mani, ripensando alle vesciche. Quella notte avevamo remato per molte ore; soprattutto Joscelin, ma anche Phèdre e io avevamo fatto i turni.

Il poeta non disse nulla di ciò che era successo in quel tempio; a dire il vero nessuno lo sapeva, salvo Phèdre e il sacerdote dalla lingua mozza che lo custodiva. Ma raccontò del nostro ritorno, della luce che illuminava il viso di Phèdre, e di come i sabeani avevano saputo che la loro Alleanza di Sapienza era stata ripristinata.

« Così le parole di Moishe portarono un frutto, un frutto allo stesso tempo meraviglioso e amaro, perché noi ritrovammo il nostro posto nel mondo, benché fosse stato uno straniero a indicare la strada. Ma non fu forse lui a esortarci ad aiutare gli stranieri fra noi? Perché noi stessi eravamo stranieri nella terra dei faraoni, e i loro cuori ci sono dunque noti », concluse.

L'applauso che seguì fu incerto, comunque mi fece piacere. Noi angeline siamo gente fiera, ma un po' egocentrica. Durante il viaggio nella Caerdicca Unitas avevo capito che raramente ci rendiamo conto di essere solo una nazione in un mondo più vasto.

Questa mentalità stava cambiando sotto il governo di Ysandre, però sarebbe occorso molto tempo. C'era ancora chi guardava storto Sidonie e brontolava sul fatto che l'erede fosse una mezzosangue pictish.

Le gettai un'occhiata, e ripensai alla sua risata di quel giorno nel bosco, così aperta. Era stata l'unica volta, credo, che l'avevo sentita ridere davvero. Spine, diceva Mavros. Non ci credevo.

Lei inarcò leggermente le sopracciglia. Erano d'oro brunito, quasi bronzee, più scure dei suoi capelli. Di forma identica alle mie, le stesse sopracciglia che avevo visto sul ritratto di mio padre. E occhi cruithne, occhi pictish, neri e illeggibili. Potevo leggere negli occhi di molta gente. Ma la mia sedicenne cugina, educata fin dalla nascita all'idea che avrebbe ereditato una nazione, aveva imparato a tenere i suoi pensieri per sé. E i suoi occhi non si lasciavano leggere dai miei. « Ti è piaciuto il racconto? » mi domandò.

« Moltissimo », risposi.

Il suo sorriso andava e veniva. Correnti oscure, eccitanti. « Mi fa piacere. »

Ysandre concluse la cena con un grazioso discorso in cui mi dava il bentornato in patria e confermava il suo apprezzamento per la mia decisione di sposare Dorelei mab Breidaia, allo scopo di assicurare ad Alba una successione matrilineare. Le risposi con un breve discorso di ringraziamento che Phèdre aveva insistito per farmi preparare. Poi fu servito un cordiale, e gli ospiti ebbero licenza di andarsene, o di fermarsi a socializzare, come preferivano.

Noi restammo, naturalmente. Ero l'ospite d'onore e sarebbe stato offensivo se fossi uscito prima della regina, che ora stava conversando. Morit si ritirò, e così anche i membri di Casa Trevalion, non appena l'etichetta lo consentì. Ne ringraziai il cielo.

Alais e Sidonie uscirono.

Seguii con lo sguardo la delfina che si allontanava tenendo per mano la sorella, seguita dalla sua dama di compagnia.

« Per tutti gli dei! » Mavros si gettò a sedere sul divano accanto a me. « Il modo in cui la figlia della sacerdotessa muove i fianchi mi farà uscire di testa. Non so cosa darei per un paio d'ore con lei. »

« Perdi il tuo tempo, amico mio. Quella non si separa mai dalla delfina », lo avvertì Julien Trente, appoggiandosi al divano.

Mavros lo guardò con le palpebre strette, sbuffando. « Be', questo non m'impedirà di provarci. » Mi mollò una pacca su un ginocchio. « Andiamo, Imri! Trasferiamoci alla Corte della Notte e sfoghiamoci un po' con le succose serve di Naamah. » La mia espressione lo fece ridacchiare. « Non a Casa Valeriana, niente paura. Stanotte lasceremo riposare le fruste. »

« Vai tu. » Gli indicai Ysandre col capo. « Sono l'ospite d'onore. »

« E tu, giovane lord Trente? » Mavros inarcò un sopracciglio verso Julien.

Lui ebbe un lampo negli occhi. «Conta su di me.»

«Bene.» Mavros si alzò dal divano e mi guardò ancora, con un misto di affetto predatorio e preoccupazione. «La prossima volta, allora.»

A primavera sarebbe arrivata la mia promessa. In estate sarei stato un uomo sposato. E in autunno sarei partito da Terre D'Ange per Alba, una terra ancora poco civilizzata. Non era questo a impensierirmi. Avevo già viaggiato molto, e in posti più selvaggi e lontani. Ma ero angeline, e il sangue del Beato Elua e di Kushiel scorreva nelle mie vene. Qualunque cosa mi avesse ferito in passato, anche una pianta deforme cerca la luce del sole. E in Terre D'Ange questo significa cercare l'amore, in tutte le sue forme.

Qualunque cosa ci fosse tra Sidonie e me, non poteva esserci. Era una sciocca infatuazione, il fascino del proibito. Niente di più.

Ma volevo di più.

Molto di più.

«La prossima volta», promisi. Allargai le braccia, augurando loro con tutto il cuore di spassarsela. Ma stavo pensando a Claudia Fulvia, che a Tiberium mi faceva impazzire di desiderio. A suo fratello Lucius, che prima della battaglia mi aveva baciato. Alla mia prima volta con Emmeline nó Melissa, e alle ragazze e donne che avevo avuto da allora, compresa Jeanne de Mereliot, che il bentornato in patria me l'aveva dato nel suo letto. «Tutte quante. Tutte quante le Case della Corte della Notte voglio esplorare, prima di sposarmi», dichiarai.

Mavros sogghignò. «Proprio *tutte*?»

«Be'...» Col ricordo che la visita al tempio di Kushiel mi aveva lasciato sulla schiena, dovetti ridimensionare quella dichiarazione. «Tutte salvo una.»

4

Nelle settimane che seguirono, la notizia buona fu che Bernadette de Trevalion aveva lasciato la capitale per trascorrere l'inverno in Azzalle, portando Bertran con sé. Potevo capire il suo disagio, anche se mi chiedevo quale scusa avesse fornito a Bertran e a suo marito Ghislain per quell'inaspettata decisione. Dopo che se ne furono andati, l'aria del palazzo cominciò a sembrarmi più respirabile.

La notizia cattiva fu che non potei trascorrere alla Corte della Notte tutto il tempo che avevo sperato, immerso com'ero nello studio delle culture straniere.

Una di esse era, naturalmente, quella di Alba.

La questione della successione al trono di Alba era stata oggetto di contese per molti anni. Ora sembrava finalmente risolta in un modo che accontentava tutti. Rispettoso della discendenza matrilineare, Drustan mab Necthana aveva nominato erede suo nipote Talorcan. Avrei sposato Dorelei, sorella di Talorcan, e ciò significava che dopo di lui il trono sarebbe andato al nostro primogenito.

E Alais aveva accettato di sposare Talorcan, per soddisfare le pretese dei pari del regno che volevano prolungare nel tempo l'influenza di Terre D'Ange sulla politica di Alba. Anche se i suoi figli non avrebbero ereditato la corona, un giorno sarebbe diventata la sposa del *cruarch*.

Dopo l'annuncio ufficiale Alais era stata affidata a una precettrice di nazionalità cruithne, e decidemmo che mi sarebbe convenuto partecipare alle lezioni.

La precettrice era una donna di mezz'età di nome Firdha, che nonostante la piccola statura riusciva a essere molto autoritaria. La prima volta in cui la vidi sembrava riempire con la sua presenza lo studio ben illuminato che un tempo era stato la stanza dei giochi delle principesse. Aveva capelli grigi, folti e rigidi come una coda di cavallo, fermati dietro la nuca da una fibbia elaborata. I suoi occhi erano carboni accesi, e in mano teneva una bacchetta dorata a forma di ramo di quercia.

Dietro le sue spalle Alais formò con le labbra un avvertimento: *Inchinati.*

«*Bannagh,* mia signora», dissi, piegandomi in due.

I suoi occhi mandarono un lampo. «Figlia del Bosco.»

Mi raddrizzai, perplesso. «Come dite, signora?»

A insegnarmi la buona creanza fu Alais. «Firdha è una *ollamh.* Una dei bardi d'alto rango. Quello è il titolo con cui va salutata. Anche mio padre lo usa. Una *ollamh* è alla pari di un re.»

«Dunque mia superiore, suppongo?»

Nello sguardo della donna ci fu una luce divertita.

M'inchinai una seconda volta. «*Bannagh,* Figlia del Bosco.»

«Ti saluto, principe», disse Firdha.

Così cominciarono le lezioni. Non c'erano libri, né rotoli di pergamena. Alba non aveva tradizioni scritte. Tutto ciò che valeva la pena sapere veniva tramandato oralmente. Per ottenere il suo rango Firdha aveva studiato dodici anni, e poteva recitare a memoria migliaia di racconti: una vera e propria storia di Alba e di Eire, che comprendeva tutte le usanze e le leggi di quelle popolazioni.

Le isole erano un luogo strano. Nell'antichità, probabilmente, gli angeline non l'avrebbero pensata così. Sembrava accertato che avessimo in comune dei lontani antenati. In Alba c'erano dozzine di tribù, che però si consideravano divise in almeno quattro gruppi: il Tarbh Cró, il popolo del Toro Rosso; il Fhalair Bàn, il popolo della Giumenta Bianca di Eire; l'Eidlach Òr, il popolo della Cerva Dorata del Sud; e il Cullach Gorrym, il popolo del Cinghiale Nero.

Questi ultimi erano i veri cruithne, il popolo di Drustan e Firdha. Gli antichi figli della terra, come amavano chiamarsi. Avevano assimilato molte usanze altrui, ma erano stati i primi abitanti delle isole.

«Molte migliaia di anni fa noi seguimmo il Cinghiale Nero verso occidente. Assai prima che voi angeline imparaste a contare il tempo sulle dita, noi Cullach Gorrym eravamo in Alba. Il Tarbh Cró, il Fhalair Bàn, l'Eidlach Òr, tutti loro vennero più tardi», disse Firdha, con una certa soddisfazione.

Forse le cose stavano così, ma poi era arrivato il Signore dello Stretto con la sua maledizione. Per quasi mille anni non c'era più stato quasi nessun contatto tra le isole e il continente. Alba ed Eire si erano evolute in solitudine, finendo col diventare strane ai nostri occhi. Ora la maledizione non esisteva più. Era stata Phèdre a spezzarla per sempre, grazie al Nome di Dio che aveva trovato nella lontana Saba. Il Signore dello Stretto c'era ancora - Hyacinthe, suo amico fin da bambino - ma era un nostro alleato, e lo Stretto si poteva attraversare liberamente.

« E gli altri? Anche gli altri sono venuti da oriente? » volle sapere Alais.

« Quali 'altri'? » La precettrice inarcò un sopracciglio.

« La gente di cui ha parlato mio padre una volta. » Alais corrugò la fronte. « I Mag... Maghuin... »

Firdha alzò una mano. « Silenzio. La gente di Alba è divisa in quattro popoli. E il Cullach Gorrym è il più antico tra loro », disse, tornando al tono cattedratico.

La precettrice narrò poi di come il guerriero Lug aveva condotto la sua gente al seguito del poderoso Cinghiale Nero, e di come il Cinghiale Nero aveva attraversato a nuoto lo Stretto, e di come la sua schiena fosse grande come un'isola, e di come Lug e gli altri avevano costruito grandi barche calafatate con la morchia nera e l'avevano seguito. La storia proseguì con Lug che aveva messo piede sulla spiaggia e scagliato la lancia, e dove essa aveva colpito la terra era nata una sorgente d'acqua dolce poi diventata un fiume, e così era stata fondata Bryn Gorrydum.

Fu un racconto tutto sommato piacevole, uno dei molti che avrei udito nel corso dei mesi seguenti, vicende ricche di personaggi eroici, animali magici e sorgenti sacre. Nell'ascoltare la storia della colonizzazione dell'isola, tuttavia, la mia naturale curiosità mi lasciò con una domanda.

« Chi sarebbero questi 'altri'? » chiesi ad Alais dopo la lezione, quando la precettrice se ne fu andata. « E perché Firdha non ha voluto parlare di loro? »

« Non lo so. » Alais si chinò ad accarezzare la testa di Celeste. La cagna sonnecchiava ai suoi piedi, in un raggio di sole che si spostava lento. « Ricordo di aver sentito il loro nome: Maghuin Dhonn, che significa Orso Bruno. In quel momento ho pensato che mio padre parlasse di un popolo straniero, non di una tribù come i Quattro Popoli.»

«Cosa ha detto?»

Alais scosse il capo. «Non ho sentito altro. Lui stava conversando con Talorcan, in disparte. Vedendo che mi avvicinavo, hanno cominciato a parlare di altre cose.» Abbassò di nuovo lo sguardo su Celeste, che agitava la coda per ringraziarla delle carezze. «In Alba ci sono dei disordini, sai.»

«Ancora?» sospirai, seccato. «Credevo che le cose fossero tranquille ormai da tempo.»

Nel sorriso di Alais ci fu un'ombra di compatimento. «Non del tutto.»

«Allora dimmi cosa sta succedendo.»

Scrollò le spalle. «Talorcan dice che sono soltanto vecchie faide dei clan, e che in Alba ci sono sempre stati questi fatti di sangue. Ma Dorelei mi ha detto che certa gente accusa mio padre di essere troppo legato a Terre D'Ange.»

«Strano, mi sembra di aver sentito discorsi del genere anche su tua madre... troppo legata ad Alba», borbottai.

«Lo so.» Il suo sorriso fu triste, stavolta. «Le altre terre sono davvero tanto diverse, Imri?»

«Le altre terre sì. Ma la gente no.» Le diedi un bacio su una tempia. «Non temere, Alais. A *te* la gente vuole bene.»

«Lo spero. Una notte ho fatto un brutto sogno, su un orso», mormorò lei.

«Un sogno *veridico*?» domandai.

Lei esitò. «No. Un incubo.»

«Noi due ti proteggeremo. Non è così, Celeste?»

La cagnolona alzò la testa, gli occhi colmi di luce nei raggi del sole. La coda spazzò ancora il pavimento, sollevando bruscoli di polvere.

«Lo spero», ripeté Alais.

Le ore che trascorsi coi sabeani e coi yeshuiti furono più gradevoli. Sempre accogliente, Phèdre aveva aperto nella casa di città salotti e anticamere dove quegli ospiti potevano riunirsi e conversare.

A Città di Elua non c'erano più tanti yeshuiti come prima della mia nascita. Negli ultimi anni il loro numero si era ridotto sempre più, mentre migliaia di loro partivano verso il settentrione per obbedire a un'antica profezia. Si dirigevano a nord-est, oltre i più estremi confini della Skaldia. Ed era questo, più di ogni altra cosa, a lasciare perplessi i sabeani.

«Nel settentrione!» esclamò Morit. «Se questo Yeshua era il Mashiach, perché avrebbe dovuto mandare a nord i figli di Yisra-el? Forse che Moishe vagò quarant'anni nel deserto perché la sua gente avesse una patria fra le nevi e i ghiacci? Non posso crederlo.»

Tra i sabeani ci furono cenni e mormorii di assenso. Era strano vedere la casa di Phèdre gremita di tanti studiosi dalla faccia seria, quando lei era così propensa ai trattenimenti allegri e coloriti. Ma le dava piacere. Per rispetto alla mentalità di quegli ospiti indossava un semplice abito di velluto marrone, e aveva racchiuso le chiome in una reticella nera. Questo non le impediva di splendere come un gioiello. Lei non avrebbe potuto passare inosservata neppure volendo.

«Io non ho detto che ci credo.» Seduto a gambe incrociate sul pavimento, Eleazar ben Enokh allargò le braccia. Il suo viso magro era vivace, interessato. «Nel Brit Khadasha ci sono brani che sembrano suggerirlo, e altri brani che suggeriscono il contrario.»

«Il Bar Kochba», disse un altro yeshuita, e poi citò: «'Ed egli traccerà la strada dinanzi a te, e le sue lame brilleranno come stelle nelle sue mani'».

Phèdre e Joscelin si scambiarono uno sguardo. Lui sfiorò le impugnature dei suoi pugnali gemelli. Si diceva che una volta avesse insegnato a dei giovani yeshuiti a battersi alla maniera cassiliana. Me ne aveva parlato Ti-Philippe. Lui lo sapeva; era stato presente.

«Ma perché a *nord*?» chiese Morit, frustrata.

Eleazar le rispose: «Yeshua ha parlato di fare tappa in una località fredda, per attendere là il suo ritorno. Da parte mia, credo che le sue parole vadano interpretate, e che il posto cui si riferiva fosse il deserto del cuore umano. È qui che dobbiamo attenderlo».

«Credi davvero che lui fosse il Mashiach?» gli domandò in tono provocatorio uno degli uomini.

Eleazar ci rifletté un poco. Era un mistico, che Phèdre conosceva già prima d'intraprendere la lunga missione di ricerca durante la quale aveva scoperto il modo d'infrangere la maledizione del Signore dello Stretto. Eleazar aveva udito il Nome di Dio, il giorno in cui lei l'aveva pronunciato. Lentamente disse: «Sì, lo credo, perché ho trovato bontà e bellezza nelle sue parole, e la promessa della salvezza. Penso tuttavia che molte cose ci restino ancora nascoste. Che cos'è ciò che chiamiamo 'salvezza'? Chi siamo noi per conoscere la volontà di Adonai?»

Morit sorrise. «Dunque noi non siamo così diversi, forse.»

Lui le restituì il sorriso. «No. Non così diversi.»

Era vero, ciò che avevo detto ad Alais.

Vero, e non vero.

Discussero di questa e di molte altre cose. Ascoltarli mi piaceva. Era il genere di conversazione che facevamo all'università di Tiberium sotto la guida di mastro Piero, per definire la natura della salvezza, della bontà o della giustizia. Solo che loro parlavano in habiru, e non in caerdicci, così io stavo zitto e cercavo di capire quello che potevo.

«Cosa mi dite di questo *Elua*?» intervenne a un certo punto un sabeano. «Voi tacete, lady Phèdre, eppure voi sola tra noi siete giunta vicina a toccare la mente di Adonai. Voi credete, dunque, che Elua sia il Mashiach? Perché non parlate?»

«È una cosa troppo grande per le parole. Domandatene ai vostri sacerdoti in toga. Io non so dirla in parole più di quanto sappiano dirla loro», rispose lei.

Alcuni dei presenti restarono delusi da quella dichiarazione, ma Eleazar annuì. «A voi è stato fatto un dono. I doni non sempre giungono accompagnati dalla comprensione, o dalla capacità di dar loro voce. È così?»

Lei annuì. «Vi ringrazio. Sì, è così.»

«Parlerò io, allora», intervenne Joscelin. I suoi capelli biondi riflettevano la luce delle lampade. «Sì, ci credo. Non voglio dire che questo sia vero per tutti, ma per me, almeno, il Beato Elua è il Mashiach», dichiarò.

Ne fui sorpreso, ma non molto. Unico tra i suoi Compagni, Cassiel aveva seguito Elua perché era certo che l'Unico Dio fosse stato in errore nel voltare le spalle a quel suo figlio illegittimo. Cassiel era chiamato «l'Apostata» dai yeshuiti. Essi credevano che un giorno si sarebbe ravveduto per tornare dinanzi al trono dell'Unico Dio, e che Elua e i suoi Compagni l'avrebbero seguito. Lo credeva anche la Confraternita Cassiliana. Ma Joscelin era passato attraverso l'inferno in terra, e la pensava diversamente.

Anch'io.

Continuammo a parlare di quell'argomento anche dopo che i nostri ospiti se ne furono andati. Mi erano state dette delle cose di cui non avevo mai avuto conferma da lui, ed ero curioso. «È vero che stavi per convertirti al yeshuismo?» gli domandai.

Joscelin mi scrutò. «Chi te l'ha detto?»

«Gilot», risposi. Era vero, anche se sapevo che Gilot l'aveva sentito dire da Ti-Philippe.

«Ho considerato questa possibilità. È stato molto tempo fa», ammise Joscelin.

«Perché?»

Lui si alzò per ravvivare il fuoco, chinandosi con eleganza innata. La cortina dei suoi capelli sciolti ricadde a nascondergli il viso. Sapevo che dietro di essa era nascosta la curva superiore dell'orecchio destro dove gli mancava un pezzo di carne, mozzato dalla freccia di un bandito alle Grandi Cascate, sopra Saba. «Salvezza. Già, ma cosa significa? A quel tempo pensavo di saperlo, pensavo di averne bisogno, e che i yeshuiti la offrissero. E che il solo prezzo da pagare fosse aver fede», disse.

«Ma non l'hai accettato.»

Joscelin scosse il capo. «No. Alla resa dei conti, il prezzo era troppo alto. Non volevo lasciare l'amore sull'altare della fede. Ho imparato ad avere fede nell'amore.»

Avremmo parlato ancora, ma sentimmo delle voci alla porta. Dapprima pensai che uno dei nostri ospiti fosse tornato, ma era Mavros, venuto a cercare me.

«Per la sacra barba di Elua!» ridacchiò. «Ho visto i vostri ospiti uscire. Che banda di becchini!» Rivolse un grazioso inchino a Joscelin, cosa che non era obbligato a fare. «Messer cassiliano.»

«Lord Shahrizai.» Lui gli concesse un cenno del capo. Tollerava Mavros, ma aveva poca simpatia per il suo casato.

«Mia signora.» L'espressione di Mavros cambiò, mentre guardava alla sua destra. Nel corridoio si avvicinavano i passi di Phèdre.

«Salve, Mavros.» Lei gli diede il bacio di benvenuto con serena compostezza.

Lui fu scosso da un brivido mentre glielo restituiva; potei vedere il tremito delle sue mille treccioline. Avrei potuto prenderlo a pugni per questo, anche se sapevo benissimo cosa provava.

«Ah, bene.» Si schiarì la gola. «Imri, spero che tu non abbia scordato la tua promessa di venire a caccia con me. Delle nostre truppe fanno parte anche i due Trente, e c'è una buona scorta per guardarci le spalle.»

Sentii un fiotto di calore al viso. «Dove siete diretti?»

Negli occhi di Mavros c'era una sfida maliziosa. «Casa Alisso. Ho pensato che si debba cominciare in ordine alfabetico. Hai un'idea migliore per la serata?»

Della Corte dei Fiori Notturni, detta più familiarmente Corte della Notte, facevano parte tredici Case, ciascuna specializzata in un diverso aspetto dell'amore. I clienti di Casa Alisso nutrivano le loro fantasie in un'illusoria atmosfera di pudicizia. In un'altra nazione non sarebbe parsa una cosa eccitante, ma gli angeline non erano noti per la loro pudicizia, e quella rara dote era sempre apprezzata.

Il mio sguardo corse involontariamente a Phèdre, che sembrava divertita. «Vai. Ad Alisso non ti succederà nulla di male. Vai, con la mia benedizione.»

Non persi tempo.

Era una serata fredda, ma nella carrozza di Mavros trovai un certo tepore. Sotto una coperta di pelliccia c'erano Julien e Colette Trente. Mentre il vetturino spronava i cavalli Colette si gettò tra le mie braccia, con un gridolino. «Imri! Mi spiace di non essere potuta venire alla tua festa.» Mi baciò con trasporto.

«Non prendertela.» Il morbido calore del suo corpo era eccitante. La abbracciai, dimenticando di essere stato risentito coi Trente. «È bello vederti.»

«Ed è bello vedere te.» M'infilò le mani sotto la camicia, palpeggiandomi le spalle.

« Oh, adesso lui è 'Imri', è così? » la punzecchiò Julien. « E Raul cosa dirà? »

Colette lo guardò di traverso. Erano molto simili i figli di lord Amaury Trente, uno dei nobili più fidati della regina Ysandre. Facce aperte, amichevoli, incorniciate da riccioli bruni. « Lui sa chi sta per sposare. E anche lui è un angeline, no? Almeno per metà. »

Mavros alzò un dito ammonitore. « Buoni, buoni, miei cari. Stanotte dobbiamo onorare i piaceri di Naamah. »

« E così sia. » Staccai Colette da me, dolcemente ma con fermezza. « Stai per sposare Raul? »

« Proprio così. » Lei mi sfidò con lo sguardo. « Ma in questi giorni è in Aragonia. E, comunque, non significa che io debba rinunciare a... »

Alzai le mani. « Lo so. Credimi, lo so. »

Mavros ridacchiò.

Oltre le pareti della carrozza gli zoccoli dei cavalli strappavano echi alle gelide pietre del selciato. Scostai una tendina e guardai fuori. Uno dei cavalieri della scorta mi salutò. Le ruote schiacciarono sottili strati di ghiaccio quando attraversammo il ponte sul fiume Aviline, e poco dopo fummo a Soglia della Notte. Tutte le taverne erano illuminate e piene di gente, e una parte di me provò il desiderio di fermarsi lì. Ma proseguimmo sulla salita di Mont Nuit.

« Allora, cos'è successo tra Raul e Maslin de Lombelon? » domandai a Colette. « Ho saputo soltanto che Maslin ti ha offeso, e che Raul lo ha sfidato. »

« Quel Maslin! » Julien diede di gomito alla sorella. « Be', diglielo. »

Lei incrociò le braccia. « È stato un vero cafone. Gli stavo facendo capire che lo trovavo attraente, anche se un po' musone. Lui ha messo il muso ancora di più, e così gli ho detto in faccia quello che pensavo. La sua reazione è stata... be', Raul l'ha giudicata offensiva. È stata tutta una cosa molto sciocca. »

« Forse non interessavi a Maslin perché i suoi desideri stanno altrove. Forse lui sogna che sia un'altra mano a grattare i suoi pruriti », disse Mavros con indifferenza.

Per quanto mio cugino mi piacesse, a volte lo odiavo.

«La delfina.» Julien tirò fuori una fiaschetta d'argento da una tasca interna, bevve un lungo sorso di brandy e la offrì a noi. «La cara Sidonie. È da quella parte che vagano i sogni di Maslin.»

Colette sbuffò. «Sidonie, figuriamoci. A lei certe cose non interessano.»

Mavros bevve dalla fiaschetta. «Tu dici? Io ho sentito il contrario.»

«Proprio così», confermò Julien, già un po' ebbro. «Sidonie ha la figlia della sacerdotessa che la guida. E *quella* la guida alla Corte della Notte, proprio dove stiamo andando noi. Tutto con molta discrezione, ma l'ho saputo da una fonte sicura.»

«*Cosa?*» sbottai, prima di potermelo impedire.

«Be', cos'altro dovrebbe fare?» Il tono di Mavros era pratico, ma i suoi occhi brillavano di malizia anche nell'ombra della carrozza. «Offrire i suoi favori a galletti pronti a duellare per lei nei giardini del palazzo, e così veder nascere faide ovunque?» Agitò un dito verso di me. «No, no, caro cugino. La nostra giovane delfina ha una testa troppo fredda per lasciarsi trascinare dalla passione. Se vuole portarsi qualcuno a letto, di certo preferisce la discrezione dei servi di Naamah.»

Gli tolsi la fiasca di mano, rosso in viso, e bevvi il brandy.

«Frequenta Casa Alisso?» domandò Colette a suo fratello, che fece per rispondere.

«No, aspetta. Non quella. Lasciami indovinare», lo precedette Mavros. Si mordicchiò un labbro. «Neppure Dalia. È un ambiente che rispecchia troppo i suoi modi altezzosi, e dunque non le offre nessuna novità. No... Forse Camelia? Nulla di meno della perfezione può accontentare una principessa. Ma... no, probabilmente non le piacerebbe accorgersi di non essere perfetta, agli occhi dei perfezionisti di Casa Camelia. E ho sempre pensato che la nostra delfina gradisca l'obbediente devozione. Perciò direi...» Socchiuse le palpebre. «Eliotropio.»

Julien scosse il capo. «Gelsomino.»

Le sopracciglia di Mavros balzarono all'insù. «Gelsomino! Ma certo!»

Nella penombra sorrisi. Fra le Tredici Case, Gelsomino era quella che più mirava alla sensualità, pura e semplice. La madre di Phèdre era stata un'adepta di Casa Gelsomino. Ti-Philippe mi aveva detto che lì c'erano adepte capaci di far sudare un uomo per il piacere fino a lasciarlo svuotato.

«Ma certo!» ripeté Mavros.

«È solo un pettegolezzo. Potrebbe non essere vero», ci avvertì Julien.

Ma non stentavo a crederci. Avevo visto un barlume di quello che si nascondeva dietro gli occhi imperscrutabili di Sidonie. Non era né spinosa, né fredda. E quasi desiderai cambiar strada verso Casa Gelsomino. Era un pensiero umiliante, ma avrei voluto studiare gli adepti e vedere chi aveva scelto, chi conservava il ricordo della pelle nuda di lei contro la sua. Poi la carrozza rallentò, sentimmo la voce del nostro caposcorta rispondere alla domanda del custode, il cancello fu aperto e giungemmo a destinazione.

Casa Alisso aveva un vasto cortile cinto da un filare di cipressi. Le porte erano due, profondamente incassate sotto architravi semicircolari.

«Da quale...» cominciai a chiedere.

Non avevo ancora finito di parlare che uscirono due adepti; una donna in abito da cerimonia, velata, e un uomo avvolto in una toga dal colletto alto. Quest'ultimo s'inchinò a Colette, senza guardarla in faccia, e le accennò di seguirlo all'ingresso di sinistra. Lei ridacchiò e gli tenne dietro.

La donna velata ci condusse alla porta di destra. Mi sentivo un po' a disagio, ma eccitato. La seguimmo in un salotto privato, e soltanto qui, con fare un po' timido, lei si tolse il velo. Aveva un volto amabile, ma non osò alzare lo sguardo su di noi. «Siate i benvenuti, miei signori. Sono Agnés Ramel, vicaria di Casa Alisso», mormorò. Un lieve rossore le salì al viso. «Abbiamo adepti di ogni genere per servirvi. Voi potete sussurrarmi i vostri desideri.»

Ciò che Mavros e Julien le chiesero, qualunque cosa fosse, la mise a disagio. Mi sentii un po' sciocco quando toccò a me chinarmi a sussurrare nel suo orecchio sinistro, piccolo e delicato. *Voglio una donna.* Senza dubbio non c'era nulla di straordinario in questo, tuttavia lei arrossì ancor di più e un fremito scosse le sue lunghe ciglia.

Scusandosi per l'indiscrezione il contabile entrò a portarci i contratti. Noi li firmammo e pagammo il prezzo richiesto ai patroni. Ma anche stavolta avrei potuto pensare che ci fosse qualcosa di morboso in tutto ciò, dall'evidente imbarazzo con cui fu condotta la transazione.

«Da questa parte», mormorò la vicaria.

Ero stato in due sole Case della Corte della Notte, e in entrambe avevo trovato un'atmosfera diversa. Qui però non si faceva niente per mettere a loro agio i patroni. Mavros e Julien furono accompagnati altrove, senza che io avessi nessuna idea di cos'avessero scelto. Dovetti aspettare il mio turno prima di essere condotto in una stanza dove attendevano numerose adepte di sesso femminile, disposte in fila. Erano vestite da capo a piedi, e tutte velate, ma l'indumento che indossavano era di lino sottile, quasi trasparente nella luce delle lampade. Potevo vedere i contorni dei loro corpi; snelli, alti, bassi, grassocci, secchi, formosi. A una parola di Agnés si tolsero il velo e rimasero lì, a occhi bassi.

In me tornò il ricordo di un odore d'acqua stagnante. Era troppo simile alla zenana del *mahrkagir*: donne che attendevano spaurite la sua scelta. Quella scena mi colpì in un modo sgradevole. «Spiacente. Temo che questo non faccia per me.»

Agnés Ramel si torse le mani in un'agonia d'imbarazzo. «Mio signore, vi prego! Non siate crudele.»

Presso l'estremità più lontana della fila un'adepta alzò gli occhi verso di me. Uno sguardo brevissimo, così rapido che lo notai per caso prima che i suoi occhi si abbassassero di nuovo.

«Va bene», dissi, indicandola. «Lei.»

Il suo nome era Mignon, e dopo la presentazione mi precedette in una camera privata. Qui potei finalmente guardarla meglio. Sotto la veste semitrasparente i suoi fianchi erano morbidi e arrotondati, e qualcosa in lei mi fece pensare a una colomba. Non aveva il coraggio di guardarmi in faccia.

«Volete che spenga le lampade, mio signore?» sussurrò.

Mi schiarii la voce. «No. Mignon, questo è un gioco, non è così?»

«Voi vorreste che fosse un gioco?» La ragazza mi guardò, allora. I suoi occhi erano colmi di stupore. «No, signore. Non lo è.

Tra noi si pensa che Naamah tremasse la prima volta in cui giacque con un uomo... per l'audacia della cosa. Per la vergogna. Per la gloria di ciò che osava.»

«Vergogna», mormorai, sedendomi sul bordo del letto.

«La vergogna è una spezia, mio signore. Perché siete venuto qui, se non capite questo?» disse sottovoce Mignon.

«Perché Alisso è la prima, in ordine alfabetico», risposi.

Lei mi guardò un poco, in silenzio. «Allora dovrete imparare com'è.»

Non credo che il mio comportamento fosse molto comune tra quanti sceglievano Casa Alisso. O forse lo era, e lei sapeva fingere molto bene la ritrosia e il pudore verginale che mostrò, quando dovetti inseguirla per tutta la stanza. Spogliarla vincendo la sua imbarazzata resistenza e i rossori non fu una cosa breve, né facile. Mi tornavano a mente le contadinelle che Eamonn e io trovavamo nelle campagne intorno a Montrève, seducendole nei fienili e negli orti, eccitate ma timorose che qualche loro parente ci sorprendesse da un momento all'altro.

Alla fine Mignon smise di sgusciarmi via tra le mani come un'anguilla e si lasciò portare sul letto. Qui il suo atteggiamento cambiò, e seduta sopra di me mi accarezzò il viso con dita tremanti. Posò morbidi baci sulle mie spalle, mentre il respiro accelerava sempre più, e spinse il ventre contro il mio. Il suo corpo tremava come se quelle emozioni, che dapprima aveva castamente cercato di respingere, ora la sconvolgessero, e i capezzoli eretti contro il mio petto irradiavano calore animale. Ogni tanto mi sussurrava all'orecchio suppliche ansanti su ciò che voleva le facessi, finché all'improvviso i miei ansiti non furono più forti dei suoi.

Ora capivo.

C'era piacere in quei preliminari che dovevo fare anche durante il sesso, per continuare a farla cedere quando aveva già ceduto. Un piacere violento come quello che avevo conosciuto a Casa Valeriana, benché molto diverso. Continuai a farle tutto ciò che lei mi pregava di osare, finché non mi accorsi che provavo davvero vergogna nel cercare di vincerla così, la sua vergogna, e che la sua non era meno sincera della mia. Per lei fu come una purga, credo. Ma non per me.

Poi lei si affrettò a coprirsi con modestia. « Mi spiace, mio signore. So che avreste preferito una donna più esperta. »

« Non è così. »

Mi protesi per baciarla, ma lei distolse il viso, abbassando pudicamente le ciglia.

« Mignon! » esclamai allora, e lei si voltò a guardarmi, sorpresa. Le sorrisi. « Questa notte ho imparato qualcosa su di me, e il tuo è stato un dono prezioso. Grazie. »

Mi restituì un sorriso timido. « Di niente. »

Più tardi, in carrozza, gli altri tre commentarono le loro esperienze. Mavros, come al solito, era compiaciuto di se stesso. I due Trente avevano trovato molto comico il comportamento degli adepti.

« Oh, il modo in cui lui *arrossiva*! » rise Colette. « Ancora non gli avevo tolto la camicia, e già tremava come se fossi troppo peccaminosa per i suoi delicati sentimenti. La tua arrossiva, Julien? »

« Non lo so. Non l'ho vista. Per convincerla a spogliarsi ho dovuto spegnere tutte le dannate lampade », confessò lui.

« Ragazzo ingenuo. Quello era parte del divertimento », disse Mavros. Si voltò a scrutarmi. « E tu, Imri? Hai apprezzato la verecondia di queste adepte? »

Scrollai le spalle. « Non quanto te, direi. »

Mio cugino sogghignò. « Questo puoi dirlo di molte altre cose. »

Quella notte restai sveglio a lungo, pensando a Casa Alisso e al genere di clienti che la frequentava, e se costoro là si purgassero della loro vergogna oppure si pascessero di quella degli adepti. Mi chiesi se Naamah apprezzasse il rispetto che le veniva mostrato. Supposi di sì. Il desiderio, come l'amore, prende molte forme.

E poi pensai a Sidonie, anche.

Casa Gelsomino. Mi domandai se fosse vero. Per qualche motivo non ne dubitavo più.

Bene, bene.

5

«Diogene», dissi con fermezza.

Favrielle nó Eglantine strinse le labbra così severamente che la piccola cicatrice su quello superiore diventò bianca. «Non potevi insegnargli un po' di *buonsenso*?» borbottò a Phèdre.

«Perché Diogene non ti va?» la interrogò quest'ultima. «Cosa ci impedisce di scegliere un tema elleno?»

Dopo l'assedio di Lucca, le difficoltà seguite al mio ritorno in patria ci avevano indotti a trascurare l'ordinazione dei costumi per la Notte più Lunga. Un ritardo imperdonabile, dal punto di vista di Favrielle. Comunque, non era per questo che lei stava sbuffando. «Stracci!» esclamò, vibrante di sdegno. «Voi mi state chiedendo di coprire di *stracci* un principe del sangue.»

«E una lampada», aggiunsi.

«Perché?» domandò Favrielle a Phèdre.

«Non ne ho idea. È una fantasia di Imriel. E, dopo tutto ciò che ha passato l'anno scorso, penso che sia giusto lasciarlo fare a modo suo», rispose tranquillamente lei. «Se non te la senti, possiamo rivolgerci a qualcun altro...»

Favrielle la guardò indignata. Era un bluff, ma un bluff che lei non avrebbe chiamato. Tra loro due le cose andavano sempre così. Alla fine Favrielle avrebbe partorito qualcosa di soddisfacente anche per il suo spirito di artista creativa. Al ricevimento in maschera avrei rappresentato l'ideale ascetico impersonando il filosofo Diogene, della scuola dei Cinici, e Phèdre l'opulenza, impersonando la filosofa angeline Sarielle d'Aubert, nota ai suoi tempi perché viaggiava con un seguito di assistenti pronti a soddisfare ogni suo capriccio.

«Suppongo che sia anche colpa mia», osservò Ti-Philippe.

C'era una ragione per la mia scelta. La lampada dei Cinici era un simbolo della Gilda Invisibile, e se qualcuno l'avesse identificata avrebbe capito che stavo facendo circolare un richiamo. Se poi costui mi avrebbe risposto o no, restava da vedere. In quel periodo ero molto preso dallo studio della cultura albana e dalle mie faccende personali, ma non avevo messo da parte le preoccupazioni per la Gilda Invisibile. Sarebbe stato interessante vedere se qualcuno reagiva alla simbologia della lampada. C'era un rischio, ma non eccessivo. La Gilda sapeva che ero al corrente della sua esistenza; aveva cercato di reclutarmi, a Tiberium, tramite Claudia Fulvia. Alla fine mi ero tirato indietro. Tuttavia m'interessava sapere se e come operava in Terre D'Ange.

Dal giorno del mio ritorno non avevamo saputo molto. Ti-Philippe era andato all'Accademia di Medicina di Marsilikos e si era procurato una copia del sistema di scrittura ideato da un sacerdote di Esculapio che aveva perso la vista: una complessa serie di sporgenze fatte per essere lette coi polpastrelli delle dita. I membri della Gilda lo usavano per le loro comunicazioni segrete. Canis, il mio misterioso protettore, mi aveva dato un medaglione d'argilla che recava impressa su una faccia la lampada dei Cinici, e sull'orlo esterno un messaggio tattile leggibile solo dagli iniziati. Era stato poi il caso - e l'incidente di Gilot - a condurmi al tempio di Esculapio, dove un altro sacerdote me lo aveva tradotto.

Non nuocere.

Il motto dei chirurghi, l'ammonimento della Gilda. Era stata Claudia a dirmi che quel dono aveva anche un altro significato: un membro della Gilda mi aveva preso sotto la sua protezione. Quel medaglione non c'era più - l'avevo sbriciolato in un momento di rabbia - ma ne avevo fatto un disegno, e intendevo farmene fare una copia da un fabbro.

Non avrei saputo dire esattamente il perché, salvo che si trattava di un mistero non risolto. Volevo *sapere.* La Gilda era sempre riuscita a tenere segreta la sua esistenza. Come la gente di Alba, i suoi membri non lasciavano indizi scritti. Tuttavia c'erano gli indizi umani, e anche il membro più accorto non sapeva mai quale reazione avrebbe potuto provocare.

Lo stesso ragionamento valeva per Alba.

Non avevo dimenticato i Maghuin Dhonn di Alais. Era un argomento che non osavo toccare con Firdha - il suo sguardo ammonitore mi aveva gelato la lingua - ma a Città di Elua c'erano altri cruithne. Non molti, a dire il vero; gli albani preferivano la loro verde isola alle nostre città cinte da mura. Però c'era la guardia d'onore.

Drustan aveva lasciato una mezza dozzina di uomini come guardie d'onore della riverita *ollamh* che istruiva sua figlia. Erano tutti esperti guerrieri Cullach Gorrym, e quando uno capitava all'improvviso davanti a loro nei corridoi del palazzo poteva restare senza fiato alla vista di quelle facce coperte di tatuaggi azzurri.

Cominciai a cercare la loro compagnia. Dapprima con me si mostrarono piuttosto riservati, poi ebbi l'idea di convincerli ad accompagnarmi a Soglia della Notte. Là c'era una taverna, il Galletto, che aveva una lunga storia. Si trattava di un locale tsingani, anche se certi giovani nobili angeline si compiacevano di frequentarlo per avere l'impressione di vivere pericolosamente. Lì non c'era nessun pericolo per me. Era il posto dove Hyacinthe prediceva la fortuna quand'era ancora uno spensierato ragazzo tsingano, un mezzosangue che conoscevo solo dai racconti di Phèdre, e non l'impressionante figura dagli strani poteri da me incontrata in seguito. In quella taverna avevo raccontato di come avevamo liberato il Signore dello Stretto dalla sua maledizione più volte di quante potessi ricordare. Emile, il padrone, era stato suo amico, e si considerava in debito con ogni membro del casato di Phèdre per ciò che lei aveva fatto.

«Mio principe!» ruggì quando entrammo. «La nostra perla *gadjo*!»

Sostenni il suo abbraccio, che rivaleggiava con la forza stritolante di quello di Eamonn.

I cruithne sogghignarono.

«Emile, questi sono gli uomini del *cruarch*», ansimai.

Lui mi lasciò andare e chiamò il garzone con un cenno. «Birra! La migliore che abbiamo, per gli uomini del *cruarch*.»

Ci sedemmo a un tavolo e la birra arrivò, in abbondanza. Emile e io brindammo a Drustan, poi a Hyacinthe, e anche i cruithne bevvero. Seguirono altri brindisi, e non mancai di farne uno a Dorelei, la mia futura sposa.

Kinadius, il più giovane di loro, mi scrutò. « Questo lo *sapete*, vero? Voi siete un uomo fortunato. »

« Sì », dissi francamente. Era vero, in un certo senso. « Lo so. »

Loro si scambiarono uno sguardo. « Pochi dei vostri compatrioti lo direbbero », commentò il loro caposquadra, Urist. Era un uomo abbastanza anziano da aver visto l'invasione degli skaldi e combattuto al fianco di Drustan. Sapevo che il *cruarch* aveva molta stima di lui.

Scrollai le spalle. « Ci sono sempre quelli che temono i cambiamenti. Non è così anche in Alba? »

« In Alba sono arrivati molti cambiamenti, e molto in fretta. » Urist bevve un lungo sorso di birra. « Alcuni dicono *troppo* in fretta, sì. »

« I Maghuin Dhonn? » domandai.

Kinadius trasalì e lasciò cadere il boccale. Alcuni cruithne imprecarono e si scostarono per evitare la birra che colava dal tavolo, e il garzone arrivò con uno straccio. Urist incrociò le braccia e mi osservò. La sua espressione era difficile da interpretare dietro i complicati tatuaggi azzurri che gli coprivano il viso come una maschera, ma i suoi occhi neri erano duri come pietre. « Voi cosa sapete di loro? »

« Soltanto il nome. »

Kinadius fece una smorfia. « Parlare di loro porta sfortuna. »

« Perché? » volli sapere.

« Perché hanno fatto una cosa che non avrebbero dovuto fare, molto tempo fa, e hanno portato la vergogna su di sé e su Alba. Noi non ne parliamo mai. E non li nominiamo mai », rispose Urist, con gli occhi sempre fissi nei miei.

« Anche la *ollamh* ha rifiutato di farlo. Ma il *cruarch* ha parlato di loro. Con Talorcan », dissi.

I cruithne si guardarono di nuovo. « Il *cruarch* ha una terra da governare. E Talorcan è il suo erede. Ci sono argomenti che devono discutere. Ma tra di noi non ne parliamo », disse con fermezza Urist.

« Gli stregoni-orsi hanno ancora il potere di maledire. Almeno, le loro donne. Possono disseccare i lombi di un uomo, se vogliono », mormorò Kinadius.

« O farli bruciare », aggiunse un altro. Qualcuno rise.

«*Aye*, e cambiare forma mentre si stanno accoppiando con un uomo e mangiarlo vivo!» Deordivus puntò un dito verso il mio addome. «A cominciare dal suo membro. State lontano da loro, principe.»

Arrivò un altro giro di birre, ed Emile approfittò di quella pausa per chiedermi di raccontare l'assedio di Lucca. La conversazione passò a quell'argomento, e non potei tirarmi indietro. I cruithne non ne sapevano niente - non ne avevo mai parlato molto, in pubblico - e ascoltarono con interesse mentre raccontavo di quand'ero arrivato a Lucca per partecipare alle nozze del mio amico Lucius Tadius, solo per scoprire che la sua promessa sposa era stata appena rapita e che le truppe del suo catturatore erano già in arrivo per mettere la città sotto assedio.

Tutti annuirono con aria saputa quando dissi che Lucius era stato posseduto dallo spirito del suo bisnonno, il capitano di ventura Gallus Tadius, il quale aveva poi organizzato la difesa della città. Storie del genere non erano giudicate strane in Alba, dove una donna poteva mangiare un salmone e partorire un bardo.

Quando passai a descrivere la battaglia misi in risalto il ruolo avuto da Eamonn. In effetti non avevo bisogno di esagerare; Gallus Tadius lo aveva messo a capo di una squadra, ed Eamonn si era fatto onore più di ogni altro. Ma era un principe dei dalriada, la gente del Fhalair Bàn, e i cruithne si compiacquero nel sentirne le gesta. I dalriada erano un popolo sovrano e indipendente, immigrato dall'isola di Eire, e dopo aver conquistato una testa di ponte sulla costa occidentale di Alba si erano stabiliti lì in permanenza. Ma tra i dalriada e i cruithne c'era un'alleanza ormai di vecchia data.

Anche sentire ciò che avevo fatto li compiacque. «Non siete inesperto di guerra come credevamo!» Deordivus mi diede una pacca su una spalla. «Avete già avuto il vostro primo tatuaggio di guerriero, principe. O almeno, lo avrete quando sarete sposato e legato dal giuramento, come uno di noi.»

«Ah, davvero?» borbottai.

«Proprio qui.» Kinadius si toccò in mezzo alla fronte, dove campeggiava un elaborato tatuaggio raffigurante una falce di luna girata al contrario, e tre circoletti disposti come i petali di un trifoglio attraversati da un simbolo a forma di V. « Lo scudo del guerriero, e la sua lancia. »

« Ah, no, grazie! » dissi, preoccupato.

« Non volete mostrare il legame di parentela coi Cullach Gorrym? » Kinadius sogghignò. « S'intonerà bene coi vostri occhi azzurri. »

« Voi state *scherzando*, vero? » domandai.

Loro risero. « Non del tutto », disse Urist.

« Ci penserò », mormorai, e ordinai altra birra.

In ogni modo la serata proseguì tra altre chiacchiere cordiali, e quando finì mi parve che i cruithne fossero lieti di essermi diventati amici. Mentre andavamo verso il palazzo, a cavallo, Deordivus m'insegnò una delle canzoni che i cruithne intonavano durante le bevute. Quando dovetti separarmi da loro per tornare alla casa di città, Kinadius insisté per scortarmi.

« Drustan si aspetta che lo facciamo per Talorcan. Se Imriel diventerà un principe di Alba, non dovremmo trattarlo allo stesso modo? » disse a Urist.

Il viso del caposquadra era illeggibile nella luce lunare. « Come volete. »

Kinadius esalò una nuvoletta di fiato condensato e mi fece un cenno. « Allora andiamo. Facciamo una corsa. O non vi piace gareggiare? »

« Scommettiamo la prossima bevuta? »

Non fu una galoppata selvaggia. Cose del genere le avevo fatte con Gilot prima di rischiare di travolgere un gruppo di festaioli, ed era ancora abbastanza presto perché in strada ci fossero pedoni e numerose carrozze con le lampade accese. Nei tratti più sgombri però gareggiammo. Tenni il Bastardo sotto controllo. Era veloce e senza paura, tanto che nelle vie di Lucca avevo potuto lanciarlo a briglia sciolta nel buio più completo. Avrei potuto vincere facilmente, ma Phèdre mi aveva insegnato che mostrarsi troppo accaniti nelle piccole cose non serve a farsi degli amici. Lasciai che Kinadius mi precedesse di qualche lunghezza.

« Bella corsa! » disse allegramente. « Se non altro, Dorelei sposerà un uomo che sa stare in sella. »

«Tu le sei affezionato», commentai.

Kinadius annuì. «Siamo cresciuti nella stessa fortezza. Un tempo accarezzavo l'idea di farle la corte.»

«Non so cosa dire. Mi dispiace», mormorai.

Lui scosse il capo. «Oh, non è il caso! È meglio così, e noi che siamo uomini del *cruarch* lo sappiamo. Non ve ne voglio per questo.»

«Ti ringrazio.» Gli tesi la mano.

Lui la strinse con fermezza. «Terrete a mente ciò che abbiamo detto stasera?»

«Sui tatuaggi di guerra?» Feci una smorfia. «Oh, certo.»

Kinadius sorrise, ma solo un attimo. «Non quelli. Era uno scherzo, sapete. Urist tiene più di noi alle antiche tradizioni. No, volevo dire l'altra cosa.» Vedendo che stavo per rispondere lui m'interruppe stringendomi la mano più forte. Poi si piegò verso di me, abbassando la voce. «Quelli hanno sacrificato il loro *diadh-anam*. Ecco perché la *ollamh* non parla di loro.»

«Sacrificarono *cosa*?» domandai, perplesso.

Lui mi lasciò la mano e si mise due dita sulle labbra, scuotendo ancora il capo. «Ho già detto troppo. Porta sfortuna. Buonanotte, principe!»

Lo seguii con lo sguardo mentre si allontanava, poi gridai a Benoit di aprire il portone. Lui mi fece entrare con aria insonnolita, e portò il Bastardo nella scuderia.

Trovai Phèdre ancora nel suo studio. «Salve, tesoro.» Posò un fermacarte sul rotolo che stava studiando e mi scrutò in tralice mentre mi chinavo a baciarla su una guancia. «Puzzi come il fondo di un barile. Hai appreso qualcosa di utile, almeno?»

«Forse.» Sedetti ai suoi piedi, a gambe incrociate. «Che cos'è un *diadh-anam*?»

Le belle labbra di Phèdre si mossero senza suono quando ripeté tra sé la parola. Dalla sua espressione vidi che si stava frugando nella memoria. Da bambina aveva studiato il cruithne, molto prima che in Terre D'Ange ci fosse la necessità di parlarlo. Gliel'aveva insegnato Anafiel Delaunay, il suo mentore e protettore. Ciò dimostrava che era stato un uomo in anticipo sui suoi tempi. Infine azzardò: «Dio-anima? Non lo so, caro. Non ho mai sentito questa parola. Perché t'interessa?»

«Perché, qualsiasi cosa sia, i Maghuin Dhonn hanno sacrificato il loro. Phèdre... comincio a chiedermi in cosa sto andando a cacciarmi, in Alba.»

«Me lo chiedo anch'io. Ma lo scopriremo.»

Le posai la testa su un ginocchio, come facevo da bambino. Lei mi accarezzò dolcemente i capelli. Non era più la stessa cosa; non sarebbe mai più stata la stessa cosa. Ma era abbastanza, e mi accontentavo. «Non voglio lasciarti», mormorai.

«Lo so. Imri...» La sua voce s'incrinò.

Girai la testa e le premetti la fronte sul ginocchio. Desideri che non volevo mi facevano battere forte il cuore. Sentivo l'eco delle parole di mia madre. «Tu sai che devo farlo, vero?»

«Sì.»

Tra noi c'era una sorta di patto, cui non avevamo mai dato voce. Non potevo restare lì. Avevo un debito d'onore da rispettare, e desideri che non si sarebbero mai realizzati. Il genere di amore con cui gli dei avevano benedetto Phèdre e Joscelin non era qualcosa di possibile per me. Ma, se non era destino che io conoscessi la stessa felicità, potevo almeno cercare di essere *migliore.* Feci un sospiro, e mi alzai. «Mi dirai ciò che verrai a sapere?»

Gli occhi scuri di Phèdre erano seri. «Sempre. E tu?»

«Sì, sempre», promisi.

6

«Ammira!» Mavros alzò le braccia. «Casa Brionia.»

Anche vista dall'esterno, la differenza con Casa Alisso saltava all'occhio. Questa era una grande costruzione a due piani, con una facciata ricca di sporgenze e rientranze. Tutte le finestre brillavano di luce, e le loro cornici erano adorne di stucchi raffiguranti tralci di brionia. Quando la porta fu aperta, nel cortile dilagarono risate e musica e rotolio di dadi.

Ci fecero passare nel salone, un grande locale cinto da una balconata all'altezza del primo piano e attrezzato come la Sala dei Giochi del palazzo reale. C'era una vera folla di nobili e benestanti che stavano gettando via i loro soldi in giochi d'azzardo e di abilità: dadi, carte, rhytmomachia e altri meno popolari. Vi si respirava un'atmosfera frizzante.

«Lord Mavros!» Una bella donna dalle trecce brune arrotolate in un'alta corona ci accolse con un cortese inchino. Il suo abito nero, fornito di una profonda scollatura dietro la schiena, lasciava scoperta la *marque*: delicati viticci di brionia che le risalivano lungo la spina dorsale, gremiti di pallidi fiori e foglie lanceolate. «È passato troppo tempo dall'ultima volta.» Poi scrutò me con un interesse calcolato e privo di ogni pudore. «Principe Imriel. Benvenuto a Brionia, altezza.»

«Imri, ti presento la priora, Janelle nó Brionia. Non perdere di vista la tua borsa», disse Mavros.

Lei gli frustò un braccio con un ventaglio chiuso. «Non scommettere ciò che non puoi permetterti di perdere, perché Naamah ti prenderà tutto e ancor di più. Cosa sei venuto a cercare, tu, bambino cattivo?»

Mavros sorrise pigramente. «Gettoni.»

Nella ricorrenza della Notte più Lunga, due sono le feste più importanti a Città di Elua. Una è quella del palazzo reale, l'altra quella di Casa Cereo, la più antica delle Tredici. Quest'ultima è una nottata che i servi di Naamah celebrano tra loro, e nessuno, neppure un principe del sangue, può entrare senza un gettone.

«Dunque ne vuoi due?» Le sue labbra generose si curvarono. «E cosa offri in cambio?»

«Le nostre borse.» Mavros allargò le braccia. «Ma questo non è un semplice scambio, Janelle. È una scommessa. Tu contro di noi, e la clessidra.»

«Una scommessa? Che partecipino tutti i presenti, allora. D'accordo?» Janelle nó Brionia fece un gesto a un assistente, in un angolo, e questi suonò un massiccio gong di bronzo. Il rintocco echeggiò nel salone, e i clienti interruppero i propri giochi, voltandosi verso di loro. «La scommessa della clessidra!» annunciò ad alta voce. «Lord Mavros e il principe Imriel de La Courcel hanno sfidato me. Il maestro di sala raccoglierà le vostre puntate.»

«Mavros, che cosa...» mormorai.

Lui mi diede di gomito. «Taci. Hai voluto tu che venissimo qui.»

Vero e non vero. Ero stato io a proporre quella serata, perché a Casa Brionia si potevano sperimentare gli aspetti più venali della grazia guaritrice di Naamah. Ma non capivo in che razza di gioco Mavros mi stesse trascinando e, qualunque fosse, questo m'irritava.

I patroni gridavano una quantità di suggerimenti per il genere di sfida che avrebbe avuto luogo, quasi tutti così spinti da far arrossire. Janelle nó Brionia li ascoltò, annuendo, finché uno non sembrò imporsi sopra tutti gli altri come numero di richieste. «La bocca e la clessidra? Va bene. Anzi, poiché riguarda me, è perfetto. Ma sarò io a scegliere lo sfidante tra i nostri due ospiti.» Puntò un dito su di me. «Avete intenzione di accettare, altezza? Se perderete, sarò io a intascare le vostre borse.»

«Scusatemi. Non ho capito di cosa si tratta», dissi, sentendomi sciocco.

Janelle si avvicinò e mi accarezzò una guancia. «È un gioco semplice, caro principe. Cercherò di darvi il piacere nel tempo di una clessidra. Con la bocca», mi sussurrò in un orecchio, facendomi provare un brivido col suo alito profumato. «E voi dovrete cercare di resistermi. Giocherete?»

Guardai la folla eccitata. « Qui? Credo che non sia il posto... »

« No, no, non intendo mettervi in mostra. » Lei indicò verso il soffitto del salone, dove una sorta di camera chiusa da tende di seta sporgeva dalla balconata. « Lassù. »

Dietro di lei Mavros stava scuotendo la testa per mettermi sull'avviso, con aria improvvisamente incerta. Soltanto Elua sa cos'avesse avuto in mente di fare, comunque sembrava che la decisione della priora non gli piacesse affatto. Forse cercava di convincermi a lasciare il posto a lui. Ma pensai a Claudia Fulvia e a ciò che mi aveva fatto sopportare, e sorrisi a Janelle. « D'accordo. Perché no? » dissi con buona grazia.

« Oh, *molto* bene. » Le sue unghie scesero lungo la mia gola e sul petto. « Venite. »

Era insolito, a quanto sembrava, che la priora di Casa Brionia raccogliesse personalmente una sfida. Mentre mi conduceva su per la scala ricurva, la folla chiacchierava animatamente e faceva scommesse. Da quello che potei sentire quasi nessuno mi dava favorito. Entrammo nella stanza soprelevata, tra morbidi cuscini e lampade appese a catenelle. Due adepti chiusero le tende dietro di noi, e Janelle aprì quella che dava sul salone.

« Portate la clessidra! » ordinò.

Un adepto sul cui petto nudo c'era il simbolo di Brionia portò una clessidra alta e sottile chiusa in un telaio d'argento. La folla si aprì per dargli strada.

Janelle nó Brionia alzò una mano. « Cominciamo! » L'adepto rovesciò la clessidra, e la sabbia prese a scendere nell'ampolla inferiore. Lei richiuse la tenda e voltandosi verso di me si slacciò la veste, che le cadde ai piedi. La sua pelle era candida, salvo l'areola rosa dei capezzoli sui seni alti e sodi. La vista del suo corpo nudo mi costrinse a deglutire.

« Non siete stato prudente, mio caro principe. Nessuno vi ha detto la prima regola dei patroni di Casa Brionia? Mai scommettere contro la priora. Potete dire addio alla vostra borsa », disse lei con voce morbida sfumata d'ironia.

Era provocante, e mi accorsi che la desideravo. Ma non mi era troppo simpatica. Le mostrai i denti in un freddo sorriso. « Una priora dovrebbe saper valutare meglio i patroni, mia signora. »

Lei inarcò un sopracciglio. « Mi sfidate! Sarà ancor più divertente. »

Tutti i servi e le serve di Naamah sono esperti nella loro arte. Mentre la folla sotto di noi cantava e batteva le mani per ricordarci lo scorrere del tempo, Janelle s'inginocchiò flessuosamente davanti a me. Il suo respiro caldo entrò nei miei calzoni quando li slacciò. Il mio membro reagì subito, ergendosi.

Guardai il soffitto di seta.

La priora di Casa Brionia mi praticò il *languissement*. Lo fece con abilità sconvolgente. Potevo sentire ogni muscolo delle sue guance e della gola aderire al mio membro per stimolarlo. Pensai a Claudia e per poco non persi il controllo. *No!* Non dovevo. Così feci l'unica cosa che mi restava e cercai nel fondo della memoria i ricordi strazianti di Daršanga.

Il tempo trascorreva lento. Le voci della folla che non vedevo si alzavano di tono, e al battito delle mani si aggiunse quello dei piedi al suolo. Le carezze di lei divennero più urgenti; mi palpava i testicoli nelle mani a coppa, mi stuzzicava l'ano con dita impudiche. Il mio corpo s'irrigidì fremendo di sorpresa e di piacere, ma lo ignorai. « *Duzhmata, duzhûshta, duzhvarshta* », sussurrai.

Cattivi pensieri, cattive parole, cattive azioni.

Infine, come il cielo volle, suonò il gong e un coro di esclamazioni eruppe dalla folla di patroni, impazienti di sapere il risultato. In ginocchio ai miei piedi, Janelle ritrasse la bocca. Per un momento rimase a capo chino, poi alzò lo sguardo su di me e sul suo volto non ci fu più ironia, solo stupore. « Perché state piangendo? »

Spazzai via le lacrime col dorso di una mano. « Ve l'ho detto. Dovreste saper valutare meglio i vostri patroni. » Mi tirai su i calzoni e li abbottonai. La mia erezione se n'era andata, lasciando dietro di sé un vago e torpido dolore. Le porsi una mano per aiutarla a rialzarsi, quindi le restituii l'abito. « Ecco. »

Lei si rivestì senza commenti e mi chiese di aprire le tende, ma prima che lo facessi mi fermò. « Ditemi, altezza, la vostra vittoria valeva ciò che avete perduto? »

Ci pensai. « Probabilmente no. »

Janelle nó Brionia fece un sospiro. « Questo mi consola. »

Detto ciò, aprì le tende e diede l'annuncio alla folla vociante, con un elaborato inchino per riconoscere la sua sconfitta. Guardai tutte quelle facce voltate all'insù e alzai una mano a placare le lodi che mi venivano rivolte. Le scommesse furono pagate e tintinnanti monete cambiarono proprietario. Mavros, che ne aveva piene le mani, mi fece l'occhiolino. Janelle pescò dalla sua borsa due gettoni d'avorio e glieli gettò con un gesto che fece ridere i presenti, ma subito dopo tutti tornarono a dedicarsi ai loro piaceri, mossi dall'avidità e dal desiderio.

Più tardi, mentre la carrozza ci riportava a casa, guardai in silenzio Mavros che mormorava soddisfatto tra sé, dividendo le nostre vincite. « Ecco qua. » Mi mise in mano una pila di monete d'oro. In cima a esse c'era uno dei dischetti d'avorio. « Questo non perderlo, mi raccomando. »

Intascai il bottino. « Non riesco a credere che tu abbia scommesso su di me. »

« Ah, be'... » Lui scrollò le spalle. « Tu sei un gran testardo. Su questo sapevo di poter contare. »

« *Troppo* testardo, forse », lo corressi.

Mavros mi scrutò. « Forse. Ascolta, Imri. Dopo le ultime due Case non sono più sicuro di niente, però continuo ad avere questa impressione: non riesco ad accontentarmi di nessun piacere, ma tu... tu hai trovato il modo di spaccarti la faccia contro i tuoi stessi desideri. »

« Il perché lo sai », mugolai.

« Lo so. In parte, almeno. Comunque, non scordare che donne come Janelle sono seguaci di Naamah, votate al suo servizio. Se noi andiamo a divertirci alla Corte della Notte, cercando il nostro piacere rendiamo omaggio a Naamah. Quando invece tu stai lì a lottare con le tue frustrazioni, fai uno sgarbo a Naamah. »

Distolsi lo sguardo, consapevole che Mavros aveva ragione. « Cosa mi consigli di fare? »

« Smettila di accarezzarti le cicatrici. E, se hai un prurito, grattatelo », disse, laconicamente.

« Più facile dirlo che farlo », sospirai.

Lui scrollò di nuovo le spalle. « Sei stato tu a chiedermelo. »

Nei giorni che seguirono ripensai alle sue parole, ma non visitammo altre Case. Decisi invece di andare al tempio di Naamah per farle un'offerta e chiederle perdono se l'avevo offesa. Con mio stupore e compiacimento, Phèdre e Joscelin vollero accompagnarmi.

Era una giornata imprevedibile, con un vento tiepido fuori stagione. In città la gente aveva lasciato gli ingombranti pastrani invernali per abiti più leggeri. Nel cielo scivolavano via nuvole basse, seguite da luminose chiazze di sereno.

Alle bancherelle fuori dal tempio comprai una colomba, in una gabbietta dorata. Il grande tempio di Naamah era una semplice costruzione marmorea, rotonda, circondata dagli orti. Anche d'inverno c'era il profumo dei sempreverdi, e sui cipressi tubavano le colombe sacre.

«Mia signora!» L'accolito al portone d'ingresso accolse Phèdre con un profondo inchino. «Siamo onorati.»

Phèdre era ancora una serva di Naamah, anche se aveva portato la sua fede in posti più lontani, più strani e terribili, di quello che le adepte della Corte della Notte avrebbero mai potuto sognare. Erano trascorsi molti anni dall'ultima volta in cui Naamah l'aveva chiamata al suo servizio, ma se fosse accaduto di nuovo credo che Phèdre avrebbe risposto. Quel giorno, però, non sarebbe accaduto. Quando entrammo nel tempio appariva tranquilla e compassata. Mostrai la colomba all'accolito, espressi il mio desiderio, e lui andò a chiamare il sacerdote.

Joscelin alzò lo sguardo verso la statua di Naamah, che si ergeva sotto il foro centrale della cupola. «Dunque è qui che hai preso i voti?»

«Due volte», annuì Phèdre. Restarono lì fianco a fianco, tenendosi per mano. Le braccia di Naamah erano aperte, come per abbracciare il mondo. Sul suo volto, sfiorato da un raggio di sole che scendeva dall'alto, c'erano desiderio e compassione. Dopo un momento un banco di nubi smorzò la luce. Joscelin sorrise e scosse il capo, e pensai a ciò che aveva detto sul suo rifiuto di lasciare l'amore sull'altare della fede.

«Principe Imriel.» La voce del sacerdote mi fece trasalire. Era uscito dall'ombra, con le mani nascoste nelle maniche della tonaca scarlatta e fiancheggiato da due accoliti che portavano gli strumenti. Non sembrava più anziano di Joscelin, benché la sua espressione ascetica gli desse una maschera quasi senza età, ma i capelli lunghi sino alla cintura erano sfumati di grigio.

«Sant'uomo.» Mi avvicinai all'altare e misi un ginocchio al suolo, deponendo la gabbia della colomba. «Sono venuto a fare un'offerta.»

«Perché?» Gli occhi del sacerdote erano grigio cenere, con lunghe ciglia e larghi in modo sconcertante.

Mi sfregai le mani sulle cosce. «Perché temo di aver trasgredito, senza volere. E desidero la grazia di Naamah su di me.»

«La desideri? Potrebbe esserci un prezzo.»

«Lo so.» Gettai uno sguardo involontario a Joscelin. «Sì.»

«Allora che sia così.» Il sacerdote si fece consegnare un aspersorio da uno degli accoliti e lo immerse in una bacinella, spruzzandomi poi di gocce che odoravano d'olio consacrato. «Nel nome del sacro fiume di Naamah, sii mondato delle tue trasgressioni. Col tocco di questo crisma, sii benedetto agli occhi di Naamah.» Indicò la gabbia col capo. «Fai la tua offerta.»

In ginocchio, aprii lo sportelletto. La colomba mi fissò coi suoi occhi tondi. La presi tra le mani, consapevole della delicatezza delle sue ossa, e sentii il piccolo cuore che batteva rapido. «Perdonami. So cosa si prova», le mormorai.

Quando mi alzai e aprii le mani, accaddero due cose. La colomba si gettò in frenetico volo verso il foro della cupola, e il banco di nubi passò oltre. Un inatteso raggio di sole cadde su di noi, rotto soltanto dall'ombra palpitante delle ali della colomba in fuga verso la libertà. E in me scaturì un impeto di sollievo, così dolce che risi di gioia.

«Naamah è compiaciuta.» Piccole rughe incresparono gli occhi del sacerdote. «Tu lo sei?»

«Sì», dissi, semplicemente.

«Bene.» Lui s'inchinò a Phèdre. «Bentrovata, mia signora.»

Lei gli sorrise. «Non ti ricordi di me, Raphael Murain? Non so perché, ma non sono sorpresa di trovarti qui.»

Il sacerdote rise. «Non credevo che *tu* ti ricordassi me.»

Tra loro passò qualcosa, memorie di eventi passati. Joscelin inarcò le sopracciglia ma non fece commenti. Senza dir altro lasciammo il tempio, e all'esterno ci fermammo un poco a osservare gli orti. Guardai le colombe alla ricerca della mia, ma sembravano tutte uguali.

«Non la riconoscerai mai», disse Phèdre, come leggendomi nei pensieri.

«Però è strano, vero?» mormorai. «I venditori le allevano perché i postulanti le lascino libere. Ma, se non ci fosse il tempio, non ci sarebbe nessuna ragione di tenerle in gabbia.»

Phèdre annuì. «Proprio così. La volontà degli dei è strana.»

La guardai. «Lui era un patrono?»

Lei parve sorpresa e divertita. «Raphael? Oh, no. *Io* lo ero. Lui era un adepto di Casa Genziana.» La mia espressione la fece ridere. «Ah, tesoro! È stato molto tempo fa, e avevo bisogno di un consiglio circa un sogno. E, a proposito di sogni, credo di aver scoperto qualcosa che tu e Alais potreste trovare interessante.»

«Oh. Che cosa?» domandai.

«La storia di un orso.»

Al nostro ritorno a casa, me la mostrò. Era in un libro dello storico tiberiano Caledonius, che aveva servito come tribuno militare in Alba durante la rivolta dei cruithne sotto il comando di Cinhil Ru. Conoscevo *quei* fatti, naturalmente. Cinhil Ru era stato il primo *cruarch* di Alba. Aveva unificato la moltitudine di tribù bellicose e stretto un accordo coi dalriada. Assieme avevano sconfitto le forze tiberiane che occupavano Alba e le avevano ricacciate sul continente, oltre lo Stretto, da dove non sarebbero tornate mai più. Drustan mab Necthana discendeva da lui, e di conseguenza ciò valeva anche per Sidonie e Alais.

La storia dell'orso era accaduta prima, però.

Era il resoconto di un gioco finito male. Il governatore di Alba aveva indetto dei giochi pubblici per divertire i suoi uomini, e aizzare gli orsi era uno sport comune a quell'epoca. Caledonius descriveva con entusiasmo i suoi pregi sanguinosi. In quell'occasione l'orso era stato incatenato in uno stadio, e aizzato contro un manipolo di ribelli pictish fatti prigionieri, armati soltanto di corte lance.

Quell'orso, però, era grosso il triplo dei soliti orsi, cosicché aveva sradicato il palo cui era incatenato e massacrato i pictish. Poi si era arrampicato sulle gradinate degli spettatori, uccidendone molti, aveva spaccato il palco di legno del governatore con gli artigli, e azzannato al collo il governatore stesso, scuotendolo qua e là fin quasi a staccargli la testa. Ai soldati di Caledonius era occorsa più di un'ora per ammazzarlo, benché l'avessero riempito di tante frecce che sembrava un puntaspilli.

Una volta ucciso l'orso gli avevano tolto la pelle, e solo allora si erano accorti che dentro quella pelle c'era un corpo umano.

Fui percorso da un brivido. « Non è una storia piacevole. »

« No », disse Phèdre. « Il resto del libro parla di Cinhil Ru e della rivolta, con dettagli truculenti che non sono scritti in nessun altro resoconto. Caledonius è sopravvissuto alle battaglie e alla ritirata. Ha trascorso il resto della vita in una villa di campagna fuori Tiberium, disinteressandosi della guerra e della politica. Ma fino al giorno della sua morte è stato tormentato da incubi. »

« Sull'orso? » domandai.

Lei annuì. « È tutto ciò che ho trovato. »

Mi chiesi se fosse opportuno raccontare quella storia ad Alais. Alla fine decisi di non parlargliene. La fanciulla aveva già avuto un incubo su un orso, e non era giusto stimolare la sua sensibilità con racconti orribili. Mi chiesi però se non fosse il caso di chiedere maggiori particolari a Firdha. La *ollamh* tuttavia sospettava qualcosa - forse le sue guardie del corpo le avevano detto del mio interesse per i Maghuin Dhonn - perché alla lezione successiva mi accolse con un'espressione di sfida nei penetranti occhi neri.

« Hai qualche domanda, principe? » domandò.

Sostenni il suo sguardo senza batter ciglio, finché non vidi sbiancarsi le nocche della mano in cui Firdha stringeva la bacchetta di quercia dorata. C'erano linee di colpa in lei. Nonostante la sua cultura, nonostante le migliaia di storie che conosceva, una verità taciuta svegliava nella sua mente un effetto simile a quello di una bugia. Avrei potuto servirmi di quella consapevolezza per umiliarla, ottenendo in cambio la sua eterna ostilità.

Oppure avrei potuto aspettare e fare le mie domande a Drustan mab Necthana, che aveva facoltà di parlare di ogni argomento. Non c'era fretta. Le mie nozze non sarebbero state celebrate prima di qualche mese e, se il *cruarch* desiderava davvero quel matrimonio, si sarebbe comportato onestamente con me.

«No, Figlia del Bosco.» Chinai la testa, lasciandole la vittoria. «Nessuna domanda.»

«Bene», disse seccamente lei.

Una volta tanto mi sentivo saggio.

7

«Nel nome di Elua!»

Un febbrile sussurro di pettegolezzi percorreva la folla degli invitati alla *Masque,* nel salone da ballo del palazzo: era la Notte più Lunga, e Sidonie de La Courcel, delfina di Terre D'Ange, aveva usurpato il costume del Principe Sole.

Scoppiai a ridere quando me lo dissero. Quella sarebbe stata l'ultima volta, per chissà quanti anni a venire, che avrei festeggiato la Notte più Lunga sul suolo angeline, e mi sentivo il cuore stranamente leggero. Senza dubbio il merito lo aveva in parte il mio costume, perché c'era un certo profumo di libertà nell'essere vestito di stracci – benché stracci di costosa seta –, scalzo e senza maschera, coi capelli miseramente scompigliati. Era un costume scandaloso nella sua semplicità, e la stessa Favrielle aveva provato una certa fosca soddisfazione nel crearlo.

Ma Sidonie mi aveva superato.

«È vero?» domandò Phèdre a Ysandre, con una luce divertita negli occhi.

La regina rise. «Oh, sì. Non credi che le si adatti?»

«Perché no?» Phèdre alzò il suo calice di brandy. «*Joie!*»

Bevvero. Bevemmo tutti. Il brandy lasciò una traccia piacevole nella mia gola e mi fece dilatare il cranio. Ti-Philippe scosse la testa per schiarirsela, e l'assurdo parasole dagli orli di merletto che sosteneva sopra Phèdre oscillò pericolosamente.

Gli fermai il braccio. «Attenzione, cavaliere.»

Lui mi guardò di traverso. «Non hai ancora trovato un uomo onesto?»

Alzai la lampada d'argento. «Lo sto cercando.»

«Stai attento con quella lampada, tesoro.» Phèdre mi baciò una guancia. Il suo abito era una luccicante colonna di seta scarlatta, chiusa entro una reticella d'oro su cui erano cucite migliaia di minuscoli specchi, e scintillava a ogni movimento riflettendo una miriade di punti luminosi su chi le stava accanto. Opulenza. Non era come i migliori abiti alla moda di Favrielle, ma faceva effetto.

«Starò attento», promisi.

Nel salone pieno di gente faceva già caldo, e nell'aria l'odore delle candele di cera d'api si mescolava a quelli dei fiori freschi e centinaia di profumi individuali. Presto a questi si sarebbe aggiunto l'aroma della carne arrosto, quando il personale di cucina avrebbe ricoperto il lungo tavolo con manicaretti di ogni genere. Prima di perdermi in chiacchiere e bevute, decisi di fare un giro sull'esterno della sala, dove molte coppie stavano ballando. Avevo la mia lampada, e come unico ornamento il medaglione commissionato al fabbro, appeso al collo. Se qualcuno avrebbe reagito in maniera sospetta volevo che accadesse subito, piuttosto che dopo. O meglio, era più probabile che questi simboli fossero notati subito, perché più tardi il vino e il *joie* avrebbero confuso occhi e teste.

Come risultò ben presto, le loro reazioni non mi rivelarono molto.

Il mio costume veniva notato, certo, ma solo per la sua provocante miseria, non per il suo significato recondito. Ero già sul punto di dimenticare il mio piano, quando Mavros gli diede il colpo di grazia, scoppiando a ridere non appena mi riconobbe. «Oh, Imri! Sei proprio... sei proprio...» Scosse il capo. «Be', è un costume originale, in qualche modo.» I suoi occhi azzurri scintillavano dietro la maschera, un elaborato oggetto di cuoio nero da cui spuntavano due cornetti da satiro. «Dimmi, hai visto la tua dolce cugina?»

«Non ancora, ma ne ho sentito parlare», risposi.

«Guarda da quella parte.» Mi passò un braccio intorno alla vita e mi fece voltare a destra.

Per tradizione il Principe Sole doveva svegliare a una nuova nascita la Regina dell'Inverno durante la *Masque*, la festa mascherata che si teneva nella Notte più Lunga. Era un rito antico, che risaliva a prima dell'arrivo del Beato Elua, e c'era un collegamento anche tra il Principe Sole e chi regnava sulla nostra terra. Questo era stato dimenticato o ridotto a un tradizione contadinesca, finché Baudoin de Trevalion non aveva resuscitato la simbologia del Principe Sole durante il suo complotto per usurpare il diritto al trono di Ysandre. Non avevo dimenticato le parole di Sidonie alla *Masque* dell'anno prima, quand'ero intervenuto mascherato da dio della luce skaldi. Lei mi aveva chiesto se pensavo di offrirmi per impersonare il Principe Sole. Era come chiedermi se meditavo di rubarle il trono. Per tutta risposta le avevo offerto il mio giuramento di fedeltà.

Lei non l'aveva dimenticato, ne ero certo. E ora stava usando quel costume per informare i pari del regno che non aveva intenzione di lasciarsi soppiantare, nel suo ruolo di erede di Terre D'Ange.

Oro, stoffa dorata. La sua veste era in filo d'oro, le sue scarpe erano laminate d'oro. La maschera che le copriva la metà superiore del viso era in oro battuto: un doppio sole incorniciato dalla gloria dei suoi raggi. E, perché a nessuno sfuggisse quel simbolismo, impugnava nella mano destra una lancia dorata.

Sidonie si voltò come se l'avessi chiamata. La salutai alzando la lampada. Potei vedere le sue labbra piegarsi in un sorriso sotto la maschera, mentre inclinava la lancia verso di me.

« Bene, bene », mi mormorò all'orecchio Mavros.

Lo scostai. « Oh, taci. Roshana è qui? »

« No. C'è una festa kushelina. Quasi tutti i membri della famiglia che svernano in città ci sono andati. » Vide la mia espressione e allargò le braccia. « Avrei dovuto invitarti, lo so; ma credimi, Imri, non ti sarebbe piaciuto. E, in ogni modo, più tardi andremo alla Corte della Notte, no? »

Stavo ancora guardando Sidonie. « Sicuro. »

Mavros mi diede una pacca sulla schiena. « Vai, vai. Ti ritroverò io. »

Avevo fatto solo pochi passi in direzione di Sidonie, quando fui bloccato da una donna anziana sulla cui maschera campeggiavano un becco e un ciuffo di penne. « Principe Imriel! » Inclinò la testa, squadrandomi con disapprovazione. « Che costume è mai questo, santo cielo? »

« È Diogene », le spiegai. « Mia signora... »

« Marguerite Lafons, marchesa di Lafoneuil. » Le sue labbra si strinsero. « La mia tenuta è adiacente al lato occidentale di una vostra proprietà, il ducato di Barthelme. Voi *conoscete* le vostre tenute, voglio supporre.»

«Sì, è naturale.» Le avevo visitate una volta. «Lieto di fare la vostra conoscenza, lady Marguerite.»

«Siete consapevole che ora, essendo maggiorenne, avete ereditato un seggio in parlamento, come duca di Barthelme?» Non attese la mia risposta. «No, direi proprio che non lo sapevate. Nessuno lo ha reclamato, dopo che vostro padre se ne è andato alla Serenissima. Altezza, vorrei dirvi una parola in privato.» Mi afferrò per il gomito. «Siate così gentile da riempirmi un piatto mentre mi ascoltate. Non vi spiace, vero?»

L'abitudine alla cortesia era troppo radicata in me perché potessi protestare. Scortai la marchesa di Lafoneuil al tavolo dei rinfreschi, mi feci assegnare un paio di sedie e diressi un cameriere nell'opera di riempire due piatti, riflettendo che mentre la ascoltavo potevo approfittarne per mangiare anch'io. Nel frattempo Marguerite Lafons mi narrò in ogni dettaglio l'iniqua tassazione di cui erano vittime i produttori di vino namarresi. Andò avanti a lungo, ma il succo della cosa era che esisteva una tassa sull'uva e una sulle botti, e i produttori di vino che si occupavano dell'intero ciclo produttivo erano costretti a pagarle entrambe.

Seduto al suo fianco io masticai e annuii, ripensando a Canis e al barile dentro cui dormiva. Poi pensai al povero Gilot. Gli avevo proposto di occuparsi di una delle mie tenute, dopo che si fosse sposato. A lui sarebbe piaciuto.

«Ebbene? A voi non sembra ingiusto?» m'interrogò la marchesa.

Ingoiai un boccone di piccione in salsa. «È proprio così, mia lady.»

«State perdendo tempo, Marguerite», intervenne una voce a me ben nota. «Il principino andrà a invecchiare in Alba, proprio come ha fatto suo padre alla Serenissima.» La punta di uno stivale si posò sul bordo della mia sedia, e lui si piegò su di me, appoggiando un braccio sul ginocchio. «Non è vero, vostra altezza?»

Mi voltai a guardarlo. «Duca Barquiel. Ma che piacere.»

Barquiel de L'Envers, zio della regina, sbuffò. Indossava la stessa tenuta akkadiana dell'ultima *Masque* di Mezzo Inverno, e non si era preoccupato di mettersi una maschera, solo un elmetto col turbante. «Voi non diventerete un vero saggio, ragazzo, più di quanto siano veri questi stracci.» Poi mi toccò i capelli con una mano guantata. «Se foste saggio, non andreste in giro così spettinato. I capelli lunghi non vi si addicono.»

Rigido di rabbia mi concentrai sul piatto, per controllare l'impulso di alzarmi e colpirlo. Ero sicuro che lui mi avrebbe restituito il colpo, anche se c'era da dubitare chi di noi avrebbe prevalso. Avevo dalla mia parte la giovinezza, ma Barquiel de L'Envers aveva fama di essere un formidabile combattente. Era stato a lungo comandante dell'Esercito Reale, prima che Ysandre lo costringesse a dimettersi.

«Barquiel!» disse aspramente Marguerite Lafons. «Lascia stare il ragazzo. Sei sempre stato un bullo.»

Ci fu il rumore di una sedia spostata. «Guarda, guarda», intervenne un'altra voce.

De L'Envers si raddrizzò. «*D'Essoms?*»

Mi voltai per vedere chi avesse messo quella nota incredula nella voce di Barquiel de L'Envers. Dall'altra parte del tavolo c'erano due uomini, un angeline alto e uno straniero, più basso e magro. L'angeline mi sorrise. Aveva capelli scuri e palpebre pesanti. «Voi dovete essere Imriel de La Courcel. Piacere di conoscervi, altezza. Childric d'Essoms, già della Cancelleria Reale, ora ambasciatore a Ephesium.»

«Lieto di conoscervi, mio lord.» Mi alzai, ignorando de L'Envers, e mi protesi sul tavolo per stringergli la mano. Non sapevo chi fosse, ma se non piaceva a de L'Envers poteva piacere a me. Il mio medaglione d'argento oscillò avanti mentre mi sporgevo, e fu allora che vidi il compagno di d'Essoms trattenere il fiato. Nello stesso momento ci furono delle voci a pochi passi da noi, e qualcuno si scostò per lasciar passare chi si stava avvicinando.

«Vi prego, altezza, fatemi l'onore di...» Childric d'Essoms tacque. Un muscolo sulla sua mandibola fremette. «Phèdre nó Delaunay», mormorò.

Lei si fermò presso il tavolo, le guance sfumate di rossore. «Mio signore d'Essoms.»

Un patrono, un suo ex patrono. Elua sa che non poteva essere nient'altro. Nulla di simile al sacerdote nel tempio di Naamah. L'aria tra loro sembrava vibrare. Un passo dietro Phèdre, Ti-Philippe appariva preoccupato e un po' sciocco, col suo parasole sollevato. D'Essoms non lo guardò una seconda volta.

« Dov'è il vostro cassiliano? » le domandò. « Ho sentito raccontare tante cose. »

« Alla veglia di Elua. » Rossa in viso o no, Phèdre aveva la voce sotto controllo. « Questa è la Notte più Lunga, mio signore. »

Childric d'Essoms raccolse un calice di liquore e lo alzò verso di lei. « *Joie!* » esclamò, e lo bevve di un fiato. Poi le indicò l'uomo che era con lui. « Contessa di Montrève, consentitemi di presentarvi messer Diokles Agallon, di Ephesium, ambasciatore del sultano. »

Mormorai una parola di scusa a lady Marguerite e passai accanto a de L'Envers, che aveva contratto la bocca. Dietro la sua smorfia di disgusto c'era senza dubbio una storia di qualche genere, ma per il momento non era questo che m'interessava. Girai intorno al tavolo e raggiunsi Phèdre e Childric d'Essoms, il quale mi presentò cortesemente all'ambasciatore ephesiano.

Diokles Agallon s'inchinò. « È un grande piacere, altezza », disse, in un angeline passabile. Nel suo accento orientale c'era qualcosa di familiare e qualcosa di estraneo.

« Il piacere è mio, eccellenza. » Toccai il medaglione che mi pendeva sul petto. « Vi tratterrete a lungo nella nostra patria? »

« Non a lungo, no. Soltanto fino a primavera; poi tornerò alla corte del sultano. » Agallon indicò il medaglione. « Anche quello è parte del vostro costume, altezza? Non si direbbe un monile angeline. »

« No. Mi è stato regalato da un amico, un Cinico. Mi è parso adatto da portare in questa occasione », dissi.

« Capisco. » L'orientale allungò una mano a toccarlo, e ne palpeggiò l'orlo. Annuì gravemente. « Tenetevelo caro. Ogni dono ha il suo valore. »

« Sì. È così », dissi. Volevo di più da lui. Ah, Elua, volevo sempre di più! Avrei voluto afferrarlo per il petto, fargli ammettere di essere un uomo della Gilda, e dirgli di smetterla con le allusioni indecifrabili. Avrei voluto scrollare Phèdre finché non avesse smesso di guardare Childric d'Essoms come lo stava guardando. Avrei voluto schiaffeggiare d'Essoms perché la fissava come un rapace fissa un coniglio. E soprattutto avrei voluto prendere a pugni Barquiel de L'Envers, che si era scostato dal tavolo e si appoggiava a una colonna con un'espressione di fredda indifferenza sul viso.

Ma questo non mi avrebbe portato a niente.

«... felice di rivedervi», stava dicendo Childric d'Essoms a Phèdre. «Anche se suppongo che alcune cose siano cambiate in questi anni, da quando l'*anguissette* di Delaunay è diventata la contessa di Montrève.»

«Alcune, sì.» Phèdre incrociò il mio sguardo. «Ah, Imri. La principessa Alais ti stava cercando. Vogliamo...?»

Le porsi il braccio e la condussi senza cerimonie lontano da d'Essoms. «Chi è quell'uomo?» le domandai quando fummo tra la gente.

«È una lunga storia.» Phèdre chiuse gli occhi. Il rossore abbandonò le sue guance. «Te la racconterò più tardi.» Riaprì gli occhi e mi guardò con aria divertita. «Senti, tesoro. Che tu ci creda o no, è molto tempo che faccio in modo di trascorrere la Notte più Lunga senza tradire Joscelin. L'ultima volta in cui mi è successo di passarla con un'altra persona...» Tacque, il suo rossore tornò, e seppi con assoluta certezza che quella persona era stata mia madre. Mélisande.

Una festa kushelina; un diamante e un cordone di velluto.

Credimi, Imri, non ti piacerebbe saperlo.

«Lo so», dissi.

«Non c'è problema.» Phèdre si schiarì la gola. «Joscelin rende omaggio al Beato Elua a modo suo, e io nel mio. E niente di questo cambierà, stanotte. D'accordo?»

«D'accordo», borbottai.

«Bene.» Si toccò un braccio, e per un momento il suo sguardo si fece assente.

Mi chiesi se quell'uomo avesse usato la frusta su di lei.

«Ora vai a cercare Alais, caro. Credo che proprio in queste occasioni lei senta la mancanza di un vero amico.»

Trovai Alais circondata da un gruppetto di fanciulle. A quindici anni era ormai abbastanza cresciuta da avere le sue dame di compagnia, tutte figlie di pari del regno e già molto interessate ai giochi del corteggiamento. Le damigelle ridacchiavano, o indirizzavano sguardi eloquenti ai giovani nobili con cui stavano flirtando. In mezzo a loro, Alais appariva più sola che mai.

Le rivolsi un inchino. « Salve, mia signora. *Joie* a te, nella Notte più Lunga. »

« Imri! » Il suo viso s'illuminò, e dimenticai il malumore. « Dov'è la tua lampada? Ho sentito dire che ti portavi dietro una lampada. »

« L'ho lasciata sul tavolo. » Le porsi la mano. « Mi sarebbe d'impaccio nel danzare con te, se vorrai farmi questo onore. »

Lei sorrise. « Naturalmente. »

Ci portammo al centro della sala, tra le coppie in costume che stavano ballando, e di nuovo fui colpito da come Alais era cresciuta nell'ultimo anno. Aveva studiato danza, e si lasciava condurre da me con molta attenzione, come se temesse di fare qualcosa che la facesse apparire goffa. In passato non le sarebbe importato niente.

« Questa sera sei una bellezza », le dissi. Si era vestita da ninfa dei boschi, con un abito che imitava il fogliame invernale, una mascherina di viticci e alcune spille ornate di bacche tra i riccioli neri.

« Lo pensi davvero? » mi domandò.

« Davvero », le assicurai.

Si guardò intorno. « Hai visto Sidonie? »

« Da lontano. » In quel momento colsi un riflesso d'oro con la coda dell'occhio, e mi voltai. Mavros stava parlando con la delfina. Mi augurai che tenesse la bocca chiusa sui fatti miei. « Dimmi, queste tue dame di compagnia ti piacciono? »

Alais evitò di sbilanciarsi. « Più o meno. Io sono diversa da loro. »

« Diversa come? »

Lei sospirò. « Lo sai. »

Lo sapevo, sì. Era diversa perché era mezza cruithne e ne aveva tutto l'aspetto. Era diversa perché non flirtava con nessuno, essendo già promessa a un principe albano. Era diversa perché lei era Alais, intelligente e orgogliosa, e non terribilmente esperta nel gioco del corteggiamento.

«Resti con me, per un poco?» mi chiese speranzosa, stringendo più forte la mia mano.

«Ma certo. Per tutto il tempo che vuoi», le assicurai.

Era una promessa di cui mi sarei pentito. A Lucca, tra i popolani armati, avevo anelato un po' di compagnia femminile. Dopo qualche minuto in mezzo a quell'orda di ragazze adolescenti avrei scambiato volentieri le loro risatine e i loro strilletti coi grugniti e con le imprecazioni della piazza cittadina in cui ci addestravamo.

Ma avevo promesso.

Su richiesta di Alais raccontai loro una breve storia dell'assedio. Le damigelle spalancarono gli occhi commentando ogni episodio con cori di «Oooh!» e «Aaah!» E mi supplicarono di mostrare loro qualcuna delle mie cicatrici, finché non dovetti cedere e mi tirai su una manica di stracci per scoprire quella sull'avambraccio destro, dove un profondo taglio si era rimarginato. I gridolini divennero assordanti, e tutte insisterono per toccare il nitido segno rosa. Alcune furono più ardite e mi accarezzarono il braccio.

«Voi siete così *forte*!» ansimò una di loro.

«Ti trovo in buona compagnia, cugino», disse una voce.

Voltandomi, incontrai lo sguardo divertito di Sidonie. Il suo abito dorato aveva una larga scollatura, e un pendente a forma di sole riposava nel morbido solco tra i suoi seni. Aveva una pelle liscia e perfetta come la seta. Balbettai un saluto e cercai di staccarmi di dosso le entusiaste damigelle di Alais.

«Forse ho un posto libero nel mio carnet di ballo», disse Sidonie. Era difficile capirlo con la sua mascherina, ma mi parve che stesse facendo uno sforzo per non ridere. «Più tardi, forse? Se questo non contrasta coi progetti che avete fatto tu e lord Mavros.»

Riuscii a inchinarmi. «Sarà un onore.»

«Più tardi, allora.» Poi la sua voce si fece più tenera. «Ti stai divertendo, cuore mio?» domandò ad Alais.

«Oh, sì!» Gli occhi viola di Alais brillavano. «Ora sì.»

«Ne sono felice.» Sidonie sorrise e si voltò. Dietro di lei c'era la sua dama di compagnia preferita, la figlia della sacerdotessa, che le restituì la lancia. Le due si scambiarono uno sguardo di muta complicità e scomparvero tra la gente, tallonate con discrezione dalle guardie del corpo in maschera.

Le seguii con lo sguardo, e il mio sospiro si perse nei rumori del salone.

« Principe Imriel? »

Una piccola mano mi si era posata sulla coscia, giusto sotto un altro ricordo della battaglia di Lucca, anch'esso ormai guarito. Abbassai lo sguardo sulla giovanissima dama di compagnia cui apparteneva.

« Avete qualche *altra* cicatrice di guerra che potreste mostrarci? In privato, naturalmente. »

« No », dissi con fermezza. Agitai un dito ammonitore verso Alais, che ridacchiava. « Non è divertente. »

Lei mi fece una smorfietta. « Sì che lo è. »

Mi sembrò un'eternità prima che a salvarmi arrivasse l'Araldo della Notte, che entrò nel salone con la sua campana di bronzo. Il sonoro rintocco e la penombra che subito cadde sugli ospiti svegliarono echi da brivido nei miei ricordi: un rumore di ali bronzee dentro le pareti del cranio, e la figura di Gallus Tadius sul bordo di un abisso nero, coi pezzi della sua maschera mortuaria tra le mani. Il rito si svolse com'era avvenuto per molti secoli, anno dopo anno. Il ben costruito crepaccio rupestre nella grotta dei musici si aprì al suono dei tamburi, e la vecchia Regina dell'Inverno ne uscì appoggiando i suoi passi stanchi a un bastone. I tamburi rullarono ancora e dalla porta del salone entrò il Principe Sole, sulla sua carrozza.

Quell'anno ci fu una novità. Dopo che lui ebbe puntato la lancia verso la Regina dell'Inverno e che gli stracci di lei furono caduti al suolo, rivelando la fanciulla fresca come una rosa celata sotto quelle spoglie, le luci tornarono a brillare gloriosamente, e l'ex Regina dell'Inverno salì sul veicolo accanto al Principe Sole. Poi entrambi s'inchinarono alla regina Ysandre. Ma, prima che la carrozza girasse per tornare indietro, il Principe Sole s'inchinò di nuovo, stavolta verso Sidonie, abbigliata esattamente come lui e ancor più luminosa.

Fu un piccolo gesto, dal significato simbolico. La maggior parte della gente parve approvarlo, ma alcuni borbottarono delle critiche. Io li trovai odiosi. Mentre i musici riprendevano a suonare mi accorsi che desideravo chiedere a Sidonie la prima danza di quel nuovo anno.

« Ti dispiace se ti lascio sola? » domandai ad Alais. « Ho promesso un ballo a tua sorella. »

Lei annuì. « Tu credi che in Alba facciano feste così? »

La baciai sulla fronte. « Non lo so, furfantella. Lo scopriremo. »

« Non chiamarmi così. »

La gente riprese a bere e a ballare con più entusiasmo di prima. Vidi Mavros che mi stava facendo dei gesti d'incoraggiamento. I servi circolavano con vassoi di *joie*. Di passaggio afferrai un calice e lo vuotai in un sorso. Le lampade parvero brillare più di prima. Scivolai svelto tra la gente aggirando figure ingombranti, agile nei miei stracci e a piedi nudi. D'un tratto mi trovai di fronte un abito dorato e una lancia.

« Sidonie. » Le porsi una mano.

Dietro di lei Barquiel de L'Envers ci stava guardando, le braccia incrociate sul petto della sua tenuta akkadiana. Sidonie ne ignorava la presenza. « Vedo che quando fai una promessa la mantieni », disse.

« Sì. Sempre », risposi.

Lei consegnò ad Amarante la sua lancia dorata e mi prese la mano. La condussi sulla pista da ballo. I musici suonavano un allegretto. Avrei voluto un passo più lento. Avrei voluto che metà della sala, de L'Envers compreso, non stesse guardando noi.

« Hai un aspetto assurdo, sai. » Sidonie toccò la mia scollatura di stracci, e le sue dita mi sfiorarono la pelle.

« Ti sembro ridicolo? » domandai, per nulla preoccupato.

Le sue labbra si curvarono. « No. Non proprio. »

Roteammo verso l'estremità opposta della pista, fin sotto l'ingombrante finta montagna della Regina dell'Inverno, la cui apertura era di nuovo chiusa. I musici suonarono le ultime note dell'allegretto e il maestro di sala organizzò una quadriglia. Cominciarono a formarsi file di ballerini, un doppio muro di fantasiosi costumi.

« Vieni. » Tenendomi per mano Sidonie mi portò dietro la montagna.

Era un angolo oscuro, ingombro di attrezzature e meravigliosamente intimo. Ci guardammo, lei con la maschera, io senza. Lei aurea ricchezza, io cenciosa miseria. Le presi anche l'altra mano e gliele inchiodai entrambe contro la montagna, fermandola lì col mio corpo. Le nostre dita s'intrecciarono. Il sangue mi ruggiva nelle orecchie al ritmo delle pulsazioni sulla sua gola. Gli occhi di lei erano ovali neri nella maschera del sole radiante.

«Sidonie.» Avevo una voce roca, irriconoscibile.

Lei piegò la testa e le nostre bocche si cercarono.

Sbagliato, niente di più sbagliato. Oh, Elua, glorioso. Sentii che le sue labbra morbide e appetitose si aprivano, e mi sfuggì un ansito di cui non mi credevo capace. La baciai, e fu un delirio di baci, bocche avide, lingue dardeggianti. Sentivo che avrei potuto continuare così per sempre, di più e ancora di più, tutto nuovo e tutto ancora da scoprire. La sua maschera mi graffiò una guancia, ma non ci feci caso. Il mio corpo premuto sul suo corpo la sentiva tremare, le nostre dita si torcevano allo spasimo. Profondamente, ciecamente, la baciai per non so quanto tempo. Avrei potuto divorare la sua bocca senza saziarmi mai.

«*Sidonie!*»

Un sibilo allarmato. Lei strappò via le labbra dalle mie, ansando. Posai la fronte sulla montagna, con un rantolo.

«De L'Envers sta venendo da questa parte, cugino», disse una seconda voce, quella di Mavros, secca e urgente.

Lasciai andare Sidonie e mi scostai, senza fiato. Il mio corpo era un solo doloroso brivido di desiderio.

Mavros guardò dietro di sé, poi fece un cenno a Sidonie. «Di qua, altezza. Presto.»

Lei si rimise a posto la maschera e prese la sua mano. Mavros la condusse oltre la curva della montagna, facendo scudo alla figura dorata di lei con la sua statura.

Accanto a me c'era Amarante. «Principe Imriel?»

«Dammi un momento.» Mi premetti le dita sugli occhi.

«Ora è tutto a posto.» La sua voce aveva di nuovo un tono controllato. «Chiunque vi abbia visto penserà a un gioco sciocco, niente di più.»

Abbassai le mani e la guardai. Si era mascherata da primavera, un abito verde pisello e una corona di fiori. Conoscevo già quel costume. Era quello che Sidonie aveva indossato l'anno prima. « Non lo è, lo sai. Non è un gioco. »

« Lo so. » Sua madre era a capo dell'Ordine di Naamah. Lo sapeva, naturalmente. E avevo chiesto la benedizione di Naamah, consapevole dei rischi. Ero in balia del mio desiderio. Un desiderio genuino, forte e reale. Ero un idiota.

Aspettammo finché i musici non cominciarono a suonare una tranquilla pavana, poi scivolammo sulla pista da ballo. Quando la danza finì, le mie pulsazioni erano tornate normali e avevo la testa più chiara. Ringraziai Amarante, che si limitò ad annuire, e andai a cercare Mavros.

« Possiamo andare? » domandò lui.

« Sì, sarà meglio. »

Mi accomiatai come prevedeva l'etichetta. La famiglia reale era riunita. Alais, che cominciava ad avere sonno, mi abbracciò e mi baciò su una guancia. Sidonie e io ci scambiammo un cordiale cenno del capo. Lei era più controllata che mai, eretta come la lancia che impugnava, ma nel solco tra i suoi seni il pendente tremava. Cercai d'ignorare la serpe che si torceva nel mio ventre.

« Imri? » Phèdre aveva uno sguardo interrogativo. Sospettava qualcosa, l'avrei giurato. Ma, se anche era così, non disse niente. « Sii prudente », si raccomandò invece, con un sorriso quieto. « Lo so, te lo dico sempre. »

« E io sono sempre prudente », mentii.

In cortile, l'aria era gelida. Il caldo fuori stagione aveva lasciato il posto a un ritorno del freddo, e c'era ghiaccio sulle strade. Scalzo com'ero, continuai a passare da un piede all'altro mentre aspettavamo che portassero la carrozza. Mezzanotte era passata da un'ora o poco più. La luna piena offriva il suo vago lucore al cielo invernale, trapunto di stelle lontane. Mavros alzò la testa e ululò come un lupo. Risi, e lui mi batté un pugno su una spalla. « Avevi ragione, cugino. Oh, come avevi ragione. Lei ti *vuole.* »

« Non intendo parlare di questo. »

« Perché? » domandò.

Scossi il capo. «Non lo so.»

Mavros mi scrutò. «Hai voglia di andare a divertirti, o no?»

«Non lo so», ripetei.

Lui fece spallucce. «Ah, be'. Io ce l'ho.»

Quando arrivammo a Casa Cereo e consegnammo i nostri gettoni d'avorio al portiere, la festa era finita da un pezzo ed era in corso qualcosa di molto più licenzioso. I costumi superavano in colorita bizzarria perfino quelli del palazzo reale, ma ormai quasi tutti se n'erano liberati e pochi conservavano ancora maschere e indumenti. Vedere gli adepti e le adepte delle Tredici Case riuniti in un sol posto era però più sorprendente di quello che avrei creduto. Quanta bellezza! Molti di loro discendevano da una lunga teoria di servi di Naamah, e il loro sangue era puro come quello dei nobili.

Nella Notte più Lunga nessuno veniva assegnato a qualcuno, lì alla Corte della Notte, e non c'erano contratti. C'erano solo gli accoppiamenti scelti dagli adepti. Ed era ciò che avevano già cominciato a fare, con entusiasmo. Ovunque guardassimo, in ogni angolo o nicchia che offrisse una parvenza d'intimità, qualcuno era allacciato a qualcun altro; coppie, terzetti, e gruppi di ogni genere. La verecondia di Alisso e le astuzie di Brionia erano state gettate da parte; la *marque* di Eliotropio fioriva accanto a quella di Gelsomino.

Mavros fece un fischio. «Per le palle di Elua! Che bel giardino.»

Senza dir altro si gettò nella mischia, e quasi subito lo persi di vista. Lo seguii con più cautela. Mi sentivo fuori posto, come un accattone a un banchetto. E anche senza la lampada, rimasta a palazzo, quello era senza dubbio il mio aspetto.

Andava bene così, però. Non m'importava.

Non poche teste si stavano girando verso di me, e sentii mormorare il mio nome. A quanto pareva, la mia scommessa con la priora di Brionia aveva destato scalpore alla Corte della Notte. Comunque ero il figlio adottivo di Phèdre nó Delaunay, e in quell'ambiente chiuso ero il benvenuto. Quella di essere fuori posto era soltanto un'impressione; lì non dovevo mendicare niente.

Cominciai a ricevere proposte.

Una quantità di proposte.

E le rifiutai col garbo dovuto, tutte quante. Trovai un angolo libero sopra un tavolo ingombro di piatti sporchi e mi sedetti lì, a osservare quel glorioso vortice di carezze e volti arrossati, di sorrisi e gesti d'amore, nell'eterogeneo raduno di adepti angeline. Ero pervaso da un tenero orgoglio, e la bellezza di tutto ciò mi dava una gran nostalgia delle cose che avevo, e che avrei perduto.

Un adepto con una maschera da satiro e una massa di riccioli bruni saltò a sedere sul tavolo, accanto a me. «Siete triste, altezza? Non dovreste esserlo, in una notte così.»

«Non sono triste. Pensieroso, piuttosto», risposi.

«Oh, be', allora.» Lui sogghignò. «Questo è normale.»

Ripensai a Eamonn, e a come mi prendeva in giro quando mi vedeva rimuginare le mie incertezze. E poi a Lucius, perché quella maschera da satiro me lo ricordava. E pensai a dove mi sarebbe piaciuto essere in quel momento, visto che non potevo essere con Sidonie. Mi scusai e andai a cercare la priora di Casa Cereo, per chiederle di prestarmi un cavallo.

Il cielo stava cominciando a sfumarsi di grigio quando giunsi al tempio di Elua. Avvolto solo nei miei stracci ero così irrigidito dal freddo che faticavo a imprecare contro la mia stupidità. Avevo dovuto sellare il cavallo da solo; nella scuderia di Casa Cereo non avevo trovato un solo inserviente ancora sobrio, e nessuno da cui farmi dare un mantello o un paio di scarpe.

In ogni modo, lì era necessario entrare scalzi. Attraversai il vestibolo e in silenzio passai nel giardino del tempio, dove l'humus era uno strato duro. I miei piedi lasciavano impronte scure sulla brina. Guardando la statua del Beato Elua pensai a ciò che il sacerdote mi aveva detto sull'amore, la prima volta in cui ero andato lì. Lo avrei trovato e lo avrei perduto, ancora e ancora. Da qualche parte, in distanza, un orologista annunciò che i primi raggi di sole avevano superato l'orizzonte, e la sua voce fu seguita da altre in tutta la città.

Inginocchiato al suolo, Joscelin rialzò lentamente il capo.

Non c'erano altri confratelli cassiliani. Quell'anno lui aveva fatto la veglia in solitudine. Si tirò in piedi con mosse torpide, si voltò, e mi vide. Per un momento batté le palpebre, come se non credesse ai suoi occhi. «Imri?» Dopo quel lungo silenzio aveva la voce roca. Le sue mani corsero ai pugnali, nel timore che ci fosse un pericolo. «Che stai facendo, qui?»

Mi sfregai le braccia per scaldarmi. «Volevo salutare l'alba con te.»

Lui lasciò l'impugnatura delle armi e imprecò sottovoce. Quando sorrisi, però, scoppiò in una risata e scosse il capo. «Per la barba di Elua! Ma guardati. Stavolta non voglio io la colpa, se ti ammalerai.»

«No. Stavolta la colpa sarà mia», lo tranquillizzai.

Tornammo a casa cavalcando vicini, senza molto bisogno di parlare. L'aurora stava tingendo d'oro una fetta di cielo. Il sole faceva ritorno in tutto il suo fulgore. Per la prima volta da quando avevo lasciato il palazzo mi permisi di ripensare al bacio di Sidonie, risentii ogni sussurro e ansito del nostro incontro, e strinsi quel ricordo intorno a me come un mantello, caldo e sensuale.

Avevo già dimenticato il freddo.

8

Quando Phèdre decise di avermi rimproverato abbastanza per essere andato in giro fino all'alba disarmato, senza scorta e vestito di pochi stracci – cosa che le prese buona parte del giorno dopo – le dissi che l'ambasciatore ephesiano aveva riconosciuto il mio medaglione. Questo servì, se non altro, a distrarla.

« Dunque sono qui tra noi. La Gilda Invisibile », mormorò.

« Così sembrerebbe. »

Sospirò. « Capisco. Con lui non hai parlato della Gilda, vero? »

Scossi il capo. « Non direttamente. »

« Bene. » Phèdre corrugò le sopracciglia. « Vedrò cosa ne sa Ysandre degli scopi di quell'uomo, e cercherò di sapere con chi altri s'incontra. Non c'è molto che si possa fare senza scoprire le nostre carte. »

« Non scoprire le *mie* carte. Non importa cosa pensi la Gilda di me, purché non sappia che ho parlato della sua esistenza, a te o a chiunque altro », precisai.

« Stai consigliando a *me* di essere prudente? »

Mi schiarii la gola e cambiai discorso. « Chi è Childric d'Essoms? »

Joscelin, che ascoltava in silenzio, sbuffò.

Phèdre gli gettò uno sguardo. « Era un patrono. Un protetto di Barquiel de L'Envers, una volta. Delaunay mi ha usato per raggiungerlo attraverso di lui. Non credo che de L'Envers l'abbia presa bene. »

« È da allora che risale il cattivo sangue tra loro? » domandai.

Lei annuì. « E lui ha riconosciuto il simbolo della lampada? »

« Un momento... a me non importa se l'abbia riconosciuto o no », dichiarò con fermezza Joscelin. « Tu non devi fare ciò che stai pensando di fare. Non con d'Essoms. Quel tipo non mi è mai piaciuto. »

Phèdre gli sorrise dolcemente. « Lo so. Neppure a me. »

Lui represse a stento una smorfia. « Tu ci stai *pensando*, amore. »

Il sorriso di lei si allargò. « Pensare non è fare. »

« Non credo che d'Essoms abbia riconosciuto i simboli della Gilda. Ma l'ephesiano sì », dissi. Ero abbastanza sicuro di questo.

Il rischio c'era, ma limitato. La Gilda non aveva motivo di credere che io parlassi della sua esistenza a estranei. Un suo agente avrebbe potuto riferire che mandavo segnali leggibili solo da membri della Gilda, i quali potevano rispondermi oppure no, a loro scelta. In ogni modo il mio futuro era in Alba, e io non dovevo niente alla Gilda Invisibile. Era un fattore enigmatico della politica continentale, che non aveva più molto interesse per me. Un tempo avrei indagato. Fino a qualche mese prima avevo sognato di rintracciare mia madre e consegnarla alla giustizia di Terre D'Ange. Questo era l'unico gesto di patriottismo che avrebbe potuto ripulire per sempre il mio nome dalla macchia del tradimento.

Ma ora...

Ora le dovevo la vita. Era difficile odiarla mentre portavo al collo il segno della sua protezione. Era difficile, se pensavo alle ultime parole di Canis. Ed era ancor più difficile augurarmi che fosse finalmente eseguita la sua condanna a morte, ora che avevo aperto le sue lettere, ora che avevo letto come mi contava le dita e mi cullava quand'ero piccino.

Ma avevo altre cose per la testa.

Due giorni dopo la Notte più Lunga tornai al palazzo per un'altra lezione con Firdha. La *ollamh* fece ad Alais e a me una lunga conferenza sulle leggi albane, che noi saremmo stati obbligati a conoscere e rispettare. Erano sorprendentemente complesse, e diverse dalle nostre. In Terre D'Ange, le pene per chi infrangeva la legge erano uguali per tutti, nobili o contadini. In Alba ed Eire, no. Un uomo ricco che rubasse una vacca a un vicino doveva risarcirgli una cifra maggiore di quella di un povero, e la punizione per un nobile colpevole di un atto disonorevole era molto più grave di quella applicata a un comune popolano.

Era interessante, ma non avevo il tempo di riflettere su questa o quella. Le leggi erano troppe, e troppo dettagliate. Inoltre non ci era permesso scriverle. Firdha ce le ripeté l'una dopo l'altra e non ci lasciò andar via finché non fummo in grado di recitare le principali senza sbagliare. Ero felice che Phèdre mi avesse addestrato all'uso della memoria. La povera Alais sembrava sul punto di piangere ogni volta in cui veniva interrogata

«Figlia del Bosco, non sarebbe più sensato riunirle in un libro di legge, dove tutti possano consultarle?» domandai stancamente, quando ci lasciò liberi.

Firdha mi guardò con severità. «In questo caso sarebbe il libro, e non le leggi, ciò che gli uomini rispetterebbero. E, se le leggi fossero scritte, gli uomini e le donne non avrebbero bisogno di avere una mente addestrata per conoscere la giustizia.»

«Capisco», dissi, anche se pensavo l'opposto.

Lei strinse le palpebre. «Forse capirai davvero, un giorno.»

Quando lasciai lo studio, riflettendo sull'argomento, incontrai nel corridoio Amarante di Namarre. Aveva l'aria di aspettare qualcuno, e nel vederla venire verso di me dimenticai le leggi di Alba. «Bentrovata, mia signora.»

Amarante mi restituì il leggero inchino. «Altezza. Posso parlarvi in privato?»

«Naturalmente.»

La seguii nell'ala dove c'erano gli appartamenti reali. Alcune guardie sorrisero con aria saputa, e ne avevano motivo. Amarante aveva capelli color albicocca, occhi verdi, labbra carnose, e non stentavo a capire perché facesse sognare mio cugino Mavros. Tuttavia non era a lei che io stavo pensando, e seguendola nella sua piccola stanza personale il cuore mi ribolliva di speranza. Ma solo alla vista della persona che attendeva su una sedia di vimini sotto l'unica finestrella mi permisi di credere che non stavo sognando.

«Sidonie», mormorai.

Sembrava così giovane. Elua, *era* giovane, neppure diciassettenne. Ma nei suoi occhi neri non c'erano incertezze. «Grazie», disse ad Amarante.

«Sarò nelle tue stanze», rispose la giovane dama di compagnia, aprendo la porta di comunicazione con l'appartamento principale.

La vidi uscire con la coda dell'occhio, ma il mio sguardo non si staccava dal volto della delfina di Terre D'Ange.

«Imriel.» Sidonie inarcò le sopracciglia. Avevano la stessa forma delle mie, e avrei voluto baciarle. «Vuoi sederti?» domandò, accennando al letto. «Dobbiamo parlare.»

Obbedii.

Lei trasse un lungo respiro. «Imriel, che cosa stiamo facendo?»

«Stiamo parlando», risposi con serietà.

I suoi occhi ebbero un lampo. «Oh, no! Non fingere di non capire. Se ci sono due persone in Terre D'Ange che non possono, *non possono* avere una relazione casuale siamo noi due. E tu lo sai molto bene, cugino!»

«Perché dici questo?» domandai, incuriosito. «Ne sei convinta, Sidonie? Pensi davvero che il cielo crollerà sulle nostre teste? E come puoi credere che ci sia qualcosa di *casuale* in questo?»

Lei distolse lo sguardo. «Perché ti comporti così? Certo, non si può dire che ti piaccia.»

«È una verità che non si può dire, infatti.»

«No», insisté lei, tornando a guardarmi. «Non ti sono mai piaciuta.»

«Proprio tu dici questo!» esclamai, stupito. «Tu, che fin da quando avevi otto anni mi hai sempre guardato come se fossi polvere sulle tue scarpe. Ma perché ora ti vengono questi dubbi?»

«Non lo so», rispose, con voce incrinata.

Per qualche momento restammo lì a guardarci, in silenzio. «Non dire più che non mi piaci, ti prego. Un tempo era così, hai ragione. Un tempo tu eri fredda e sospettosa, e spesso dicevi cose in cui sentivo la tua ostilità. Io ne soffrivo», mormorai infine.

Sidonie chinò il capo, tormentando con una mano l'orlo della gonna lunga fino alle caviglie. «Tu non hai mai sentito le cose che dicevano di me, qui a corte. Imriel... sono cresciuta con quelle voci ostili nelle orecchie. Per Alais non è stato così. Lei ne veniva lasciata fuori.» Rialzò la testa. «E tu, figlio di una traditrice... credo che tu non abbia idea della violenta opposizione che mia madre si è trovata a fronteggiare quando ha deciso di riabilitarti. Non l'ho dimenticato. E la prima cosa che hai fatto al tuo arrivo a palazzo è stata rifiutare di essere accolto nella nostra famiglia.»

Era vero. Avevo chiesto di essere adottato da Phèdre e da Joscelin. «È per questo che mi odiavi?»

«In parte», disse lei.

«Avevi un'idea di ciò che mi era capitato?» Il mio tono si fece amaro. «Una *pallida* idea?»

«No. Imriel, io non sapevo niente, e per molto tempo non ho saputo quasi niente. Ero una bambina. Mi dispiace.»

Quelle parole sciolsero un nodo così profondamente celato dentro di me che non ne sospettavo neppure l'esistenza. Il mio respiro ebbe un tremito. «Ricordi il giorno in cui ero malato, e Alais e io stavamo giocando...»

«Coi pugnali di legno?» Sidonie annuì, e nei suoi occhi luccicò una lacrima. «Sì. Mi dispiace per aver sospettato che tu volessi ucciderla. È stato un errore.»

«Quand'è cambiato tutto questo? E *come*?»

Il suo sorriso riaffiorò. «Alla partita di caccia? Non lo so. È successo un poco alla volta. Il giorno in cui mi era parso che tu stessi per pugnalarla, quando mi sono accorta dell'equivoco. Sai che avevamo una bambinaia di Camlach, convinta che tu avresti cercato di avvelenarmi per sposare Alais? Ci spiava ogni volta in cui tu venivi a palazzo, temendo che le guardie di mia madre non ci avrebbero protetto da te.»

«Davvero?» Sentii un groppo in gola.

Sidonie annuì. «Gli avvertimenti di quella donna mi davano gli incubi. Quando l'ha scoperto, mia madre l'ha mandata via. Ma Alais veniva a cercarti ogni volta in cui poteva. Il suo affetto per te mi preoccupava.»

«Ti preoccupa ancora?»

«Per ragioni diverse.» Si circondò le ginocchia con le mani. «Lei ti adora, Imriel. E il suo...» Scosse il capo. Quel giorno aveva i capelli sciolti, e la luce che entrava dalla finestrella li trasformava in una cascata di miele. «Come siamo arrivati a questo?»

Ripensai al giorno della caccia al cinghiale, e al rumore che si avvicinava nella boscaglia. «Sei scoppiata a ridere quando tra gli alberi è sbucato soltanto un cervo.»

«Avresti dovuto vedere la tua faccia.»

«Lo immagino.» Le sorrisi. «Sidonie, quella è stata la prima volta, credo, che *ti ho vista* davvero. E mi è parso che il mondo si fosse capovolto.»

«Ricordo.» Lei tacque per un altro lungo momento. «E ricordo quando poi hai curato la ferita della povera cagnetta di Alais, inginocchiato sull'erba, con l'ago da ricamo di Amarante tra le dita lorde di sangue. Elua! L'hai conquistata, quel giorno.»

«Alais?» domandai, confuso.

«Amarante.»

C'era affetto nella sua voce quando disse quel nome. Desiderai che pronunciasse il mio nello stesso modo.

«Sai, mia madre la manderebbe via se sapesse che complotta così con noi due.»

«Perché?»

«Perché tu sei il figlio di Mélisande Shahrizai, Imriel.» Lo sguardo di Sidonie era fermo e diretto. «Mia madre ti vuole bene. Ha fiducia in te. È del tutto sincera nel suo desiderio di vederti onorato come membro di Casa Courcel. Ma, se ti chiedi se in lei c'è il seme del dubbio, la risposta è sì, naturalmente. Sarebbe sciocca a non pensarci. E l'unica cosa che da quel seme farebbe sbocciare l'orribile certezza sarebbe il trovarti nel mio letto.»

«Capisco. E quell'orribile certezza sboccerebbe anche in te?»

Si passò una mano tra i capelli. «No, in me no. Ma come potrei spiegare a mia madre lo sguardo che ho visto nei tuoi occhi quando pensavi di difendermi con la tua vita?» Scosse il capo. «E come potrei spiegarle perché faccio questo? Per la bontà di Elua! Potrei prendermi un guardiano di capre per amante, e mia madre approverebbe la scelta. Non le piacerebbe, ma lo permetterebbe.»

«Io ero un guardiano di capre.»

Sidonie non rise. «Imriel, dimmi la verità. Quanto di quello che c'è tra noi è dovuto al fascino del proibito? Riesci a dirlo?»

«No.» Scesi dal letto e cominciai ad andare nervosamente avanti e indietro negli esigui confini della stanza. «La verità? Sì, mi rendo conto che è possibile. Non sapevo... non immaginavo che tua madre potrebbe reagire in modo così forte. Suppongo di non averci mai pensato molto. Sono stato davvero un guardiano di capre. Sono cresciuto senza mai pensare a me stesso come un principe del sangue, figlio di Mélisande Shahrizai. Non voglio il tuo trono. Non voglio neppure le terre che mi appartengono.»

«Lo so. Ma...»

«Io voglio te, Sidonie.» M'inginocchiai davanti alla sua sedia e le presi le mani. «Sei la persona più dannatamente controllata che io abbia mai conosciuto, e in qualche modo sono arrivato ad ammirarti per questo. E so che sotto quell'autocontrollo c'è il fuoco, e questo mi fa impazzire. Non posso farci niente. Se vuoi che io me ne vada, lo farò, ma...»

Lei tolse le mani dalle mie, mi afferrò la testa e mi baciò con forza. Luce solare, oro liquido. La presi tra le braccia, premendo le mani sulla sua schiena snella, e rotolammo assieme sul tappeto di lana che col suo spessore ammortizzò la nostra caduta. La tenni sotto di me, continuando a baciarla, e le tirai su la gonna. Ah, Elua, nella mia testa esplodevano lampi di stordimento, il mio corpo gridava di desiderio. Con le mani occupate non potevo abbassarmi i pantaloni, ma avevo un'erezione incontrollabile.

«Imriel...» Sidonie inarcò il collo, con un ansito. «Ah!»

«Scusa.» Le avevo schiacciato i capelli. La sollevai e mi sedetti, in modo che potesse mettersi a cavalcioni sopra di me. In quella posizione, il mio membro era separato dal suo ventre solo da un sottile strato di stoffa.

«Io non...» La sua gonna era allargata intorno a noi. Lei si contorse contro di me. «Oh!»

Con una mano sciolsi l'intreccio di lacci dietro il suo corpetto, glielo tolsi e misi a nudo i seni. Aveva una pelle di crema, tenera ed elastica. Mentre le prendevo quelle morbide coppe tra le mani la baciai su una spalla e lungo la clavicola; poi abbassai la testa a leccarle i capezzoli. Sidonie sospirò, passandomi le mani tra i capelli. Le accarezzai ancora i seni e succhiai i capezzoli finché non la sentii gemere e contorcersi contro di me. Fu dopo una breve eternità di movimenti intimi, estatici, che mi parve di sentir bussare alla porta. Cercai d'ignorare quel rumore noioso e di scacciarlo, ma di lì a poco si ripeté ancora. Poi Sidonie cominciò a gemere piano e, quando mi resi conto che aveva l'orgasmo, persi il controllo. Potei solo ringraziare il cielo di non averla penetrata, altrimenti sarei esploso dentro di lei.

« Ah, Naamah! » ansimò, ancora scossa da un tremito.

La porta di comunicazione con l'altro appartamento si aprì. « Altezza! »

Sidonie si voltò. I suoi occhi scuri erano spalancati, torbidi di piacere. Alcune ciocche di capelli d'oro le si appiccicavano alle spalle sudate. « Che c'è? »

« Scusatemi. » Amarante aveva l'aria tra dispiaciuta e divertita, per nulla sorpresa di trovare la sua regale padrona mezza nuda a cavalcioni su di me. « Tua madre ha mandato un cortigiano a cercarti. Gli ho detto che stai dormendo, ma lui è di là che aspetta. »

Sidonie sospirò. « Va bene. » Si alzò in piedi, cosa che neppure con l'aiuto di Elua sarei riuscito a fare in quel momento.

In meno di un minuto le mani svelte di Amarante le allacciarono il corpetto, riassettarono l'abito e le sistemarono i capelli in un perfetto chignon dietro la nuca.

Poi Sidonie abbassò lo sguardo su di me e parve leggermi nei pensieri. Le sue labbra si curvarono in un sorriso. « Ci vediamo più tardi. »

« D'accordo », risposi debolmente.

Le due ragazze si scambiarono un'occhiata, e Amarante inarcò un sopracciglio. « Non preoccuparti. Ci penso io a rimetterlo in ordine. »

« Grazie. » Sidonie le diede un bacetto e uscì.

Tornai abbastanza lucido e cercai di coprire la chiazza di umidità che avevo sui calzoni. Amarante rise e prese un asciugamano dal tripode portacatino. « Ecco, usa questo. »

« Dammi un momento. » Con la schiena appoggiata a un lato del letto, mi voltai a scrutarla. « Tu sei una fanciulla d'alto rango. Perché stai facendo questo servizio con la delfina, mia signora?»

«Vuoi dire che una dama di compagnia dovrebbe essere meno servile, solo perché anch'essa ha un rango?» mi domandò. Vide che evitavo diplomaticamente di rispondere. «È questo che pensi?»

Esitai. «Mavros mi ha detto che le sei fedele.»

«Le sue *cameriere* le sono fedeli», sbuffò Amarante. Sedette sulla sedia di vimini. «La delfina cammina su una strada solitaria. Credo che meriti di avere qualcuno che le faccia scudo nell'intimità. Penso che questo la aiuterà a restare gentile dietro quello scudo, per non diventare una governante troppo dura, un giorno. E, finché mi vorrà con sé, sarò felice di vivere in questo ruolo.»

«E sei sempre così saggia e comprensiva?» domandai.

Amarante rise. «No.»

«Buono a sapersi.» Mi alzai e approfittai del catino per lavarmi, con un po' d'imbarazzo.

Amarante attese, imperturbabile. «Principe Imriel, tu mi hai chiesto *perché*. Sono stata cresciuta nella venerazione di Naamah, e noi onoriamo l'amore e il desiderio più delle ambizioni politiche. Se tu e Sidonie volete ferire i vostri cuori l'uno contro l'altro, è vostro diritto. Ma, se le farai del male di proposito, chiamerò la maledizione di Naamah su di te», disse, quand'ebbi finito.

Annuii. «Più che giusto.»

«Lieta che la pensi così.» Nei suoi occhi verde mela ci fu una luce ironica. «E la prossima volta cercate di approfittare del letto.»

Quando lasciai il palazzo ero ancora un po' stordito. In lei c'era del fuoco, avevo detto? Per gli occhi di Elua! Mi aveva bruciato al punto che non ero riuscito a controllarmi. Avrei dovuto immaginarlo. Forse però lo sapevo, o lo sospettavo. Ma le attese erano state inferiori alla realtà. Sidonie... la mia fredda, regale cugina! Avevo i nervi ancora tesi come corde d'arpa, e volevo di più, molto più di quel mezzo amplesso interrotto che mi aveva lasciato coi calzoni umidi e più eccitato che mai. Avevo già conosciuto il desiderio. L'ardore di Claudia Fulvia aveva tenuto il mio corpo in uno stato febbrile per giorni interi.

Questa era un'esperienza diversa.

E d'un tratto, per la prima volta, mi spaventò. Aveva ragione, naturalmente: in tutto il regno noi eravamo gli ultimi a poterci permettere una semplice relazione. Perché in quella relazione non c'era niente di semplice. Lì c'era il pericolo della disapprovazione della regina, c'era la minaccia che avevo visto negli occhi di Barquiel de L'Envers, c'era l'ostilità di tutti i nobili che ancora potevano temere le mie ambizioni. E peggio di tutto, forse, c'era la nuova emozione che mi riempiva il cuore, quel terribile impeto di tenerezza.

La maledizione di Naamah non mi faceva paura.

La sua benedizione era un altro discorso.

9

Qualche giorno dopo ebbi occasione di partecipare alla mia prima seduta come membro del parlamento, anche se la marchesa di Lafoneuil sarebbe stata delusa di sapere che la questione delle tasse sulle botti non fu all'ordine del giorno. Ysandre aveva convocato l'assemblea per ascoltare Diokles Agallon, l'ambasciatore ephesiano. Fu un'assemblea parziale, perché molti pari del regno non sarebbero potuti venire alla capitale fino a primavera, ma bastò a dargli un pubblico che lo ascoltasse.

Era presente anche Sidonie. Non me lo aspettavo, Elua sa perché. Lei non avrebbe avuto il diritto di voto né nessun ruolo ufficiale prima di essere maggiorenne. Ma era l'erede di Ysandre, e aveva cominciato a imparare l'arte di governo aggrappata alla gonna di sua madre, quando badavo alle capre sulle montagne del Siovale.

Questo mi rese difficile concentrarmi. Childric d'Essoms presentò l'ambasciatore Agallon, e questi spiegò ai presenti che l'attuale diminuzione degli scambi commerciali tra Terre D'Ange ed Ephesium era dovuta ai disordini nel settentrione della sua terra, ma che il sultano desiderava aumentarne la consistenza. Non ero in grado di fare ipotesi su quali altri generi di attività lui si proponesse di portare avanti.

«Vostra maestà, voi sapete che la vostra politica commerciale favorisce Khebbel-im-Akkad, benché noi potremmo offrirvi le stesse merci. Ephesium chiede solo il diritto di competere liberamente, con le stesse tasse d'importazione che voi applicate ad altri», disse Agallon.

«Il costo dei trasporti è più alto per gli akkadiani. Se diminuissimo la tassa d'importazione per voi, questo vi darebbe un ingiusto vantaggio trattando coi nostri mercanti», gli fece notare Barquiel de L'Envers. Non stava intervenendo solo per il piacere di farlo: lui aveva interessi in gioco, poiché sua figlia aveva sposato il *lugal* di Khebbel-im-Akkad. Ero praticamente sicuro che quella donna aveva cercato di farmi assassinare, quand'ero bambino.

« Sì, una nave carica di cotone ephesiano può vendere la sua merce a un prezzo inferiore rispetto agli akkadiani », riconobbe pacatamente Diokles Agallon. « E fino a oggi noi abbiamo dovuto pagare una tassa d'importazione più alta della loro, sul vostro mercato. Così siamo stati costretti ad alzare i prezzi per ottenere un minimo di guadagno. Ma Ephesium dev'essere forse punito perché la geografia lo favorisce? E inoltre, perché Terre D'Ange dovrebbe essere privata della possibilità di trarne un beneficio? »

Smisi di prestare attenzione alle sue parole e mi concentrai sul modo in cui pronunciava le vocali. Il suo accento era come quello di Canis, anche se non del tutto. A Daršanga avevo conosciuto degli ephesiani, ma non ricordavo se la loro parlata fosse esattamente quella. Era difficile dirlo in un posto come la zenana del *mahrkagir*, dove tutti si esprimevano in una sorta di linguaggio misto che là chiamavamo zenyano. Inoltre, a volte avevo avuto l'impressione che Canis fosse elleno, per via delle cose che diceva, anche se probabilmente non era così.

« ... nostro obbligo onorare le alleanze che abbiamo stretto tramite i legami matrimoniali », stava dicendo de L'Envers.

« È giusto. » Agallon s'inchinò. « Il sultano è ben consapevole di questo. In effetti, le alleanze tramite il legame matrimoniale sono un argomento che anch'egli è molto interessato a discutere con la vostra casa reale. Se lorsignori mi permettessero, vorrei... »

« No. Credo proprio che la richiesta sia inopportuna », si oppose Barquiel de L'Envers.

A questo punto i presenti guardarono Sidonie. Seduta accanto a sua madre, la delfina aveva alzato una mano, e quel gesto era bastato a farli voltare tutti verso di lei. « Oh, mio signor zio, lasciatelo parlare. » La fanciulla sorrise all'ambasciatore ephesiano. « Vi confesso che sono curiosa. »

Barquiel de L'Envers arrossì, e parve in procinto di dire qualcosa.

« Vi prego di scusarmi. » Quelle parole mi erano uscite di

bocca prima che mi accorgessi di volerle pronunciare davvero. Mi alzai. « Le procedure dell'aula mi sono nuove. Ma questo è forse un argomento di cui il parlamento possa discutere in una seduta pubblica? »

« No, no. » Diokles Agallon alzò le mani. « Sarei onorato se sua maestà la regina volesse concedermi un'udienza privata. Ma temo di essere uscito dal seminato. L'argomento all'ordine del giorno è il commercio. Altezza reale, miei signori, vi prego di riflettere sulla nostra proposta. »

Ysandre annuì. « Ci rifletteremo. »

Dopo che l'ambasciatore fu uscito dall'aula, ci fu subito una discussione abbastanza accesa sulla questione delle tasse commerciali imposte ai mercanti di Ephesium. De L'Envers capeggiava una fazione contraria all'idea di abbassarle, ma un'altra fazione era chiaramente favorevole. Quando la regina chiese un voto per alzata di mano, risultò che tra le due posizioni c'era un certo equilibrio. Avevo votato a favore, forse soprattutto perché de L'Envers era contro.

« Molto bene. Ritorneremo su questo argomento in primavera, quando si potrà convocare una seduta plenaria », decise Ysandre.

« Intendete ascoltare le proposte matrimoniali del sultano? » domandò qualcuno.

Ysandre guardò Sidonie, che inarcò un sopracciglio di un freddo millimetro. « Potremmo farlo, forse. Ad ascoltare non c'è niente di male, mio signore », disse la regina con calma.

Come c'era da aspettarsi, quando la seduta fu sciolta nessuno poté parlare d'altro. I membri del parlamento si fermarono nelle sale del palazzo per scambiarsi pettegolezzi e commenti. Nessuno aprì bocca mentre Ysandre e Sidonie passavano nella galleria centrale. Le seguii con lo sguardo, in un tumulto di emozioni. Non avevo più parlato con Sidonie dal pomeriggio in cui ci eravamo incontrati nella stanza di Amarante, e stavo perdendo il sonno. Speravo che, se mi fossi aggirato abbastanza a lungo in quelle sale, la figlia della sacerdotessa sarebbe venuta a chiamarmi.

« Principe Imriel. »

Una mano mi atterrò su una spalla. Mi voltai e vidi Childric d'Essoms.

Mi sorrise. «Messer Agallon vorrebbe scambiare due parole con voi.»

Sospirai «Volentieri.»

D'Essoms mi accompagnò all'appartamento dell'ambasciatore e se ne andò. Era un alloggio molto elegante. Fui ricevuto in un salotto adorno di arazzi, dove un servo ephesiano alto e calvo, con una barba imponente, aveva appena fatto il tè. Diokles Agallon lo mandò via e servì personalmente la bevanda, addolcita col miele. Lo ringraziai, ma prima di portarmi la tazza alle labbra attesi che lui ne avesse bevuto, rumorosamente, un sorso.

«Complimenti. Siete un giovane prudente», disse lui.

Il tè era buono. «Ci provo, mio signore.»

Lui sorrise. «Ho riflettuto, altezza. Il vostro aiuto sarebbe molto gradito... la voce di un giovane principe che chiede cambiamenti per dare nuovo vigore al suo regno. Forse questo condurrebbe a uno scambio di favori.»

«In materia di cosa?» domandai.

Un altro rumoroso sorso. «Gli interessi di Ephesium.»

«Voi state parlando di commerci o di matrimoni?»

«Di entrambi. Benché, naturalmente, le nostre speranze siano modeste», disse Agallon.

«Capisco.» Deposi la tazza. «E voi cosa offrite?»

Il suo sorriso fu diplomatico, liscio e pratico. «Il medaglione che portate... è molto interessante. Forse, se voleste dirmi qualcosa di quell'oggetto, potrei scoprire dove ha avuto origine.»

Lo guardai un lungo momento senza parlare. Non c'erano linee di menzogna in lui, ma sulla superficie del suo atteggiamento c'era una sottile venatura di delusione che, più lo guardavo, più emergeva nitida. La cautela con cui metteva le parole l'una dietro l'altra mi fece ripensare a ciò che Claudia aveva detto della Gilda Invisibile. Tra i suoi membri c'erano correnti diverse, a volte perfino in contrasto. Se quell'uomo stava dalla parte degli alleati di mia madre, avrebbe dovuto sapere da dove veniva il medaglione senza bisogno di perdere tempo a scoprirlo.

Sentivo l'odore di una trappola, anche se non avrei saputo dire quale. Non volevo cadere in potere della Gilda, in nessun modo. Non avevo la minima intenzione di discutere l'eventualità di un matrimonio tra Sidonie e il figlio del sultano, o suo fratello, o chiunque altro lui avesse in mente. E non perché c'erano in gioco i miei sentimenti personali. Quell'idea era bastata a far ruggire metà dei pari del regno. Se mi fossi schierato a suo favore, mi sarei tagliato politicamente la gola.

Inoltre, mia madre sarebbe venuta a saperlo. E, se mia madre aveva davvero dei nemici nella Gilda, io, per quanto strano fosse, non volevo fare comunella con loro. « Vi ringrazio, mio signore », risposi, con un lieve inchino del capo. « Siete generoso, e ve ne sono grato. Sarò lieto di appoggiare la vostra causa in materia d'imposte commerciali, perché mi sembra giusta. Ma in quanto al resto... » Allargai le braccia. « Temo di dover declinare il vostro invito. »

« Davvero? Interessante », mormorò Diokles Agallon.

« Trovate che lo sia, mio signore? » domandai con indifferenza.

Lui scoprì i denti in un sorriso diplomatico. « Trovo che siate molto interessante voi, principe Imriel de La Courcel. Non dimenticatevi di me, altezza. Un giorno o l'altro potreste trovare vantaggioso uno scambio di favori tra noi. Non molti vi faranno una simile offerta. »

Questo, da come la vedevo io, era abbastanza improbabile che accadesse. « Naturalmente, mio signore. Non vi dimenticherò. »

Lasciato il suo appartamento scesi lungo la scalinata e decisi di andare qualche minuto nella Sala dei Giochi, per raccogliere i pettegolezzi che giravano quel giorno. Uno stava già crescendo come un fungo: si diceva che Sidonie contemplasse la possibilità di sposarsi col secondogenito del sultano di Ephesium. Accettai di giocare una partita di picchetto con un giovane lord azzalese che conoscevo di vista, e ascoltando come dilagavano quelle chiacchiere su Sidonie sorrisi tra me.

« Imri! » Un quarto d'ora più tardi, Mavros si materializzò accanto al tavolo. Mi posò le mani sulle spalle e scrutò le mie carte. « Non vorrai rilanciare con *queste*, vero? »

Chiusi gli occhi. « Grazie da parte dei miei avversari, cugino. »

«Non sei portato per il gioco d'azzardo, credimi», mi compatì. Poi si chinò a sussurrarmi all'orecchio: «La figlia della sacerdotessa ti stava cercando».

Persi la mano e la partita, pagai la somma che dovevo pagare, e lasciai il tavolo. Poi condussi Mavros dietro una colonna. «Dov'è Amarante?»

«Sono geloso. Ho motivo di esserlo?»

«Mavros!»

Lui rise. «Se n'è andata, Imri. Non poteva restare. Ha detto che ti cercherà domattina. Dimmi, hai avuto successo dove ho fallito? Oppure la ragazza ti stava cercando per conto della sua signora?»

Un paio di passanti si voltarono a guardarci con pigro interesse.

Misi una mano sulla bocca di Mavros. «Vuoi per cortesia stare dannatamente *zitto*?»

«Ooh, siamo alla violenza, dunque», bofonchiò. I suoi occhi blu tramonto scintillavano sopra la mia mano. «Vuoi che io sia la Valeriana e tu la Mandragola, cugino?»

I suoi modi erano così impossibili che dovetti ridere. «Mavros, sul serio, ho bisogno che tu sia discreto.»

«Come una tomba. Mi racconterai tutto, se prometto di non dire una parola?»

«Giuralo.»

Mavros si portò subito una mano sul cuore. «Nel nome di Kushiel.»

Mi guardai intorno. «Non qui.»

Andammo a casa di lord Sacriphant. Il padre di Mavros era nelle terre di famiglia, e Mavros, cui piaceva abitare nella capitale più degli altri miei parenti Shahrizai, poteva fare i suoi comodi. In quanto a me, in quell'edificio così silenzioso mi sentivo sempre un po' a disagio. Era molto elegante, e i servi eseguivano i loro compiti con dedizione e senza rumori inutili. Sembravano fieri di lavorare per Casa Shahrizai, ma un ospite non poteva fare a meno di chiedersi quali punizioni ci fossero per chi non era così obbediente e ossequioso.

O almeno, *io* non potevo farne a meno. La prima volta in cui ero stato lì, Mavros mi aveva fatto ubriacare e poi portato a Casa Valeriana, dove gli Shahrizai avevano un sotterraneo privato. Il ricordo di ciò che era accaduto mi faceva ancora fremere di eccitazione e di vergogna. A dire la verità, quella notte avevo immaginato che la ragazza su cui mi sfogavo fosse Sidonie. L'episodio risaliva ai giorni in cui le cose stavano cambiando tra noi, e Mavros era ancora l'unica persona con cui mi ero confidato. Nonostante i suoi modi maliziosi era un buon ascoltatore, e mi fidavo di lui; almeno in queste cose.

Non aprì bocca una sola volta mentre gli davo un resoconto di ciò che era successo tra me e la delfina, lasciando fuori i dettagli più imbarazzanti. Quand'ebbi finito inarcò le sopracciglia. « Davvero non avevi mai pensato all'effetto che questo potrebbe fare? »

« Sì, ma non ero arrivato a immaginare... »

« La cospirazione? » suggerì lui. Il mio cenno d'assenso lo fece sospirare, e si accarezzò pensosamente la mandibola. « Tu hai una certa ingenuità naturale, cugino. Se c'è una cosa sulla quale tutto il regno sarebbe d'accordo, è che la risata di Mélisande Shahrizai farebbe tremare il cielo se sapesse che suo figlio ha sedotto l'erede di Ysandre. »

« Le cose non stanno così », dissi miseramente.

« Non stanno così, eh? Vuoi il mio consiglio? »

« Ti prego. »

« Peccato. Perché non ne ho neppure uno », disse lui.

« Mavros! »

« E va bene. » Sorrise. « Il mio consiglio *migliore* è che tu metta fine a questa cosa, perché se qualcuno vi scoprisse... e le probabilità che vi scoprano sono forti... ci sarà una mezza rivoluzione, e Barquiel de L'Envers vorrà il tuo sangue. Ma... » Si strinse nelle spalle. « Questo è un prurito che ti tormenta da tempo. La signora in questione sa quello che fa, e ha un senso del pericolo migliore del tuo. Se deciderai di continuare, nel nome di Elua, sii prudente. Mancano soltanto pochi mesi al giorno in cui sarai impacchettato e spedito in Alba con la tua sposa cruithne. »

« Lo so », mormorai.

« Hai un'idea migliore? »

Lo guardai, accigliato. « Non tentarmi. »

Mentre tornavo a casa, a cavallo, pensai a Sidonie e ai rischi che correvo; cuori spezzati, nel caso migliore, e un'accusa di cospirazione in quello peggiore. E pensai al mio prossimo matrimonio, e alla facilità con cui avevo consigliato il dovere e l'onore a Lucius Tadius da Lucca, la cui situazione aveva dei punti in comune con la mia. D'un tratto sentii di dover applicare lo stesso ragionamento che mi aveva fatto tornare in patria. Era mio dovere verso Terre D'Ange e Casa Courcel.

Quella decisione si rafforzò durante il tragitto. Mavros aveva ragione, dovevo mettere fine alla cosa. Non c'era nessun futuro per Sidonie e me. Probabilmente lei aveva visto giusto, e ad attrarci era stato in buona parte il fascino del proibito. Ero destinato ad Alba e, se questa non era la decisione che avrei voluto prendere per la mia vita, era però l'unica che avrebbe messo rimedio a tutte le scelte fatte da mia madre. Nel frattempo, dovevo evitare di spargere i semi del caos.

«È tutto finito, allora. Tutto finito», dissi al Bastardo.

Lui sbuffò. Era una risposta anche quella.

Il giorno dopo, nonostante tutto ciò che mi ero ripromesso, le mie nobili intenzioni cominciarono a vacillare nell'istante in cui vidi Amarante che mi aspettava nel corridoio, fuori dallo studio della *ollamh*. Nella cameretta della sua dama di compagnia, ferma in un raggio di sole, Sidonie stava guardando fuori dalla finestrella. Quando entrammo si voltò e mi sorrise con una felicità senza riserve. Il cuore mi balzò in petto, e la mia decisione si sgretolò in mille pezzi privi di significato. «Imriel.» Questa volta le sue labbra accarezzarono il mio nome.

M'inchinai. «Principessa Sole.»

Rise, di quell'improvvisa risata di gola che aveva capovolto il mio mondo facendomi capire quanto la Sidonie de La Courcel privata fosse diversa da quella pubblica. Amarante scosse il capo e ci lasciò soli. Sedetti sul letto senza essere stato invitato, temendo che non saremmo arrivati molto lontano se non avessimo cominciato da lì.

«Credi che oggi sia meglio andarci piano?» domandai.

«Possiamo tentare.» Sidonie si fermò tra le mie gambe e mi accarezzò il viso, rivolto all'insù.

Le presi i fianchi tra le mani. I suoi capelli erano chiusi in un concio complicato da cui pendevano ciocche spiraliformi, che il sole riempiva di luce. Lei mi baciò le guance, le palpebre, gli angoli della bocca. «*L'amante copre d'avidi baci la bocca dell'amato*», citò sottovoce da *Le Tremila Gioie*. «*Come tremuli petali cadenti nella pioggia di estate.*» Le sue labbra carezzarono le mie, una volta, due volte. La punta della lingua saettò, provocante. «*L'amante cerca d'aprire le turgide labbra dell'amato, come corolla chiusa di un fiore mai sbocciato.*»

«*Le labbra dell'amato sono un fiore che sboccia ad accettar l'amante*», mormorai in risposta, e un attimo dopo lei mi mise la lingua in bocca. Strinsi le braccia intorno alla sua vita e cademmo sul letto, perduti in quel bacio.

Ah, Elua, com'era dolce, così dolce. Quando potei strapparmi via dalla sua bocca la spogliai, tra un bacio e l'altro; baciai ogni parte di lei che veniva allo scoperto, mentre Sidonie faceva lo stesso con me. Lei trovò le mie cicatrici, quelle ricevute in battaglia e le altre. Sentii le sue dita indugiare sulle tracce di vecchie frustate sulla schiena, sul marchio a fuoco della natica sinistra.

Alzò la testa, con occhi seri. «Mi parlerai di queste?»

Accennai di sì. «Ma non ora.»

«No, non ora.» Un dito corse sotto il rigido arco del mio membro, che fremette in risposta. «Possiamo farlo come prima? Solo, nel modo giusto.»

Sorrisi. «Ti piace quella posizione?»

Sidonie mi baciò ancora. «Subito, ti prego. Non voglio aspettare.»

Non mi disse perché, e non glielo chiesi. Era una soglia. Finché non l'avessimo oltrepassata, avremmo potuto tirarci indietro. Avremmo potuto dire a noi stessi che non era stato nulla più di un momento febbrile di eccitazione. Dopo averla oltrepassata, sarebbe stato diverso.

«Sei sicura?» domandai mentre saliva su di me, le cosce nude allargate ai lati delle mie. Avevo il membro stretto in pugno, rigido e pulsante, con l'estremità scoperta che sfiorava le labbra rosa della sua vulva. Erano semiaperte, umide di desiderio, e pensai che sarei morto se mi avesse detto di no.

«Sono sicura.» Sidonie si abbassò, ed entrambi trattenemmo il respiro quando entrai in lei. «Oh, sì! Sono sicura.»

Un pollice dopo l'altro mi prese in sé finché non fui nel fodero fino all'elsa. Sentivo l'impulso di scoppiare a ridere e mettermi a piangere. Con le mani dietro la sua schiena lasciai che salisse e scendesse su di me. E, ah, Elua, era calda e stretta, e scivolosa, più terribilmente intima di tutto ciò che avevo conosciuto prima. Si piegò su di me finché le nostre sopracciglia non si unirono, e vidi le sue palpebre fremere al ritmo delle onde di piacere che salivano dal ventre facendola gemere e ansimare. D'un tratto anch'io non fui più capace di resistere. Con le mani di Sidonie che mi stringevano la testa rantolai contro i suoi seni, e il mio seme esplose in una serie di lunghe convulsioni dentro di lei, profondamente.

Tutto di me, tutto di lei, mi accorsi, era diverso.

«Imriel, perché stiamo così bene assieme?» mormorò Sidonie.

Giacqui sulla schiena, senza fiato. «Vorrei saperlo.»

Lei s'irrigidì sopra di me, stringendo le ginocchia in una morsa per impedire che il mio membro, ammorbidendosi, scivolasse fuori. La feci rotolare di lato e rotolai con lei per non scostarmi, entrambi stesi su un fianco. Restammo così, uniti, mentre lei muoveva soltanto la coscia superiore ad accarezzare la mia. Non passò molto che le nostre carni più intime tornarono a pervadersi di fremiti, e sentii la forza del desiderio riempire ancora le mie, prima di quello che avrei creduto possibile. Sidonie rise di gola, stringendomi tra le sue gambe. «Potrei arrampicarmi su di te come su un tronco d'albero.»

«Non sapevo che ti piacessero i tronchi d'albero.»

Mi baciò. «Il tuo sì.»

«Tu lo sai ciò che amo?» sussurrai. «Amo i tuoi occhi. Amo il modo in cui sono diversi da tutto il resto di te.»

Sidonie sorrise. «Occhi cruithne. A te non importa?»

«No.» Le baciai l'angolo esterno di una palpebra, spostando le labbra verso il naso. «Mi piacciono. Mi sono sempre piaciuti.» Premetti le dita nella carne delle sue cosce, per tenerla ferma mentre tornava sopra di me. Pian piano entrai in lei, e la vidi prima trattenere il fiato e poi sospirare, soddisfatta. «Perché hai detto all'ambasciatore del sultano che eri disposta ad ascoltare le sue proposte?»

«Politica.» Sidonie mi mordicchiò il collo. «Vuoi parlare di politica?»

«Curiosità.»

«Geloso?» Mi assaggiò il lobo di un orecchio. «*Tu* non hai il diritto di esserlo.»

«Lo so.» La strinsi di più, e le accarezzai la schiena fino a immergerle le mani tra i capelli. Era vero. I nostri corpi stavano bene assieme come se fossero fatti l'uno per l'altro. Non avevo mai provato quella sensazione. Stavolta il sesso era lento, tenero, meraviglioso, e non volevo che finisse. Volevo restare dentro di lei, tenerla stretta a me. «Sono curioso, tutto qui.»

«L'ho detto perché dimostra buona fede da parte nostra», mormorò lei, intervallando le parole coi baci. «E perché il parlamento sarà sollevato e grato quando rifiuterò la proposta del sultano; così i pari saranno più disposti a consolarlo votando la diminuzione delle imposte commerciali, nonostante l'opposizione di mio zio. Così vuole mia madre.» Inclinò la testa, con sguardo languido e divertito. «Questo risponde alla tua domanda?»

«Mm-mmm.» Mi spinsi dentro di lei, e vidi le sue palpebre fluttuare ancora. Per qualche perversa ragione mi eccitava parlare di affari di Stato mentre facevo sesso con lei. «Sai, mi sarebbe facile immaginarmi così, per tutto il resto della mia...»

«Non dirlo.» Mi mise un dito sulle labbra. «Per favore, no.»

Fino a quel momento non ero stato certo che i sentimenti di Sidonie gettassero nel suo cuore la stessa ombra nera che avevo sul mio. Ma vidi quella sofferenza emergere sul suo viso, e capii. Ci guardammo in silenzio, faccia a faccia, e ciascuno di noi vide riflessa negli occhi dell'altro la triste svolta del destino che ci aspettava.

«È troppo tardi», dissi con calma.

Nell'espressione di lei affiorò qualcos'altro: la stessa lucida fermezza con cui aveva messo a tacere i pettegolezzi di corte e pianificato la sua strada verso il trono. D'un tratto rotolò supina e mi attrasse sopra di lei, con flessuosa energia. La guardai. Le spille del concio si erano staccate, lasciando aprire i suoi capelli sul cuscino. «Allora facciamo in modo che ne valga la pena», disse, incrociando le caviglie dietro la mia schiena.

Non ebbi bisogno di farmelo ripetere.

10

Quell'inverno passò troppo in fretta.

Per settimane trascurai molte delle cose che avrebbero dovuto preoccuparmi. Feci in modo di proseguire i miei studi della cultura albana, e m'interessai dell'arte di governo più di quanto non avessi fatto da quando sapevo di essere un principe del sangue. Mi consultai con la regina sulle mie prossime nozze, che mi riempivano di vaghi timori. Tutto il resto - la Gilda Invisibile, i misteriosi Maghuin Dhonn, la mia scomparsa madre - lo dimenticai.

Sidonie.

Non parlavamo del futuro, ma ogni momento che potevamo rubare ai nostri impegni lo trascorrevamo assieme. Non era mai abbastanza: avrei sempre voluto qualcosa di più. Volevo fare l'amore con lei, e volevo parlare con lei. Volevo discutere di politica e di filosofia, e di cosa significa essere buono. Volevo parlare di tutto quello che c'è sotto il sole, come usavamo fare Eamonn e io. Volevo parlare degli infiniti modi in cui lei mi sorprendeva.

A volte lo facevamo. Mantenni la promessa e le raccontai di quand'ero stato rapito, di Daršanga e della zenana del *mahrkagir*, e di cos'avevo dovuto sopportare là. Le raccontai più di quanto avessi mai detto ad altri, salvo Eamonn e Phèdre. « La cosa peggiore era che lui ci rendeva suoi complici in questo », dissi senza guardarla. « È successo più volte. C'era una ragazza di Ch'in che aveva perso il suo favore. Non ricordo il suo nome, ma aveva bei capelli, lunghi sino alla vita. Celava la sua nudità dietro di essi, nella sala delle feste. » Il mio sguardo era lontano da lì. « Il *mahrkagir* ha perso la pazienza con lei. Mi ha dato un coltello smussato e mi ha ordinato di rasarla. Ha detto che se non l'avessi fatto ci avrebbe pensato lui, e le avrebbe strappato via anche tutto lo scalpo. »

Sidonie si lasciò sfuggire un ansito.

«Così l'ho fatto.» Le mie mani stavano già sudando, a quel ricordo. Me le asciugai sulle cosce. «Le ho tagliato quei bei capelli e glieli ho consegnati. Poi lui mi ha puntato il coltello alla gola e le ha ordinato di fare una treccia con quei capelli, altrimenti mi avrebbe ucciso. Poi...» Trassi un profondo respiro. «Poi lui le ha annodato al collo quella treccia, davanti ai miei occhi, e l'ha montata, con violenza. E mentre lo faceva ha usato la treccia per strangolarla. Così l'ho vista morire sotto di lui.» Le raccontai dell'arrivo di Phèdre, e di quando il *mahrkagir* mi aveva ceduto come un giocattolo a Jagun, il signore della guerra tatar, che mi aveva concupito, e picchiato, e marchiato come se fossi di sua proprietà, al punto che per anni avevo avuto incubi da cui mi svegliavo con l'odore della mia carne bruciata nelle narici.

C'erano state anche altre cose, perfino peggiori.

Non gliele raccontai tutte, ma fu sufficiente.

Sidonie ascoltò senza dire una parola, il viso irrigidito dall'orrore e striato di mute lacrime. Fu la sola volta in cui non la toccai, e quand'ebbi finito non riuscii a guardarla.

S'inginocchiò dietro di me e mi circondò con le braccia, posandomi la testa su una spalla. «Mi dispiace. Sono così triste.»

Annuii, incapace di parlare. Poi restammo in silenzio entrambi, a lungo. Sidonie si stringeva a me, immobile come durante una veglia di preghiera, e forse era qualcosa di simile per lei. Un raggio di sole cadde sul pavimento della camera da letto di Amarante, e un altro nodo di vergogna dentro di me si sciolse lentamente.

Infine il suo respiro caldo mi sfiorò i capelli. «Questo significa che tu non farai cose orribili, meravigliosamente orribili, al mio corpo indifeso?»

Un fremito di desiderio trattenuto mi attraversò. Avevo la bocca secca. Mi voltai tra le sue braccia per guardarla, sconvolto. «Stai scherzando?»

Nei suoi occhi neri brillava una luce triste e provocante. «No.»

«Elua!» Ridacchiai un attimo e mi passai una mano sul viso. «Oh, Sidonie.»

Lei mi baciò, dolce e tenera; una doccia di petali cadenti.

Scacciai gli ultimi residui di vergogna, almeno per il momento.
Mi prese il volto tra le mani e mi guardò con una profondità degna di Phèdre; poi mi sfiorò le labbra con un bacio. « Vedremo. »

Nessun altro aveva mai reagito così, soffrendo di ciò che soffrivo io, anche quando avevo raccontato qualcosa di più crudele. E non mi ero mai reso conto di volere che qualcuno lo facesse, finché non l'aveva fatto Sidonie. Un anno prima non l'avrei voluto neppure da lei, credo. Ma non ero più quell'Imriel che si era tagliato i capelli in un accesso di odio per se stesso, dopo aver trascorso la notte con Mavros a casa Valeriana. A Tiberium, nel tempio di Esculapio, mi era stato detto di sopportare le mie cicatrici con orgoglio. Stavo imparando a farlo.

E, per quanto sbagliata e condannata fosse la nostra relazione, questo mi aiutò.

Ne parlai a Sidonie durante il nostro incontro successivo, distesi l'uno accanto all'altra nel rilassato tepore dopo il sesso. « E va bene, allora. Dimmelo. Che genere di orribili meravigliose cose avresti in mente? »

Con una guancia posata su un braccio, lei sorrise. « Oh, niente di *troppo* orribile. »

Accarezzai la curva perfetta della sua schiena snella e pensai al bacio schioccante di una frusta, ai segni rossi che si gonfiavano sulla sua tenera pelle. « Per quale motivo? »

« Sono curiosa. Voglio esserlo. »

« Tu sei troppo giovane. » Le baciai leggermente una natica.

Sidonie storse il naso in un'espressione così simile a quella di sua sorella da confermare la mia osservazione. « Mi fai pensare ad Amarante quando veste i panni della maestra. » La sua voce assunse un tono di saggezza ultraterrena: « 'Sidonie, tu corri troppo in fretta attraverso i piaceri che possono offrire le arti di Naamah. Così perderanno il loro sapore' ».

Risi. « Oh, istruttivo, vero? »

« Be', non tanto, oggi. Ma lo è stato. »

Mi arrotolai una ciocca dei suoi capelli tra le dita. La luce creava tonalità d'oro sottilmente diverse nei suoi riflessi. « Dimmi di più su quei consigli istruttivi. »

« Dammi una mano. » Sidonie si girò supina.

Mi puntellai sul gomito sinistro e le porsi l'altra mano, lasciando che lei guidasse la punta del mio dito indice sul suo bocciolo ancora turgido, nella calda umidità della vulva.

«'Prima di tutto è importante che tu capisca il tuo piacere'», disse nello stesso tono cattedratico. Mosse il mio dito sul clitoride, e l'umidità luccicò più densa. «'Benché per te l'apice del piacere possa essere raggiunto con molti metodi, la sua essenza si trova sempre nella Perla di Naamah. Questa è la prima e l'ultima fonte del tuo piacere. Questo, non devi dimenticarlo mai. Ecco, vedi, benché io ti tocchi solo con la punta di un dito, ti porto al...'» La sua voce si spezzò e strinse forte la mia mano, premendo di più. «Ah! Lì, sì, proprio lì.»

«No!» Stavo ridendo troppo per lasciarla finire. «Così pedagogica? Non è possibile!»

«Non proprio», ammise Sidonie, senza fiato. «Ma quasi.»

Provai un senso di colpa. «Non dovresti prenderla in giro così. Almeno, non nel suo letto.»

«Non la sto prendendo in giro.» Si alzò a sedere e scosse i capelli. «Be', solo un poco. Solo con affetto. Dopotutto *era* molto istruttiva. All'inizio, almeno. Imparo in fretta.» Mi sorrise. «E, comunque, Amarante non dorme qui molto spesso.»

«Oh, capisco.» Presi un'altra ciocca dei suoi capelli e me l'arrotolai intorno alle dita, ancora umide del suo piacere. «E la discepola è diventata un'ardente studiosa.»

«Sì.» Sidonie si chinò a baciarmi, coi capezzoli che mi sfioravano il petto.

Nessuna scusa, nessuna vergogna. Lei era mezza cruithne, ma tutta angeline in quanto a desideri. E stranamente non c'era gelosia in me, solo trasporto. Alzai lo sguardo su di lei e compresi, per la prima volta compresi davvero i doni del Beato Elua e dei suoi Compagni. Perfino l'erede al trono, a lungo addestrata all'arte della disciplina e dell'autocontrollo, in camera da letto poteva mettere da parte le preoccupazioni del suo rango. Perfino i falliti della bontà come me potevano ritrovare una parvenza di successo tra le lenzuola. Quello era un tempio dov'eravamo liberi di essere chiunque e qualunque cosa volessimo. Ecco dove stava la grazia degli dei che adoravamo.

Lo specchio scuro e quello luminoso s'incontravano, ed entrambi riflettevano il nostro vero io.

« A cosa stai pensando, Imriel? » domandò lei.

« A molte cose. Non ultima delle quali il mio amore per te », dissi lentamente.

Era una violazione del nostro tacito patto, ma Sidonie non disse nulla. Dalla gola le uscì un lieve suono, scosse il capo con una disperata pazienza e mi baciò ancora, più volte. Le restituii ogni bacio affogando nell'oro dei suoi capelli colmi di sole, e le parole del sacerdote di Esculapio tornarono nei miei pensieri come un'eco.

Anche un albero deforme cerca d'allungare i rami verso il sole.

Un altro sacerdote, un sacerdote di Elua, mi aveva fatto una profezia diversa molto tempo prima, quand'ero più giovane, un ragazzo deciso a fare la sua prima veglia dinanzi al Beato Elua, nella Notte più Lunga. Il sacerdote mi aveva parlato dell'amore.

Lo troverai e lo perderai, ancora e ancora.

Questo avevo cercato di dimenticarlo.

Non avevo mai sospettato che ci fosse una differenza così grande tra amare ed essere innamorati. Quando noi due stavamo assieme, era un incanto. Non avevo mai conosciuto tanta felicità neppure da bambino, prima che mi rapissero. Quand'ero lontano da lei, ovvero per la maggior parte del tempo, le mie emozioni correvano sui sentieri più diversi. A volte sprofondavo nell'autocompatimento e nella depressione. A volte rimuginavo innumerevoli elaborati progetti nei quali affrontavo la regina Ysandre alla presenza dell'intera corte, proclamavo l'amore che mi univa alla delfina e sfidavo Barquiel de L'Envers a duello quando lui si alzava per diffamarmi.

Altre volte, disgustato delle mie debolezze, lottavo per scacciare l'amore. Non volevo quell'emozione, e mi sembrava assurdo non potermene liberare. Ma non potevo. Assurdo o no, l'amore aveva messo radici nel mio cuore ed erano troppo profonde per le mie forze.

La amavo.

Che cosa odiosa.

Ah, Elua, era difficile, così difficile, frequentare Sidonie a corte. Dopo ore di carezze e di baci avevamo perso la capacità di essere distaccati e formali nei nostri incontri in pubblico. Anche in passato c'era stato un cordone invisibile tra noi; ora sembrava una cosa viva, pulsante d'intimità.

Tuttavia riuscivamo a fingere, o almeno pensavo che ci riuscissimo. Eravamo cauti e fin troppo freddi davanti agli occhi altrui. Questo fece nascere la voce che ci fossero dissapori tra noi: per colpa dell'assente Maslin de Lombelon che non aveva mai fatto mistero di detestarmi, per colpa della mia evidente frequentazione con la dama di compagnia preferita di Sidonie, per colpa delle mie ambizioni in Alba, per colpa della mia preferenza di vecchia data per Alais.

Talvolta mi capitava di vedere lo sguardo della regina passare da me a Sidonie con triste preoccupazione, e allora mi costringevo a pensare quanto più sarebbe stata di malumore se avesse saputo che aspettavo solo il momento di rotolarmi sul letto con la sua giovane erede, nuda tra le mie braccia, e che il suo nome non abbandonava mai del tutto i miei pensieri. E subito dovevo distogliere lo sguardo dal suo, per timore che me li vedesse scritti in faccia.

C'erano, naturalmente, quelli che sapevano come leggerli.

Non ero così sciocco da illudermi di tenere nascosto a Phèdre il mio stato mentale, soltanto la sua causa. Mentre i giorni si susseguivano ed ero inquieto, imprevedibile, dormivo poco e piluccavo il cibo, cominciai ad aspettarmi che lei mi avrebbe preso da parte. Invece si limitava a guardarmi con aria speculativa, e teneva i suoi pensieri per sé.

Joscelin era un'altra questione. « C'è una cosa che mi piacerebbe andare a vedere, oggi », annunciò un mattino, a colazione. « Mi è venuto in mente che potremmo tentare di fare un raccolto di girasoli a Montrève, e Tibault de Toulard ha escogitato il modo di usare le tubature di un sistema di riscaldamento domestico per far germinare i semi con mesi di anticipo. Credo che questo potrebbe interessarti, Imri. »

Scossi il capo. « Oggi ho una lezione con la *ollamh.* »

« Possiamo andarci dopo. È giusto qui, in centro », propose Joscelin.

Nelle mie speranze, dopo la lezione avrei potuto andare a rotolarmi tra le lenzuola con Sidonie. Giocherellai con una fetta di pane spalmata di miele. «Mi sembra un modo strano di far germinare i semi.»

«È solo un tentativo. Se funziona, lui costruirà un sistema in scala maggiore nel Siovale.» Joscelin tamburellò con le dita sul tavolo. «Sai, Drustan mi ha parlato di una zona, in Alba, dove le sorgenti sono calde come il sangue, estate e inverno. Se il metodo di lord Tibault è efficace, tu potresti adottarlo nella nostra tenuta. Pensa! Un sistema di riscaldamento che non ha bisogno di carburante.»

Tutti i siovalesi vanno matti per le invenzioni. Joscelin, nato e cresciuto tra le montagne del Siovale, non faceva eccezione. Spalmai altro miele sul pane e lo guardai mescolarsi alla mollica in una poltiglia ambrata. «Se quelle sorgenti sono in Alba, puoi scommettere che sono sacre.» Avevo imparato qualcosa dai miei studi.

«Sia come sia, mi piacerebbe che venissi anche tu», disse seccamente Joscelin.

Il suo tono mi fece alzare lo sguardo. A parte quando ci allenavamo alla spada, era molto raro che Joscelin mi chiedesse qualcosa. E con lui avevo debiti che non avrei mai potuto ripagare. «Va bene.» Deposi il pane e raddrizzai le spalle. «Sì, naturalmente.»

Trascorremmo buona parte del pomeriggio in un palazzo adiacente alla piazza del mercato, dove alcuni intraprendenti mercanti angeline avevano avuto l'idea di costruire un sistema di riscaldamento in stile tiberiano, chiamato «ipocausto». L'operazione commerciale era fallita, ma il marchese di Toulard aveva affittato l'edificio e convertito le tubature sotto i pavimenti a scopi agricoli.

«Guardate!» L'uomo si chinò a indicare i filari di pianticelle stente che spuntavano dallo strato di terriccio. «Se funziona, guadagneremo settimane. Un mese, forse.»

Joscelin toccò uno dei germogli con dita dubbiose. «Questi vogliono la luce del sole, mio lord.»

«Lo so.» Il marchese lo condusse all'altra estremità dei filari, dove un raggio di sole entrava a illuminare le pianticelle. «Guardate qui...»

La sua voce si allontanò, o piuttosto fu la mia attenzione ad allontanarsi. Mentre Joscelin e lord Tibault discutevano dei meriti del suo sistema, cercando di capire se i vantaggi di un raccolto anticipato avrebbero ammortizzato il costo del carbone per il riscaldamento, mi persi nel piacevole ricordo di Sidonie china tra le mie cosce che mi praticava il *languissement*. Elua sa come, ma l'episodio della sfida tra me e la priora di Casa Brionia era giunto alle sue orecchie, così anche noi avevamo fatto una scommessa, ridendoci sopra. L'avevo persa nel momento stesso in cui avevo visto le sue delicate labbra rosa inghiottire l'estremità del mio membro e scivolare giù fino al suo pugno. Quella vista era bastata per spingermi oltre il confine dell'autocontrollo.

Le avevo pagato la posta in baci, e nel farlo avevo sentito il sapore del mio seme sulla lingua di lei, denso e salato.

« ... la percentuale di semi che non mettono radici... » Joscelin si voltò a guardarmi, e inarcò un sopracciglio. « Imri? »

Mi riscossi, pregando di non aver mugolato anche a voce. « Oh, sì. Vi ascolto. »

« Ah! » Tibault de Toulard mi diede una pacca sulla schiena. « Sognate sogni d'amore a occhi aperti, altezza? Anch'io, ai miei tempi, ricordo che lo facevo. » Mi mollò un'altra pacca. « Divertitevi, divertitevi. Forse lei, o lui, merita i vostri pensieri. »

« Grazie, mio lord », mormorai.

Joscelin non fece commenti, almeno finché restammo lì. Fu solo mentre cavalcavamo verso casa che mi propose di dividerci una giara di birra al Galletto. Emile ci accolse con le solite manifestazioni di gioia. Su richiesta di Joscelin, ci condusse a un tranquillo tavolo d'angolo, e mentre indietreggiava si mise un dito sulle labbra promettendoci discrezione con tutto il suo atteggiamento.

« Dunque. » Joscelin riempì due boccali di birra fumante e ne spinse uno verso di me. « Vogliamo parlarne? Phèdre e io abbiamo fatto a chi tirava la paglia più corta, e ho perso. »

« Davvero? » domandai, scandalizzato.

« No, naturalmente no. » Nascose il sorrisetto dietro un sorso di birra. « Be', che ne abbiamo parlato è vero. Visto che non sei andato da lei, abbiamo pensato che forse sarebbe stato meglio se l'argomento l'avessi affrontato io. Non me ne vuoi per questo, vero, caro? »

Anch'io bevvi un sorso, lungo. « Joscelin, mi crederesti se ti dicessi che preferiresti non sapere niente? »

« Sì. Il guaio è che lo so già. » Quando vide che tacevo, continuò: « A sentire Ti-Philippe, tra le Guardie della Regina corre voce che tu t'intrattenga con una delle dame di compagnia della delfina ».

A sentire quelle parole, mi rilassai.

Lui mi scagliò uno sguardo secco. « E il guaio, caro, è che Phèdre non ci crede. »

« Oh. Perché no? »

Joscelin scrollò le spalle e sorseggiò la birra. « Faccende di Naamah. Lei conosce la madre della ragazza da molto tempo. Di cos'abbiano parlato tra loro non saprei dirlo, salvo che Phèdre è sicura che la ragazza in questione non si distrarrebbe mai con relazioni casuali. E, di conseguenza, basandosi sul tuo strano comportamento furtivo, mio caro, lei ne ha tratto quel genere di oltraggiosa deduzione che io scarterei subito... se non avessi passato la vita vedendo quanto possono dimostrarsi vere le oltraggiose deduzioni di Phèdre nó Delaunay. »

Distolsi lo sguardo. « Cosa ti fa pensare che sia una relazione casuale? »

« Non ho detto che lo sia. Non dal modo in cui la porti avanti. E non credo che sia Amarante di Namarre quella cui stai intorno. » Joscelin attese finché non mi decisi a guardarlo, con riluttanza. Stupore e incredulità apparvero sul suo viso quando abbassò la voce in un mormorio appena udibile. « Imriel... Sidonie? »

Appoggiai la fronte sul tavolo, con un mugolio. « Oh, Joscelin! »

« Per le palle di Elua! È così? »

Mi passai una mano tra i capelli. « Sì. »

« Perché? » sussurrò, come se fosse sul punto di ridere. « Nel nome di Elua, Imri! *Perché?* »

Trassi un lungo respiro e gli raccontai la storia fin dall'inizio: la caccia al cinghiale, il cavallo imbizzarrito e la risata di Sidonie. Non l'avevo detto a nessuno, a parte Mavros, e una volta preso il via le parole mi rotolarono fuori a valanga.

Joscelin mi ascoltò tra divertito e preoccupato, guardandosi ogni tanto intorno per assicurarsi che Emile mantenesse uno spazio vuoto intorno a noi. «Sei sicuro che stiamo parlando della stessa persona?» domandò perplesso, mentre raccontavo quanto fosse appassionata, disinibita e divertente. Abbassò di nuovo la voce. «Sidonie de La Courcel? La delfina di Terre D'Ange?»

«Tu non la conosci», dissi, sconfortato.

«Così sembra.» Joscelin mi riempì il boccale. «Sai, sua madre ha un carattere forte, ed è una cosa che raramente si nota, in pubblico. Le donne di Casa Courcel hanno imparato a tenere sotto fermo controllo le loro emozioni. Suppongo...» Scosse il capo. «Ti rendi conto che questo significa preparare il disastro?»

«Lo so.» Lasciai lo sguardo dentro il boccale. «Lo sappiamo entrambi.»

«Allora perché...»

«Non posso farci niente!» Rialzai la testa. «Non posso.»

Joscelin sospirò e tacque, guardandomi. Quando infine parlò, il suo tono era più gentile. «E stai meditando qualche sciocchezza, caro? Come rompere il tuo impegno con la regina per quello che riguarda Alba?»

Ci pensai un poco. Ci pensavo tutti i giorni. «No. Non lo so.»

«Va bene.» Joscelin fece roteare la birra nel suo boccale. Agli altri tavoli della taverna c'erano tsingani che chiacchieravano e ridevano. Qualcuno stava suonando un tamburello. «Imriel, noi saremo con te, qualunque scelta farai», disse nel suo modo franco. «Di questo stanne certo, però ascolta. Una volta mi hai chiesto come facevo a sopportare certe cose, sapendo ciò che è Phèdre. Sapendo quanto siamo diversi, sapendo che siamo così male accoppiati da far ridere gli dei. Sapendo tutto questo, e andando avanti lo stesso. Ricordi cosa ti ho detto?»

Sapevo dove voleva andare a parare, anche se non mi piaceva. «Hai detto che avevi provato a stare senza di lei.»

«Proprio così.» Nei suoi occhi azzurro estate c'era comprensione. «Credimi, caro. So che ti è stata rubata l'infanzia. So che hai cominciato a fare le cose che fanno i bambini soltanto a dieci anni. Questa non è una cosa da bambini. Tu sei molto giovane, e anche lei. Non sarà maggiorenne per quanto? Altri due anni?»

«Compirà diciassette anni tra poche settimane.»

«Poco più di un anno, allora.» Joscelin mi posò su un braccio una mano guantata. «Imri, se è una cosa vera, durerà.»

«Come lo sai?» chiesi. Poi mi accorsi che stavo arrossendo, ma volli insistere. «Non è la stessa cosa, Joscelin! Tu l'hai lasciata di tua volontà.»

«Infatti.» Inarcò le sopracciglia. «E poi tua madre ha fatto ammazzare due dei nostri uomini, e Phèdre è stata gettata in una cella così orribile che i marinai la credevano maledetta dagli dei. La cosa peggiore che devi temere è che il tuo amore si riveli debole e incostante. Tu cosa preferisci?»

«Ho capito cosa vuoi dire», risposi.

Joscelin mi batté una mano su un braccio. «Bene. E, se da qui a un anno entrambi proverete ancora la stessa cosa, lei avrà almeno raggiunto la maggiore età. Se vorrà sfidare sua madre e i pari, la legge glielo permetterà. E, se tu vorrai lasciare Alba per stare con lei, Elua sa che Phèdre e io smuoveremo mari e monti per te.»

Cercai di sorridere. «Lo prometti?»

«Contro ogni buonsenso, sì.» Joscelin mi restituì il sorriso. «Sai, in un certo senso sono felice di vederti così. C'è stato un tempo in cui non ero sicuro...» La sua voce si spense, e seppi che entrambi stavamo pensando a Daršanga. Al massacro nella sala delle feste, alle grida delle donne morenti, al sangue che scorreva sulle pietre del pavimento.

«Lo so. Ma è passato.»

«La grazia di Elua è una cosa misteriosa. E Sidonie... prova quello che provi tu per lei?» mormorò lui.

Risi. «Strano a dirsi, sì.» Alzai il boccale e buttai giù l'ultimo sorso. «Joscelin, è l'amore che ti fa sentire malato, o così sconvolto da voler colpire qualcuno, o ubriaco di gioia, col cuore che sembra sul punto di scoppiare in mille pezzi dentro il petto?»

Lui finì la birra. «Dovrebbe essere amore, sì.»

11

Raccontai a Sidonie la mia conversazione con Joscelin, almeno in parte. Salvo quando gliel'avevo confessato, non avevamo mai parlato apertamente di «amore».

Nei suoi occhi si accese l'allarme. «Lui non dirà una parola di questo, vero?»

«No, naturalmente no.» La guardai. «Sidonie, dimmi la verità. Cosa credi che succederebbe se tua madre ci scoprisse?»

Lei ci pensò. «La verità? Credo che mia madre caccerebbe via Amarante e chiunque altro sospetto di connivenza tra il mio personale. Credo che mi chiuderebbe nel mio appartamento, e mi farebbe una ramanzina da bruciarmi le orecchie. Poi raddoppierebbe le guardie, usando uomini fedeli che le farebbero rapporto su di me tutti i giorni.» Mi fissò dritta negli occhi. «E credo che mio zio ti farebbe uccidere alla prima occasione.»

«Capisco.» Le sue parole mi gelavano il sangue. «Perché mai mi odia tanto? Tra tutte le persone che hanno un motivo di rancore per il figlio di Mélisande Shahrizai, lui non è certo in cima alla lista.»

«È un uomo strano, ed è ambizioso. Credo che a Khebbel-im-Akkad abbia manovrato per creare una dinastia di Casa L'Envers legata ad altre potenti nazioni. Ma, quando ha saputo che il mio bisnonno faceva la stessa cosa con Alba, era troppo tardi, e sua figlia era già sposata col figlio del califfo. Questo, alla fine, gli ha fatto guadagnare ben poco qui in Terre D'Ange, e gli è costato la sua carta migliore.»

«Dunque, il suo piano è fallito. Vieni qui.» La tirai sul letto, accanto a me. «Però questo non ha niente a che fare con *me*.»

«Hai ragione.» Sidonie si rannicchiò accanto a me. «Non lo so, Imriel. Tutto questo è successo molto prima della nostra nascita.»

«Non è giusto, vero?» mormorai.

«Per te meno che per altri.» Mi prese una mano e la baciò,

poi se la posò sul petto. Sotto la pelle morbida potevo sentire i battiti regolari del suo cuore. Gli occhi scuri, lucenti, erano pieni d'incrollabile fiducia. «La verità? Penso che quell'uomo impazzisca di rabbia nel vedere che, dopo lo spettacolare fallimento dei piani di tua madre per portarti al trono, tu sia a due passi dall'ereditarlo.»

«Ma io non voglio il trono. Voglio te.»

Sidonie sorrise tristemente. «È una cosa difficile da dimostrare.»

«Dimostrarti che ti voglio non è affatto difficile.»

Lei rise e mi baciò finché non dimenticammo tutto di Barquiel de L'Envers e del mondo fuori dalla camera da letto. Eravamo ancora perduti nel nostro amore quando Amarante venne a ricordare alla sua signora che era attesa a cena con la regina, e rimase ferma ai piedi del letto dove le nostre membra sudate continuavano ad allacciarsi finché non riuscì a farsi sentire da noi. Era successo più di una volta, così spesso che la mia mente non registrava più traccia della sua presenza. Per Sidonie era lo stesso.

«Giuro su Elua, Sidonie, che dovrei schiarirti la testa con un secchio d'acqua fredda», disse Amarante con un sospiro. «A tutti a due.»

«Non dici sul serio, lo so.» Lei si districò dalle lenzuola e scese dal letto, mentre restavo lì a guardarla. Aveva delle movenze precise, rapide e graziose. «Ma non hai sentito cosa dicono di me? Nelle mie vene scorre acqua gelata.»

Amarante inarcò le sopracciglia. «Le apparenze *sono* ingannevoli.»

Era quasi un proverbio a corte. Anch'io ci credevo, un tempo. La prima volta in cui avevo ballato con Sidonie, Eamonn aveva detto: *Attento a non prenderti i geloni,* e avevo riso. Ora, sapendo quale abbandono sensuale nascondeva, quella freddezza esteriore mi faceva impazzire di desiderio.

Mi rendeva fiero di lei, anche. Era un'altra delle cose strane di quel nostro amore. Tutto ciò che in passato mi aveva irritato - i suoi imperiosi modi di corte, la provocatoria alterigia del suo portamento, lo sprezzante rifiuto di svolgere attività poco confacenti - ora mi empiva di tenero affetto.

Una cosa stupefacente, l'amore.

Ne parlai con Phèdre. Sapere che aveva capito tutto era stato un sollievo. Supponevo che l'avrei trovata piena di saggi consigli, poiché senza dubbio, se al mondo c'era qualcuno che conosceva l'amore in tutte le sue forme innumerevoli, era Phèdre.

Quanto a questo, mi sbagliavo. Le mie parole la fecero ridere. «Di quello che posso dirti sull'amore, Imriel, non c'è niente che tu crederesti prima di averlo imparato per esperienza.»

«Ma tu non sei rimasta sorpresa», dissi.

«Di Sidonie?» Phèdre scosse il capo. «Sono cresciuta alla Corte della Notte. Già da bambini noi sentivamo raccontare cose sui patroni. Quando sono entrata al servizio di Delaunay, c'era poco che mi avrebbe sorpreso in materia di desideri. E tu... Ah, tesoro! La prima cosa che hai fatto una volta usciti dalla zenana, è stato gettarti a capofitto nel pericolo. Perché questa situazione dovrebbe essere diversa?»

Seduto ai suoi piedi io mi agitai. «Però lo è.»

«Lo so», rispose con dolcezza. Mi accarezzò i capelli. «Mi preoccupo ancora per te, tutto qui.»

Torsi il collo per guardarla. «Phèdre... tu hai amato mia madre?»

In tutti gli anni vissuti nella sua casa, non avevo mai osato chiederglielo. La sua mano tra i miei capelli si fermò. «'Amore' non sarebbe una parola adatta per questo. Ma sì, alla fine sì. Anche se nello stesso tempo la odiavo.» Appoggiò il mento su una mano e mi guardò. «Non c'è nessuno come lei. A volte penso che le doti che ne hanno fatto un mostro avrebbero potuto renderla grande, in altre circostanze.»

«Sono come lei?»

«Be', tu hai una coscienza. C'è una differenza. E non mi risulta che tua madre abbia mai fatto qualcosa d'impulsivo, in vita sua, mentre tu...» Phèdre sorrise. «Tu sei un'altra cosa.»

«Non sono impulsivo!» protestai.

«Ah, no?» Phèdre mi tirò i capelli. «Ne sei sicuro, Imri? Un po' lo sei. In una stanza piena di gente, tua madre brillava. Questo non aveva niente a che fare con la bellezza. Nel bene o nel male, alcune persone sembrano amare più appassionatamente, volere con più forza, bruciare con più luce. Lei aveva desideri profondi e una volontà indomabile. Vedo sprazzi di questo in te.»

Deglutii. «Capisco.»

«Questo ti spaventa?» domandò.

«Un poco», ammisi.

«Ah, tesoro! È solo una parte di lei.» Mi lisciò i capelli scompigliati. «Nel suo insondabile modo, tua madre aveva una buona dose d'integrità. Anche questo vedo in te.»

«Io mantengo le promesse», mormorai. Chiuso in un cassetto del suo studio, Phèdre conservava un biglietto con quelle parole, assieme a un diamante appeso a un consunto cordone di velluto, uno spillone d'avorio e un piccolo cane di giada.

«È così.» Soddisfatta di come mi aveva riordinato i capelli, Phèdre mi baciò sulla fronte. «E ci sono molti caratteri tuoi che sono soltanto tuoi, soprattutto un cuore gentile e uno spirito generoso. E più coraggio di quello che mi piacerebbe, se devo dirlo. Non ti ho fatto pressione per sapere le tue peripezie a Lucca, e so che non me ne hai dette la metà.»

Risi. «Eamonn mi ha detto che a sentire sua madre tu sei la persona più coraggiosa che abbia conosciuto.»

«Ha detto questo?» Phèdre, che spinta dalla volontà di salvarmi aveva camminato nell'inferno vivente di Daršanga - un posto che perfino i più induriti militi akkadiani temevano, sorrise. «Ah, be', la tua è una diversa specie di coraggio. Non hai saputo più niente di lui?»

«Di Eamonn?» Scossi il capo. Mi sentivo in colpa. «No, non ancora.» Benché fosse il mio più caro amico, ero stato troppo preso dalle mie cose per pensare a lui. Tastai il fodero del pugnale affibbiato alla mia gamba sinistra. «Prima di partire per la Skaldia ha promesso che sarebbe venuto alle mie nozze.»

«Qui o in Alba?»

Mi strinsi nelle spalle. I rituali si sarebbero svolti in entrambe le nazioni. Qui a Terre D'Ange avrei sposato Dorelei mab Breidaia alla maniera angeline. A fine estate ci saremmo imbarcati per Alba, dove si sarebbe tenuto il rito cruithne per tutti i testimoni albani. Per il momento, a parte la mia conversazione con la regina, ero riuscito a non pensare a nessuna delle due cerimonie. Bastò menzionarle per darmi un terribile senso di perdita e di nostalgia. « Qui, suppongo. Quando ne abbiamo parlato non sapevo ancora che ci sarebbe stato un secondo rito. »

« Imri. »

Alzai lo sguardo su Phèdre.

La macchia scarlatta del Dardo di Kushiel fluttuava nell'iride del suo occhio sinistro; un petalo sanguigno in uno stagno tra i boschi. Non era un caso se avevo perso il cuore negli occhi neri di una fanciulla che era più di quanto sembrava in superficie. Mentre quella tardiva constatazione si condensava nella mia mente, vidi il sorriso con cui Phèdre già la leggeva in me. Lei non era una fanciulla, ma una donna adulta: la Prescelta di Kushiel, col Nome di Dio nei pensieri. L'avevo colta di sorpresa una volta sola, quando i miei istinti sessuali erano diventati quelli di un uomo prima che tutti e due fossimo pronti.

« Sai, tua madre aveva non poche doti che a te mancano. Potresti fare di peggio, se decidessi di coltivare qualche caratteristica di Mélisande Shahrizai », disse Phèdre in tono discorsivo.

Strinsi i denti. « Quale, per esempio? »

Inclinò la testa. « La pazienza. »

Mentre l'inverno si addolciva nella primavera, Elua sa che ci provai. Fu difficile. I giorni sembravano correre via con foga, ciascuno portando un nuovo messaggio della primavera. Erano sempre più caldi e ventosi. Sugli alberi da frutta spuntarono germogli. L'edera si arrampicò sui tralicci del giardino interno dove Joscelin e io ci allenavamo alla spada, in spire tremule di foglioline. Fiori gialli si aprirono sui rami delle ginestre, spandendo un odore di miele nell'aria umida.

E Sidonie compì diciassette anni.

Ci fu una festa, naturalmente. Ne vissi l'attesa con un misto di desiderio e timore. Lei si avvicinava di un altro passo alla maggiore età, naturalmente, ma ogni giorno si faceva più vicino anche il mio matrimonio. Se avessi potuto rovesciare con le mie mani lo scorrere del tempo, quella primavera l'avrei fatto.

Il giorno del compleanno di Sidonie si presentò tiepido e sereno, confortando il desiderio di Ysandre di tenere la festa nel giardino reale. Tra gli arbusti di lillà furono montati padiglioni di seta abbastanza spaziosi da contenere sedie e divani, e accesi bracieri per tenere lontano il fresco della sera. Quell'anno la regina aveva chiamato numerosi adepti di Casa Eglantine, nelle loro vesti di musici, giocolieri e poeti.

Quando arrivarono i primi ospiti c'erano già nell'aria le prime ombre del crepuscolo, e i servi stavano accendendo sciami di lampade appese nel giardino. In ogni padiglione c'era un tavolo carico di cibo. Gli adepti eglantine si mescolavano con gli invitati, con le facce seminascoste dai nastri verdi e oro che pendevano da strisce di tessuto. Qua e là si levavano risate e applausi, in risposta a una canzone un po' ribalda o a giochi di destrezza. Uno di loro ci accolse camminando sulle mani e con una piroetta da saltimbanco. Si raddrizzò sorridendo, coi riccioli bruni scompigliati. «Benvenuti. Benvenuti, mia signora e miei signori!»

Joscelin diede di gomito a Phèdre. «Pensi che saresti ancora capace di fare lo stesso, amore?»

Lei rise. «Con un po' di esercizio, forse.»

«Io ti conosco», dissi all'adepto, ripensando a una maschera da satiro circondata da quei riccioli scuri. «La Notte più Lunga, giusto?»

Annuì. «Sempre pensieroso, altezza?»

Guardai il padiglione reale, illuminato all'interno da tante torce che la seta azzurro-Courcel sembrava splendere nel crepuscolo. «Sfortunatamente, sì.»

«Bene, permettetemi di presentarmi.» Ci stringemmo la mano, e mi fece l'occhiolino. «Simon nó Eglantine. Sono molto esperto nell'arte di *non* essere pensieroso.»

Questo mi fece ridere. Subito dopo Simon nó Eglantine mi piantò un bacio sulla bocca, piroettò all'indietro in un altro salto mortale e agitò allegramente una mano, prima di allontanarsi tra gli ospiti.

«Affascinante», commentò Mavros. Veniva pigramente verso di me.

Scossi il capo. «Non è come pensi.»

«Peccato.» Lui gettò uno sguardo a Simon. «Sono snodati come contorsionisti, questi adepti.» Abbassò la voce. «Dimmi, sei ancora deciso a mettere in atto quel tuo piano folle, stanotte?»

«Tu sei ancora deciso ad aiutarmi?»

Mavros sospirò. «Dovevo essere ubriaco quando ho accettato. Va bene. Tu *sei* della famiglia.» Toccò la borsa affibbiata alla sua cintura. «Ho qui i nastri.»

«Bene.» Gli diedi una pacca su una spalla. «Devo fare gli auguri a Sidonie.»

Lei sedeva su un divano nel padiglione reale, circondata da cortigiani venuti a presentarle i loro omaggi e regali di compleanno. I nobili più giovani avevano cercato di superarsi a vicenda con doni stravaganti, ciascuno dei quali veniva ammirato pubblicamente prima di essere preso in custodia dalla servitù. Mi fermai alla periferia del gruppo, sorridendo dentro di me della fredda compostezza con cui Sidonie li accettava. L'unica volta in cui sentii del calore umano nella sua voce fu quando l'erede di Casa Labarre, una famiglia da tempo caduta in rovina e impoverita, si scusò per non avere di meglio da offrirle di una fiasca di brandy con un mazzolino di viole intorno al collo.

«Imri!» Alais mi vide e interruppe le mie divertite riflessioni. La sua cagna le stava accanto, docile e attenta. «Vedi com'è diventata brava Celeste?» disse, dopo che l'ebbi baciata su una guancia. «Mia madre voleva che la lasciassi in camera.»

«Oh, no, questa sarebbe stata una cosa ingiusta. Allora, Celeste, stasera non hai rubato nulla dal tavolo dei rinfreschi?»

La cagna mi guardò con aria di scusa.

«Solo una pernice, piccola piccola», fece Alais, sulla difensiva. «Ma non le ho permesso di mangiare le ossa.»

Sorrisi. «Brava ragazza.»

«Principe Imriel», mi salutò Amarante, in quel tono formale che Sidonie imitava tanto bene. Dovevo confessarlo, costringeva un uomo a chiedersi come fosse quella voce negli smarrimenti d'amore. Quando mi rialzai stava sorridendo. C'era affetto genuino nel suo sguardo, e doveva essere vero, come aveva detto Sidonie, che le piacevo fin dal giorno in cui avevo ricucito la pancia della cagna di Alais. «Bentrovato, altezza.»

«Bentrovata, mia signora.» Le rivolsi un inchino. «Mavros sperava di vedervi.»

Il sorriso di lei si allargò. «Oh, dite davvero?»

Questo era parte del nostro piano, anche se, notando il lampo negli occhi di Alais, dovetti chiedermi se Mavros aveva ragione dicendo che era una cosa folle, e che forse sarebbe stato più saggio lasciar perdere. Be', certo, sarebbe stato più *saggio*, ma... Sospirai. « Devo fare gli auguri a tua sorella, furfantella », le dissi.

Alais corrugò le sopracciglia. « Sta bene. Cerca di essere *simpatico* con lei, Imri. »

« Lo sarò », promisi.

Quando mi avvicinai, i cortigiani stavano esprimendo tutta la loro meraviglia per il regalo che Joscelin e Phèdre avevano fatto a Sidonie. Era un carillon siovalese a forma di conchiglia che suonava una dolce melodia quando si apriva, mentre una perla emergeva dal suo interno grazie a un ingegnoso meccanismo nascosto. Un dono adatto, mi dissi, ripensando alla sua lezione sulla Perla di Naamah e alla sua morbida carne sotto il mio dito. In quel momento Sidonie alzò gli occhi e mi vide. Forse i miei pensieri erano più trasparenti di quello che credevo, perché un lieve rossore ravvivò le sue guance. « Grazie. È amabile, davvero », disse a Phèdre. Trasse un profondo respiro e il suo rossore scomparve. Poi mi osservò con un'espressione annoiata che chiunque, salvo me, avrebbe creduto autentica. « Benvenuto, cugino. E *tu* cosa mi hai portato? »

M'inchinai. « Un piccolo presente, vostra altezza. »

Sidonie accettò il portagioie di ebano che le porsi, e alzò il coperchio. Conteneva un paio di orecchini d'oro su un supporto di velluto nero; due piccoli soli radianti, duplicati in miniatura, fatti per accoppiarsi al pendente della collana che lei aveva portato nella Notte più Lunga. Di questo ero certo, perché avevo persuaso Amarante a portarmelo senza che Sidonie lo sapesse. Non era un dono stravagante, ma le si addiceva.

« Che splendida idea! » Ysandre, guardando da sopra una spalla della figlia, sembrò sorpresa. « Un bel pensiero, non è così? »

« Sì. » Sidonie rialzò il capo. Il mio regalo l'aveva commossa, e nei suoi occhi neri ci fu un breve riflesso simile a una lacrima. « Ti ringrazio, Imriel », disse, come se stesse accarezzando il mio nome.

Ebbi per un attimo la pelle d'oca, sicuro che quel tono non

potesse sfuggire all'intera corte. Preoccupato, cercai di sbirciare le reazioni degli altri senza darlo a vedere. Ma nessuno sembrava aver notato niente. «Sono lieto che ti piaccia, cugina.» Mi schiarii la gola. «Un felice compleanno a te.»

Ah, Elua! Dopo la presentazione dei regali, la festa mi parve interminabile. In altre circostanze mi sarei sentito più a mio agio. Cenammo, ballammo, bevemmo il vino che scorreva a fiumi e ci godemmo la generosità della regina. Gli adepti eglantine furono intrattenitori sublimi. Mavros flirtò con Amarante, e si divertì e rise. Passai un bel po' di tempo in compagnia di Alais, e feci un giro di ballo, uno solo, con Sidonie perché altrimenti sarei stato scortese. Entrambi eravamo così rigidi per la paura di rivelare troppo che continuavamo a pestarci i piedi, e dovemmo sforzarci di reprimere la disperata comicità della situazione.

Avevo l'impressione che quella serata non sarebbe finita mai.

Pazienza.

Poi gli ospiti cominciarono ad allontanarsi nella notte primaverile, accompagnati da torce semispente nello stanco profumo dei lillà. I musici dichiararono la fine delle danze, e i membri di Casa Courcel si ritirarono nel palazzo. M'incamminai verso i cancelli a fianco di Phèdre e Joscelin, e dissi loro che progettavo di andare alla Corte della Notte con Mavros.

«Oh?» Phèdre mi prese il viso tra le mani. «Per la bontà di Elua, tesoro! Vuoi farmi il *piacere* di essere prudente?»

Non sarei mai riuscito a mentire bene, né a lei né a Joscelin. Lui mi guardò severamente, e fu chiaro che non li avevo ingannati.

«Sì. Sarò prudente. *Saremo* prudenti», dissi.

Joscelin alzò gli occhi al cielo.

In ogni modo, se ne andarono. Trovai Mavros ad aspettarmi dietro un cespuglio di lillà. Con abili dita mi allacciò alla fronte la fascia da cui pendevano nastri verdi e dorati in una cascata di colori. «Tieni la testa bassa», mi ordinò.

Obbedii, e lasciai che i nastri mi celassero il viso.

Mavros fece un sospiro. «Devo essermi rimbecillito.»

«Pensi che funzionerà?» domandai.

«Lo sapremo tra poco.»

Era un piano folle, ridicolo come la scena di una farsa. Avremmo meritato di essere scoperti, e se questo non avvenne fin dall'inizio lo dovetti a Mavros. Lui recitò il suo ruolo di buffone, ballando intorno ad Amarante mentre lei ci scortava all'appartamento di Sidonie e stuzzicandola con una ribalderia senza dubbio genuina. Amarante rideva, e quando giungemmo davanti alla porta lo allontanò da sé con una spinta, prima di rivolgersi al milite di guardia per chiedergli di chiamare la sua padrona. L'uomo ubbidì, sogghignando.

Sidonie venne alla porta. «Lord Shahrizai. Siete per caso un adepto di Casa Eglantine? Non ricordo di aver chiesto la *vostra* presenza», disse freddamente.

«Prendete pure il vostro adepto.» Mavros mi spinse oltre la guardia, e la distrasse balzando ad afferrare Amarante per una mano. «Sono venuto a porgervi una petizione, altezza. La vostra dama di compagnia ha la pelle morbida come i fiori del melo, ma il cuore duro come una pietra. Questo è crudele e ingiusto.»

«Mio lord!» protestò Amarante, ridacchiando.

Sidonie inarcò un sopracciglio. «Giraud, chiamate qualcuno che scorti lord Shahrizai alla Sala dei Giochi. E poi badate che nessuno mi disturbi per nessuna ragione fino a domattina», disse alla guardia, che stava ancora sogghignando.

«*Aye*, vostra altezza. Consentitemi di augurarvi buon compleanno», disse lei.

«È ingiusto! È crudele e ingiusto», si lamentò Mavros.

«Venite, mio lord», disse la guardia prendendolo per un braccio, e lo condusse via lungo il corridoio.

Sidonie tirò dentro anche Amarante e chiuse subito la porta a catenaccio. Rimasi solo con loro, nel salottino d'ingresso. «Per la barba di Elua! Sarebbe stato molto meno pericoloso passare dalla camera di Amarante», sospirai.

«Ma non altrettanto divertente», disse la figlia della sacerdotessa. Le brillavano gli occhi. Le smancerie di Mavros avevano avuto più successo di quanto lui sperava.

«No.» Sidonie mi mise le braccia intorno al collo. «E in questo modo, se ci fossero chiacchiere su un uomo nelle mie stanze, come ogni tanto accade, nessuno ci darà peso.» Mi baciò sul collo, facendo frusciare i nastri. «Non credo che le guardie origlino di proposito, ma riconoscerebbero il timbro di una voce maschile. E a me serviva una buona ragione per ordinare che nessuno mi disturbasse.»

Quello era stato il suo solo desiderio per il compleanno. Una notte. Noi due soli nel suo appartamento, nel suo letto. Sembrava assurdo che una cosa tanto semplice comportasse simili rischi, ma era così. Ingiusto, come aveva detto Mavros; crudele e ingiusto.

«Vi lascio», disse Amarante. «Se ci fossero guai...»

«Manderò da te il mio adepto eglantine. Anche se un adepto mi è sempre concesso, meglio che non indaghino troppo su di lui», disse Sidonie.

Come stratagemma, non era migliore dei precedenti. Ma avrebbe potuto bastare. Del resto, non m'importava. Sapevo solo che il gioco valeva la candela. Qualunque cosa fosse successa, quella notte la volevo per me. La volevo quanto Sidonie. Un'intera notte... Elua!

Dopo che Amarante fu uscita dalla porta interna, Sidonie mi prese per mano e mi portò oltre il salotto pieno di regali, verso la camera da letto. Sulla soglia mi fermai, col cuore in gola.

Al centro della stanza, nella tremula luce delle candele, troneggiava un massiccio letto a baldacchino, con un prezioso copriletto di velluto marrone. Per un momento nei miei occhi balenò l'immagine della camera di Claudia. C'era una differenza, però. Sul letto ci attendeva un cordone di seta.

Guardai Sidonie.

«Soltanto quello. E solo se lo vorrai davvero», disse lei con serietà.

Il sangue mi galoppava nelle vene. Aspirai profondamente l'aria odorosa di cera d'api e della fragranza del distributore di profumi, sul comodino da notte. Qui c'era l'amore, e Daršanga era la cosa più lontana del mondo. «Sì. Oh, sì», dissi, stringendola a me.

Lei rise e mi baciò. «Prima lascia che ti tolga questi nastri.»

La lasciai fare, e ci spogliammo a vicenda senza fretta. Dopo tante ore rubate e tanti incontri furtivi, poter fare con comodo era un lusso inesprimibile. Le ombre rintanate tra gli eleganti mobili, e la stessa vastità di quel letto, rendevano tutto nuovo e strano.

«Alla luce delle candele sembri diversa», dissi.

«Anche tu», mormorò Sidonie.

Accarezzai la sua pelle nuda con un capo del cordone intrecciato. «Sei sicura?»

Lei inarcò la schiena. «Imriel...»

«Perché *voglio* sentirti supplicare», le sussurrai all'orecchio. Ah, Elua! Era inebriante pronunciare quelle parole, inebriante udire il mormorio della sua risposta. A cavalcioni del suo corpo le feci piegare le braccia sopra la testa, stringendo le sue ascelle tra le ginocchia. Le sue pulsazioni accelerarono sotto le mie labbra mentre le baciavo l'interno dei polsi. Quando strinsi il primo nodo con un colpo secco, Sidonie mandò un gridolino. Abbassai lo sguardo su di lei. Aveva gli occhi spalancati, eccitati.

«Continua», ansimò.

Avevo imparato l'arte dei nodi a bordo di una felucca, sulla calda corrente del Nahar. Le legai un polso a un montante del baldacchino, feci passare il cordone intorno al montante opposto e lasciai che lei s'illudesse di poter lottare, di potersi opporre, prima di mostrarle chi era il padrone. Vederla contorcersi tesa e accaldata sotto le mie carezze provocanti, che promettevano senza darle nulla, fu piacevole mentre terminavo di legarla.

Pazienza, aveva detto Phèdre.

Quella notte trovai molta pazienza in me, anche se non il genere di pazienza che aveva raccomandato lei. O forse si riferiva proprio a quello? Con Phèdre, non si poteva mai dire. Feci l'amore con Sidonie con le labbra, con la lingua e con le mani, metodicamente. Più volte la portai ai primi fremiti dell'orgasmo e poi la lasciai lì. Le sue labbra si protendevano a cercarmi, frustrate, quando staccavo la bocca troppo presto. Le sue mani si torcevano sopra i nodi, aprendosi e chiudendosi. E, ah, Elua! Questo mi faceva sentire così *buono*.

«Imriel...» Sidonie si contorse, quasi in lacrime. «*Per favore!*»

«È questo che vuoi?» Seduto sui talloni, tra le sue cosce aperte, mi accarezzai il membro eretto. Fremeva piacevolmente nella mia mano. «Dillo!»

«È quello, sì», ammise, con voce roca.

«Va bene.» Sciolsi dai nodi le sue caviglie e le feci alzare le gambe, spingendole le ginocchia verso le spalle. Niente più giochetti. Entrai in lei profondamente, più profondamente di quanto fossi mai andato. Il suo ventre si contorse contro il mio e la sentii arrivare all'apice e tornare indietro dal suo lungo orgasmo femminile, più volte. Avrei voluto portarla su e giù per sempre, in quelle agonizzanti scale di fremiti. Pazienza. Continuai così per quelle che mi parvero ore, accarezzandola con dolce lentezza, finché nei miei lombi non ci fu un'urgenza che mi sopraffece. A fondo, a fondo. Mi spinsi in lei, ansando, e sparsi il mio seme con una serie di brividi che mi corsero lungo la schiena come frustate.

Restammo distesi a lungo, col fiato grosso.

«Imriel.» La voce di Sidonie era bassa, ma ferma. «Ora potresti anche slegarmi.»

«Ci proverò.» Rotolai via da sopra di lei, e mi accorsi che i nodi si erano stretti. «Per le palle di Elua!»

Lei rise; *quella* risata. Mi accelerò la salivazione. Le liberai un polso e lo baciai. La corda le aveva lasciato il suo marchio. «Va meglio?»

«Sì.» Sidonie fletté il braccio. Mi guardò mentre lavoravo sull'altro polso. «Non voglio che tu vada via.»

«Non andrò da nessuna parte, Principessa Sole», mormorai, prendendomi una pausa per baciarle il palmo della mano. «Non stanotte, te lo prometto.»

«Non intendevo stanotte.»

Le liberai l'altro polso. «Un soldo per i tuoi pensieri.»

«È a te che penso.» Sidonie gettò via il cordone, si alzò a sedere e scosse il capo come spazientita. «Imriel, hai un'idea di quante donne della corte ti guardano e vedono qualcosa di bello e di pericoloso? *Hai* un'idea di quanti sogni faccia nascere quella ferita spettrale che hai negli occhi?» Si passò una mano tra i capelli. «Che Elua mi salvi! Non sai neppure di cosa parlo, vero?»

«No», dissi sottovoce. «Io... no.»

«Tu sei così...» Scosse ancora il capo. «E la cosa più terribile è che non sono mai stata una di loro. Mai. E ora tu mi sorridi, e ho l'impressione che il mio cuore si metta a ballare per uscirmi dal petto.»

«Conosco questa sensazione. Fin troppo bene.»

Sidonie fece un sospiro. Alzò le ginocchia e se le strinse tra le braccia. «Io ti amo. Credevo che se non avessi detto queste parole forse l'amore sarebbe andato via. Ma, che Elua mi aiuti, è così. Fa molto male. Tanto che sento già la tua mancanza. Non so se potrò sopportarlo», disse con voce sottile.

Mi spostai dietro di lei e la presi tra le braccia. «Abbiamo un'alternativa?»

«Nessuna che sia buona.» Sidonie si appoggiò all'indietro, mettendomi la testa su una spalla. Guardò la danza dei bagliori delle candele sul soffitto. «Credimi, ci ho pensato. Non posso abdicare. Il rango di erede di mia madre ricadrebbe su Alais, e questo getterebbe nel caos le cose in Alba. Non posso farlo.»

«Lo so. Joscelin mi ha suggerito di aspettare almeno un anno, prima di...» Non osai dire altro.

«Oh, ti ha detto così?» Lei si contorse tra le mie braccia per guardarmi. «Questo non me l'hai raccontato.»

«Tu non mi avevi ancora detto di amarmi.»

«Speravo che mi sarebbe passato. Elua! Tutto questo è così *stupido*», rispose seccamente lei.

«Vero.» Strinsi più forte le braccia intorno a lei. «Ma io ti amo. Sidonie, tra un anno sarai maggiorenne. E, se trascorrerò quest'anno in Alba, nessuno potrà dire che non ho fatto del mio meglio per obbedire alla volontà della regina. Tutto potrebbe cambiare.»

«Forse. Un anno è un periodo lungo», rifletté lei.

Sorrisi. «Non poi tanto.»

Sidonie si girò a guardarmi ancora. «E se ci sarà un figlio, Imriel? Questo è un punto importante, no? Assicurare la linea di successione in un modo soddisfacente per Terre D'Ange e per Alba.»

«Sì. Se un figlio ci sarà, sono certo che la famiglia di Drustan lo crescerà con amore e con ogni premura. Ho visto come lui si comporta con te e Alais.»

«È una cosa che odierei, però. Il pensiero che ci sarà una parte così importante di te, che io non avrò mai», mormorò lei.

« Gelosa? » domandai, dolcemente.

« Di te? Sì. » Girò il volto davanti al mio. « Non m'importa di condividere il tuo corpo. » Mi baciò. « Io sono angeline, almeno per metà. Sono altre le cose che mi fanno più male. Pensare che tu ridi con un'altra nel modo in cui ridi con me. Pensare che condividi il tuo cuore. Un figlio peggiorerebbe le cose. » Sospirò ancora. « So che devi provarci. E, ah, dei, so che non dovrei avere questi sentimenti; so che non sono la cosa migliore per entrambe le nazioni, ma li ho. »

« Speriamo che io non sia terribilmente fertile. »

Lei annuì. « Speriamo. »

« Tu non sarai...? » Corrugai le sopracciglia.

Sidonie rise. « Ah, *questa* sarebbe una soluzione interessante, vero? No, no. Non sono pronta a importunare Eisheth, neppure a tuo favore. » Inclinò la testa, scrutandomi. « Mi piacerebbe però, un giorno. »

« Davvero? » sussurrai.

« Sì. » Mi prese il viso tra le mani e mi baciò. « Davvero. Imriel, non parliamone più. Sono stanca di parlare. »

E non parlammo, non quella notte. Facemmo l'amore ancora una volta, con languore e con calma, teneramente, in un modo diverso dalla prima volta e altrettanto piacevole. La parte migliore fu addormentarci assieme, sotto quelle coperte calde. Sentire il suo corpo rannicchiato contro di me, così morbido e nudo, mentre il suo respiro rallentava nel sonno, mi faceva star bene. In questo c'era un'intimità che andava oltre il rapporto sessuale.

E il mattino dopo, quando Sidonie si svegliò e mi sorrise, col volto insonnolito e con negli occhi il ricordo di una notte di piacere, coi capelli scompigliati e con l'impronta delle pieghe del cuscino su una guancia, seppi che mi sbagliavo.

Un anno era un periodo lungo, molto lungo.

12

Le rosse vele dell'ammiraglia del *cruarch* apparvero in anticipo, quella primavera.

In ogni altro anno della mia vita quella notizia mi aveva rallegrato. Nel santuario dov'ero cresciuto significava che quella sera ci sarebbe stata una festa, con brindisi alla salute del *cruarch*. A Città di Elua significava che presto il casato di Phèdre si sarebbe trasferito a Montrève. Nell'anno in cui Eamonn era stato nostro ospite avevo temuto quel giorno, perché lui sarebbe partito, ma l'anno successivo l'avevo atteso con febbrile impazienza, perché significava che sarei stato libero di seguirlo a Tiberium.

Quell'anno era come un rintocco funebre.

A peggiorare le cose, io stavo partecipando a una cena in onore di Diokles Agallon, l'ambasciatore ephesiano. Il parlamento si era riunito in seduta plenaria e, benché Casa Courcel avesse declinato l'offerta del sultano di un'alleanza matrimoniale, Agallon sarebbe tornato a Ephesium con le concessioni commerciali che aveva chiesto.

L'unica cosa che importava a me era la presenza di Sidonie.

In sala si alzò un mormorio quando il messaggero venne a portare la notizia. Sidonie e io ci scambiammo uno sguardo teso attraverso il tavolo. Avevamo sperato di avere almeno un'altra settimana. Vidi il sangue defluire dal suo viso, ma subito raddrizzò le spalle snelle e cominciò a spiegare ad Agallon la nostra usanza di regalare un ducato d'oro al primo che avesse avvistato le vele di suo padre.

Distolsi immediatamente lo sguardo, perché Diokles Agallon era addestrato all'arte dello spionaggio e non volevo che leggesse la mia espressione.

Il giorno successivo ebbi la mia ultima lezione con la *ollamh*. Dopo aver riempito le nostre teste con tutta la cultura cruithne che potevano contenere, Firdha sembrava finalmente soddisfatta di Alais e me. «Non cessate di recitare le nostre lezioni», disse, con una severità smentita dall'accenno di un sorriso negli occhi. «Una memoria non esercitata s'indebolisce. Continuate a farlo, e Alba potrà essere fiera di voi.»

Alais era d'umore ciarliero per l'emozione, e dopo cena si fermò a parlare con me. Ascoltai le sue chiacchiere cercando di tenere l'impazienza sotto controllo. Tutto ciò che volevo era cercare Amarante e vedere se aveva un messaggio per me.

«Oh, Imri!» Alais batté le mani. «Non sei *eccitato*?»

Le sorrisi pacatamente. «Sono felice, cara. Ricorda che non conosco bene Dorelei.»

«Vorrei che tu non fossi andato a Tiberium, l'anno scorso. Se fossi rimasto qui tutta l'estate l'avresti conosciuta meglio. Ti piace, però, non è così? A me è piaciuta. Dorelei non è austera come Talorcan.»

«Mi piace, sì.»

«Ha una bella risata», rifletté Alais, e io restai impassibile. Mi scrutò. «Ti piace quanto ti piace Amarante?»

«Amarante? Perché me lo domandi?»

«Non sono stupida, Imri.»

«No, non lo sei. Non la conosco bene, tutto qui. Comunque, credevo che Amarante piacesse anche a te.»

«È così, solo che non vedo Sidonie molto spesso da quando lei è venuta a corte. Ci sono sempre chiacchiere di ogni genere. E ora tu ti stai comportando in modo molto strano.» Scrollò le spalle. «So cosa dice la gente, ma non sempre ci credo, lo sai.»

Le scarruffai i capelli. «Neppure io. Tu sei più saggia della tua età.»

«Non fare così!» Alais scostò la testa dalla mia mano e si accigliò. «Imri, se ti chiedessi una cosa, tu mi diresti la verità?»

Non me la sentivo di rovinare la sua felicità, e neppure di farle una promessa che sapevo di non poter mantenere, ma qualcosa nella sua espressione, cauta e allo stesso tempo determinata, mi fermò. Alais era un'acuta osservatrice, e intuiva cose che sfuggivano agli altri. Giovane o no, mi conosceva meglio di quasi chiunque altro a corte. E conosceva anche sua sorella. «Non ti ho mai mentito, Alais», dissi, scegliendo le parole con cura. «E non voglio cominciare adesso. Così, se credi che la risposta non ti piacerà, pensaci due volte prima di fare la domanda.»

Alais distolse lo sguardo. Benché le avessi parlato con dolcezza, quelle erano le parole più dure che le avessi mai detto. «Tu stai... vuoi dire che dovrei chiedere a mio padre dei Maghuin Dhonn, e perché la *ollamh* non vuol parlare di loro?»

«Sì, naturalmente.» Mi rilassai. Non era questo che aveva inteso chiedermi, ed entrambi lo sapevamo. «Lo farai?»

Scosse il capo. «Preferirei che lo facessi tu. Lui pensa ancora a me come una bambina.»

«Lo farò. E te ne parlerò.»

«Va bene.» Alais tornò a guardarmi. E i suoi occhi viola erano franchi, feriti. «Non mi piacciono i segreti, Imri.»

«Neppure a me, cara. Non di questo genere», mormorai.

I giorni trascorsero in fretta, e ciascuno portava notizia dei progressi del *cruarch*, che dopo l'approdo della nave aveva proseguito a cavallo verso Città di Elua, portando la mia promessa sposa sempre più vicino. Ysandre si sforzò in ogni modo di capire se era possibile anticipare la data delle nozze, e infine decise che sarebbe stato inopportuno. L'annuncio era stato ormai dato da tempo, e molti preparativi erano in corso. La data doveva restare quella: circa tre settimane dopo il loro arrivo. Ysandre mi assegnò l'uso di un grande appartamento a palazzo e, quando mi portò a visitarlo, rise, compiaciuta della mia sorpresa. «Dove avevi pensato di portarla? Non nella tua cameretta da scapolo a casa di Phèdre, voglio sperare!»

«Non ci avevo ancora pensato.» Girai lo sguardo nella sala. L'alto soffitto a cassettoni scintillava di dorature, e in un affresco era raffigurata Eisheth che raccoglieva erbe. Le stanze erano arredate con preziose tappezzerie e mobili massicci, intarsiati. C'era perfino un piccolo balcone aperto sui giardini.

«Lo so.» Ysandre mi guardò divertita. «Voi giovani potete essere imprevidenti. Ma, Imriel, tu sei un principe di Terre D'Ange e un membro di Casa Courcel, e la giovane lady è la sorella dell'erede del *cruarch*. A un certo punto, ci si aspetta che tu viva come tale.»

M'inchinai. «Vi ringrazio. Siete molto generosa.»

Lei mise da parte quelle parole con un gesto. « Non è niente, davvero. »

C'era un po' d'amara ironia in questo. Ysandre mi avrebbe dato qualunque cosa avessi chiesto in quei giorni, tanto era soddisfatta d'aver sistemato la questione. I preparativi per l'arrivo di Drustan e le nozze imminenti l'avevano messa di buonumore. E io ero col morale a terra, perché l'unica cosa al mondo che volevo era l'unica cosa che lei non mi avrebbe mai dato: sua figlia.

Non avevamo più quasi nessuna occasione di stare assieme. Il mio compleanno arrivò quando il convoglio del *cruarch* era dato a due giorni di viaggio dalla capitale. Con tutto quello che c'era da fare, quell'anno per me non ci sarebbe stata nessuna festa. Nessuna possibilità di escogitare un altro piano folle, nessun'altra notte nel letto a baldacchino.

Il meglio che potemmo avere furono pochi minuti rubati. Quel pomeriggio, Sidonie e Amarante riuscirono a fare in modo di visitare il mio nuovo appartamento quand'ero là, portando bracciate d'iris gialle e azzurre dal giardino. Facevano un bel quadretto, entrambe fresche e belle come fiori. La guardia che le scortava attese fuori dalla porta, abbastanza vicino perché non osassimo sollevare qualche sospetto tirando il catenaccio. Amarante trovò un alto vaso di vetro della Serenissima in uno degli eleganti armadi – altra generosità della regina – e cominciò a sistemare i fiori. « Ti spiace mandare un servo a riempire la brocca del lavabo? » mi chiese ad alta voce. « Ho usato tutta la tua acqua! » Si voltò verso la stanza da letto e aggiunse, in un sussurro: « Per l'amore di Elua, volete fare *piano*, laggiù? »

Cercammo di accontentarla.

Fu un incontro frettoloso, furtivo. Nella zenana c'erano due donne assuefatte all'oppio, l'unico piacere che il *mahrkagir* ci concedeva. A volte le privava della droga per il gusto di vederle soffrire. Non avevo mai visto un sollievo e una gratitudine così grandi come nel giorno in cui l'oppio veniva restituito, anche in minima quantità. Si sarebbe potuto pensare che per loro quella era la vita stessa. Ne diffidavo con timore, perché non le capivo.

Ora potevo capirle meglio.

Sidonie e io ci baciammo con passione frenetica, strappandoci gli indumenti di dosso e ansando urgenti sussurri per la fretta. Entrai nel suo ventre con l'anelito di chi rende grazie agli dei, e lei mi morse una spalla per soffocare un gemito. Distesi sul fianco sussultammo, inarcando la schiena negli atroci spasimi di un piacere stavolta troppo breve.

«Aspetta.» Sidonie mi prese per un braccio mentre mi alzavo. «Ho una cosa per te.» In ginocchio frugò in una borsa fissata alla cintura, tra le sue vesti abbandonate al suolo. «Mi hai dato tu l'idea. Non ho avuto il tempo di farmi fare un portagioie.»

M'inginocchiai al suo fianco. «Che cos'è?»

«Dammi la mano destra.» Mi prese per il polso e m'infilò all'anulare un cerchio giallo. Era caldo e pesante. Guardai le nostre mani unite, e risi. Un nodo. Un nodo d'oro. Sidonie sorrise. «Voglio che tu non dimentichi.»

«Mai. Siamo legati, tu e io.»

«Così pare», annuì lei.

Avrei voluto baciarla fino a cacciare via ogni tristezza, stenderla a terra e fare l'amore finché il mondo non fosse crollato intorno a noi, ma non c'era altro tempo. Ci rivestimmo e facemmo ritorno nel salotto, dove proclamammo a gran voce la nostra ammirazione per la composizione d'iris in vaso, mentre Amarante ci guardava coi suoi grandi occhi verdi pieni d'ansia e d'affetto. Poi le due ragazze non ebbero più nessuna scusa per indugiare nel mio alloggio senza che la guardia cominciasse a farsi domande, perché l'intera corte sapeva che Sidonie e io non eravamo in rapporti cordiali, e un gesto sbagliato avrebbe potuto scardinare quell'opinione.

Così loro uscirono e le guardai allontanarsi, con un nodo d'oro intorno a un dito e un altro assai più pesante intorno al cuore.

E due giorni dopo il convoglio del *cruarch* arrivò.

A Tiberium avevo imparato molto sulla pratica della dissimulazione, portando avanti la tresca con Claudia Fulvia sotto gli ignari nasi di suo marito, suo fratello e i miei amici. Allenarsi nell'arte dello spionaggio, lo chiamava lei. Ma non era niente a confronto di questo. Mentire riesce facile quando il cuore di un uomo non è coinvolto.

Come sempre accogliemmo gli ospiti alle porte della città, con ali di folla e lanci di petali di fiori. I popolani di Terre

D'Ange amavano quelle manifestazioni. Sul palco tra Alais e Phèdre, con un falso sorriso ingessato sulla faccia, vidi il *cruarch* di Alba e sua nipote cavalcare verso di noi, circondati dalla loro scorta.

La sorella del suo erede; mia futura sposa.

Dorelei mab Breidaia era ancora come la ricordavo. Cruithne dalla testa ai piedi, bruna e snella, con grandi occhi neri che sembravano assieme timidi e stupiti. Il suo unico tatuaggio era costituito da due linee parallele di puntini azzurri, sulla parte alta di ogni zigomo. Ora ne conoscevo il significato: aveva fatto sogni veridici, e trascorso una stagione a studiare i segreti delle donne dei Cullach Gorrym. Su questo argomento Alais ne sapeva qualcosa più di me, che essendo uomo non avevo lo stesso privilegio.

L'araldo annunciò che sarebbe diventata mia moglie, e la folla applaudì. Dorelei incrociò il mio sguardo e le sue guance s'imporporarono. Le sorrisi, stringendo il pugno destro così forte che l'anello di Sidonie mi segnò la carne.

Nelle ore che seguirono mi accadde di farlo più di una volta.

Il ricevimento formale che ebbe luogo a palazzo fu un'agonia. Mi adeguai alle aspettative e ballai soltanto con Dorelei. Anche se non fosse stato per la presenza di Sidonie, credo che qualche difficoltà l'avrei avuta. Ci eravamo conosciuti un poco la primavera precedente, ma soltanto un poco. E ora tre settimane ci separavano dal nostro matrimonio. Eravamo due estranei, e questo gravava come un'ombra su di noi.

Quell'ombra rese timida lei e goffo me, e per tutta la serata non osai volgere un solo sguardo in direzione di Sidonie. Sapevo dov'era, in ogni istante. Potevo sentire la sua presenza sulla pelle, netta come il calore del sole.

Firdha, la *ollamh*, partecipò al ricevimento, piccola e dignitosa, col suo ramo di quercia d'oro in mano. Quand'era entrata, Drustan l'aveva accolta con l'inchino che ci si scambia tra uguali. «Figlia del Bosco, come si sono comportati i tuoi alunni?»

La nostra precettrice gli aveva restituito l'inchino. «Abbastanza bene, *cruarch*. Troverai il ragazzo sufficiente, credo. In quanto alla ragazza, il mio consiglio è che quest'autunno torni con te in Alba, per trascorrere un anno tra noi prima delle nozze.» Un sorriso le aveva sfiorato le labbra. «È una fanciulla del sangue di Necthana, e deve imparare a leggere i suoi sogni.»

A queste parole, Alais si era lasciata sfuggire un'esclamazione di felicità. Erano ciò che aveva sperato, benché si fosse convinta che Firdha non le avrebbe mai dette. Dorelei rise per la prima volta in quella giornata, e l'abbracciò. Mentre mi trovavo a Tiberium erano diventate amiche. «Sarà bello, sorellina. Forse potrai stare da noi.»

«Oh, Imri!» Alais guardò me, con occhi scintillanti. «Potrò, davvero?»

«Naturalmente.» Mi sforzai di sorriderle. «Se tuo padre è d'accordo, non c'è niente che mi farebbe più piacere.»

Fu un bene che almeno qualcuno fosse felice. E lo *ero* per lei. Alais non si era mai sentita troppo a suo agio a corte, col sangue cruithne che scorreva in lei. Al tempo in cui ci confidavamo più spesso si era spesso chiesta se ad Alba si sarebbe sentita più a casa sua.

Speravo che per lei fosse così.

Sapevo che per me non sarebbe stato così.

Nei giorni che seguirono, il mio senso del tempo precipitò da un estremo all'altro. I minuti e le ore si trascinavano per un'eternità, mentre i giorni passavano in un batter d'occhio. Il palazzo era un continuo tramestio di preparativi per le nozze. Ero assillato dalle richieste d'impegni di corte che ci si aspettavano da me, e non avevo modo di rubare un momento d'intimità con Sidonie.

Una volta c'incontrammo inaspettatamente in un corridoio, mentre io e Dorelei tornavamo dagli appartamenti della regina dove si era esibito un noto flautista, uno dei tanti musici che speravano di suonare alle nozze. L'artista aveva commesso degli errori, forse per il nervosismo, e io avevo mormorato a Dorelei che Hugues avrebbe fatto di meglio; poi avevo dovuto spiegarle chi era Hugues. Stavo recitando alcune delle sue poesie più ridicole, accompagnato dalla deliziosa risata di lei, quando accadde.

Mi fermai di colpo. Per il tempo di un battito di cuore Sidonie e io ci guardammo. La risata di Dorelei echeggiava ancora nel corridoio. Strinsi il pugno, e l'anello mi morse la carne.

« Bentrovato, altezza », disse con calma Amarante, alle spalle della sua padrona.

Sidonie allungò una mano dietro di sé e afferrò una delle sue, stringendola così forte da far male. Conoscevo quel suo gesto, e lo sapevo.

Dissi qualcosa, non so cosa. Passammo oltre, e ciascuno continuò ad andare dove stava andando. La snella mano bruna di Dorelei restò sul mio braccio.

« Sono molto diverse per essere sorelle, non ti pare? » osservò lei. « Alais e Sidonie. »

« Sì », dissi brevemente.

« Alais mi piace. Sidonie... è come una casa senza porta. È difficile vedere in lei una figlia di Drustan, c'è troppo di sua madre. Molto angeline », rifletté Dorelei. Mi guardò e abbassò la voce. « È vero che dama Amarante è stata portata qui per istruirla in... in camera da letto? »

Mi mordicchiai un labbro. « Sì. »

Dorelei scosse il capo, meravigliata. « Me lo ha detto anche Alais. Non volevo crederci. »

« Perché no? » domandai.

Arrossì. « Scusami. Da noi non è così, ecco. Insegnare quelle cose come se fossero una giusta materia di studio, costruire case di piacere... scusami, ti ho offeso. »

« No, no. » Le accarezzai la mano. « Sono stato scortese, perdonami. »

« No, è colpa mia. Principe Imriel, ti prego, credimi, non sono... cioè, attendo con gioia le nostre nozze. » Il suo rossore si accentuò. « Tu non mi trovi abbastanza attraente, lo so. Me ne dispiace. »

Sospirai, sentendomi orribile. « Oh, mia signora! Questo non è vero. » Le accarezzai una guancia e dissi dolcemente: « Forse avrai saputo che sono stato rapito da bambino, e costretto a passare delle brutte esperienze ».

Lei annuì, coi suoi grandi occhi fissi nei miei.

Non avevo mai usato la mia storia per elemosinare la pietà altrui. Ora lo feci, con vile ipocrisia. « A volte questo mi rende un po' freddo. E me ne dispiace. Ma farò del mio meglio per essere un buon marito per te. »

« Capisco. Lo sarai, so che lo sarai! » sussurrò Dorelei.

Nel suo sguardo adorante c'era tutto, tutto ciò che Sidonie mi aveva detto. Le riflessioni su ciò che ero, lo struggente anelito di *guarirmi,* di essere la persona che mi avrebbe fatto sentire un uomo completo. Troppo tardi, avrei voluto dirle; troppo tardi. Era una cosa che avevo già trovato. L'avevo trovata nell'ultimo posto al mondo in cui potevo aspettarmela, nell'unica persona che non aveva mai avuto simili desideri.

Ma non potevo dirglielo.

Le accarezzai ancora la mano. « Ti ringrazio, mia signora. Ci proverò. »

Nel mezzo di tutto ciò, con quei preparativi che mi travolgevano come una valanga, ebbi un colloquio privato con Drustan mab Necthana. Ero stato io a chiederglielo fin dal suo arrivo, e lui aveva subito accettato, ma poi lo aveva rimandato per due volte, adducendo come motivo certi pressanti impegni. Cominciavo a dubitare della sua sincerità quando mi mandò un biglietto per scusarsi, e ci incontrammo una decina di giorni prima delle nozze.

Era la prima volta in cui parlavo a tu per tu col *cruarch* di Alba. Drustan mi ricevette nel suo studio privato, a palazzo. Fui sorpreso nel trovarlo pieno di libri, lettere e il necessario per scrivere. « Stavo cominciando a pensare che ad Alba tutti avessero in antipatia la parola scritta », commentai, mentre sedevo sulla poltrona che lui mi aveva indicato con un cenno.

Drustan fece un breve sorriso. « In Alba, mi prendo il lusso di seguire le usanze cruithne. Fuori Alba è diverso. Come *cruarch,* ho molte responsabilità. »

« Lo so bene », dissi.

Il suo sguardo si fece più acuto. « Di cosa vuoi parlarmi? »

« I Maghuin Dhonn. » Trassi un profondo respiro. « Mio signore, prima di sposare Dorelei, ci sono alcune cose che vorrei conoscere. Chi sono i Maghuin Dhonn? Cos'è il *diadh-anam,* e perché i Maghuin Dhonn lo hanno sacrificato? Com'è distribuito, esattamente, il dissenso in Alba? Si tratta soltanto di faide tribali, o c'è qualcosa di più? »

Le mie parole rimasero sospese nell'aria tra di noi. Drustan non rispose subito. Si alzò e andò avanti e indietro nella stanza con la sua andatura claudicante, le mani unite dietro la schiena. Quand'era seduto o in sella, nessuno faceva caso al suo piede deforme. Tuttavia questo non gli impediva di muoversi bene, svelto e senza problemi. Non trovavo così difficile vedere Sidonie come sua figlia. «Pronunciare quel nome porta sfortuna», disse infine.

«*Voi* lo avete pronunciato. Alais vi ha sentito», puntualizzai.

Il *cruarch* di Alba sospirò. «Lei sente troppe cose.»

«Ha il diritto di sapere. E io anche.»

«Così sia.» Drustan sedette di fronte a me, con le mani sulle ginocchia. «Tu sai che i Cullach Gorrym reclamano il privilegio di essere il primo popolo di Alba?»

Annuii.

«Questo lo fanno anche i Maghuin Dhonn. E, a onor del vero, nessuno sa chi abbia ragione. Come noi, essi sono arrivati da est, nei giorni in cui il mondo era ancora giovane. Le loro leggende dicono che sono giunti da un clima più settentrionale.» Scrollò le spalle. «In effetti, loro affermano che a quel tempo tutto il mondo era più freddo, così freddo che lo Stretto si è congelato abbastanza da poterlo attraversare.»

Un brivido mi corse nella schiena. «Voi ci credete?»

«Non lo so.» La sua faccia era seria. «Senza dubbio sono un popolo antico. Erano potenti, prima di perdere il loro *diadh-anam*, i mutaforma e i maghi. Il *diadh-anam* è lo spirito-guida che protegge un popolo. Il loro era l'Orso Bruno. La parola è sacra, proviene dai misteri. Ti sarebbe stata insegnata dopo i riti in Alba, quando diventerai davvero parte dei Cullach Gorrym.»

«Dunque il Cinghiale Nero è il *diadh-anam* dei Cullach Gorrym?» domandai lentamente.

Drustan annuì. «Fin da quando Lug il guerriero ha seguito il suo *diadh-anam* attraverso lo Stretto. Su di me c'è un *geas*: non potrò mai cacciare il cinghiale, altrimenti porterò la disgrazia sui Cullach Gorrym. Quando morirò, il *geas* cadrà su Talorcan.»

Pensai alla storia narrata dallo storico tiberiano Caledonius. «Non so perché, mio signore, ma sospetto che i Maghuin Dhonn hanno fatto di peggio che scacciare l'Orso Bruno. Questo ha a che fare con l'orso che ha ucciso il governatore di Alba?»

«Sì.» Le mani di Drustan s'irrigidirono sulle ginocchia. Il

suo sorriso non raggiunse gli occhi. « Avrei dovuto immaginarlo che il figlio adottivo di Phèdre nó Delaunay ha conoscenze sorprendenti. Quell'orso era stato allevato in cattività e nutrito di carne umana, finché non è cresciuto più del normale. Sono stati i maghi dei Maghuin Dhonn a fare questo, dandogli la carne dei loro stessi figli. E poi lo hanno venduto ai tiberiani per divertimento. »

Mi si contrasse lo stomaco. « *Perché?* »

« Nessuno lo sa », disse sottovoce lui. « Non con certezza. I Maghuin Dhonn dicevano che era per gettare una maledizione sui tiberiani. Cinhil Ru diceva invece che i loro maghi erano impazziti. Dopo quegli avvenimenti un'epidemia di vaiolo ha colpito il popolo dell'Orso Bruno. Molti, molti di loro sono morti. »

« Ma non tutti », dissi.

« No. » Drustan mi guardò. « Alcuni di loro sono sopravvissuti, e oggi i loro discendenti vivono. Ma non gradiscono i cambiamenti in Alba, e non vedono di buon occhio gli angeline. Comunque, sono pochi. »

« Quanti pochi? » volli sapere.

« Un centinaio, forse. » Drustan scosse il capo. « Non molti. Tu mi hai chiesto del dissenso. È gente selvatica, bizzarra, e vanno e vengono come il vento. Qualcuno ha parlato contro questo matrimonio e cercato di provocare guai, seminando voci sulle conseguenze funeste che ci saranno. La maggior parte della gente non li ha ascoltati. Dopo l'annuncio delle nozze c'è stata una piccola rivolta tra i Tarbh Cró, subito domata. Niente di più. »

« E le faide tribali? » domandai.

« Oh, be'. » Lui sogghignò, inaspettatamente, e i denti biancheggiarono sul viso tatuato. « Furti di bestiame e cose del genere. Niente di sorprendente, in Alba. »

« Capisco », dissi.

« Vedrai tu stesso. » Drustan si piegò in avanti e mi mise una mano su un braccio. « Imriel, ascolta. Se avessi potuto colpire i Maghuin Dhonn e sterminarli, lo avrei fatto. Ma, finché si limitano a *parlare* contro il governo senza prendere le armi, non posso fare niente. Ogni uomo, donna e bambino di Alba ha il diritto di dire quello che pensa, perfino al *cruarch*. Firdha te l'ha insegnato questo, no?» Mi strinse il braccio. «È una regola frustrante, ma giusta. Mio padre ha cercato di mettere a tacere il dissenso, e ne ha pagato il prezzo. Non farò il suo errore.» La sua espressione si fece pensosa. «Ci si aspettano grandi cambiamenti in Alba. Alcuni ne hanno fame, altri li temono. Non possono essere forzati, né soppressi. Dovranno arrivare pian piano, con saggezza e discussioni. Ma una cosa posso dirtela: se pensassi che in Alba non sarai al sicuro come in Terre D'Ange, non ti chiederei questo impegno. E di certo non permetterei ad Alais di andare là!»

Era stato un lungo discorso, e onesto; più vero di quello che lui credesse, visto che i miei rapporti proibiti con Sidonie mi rendevano considerevolmente *meno* al sicuro in Terre D'Ange. Annuii. «Apprezzo le vostre parole, mio signore.»

Drustan mi fissò negli occhi. «Pensi di dire tutto questo ad Alais?»

Gli restituii lo sguardo senza batter ciglio. «Lo farò. Non è più una bambina, lo sapete.»

«Credi davvero?» Il suo sorriso si raddolcì. «Aspetta finché non avrai dei figli tuoi. Le mie figlie saranno sempre bambine ai miei occhi.»

A queste parole distolsi lo sguardo e mi rigirai il nodo d'oro intorno all'anulare. Era il momento meno adatto per sentirmi ricordare che avevo legato al letto i polsi dell'altra sua bambina, e l'avevo fatta torcere di piacere mentre mi supplicava di liberarla. Mi schiarii la gola. «Mio signore, cos'è che i Maghuin Dhonn temono da Terre D'Ange? Di certo voi, altezza, non avete dato loro motivo di temere che noi desideriamo altro, a parte il proseguimento dell'alleanza per matrimonio. Terre D'Ange non mantiene neppure una guarnigione in Alba.»

«La conquista arriva in molte forme», disse pacatamente Drustan. «A me non piacciono i Maghuin Dhonn, ma li capisco. Ho il dovere di capirli. I tiberiani sono venuti con scudi e spade, e noi li abbiamo scacciati. Terre D'Ange viene con mercanti e architetti, case di piacere, novelli sposi e» – accennò col capo alla scrivania – «libri. Dimmi, Imriel, cosa pensi che sia più pericoloso?»

A questo, non avevo risposta.

13

Nei giorni che precedettero le nozze, giunsero a Città di Elua visitatori di ogni genere. Alcuni provenivano da oltre i confini di Terre D'Ange, come lady Nicola de L'Envers y Aragon e suo figlio Raul, per il quale era in programma il matrimonio con Colette Trente. La maggior parte erano angeline, lord e lady del regno che conoscevo a malapena di nome. Phèdre, che negli anni della mia fanciullezza mi aveva istruito nell'arte dello spionaggio e nello studio della filosofia piuttosto che nel protocollo della nobiltà, fece frettolosamente il possibile per rimediare a quella mancanza. Trascorremmo molte ore sulla lista dei pari invitati alla cerimonia.

L'unico ospite che mi struggevo dal desiderio di rivedere, Eamonn mac Grainne, non era ancora arrivato.

Non era giunta notizia di lui, neppure una parola. Questo mi preoccupava, quando avevo il tempo di pensarci. Lo immaginavo morto in Skaldia, riverso nella neve insanguinata. E tra l'uno e l'altro dei miei tormenti privati, quando non ero preso nel vortice delle formalità di corte, a volte rimpiangevo di non averlo accompagnato all'inseguimento di quella scontrosa sposa skaldi che lui adorava per qualche ragione a me incomprensibile, benché ora lo capissi un po' meglio di quand'eravamo a Lucca.

C'erano momenti in cui morire in una rissa tribale fra le nevi della Skaldia mi sembrava quasi preferibile a *questo*.

Invece di Eamonn, la primavera portò il ritorno di una delle ultime persone al mondo che desideravo vedere. Si trattava di Bernadette de Trevalion, naturalmente, col mio ex amico Bertran. Questo, comunque, me l'ero aspettato. Avevo fatto la mia scelta ed ero rassegnato a convivere con essa.

Assai più sgradita fu la comparsa di Maslin de Lombelon, tornato dal suo periodo di punizione tra gli Imperdonabili di Camlach.

Oh, quanto lo odiavo!

Lo odiavo perché lo avevo ammirato, una volta. Era il figlio bastardo del duca Isidore d'Aiglemort, traditore ed eroe, e della figlia del maestro ortolano della tenuta di Lombelon. Quella terra era appartenuta a mia madre. Era stata lei a regalarla a d'Aiglemort, senza dubbio come ricompensa per averla aiutata a cospirare. D'Aiglemort era poi morto prima di poter riconoscere il figlio, sul campo di battaglia di Troyes-le-Mont, dove aveva cercato di riscattare il suo onore per vendicarsi di mia madre, che aveva tradito anche lui. In seguito la tenuta era stata donata dalla regina a mio padre, in occasione del suo secondo matrimonio. Poi anche lui era morto, come risultato delle manovre di mia madre.

Così la tenuta era passata a me.

Era stato là che avevo conosciuto Maslin. Avevo visto il suo amore per quella terra, il suo feroce orgoglio. Avevo pensato che mi si presentava la possibilità di riparare un torto, e di farmi un amico. Così avevo fatto quella che mi sembrava la cosa migliore, e gli avevo regalato Lombelon.

Phèdre mi aveva avvertito che questo avrebbe potuto peggiorare il suo rancore verso di me, ma avevo voluto farlo lo stesso. E, quando le parole di lei si erano dimostrate vere, non avevo potuto far altro che prenderne atto. Maslin aveva approfittato del suo nuovo rango per lasciare Lombelon, e si era arruolato nella Guardia della Regina. Ne avevamo parlato, una volta. Lui mi aveva detto aspramente che lo avevo fatto sentire inferiore, umiliato. Era stata una cosa spiacevole, che tuttavia capivo. Se fosse stato solo per questo...

Ma c'era dell'altro.

Lui *piaceva* a Sidonie.

La vidi illuminarsi in viso, al suo ritorno. C'erano pettegolezzi; i pettegolezzi c'erano sempre. Di alcuni sapevo che erano falsi. Lei non l'aveva mai preso come amante, anche se ci aveva pensato. Ci stava ancora pensando, però, o ci avrebbe pensato dopo la mia partenza. Lei non aveva detto una parola in merito, ma io sapevo. Ed era vero che lei gli aveva promesso il grado di comandante della Guardia da lì a qualche anno, dopo che fosse diventata maggiorenne, a patto che riassumendo i suoi obblighi di tenente lui sapesse comportarsi con correttezza.

Maslin la amava.

Io lo sapevo, lo *sapevo*. Gliel'avevo letto in faccia il giorno della caccia al cinghiale, e al suo ritorno vidi che niente era cambiato. Lui guardava Sidonie con quella che passava per doverosa attenzione, ma dietro c'era di più. Una tenera sicurezza, possessività. Non mi sbagliavo, l'avevo visto.

A suo credito, Sidonie non fece niente per incoraggiarlo, fuorché rendere chiaro che gradiva la sua presenza. Oso dire che in quei giorni lei non aveva più interesse di me per il gioco del corteggiamento e, benché fossi costretto a mostrarmi galante con la mia futura sposa, Sidonie non era tipo da fare la stessa cosa per dispetto. Sapeva fin troppo bene cosa provavo. Tuttavia entro qualche mese sarei partito, e Maslin sarebbe stato lì, un balsamo a portata di mano per lenire i dolori di cuore.

Questa consapevolezza m'irritava, e quasi desideravo che Maslin facesse qualcosa per offendermi. Non mi sarebbe dispiaciuta una possibilità di battermi con lui. Non sapevo per certo se l'avrei sconfitto, però mi sarebbe piaciuto provarci. Ma non era il caso; Maslin aveva imparato un po' d'autocontrollo nel suo esilio a Camlach. Era educato e contegnoso, e arrivò perfino al punto di scusarsi graziosamente con Raul.

I preparativi proseguivano a ritmo serrato, e ancora nessuna traccia di Eamonn.

Non una possibilità di trovarmi da solo con Sidonie, neppure un momento.

Alla vigilia delle nozze i miei parenti Shahrizai diedero una festa di addio al celibato. Fu una cosa in grande stile organizzata dallo stesso duca Faragon, anche se a progettare tutto erano stati Mavros e Roshana. Basti dire che fu splendida e opulenta, e al culmine della serata ci fu un gioco kushelino giocato a occhi bendati. Mentre i musici suonavano un ritmo allegro, gli Shahrizai si mescolarono ai loro ospiti ciechi e ridenti, inducendoli a cambiare partner finché uno non indovinava l'identità del suo compagno di danza. Per ogni errore si pagava pegno con un bacio. Mi stavo rimettendo a posto la benda quando sentii una mano su un braccio e fui condotto al colonnato che circondava la sala.

«Vieni», mi mormorò Mavros all'orecchio. «Hai un minuto, non di più.»

Dietro una larga colonna di marmo mi aspettava Sidonie. Nel vederla mi si spezzò il cuore. I suoi capelli di miele erano raccolti in una piccola corona, e le delicate orecchie erano ornate dai miei orecchini a forma di sole. Aveva gli occhi pieni di lacrime.

«Sidonie...» sussurrai.

Lei scosse il capo. «No. Non dire niente.»

Le presi il viso tra le mani e la baciai, a lungo e con passione. La premevo contro la colonna così forte da farle male alle scapole. Lei si aggrappò a me come se stesse affogando e mi restituì il bacio, le mani immerse tra i miei capelli dietro la nuca, pregandomi in silenzio di darle di più e ancora di più.

Risate e chiacchiere sovrastavano la musica. In sala le bende venivano tolte, l'una dopo l'altra.

«Tempo», disse sottovoce Mavros, dall'altra parte della colonna.

Ci separammo. Le labbra erano tumide. «Ti amo.»

I suoi occhi luccicavano. «Ti amo anch'io.»

E questo fu tutto, tutto ciò che avemmo il tempo di fare. Mavros venne dietro la colonna, prese Sidonie per mano e la portò furtivamente con sé tra gli ospiti. Aspettai un poco prima d'imitarli.

Questa fu la vigilia della mia notte di nozze. Anche Ysandre e Drustan erano brevemente intervenuti. Si erano rivelati così disponibili da partecipare perfino al gioco delle bende. Affiancai il duca Faragon quando si accomiatarono, così come Sidonie affiancava loro, evitando il mio sguardo. Tutti parvero molto compiaciuti di quella splendida dimostrazione di come si erano riconciliate Casa Shahrizai e Casa Courcel. La regina aveva confermato la sua generosità, e il duca Faragon il valore del giuramento di fedeltà fatto a suo tempo.

Alla fine i loro sforzi avevano portato frutti non avvelenati dal tradimento di mia madre.

Mi chiesi cosa avrebbero pensato loro, entrambe le parti, se avessero saputo che per me e per Sidonie - e per Mavros, complice nel costruirla - quella serata era esistita solo perché potessimo darci un ultimo bacio disperato. Un ultimo avido contatto di corpi, anelito di labbra, intrecciarsi di lingue, che avrebbe potuto far crollare l'intero edificio di quei rapporti politici risanati, se fossimo stati scoperti.

Ne sarebbe valsa la pena.

Forse.

Per un attimo avevo quasi desiderato che accadesse. Ma c'era Alba; c'erano l'onestà e le speranze di Drustan, e l'impegno che avevo preso. C'era Dorelei, dolce e fiduciosa. C'era Maslin de Lombelon. C'era la giovinezza, quella di Sidonie e la mia, e il fatto che non potevo dire con assoluta certezza se da lì a un anno avrei provato gli stessi sentimenti, la stessa dolorosa angoscia con cui ora mi separavo da lei. Sarebbe stato tutto più semplice, molto più semplice, se fossimo stati gente comune. In quel caso, niente avrebbe contato più del nostro amore.

Ma non eravamo gente comune.

Eravamo una delfina di Terre D'Ange e un principe del sangue, futuro principe di Alba. E non potevamo permetterci di essere più giovani e sciocchi di quanto già fossimo. La posta era troppo dannatamente alta.

Così restai al fianco del duca Faragon, capo di Casa Shahrizai, corpulento e dai capelli bianchi. Restai a guardare la regina e il *cruarch* allontanarsi scortati dalle guardie, con la figlia tra loro, altera e bella. Nel suo portamento eretto nulla faceva sospettare che le avevo ammaccato le scapole contro quella fredda colonna, inchiodandola lì col fuoco della mia passione.

Elua, avrei potuto piangere.

Non lo feci, anche se avrei voluto. Li guardai andar via con occhi asciutti.

E il giorno seguente sposai Dorelei mab Breidaia.

La cerimonia si svolse nei giardini del palazzo, sede di mille feste. Il matrimonio di Ysandre e Drustan era avvenuto lì, e quel gesto era inteso a farmi onore, anche se servì solo a ricordarmi amaramente il compleanno di Sidonie e il dolore della perdita che mi consumava.

L'intera giornata, in effetti, fu mesta come una veglia, fin da quando aprii gli occhi nella mia stanza a casa di Phèdre - la mia cameretta da scapolo, l'aveva chiamata Ysandre - sapendo che non sarei più tornato alla tenuta di Montrève. Oh, sarei tornato in visita, naturalmente, ma sarebbe stato tutto diverso. Niente più mattine al tavolo della colazione con le spiritosaggini di Ti-Philippe e le moine di Eugenie per farmi ingrassare coi suoi manicaretti. Niente più pomeriggi in cortile con Joscelin ad allenarci alla spada, niente più sere concluse al lume di candela nello studio di Phèdre, col suo sorriso quieto e col suo affetto.

L'atmosfera della casa era sobria. Phèdre e Joscelin, ben sapendo che avevo il cuore pesante, non fecero nessuno sforzo per alleggerirmelo con una falsa giovialità. Il resto del personale rispettò il nostro umore, e credo di poter dire che quel giorno nessuno fu sereno.

Mi vestii lentamente, con riluttanza. Il mio abito nuziale era azzurro-Courcel, ornato di ricami in oro. A me era parso sciocco ordinarne uno nuovo quando ne avevo già uno molto simile, ma Ysandre aveva insistito. Il farsetto di broccato era aderente alla vita, con un colletto alto chiuso da alamari dorati. Quel giorno avrebbe fatto un caldo infernale, e stavo già soffocando.

«Imri?» Phèdre bussò leggermente alla porta, e andai ad aprirle. Mi guardò con un miscuglio indecifrabile di emozioni. «Ah, tesoro! Sei splendido.»

«Questo colletto mi strangola», brontolai.

Lei armeggiò un poco con gli alamari. Le sue dita erano fresche contro la mia pelle. Qualunque cosa fece, ci fu un miglioramento.

Le presi le mani e le baciai. «Grazie.»

«Di niente.»

Ci sono parole che non vengono mai quando uno le vuole. Restammo lì qualche momento, con le mani unite. Dopo un poco Phèdre sospirò.

«È l'ora di andare?» domandai.

«Ho paura di sì.» Mi toccò una guancia. «Imriel, sii buono con lei. So cosa provi, ma ricorda: niente di questo è colpa sua. E non... non aspettarti che lei condivida tutti i tuoi desideri.»

«Non me lo aspetterò.» Un tempo sarei rimasto sorpreso e a disagio nel contemplare quel pensiero, e nel sentire Phèdre dargli voce. Ora mi limitai a sorridere senza allegria ripensando al brivido di eccitazione che mi avevano dato quelle inattese parole di Sidonie e, ah, Elua! la vista del suo corpo legato, nudo e fremente. «Però suppongo che nessuno possa prevederlo.»

«Io posso», disse con calma Phèdre.

«Sempre?» domandai.

«Sempre.» Mi restituì un sorriso pieno di malinconia. «Oh, Imri. Tutto ciò che voglio è vederti felice. E la felicità non è sempre dove pensiamo di trovarla. Mi prometti che almeno ci proverai?»

«Ci proverò. Lo prometto», dissi.

Joscelin ci stava aspettando al pianterreno. Li vidi scambiarsi uno sguardo che mi riempì di una disperata miscela d'amore e d'invidia. Non volevo guardare di malanimo ciò che li univa, e non l'avrei fatto mai. Ma, oh, potevo invidiarli!

Le ore successive furono rapide come un sogno a occhi aperti. Andammo a palazzo in carrozza, e ai lati della strada principale c'era gente che ci salutava e gettava petali di fiori, perché Ysandre aveva decretato un giorno di festa in città. Hugues e Ti-Philippe ci affiancavano a cavallo, rispondendo alle grida d'augurio con ampi gesti.

Abbandonato contro lo schienale guardavo il soffitto, tirandomi il colletto da una parte e dall'altra. Ero già sudato, sotto quella stoffa troppo ricca.

«Imri! Per l'amore di Elua! Smettila di torturarti», disse seccamente Joscelin.

Mille risposte irritate nacquero e morirono sulla mia lingua. Ma Phèdre era entrata di sua volontà in un inferno dei vivi per salvarmi, e Joscelin l'aveva seguita accettando un ruolo che, tutto considerato, era il più insopportabile. Ora mi stavo comportando come un idiota, e questo si rifletteva su tutti noi. Sedetti compostamente e decisi di fare del mio meglio per renderli orgogliosi di me. Forse sarebbe bastato che resistessi un anno, pensai. Il tempo di dare un erede di sangue angeline alla dinastia del *cruarch*. Questo fu ciò che cercai di dirmi.

Questo fu ciò che mi diede la forza di sposare Dorelei.

Nei giardini del palazzo faceva caldo, più di quanto chiunque si sarebbe aspettato in quella stagione. Dorelei e io ci presentammo fianco a fianco, tenendoci per mano con dita sudate, dinanzi a un sacerdote di Elua scalzo e in tonaca azzurra. Il mio farsetto era un cilicio bollente, e anche lei aveva la fronte imperlata di sudore sotto la corona di fiori fissata ai suoi capelli neri. Il sacerdote toccò il terreno erboso, alzò il palmo delle mani verso il cielo e invocò la benedizione di Elua su di noi. Ci unse la fronte d'olio. Suggerì il giuramento nuziale e noi lo recitammo. Dorelei pronunciò il suo con un morbido accento albano. Fui sorpreso dal suono della mia voce, forte e ferma. Il sacerdote allargò le braccia e ci chiese di suggellare la nostra unione con un bacio.

Parecchie centinaia di persone delle quali non poteva importarmi di meno applaudirono. Dorelei mab Breidaia, ora mia sposa, alzò il viso verso di me. Occhi scuri, occhi cruithne.

Ma non quelli che avrei voluto.

Non quelli che amavo.

Nonostante ciò, trattenni il fiato e la baciai. Un bacio casto, per noi angeline. Non l'amavo. Ma avrei fatto il possibile per essere buono con lei. Le acclamazioni ci sommersero. Getti di petali multicolori. Il volto di Ysandre era soddisfatto. La maschera tatuata di Drustan sorrideva. Elua, se stavo sudando. Il sole era un forno abbagliante, e il colletto m'irritava la pelle.

Era fatta.

Guardai Sidonie. Benché non avesse tatuaggi, anche il suo viso delicato era una maschera; liscia, perfetta, illeggibile. Infilò una mano nel cestello che Amarante le porgeva, pieno di petali rosa, e ne gettò in aria una manciata. Caddero intorno a noi in una pioggia gentile, sui capelli e sugli abiti. Dorelei rise di gioia, inconsapevole del messaggio silenzioso che solo io leggevo in quel gesto. Chiusi gli occhi un momento e risentii la voce di Sidonie in una stanza illuminata dal sole.

L'amante copre d'avidi baci la bocca dell'amato...

Elua, come faceva male.

La regina batté le mani. «Andiamo a festeggiare!»

Più di ogni altra cosa mi ero augurato che quel giorno non ci fossero feste dopo il rito nuziale. Avrei voluto partire subito dopo, per Alba, per Montrève, per Jebe-Barkal, per qualunque posto purché lontano da lì. Ma quella era Terre D'Ange, e poiché la regina l'aveva voluto la festa ci fu, prodiga e interminabile. I padiglioni di seta contenevano stavolta lunghi tavoli apparecchiati con tovaglie di lino bianco, cosparse di posate scintillanti.

I servi continuavano a portare caraffe di vino fresco. Il sole percorreva il cielo con insopportabile lentezza. Restai in disparte a sudare e bere vino, mentre le persone non abbastanza importanti da partecipare alla cena si accomiatavano dagli sposi. Sopraffatta da tutte quelle attenzioni, Dorelei rimase al mio fianco.

Finalmente l'ultimo spicchio di sole scomparve sotto il bordo dell'orizzonte occidentale, e l'afa di quella giornata iniziò a dissiparsi. I servi di palazzo cominciarono ad accendere le lampade e a portare avanti e indietro vassoi di cibarie.

Ricordo molto poco di quella cena, salvo lo stressante sforzo di mantenermi cortese, anche se non saprei dire in risposta a chi o cosa. Sentii parole che per me non avevano nessun significato, e le mie labbra si mossero per replicare con altrettanto insignificanti formalità. Risi educatamente alle battute di spirito e partecipai ai brindisi. Il cibo non aveva sapore; il vino che bevvi non mi faceva nessun effetto. Mi sentivo vuoto.

Più tardi, ci furono musica e danze. Ballai con la mia novella sposa. Mia moglie. Le sue dita tremavano fra le mie, e i suoi grandi occhi cercavano il mio volto. Le sorrisi, rassicurante.

Ballai con Alais, che aveva poco da dirmi.

Ballai con Phèdre, che mi disse con calma: « Sono fiera di te ».

Fu mentre ballavo con Amarante che vidi Maslin, nella sua uniforme da tenente, offrire un bicchiere di cordiale a Sidonie, al tavolo dei rinfreschi. Per la prima volta in quella giornata un impeto di rabbia riempì il vuoto che avevo dentro. « Quanto tempo credi che ci vorrà, prima che lei lo prenda nel suo letto? » domandai a bassa voce.

Amarante seguì il mio sguardo. « Più tempo di quello che pensi, mio signore. E non quanto piacerebbe a me », mormorò.

« Non sei gelosa? » borbottai con asprezza.

« No. » Nel suo sguardo c'era un rimprovero. « Credo che lei potrà fargli soltanto del male. »

« È un uomo adulto. Che si prenda i suoi rischi. » Per qualche ragione la sua voce pacata, ragionevole, spense la mia ira. « Nel nome di Elua, Amarante! E tu? T'importa così poco di lei, da prendere con tanta calma quello che sta soffrendo?»

Nei suoi occhi verdi brillò l'indignazione. «A me importa molto di lei, invece. L'amore non è sempre una tempesta ruggente, Imriel. Può essere anche un porto sicuro. Per me l'amicizia e la fiducia di Sidonie contano più di qualunque cosa. Non prendo niente alla leggera.»

Sospirai. «Scusa. È solo che...»

«Lo so», disse Amarante.

«Un porto sicuro», mormorai, guardandola. «Ma anche il tuo mare si agiterà, qualche volta.»

«Oh, be'.» Un sorriso sfiorò le sue labbra generose. «Se Sidonie potrà fare a suo modo, un giorno lo saprai. Lei sa essere persuasiva, e comunque ha un letto molto largo.»

Questo mi fece ridere, anche se avrei dovuto piangere. Sentirmi vuoto dentro era stato assai più facile. La musica finì e lasciai Amarante. «Ti prenderai cura di lei? Ti prego», mormorai.

Lei annuì. «Sai che lo farò.»

E poco dopo, poiché la sera delle mie nozze sarebbe stato scortese non farlo, ballai con Sidonie. Non ci furono goffaggini com'era stato per il suo compleanno. Ci eravamo lasciati indietro quella fase. M'inchinai, le porsi la mano, e lei la prese senza una parola.

Non c'era bisogno di parole.

Le ricordavo tutte, tutte quelle che avevamo detto. Le parole della nostra prima volta, legate allo sconvolgente senso d'intimità mentre entravo in lei, oltrepassando assieme la soglia proibita. E poi la sua voce, meravigliata e divertita quando ancora stringeva le gambe intorno ai miei fianchi. *Perché stiamo così bene assieme?*

Non lo sapevo allora, e non lo sapevo adesso.

Sapevo soltanto che era così.

Ballammo senza parlare, senza scambiarci uno sguardo. E prima che i musici passassero a un altro ballo restammo lì, per una breve eternità, non più di un battito di cuore, le teste piegate l'una contro l'altra. Poi Sidonie fece un passo indietro e la scortai al padiglione reale.

Maslin de Lombelon era là, in attesa. Stava recitando il ruolo del fedele accompagnatore e della guardia del corpo. Ma era rigido, e le sue narici si dilatavano come quelle di un cane che sentisse un odore minaccioso. Fece un passo verso di me, rizzando il pelo.

Non battei ciglio. «Maslin, controllati.»

In un altro luogo e un altro momento avrei gradito quell'opportunità. Non ero più il ragazzino che lui aveva cercato d'intimidire in un frutteto, minacciandolo con una falce da sfoltitore. Avevo affrontato un esercito di mercenari caerdicci inferociti, e scavalcato i corpi degli uomini che cadevano sotto la mia spada. A insidiare le mie notti c'era una nuova sfilza d'incubi.

«Figlio della traditrice!» sbottò Maslin, sottovoce. «Non puoi lasciarla stare neppure il giorno delle tue nozze?»

«È stata solo una formalità», dissi, stancamente. C'era dell'ironia nel fatto che proprio lui m'indirizzasse quell'epiteto. Tuttavia suo padre era morto da eroe, alla fine. Dietro di lui potei vedere Amarante mormorare qualcosa in tono interrogativo a Sidonie, e lei scuotere il capo e dare le spalle alla scena. «E io sono lo sposo, qui. Falla finita.»

Maslin esitò, incerto. A me non importava nulla di lui. L'ora era tarda. Gli uomini di Drustan e la guardia d'onore cruithne avevano dato fondo al loro *uisghe* e stavano cominciando a cantare un coro complesso, incitati dagli angeline. Dorelei - mia moglie - sembrava sola e sperduta tra la gente. La Figlia del Bosco era andata a letto da tempo. Nessuna donna della famiglia della sposa era presente, poiché avevano preferito aspettare il rito albano.

Sii buono con lei, aveva detto Sidonie.

Aggirai Maslin, evitai gli altri e raggiunsi mia moglie. Dorelei mi guardò con gratitudine. «Facciamo un ultimo ballo? O vuoi che ci ritiriamo?» le domandai.

«Non voglio stare qui più a lungo», sussurrò lei.

La presi per mano. «Allora non voglio neppure io.»

Un gruppo di festaioli ci seguì all'interno del palazzo, continuando a coprirci di petali fragranti, auguri di felicità e parole scherzose. Condussi Dorelei lungo i corridoi fino all'appartamento che mi era stato assegnato e chiusi la porta in faccia a tutti, tirando il catenaccio con fermezza.

Eravamo soli.

Marito e moglie.

L'anticamera era piena di regali, le lampade erano accese. Il vaso della Serenissima campeggiava su un'angoliera, colmo di rose. Mi tornarono a mente Sidonie e Amarante che portavano bracciate di fiori, e deglutii. «Sei stanca?» chiesi a Dorelei. «Non è necessario che tu e io...»

«No.» Il suo viso era serio e determinato. «Voglio farlo.»

Le sorrisi. «Va bene. Vieni qui, allora.» La portai in camera e sedetti sul bordo del letto, tenendola per mano. «È stato imbarazzante, vero? Quella marea di cortigiani. Noi due che ci conosciamo così poco. Dimmi tu quello che ti dà maggior piacere», dissi con dolcezza.

Le sue guance s'imporporarono. «Io non... non lo so.»

Per me fu una sorpresa. «Sei vergine?»

Dorelei annuì, arrossendo ancor di più. «Mi è sembrato saggio aspettare. Non potevo rischiare di restare incinta, non quando sono in gioco la successione di Alba e gli interessi di Terre D'Ange. Noi non siamo come voi, lo sai.»

«Sì, lo so», mormorai.

«Oggi mi hanno portata al tempio di Eisheth. Era così strano! Ho acceso una candela davanti a lei, e ho detto la preghiera che mi avevano insegnato. Pensi che le nostre figlie avranno il suo dono?»

«Immagino di sì. Alais e... e Sidonie ce l'hanno. I doni del Beato Elua e dei suoi Compagni scorrono con forza nel sangue delle Grandi Case.»

«Come la bellezza?» domandò Dorelei con serietà, e io accennai di sì. Lei mi tolse un petalo di fiore dai capelli. «Sai, tu mi fai un po' paura. Qui da voi, sembra che perfino la bellezza sia un'arma.»

«Non ti ferirò. Te lo prometto», dissi.

Il suo sguardo sopra le file di puntini azzurri era scuro e profondo, e mi chiesi cos'arrivasse a vedere. Loro sognavano sogni veridici, le figlie del sangue di Necthana. Ma Dorelei si limitò a scuotere il capo, facendo ondeggiare i lucidi capelli neri sotto la coroncina di fiori appassiti tenuta ferma da spille di perle. «Non ignoro certe cose, se è questo che stai pensando. Ho letto i vostri... testi sacri.» Il suo rossore tornò. «Li ho letti, sai. Ma, se tu chiedi cosa mi piace di più, la verità è che non lo so.»

Le tolsi la coroncina dalla testa. «Allora proviamo a scoprirlo, vuoi?»

«Mi piacerebbe», sussurrò Dorelei.

Feci l'amore con lei, senza fretta e teneramente. Con dolcezza. La baciai finché il suo corpo non si rilassò, fiducioso, e lei cominciò a restituirmi i baci con ardore. Le tolsi gli indumenti uno alla volta, assaggiando la sua pelle olivastra. Poi mi spogliai e rimasi immobile, lasciando che le sue mani e la sua lingua provassero a esplorare il mio corpo. Lei era sensuale in certe cose, timida in altre. Le sue dita tremavano, strette intorno all'asta del mio membro.

«Sarà piacevole dentro di me?» domandò, meravigliata. «Davvero?»

Perché stiamo così bene assieme?

«Sarà piacevole», la tranquillizzai. Le allargai le cosce e le praticai il *languissement*, concentrandomi sulla Perla di Naamah finché lei non ansimò di sorpresa e mi afferrò per i capelli. Era pronta per essere penetrata. Pazienza. Premetti il glande nella sua vulva e la sentii ansimare ancora. Con premurosa cautela mossi i fianchi avanti.

C'era un'ostruzione.

Poi non ci fu più.

«Oh, piano, piano, ti prego!» gemette.

Non volevo fare *piano*. Volevo seppellirmi in lei, a fondo e con forza, volevo sentire il suo ventre torcersi sotto il mio. Volevo piegarle le braccia sopra la testa o sentire le sue unghie premere nelle mie natiche per attrarmi avanti. Volevo che i suoi calcagni scalciassero contro la mia schiena, e volevo che la sua voce mi ansimasse all'orecchio parole oscene.

Volevo Sidonie.

Pazienza, aveva detto Phèdre.

Mi puntellai sulle braccia. Montai con pazienza la mia sposa.

D'un tratto Dorelei fu percorsa da un fremito diverso, come se le sue mura interne stessero crollando. Dalla sua gola emerse un mugolio, metà di dolore, metà di piacere. Fu questo a scatenare una contrazione in me. Ansimai tra i denti ed esplosi dentro di lei. Aveva acceso una candela a Eisheth. Spesi il mio seme nel suo grembo, chiedendomi se avrebbe messo radici, e nel mio cuore colpevole pregai che non accadesse.

Più tardi la tenni tra le braccia e le accarezzai i capelli finché non scivolò nel sonno, la testa posata su una mia spalla, il respiro lento e regolare. Avrebbe dovuto essere un suono confortante.

Non lo era.

14

Così cominciò la mia nuova vita come marito di Dorelei mab Breidaia e principe di Alba.

La detestavo.

Anche se non fosse stato per Sidonie sapevo che non avrei potuto essere felice, nonostante ciò che Phèdre desiderava per me. Quel matrimonio era una gabbia in cui ero entrato volontariamente, ma sempre una gabbia. Mi sentivo in trappola; costretto a un'intimità forzata, ridotto a vivere una vita che non volevo. Ci sarebbero stati dei limiti alla mia libertà in ogni circostanza, ma li avrei accettati con maggior buona grazia se avessi avuto un po' della felicità che mi ero negato. Mi trovai a detestare gli obblighi legati al matrimonio con un'intensità che non avevo previsto.

Ogni giorno, quando svegliandomi trovavo Dorelei accanto a me, dovevo lottare per non soccombere a un'onda di funebre amarezza. Mi sforzavo di far cadere parole gentili dalle mie labbra; ero cortese, premuroso.

Ce la mettevo tutta per non odiarla.

Elua, quanto era ingiusto! Ingiusto per me, e ancor più ingiusto per lei. Dorelei era una simpatica giovane donna dolce e di buon cuore. Non aveva nessuna colpa se «simpatica» non era ciò che desideravo. E purtroppo era abbastanza sensibile da accorgersi della mia mancanza d'attrazione e del mio disagio, col passar dei giorni.

Per fortuna lei lo attribuiva alle traversie del mio passato. E anche in questo c'era una triste ironia. Benché fossi stato io a metterle quell'idea in testa, per una volta in vita mia quel disagio non aveva niente a che fare con Daršanga, niente a che fare con le vecchie ferite. Non stavo più lottando contro desideri oscuri che disprezzavo. Per la prima volta nella mia giovane e tumultuosa vita sapevo perfettamente cosa volevo.

Volevo Sidonie.

E non potevo averla.

Essere sotto lo stesso tetto con lei, per quanto vasto fosse quel tetto, mi faceva uscire di senno. Odiavo vivere a palazzo, circondato dalla gente: guardie, cortigiani, impiegati e postulanti. C'era sempre qualcuno che mi guardava. Quando la *ollamh* Firdha era partita per Alba, Drustan aveva riorganizzato i suoi uomini e assegnato una guardia d'onore a Dorelei e me. Lei ne era stata felice: Kinadius, il più giovane, era un suo amico d'infanzia. Questo mi faceva sentire ancora più in trappola. Nel vederli ridere e scherzare assieme mi tornava in mente che lui aveva sperato di poterla corteggiare. Avrei voluto che lo facesse, avrei voluto che la seducesse e me la togliesse dai piedi. Gli albani non erano angeline, ma non vantavano primati in materia di fedeltà coniugale. Ma, oh, no. Non in quel caso, non con la dannata faccenda della successione in gioco.

A volte mi sembrava che le notti fossero la cosa più dura. Un anno addietro non la pensavo così. Non c'era voluto molto perché Dorelei perdesse la sua timidezza in camera da letto. Era come le ragazze siovalesi che Eamonn e io ci portavamo nei fienili quell'estate a Montrève, semplici e spontanee nel loro ardore. Phèdre aveva ragione. Se Dorelei mab Breidaia avesse guardato nello specchio oscuro dei suoi desideri, non ci avrebbe visto niente.

Un anno addietro mi accontentavo, anche se il sesso mi lasciava il tenebroso anelito di qualcosa in più; un'insoddisfazione che potevo accettare.

Ma adesso tutto era diverso.

La frustrazione mi trascinava sull'orlo della rabbia. Mi faceva desiderare gesti perversi, amplessi in cui avrei portato Dorelei oltre i suoi limiti. Sarebbe stato blasfemo, e non potevo farlo. Ma talvolta sentivo che quel desiderio si rivelava sul mio viso, o in una carezza così rude da lasciarle il segno. E poi vedevo la paura affiorare nei suoi occhi, e le chiedevo scusa, e odiavo me stesso. La cosa peggiore era che anche Dorelei si scusava e cercava di placarmi, gentile e comprensiva. Questo mi faceva odiare me stesso ancor di più.

Tutto sommato, però, credo che i giorni fossero peggiori delle notti; almeno, i giorni in cui vedevo Sidonie.

Elua! Perché l'amore può spingerci tra spine così feroci? Questo mi faceva male, più di quanto avessi immaginato. Cercavo di dirmi che un anno non era poi tanto lungo, e che in Alba le cose sarebbero andate diversamente, o che Sidonie era troppo giovane e tra noi c'era stato soltanto del sesso.

Nessuna di quelle riflessioni funzionava.

Quando si è attraversata una soglia della vita, non c'è ritorno.

In quel periodo pensai alle lettere di mia madre, a ciò che aveva scritto di Phèdre. *Una cosa te la dirò per certa, figlio mio: l'ho conosciuta. Più di chiunque altro; meglio di chiunque altro.* Nel leggere quelle parole non le avevo capite, non a fondo. Ora le comprendevo meglio. Nel bene e nel male io *conoscevo* Sidonie. Ci eravamo mostrati le nostre anime nude, e contro ogni probabilità avevamo trovato quello che cercavamo.

O almeno, io l'avevo trovato.

Cercavo di sentirmi sicuro di lei, senza incertezze. Sicuro che i suoi sentimenti non sarebbero cambiati, sicuro che la nostra non era stata solo un'infatuazione. Poi però venivano i dubbi e le domande. Mi sarebbe stato più facile sopportare, senza i dubbi. Mi sarebbe stato più facile essere comprensivo e gentile, e lasciare che i giorni passassero nella serena fiducia della ricompensa. Invece mi tormentavo, e continuavo a rimbalzare dai dubbi alle certezze.

Ogni tanto questo mi rendeva insopportabile.

Avrei voluto vederla, portarla in qualche angolo buio e fare selvaggiamente l'amore con lei. Ma avevo l'impressione che non uscisse più molto, forse per evitarmi. Una sera incontrai Amarante e la pregai di escogitare qualcosa. Lei mi guardò con aria imperscrutabile e non fece nessuna promessa. Pochi giorni dopo, però, Mavros passò dal nostro alloggio. « Credo che potresti far visita ai tuoi parenti, finché siamo in città », disse in tono discorsivo, e sorrise a Dorelei. « A voi non importa, mia signora, spero. »

« No, certo », rispose tranquillamente lei.

Mi si allargò il cuore. Ero così felice che nel salutarla la baciai con affetto sincero. Mentre andavamo a cavallo a casa sua, dissi a Mavros: « È un pretesto, vero? Dimmi che è un pretesto! Sei riuscito a portare là Sidonie? »

«Sì alla prima domanda, no alla seconda. Ah, Elua, non farmi mai innamorare», rispose lui.

Il mio cuore perse un colpo. «Allora, di che si tratta?»

Mavros mi guardò cupamente. «Niente di piacevole per te.»

Aveva ragione. Ad attendermi in casa degli Shahrizai c'era Amarante, seria in viso. Incrociai le braccia sul petto. «Hai un messaggio per me?»

«Ho un dono, altezza.» Mi consegnò un libro rilegato in pelle con incisioni dorate. «Da parte di Sidonie.»

Lo aprii e guardai il frontespizio. Era una collezione di lettere scritte da due amanti famosi, Remuel L'Oragen di Azzalle e Claire LeDoux di Namarre. Si erano incontrati in gioventù, ma tra le loro famiglie c'era una faida, e questo li aveva separati. Per vent'anni avevano comunicato soltanto per lettera finché, in età ormai matura, non si erano sposati. «Capisco.» Chiusi il libro con un colpo secco. «Molto adatto. È tutto qui?»

Amarante era un po' pallida. «Sidonie pensa che sarà meglio se non vi vedrete, almeno per un certo periodo. Con la benedizione di sua madre ha deciso di andare in pellegrinaggio al tempio di Naamah, in Namarre, e di trattenersi là per tre settimane.»

«In cerca di una guida?» domandai freddamente.

«Forse.» La voce di lei era piatta. «Principe Imriel, non stai passando un buon momento, e lo stesso vale per Sidonie. Ha litigato con Alais, che ora è sconvolta, e sa più di quanto potremmo augurarci. Poi c'è la questione di Dorelei, che è palesemente infelice e merita di meglio da noi, me compresa. Credo che questa sia la soluzione migliore. E credo che faresti una cosa saggia se lasciassi la corte, prima del ritorno di Sidonie.»

«Oh, così dice l'oracolo di Naamah!» L'amarezza mi rendeva crudele. «Sai, Amarante, per quanto tu reciti la parte della sacerdotessa e ti compiaccia di fingerti tale con la delfina, sei solo una dama di corte che gode del favore dei reali.»

Lei non reagì come mi aspettavo. «È difficile perdere le abitudini di una vita, mio signore.»

Battei le palpebre, senza capire.

«Tu non lo sai, a quanto pare», disse pigramente Mavros, stravaccato su un divano. «Amarante è stata addestrata fin dalla nascita per essere una sacerdotessa di Naamah, e si presumeva che avrebbe sostituito sua madre. Aveva già servito come accolita e le mancava solo un anno a prendere i voti, quando ha accettato di cambiare vita e diventare una dama di corte.»

«E, tu, come lo sai?» Mi volsi a lei, corrugando la fronte. «Davvero hai fatto questo? Perché?»

«Perché penso che questa sia una cosa più importante», disse.

Mavros schioccò la lingua. «Imri, Imri! Tutti sanno che i sacerdoti e le sacerdotesse di Naamah non possono prendere i voti senza aver trascorso un anno al suo servizio. E *io* lo so perché l'ho chiesto.» Fece un sospiro. «Può raddolcire l'amaro boccone del rifiuto, il sentirsi dire: Oh, mio signore Mavros, se fossi libera dalle grinfie dell'erede del regno, mi dedicherei al servizio di Naamah e tu saresti il mio primo patrono!»

«Tu gli hai detto questo?» domandai ad Amarante, sentendomi stupido.

Lei storse le labbra. «No.»

«Però potrebbe dirmelo. Non sono lontano dal vero», disse Mavros.

Tolsi i suoi piedi dal divano e sedetti. Le mostrai il libro di lettere, scuotendo il capo. «Perché ti presti a fare queste cose? Una dama di corte non è una cameriera.»

«Perché tu mi hai chiesto di aver cura di lei. E ci sto provando», disse sottovoce Amarante.

«E perché tu sei diventato un somaro», aggiunse Mavros. «Ricordami di...»

«Di non innamorarti mai, certo. Non farlo», borbottai.

Amarante sospirò. «Imriel, che tu ci creda o no, io *sto* cercando di aiutarvi. Avete bisogno di tempo per riflettere, entrambi. È necessario che tu abbia maggiore rispetto per il voto matrimoniale che hai fatto, altrimenti ritiralo e fai espiazione.»

«Lo so», dissi. «Lo so, lo so!»

«Allora fallo», disse semplicemente lei.

«Udite, udite», commentò Mavros.

Lo fulminai con lo sguardo. «A te cosa ne viene in tasca?»

«Oh, forse c'è in gioco l'onore di Casa Shahrizai.» Mi diede un calcetto al ginocchio, con uno stivale. «La famiglia è la famiglia. Funziona nei due sensi, cugino. Se tu deciderai di farti crollare sulla testa questa faccenda, molti di noi staranno dalla tua parte. Ma mi sembra che la signora abbia scelto una strada più saggia, e preferirei vedere approvata la sua soluzione, per il bene di tutti.» Si accarezzò il mento. «Ha una volontà d'acciaio la nostra delfina, eh?»

«Così pare», mormorai.

Mavros sogghignò. «Non ti abbattere troppo. Per rimetterti in piedi ti occorre una buona serata alla Corte della Notte. Credimi, ti farà star meglio.» Si alzò e rivolse un inchino ad Amarante. «Grazie, mia signora. Ora ci penso io a lui.»

Amarante corrugò le sopracciglia. «Non lasciare che...»

«Non preoccuparti.» Mavros alzò le mani. «So cosa sto facendo.»

«Va bene.» Lei esitò. «Questa non è stata una scelta facile per Sidonie. Ti prego, non renderla più dura.»

Abbassai lo sguardo sul libro, con una smorfia. «Questo non significa che secondo lei dovremo aspettare vent'anni, spero.»

«Oh, penso che uno sarà sufficiente.» Un insolito accenno di umorismo le scaldò la voce. «Me lo auguro, per l'amore di Naamah!»

Questo mi fece sorridere, malgrado tutto. «Sei così ansiosa di essere liberata dai tuoi doveri di paraninfa, mia signora?»

«No.» Amarante si chinò a baciarmi. «Non proprio.»

Mavros la guardò andar via con le palpebre strette, mordicchiandosi il labbro inferiore. «Per le palle di Elua! Sai, questa ragazza mi piace davvero. Quei capelli, quella bocca. Cosa non darei per vederla in ginocchio, vestita solo di un collare di cuoio, mentre mi succhia il...» Scosse il capo. «Che dannato spreco. Mi chiedo di chi sia stata l'idea di metterla nel letto di Sidonie.»

Avevo mal di capo. «Di Phèdre, credo.»

«Di Phèdre!» Lui mi guardò, stupito.

«Non chiedermi niente, non so niente. Lei ha il genio per queste cose.» Mi misi in una tasca della giacca il libro di lettere. «Vieni, usciamo.»

Fedele alla sua parola, Mavros mi portò a vuotar boccali a Soglia della Notte. Quando disse al postiglione della carrozza di portarci a Casa Valeriana, non obiettai. Nella nebbia del vino e dell'autocompatimento ero pronto per sfogare le mie emozioni represse, e non m'importava più dei miei demoni. Se non potevo avere la persona che volevo, almeno avrei avuto la *cosa* che volevo. Nell'atrio di Casa Valeriana, un po' instabile sulle gambe, dissi al priore ciò che mi serviva.

« No, no. » Mavros scosse il capo. « Non è per questo che siamo qui. »

Lo guardai. « Non è per questo? »

Didier Vascon, il priore, s'inchinò. « Il vostro spettacolo privato vi attende, miei signori. Tutto è stato preparato. »

« Oh », dissi, stupidamente. « E quando hai...? »

Mavros mi batté una mano su una spalla. « Ho i miei sistemi. I piaceri violenti e un cuore irritato sono una miscela letale, cugino mio, e il tuo è ancora troppo irritato. A volte è meglio lasciare che siano gli occhi a nutrirsi, finché il cuore non sia purgato. Così eviterai di fare involontariamente del male. Vieni e guarda. »

Lo seguii, vacillando, mentre il priore ci scortava in silenziosi corridoi. La camera privata in cui fummo introdotti era calda, poco illuminata, adorna di esotici tendaggi. C'erano un paio di divani, di fronte a un piccolo palco dove aspettavano quattro adepti, fermi come statue. Due donne e due uomini. Una coppia era di Casa Valeriana, in ginocchio e a capo chino in posizione *abeyante*. L'altra coppia, coi volti nascosti da maschere domino, era di Casa Mandragola. L'uomo aveva una frusta col manico d'ottone, le cui corde sfioravano uno dei suoi lucidi stivali neri. La donna impugnava una coramella per l'affilatura dei rasoi, di legno rivestito in cuoio. A tratti se la batteva sulla coscia. Ogni volta in cui risuonava quello schiocco, uno degli adepti di Casa Valeriana gemeva.

Mavros si distese su uno dei divani con un sospiro lussurioso, unendo le mani dietro la nuca. « Un paio di servitori », disse a Didier Vascon. « Senza nulla addosso, per favore. Avete ancora quel chiaretto robusto? »

« Naturalmente, mio signore. » Il priore s'inchinò di nuovo e fece un gesto impercettibile.

Apparvero due adepti, nudi e per nulla imbarazzati. Il maschio s'inginocchiò con silenziosa grazia accanto al divano dove sedevo un po' a disagio, e mi offrì un boccale. Teneva gli occhi bassi.

«Grazie», dissi goffamente, accettando il vino.

Lui fece un rapido sorriso.

«Per la barba di Elua!» Mavros mi guardò, spazientito. «*Rilassati*, ti spiace?»

«Ci sto provando.»

E, con mia sorpresa, ci riuscii. Mavros fece un cenno agli adepti sul palco, ed essi diedero il via a una prestazione che non era meno genuina per il semplice fatto di essere recitata. Noi sorseggiammo il robusto chiaretto e guardammo. Guardammo mentre l'adepto di Mandragola manovrava la frusta in un complicato balletto. Guardammo le punte d'ottone baciare la carne della donna di Valeriana, incatenata al muro a gambe aperte. Guardammo l'adepto maschio di Valeriana steso bocconi sopra un barile rovesciato, le mani robuste strette alle caviglie. Le sue natiche diventavano più rosse a ogni colpo della coramella che la dominatrice di Mandragola usava con spietato sadismo, e i suoi lamenti facevano eco ai colpi del cuoio. Poi i due adepti di Mandragola mascherati si scambiarono di posto, e ripresero a darsi da fare come prima.

Il loro era un complicato balletto, con passi di danza e colpi, gemiti e ordini secchi. Mi fece stringere la gola per il desiderio, ed ergere il membro allo spasimo contro la spessa stoffa dei calzoni. Gettai uno sguardo a Mavros. Stava sorridendo di quella scena, a occhi socchiusi. Con una mano accarezzava pigramente i capelli dell'adepta. Lei muoveva la testa su e giù sopra il suo ventre, occupata a lavorare con la bocca.

«Mio signore. Posso compiacerti?» mormorò l'adepto accanto a me.

Mi sentivo abbastanza spudorato. «Perché no? Fai pure.»

«Grazie, mio signore!»

Chiusi gli occhi e le abili dita del ragazzo mi slacciarono i calzoni. Lo sentii ansimare di piacere, e la sua bocca scese intorno al mio membro, abile e vogliosa. Nell'aria risuonavano i colpi della frusta, i tonfi della coramella, grugniti, lamenti, e ogni tanto una risatina sadica. Allontanai i ricordi di Daršanga e pensai ai raggi di sole.

Raggi di sole in una stanza, e lunghi capelli color miele. E orribili, affascinanti cose fatte nel nome dell'amore.

Quando uscimmo, mi sentivo purgato e calmo; più calmo di quanto fossi stato da giorni. Mavros aveva ragione, e fui felice che avesse fatto ciò che aveva fatto, organizzando lo spettacolo invece di lasciarmi indulgere ai miei peggiori desideri. Glielo dissi, mentre il postiglione della carrozza tirava le redini nel cortile del palazzo reale.

«Sì, lo so.» Mavros mi accarezzò una guancia. «Come ho detto alla dannata figlia della sacerdotessa, so quello che faccio, cugino. Almeno, quando si tratta di cose di famiglia.» Mi guardò con affetto, preoccupato. «Elua, sembri sfinito! Fai le mie scuse alla tua signora. E *parla* con lei. Lo farai?»

«Lo farò», promisi, storditamente.

Entrando nel palazzo, misi a tacere con un gesto il valletto che insisteva per farmi scortare da una guardia. C'era silenzio, data l'ora tarda, e ne fui lieto. M'incamminai senza fretta negli ampi corridoi di marmo, sperando che la testa smettesse di girarmi. Quell'insolito silenzio servì allo scopo. Quando arrivai al mio alloggio ero ragionevolmente fermo sulle gambe.

Nell'interno c'era buio. Annaspai col mio acciarino nel tentativo di accendere una lampada, ma non ottenni altro che una pioggia di scintille e rumori inutili. Lasciai perdere, presi una candela di sego nel corridoio esterno e l'accesi a uno dei candelabri a muro, sotto gli occhi divertiti della guardia di servizio. Tornai dentro e andai a lavarmi la faccia in un catino, nel gabinetto privato. L'acqua fresca mi schiarì la mente.

Con la candela in mano raggiunsi la camera da letto. Dapprima mi parve che Dorelei dormisse. Mi chinai davanti al canterano dove tenevo le mie cose, tirai fuori di tasca il libro di lettere d'amore e lo misi nell'ultimo cassetto, sotto un vecchio paio di braghe. Quando tornai verso il letto, sbottonandomi la camicia, vidi che mi guardava.

Vestita di una leggera tunichetta e coi lucidi capelli neri sciolti sulle spalle, si era seduta con le braccia strette intorno alle ginocchia.

«Scusami. Non volevo svegliarti», dissi.

«Non stavo dormendo.»

«Mavros ti manda le sue scuse.» Mi passai una mano tra i capelli. «Non mi ero accorto che fosse così tardi.»

«Dove siete stati?» domandò pacatamente lei.

«Alla Corte della Notte.» Sedetti sul bordo del letto e mi tolsi gli stivali, alla luce della solitaria candela. Sentendo una domanda nel suo silenzio mi voltai ad affrontarla. «Dorelei, mi spiace. Sono stato insensibile e ingiusto. Tu non hai niente di cui rimproverarti.» Visto che non rispondeva, deglutii e decisi di parlare. «Sono innamorato di un'altra persona.»

«Lo so.»

«Lo sai? E come? Forse qualcuno ti...?»

Per un lungo momento non rispose. Infine disse: «L'ho chiesto io. Ad Alais. Sai, capisco bene che il nostro è un matrimonio di convenienza. Non mi aspettavo che mi amassi, e non mi aspettavo che mi fossi fedele. Ma speravo, almeno, che ci sarebbe stata onestà tra noi. All'inizio pensavo che dipendesse da me, che io fossi sgradevole per te».

«Tu non...»

Dorelei alzò una mano a interrompermi. «Ma qualche volta sai essere così piacevole e divertente. Così ho creduto che un po' della tua gentilezza fosse vero. Lei ha detto che hai un cuore buono. Allora ho pensato che la colpa fosse di ciò che hai sofferto, come mi hai detto. Ma mi sembrava sempre che tu avresti preferito essere in un altro posto, con un'altra persona, e ho cominciato a farmi domande. Così l'ho chiesto ad Alais.»

Sentii un brivido freddo nelle vene. «Cosa ti ha detto?»

«È diventata di tutti i colori, e mi ha detto di chiederlo a te. Ma ho preferito non farlo. Volevo vedere se me l'avresti detto tu stesso», disse con calma lei.

«Be', ora te l'ho detto.»

«Ora me l'hai detto.» Nei grandi occhi di Dorelei brillava il riflesso della candela. «Non so chi sia, Imriel, e non te lo chiederò. Credimi, non voglio sapere quale viso vedi quando mi stringi così forte da lasciarmi il segno. Non ti sto chiedendo d'interrompere quel rapporto. Tutto ciò che ti chiedo è di non trattarmi come un'attrice entrata a disturbare la tua tragedia personale, senza averne nessuna colpa.»

«Io non...» Feci per protestare, poi tacqui. «Hai descritto bene la nostra situazione, in effetti.»

«Per favore, non farmi ridere.» Scosse il capo, e vidi che due lacrime stavano tracciando una scia luccicante sulle sue guance olivastre. «Voglio che tu mi tratti come una persona, tutto qui. Che tu veda *me*, e non ciò che non sono. Neppure io ti amo; ti conosco appena. Ma potrei, se tu me lo permettessi.»

Era giusto; era più che giusto.

Mi alzai e le rivolsi un inchino da cortigiano. «Mia lady, sono Imriel de La Courcel nó Montrève. Nella mia vita sono stato molte cose, e di recente ciò che il mio amico Eamonn chiama un dannato bastardo.»

Dorelei sorrise, tra le lacrime. «Lieta di conoscervi, mio lord. Sono Dorelei mab Breidaia. Sono la nipote del *cruarch* di Alba, e di recente vostra moglie. Se voi vorrete, credo che potremo almeno diventare amici.»

«Questo mi piacerebbe.»

I suoi occhi s'illuminarono. «Anche a me.»

Era tardi, e avevo bevuto troppo e mi sentivo stanco. Mi tolsi il resto degli indumenti ed entrai nel letto accanto a lei. Una parte del mio cuore soffriva e desiderava ciò che avevo perso. Una parte era felice che avessimo parlato. Posai la testa sul cuscino, chiusi gli occhi e sentii le dita di Dorelei che mi massaggiavano le tempie. «Vorrei che tu non fossi così bello», sussurrò.

«Anch'io lo vorrei.»

«Oh, che pesante fardello!» disse lei, tra dolce e sarcastica.

Riaprii gli occhi e la guardai. Lei non sapeva, non si rendeva conto che sui lineamenti ereditati da mia madre c'era il continuo ricordo del suo tradimento. Benché non avessi parlato di questo con Sidonie, lei l'aveva capito. Lei sapeva quale volto di donna celasse la tendina di mussola nera, nella Galleria dei Ritratti. Non mi aveva mai detto una parola su quella somiglianza. Sospirai, sapendo che avrei dovuto dirlo a Dorelei ma troppo stanco per farlo. Alzai una mano e le sfiorai con la punta delle dita il tatuaggio di puntini azzurri. Quando mi aveva detto che sapeva tutto, per un momento avevo pensato che l'avesse visto in sogno. Erano accadute cose più strane.

«Hai mai sognato di me? Un sogno veridico?» le domandai.

«Soltanto una volta.»

«Oh?» Chiusi gli occhi, mentre il sonno cominciava a reclamarmi. «Che sogno era?»

«Un sogno che non ho capito. Nessuno lo ha capito. Tu eri solo e in ginocchio sotto un albero spoglio, in una tempesta di neve. Avevi in mano la tua spada, e piangevi.»

«Oh», mormorai, e mi addormentai.

15

Il mattino seguente dormii fino a tardi. Visto lo stato in cui ero rientrato quella notte, Dorelei aveva ordinato alla servitù di non disturbarmi, e quando mi alzai dal letto Sidonie aveva già lasciato la città. Probabilmente fu meglio così, anche se non aver potuto vederla un'ultima volta mi fece soffrire.

Prima che il giorno finisse, tuttavia, compresi che la lontananza aveva anche qualche vantaggio. Sapere che non ci saremmo incontrati all'improvviso in posti inaspettati, sapere che non avremmo dovuto recitare l'odiosa finzione di mostrarci freddamente cordiali in pubblico. Sapere che non c'era modo di organizzare un incontro segreto. Sapere che avevamo messo fine alla tentazione di correre gravi rischi di ogni genere.

Questo non mi piaceva, ma mi facilitava la vita.

Non sapevo bene cos'avrei fatto dopo il suo ritorno. Amarante aveva ragione, naturalmente. Sarebbe stato meglio se avessi trovato il modo di lasciare il palazzo reale. Mi trastullai con l'idea di una vacanza a Montrève, ma il mio cuore si ribellava al pensiero. Quello era un posto speciale, qualcosa di privato. Non ero pronto a condividerlo con Dorelei. Forse, mi dissi, avrei potuto portarla con me in un giro delle mie tenute, che avevo sempre trascurato. Sarebbe stato buona politica visitarle, e in quei luoghi non c'erano ricordi importanti per me.

Be', a parte Lombelon, che però non era più mia. Anche se di certo non avrei incontrato Maslin, laggiù, oh, no. Lui era in Namarre, come vicecomandante della scorta di Sidonie, cosa che non finiva di tormentarmi. Il pensiero di lei, nuda tra le sue braccia, mi faceva salire la bile in gola. Perché quell'individuo le piacesse non riuscivo a capirlo, ma le piaceva.

Avrebbe fatto l'amore con lui, ci avrei scommesso. Era solo questione di quando.

Cercavo di non pensarci.

E, da come si svolsero gli eventi, per una volta gli dei ebbero pietà di me. Pochi giorni dopo la partenza di Sidonie, accadde l'unica cosa che a quel punto poteva sollevarmi dall'abisso della depressione.

Eamonn ritornò.

Si presentò all'ingresso del palazzo, in compagnia della sua sposa skaldi. Non erano pervenute lettere, né una parola di preavviso. Stavo pranzando con Dorelei e Alais quando una guardia sorridente ci portò la notizia. Alais mandò un gridolino.

« Eamonn mac Grainne? Il figlio della lady dei Dalriada? » domandò Dorelei.

« Proprio lui. » Risi, sopraffatto dalla felicità. « Te l'ho detto. È vissuto per un anno a Casa Montrève. Per mesi ho sperato di ricevere un messaggio da lui. L'hai conosciuto? »

Sorrise. « Oh, sì. Anni fa, quand'ero una bambina. Non credo che si ricordi di me. Però io lo ricordo. Era simpatico. »

« Vero. » Mi alzai da tavola e le porsi una mano.

Alais mi stava già tirando per l'altra. « Vieni! Andiamogli incontro. »

Le guardie di palazzo, dopo essersi consultate con qualcuno, li avevano scortati in uno dei salotti della regina. Brigitta girava intorno alla stanza e osservava con cautela l'arredamento lussuoso. Eamonn era voltato verso la porta e dallo stato del suo abbigliamento si sarebbe detto che fosse arrivato dalla Skaldia a piedi. Quando mi vide, la cespugliosa barba rossa che gli copriva il viso si contrasse in un sogghigno. « Imri! » gridò.

Il cuore mi balzò in petto. Non ebbi neppure la voce per rispondere. Mi precipitai ad abbracciarlo e ci scambiammo grandi pacche sulla schiena. Dopo quel lungo abbraccio lui mi scostò da sé, tenendomi per le spalle. « Molto bene, molto bene! *Dagda Mor!* Penserai che sono uscito dal regno dei morti, eh? » disse allegramente.

« Eamonn! » Alais lo abbracciò all'altezza della cintura, poi storse il naso. « Come puzzi. E quanti peli hai sulla faccia. »

Lui rise. « Scusami, giovane altezza. È stato un viaggio lungo. » La scostò gentilmente da sé e s'inchinò. Poi passò alla lingua caerdicci. « Permettimi di presentarti la mia signora moglie, Brigitta dei manni. »

Alais ricordò i suoi doveri di principessa, e si ricompose.

«Conoscerti è un piacere, mia signora. Benvenuta a Città di Elua. Sono Alais de La Courcel.»

«Salve, Brigitta. Come stai?» Le sorrisi. «Si suppone che tu debba inchinarti.»

«Onorata, altezza.» Lei s'inchinò ad Alais, poi guardò di nuovo me. «Imriel. Dimmi, quali sono le forme di rispetto verso le autorità di questo regno?»

Suonava come una delle domande che mastro Piero usava proporci durante le lezioni, a Tiberium, e mi fece ridere. Provvidi io a presentarla a Dorelei, e mi resi conto che loro due non avevano nessuna lingua in comune. Brigitta parlava lo skaldi e il caerdicci, Dorelei il cruithne e l'angeline. Questo mi costrinse a fare la presentazione in due lingue, e loro si scambiarono un goffo inchino.

Tra Dorelei ed Eamonn, tuttavia, non ci furono goffaggini. «La figlioletta di Breidaia! Ma guarda come sei cresciuta. Mi spiace di essermi perso le tue nozze», esclamò, abbracciandola.

Alais li interruppe, impaziente. «Di questo non c'importa. Raccontaci cos'è successo!»

Anch'io non vedevo l'ora di saperlo, ma era chiaro che i due giovani sposi avevano viaggiato a lungo ed erano stanchi. «Che ne pensi di farli ospitare dalla regina? Credo che il principe Eamonn e la sua sposa te ne sarebbero grati», proposi ad Alais.

Lei arrossì ancora. «Oh! Sì, naturalmente.»

Quando Ysandre e Drustan ricevettero i nuovi venuti, Alais aveva chiamato anche il maestro di palazzo, che fu autorizzato a cercare un alloggio per Eamonn e Brigitta e mandò subito un servo a preparare l'acqua per il bagno. Il funzionario s'informò su dove fossero i loro bagagli, e venimmo a sapere che i due giovani sposi erano arrivati solo con ciò che avevano addosso.

«Nel nome di Elua! L'ultima volta in cui qualcuno è emerso dalla Skaldia e si è presentato alla mia porta con questo aspetto...» mormorò la regina, divertita. Scosse il capo, e seppi che stava pensando a Phèdre e Joscelin, fuggiti dalla schiavitù per avvertirla dell'invasione degli skaldi.

Fui lieto che Brigitta non cogliesse quell'allusione. A lei gli angeline non erano simpatici.

«Oh, siamo stati rapinati. Ma l'importante è essere qui», spiegò allegramente Eamonn.

Un'ora dopo, nel nostro appartamento, ci sedemmo a tavola per proseguire il pranzo interrotto e potemmo sentire il racconto delle loro peripezie. La regina e il *cruarch* non erano potuti intervenire, ma avevo mandato un valletto alla nostra casa di città per invitare Phèdre e Joscelin. Durante la sua lunga permanenza a Montrève entrambi si erano affezionati a Eamonn, che li ricambiava di tutto cuore. Quando Phèdre arrivò, lui la abbracciò con tanto entusiasmo da sollevarla dal suolo, e la rimise giù solo per stringere energicamente la mano a Joscelin.

«Lady Phèdre, messer Joscelin, permettetemi di presentarvi la mia sposa, Brigitta dei manni», disse. Poi si volse alla moglie. «È stata lady Phèdre a insegnarmi la lingua caerdicci. E messer Joscelin mi ha dimostrato che con la spada in mano non ero bravo come credevo.»

«Lieta di conoscervi, mia signora», disse cortesemente Phèdre a Brigitta, in perfetto skaldi. «Siamo molto felici che il principe Eamonn sia tornato sano e salvo, e che vi abbia portato con sé.»

Brigitta annuì educatamente, osservando con attenzione sia lei sia Joscelin, che era armato dei suoi pugnali cassiliani e con la spada di traverso dietro la schiena. Non potei fare a meno di pensare a Erich, il giovane skaldi della zenana. Anche a lui Phèdre si era rivolta nella sua lingua natale. E, benché nessuno gli avesse mai detto chi era Phèdre, lui l'aveva saputo, fin dall'inizio. L'aveva riconosciuta dal nome e dalla macchia scarlatta nell'occhio sinistro. E le uniche parole che ero riuscito a strappargli su quell'argomento erano state: *Gli sconfitti non dimenticano mai.* Si riferiva a fatti accaduti quando lui aveva sei anni. Non ero ancora stato concepito. E neppure Brigitta, ma lei era cresciuta sentendo raccontare le stesse storie.

«Eamonn, per caso hai detto a Brigitta *chi* sono di preciso Phèdre e Joscelin, e ciò che è accaduto tra loro e un certo signore della guerra skaldi?» gli domandai, in angeline.

«Be', naturalmente!» Lui batté le palpebre. «Oh, quella storia. No.»

Sospirai. Ovunque mi voltassi, sembrava che fossi assediato

dal passato. Eroismi da una parte, tradimenti dall'altra. «Oh, all'inferno! Non importa. Raccontaci quello che vi è successo, vuoi?»

«Posso mangiare, prima? Sto morendo di fame», disse lui senza mezzi termini. Tra un boccone e l'altro di arrosto in salsa piccante e pane, ci raccontò la maggior parte della storia. Poiché Eamonn era Eamonn, la mise sul comico, anche se ben poche delle sue peripezie lo erano state. Munito della mappa che Brigitta aveva fatto in tempo a disegnare per lui, prima di essere rapita dagli uomini di suo fratello a Tiberium e riportata in Skaldia, e di altre mappe prelevate dagli archivi dell'università, era andato in cerca dello *steading* del padre di lei fra le tribù dei manni, nella Skaldia meridionale. «E ci sono arrivato vicino», disse, masticando un altro boccone di pane.

Eamonn stava narrando la storia in caerdicci, e io la traducevo per Dorelei. «Hai incontrato qualche... ostilità?» gli domandai.

Lui scosse il capo, a bocca piena.

Fu Brigitta a rispondere. «Dopo aver passato il confine della Skaldia, Eamonn ha raccontato alla gente che incontrava di essere un contadino skaldi, rapito da bambino dai caerdicci e cresciuto in schiavitù a Tiberium.» Sembrava fiera che lui avesse cercato di farsi credere un suo connazionale. «Lui può passare per uno skaldi, sapete. Ne ha tutto l'aspetto.»

Dorelei, che seguiva la mia traduzione, annuì. «Hanno lontane origini in comune.»

Le sorrisi. «Lo so. La *ollamh* ce ne ha parlato molto.»

Lei rise di quella sua risata contagiosa, che culminava con un gorgheggio. Tempo addietro m'irritava, quando Sidonie era a palazzo. Ora non fece che sfumare di malinconia il mio sorriso.

Colsi lo sguardo di Eamonn su di me, penetrante e interrogativo. Lui deglutì il boccone. «In ogni modo, sono stato sorpreso da una bufera di neve prima di raggiungere lo *steading*. Alcuni *thane* di Hallgrim, il padre di Brigitta, mi hanno trovato, e a *loro* non potevo mentire altrettanto facilmente. Brigitta li aveva avvertiti di non illudersi, che sarei venuto a cercarla.» Eamonn proseguì narrando di quando lo avevano portato allo *steading*, dove si era presentato come il marito di Brigitta. Il padre e il fratello di lei si erano rifiutati di riconoscerlo come tale, e non avevano voluto credere neppure che fosse un principe dei dalriada. La madre era stata invece più circospetta, consapevole del *torque* d'oro che lui portava intorno al collo e degli interessi politici. Erano giunti a un compromesso.

«Ha accettato di servire come *carl* finché mio padre non avesse cambiato idea», ci disse Brigitta.

«*Dagda Mor!*» Eamonn ridacchiò. «Giuro che quell'uomo ha riservato a me i lavori più duri che ci fossero. Non credo che ci sia rimasto qualcosa da fare all'aperto per qualcun altro, durante l'inverno, e dopo una settimana avevo già le mani spaccate e sanguinanti. Ma ho resistito sino alla primavera.»

Phèdre e Joscelin si scambiarono un'occhiata, probabilmente ripensando ai loro giorni in Skaldia.

«Quant'è romantico!» Alais batté le mani, eccitata. «E come ti sei accorto che suo padre aveva cambiato idea?»

«Oh, sapevo che sarebbe successo.» Eamonn sorrise a Brigitta. «Succede sempre, quando un uomo ha una moglie testarda e una figlia più testarda ancora. Questa primavera, Hallgrim ha deciso di riconoscermi come genero e lasciar partire Brigitta con me, se non altro per ritrovare un po' di pace in casa. Ma è stato allora che suo fratello Leidolf ha puntato i piedi e mi ha sfidato all'*holmgang*. Voi sapete di cosa parlo, Joscelin, vero?»

Ci fu un momento d'imbarazzato silenzio.

«Sì», disse con calma Joscelin. Si voltò verso Brigitta, che aveva stretto le palpebre. «Ho combattuto due volte nell'*holmgang*. La seconda è stata contro Waldemar Selig. Era un grande guerriero.»

«Un grande *uomo*», lo corresse rigidamente lei.

Eamonn sospirò. «Brigitta...»

«Non c'è problema.» Phèdre si sporse sulla tavola e toccò una mano della giovane donna. «Bambina, tu hai studiato. Sai che è meglio separare la realtà dalla leggenda, vero? Waldemar Selig *è stato* un grand'uomo in molte cose. In altre no. Tu, per esempio, hai scelto una strada che permetterà alla tua gente di vivere più felice, solo che la tua è una strada lastricata con l'amore. Credo che sia la migliore. Ma, una volta che ti sei incamminata su di essa, devi accettare ciò che verrà, compresi i nuovi amici che un tempo erano vostri nemici. Sicuramente hai compreso che sarebbe stato così, quando hai accettato di sposare il figlio della lady dei dalriada.»

Brigitta parve sorpresa. Mi chiesi se sapesse che Selig aveva cercato di spellare viva Phèdre sul campo di battaglia. Per qualche motivo dubitavo che quella storia fosse stata raccontata, in Skaldia. Disse qualcosa a Phèdre con voce così bassa che me lo persi, e non potei tradurlo a Dorelei.

«Così tu hai sconfitto Leidolf nell'*holmgang*?» domandò Joscelin, per indurre Eamonn a continuare.

Lui spalancò gli occhi. «Se l'ho sconfitto? Oh, sì, naturalmente.»

Non mi ero lasciato ingannare dalla finta indifferenza con cui Eamonn aveva spostato il discorso al punto in cui sarebbe stato inevitabile parlare del passato di Phèdre e Joscelin. Spesso si gettava nelle cose a capofitto, ma era molto più sottile di quello che sembrava. Aveva voluto affrontare l'argomento. Con Brigitta quieta e pensosa accanto a sé, raccontò il resto della storia. Disse di quand'erano partiti dallo *steading* del padre di lei, lasciandogli il suo *torque* d'oro come pegno e con la promessa di mandargli altri generosi regali dopo il suo arrivo in Alba. E di quand'erano stati aggrediti da una banda di ladroni presso il confine, e rapinati. Lui aveva difeso Brigitta con la spada, ed era riuscito a tenerli lontani, ma avevano perduto tutto, cavalli, rifornimenti e denaro. Per quasi una settimana avevano patito la fame, costretti a viaggiare a piedi e mendicare. «Per fortuna abbiamo incontrato una carovana di mercanti, diretta alla costa di Caerdicca Unitas. E sono riuscito a farmi assumere da loro come mercenario, fino all'arrivo a Giaco», disse allegramente.

Nella città costiera di Giaco, i due avevano trovato numerose navi mercantili angeline. Come risultò dal racconto di Eamonn, suo padre, l'ammiraglio reale Quintilius Rousse, aveva ricevuto la lettera che lui mi aveva incaricato di fargli avere, e che prima della fine dell'autunno avevo affidato alla lady di Marsilikos. Benché fosse un padre piuttosto assente, Quintilius Rousse era un uomo generoso, e così aveva sparso la voce nella comunità marinaresca angeline affinché chi avesse rintracciato il suo vagabondo figlio eirano gli desse tutto l'aiuto possibile. Eamonn e Brigitta erano partiti a bordo di una nave mercantile diretta alla foce del fiume Aviline, proseguendo poi su un'altra imbarcazione fino a Città di Elua. « Ed eccoci qui! » concluse Eamonn, allargando le braccia.

Scossi il capo. « Ah, Principe Barbarus. Vorrei essere venuto con te. »

Lui mi sorrise. « Se ci fossi stato tu avremmo battuto quei dannati briganti, Imri. Ma non sono sicuro che Hallgrim sarebbe stato così accomodante. E, inoltre, non avresti potuto partecipare alle tue stesse nozze. »

Non potei dirgli quanto l'avrei preferito, non in presenza di Dorelei. E sicuramente non potevo parlargli di ciò che mi era successo tra il ritorno in patria e il matrimonio. Questo avrebbe dovuto aspettare. « Mi sei mancato », dissi sottovoce.

« Oh, scommetto che sei stato felicemente occupato anche senza di me. » Fece l'occhiolino a Dorelei. « Almeno, lo *spero.* »

Lei sorrise educatamente, pur senza aver capito. Stavolta non tradussi.

Eamonn notò anche questo.

Trascorsero diversi giorni prima che avessi modo di parlare con lui in privato. I due sposi erano arrivati a Città di Elua senza nulla, a parte ciò che avevano in tasca, e poiché erano ansiosi di partire al più presto per Alba avevano molto da fare, se non volevano viaggiare come mendicanti. Ysandre era generosa nella sua ospitalità, e insisté che i sarti di palazzo li fornissero di tutto il necessario. Consegnai a Eamonn una somma di denaro, che lui accettò con riluttanza e solo dopo che gliel'ebbi presentata come il regalo di nozze che a Lucca non avevo potuto fargli.

Per la maggior parte del giorno, lui e Brigitta erano inseparabili. Sapevo che a Terre D'Ange lei si trovava a disagio, e a dir la verità non potevo darle tutti i torti. A molti cortigiani non piaceva sentire un accento skaldi nei corridoi del palazzo, e non lo nascondevano affatto.

Eamonn, cui la corte angeline era sempre importata poco, faceva del suo meglio per cancellare il cipiglio dal viso di Brigitta con la sua presenza costante, ridanciana e scherzosa, destando spesso la perplessità di chi li vedeva passare.

«Che coppia singolare sono!» commentò Dorelei, mentre eravamo soli. «Tuttavia sembra che siano molto innamorati.»

«Il Principe Barbarus e il suo scudo in gonnella. È così che li chiamava il nostro amico Lucius», dissi.

«La madre di lui era una valorosa guerriera, in gioventù. Sai, mi piacerebbe parlare con lei.»

«Con lady Grainne?»

Dorelei scosse il capo. «Con Brigitta. Dev'essere brutto sentirsi una straniera in un mondo così lontano da casa. Io la capisco, un po'. Anche se...» Non finì quel pensiero. «Alais ha ragione, è molto romantico.»

«Alais voleva sposare Eamonn, quando aveva tredici anni», le rivelai.

Dorelei sorrise. «Davvero? Che quadretto avrebbero fatto. Ma posso capire perché le sarebbe piaciuto.»

Avevo conosciuto poche donne capaci di resistere al fascino di Eamonn. Be', salvo forse Sidonie. *È una vera sgualdrina,* aveva detto Eamonn di lei dopo il loro primo incontro. E una volta avevo chiesto a lei perché il nostro ospite eirano non le piacesse. Mi aveva guardato, perplessa. *Mi piace, Imriel. Solo che è rumoroso come l'inferno!* Quelle parole, forse un po' ingiuste ma vere, mi avevano fatto ridere.

Elua, quanto mi mancava.

Guardai la mia sposa. «Sai, quando mi hai parlato del tuo sogno, il mattino dopo ho pensato a Eamonn. Mi sono detto che forse riguardava lui.»

«La bufera di neve?»

«Mm-mmm.»

«No.» Dorelei tacque un momento. «No, non credo.»

«Già. Così parrebbe, visto che ora lui è qui.» Le passai le dita tra i capelli, fini e neri, desiderando che fossero color miele. «E se ti offrissi d'insegnare a Brigitta la lingua cruithne, con l'aiuto di Alais? Eamonn ci sta provando, ma come insegnante non vale niente. È impaziente, e la fa confondere.»

Lei batté le palpebre. «Non parlo caerdicci.»

«Alais sì. E tu potresti approfittarne per imparare qualche parola. In ogni modo, credo che Brigitta apprezzerebbe il favore. Lei partirebbe anche domattina, ma resteranno qui un'altra settimana nella speranza di avere notizie del padre di Eamonn. Può bastare per insegnarle i primi rudimenti.»

«È un pensiero generoso.» Dorelei soppesò l'idea. «Parlerò con Alais.»

Le sorrisi. «Oh, bene.»

In effetti l'idea *era* buona. Alais si associò subito con entusiasmo, e Brigitta accettò l'offerta con sincera gratitudine, ben consapevole che una volta giunta in Alba rischiava di essere praticamente incapace di comunicare. Alais era intelligente e paziente, e senza dubbio sarebbe stata una buona insegnante. Questo si rivelò vero, e la gentilezza di Dorelei fu preziosa quanto la sua conoscenza della lingua.

Ne fui soddisfatto, perché avevo un motivo egoista.

Questo mi diede la possibilità di parlare con Eamonn.

Quando fu il momento, però, trovai in me una strana riluttanza. Non potevo fare a meno di chiedermi se fosse stato con manovre di quel genere che mia madre aveva reclutato i suoi alleati di molti complotti: realizzando i loro desideri e le loro necessità, fino al momento in cui non le erano più utili e se ne disfaceva. Sospettavo che fosse così. Ma i miei scopi, almeno, erano semplici e non troppo malvagi. Volevo soltanto la possibilità di alleggerirmi il cuore parlando col mio più caro amico.

Tuttavia...

Così facendo, lo avrei caricato di un fardello. E poi non potevo dimenticare la sua esclamazione di piacere alla vista di Dorelei, e il loro abbraccio affettuoso. Questo poteva sommarsi alla sua opinione negativa di Sidonie, e dovetti chiedermi se non sarebbe stato meglio tacere. Non m'importava quand'era Mavros a parlar male di lei; c'ero abituato, e lui si era dimostrato un amico per entrambi in più di una circostanza. Ciò che non sapevo era se avrei potuto sopportare la stessa cosa da parte di Eamonn.

Andammo a Soglia della Notte per ritrovare lo spirito dei vecchi tempi. Oltre un anno addietro, prima che Eamonn partisse per Tiberium, trascorrevamo là molte ore chiacchierando davanti a un boccale. Le serve di Naamah frequentavano anche quei locali, per servire chi non poteva permettersi la Corte della

Notte. Alcune facce conosciute, vedendoci passare, gridarono saluti e inviti a Eamonn, che si limitò a scuotere il capo con un sorriso.

C'erano anche facce nuove. Mi chiesi quanti di loro fossero sacerdoti e sacerdotesse in addestramento, nel periodo in cui era concesso loro un anno prima di prendere i voti. Cercai di figurarmi Amarante tra loro e mi accorsi che trovavo quell'immagine inquietante e allo stesso tempo eccitante. Fui lieto che non avesse nessuna fretta di lasciare il fianco di Sidonie. Un porto sicuro, sì, era davvero questo per lei.

Anche al Galletto fummo accolti con calore. Mi sembrava trascorsa un'eternità dall'ultima volta in cui avevo visto Eamonn sedersi di fronte a me, sistemando le sue lunghe gambe sotto il tavolo. Bevve un lungo sorso di birra schiumosa e schioccò le labbra. « Ah, così va bene! » sospirò. « È bello essere qui, Imri. A palazzo mi sentivo soffocare. »

« Conosco quella sensazione », mormorai.

« Oh, sul serio? » Mi scrutò e bevve ancora. « Ti va di raccontarmi perché? »

Scrollai le spalle. « A che scopo? Tanto, non c'è niente da fare. »

Depose il boccale. « Imri, Imri. Abbiamo già giocato a questo gioco a Tiberium. Non me la prendevo allora, e non me la prendo adesso. Ti conosco, te, le tue rimuginazioni e i tuoi segreti. Perciò, sentiamo: quale nuova Claudia Fulvia sta gettando un'ombra sul tuo matrimonio? »

« Sai una cosa? È proprio buffo. » Giocherellai con le monete che il garzone aveva lasciato sul tavolo, di resto. « Ho avuto una conversazione con Joscelin proprio su questo argomento, a questo stesso tavolo. » Sorrisi. « Ha detto che lui e Phèdre avevano tirato la paglia più corta, per decidere chi dovesse ascoltare le mie confessioni, e che lui aveva perso. »

« Divertente. » Eamonn non si lasciò distrarre. « Chi è lei? »

Una delle monete era un vecchio centesimo d'argento, lucidato da molte dita. Doveva risalire ai primi anni del regno di Ysandre. Studiai il suo profilo giovanile. Pur consunto com'era conservava ancora una somiglianza con la sua primogenita.

«Eamonn, se te lo dico mi farai la cortesia di non metterti a ridere?»

«Naturalmente.»

Presi la moneta per il bordo e la feci girare su se stessa come una trottola. «Sua figlia.»

Eamonn batté le palpebre. La moneta smise di girare e ricadde su una faccia. Lui la fissò per qualche momento. Aprì e chiuse la bocca più volte, poi si schiarì la gola e si umettò le labbra. «Sai, per qualche ragione non mi sembra per nulla divertente come avrei creduto», disse sottovoce.

Sorrisi aspramente. «Grazie.»

«Ma come?» domandò lui. «E *perché*?»

Gli raccontai com'era cominciato tutto: la caccia al cinghiale dell'estate precedente, la Notte più Lunga, e la relazione che era nata, con tutti i suoi pericoli.

Eamonn ascoltò senza fare commenti. «Dorelei lo sa?»

«Sì e no.» Bevvi un sorso di birra. «Sa che c'è un'altra. Non ha voluto sapere chi.»

«Come diavolo pensi di cavartela?» Scosse il capo, perplesso. «Giuro, Imriel, tu riesci a intrigarti nelle situazioni più insolubili!»

«Oh, e questo lo dice l'uomo che ha vissuto un inverno da schiavo per conquistarsi una sposa dolce quanto un'ortica!»

Eamonn sogghignò e ordinò dell'altra birra. «Non è un'ortica con *me*. Be', non più. Non tutto il tempo.» Frugò nella borsa in cerca di qualche moneta per pagare il garzone e attese che si allontanasse. «Allora, sentiamo, Imri. Com'è lei? Una Claudia o una Helena?»

Lo guardai, senza capire.

«Una dissoluta che vuoi scannare, o un'innocentina che vuoi proteggere? Oh, andiamo! Ti sei scaraventato nel letto di Claudia senza pensarci un istante, e hai mozzato la mano con cui il duca di Valpetra teneva Helena senza neppure conoscerla. Sicuramente avrai notato se eri più attratto dall'una oppure dall'altra.»

«In effetti...» Ci pensai un momento e sorrisi. «Da tutte e due.»

« Amico, tu *sei* in un guaio. » Eamonn inarcò un sopracciglio. « Cos'hai intenzione di fare? »

« Spero che ci passi. » Scrollai le spalle. « Entrambi lo speriamo. »

« È per questo che Sidonie è andata al tempio di Naamah? Per restarti lontana? »

Annuii. « Era difficile vivere assieme sotto lo stesso tetto. »

Eamonn mi guardò, dubbioso. « Non ti sto prendendo in giro, Imri, ma se sperate che vi passi stando lontani non sapete niente dell'amore. Cosa farai quando lei tornerà? »

Scossi il capo. « Non lo so. Stavo pensando di portare Dorelei a fare un giro delle mie tenute, nel Nord... non lo so. Non ho deciso. Poi sei arrivato tu, e non ho ancora potuto pensare a qualche piano. »

« Ho un'idea. Venite con me », disse lentamente lui.

Lo guardai. « In Alba? Adesso? »

« Perché no? Sarò felice di averti con me. E a Brigitta non importa. Dorelei le piace abbastanza. Così potrete presentare i vostri omaggi a mia madre prima del vostro rito nuziale albano. Senza dubbio la signora dei dalriada non merita di meno, da un principe angeline. Dopotutto suo fratello, da cui ho preso il nome, è morto combattendo in difesa di Terre D'Ange. »

« Sì, lo so », dissi, distrattamente. « Lei ha riportato a casa la sua testa in una borsa. »

Eamonn annuì. « Sì. È sepolta sulla cima di un tumulo, a Innisclan. Purtroppo non è riuscita ad avere la testa dell'uomo che lo ha ucciso, per seppellirla ai piedi del tumulo. Questo l'avrebbe aiutato a riposare meglio. Ma tu potrai fare un'offerta, là. Sarebbe un bel gesto. »

« La regina non accetterà che io... be', sì, potrebbe. »

« Quello è un debito d'onore », disse lui con serietà. « *Lei* non si è mai degnata di fare una visita. Quale migliore opportunità che mandare te, la tua sposa, e un nutrito contingente di armati per scortare a casa il figlio della signora? »

Quando me l'aveva proposto mi era sembrato una sciocca avventura, ma più ci pensavo e più lo trovavo sensato. Eamonn aveva ragione, Terre D'Ange aveva un debito coi dalriada, e il suo arrivo offriva una perfetta opportunità di onorarlo. Dorelei e io dovevamo comunque trasferirci in Alba. I pari del regno avevano assistito alle nostre nozze, e ora potevano star certi che la linea di successione in Alba non sarebbe appartenuta del tutto ai cruithne, garantendo così l'influenza di Terre D'Ange. Non c'era bisogno d'altro.

Era un'idea sensata, molto sensata. Il mio cuore si ribellava a essa... ah, Elua! Non avevo nessuna voglia di lasciare la terra angeline prima del necessario, ma si doveva fare qualcosa. Forse con lo Stretto a separarci Sidonie e io avremmo sentito raffreddare e morire la nostra infatuazione.

Sperai che sarebbe andata così, e nello stesso tempo pregai di no. « D'accordo, allora. » Alzai il boccale. « Ai dalriada! »

16

Quando esposi quel progetto a Phèdre, la vidi impallidire.

«Che c'è? Non credi che sia una buona idea?» domandai.

«No, non è questo.» Lei sorrise, tristemente. «Anzi, sono d'accordo. È un'ottima soluzione. Temo di essere un po' egoista, tutto qui. Non mi aspettavo di perderti così presto.»

«Lo so. Detesto doverlo fare, ma...»

Lei scosse il capo. «No, no. Hai ragione. È la cosa migliore.»

Joscelin, occupato ad affilare un coltello da cucina di Eugènie, saggiò la lama con un pollice e imprecò sottovoce, accorgendosi che tagliava più del previsto. «Elua! Non capisco perché debbano essere così taglienti questi coltelli. A che servono, comunque?»

«A tagliare la carne proprio come i tuoi, amore. Solo, quella che ci mangiamo a tavola.» Phèdre gli passò un fazzoletto di seta. «Ecco.»

Lui se l'avvolse intorno al pollice sanguinante. «Perché non andiamo con loro?»

«In Alba?» Il viso di Phèdre riprese colore. «Tu e io?»

Joscelin le fece il suo mezzo sorriso. «Avevamo già deciso di andare per le nozze albane, comunque. È solo un paio di mesi in anticipo, e credo che ti piacerebbe prestare i tuoi rispetti a lady Grainne. Inoltre, Ysandre potrebbe approvare che sia presente anche il campione della regina.»

«E Hyacinthe?» Gli occhi di Phèdre brillavano.

«Sì, anche quel dannato tsingano.» Joscelin la prese per la vita e la baciò. «Esattamente, quanto prevedi che sarai rispettosa con quella signora?»

Lei rise e lo baciò ancora, senza rispondere.

Anch'io stavo sorridendo. Non credo che qualcun altro avrebbe osato chiamare il Signore dello Stretto «quel dannato tsingano». Ma Joscelin ne aveva il diritto. Lui e Hyacinthe si erano conosciuti molto tempo prima, quando Phèdre era già molto amica del giovane tsingano. Forse un pezzo del suo cuore era ancora riservato a lui. Questo tuttavia non sembrava preoccupare Joscelin. Non avevo mai capito perché i sentimenti che lei provava per alcuni suoi vecchi patroni gli dessero fastidio, e altri no. Forse ora lo comprendevo meglio.

Tutto sommato, il progetto di Eamonn fu ben accolto. Dorelei lo approvò subito, illuminandosi in viso al punto di farmi sentire in colpa, perché guardandola mi ero reso conto di non averla mai vista davvero felice. Decidemmo così di chiedere udienza tutti assieme alla regina e al *cruarch* per presentare la nostra proposta.

Dall'espressione con cui Drustan la accolse, mi parve che fosse d'accordo. Ysandre appoggiò il mento su una mano e ci scrutò a lungo, riflettendo. Il suo sguardo era concentrato soprattutto su Phèdre e Joscelin. «Sapete, è strano pensare a tutti i pericoli che voi avete affrontato, e da quanto tempo siete tra i miei consiglieri più fidati», mormorò infine.

Joscelin sorrise. «Voi avete corso rischi ancor maggiori fidandovi di noi, maestà.»

«Vero.» Ysandre guardò Eamonn, Brigitta, Dorelei e me. «Elua! Quando penso che eravamo poco più anziani di questi ragazzi, quando gli skal...» Si trattenne, memore della presenza di Brigitta. «E va bene. Ma, se dovete farlo, lo farete nel modo più giusto. Dovrò trovare un dono adeguato, e il mio signore Drustan avrà bisogno di consultarsi con Ghislain nó Trevalion circa la scorta di guardie albane e angeline. Resterete qui un'altra settimana.»

Eamonn s'inchinò. «Maestà, noi avevamo pensato di partire tra due giorni...»

Ysandre alzò una mano. «Ah, no! Tu hai reso chiaro che sono stata negligente, e ora non voglio agire in modo precipitoso. Perché tanta fretta? Potresti ricevere notizie di tuo padre.» Si raddrizzò, con un sorriso. «Inoltre, Sidonie tornerà tra qualche giorno. Sarà bello avere tutti i membri di Casa Courcel sotto lo stesso tetto un'ultima volta, prima che vi disperdiate.»

«Sono d'accordo su ogni parola. Che le cose siano fatte bene, o niente», disse Drustan, in un tono che non ammetteva repliche.

Così fu deciso.

Nei giorni seguenti si scelsero i cinquanta uomini della scorta armata: trenta angeline e venti cruithne. Benché Drustan non potesse separarsi dalle sue guardie più fidate, accettò che la compagnia fosse posta sotto il comando di Urist, uno degli albani più esperti. Furono preparati i rifornimenti e un messaggero partì per la costa di Azzalle, con l'incarico di organizzare il trasporto via mare attraverso lo Stretto.

La regina Ysandre e Phèdre trascorsero ore su una lista dei contenuti della tesoreria reale a riflettere sui doni più adatti, con l'aiuto di Eamonn, che trovò la cosa più interessante del previsto.

Brigitta si applicò alacremente allo studio del cruithne e dell'eirano assistita da Dorelei e Alais, che era l'unica persona resa infelice dal nostro piano. Alais aveva supplicato sua madre e suo padre di lasciarla venire con noi, ma il permesso le era stato rifiutato.

Un corriere veloce mandato dalla lady di Marsilikos portò una malridotta borsa impermeabile contenente una lettera dell'ammiraglio reale Quintilius Rousse, che prometteva di far visita a suo figlio e alla moglie di lui in Alba, purché la regina non avesse altri incarichi da affidargli. Ysandre vergò una rapida risposta dandogli il suo consenso, e il corriere galoppò via su un cavallo fresco per non perdere la nave su cui sarebbe partita la posta per l'ammiraglio.

E Sidonie ritornò.

Per colmo di sfortuna ero ancora lì al suo arrivo, benché avessi progettato di non farmi trovare. La sua carrozza era stata vista sulla strada che conduceva a una delle porte delle mura, e quando la notizia la precedette a palazzo decisi di raggiungere Mavros e altri miei parenti Shahrizai a un casotto mezza lega fuori città, dove c'era in programma una caccia col falco. Ma il valletto che avevo mandato alla scuderia tornò a dirmi che gli stallieri avevano delle difficoltà col Bastardo, che sembrava molto nervoso, e dovetti aspettare.

Stavo andando avanti e indietro nel cortile anteriore, sempre più impaziente e ansioso, quando il gruppo entrò dal cancello. Era una bella giornata, luminosa e serena. Vidi Sidonie prima che lei si accorgesse di me. Aveva lasciato la carrozza alle sue cameriere, e cavalcava accanto al veicolo, con la gonna drappeggiata sul dorso del cavallo. Il sole dava riflessi d'oro ai suoi capelli di miele, intrecciati in una coroncina. Era voltata con aria calma e composta verso Amarante, che cavalcava accanto a lei, e il suo candido collo aveva una linea elegante, sensuale. Ah, Elua, niente in lei era cambiato.

Avevo la bocca arida.

E il cuore di piombo.

Non dissi una parola, ma Sidonie si voltò come se l'avessi chiamata. Se fu sorpresa di vedermi, non lo diede a vedere. Non mutò espressione, ma nei suoi occhi qualcosa si fece più profondo, qualcosa che solo io potevo vedere. M'inchinai e andai a tenerle ferma la staffa di sinistra. Gli zoccoli dei cavalli delle sue guardie rumoreggiarono sul selciato, intorno a noi, guidate da Maslin.

«Imriel.» Sidonie smontò, consentendomi di aiutarla. «Grazie.»

«Bentornata a casa, altezza», dissi, in tono discorsivo. Portava gli orecchini che le avevo regalato io. «Spero che il tuo pellegrinaggio sia stato fruttuoso.»

Fece un sorriso triste. «Sì.»

Le sue mani erano ancora tra le mie. Avrei potuto restare lì per sempre, stringendole; avrei potuto ascoltare la sua voce pronunciare il mio nome mille volte. Col polpastrello del pollice destro sentii accelerare le pulsazioni sul suo polso. «Ci sono novità. Eamonn è tornato.»

«Oh?» I suoi occhi neri cercarono i miei. «Sono lieta di saperlo.»

«Io...» Deglutii. «Partirò con lui, fra tre giorni.»

Sidonie trasse un respiro lento e profondo, controllandosi. Le sue dita strinsero le mie. «Bene, allora. Mi fa piacere essere tornata in tempo per salutarti.»

«Fa piacere anche a me.» Cominciavo ad avere la voce roca.

In quel momento il garzone di scuderia che stava portando il

Bastardo in cortile lanciò un grido d'allarme. Innervosito dall'improvvisa vista degli altri quadrupedi lo stallone si era impennato e scalpitava, cercando di sfuggirgli di mano. Le guardie di Maslin imprecarono, mentre anche le loro cavalcature reagivano. Lasciai le mani di Sidonie e corsi ad afferrare le redini. Il Bastardo mi fissò come se non fosse affatto felice di vedermi, ma sostenni il suo sguardo e lui si placò. Montai in sella e gli feci voltare la testa verso il cancello.

Maslin mi bloccò la strada.

Il Bastardo scalpitò ancora quando tirai con forza le redini. Maslin era smontato e non diede nessun segno di paura. Allargò le braccia in un gesto che intimidì il mio cavallo e lo fece sbuffare. «Tu non m'inganni, principino», disse, con un lampo negli occhi neri. «Voglio solo che tu lo sappia.»

Tenni il Bastardo sotto controllo e mi piegai verso di lui. «Qual è il problema, Maslin? Non hai avuto ciò che speravi?»

I muscoli del suo bel viso s'indurirono. Chiuse gli occhi, e per un attimo mi apparve stranamente vulnerabile. Biondo com'era, aveva ciglia molto scure. Vidi torcersi dentro di lui le linee dell'orgoglio, della rabbia, del desiderio, dell'ostilità. Un tempo avevo sperato che mi fosse amico. Per alcuni battiti di cuore il dono di Kushiel mi consentì di scorgere in lui ciò che piaceva a Sidonie: un potente miscuglio di furiosa onestà e brucianti aspirazioni.

Era snervante continuare a trovare quei sentimenti nel suo animo.

«Vai.» Lui si scostò. «Prima andrai via, meglio sarà.»

Scossi il capo. «Maslin... dovrà essere sempre così?»

«Sì.» Il suo sguardo si spostò dietro di me.

Mi voltai, sulla sella. Sidonie stava salendo la breve scalinata del palazzo, con un braccio di Amarante intorno alla vita. Porto sicuro. Sospirai. «Bene. Torna ai tuoi doveri.»

«Sono sempre consapevole dei miei doveri, *principe* Imriel. Tu puoi dire lo stesso?» replicò acidamente lui.

«Che tu ci creda o no, ci sto provando», risposi.

Sulla strada fuori città, mentre andavo al casotto di caccia, le emozioni che nel cortile del palazzo mi avevano trasformato in un fascio di nervi si placarono, lasciando il posto a una profonda tristezza. Fu un sollievo trascorrere un po' di tempo coi miei parenti Shahrizai, soprattutto con Mavros. Ero abituato a considerare Eamonn il mio migliore amico, ma mi ero avvicinato molto a Mavros. Avrei sentito la sua mancanza.

Nel prato dietro il casotto di caccia gli dissi dell'incontro nel cortile.

Lui scosse il capo. «Per le palle di Elua! Cosa ti è venuto in mente di regalargli Lombelon? Se tu non l'avessi fatto, lui sarebbe ancora a spalare letame tra gli orti, invece che qui a cercare la strada per il letto dell'erede al trono.»

«Lo so.» Mi ombreggiai gli occhi con una mano, guardando il falco pellegrino di Mavros disegnare lenti circoli nel cielo. «Pensavo che fosse la cosa giusta da fare, tutto qui.»

«Nessuna buona azione resta impunita», sentenziò Mavros. «La vedrai ancora, prima di partire?»

«Sidonie?» Mi strinsi nelle spalle. «No, non la cercherò. Non di proposito.»

«Bravo ragazzo.» Giudicando che il suo predatore era stato già troppo a lungo fuori controllo, Mavros fischiò tra i denti e fece ruotare l'esca di richiamo. «Fai che sia lei a venire da te.»

«Non è così che dev'essere», dissi.

Il falco smise di girare in tondo e cominciò a scendere verso di noi. Qualcosa si mosse tra le alte erbe selvatiche punteggiate di cicoria. Il falco cambiò direzione bruscamente e si gettò in picchiata come una meteora. Tra le erbe ci fu uno scompiglio cui seguì il terribile squittio di una lepre. Mavros mi rivolse un sogghigno, riavvolgendo la corda del richiamo. «È *sempre* così.»

«Vedremo», dissi.

Quella sera Casa Courcel diede una cena formale in occasione del ritorno di Sidonie, ed Eamonn e Brigitta furono tra gli ospiti. Mi mostrai garbato e circospetto per l'intera serata. Non avevo mentito a Mavros. Avrei voluto incontrarmi in privato con Sidonie, ma era troppo doloroso mantenere in vita una speranza dove non c'era niente da sperare. Mancava anche il tempo di escogitare qualcosa. Mi costrinsi perciò a lasciare chiusa quella porta, domandandomi solo con un angolo della mente se Mavros poteva aver ragione.

Non accadde nulla d'imprevisto.

Il giorno prima della nostra partenza mi alzai all'alba. Fin da quando mi ero trasferito a palazzo avevo preso l'abitudine di scendere nel piccolo giardino sotto il balcone, al mattino, per allenarmi ai passi da duello cassiliani che Joscelin mi aveva insegnato. A Tiberium non mi ero preoccupato di farlo, ma tornare a rispettare una certa disciplina mi dava piacere. Mi mossi secondo gli schemi circolari - *leggere le ore,* dicevano i confratelli cassiliani - lentamente, poi con rapidità, poi di nuovo lentamente. La mia spada, semplice e ben bilanciata, scintillava nella luce ancora scarsa mentre ripassavo i quadranti della difesa. L'erba irrigidita dalla brina frusciava sotto i miei stivali, aiutandomi a concentrarmi sui movimenti dei piedi.

Mentre rinfoderavo la spada mi accorsi che qualcuno mi guardava.

Il giardino era in una zona interna del palazzo, senza bisogno di guardie al piccolo cancello d'ingresso. Nell'ombra dell'arcata c'era Amarante, avvolta in uno scialle per tenere lontano il freddo dell'alba. «Puoi venire al tempio di Naamah, a mezzogiorno?» mi chiese. «Da solo, e senza farti vedere?»

Mi si era mozzato il fiato. «Sì.»

Amarante annuì. «Ti prego di essere prudente.»

«Lo sarò», promisi.

Una volta tanto, lo fui. Se i rischi che Sidonie e io avevamo corso in passato erano stati gravi, ora lo sembravano ancor di più. Troppe persone potevano essere ferite, troppi piani rovesciati nel caos. Per un poco mi chiesi se ne valesse la pena, per il piacere di un ultimo appuntamento. Poi mentii a Dorelei, raccontandole che dovevo andare alla casa di città di Phèdre per prelevare la mia camicia preferita, rimasta là.

Ciò che feci, invece, fu di chiedere un favore a Emile, a Soglia della Notte. Oltre al Galletto lui possedeva anche una stalla, fin dai tempi di Hyacinthe.

«Naturalmente.» Emile allontanò con un gesto la moneta che gli porgevo. «No, no, consideratelo un dono di nozze. Avete bisogno di un postiglione?»

«Uno discreto, sì.» Esitai. «E... una camicia.»

Lui mi guardò. «Una camicia?»

«Qualcosa di usato. Non troppo fine», dissi.

« Segreti. » Emile scosse il capo. « Be', gli tsingani manterranno i vostri, altezza. Non temete. Noi non dimentichiamo ciò che Phèdre nó Delaunay ha fatto per Hyacinthe, il figlio di Anasztaizia. » Poi pescò la moneta dalla mia mano. « Questa la prendo, mi servirà per trovarvi una camicia. »

« Ti sono grato. »

Fu così che poco prima del mezzogiorno arrivai al tempio di Naamah, a bordo di una comune carrozza senza contrassegni condotta da un giovane tsingano dalla bocca cucita di nome Yanko. Sui cipressi tubavano le stesse colombe della volta precedente, ma gli orti erano nel pieno del loro splendore. Mi sembrava trascorsa un'eternità da quando avevo fatto un'offerta a Naamah per supplicarla di perdonare le mie trasgressioni, e ora stavo per aggiungerne un'altra alla lista.

Con mia sorpresa, ero atteso. L'accolita al portone mi condusse oltre l'altare, nel sancta sanctorum del tempio. C'era un piccolo cortile con un giardinetto, dove sbocciavano gerani e bougainville.

Il sacerdote, che era stato un adepto di Casa Genziana, mi aspettava lì. Ricordavo il suo nome: Raphael Murain, serio e dagli occhi grigi. « Principe Imriel, voi non siete il primo né sarete l'ultimo a cercare l'aiuto clandestino dell'Ordine di Naamah per motivi sentimentali. Io mi presto per onorare i miei voti, in ricordo della benedizione che avete avuto dalle mie mani, e in accordo coi desideri espressi dalla signora in Namarre. Noi serviamo Naamah, non la corona, ma a nessun sacerdote piace il pensiero di tagliare la strada alla regina. »

« Capisco », dissi, impassibile, anche se quelle parole mi avevano dato un brivido.

Raphael Murain sospirò. « Venite con me. » Mi scortò sull'altro lato del giardino e aprì una porta che conduceva in una piccola camera da letto. Le imposte erano socchiuse, e numerosi vasi di fiori la ornavano piacevolmente. Anche il letto era cosparso di petali. « Come ho detto, non siete il primo né sarete l'ultimo. Aspettate qui. »

Poco dopo entrò Sidonie.

Non lo facemmo sul letto; ci mancò poco che lo facessimo lì sulla porta. Nel momento in cui questa si chiuse le sue braccia erano intorno al mio collo, e le nostre bocche si unirono in un bacio famelico. Elua, il sapore di lei! Mi morse il labbro inferiore, e mi succhiò la lingua. La inchiodai alla porta e le tirai su la gonna. Lei mi allacciò le gambe intorno ai fianchi, premendomi le natiche con le caviglie. Non riuscendo a toglierle le mutande in quella posizione gliele strappai via di netto. Vedermi in mano i resti di quel costoso indumento mi fece esitare. «Forse dovremmo...»

«No.» Sidonie mi piantò le unghie nel collo. «Ti prego.»

Tenendola sollevata dal suolo con un braccio mi slacciai i bottoni e le fibbie dei calzoni. Potei sentire il calore della sua vulva quando la premette contro il mio membro in erezione, ansimando forte. La porta ballò sui cardini con un clangore secco. Dovevo controllarmi, Elua, dovevo controllarmi! Riuscii ad afferrarle le natiche con entrambe le mani ed entrai in lei, duramente, a fondo, con una spinta che fece ancora ballare la porta.

Fu una cosa rozza, animalesca, e tuttavia eccitante in modo terribile! La porta sobbalzava come se volesse staccarsi dai cardini ogni volta in cui entravo nel suo ventre, un colpo dopo l'altro. D'un tratto la sentii arrivare all'orgasmo con un grido senza suono, a bocca spalancata, mentre i suoi calcagni mi attiravano con tale forza che non riuscivo più a muovere i fianchi avanti e indietro. Non importava; ero sul punto di esplodere. Affondai il membro dentro di lei e venni, con una serie di spasimi così intensi che per qualche momento persi il bene della vista.

L'oscurità piena di scintille si ritrasse.

Continuai a tenerla in quella posizione, ansimando. «Va meglio?»

«Sì.» Sidonie sorrise. «Mi porti sul letto?»

«Non posso.» Scossi il capo. «Non coi calzoni arrotolati alle caviglie.»

Lei fece una risata roca, di gola, con le braccia ancora intorno al mio collo. Quel suono mi riempì lo stomaco di farfalle. Rilassai la mia stretta sulle sue natiche e spostai le mani più in alto, dietro la vita. Le sue gambe si allungarono giù lungo le mie finché non toccò terra coi piedi e rimase lì, mentre la gonna ricadeva in basso.

«Principessa Sole. Mi hai rubato il cuore.»

« E tu il mio », sussurrò lei.

« Lo so. » Mi chinai ad afferrare i calzoni e li tirai su alla meglio. « Vieni qui. » La presi in braccio con un gesto rapido e la portai sul letto.

Per quanto tempo facemmo l'amore, non saprei dirlo. Un'ora, forse, prima che una mano discreta bussasse alla porta. Non era abbastanza. Neppure una notte intera mi sarebbe bastata. Guardai Sidonie, nuda e spettinata, coi petali di geranio appiccicati alla pelle sudata, e mi sfuggì un sospiro.

« Devo andare. » Lei scese dal letto e cominciò a vestirsi. « Mi scriverai? »

« Sì. » Le tolsi un petalo dal collo. « E tu? »

« Sì. » Deglutì. « E tra un anno...? »

Annuii. « Vedremo. »

Mi prese la mano destra e se la strinse contro una guancia. Mi piantò un bacio nel palmo, poi la girò e baciò il nodo d'oro dell'anello. Le sue labbra erano morbide, il suo respiro caldo sulle mie nocche. C'erano lacrime nei suoi occhi. « Penserai a me? »

« Sempre », dissi.

Ancora un bussare alla porta, stavolta più insistente. Sidonie si riunì i capelli dietro la testa; la aiutai a fermarli con uno spillone e le allacciai il corpetto dietro la schiena. Prima che lei andasse alla porta feci in tempo a baciarla un'ultima volta, reggendomi i calzoni con una mano.

Poi lei uscì.

Un raggio di sole filtrava dalla finestra socchiusa. Tornai a sedermi sul letto, tra le coltri sfatte, e mi rigirai l'anello d'oro intorno al dito. Dentro di me scorrevano le parole che il sacerdote mi aveva detto sull'amore anni addietro, quando avevo trascorso la Notte più Lunga nella veglia del Beato Elua assieme a Joscelin. Parole piene d'amarezza e di speranza.

Lo troverai e lo perderai, ancora e ancora. E ogni volta in cui lo troverai e lo perderai diventerai migliore di quello che eri prima. A cosa questo ti servirà, tu solo potrai deciderlo.

Non mi aveva detto quanta sofferenza c'era in questo.

Desiderai che l'avesse fatto.

17

Il mattino dopo partimmo per Alba.

Sembrava che mezza città fosse uscita di casa per salutarci. A nessuno dispiace passare in processione tra la gente, e noi eravamo uno spettacolo degno di nota. Le guardie cruithne cavalcavano a petto nudo, esibendo i loro tatuaggi di guerra. Le guardie angeline splendevano nella loro uniforme azzurro-Courcel. I cavalli da tiro e i muli erano adorni di piume argentate che oscillavano a ogni passo. Nelle carrozze non c'era nessuno di noi; non in una giornata così bella e luminosa. Eamonn sorrideva, coi capelli rosso-oro pieni di sole, a fianco di Brigitta. E c'erano Phèdre e Joscelin, il campione della regina e la cortigiana più famosa del regno.

E io, un principe del sangue, ora principe di Alba. Con la mia sposa che cavalcava accanto a me. Da qualche parte, nella moltitudine di bagagli stivati sui carri, c'erano una vivace camicia di cattivo gusto in stile tsingano e un volume di lettere d'amore rilegato in pelle.

Mi sentivo vuoto.

In testa alla nostra processione cavalcava la famiglia reale, che ci faceva l'onore di scortarci alle porte della città. Ysandre era felice, Drustan compiaciuto. Alais aveva un'espressione cupa. In quanto a Sidonie, non avevo ancora osato guardarla in faccia. Sapevo soltanto che si teneva dritta in sella, senza incertezze.

Ci fermammo nel piazzale della porta. Ysandre tenne un breve discorso per informare la gente su ciò che andavamo a fare in Alba e tra i dalriada, e Drustan aggiunse qualche parola. La folla applaudì. Un gruppo di nostri conoscenti sfilò davanti a noi per stringerci la mano, compresi alcuni dipendenti di Casa Montrève. Eugènie e Clory mi abbracciarono e piansero. Hugues volle darmi il suo flauto di legno come ricordo, e insisté fino a vincere le mie proteste. Ti-Philippe ascoltò annuendo le istruzioni dell'ultimo minuto di Phèdre. Joscelin assisteva con un sorriso divertito, le forti mani posate sul pomo della sella.

Poi le formalità terminarono.

Gli araldi sulle mura diedero fiato alle trombe. Urist, il capitano dei cruithne, si portò alle labbra un corno da guerra e rispose con una lunga nota. La folla applaudì ancora. Il Bastardo scalpitava sotto di me, come se tutte quelle attenzioni fossero per lui. Gli occhi di Dorelei pieni di luce guardavano fuori dalla porta, verso l'occidente. La regina ci salutò alzando una mano.

Urist suonò un'altra lunga nota, e il convoglio cominciò a muoversi.

Eravamo in viaggio per Alba.

Strinsi a pugno la mano destra per sentire il morso dell'anello. Sapevo che da qualche parte dietro di me Sidonie ci guardava. Se lei poteva essere così forte, lo sarei stato anch'io. Raddrizzai le spalle e mi allontanai da lei, mentre la sua presenza cercava di tenermi lì come un'ancora che io non fossi riuscito a tirare a bordo. Volevo far girare il Bastardo e tornare indietro. Volevo prenderla tra le braccia e baciarla di fronte alla regina, al *cruarch* e a tutta la città, e all'inferno le conseguenze.

Ma non lo feci.

Il primo giorno fu il più duro, e a peggiorare le cose tutti quelli che mi vedevo intorno erano d'ottimo umore. Quando si è tra gente allegra, la nostra infelicità ci fa sentire ancora più soli. Feci il possibile per nasconderla, anche se non potevo ingannare chi mi conosceva meglio. Con mia sorpresa, una di questi era Dorelei.

Fu la sola che ne parlò. Pernottammo al villaggio di Hercule, in L'Agnace. I più titolati tra noi presero alloggio nell'unica locanda del posto, con alcune guardie. Gli altri misero le tende fuori paese. Dorelei e io condividemmo una stanza a due letti, come Phèdre, Joscelin, Eamonn e Brigitta.

Nella nostra camera c'era un ammaccato specchio di bronzo. Dorelei portò lì davanti uno sgabello e cominciò a pettinarsi i lunghi capelli neri, guardandomi ogni tanto nello specchio. Sedetti sul bordo del letto a giocherellare col flauto di Hugues.

«Sai suonarlo?» domandò lei, curiosa.

Me lo portai alle labbra e produssi una scala di note, morbide e basse, danzando con le dita sui fori di legno.

«Oh!» Il viso di lei si raddolcì. «Quanto sei bravo!»

Abbassai il flauto. «Quand'ero bambino suonavo lo zufolo dei pastori.»

La sua espressione si fece seria. «Non parli spesso della tua infanzia.»

«No.» Scossi il capo. «Non spesso.»

«Io ti ascolterei, lo sai.» Esitò un momento. «Tu senti la mancanza di... di lei, Imriel?» Mi guardò, nel riflesso. «È una *lei*, no?»

«Ha importanza?» dissi, con voce secca. La vidi trasalire, e sospirai. «Oh, Dorelei! Scusami. Sì, e sì anche alla seconda domanda. Tu mi hai pregato di essere onesto. Ho sentito la sua mancanza, ed è stata dura.» Battei una mano sul letto, accanto a me. «Vieni qui, suonerò per te.» Non ero un musico molto abile, ma con un motivetto semplice potevo cavarmela. Le suonai una canzoncina della mia infanzia, una di quelle che tutti i ragazzini del santuario amavano cantare o fischiettare.

Dorelei ascoltò in silenzio, seduta al mio fianco. «È carina. Ma non ha le parole?» domandò.

«Oh, sì.» Suonai ancora l'introduzione, poi cantai per lei: «*Piccola capra, bruna e svelta, col mantello di lana folta. Piccola capra, tu hai mangiato tutto il grano accantonato. Piccola capra, se non vai via, dovrò chiuderti nella stia. Sarai uccisa e venduta al mercato, tagliata a pezzi per lo stufato.*»

Dorelei ridacchiò, divertita. «Ma è terribile!»

«Se ti riferisci alla mia voce, lo so. Non avresti dovuto chiedermelo.»

«Allora tu suona, e canterò io», propose lei.

La accontentai, e si lanciò nella canzoncina. Aveva una bella voce, chiara e intonata. Le insegnai anche le altre parole, e proseguimmo. Alla fine stavamo ridendo tutti e due.

«Grazie. È stato divertente», dissi.

«Merito tuo.» Dorelei inclinò la testa con un sorriso timido e mi prese una mano tra le sue. Senza pensarci accarezzò con un dito l'anello di Sidonie.

Era più di quanto potessi sopportare, e ritrassi la mano, dolcemente.

« Mi spiace. » Alzò gli occhi a guardarmi, pieni di una tristezza e una simpatia che non meritavo. « Credi che in Alba andrà meglio? »

« Sì. Ne sono certo. »

Lei mi baciò una guancia. « Lo spero. »

Dopo quella notte feci uno sforzo deciso e consapevole per moderare i miei momenti di malumore. Decisi di vivere giorno per giorno, apprezzando la compagnia degli amici e delle persone care che avevo intorno, godendomi la felicità di Eamonn che tornava a casa dopo due anni di viaggi, e quella di Phèdre e di Joscelin che s'imbarcavano in una nuova avventura, benché più piccola delle altre. E poi c'erano il sollievo di Dorelei nel lasciare una terra straniera che la spaventava un poco, e l'orgoglioso puntiglio con cui Brigitta continuava a studiare la lingua albana.

Quest'ultimo era un compito in cui tutti cercavamo di dare un contributo. Prendemmo l'abitudine di cantare durante il viaggio. Con l'aiuto di Eamonn, Phèdre aveva tradotto in skaldi alcune canzoni eirane molto popolari, e ogni giorno le eseguivamo in coro più volte con grande impegno. Cominciai a ottenere buoni risultati col flauto di Hugues, che si stava rivelando un regalo più utile di quanto avrei sospettato. Anche la canzone della capretta, tradotta in eirano, ebbe un buon successo col mio accompagnamento. Altre volte, quando gli altri erano stanchi di cantare, eseguivo brevi melodie improvvisate di mia invenzione.

Nella musica c'è qualcosa che aiuta a guarire, o così dicono in Eisande, terra famosa per i suoi chirurghi, i musicisti e i cantastorie. Mi accorsi che questo era vero. Soffiavo la mia malinconia nel boccaglio, il flauto di legno la trasformava in musica e così riuscivo a esorcizzarla.

Rifiutavo a me stesso di pensare a Sidonie.

A volte la mia capacità di vivere il presente non trovava nulla di cui nutrirsi, e in me tornava il ricordo di lei. In quei momenti l'immagine del suo viso schiantava la barriera che avevo eretto a mia difesa, e dovevo stringere i denti per fermare le lacrime. L'amore è una forza irrazionale, egoista e animalesca. Altre volte - più spesso, a dire il vero - erano i ricordi dei nostri amplessi a farmi sospirare. Questa, almeno, era una cosa che potevo capire. Il fatto che Sidonie potesse mescolare senza sforzo l'amore romantico, la tenerezza e una lucida depravazione era per me una continua fonte di meraviglia.

Era così giovane, eppure così sicura dei suoi desideri.

Elua, amavo anche questo di lei.

Ma la cosa peggiore erano proprio i ricordi più piccoli. I momenti intimi, così dannatamente pochi e preziosi. La smorfia con cui storceva il naso per stuzzicarmi, così simile a quella di Alais, ma così diversa; il modo in cui alzava le braccia per annodarsi i capelli dietro la nuca, rapida e precisa; il suo portamento in pubblico, eretto e orgoglioso come quello di un soldato. Le lacrime nei suoi occhi quando ci eravamo separati per l'ultima volta.

Faceva male.

Faceva molto male.

E così senza requie spingevo via i miei ricordi. C'erano giorni in cui mi era facile, e altri non tanto. Il mio amore per Sidonie era come un macigno legato al cuore. Immaginavo di gettarlo in mare e lasciarlo affondare. Lasciarlo là sul fondo per sempre in quell'eterna quiete, buia e senza correnti. Dimenticato.

A volte l'illusione che fosse così funzionava.

A volte no.

Questo era il meglio che potessi fare.

La nave ammiraglia del *cruarch* ci aspettava a Pointe de Soeurs, con due vascelli più piccoli per la nostra scorta. Non la vedevo da quando avevo dieci... no, undici anni. La sua imponenza mi diede lo stesso senso di timoroso rispetto. Nel guardarla mentre ondeggiava appena nelle acque del porto, con le rosse vele arrotolate sotto i pennoni, mi chiesi se fosse davvero la stessa su cui ero salito da bambino. Se lo era, da quel ponte avevo guardato Phèdre fluttuare un palmo sopra le onde il giorno in cui aveva pronunciato l'impronunciabile Nome di Dio, per bandire da questa terra il vendicativo angelo Rahab.

« Elua! » sospirò Phèdre, guardandola. « È passato tanto tempo. »

«Non poi tanto.» Joscelin si piegò in sella per prenderle una mano, e se la portò alle labbra. «Non così *tanto*, amore.»

Notai che Dorelei li osservava, con un'ombra di tristezza negli occhi. Quando si accorse del mio sguardo la nascose, gettandomi un rapido sorriso.

Poi fummo in mare, col profilo collinoso di Terre D'Ange che si allontanava dietro di noi. Il vento ci accarezzava le guance, gonfiava le vele, arruffava le creste delle onde. Attraversammo lo Stretto e facemmo rotta a nord, lungo la costa. Non accadde nulla di notevole durante il viaggio. Ma perché non avrebbe dovuto essere così? Il Signore dello Stretto controllava i venti e le onde.

Il mare danzava sotto di noi, assumendo facce sempre nuove. Parlava un alfabeto d'acqua che nessun uomo nato da donna - salvo uno - capiva. Phèdre lo guardava e sorrideva tra sé, mentre un Joscelin verde in faccia cercava di tenersi al centro della nave dove si ballava di meno. Da qualche parte, non troppo lontano, Hyacinthe stava guardando immagini del mondo nel suo specchio marino.

Il giorno successivo approdammo a Bryn Gorrydum. Non era in quella città che Dorelei e io avremmo forgiato le nostre vite assieme - una volta sposati ci saremo stabiliti al castello di Clunderry, che si trovava nell'entroterra - ma lì aveva sede il governo del *cruarch*. Bryn Gorrydum era una prospera città portuale, costruita alla foce del fiume Fayn. Il porto era dominato da una disadorna fortezza grigia sulle cui torri sventolava il Cinghiale Nero. Il centro dell'abitato aveva ancora le caratteristiche dell'insediamento originale tiberiano, mentre nelle zone periferiche di più recente costruzione era evidente l'influenza architettonica angeline.

Phèdre e Joscelin guardarono la città con stupore. «È cresciuta», mormorò lei. «Non mi aspettavo che fosse cresciuta tanto.»

«Oh, aye.» Urist, il capitano dei cruithne, si appoggiò alla murata e sputò in mare. «Molte cose sono cresciute. Dovreste vedere la città di Lug.»

«Bryn Gorrydum è cambiata da quando sono partito.» Eamonn appariva pensoso. Ricordavo di averlo visto guardare a bocca aperta gli edifici più alti di Città di Elua. «Spero che non sia cambiato anche Innisclan.»

Quando misi piede per la prima volta sul suolo di Alba ebbi un'impressione strana. Ero un principe del sangue angeline, discendente di due delle più antiche Case del regno, erede di Kushiel e di Elua. D'improvviso ebbi la netta sensazione di non appartenere a quel posto. Mi parve che la terra stessa si torcesse come a un contatto alieno, anche se probabilmente era soltanto l'effetto del viaggio per mare.

Almeno, mi augurai che lo fosse.

A confronto di altri posti da me visitati - Marsilikos, Ostia, il grande porto di Iskandria - Bryn Gorrydum era una cittadina modesta e sonnolenta. Ma c'erano navi che issavano bandiere angeline e aragoniane, qualche tondeggiante mercantile delle Pianure, perfino una nave-drago skaldi la cui vista fece battere le mani a Brigitta con entusiasmo. Vent'anni prima - forse anche dieci - non se ne dovevano vedere molte su quella costa.

Il principe Talorcan ci aveva mandato incontro una delegazione. Mentre salivamo per le strade cittadine verso la fortezza, cercai di capire l'umore della popolazione. Se era ostile, non lo mostrava; ma non stava certo assistendo al nostro passaggio con manifestazioni di gioia. I cruithne dagli occhi neri ci scrutavano in tralice, mentre la gente del posto si fermava a guardarci dritto negli occhi senza nessuna buona creanza. Il loro atteggiamento sembrava cauto e sospettoso.

Non potevo dire di sentirmi il benvenuto, lì.

A Città di Elua, pensai, ci sarebbero stati saluti e sorrisi. Anche se alla gente comune non importava niente fuorché lo spettacolo, e la nobiltà s'interessava dei viaggiatori solo per studiare il modo di sfruttare nei suoi complotti gli ospiti stranieri, si poteva trovare un'atmosfera allegra. Ebbene, pazienza. Forse le cose sarebbero cambiate. Forse Dorelei e io avremmo trovato più simpatia quando ci saremmo sposati secondo il rito albano. Non me ne feci un cruccio - non ero di umore gaio neppure io, del resto - ma questo servì a ricordarmi una volta di più che ero lontano da casa.

Alla fortezza, il principe Talorcan ci ricevette con molta cortesia. L'erede del *cruarch* era un ragazzo serio, una versione giovanile di Drustan, con la stessa pacata autorità che imponeva il silenzio alla gente quando lui parlava.

Dorelei pianse di gioia nel vederlo, e lui la strinse in un abbraccio caloroso. « Perché piangi, cuore mio? Il tuo matrimonio non può certo averti rattristato tanto », la punzecchiò, con l'affetto di un fratello maggiore.

Lei gli sorrise tra le lacrime. « No, naturalmente no. »

« Bene. » Talorcan spostò lo sguardo su di me. « So che il vostro è un matrimonio di Stato, sorella mia, ma spero che tuo marito si dimostri degno di te. Così come io, a mia volta, mi dimostrerò un buon marito per Alais. »

M'inchinai. « Ci sto provando, altezza. »

Vero e non vero.

Non ero mai stato meno che gentile con lei, fin dal primo giorno della nostra vita in comune. E non l'avevo mai toccata in modo irrispettoso fin dalla notte in cui avevamo parlato, la notte in cui Mavros aveva organizzato lo spettacolo erotico a Casa Valeriana. Anche nei crudi momenti del sesso ero stato tenero e comprensivo. L'avevo fatta ridere suonando il flauto e cantando canzoncine sciocche, avevo ascoltato i racconti della sua infanzia. Le avevo perfino detto qualcosa della mia, innocenti episodi accaduti al santuario di Elua.

Mi ero accorto che ci piacevamo, Dorelei e io. Ma avevo paura che le mie emozioni sfuggissero al controllo. Paura che tutti i sentimenti e i desideri che avevo tenuto sommersi esplodessero alla superficie, rendendomi aspro e crudele.

Tuttavia, a mio modo, ci stavo provando.

E forse, se avessi recitato la parte del buon marito abbastanza a lungo, questo sarebbe diventato vero. Una volta mastro Piero ci aveva detto che potevamo avere le qualità da noi volute adottando quei comportamenti, e continuando a adottarli finché la linea divisoria tra finzione e realtà non fosse sparita. Era quanto cercavo di fare, in quell'avventura.

Sicuramente nessuno avrebbe potuto chiedermi di più.

18

Trascorremmo due giorni a Bryn Gorrydum, prima di partire per Innisclan.

Phèdre aveva sperato che Hyacinthe potesse farci visita finché ci trovavamo nella città portuale, ma, quando ne parlò con Talorcan, lui scosse il capo. «Non credo, mia signora. Forse interverrà alla cerimonia nuziale, ma il Signore dello Stretto lascia di rado la sua sorveglianza delle tempeste. Su di lui c'è una grande responsabilità.»

Qualcosa nel suo tono le fece inclinare la testa. «Ma va tutto bene?»

«Oh, sì. Lui sorveglia lo Stretto come sempre.»

«Chi decide?» volle sapere Brigitta, con un gesto impaziente. «Quali navi?»

Talorcan batté le palpebre. «Mia signora?»

«Chi è che decide a quali navi è consentito il passaggio?» le venne in aiuto Eamonn. «Il *cruarch* o il Signore dello Stretto?»

«Ah.» Talorcan si accigliò. «Questo è un argomento complicato. Il signor Hyacinthe ha acconsentito a non sbarrare il passaggio alle navi di Alba, né a quelle di Terre D'Ange. In quanto alle altre navi mercantili, soltanto quelle delle nazioni approvate dal *cruarch* hanno il permesso, salvo casi estremi a discrezione del Signore dello Stretto. Ma in genere lui e il *cruarch* si trovano d'accordo. Il mio signor padre riceve spesso proposte di Paesi stranieri quand'è in visita alla regina sua sposa. Fino a oggi il signor Hyacinthe ha sempre approvato le sue richieste.»

Eamonn tradusse per Brigitta, che volle sapere: «E Skaldia?»

«Compresa la Skaldia, sì.» Il figlio del *cruarch* le sorrise. «Credo che i loro diritti di passaggio siano stati portati alla pari di quelli di altre nazioni. È uno sviluppo recente, e procede con cautela. Ma forse il vostro fascino affretterà il processo.»

Stavolta Brigitta capì abbastanza da arrossire a quell'improbabile - a mio avviso - complimento.

Phèdre aveva ancora un'aria pensierosa. « E per quanto riguarda la scelta del suo successore? Il... *signor* Hyacinthe ha già preso una decisione? »

« Non credo. » Talorcan si voltò verso di lei.

I suoi occhi scuri erano illeggibili. Sidonie aveva uno sguardo simile in pubblico, talvolta. Era strano pensare che fossero cugini, imparentati tra loro molto più strettamente di quanto lei lo era con me. Scacciai quel pensiero e mi domandai invece che genere di marito sarebbe stato Talorcan per Alais. Avevo l'impressione che lei lo ammirasse e lo rispettasse, ma di certo non c'era nessuna passione tra loro.

« Voi lo sapreste se avesse designato un successore, no? In Alba è noto che il signor Hyacinthe vi tiene nella massima considerazione. »

« Be', questo è il *meno* che mi aspetterei, da lui », bofonchiò Joscelin.

« Lui e io siamo amici, sì. Ma non credo che m'informerebbe su una questione simile senza aver prima parlato col *cruarch*. Me lo stavo chiedendo, tutto qui », disse Phèdre.

Talorcan scosse il capo. « Non è stato deciso niente. »

La conversazione passò ad altri argomenti. Stavo pensando a Hyacinthe, il Signore dello Stretto. A Soglia della Notte, Emile e altri lo ricordavano com'era al tempo in cui l'aveva conosciuto Phèdre: un allegro ragazzo tsingano con la marcata capacità di fare soldi. Mi era difficile conciliare quell'immagine con l'uomo che avevo conosciuto a bordo dell'ammiraglia del *cruarch*, i cui occhi colmi d'ombra sembravano frugare sul fondo del mare, l'uomo che aveva nelle mani il potere di dominare e ammaestrare le acque a suo piacere. Era sposato a Sibeal, la sorella minore di Drustan, e aveva avuto due figli da lei, un maschio e una femmina. Secondo la tradizione matrilineare dei cruithne, entrambi avrebbero potuto essere nominati eredi del *cruarch*. Alais mi aveva detto, in via molto riservata, che suo padre aveva chiesto a Hyacinthe se avrebbe consentito ai figli di entrare nella linea di successione albana. Lui aveva risposto un secco « no ».

E nessuno discuteva col Signore dello Stretto.

Neppure il *cruarch*.

Lasciammo Bryn Gorrydum senza altre formalità. Se la città si era rivelata più grande e sofisticata di quanto ci si poteva aspettare, bastò mezza giornata di viaggio a toglierci ogni illusione che Alba fosse ormai una terra civilizzata. Dapprima seguimmo il corso del fiume Fayn verso occidente. Era un corso d'acqua largo e lento, adatto al traffico su chiatte, e sulla sua riva sinistra scorreva una vecchia strada tiberiana. Fuori dai confini della città il territorio era di un verde così intenso da far male agli occhi, qua e là punteggiato da rari allevamenti recintati.

Verso il mezzogiorno Urist ci indicò una pietra miliare sul bordo della strada. Era vecchia e consunta, così coperta di licheni che stentai a vedere il simbolo scolpito su di essa: una spirale che sull'esterno finiva con una punta di freccia. «*Taisgaidh*», si limitò a dire Urist. «Qui voltiamo a nord.»

«Questo significa che seguiremo una strada libera e sicura per tutte le genti di Alba», mi spiegò Eamonn. «Nessuno può impedire a qualcun altro di viaggiare su un percorso *taisgaidh*, e su di esso non possono essere commessi atti di violenza.»

«Lo so. Alais e io abbiamo trascorso non so quante ore con una Figlia del Bosco che ci insegnava queste cose. E tu sai che multa può essere fatta a un uomo che sbarra il passaggio a un altro sul *taisgaidh*?» gli domandai.

«Mi spiace. L'ho dimenticato», sogghignò.

«Varia a seconda se l'uomo stia portando o no del bestiame al mercato», lo informai.

«Non si tratta tanto della multa quanto dell'offesa agli dei», intervenne sottovoce Dorelei. «I percorsi *taisgaidh* sono antichi, quanto e più del Cullach Gorrym. Se qualcuno osa violare le antiche usanze, una maledizione cadrà su di lui.»

«Oh, aye», annuì Eamonn. «È proprio così.»

Mentre giravamo a nord, mi ombreggiai gli occhi con una mano. Avevamo lasciato le nostre belle carrozze in Terre D'Ange, ma i carri coi rifornimenti e col dono per la signora dei dalriada cigolavano dietro i muli, con le ruote che lasciavano profondi solchi nel terreno erboso. Il cielo era di un grigio uniforme, pieno di luce. Sotto di esso si stendevano in ogni direzione territori verdeggianti, interrotti solo da qualche occasionale altura rocciosa e dallo scintillio lontano di un lago. Non si scorgeva nessun sentiero, nessun'altra pietra miliare.

« Be', una cosa la *ollamh* non ce l'ha spiegata, su questi percorsi sicuri. Come fa un viaggiatore a non perdersi? » chiesi.

Eamonn scrollò le spalle. « Con la pratica. »

Se le cose stavano così, Urist doveva avere un bel po' di pratica. Prima di sera trovammo una seconda pietra miliare *taisgaidh*, alta e stretta, conficcata su una piccola altura nel mezzo del nulla. Era così coperta di muschio che Urist dovette ripulirla con le unghie per leggere i simboli. Guardò nella direzione in cui puntava la freccia della spirale e annuì soddisfatto. « Stanotte metteremo il campo qui. »

Era la prima volta dopo la partenza da Città di Elua che dormivo sotto le stelle. Questo mi fece pensare a tempi più felici. Smontammo e legammo cavalli e muli dove avrebbero potuto pascolare in abbondanza. Mentre il sole scendeva sotto l'orizzonte alcuni militari angeline montarono le tende, e altri cercarono legna secca in un boschetto. Armati di archi, i cruithne di Urist andarono a caccia nei dintorni e in breve tornarono con parecchie lepri, che furono macellate da mani esperte.

Alla base della collina sbocciarono i fuochi da campo.

Dal gruppetto intorno a uno di essi si alzò un coro di voci che cantavano una marcia militare nata proprio lì, nella terra di Alba, parecchi anni prima, quand'era venuto un contingente di uomini dell'ammiraglio Rousse che si facevano chiamare i « Ragazzi di Phèdre ».

Uomo o donna, va bene lo stesso; pur coi gemelli avremo successo!

« Per la barba di Elua! » Nella luce del fuoco, Phèdre sorrideva. Appariva più giovane e più bella di quello che aveva diritto di essere. Sotto quella cupola di stelle avremmo potuto essere ovunque. Avremmo potuto essere sulla riva del grande fiume Nahar, o a Jebe-Barkal in viaggio verso la perduta Saba. « Non riuscirò mai a liberarmi di quella stupida canzone? »

Joscelin le sorrise. « Non credo. »

Avevo il cuore in gola nel guardarla, quando alzò il viso verso quello di lui. Le loro labbra si toccarono, e un lungo tenero bacio li unì. Un tempo, dopo Daršanga, avevo pensato che, se quello che si era rotto tra loro si era risanato, significava che tutto poteva avere un lieto fine. Lo pensavo ancora, solo che adesso mi faceva male, perché non mi ero mai creduto capace d'amare qualcuno come si amavano loro. Così scacciai quel pensiero e mi voltai, lasciando vagare lo sguardo sui carri allineati nel chiarore lunare.

«Che regalo avete scelto, alla fine?» domandai a Eamonn.

«Libri», rispose lui, con sussiego. «Vogliamo mettere su un'accademia, Brigitta e io.»

Lei annuì.

Eamonn le aveva messo un braccio intorno al collo, e lei gli si appoggiava al petto, con le gambe allungate verso il fuoco da campo. Sembravano una coppia di leopardi pigri e soddisfatti. Per non invidiarli troppo mi voltai verso mia moglie. «Un'accademia piena di pericolosi libri continentali. Tu cosa ne pensi?» domandai.

«È una buona cosa.» Dorelei ci pensò ancora un momento. «Capisco le preoccupazioni degli *ollamh*, ma ogni forma di conoscenza non è forse un dono?»

«Parli come una discendente di Shemhazai!» approvò Joscelin.

Lei arrossì con grazia. «Alba teme i cambiamenti, ma non tutti sono in peggio. Brigitta mi ha parlato dell'università di Tiberium. Non sarebbe una cosa sbagliata, credo, se i giovani di Alba cercassero l'onore scambiandosi parole e pensieri, invece che rubando il bestiame e proseguendo le loro faide di sangue.»

«I libri non hanno portato la pace ai caerdicci», osservai.

«No, ma gli hanno insegnato a conservarla», disse Eamonn. «Senza l'istruzione non ci sarebbero accordi tra le città-stato, e la Caerdicca Unitas non esisterebbe.»

Parlammo ancora un po', prima di ritirarci per la notte. Disteso al buio con gli occhi aperti ascoltai la brezza frusciare sul tessuto oleato della tenda che dividevo con Dorelei, e pensai alla guerra, alla conoscenza, ai cambiamenti, e alle cose che usavamo discutere con la guida di mastro Piero. Tiberium mi sembrava lontana nel tempo come lo era nello spazio, e questo non era del tutto un male. Almeno, in Alba, ero libero dal groviglio d'intrighi che mi aveva soffocato, sia a Tiberium sia in Terre D'Ange.

Qui la Gilda Invisibile non aveva messo piede.

Qui non importava a nessuno che mia madre fosse Mélisande Shahrizai.

La mia vita si prospettava molto più semplice. Se ci avessi provato, sarei riuscito perfino a farmela piacere. E forse col tempo e con la distanza ogni sofferenza d'amore sarebbe divenuta sopportabile; il macigno che avevo legato al mio cuore si sarebbe ridotto a un sassolino. Come sempre succede quando uno lascia vagare i pensieri a quell'ora di notte, scivolai nel sonno senza accorgermene. Ma d'un tratto qualcosa mi svegliò: un ansito animalesco profondo e gutturale, seguito da un cupo grugnito. Una bestia di qualche genere si stava muovendo tra le tende. Una bestia grossa.

Mi alzai a sedere sul sacco a pelo. Accanto a me Dorelei dormiva. Estrassi la spada dal fodero e mi alzai cautamente in piedi. Un altro ansito seguito da un grugnito, a pochi passi da noi. Mentre scioglievo i lacci della tenda potei sentire il tonfo pesante dei passi dell'animale.

Un orso. Doveva essere un orso.

Mi accorsi di avere le mani sudate. L'impugnatura della spada era già umida e scivolosa. Gettai uno sguardo a Dorelei, in un'agonia d'indecisione. Non c'era tempo di svegliarla; non c'era il tempo di spiegarle. Dubitavo che un uomo potesse uccidere un bestione di quel genere con la spada, ma almeno avrei potuto scacciarlo. Oppure avrei potuto farmi ammazzare, e lasciare che le sentinelle spiegassero agli altri com'ero morto e perché non si erano accorte che un orso era entrato fra le tende.

Se fossi rimasto lì a pensare ancora un istante mi sarebbe venuto un attacco di nervi. Col cuore che mi batteva forte saltai fuori dalla tenda e mi voltai, prima a destra, poi con un rapido scatto a sinistra, impugnando la spada a due mani.

Lì non c'era niente.

Nessun orso in vista, neppure un cane. Niente. Solo le tende, quasi immobili nel lieve sussurro della brezza. Girai intorno alla mia mettendo silenziosamente un piede davanti all'altro, con la spada pronta. L'erba era fresca, ancora senza una goccia di rugiada. Non c'erano orme, a parte quelle lasciate dagli stivali di chi aveva eretto la tenda. Lì non c'era stato niente di abbastanza pesante da far tremare il suolo.

C'era un odore, però, un odore rancido, muschioso.

Feci un altro giro della tenda, continuando ad annusare l'aria. Era qualcosa di reale o lo spettro dei malsani effluvi di Daršanga che tornava a tormentarmi? Era il lezzo degli escrementi e della paura, l'odore viroso del sangue e quello dell'acqua stagnante dove galleggiavano vegetali marci? Non riuscivo a capirlo.

Il cielo era una cupola di stelle lontane. Da lì potevo vedere tutto il nostro campo. Non c'era niente di estraneo, nessuna minacciosa ombra in movimento. I cavalli e i muli sonnecchiavano, legati alla lunga corda. Tende e carri apparivano intatti. Alcuni uomini dormivano all'aperto, accanto alle braci dei fuochi. Poco più lontano, le due sentinelle del primo turno di guardia sembravano vigili e attente.

Sentendomi sciocco, abbassai la spada. Anche l'odore era svanito. Dovevo aver sognato Daršanga senza accorgermene; qualcosa aveva mescolato quei ricordi con le storie dei Maghuin Dhonn. Ero diventato così bravo a seppellire i miei sentimenti che non mi accorgevo più neppure dei miei incubi.

Be', almeno non avevo svegliato l'intero campo gridando e gemendo nel sonno, come mi succedeva da ragazzino durante un brutto sogno. Anche se non sarebbe stato meno imbarazzante farmi sorprendere da una sentinella mentre mi aggiravo in mutande, brandendo la spada.

Mi affrettai a rientrare in tenda. Dorelei dormiva ancora. Rinfoderai la spada e mi distesi accanto a lei, con l'arma a portata di mano. Per un po' continuai a essere troppo teso per addormentarmi; il mio corpo fremeva, ancora in allarme. Mi costrinsi ad ascoltare il lento respiro di mia moglie, il fruscio della tenda nella brezza, i deboli e saltuari rumori del campo. Poco alla volta le mie pulsazioni rallentarono e la muscolatura si rilassò. Con la mano destra sul fodero della spada sprofondai nel sonno.

L'ultima cosa che sentii furono il suono di un flauto e una risata femminile.

Sicuramente un altro sogno.

Quando uscii nella chiara luce del mattino, ciò che era accaduto quella notte mi sembrò assurdo. Mi trastullai con l'idea di parlarne a Eamonn, o a Urist, ma, quando ebbi fatto un giro intorno alla tenda in cerca di tracce d'animale senza trovare nulla, mi convinsi che era stato il prodotto di una mente insonnolita. Non c'erano orsi da quelle parti. La troppa immaginazione e la stanchezza potevano giocare strani scherzi.

Dorelei era uscita dalla tenda e mi stava guardando. « Hai perso qualcosa? » domandò, perplessa.

« Solo il buonsenso. » Raccolsi una bella margherita gialla e gliela appuntai tra i capelli. Poi accennai col capo all'arco e alla faretra che aveva preso con sé. « Stai pensando di ammazzare qualcuno? »

Il sorriso le fece apparire due fossette sulle guance. « Un gallo selvatico o due, magari. Abbiamo tempo prima che smontino il campo, e un uccello per la pentola non va mai sprecato. Vieni con me? »

« Perché no? »

Sapevo già che le donne *cruithne* erano brave con l'arco, ma quella era la prima volta in cui potevo vederne una all'opera, a parte i tentativi di Alais nel tiro al bersaglio. Ci avviammo giù per un pendio coperto di erica. Lungo il cammino Dorelei mi chiese di raccogliere alcuni sassi grossi quanto un pugno, e obbedii con divertita perplessità. In fondo al prato lei si fece attenta e cauta, scrutando i cespugli.

« Laggiù. » Incoccò una freccia e m'indicò la direzione con la punta. « Stai pronto a tirare il sasso. »

Distesi il braccio indietro e la guardai un momento. Lei alzò le braccia e l'arco s'incurvò con eleganza in quel suo gesto, fino a restare immobile senza neppure un tremito. I suoi occhi socchiusi erano fermi, concentrati. La margherita risaltava piacevolmente sui capelli neri. Mi chiesi se avrei potuto provare qualcosa per lei.

« Imriel », sussurrò. « Ora! »

Scagliai la pietra fra le piante. Tre galli selvatici gialli e rossi balzarono fuori dal nascondiglio, sbattendo le ali. L'arco di Dorelei scattò, e uno degli uccelli ricadde al suolo. La giovane donna rise, deliziata, e io agitai allegramente le braccia. « Ben fatto, mia signora. »

Lei s'inchinò come una perfetta cortigiana angeline. « Mille grazie, mio signore. »

Restammo lì a sorriderci, soddisfatti. Poco dopo, al campo, il corno di Urist suonò una lunga nota, avvertendoci che era tempo di riprendere il viaggio. Io mi accorsi che avrei voluto rimanere lì più a lungo. «Be', un gallo l'abbiamo preso», sospirai, andando a recuperare il volatile. Lo trovai ancora vivo. Estrassi la freccia e gli spezzai il collo con una rapida torsione, mettendo fine ai suoi spasmi. Poi ripulii la freccia con una manciata di erba e la porsi a Dorelei. «Ecco qua.»

«Perfetto.» Lei la rimise nella faretra. Gettò uno sguardo al campo e si volse a me, esitante. «Stiamo... stiamo meglio, qui in Alba. Vero? Tu e io?»

Annuii. «Meglio, sì.»

«Bene.» Le sue fossette riapparvero in un sorriso di sollievo. «Non era solo una mia impressione, allora.»

Ritornammo al campo senza perdere altro tempo e consegnammo il gallo selvatico a Galan, il guerriero cruithne che si era offerto come capocuoco per il contingente reale. Lui schioccò la lingua con approvazione, e promise che ce lo avrebbe fatto allo spiedo. Colsi lo sguardo di Phèdre su di me, pensieroso.

D'un tratto mi sentii in colpa, senza sapere perché.

Poi Urist suonò la partenza e spronammo i cavalli, sulle verdi colline di Alba.

19

Il nostro viaggio nell'entroterra aveva un ritmo tranquillo. Di giorno seguivamo i percorsi *taisgaidh* con l'esperta guida di Urist, mentre io non finivo di meravigliarmi che vasti territori così ospitali fossero disabitati. Talvolta vedevamo in distanza fattorie isolate, piccoli borghi, e un mattino incrociammo un gruppo di guerrieri Tarbh Cró che ci scrutarono con aria ostile, senza però violare le antiche leggi non scritte. Ma buona parte del Settentrione di Alba era un verde silenzio, ancora non toccato dall'uomo.

Di sera, sedevamo a parlare intorno ai fuochi.

Quelli erano i momenti che preferivo.

« Voi che ne pensate, lady Phèdre? » domandò una sera Dorelei, prendendo il coraggio a due mani. « Il signor Hyacinthe passerà ad altri la sua conoscenza del mare? »

Phèdre considerò a lungo quella domanda fissando le braci scoppiettanti, mentre Joscelin la guardava in silenzio evitando d'intervenire con la sua opinione. « Non so dirtelo. Davvero, non lo so », rispose infine.

« *Tutta la conoscenza merita di essere appresa* », citai io.

Joscelin sorrise.

Phèdre rimase seria. « Quella non è conoscenza. È potere. È una cosa innaturale per i semplici mortali. Una cosa pericolosa. »

« Tu l'hai fatto, amore », le ricordò sottovoce Joscelin. « Tu hai pronunciato il Nome di Dio. »

« Quello era un dono. Un dono che mi era stato dato per uno scopo. » Volse su di lui uno sguardo turbato. « Un antico torto doveva essere riparato. Se invece parliamo di un successore di Hyacinthe, è una cosa diversa. »

« Vero. » Lui le accarezzò i capelli. « Ma forse ci sono altri torti da riparare. »

« Preferirei che non ce ne fossero. »

« Penso che questo finirà », disse con fermezza Eamonn.

«Credo che lady Phèdre abbia ragione. È un potere troppo grande per cederlo ad altri. Se un sovrano diventa un tiranno, il popolo può sollevarsi e deporlo. Cosa succederebbe se il Signore dello Stretto scegliesse un successore troppo ambizioso? Chi potrebbe opporsi a lui?»

«Sarebbe meglio allora lasciare indifese le coste di Alba?» domandò Dorelei. «Sicuramente il signor Hyacinthe deciderà con saggezza in una questione così grave.»

«E se lui no ha successore? O se no vuole uno di prossimi?» disse Brigitta scegliendo le parole con cura. Ormai era in grado di seguire le nostre conversazioni, e per far pratica preferiva che parlassimo cruithne o eirano. «Forse un giorno Alba è tiranno, forse vuole conquista, come Tiberium.» Scrollò le spalle. «Come Waldemar Selig tentato. In Skaldia lui grande uomo. Voi fate me pensare che forse no. Un giorno forse stessa cosa fa Signore di Stretto. Lui va e governa mari. Tutti obbediscono.»

Il pensiero della piccola Alba che dominava il mondo mi fece sorridere. E tuttavia non era inconcepibile. Tiberium era solo una città, ma il suo impero aveva sconfinato oltre la penisola caerdicci, su Terre D'Ange, Aragonia e Skaldia. Aveva perfino raggiunto le rive di Alba.

No, non era così inconcepibile, in realtà.

«Be', lui non potrebbe dominare *tutti* i mari», disse Joscelin in tono ragionevole. «Il potere di Hyacinthe ha dei limiti, no? E il suo specchio marino non gli permette di vigilare su tutto in ogni momento.»

«Tre volte cento leghe», mormorò Phèdre. «E il suo specchio marino è cieco oltre le terre che non hanno una costa bagnata dal mare. Però...»

«Forse lui insegna altri», rifletté Brigitta. «Signore prende studenti.»

«Un'epidemia di Hyacinthe», scherzò Joscelin.

Nessuno rise. Phèdre guardò Brigitta con nuovo rispetto. «Hai detto una cosa giusta, signora mia. Ogni giorno capisco meglio perché il principe Eamonn ha rischiato tanto per riavere la sua sposa.»

Brigitta sorrise timidamente. «Vecchi nemici, nuovi amici.»

Non sempre il viaggio era facile. I percorsi *taisgaidh* ci portarono attraverso un passo montano dove il terreno era coperto di ghiaia sfusa che faceva scivolare le nostre montature e i muli. A volte le ruote s'incastravano in quel materiale così a fondo da bloccarsi. Pioveva più di quanto fossi abituato a vedere altrove. Per due volte rischiammo di perdere la strada in una nebbia così fitta che non avremmo visto una pietra miliare se fosse stata a più di tre passi di distanza. In quelle occasioni Urist dovette chiederci di fermarci, e aspettammo che la nebbia si fosse alzata.

Stavamo viaggiando senza servitù e senza nessun lusso, poiché aggiungere altro bagaglio e personale avrebbe portato più inconvenienti che benefici. Eamonn non si stupiva che Dorelei trovasse normali quelle condizioni; i reali albani non vivevano circondati dalle comodità. Chi lo sorprese fu Phèdre.

Questo me lo disse un pomeriggio, quando la pioggerellina si era infittita al punto d'inzuppare i nostri mantelli.

Risi. « Tu non hai idea di quante ne abbiamo passate, vero? »

Eamonn batté le palpebre. La pioggia gocciolava dal bordo del suo cappuccio. « Cosa vuoi dire? »

« A Jebe-Barkal, durante la stagione delle piogge, l'acqua cade come se te la rovesciassero sulla testa con un secchio. Il fango è così spesso che a volte gli animali da soma ci sprofondano sino alla pancia. Tutto marcisce. I cavalli si prendono le piaghe da sella. E, quando non piove, ci sono le vespe. Ti depongono le uova nelle ferite aperte, e allora devi tirarle fuori, altrimenti ti viene la cancrena e muori. » Gli mostrai il gesto, con pollice e indice. « Questo era il nostro lavoro, di Phèdre e mio. Eravamo più bravi perché avevamo le dita più piccole. »

« Davvero? » Eamonn guardò Phèdre, che cavalcava più avanti.

« Davvero », gli assicurai.

A parte la pioggia, la nebbia, e l'occasionale incontro con altri viandanti, il viaggio era monotono. A me non accadde più di sognare l'orso, né di uscire in piena notte dalla tenda con la spada in mano. I miei erano sonni senza sogni, per quanto potevo ricordare al mattino. Ma talvolta, nel dormiveglia, mi parve di sentire altre cose: zampogne, e la risata di una donna.

Quando però mi scuotevo via di dosso la sonnolenza e tendevo le orecchie, non c'era più niente.

Solo il silenzio.

Quando mi decisi a chiedere a Dorelei se avesse udito qualcosa di peculiare, durante la notte, lei mi guardò con aria stupita e perplessa, e scosse il capo. Questo mi rafforzò nella convinzione che era stato un sogno. Era logico, suppongo. Io suonavo il flauto di Hugues, ricordavo le zampogne della mia infanzia. E la risata femminile... ah, be', niente di misterioso qui. Solo un altro ricordo triste da seppellire.

Senonché in vita mia non avevo mai sentito la melodia di quelle zampogne.

E la risata non era quella di Sidonie.

Tuttavia la mente umana è un posto strano, pieno di sorprese e di misteri. Ero un erede di Elua, oltreché di Kushiel, e avevo trasgredito ancora il suo più sacro precetto. Avevo voltato le spalle all'amore, almeno per il momento. Nel profondo del mio animo mi sentivo in colpa per questo. C'era poco da stupirsi se nella mia mente si aggiravano fantasmi. Ma, poiché non c'era nessun rimedio alla cosa, dovevo sopportarla e aspettare che passasse.

Anche se mi dava la pelle d'oca.

Il decimo giorno di viaggio giungemmo al confine della terra dei dalriada. Oltrepassata l'ultima catena di colline il territorio tornò a essere verde e lussureggiante. Eamonn respirò a fondo l'aria, riempiendosene i polmoni. «Senti che profumo? Aria di *casa*!»

Avevo l'impressione che l'odore fosse quello che si respirava anche da altre parti di Alba, ma non feci commenti. Sapevo bene cosa significava tornare in patria dopo una lunga e travagliata assenza.

Quella sera facemmo il campo un po' prima del previsto, dietro richiesta di Eamonn, su un prato al confine di una foresta di betulle. Fu lui a scegliere il posto, con grande cura e agendo in modo alquanto misterioso. Quando gliene chiesi il motivo lui rise e andò a parlare con Urist, senza darmi risposta. Vidi il rude cruithne sogghignare inaspettatamente e annuire.

Poi Eamonn tornò verso di noi. «Vieni a vedere. Venite tutti.» Tenendo per mano Brigitta ci condusse nella foresta.

Il sole era ancora a una certa distanza sopra l'orizzonte, e i suoi raggi filtravano tra gli alberi. Erano piante molto antiche, con vaste chiome fronzute, e sotto di esse crescevano pochi cespugli. Il terreno scuro era costellato di rocce coperte di spesso muschio. Eamonn procedeva come se stesse seguendo un sentiero ben visibile, ogni tanto voltandosi a guardare in alto. La seconda volta in cui lo fece, Phèdre indicò nella direzione del suo sguardo e io vidi uno spezzone di corda rossa intrecciata legato a un ramo.

Poco dopo sentimmo un gorgoglio d'acqua. Era un suono quieto, e nell'udirlo mi resi conto che fin lì avevamo camminato in silenzio. «Laggiù», sussurrò Eamonn, indicando una piccola radura. Sorrise a Brigitta. «Il Pozzo di Brigid. È un posto sacro, dedicato a una tua omonima. Ciò che dicono è vero, vedi? Noi abbiamo lontane origini in comune.»

Presso la base di un grosso albero decorato con molte corde rosse, era stato eretto un dolmen di pietra grigia. Nella sua cavità inferiore c'era una minuscola polla. L'acqua serpeggiava via tra i sassi circostanti, formando un ruscello che pochi passi più in là spariva nel terreno scuro.

«Cosa devo fare?» sussurrò Brigitta.

«Vieni.» Eamonn andò a inginocchiarsi davanti al dolmen. Offrì una preghiera alla dea Brigid e invocò la sua benedizione sulla moglie e sugli amici. Poi immerse una mano a coppa nella cavità, e la sollevò gocciolante. Chiamò Brigitta con un cenno. «Bevi.»

La giovane donna s'inginocchiò accanto a lui e bevve dalla sua larga mano. Spalancò gli occhi per la sorpresa. «È dolce!»

Eamonn sorrise. «Come te, cuore mio.» Bevve il resto dell'acqua, quindi tirò fuori dalla borsa un pezzo di pane e lo depose sulla cima del dolmen. «Ora anche voi.»

«Noi non abbiamo portato offerte», protestò Phèdre.

Lui scosse il capo. «Non ce n'è bisogno. In questa terra siete miei ospiti.»

Joscelin si accostò al dolmen con la sua solita elegante economia di movimenti. Chinò la testa offrendo una silenziosa preghiera, e prese una manciata d'acqua dalla polla. Phèdre si unì a lui ed entrambi bevvero, sorridendosi.

Poi fu il mio turno.

In ginocchio di fronte al dolmen mormorai la semplice preghiera che la *ollamh* mi aveva insegnato. « Pietosa dea, noi ti ringraziamo per la tua bontà e ti rendiamo onore. » Immersi la mano nella sorgente nascosta. L'acqua era fredda, e mi limitai ad annusarla. Non aveva l'odore minerale che mi aspettavo. Era limpida e inodore.

Dorelei venne accanto a me e bevve dalla mia mano. Il sapore dell'acqua le piacque, e sorrise.

Incoraggiato da quella prova, bevvi anch'io.

Un sapore disgustoso mi riempì la bocca, del tutto inaspettato. Era un misto di marciume, fanghiglia e bacche rancide, così sconvolgente che per poco non vomitai. Rialzai la testa e vidi la mia faccia sgomenta riflessa negli occhi di Dorelei. Mi sfuggì un gemito.

« Che ti succede? » domandò lei, allarmata.

« Imri! » Eamonn si fece avanti, con espressione preoccupata.

Non volevo guastare quel suo momento di gioia. Qualunque cosa fosse successa, era chiaro che riguardava me e non il Pozzo di Brigid. Tutti gli altri avevano trovato dolce quell'acqua. « È fredda », dissi, con uno sforzo. « Ho un dente che mi duole, nient'altro. »

Nel fondo della mia mente risuonò una risata femminile.

« Oh, aye. » Lui si rilassò. « Domani saremo a Innisclan. La mia vecchia nutrice ti farà un cataplasma per il dente. »

« Gliene sarò grato. » Mi alzai. In quel momento vidi un ciuffo di peli bruni sulla corteccia della grande betulla, e in me balenò il ricordo di un brutto incontro che avevo rischiato di fare da bambino, sui monti del Siovale. *Un orso è stato qui.* Battei le palpebre. No. Era soltanto un pezzo di quelle corde rosse più disfatto degli altri, appeso a una sporgenza.

Un brivido mi corse lungo la schiena.

Forse stavo cominciando a soffrire di allucinazioni.

Sulla via del ritorno sentivo il bisogno di sputare, per togliermi quel sapore infernale di bocca. Non lo feci. Strinsi i denti e sopportai. Pian piano esso sparì, lasciandomi soltanto una sensazione amarognola sulla lingua. Dorelei mi gettava ogni tanto un'occhiata, con aria interrogativa. Unica tra i nostri compagni, lei aveva visto la mia faccia mentre bevevo. Non aveva creduto alla mia scusa del mal di denti.

Quando giungemmo al campo il sole era ormai basso. Gli uomini riuniti intorno ai fuochi stavano già cominciando a cenare. Mentre Eamonn e gli altri li raggiungevano, Dorelei rallentò il passo e restò al mio fianco. «Imriel, cos'è successo giù alla sorgente?»

«Non lo so bene.» Le accarezzai una guancia. «Qualcosa di strano. Forse non significa niente. Ma non voglio rovinare il ritorno a casa di Eamonn. Te ne parlerò quando saremo soli, stanotte, così potrai dirmi cosa ne pensi. Va bene?»

«D'accordo.»

Nessun altro aveva notato il piccolo incidente. L'atmosfera era allegra. Dopo cena Eamonn mi chiese di suonare un poco, così presi il flauto. Eseguii le canzoni che avevamo cantato in coro durante il viaggio, e mi accorsi di essere diventato piuttosto abile. Frugandomi nella memoria trovai allora un motivetto che avevo sentito spesso a bordo dell'*Aeolia*, la nave che mi aveva riportato a Terre D'Ange dopo l'assedio di Lucca.

Mi parve adatto alla circostanza. Non ricordavo le parole che cantavano i marinai del capitano Oppius, ma non importava. Era una canzone allegra, fatta per indurre gli ascoltatori ad accompagnarla battendo le mani a ritmo.

Le voci e le risate nascosero il rumore di zoccoli in avvicinamento. Fu solo quando udimmo le sentinelle gridare l'alt che capimmo di non essere soli. Joscelin balzò in piedi all'istante con la spada in pugno, e io feci lo stesso. Brigitta estrasse un pugnale dall'aspetto pericoloso, e Dorelei corse a raccogliere il suo arco da caccia. Soltanto Phèdre restò seduta con calma, la testa inclinata ad ascoltare le voci dei nuovi venuti. «Sembra che siano amici», osservò.

Si trattava di una dozzina di cavalieri, poco riconoscibili nelle ombre del crepuscolo. Una di quelle figure si staccò dal gruppo e spronò il cavallo verso di noi. Eamonn socchiuse gli occhi. «Mairead?» chiamò. Poi la sua voce si alzò in un muggito: «*Mairead!*»

In risposta ebbe un grido di gioia. Il cavallo arrivò d'impeto in mezzo a noi, costringendoci a indietreggiare in fretta e, quando la figura che gli stava in sella tirò le redini, facendolo arrestare pericolosamente vicino al fuoco, vidi un volto di donna incorniciato da una selvaggia massa di capelli rossi.

« Eamonn! » La cavallerizza balzò al suolo con incurante agilità e corse ad abbracciare il giovane, baciandolo sulle guance. « Sei tornato a casa! »

« Mairead, ragazza mia! » Lui la strinse come se volesse romperle le costole. « Che stai facendo qui? »

Il cavallo, lasciato a se stesso, si muoveva in circolo aumentando la confusione. Brigitta stringeva il pugnale, accigliata. Presi le redini dell'animale e lo portai in disparte. « Non preoccuparti », dissi a Brigitta. « Ho il sospetto che non sia la sua amante. »

Il suo cipiglio si ammorbidì. « Sorella? »

Glieli indicai con un cenno del capo, entrambi alti, esuberanti e rossi di capelli. « Cos'*altro* pensavi? »

La mia ipotesi risultò vera. Dopo quel primo scambio di saluti Eamonn ci presentò formalmente a Mairead, la più anziana delle sue due sorelle. Era alta e vivace, con un viso amichevole spolverato di lentiggini e un sorriso ampio come quello di lui.

Mi piacque subito, e vidi che lo stesso valeva per gli altri. Anche Brigitta sorrise quando la ragazza la abbracciò con disinibito calore. « Dunque *sei tu*! » esclamò Mairead. « Oh, sorella! È un sacco di tempo che aspettavamo di conoscerti! Non hai idea di quanto! »

« Uno mezzo anno, credo », disse Brigitta, scegliendo le parole con cura.

« Soltanto mezzo anno? » Mairead corrugò le sopracciglia. « Oh, be', da quand'è arrivata la lettera di Eamonn, suppongo. Mi sembrava molto di più. Eravamo così preoccupati, e non potevamo far altro che aspettare e sperare, in tutti questi mesi. E lui ci aveva lasciati già da anni. » Diede una pacca sulle spalle al fratello. « Sei stato via *un'eternità*! Voglio sapere tutto, adesso. Voglio sapere di Terre D'Ange, e di Tiberium, e della Skaldia... la Skaldia! E tutte quelle persone, e la famiglia che ti ha ospitato a Montrève... oh, *Dagda Mor*! Si raccontano tante cose su di loro. E tu, lady Dorelei, sei la benvenuta tra noi... Eamonn, ma che stanno facendo qui tutti quanti? Oh, mamma ne sarà così felice. Be', almeno credo.»

Brigitta appariva divertita, ma con l'aria di aver perso da un pezzo il filo del discorso.

Eamonn rise. «Calma. C'è tempo. E per Brigitta è difficile capire se blateri così.»

Mairead gli diede un pugno nelle costole, indignata. «Io non blatero!»

«Sì, invece», la informò lui.

«*Tu* blateri», ritorse lei. «Lo fai sempre. Chiacchieri, chiacchieri, chiacchieri!»

Dopo qualche altra punzecchiatura e discussione, Eamonn andò con Mairead a salutare i dalriada venuti con lei, per invitarli a trascorrere la notte al campo con noi. Erano tutti amici d'infanzia, e le loro grida e risate echeggiarono nell'aria della sera. Il ricordo di una frase di Sidonie mi attraversò la mente. *Solo che è rumoroso come l'inferno!* Per scacciare quel pensiero suonai qualche nota sul flauto di Hugues.

«Bene», dissi serenamente a Brigitta. «Ora hai un'idea di quello che ti aspetta.»

«Sì.» Lei annuì. «Penso che io piace questo.»

Sistemate le cose coi compagni, Eamonn e Mairead fecero ritorno. Benché fosse tardi, restammo seduti intorno al fuoco. Eamonn non disse alla sorella quello che gli era successo in Skaldia, poiché preferiva risparmiarsi i racconti lunghi per Innisclan, ma le parlò del regalo per la loro madre, e di come la regina Ysandre aveva voluto farlo scortare in patria con tutti gli onori.

Mairead, a sua volta, ci disse che si trovava in quella zona perché era al comando di una squadra di esploratori.

«Tu?» la prese in giro bonariamente Eamonn.

Lei gli mollò una gomitata. «Sono la più anziana dopo Brennan e te, non è così? Brennan è andato a nord, e io a sud. Alcuni capiclan si sono lamentati della scomparsa di qualche capo di bestiame. Si parla di *orsi.*» Scosse il capo. «Ma noi non abbiamo trovato tracce di orsi, prima di vedere i vostri fuochi da campo.»

Un brivido mi corse lungo la schiena.

Dorelei mi gettò uno sguardo. «Orsi? Oppure...»

«Gli Antichi?» Mairead fece una smorfia. «Non lo so. Pensavo che loro non avessero motivo di fare danni ai dalriada. Mia madre ha sempre rispettato la tregua con loro. Ma può darsi che li abbiamo offesi. Se è successo, non so dire come. O forse sono soltanto curiosi. O affamati.»

«Gli Antichi?» mormorò Phèdre. Chi non la conosceva avrebbe pensato che fosse insonnolita. «Non ho mai sentito questo nome.»

«Gli Antichi. I Saggi.» Mairead incrociò le dita contro la sfortuna. «Li chiamiamo così per evitare di offenderli. Alcuni di loro giocano brutti scherzi, se non si sentono rispettati.» Guardò Dorelei. «Come li chiamano i Cullach Gorrym?»

«Noi non li nominiamo mai», disse lei, a disagio. «Se siamo costretti a parlarne, li chiamiamo col loro nome. Ma è meglio non nominarli.»

Mairead inarcò un sopracciglio. «I dalriada non la pensano così.»

Mi schiarii la gola. «Kinadius li ha chiamati 'stregoni-orsi'.»

«Uomini temono cose più di donne», osservò Brigitta, che stava molto attenta alla conversazione. «Come Lucius e il nonno morto.»

«Forse. Ma non si può biasimare Lucius, amore mio. Aveva buone ragioni per temere il fantasma del nonno. Comunque, noi abbiamo messo il campo vicino al Pozzo di Brigid, e credo che qui non ci succederà niente di male.» Eamonn sbadigliò. «Amici, l'ora è tarda. Imriel, perché non ci suoni un'ultima canzone per rasserenare i nostri sogni, mentre ce ne andiamo a letto?»

Mi portai il flauto alle labbra e suonai la prima cosa che mi venne in mente. Solo dopo qualche strofa mi accorsi che stavo ripetendo le note misteriose udite nel dormiveglia. Le mie dita esitarono sui fori, ma non mi fermai. Era una melodia infantile, sciocca, e tuttavia in esse c'era qualcosa di seducente. Qualcosa di dolce e triste, come la speranza che un desiderio si avverasse. Intorno al fuoco i miei ascoltatori tacevano, rilassati, ciascuno immerso nei suoi pensieri.

D'un tratto furono proprio le loro facce così tranquille a mettermi a disagio, e smisi di suonare.

Eamonn scosse il capo come distogliendosi a fatica dal sonno, e sbadigliò ancora. «*Dagda Mor!* Sei diventato bravo con quell'affare. Bene, il letto ci attende. Mairead, tu puoi venire nella nostra tenda.»

Io non avevo sonno, neppure un po'.

«Mi spiace, Imriel.» Nella tenda che condividevamo, Dorelei sbadigliò con aria insonnolita. «So che te l'avevo promesso, ma non potremmo parlare domattina di ciò che è successo alla sorgente? Sono sfinita.»

«Ieri notte non avevi sonno, se ricordo bene», la stuzzicai.

«È vero.» Lei sorrise al ricordo del piacere, quel genere di sorriso che fa sembrare più bella ogni donna. «E non ne avrò a Innisclan, ma stanotte sì.»

Allargai le braccia. «Dormi bene, allora.»

«Mmm.» Dorelei si distese e chiuse gli occhi. «Che canzone era quella che hai suonato? Mi è piaciuta.»

«Non lo so. Questo è il problema. Continuo a sentirla in sogno. Quella, e la risata di una donna. Solo che non sono esattamente *sogni,* ma quel dormiveglia prima d'addormentarti, quando non sei ancora di là né di qua. È per questo che ti ho chiesto se avevi sentito qualcosa di peculiare. Volevo parlarti di questo e di ciò che è successo al Pozzo di Brigid, e chiederti... be', dopo quello che ha detto Mairead, cosa sai dei Maghuin Dhonn. Perché, se non posso dire di sentirmi in pericolo, non mi sento neppure al sicuro. Qualcuno o qualcosa mi sta giocando uno strano tiro.»

Dalle labbra socchiuse di Dorelei uscì un lieve russare.

Sospirai.

Più sveglio e più sperduto che mai sedetti a gambe incrociate sul mio sacco a pelo e mi rigirai l'anello di Sidonie intorno al dito. Ero giunto da poco in una terra straniera, verde e bella, e sembrava che quella terra non mi volesse. La mia patria mi mancava e, oh, dei, avevo bisogno di Sidonie. Avrei voluto parlarle. Avrei voluto che lei fosse lì, oppure io là.

Desideravo perdermi in lei.

Per la prima volta da molti giorni abbassai la rigida sorveglianza che avevo eretto intorno ai miei pensieri, e mi permisi di ricordare il suo volto.

Ah, Elua, faceva male, ma era anche piacevole. Ripescai un'immagine dai nostri momenti d'amore, soltanto una perla dalla breve collana d'immagini dei nostri momenti rubati, pochi e preziosi. Allontanai da me quell'atmosfera strana e inospitale e mi aggrappai ai ricordi, cullandoli nella mia mente come se spargessi un balsamo sopra le piaghe della nostalgia. Ogni bacio, ogni ansito di piacere, ogni carezza, tutto io ritrovavo scritto nel volto accaldato di lei sotto di me, nei raggi di sole che le frugavano i capelli, nei suoi occhi socchiusi, nel sapore di miele della sua bocca rosa. E quand'ebbi allontanato da me l'intero mondo restai solo con l'immagine di lei, e il desiderio.

Nient'altro importava.

Semidisteso all'indietro e puntellato su un gomito cercai il mio membro con l'altra mano e lo afferrai, così gonfio e pulsante da far male. *È questo che vuoi? Dillo!* Un altro ricordo. Troppi ricordi, troppo rapidi. Li stavo consumando troppo in fretta. Ma non potevo fermarli, erano una catena: Sidonie coi polsi legati sopra la testa. Sidonie che mi supplicava. Sidonie che si scuoteva avanti e indietro mentre mi spingevo in lei senza requie portandola a nuove altezze, a nuove profondità. Mossi la mano più svelto, mentre ricordi e immagini rimbalzavano dentro di me.

Non cercai neppure di ritardare il momento, quando sentii che stavo per venire. Mi girai su un fianco e spalancai la bocca in un grido muto, spargendo il seme al suolo.

Poi tutto finì e ricaddi supino, ansando. Quando mi voltai verso Dorelei vidi il suo profilo stagliato sull'alone rossastro del fuoco semispento, che illuminava ancora debolmente un lato della tenda. Dormiva, tranquilla e ignara.

Questo mi fece sentire sollevato, ma nello stesso tempo a disagio. Avevo perso il controllo, la porta della memoria restava aperta e altri ricordi si affollavano intorno a me, teneri, dolorosi, importanti. Ero troppo stanco per respingerli, troppo stanco per sottometterli al raziocinio. Potevo sfuggirli solo cercando rifugio nel sonno, ed ero così privo di energia che mi fu facile.

Stavolta non sentii le note dello zufolo.

Soltanto la risata della donna.

20

Poco dopo l'alba, alcuni cavalieri di Mairead tornarono a Innisclan per portare notizia del nostro arrivo. Sarebbero giunti là prima di noi, che eravamo rallentati dai carri. I giovani guerrieri dalriada erano dei buontemponi. Avevano fatto le ore piccole bevendo assieme ai cruithne e agli angeline, e sembrava che stessero meglio di prima. Benché fossi lieto di quell'inizio così amichevole dei nostri rapporti, li invidiai.

Quel mattino mi sentivo la testa pesante, come se avessi esagerato col vino. Troppe emozioni, probabilmente. Il macigno del mio cuore, ormai disturbato nel suo riposo lontano dalla superficie della mia vita, si agitava inquieto.

«Vuoi parlare di quella cosa?» mi domandò Dorelei, lucida e riposata. «Mi spiace di non aver potuto stare sveglia, questa notte.»

Cercai di sorriderle. «Non c'è fretta. Con tutta questa gente intorno non riesco a pensare.»

Non c'erano facce malinconiche intorno a noi. Era una bella giornata serena, e le preoccupazioni della sera prima erano dimenticate. Nessuno parlò degli Antichi, o dei Saggi, o degli stregoni-orsi, o dei Maghuin Dhonn.

E, nella chiara luce del giorno, questo stava bene anche a me.

Viaggiammo seguendo le tracce dei dalriada. Non passò molto che trovammo dei sentieri, dove i carri poterono procedere più agevolmente. C'erano bassi recinti oltre i quali mucche e vitelli pascolavano, seguendoci con sguardi indifferenti. I muli rizzavano le orecchie, e il Bastardo scalpitava e sbuffava sotto di me. Anche quel mattino ci distraemmo cantando, e io suonai il flauto di Hugues, ma non *quella* canzone.

Nell'aria c'era odore di salmastro. I gabbiani emettevano strida roche.

Dalla sommità di un'altura erbosa vedemmo davanti a noi una valle costiera. Il grande edificio principale di Innisclan era attorniato da altri sparsi ovunque, tra cui un mulino, una fucina, e ricoveri per il bestiame. Il mare si stendeva grigio e scintillante nella luce del pomeriggio.

Phèdre si sporse a prendere una mano di Joscelin. «Oh, amore! Non è cambiato nulla!»

Lui le sorrise. «Proprio così. Ricordi...»

Arrossì. «Fin troppo bene.»

Gli abitanti di Innisclan erano usciti ad accoglierci. Non ci misi molto a identificare la madre di Eamonn. Lady Grainne, signora dei dalriada, era alta e imponente. Ciocche grigie smorzavano il fuoco della sua chioma rosso-oro, e sul volto forte c'erano piccole rughe, ma quando sorrideva gli occhi brillavano come quelli del figlio.

Eamonn salutò la madre con un inchino e si raddrizzò per ricevere il suo abbraccio, ridendo di felicità. Subito dopo le presentò Brigitta, cosa che diede la stura a cori di grida esuberanti mentre altri parenti accorrevano a salutare la sposa, e infine potemmo farci avanti anche noi, che eravamo rimasti in disparte.

Nelle sue vesti d'inviata della regina, Phèdre tenne un breve discorso per spiegare il significato del dono che avevamo portato.

Lady Grainne la ascoltò con aria divertita. «Libri! Tu porti sempre qualcosa di notevole, Phèdre nó Delaunay.»

Lei sorrise. «È stato Eamonn a suggerire questa scelta.»

«Vogliamo fondare un'accademia, Brigitta e io», spiegò lui alla madre.

La donna inarcò le rosse sopracciglia. «Molto interessante.»

Mentre il figlio più anziano della signora, Brennan, si occupava dello scarico dei carri e della sistemazione della nostra scorta, noi fummo condotti nel salone di Innisclan, dove si stava apparecchiando il lungo tavolo per la cena di benvenuto. Buona parte del pianterreno dell'edificio era occupata da quel vasto locale. Poiché eravamo gli ospiti d'onore ci furono assegnate delle camere da letto, celle di pietra larghe appena quanto bastava per contenere una branda.

«È uno *sgabuzzino*», sussurrai a Dorelei.

Lei mi mise un dito sulle labbra. «Taci. Questa non è Terre D'Ange.»

Dopo aver avuto modo di lavarci e cambiarci gli abiti da viaggio, fummo convocati nel salone. Non ci misi molto a capire che la cena sarebbe stata lunga e rumorosa. I figli della signora parlavano a gran voce interrompendosi a vicenda, per raccontare a Eamonn quello che era successo a casa negli ultimi due anni. Durante il pasto ebbi modo di vedere chi fossero. Brennan era il primogenito, l'erede di sua madre. Dopo Eamonn e Mairead era nata un'altra sorella, Caolinn, e infine Conor, il più giovane, che ormai aveva quindici anni.

A parte Conor avevano tutti lo stesso aspetto, alti e rossi di capelli. Lui era più quieto, con folti capelli neri e scuri occhi pensosi che spesso si volgevano come affascinati a osservare Phèdre. Eamonn mi aveva detto che dei cinque figli soltanto le due femmine avevano lo stesso padre. Nessuno di quei diversi padri si trovava lì.

Nel vedere i cinque fratelli allo stesso tavolo cominciai a capire perché lady Grainne aveva permesso che uno di loro se ne andasse a vagabondare per il mondo. Averne soltanto quattro nella stessa casa era già sufficiente a far venire il mal di capo.

Al termine della cena, però, quando ebbe inizio il racconto che la famiglia aspettava, tutti tacquero. I presenti ascoltarono rapiti mentre Eamonn narrava di quando aveva cominciato a fare la corte a Brigitta. Poco dopo Conor si alzò in silenzio e andò a prendere una cetra. Poi si limitò a tenere lo strumento in grembo, a capo chino, sfiorando le corde con le dita ma senza toccarle.

Quando Eamonn ebbe finito, Caolinn sospirò. «Com'è romantico!»

«Perché?» Mairead scrollò le spalle. «Ha fatto un sacco di lavoro, tutto qui. Non c'è niente di romantico nello spaccare legna e portare secchi d'acqua.»

«Ma farlo per amore? È romantico, invece.» Caolinn si volse a Conor. «Tu la pensi come me, vero?»

Col capo ancora chino, il ragazzo annuì. «Sì.»

«Comporrai una canzone sul nostro Eamonn, fratellino?» domandò Brennan, sorridendo. Guardò noi. «Conor ci sa fare con la cetra. Può suonare qualsiasi canzone abbia udito, fino all'ultima nota. Uno degli antichi bardi dev'essersi reincarnato in lui.»

Conor arrossì, senza alzare la testa. «Oh, smettila!»

«Ti va di suonare qualcosa per noi, Conor?» gli chiese Phèdre. «Mi piacerebbe ascoltarti.»

Lui arrossì ancor di più, ma annuì di nuovo e cominciò a cantare una ballata eirana, accompagnandosi col suo strumento.

Era davvero bravo, abbastanza da potersi esibire nei palazzi di Terre D'Ange. Le sue dita correvano forti e agili sulle corde della cetra, traendone note melodiose. Pian piano, nel cantare, si fece più sciolto e rilassato, e benché la sua voce fosse ancora quella di un adolescente sapeva usarla da esperto.

«È stato molto bello», si complimentò Phèdre quando lui ebbe finito, sorridendogli. «Ti sono grata.»

Conor arrossì di nuovo.

«Ho un figlio nato per la musica», disse Grainne, con affetto. «Un dono di suo padre.»

«Dovreste suonare assieme.» Eamonn mi diede un calcetto sotto il tavolo. «Imri ha fatto pratica col flauto per tutto il viaggio. Non suona male. Che ne dici, Imri, vuoi andare a prendere il tuo flauto?»

«Più tardi, forse. Voialtri dovete essere stanchi di sentirmi strimpellare.»

«A me piacerebbe sentirti, principe Imriel», disse Conor, rivolgendomi la parola per la prima volta.

«Va bene.» Inarcai un sopracciglio. «Ma tu vorrai chiamarmi *Imriel*, principe Conor?»

Lui sorrise, ancora rosso in viso. «D'accordo.»

Elua, non avevo dimenticato quell'età! Goffaggine e imbarazzo a ogni piè sospinto. Gli anni del puledro, li chiamavano quelli della Confraternita Cassiliana come Joscelin. Andai a prendere il flauto di Hugues e assunsi un'espressione solenne. «Questa è una canzone che noi angeline cantiamo nelle occasioni speciali. Durante il viaggio l'abbiamo tradotta in eirano, in vostro onore. Io eseguirò la musica, e forse la mia signora moglie sarà così gentile da cantare per noi.» M'inchinai verso Dorelei che annuì, divertita.

Quella che però suonai fu l'introduzione della canzone della piccola capra bruna, e lei rise. Quando poi cominciò a cantare, anche gli altri risero di quelle strofe infantili. Conor ci guardava con occhi scintillanti, e la seconda volta in cui suonai il ritornello ci accompagnò con la cetra. Le sue dita danzavano sulle corde, aggiungendo a quella semplice canzoncina un fascino che non avrei mai immaginato.

«Molto bravi!» ci applaudì Eamonn.

«Come vedete è vero», disse orgogliosamente Brennan. «Gli basta sentire la musica una volta.»

«Così pare.» Abbassai il flauto. «Conor, se io suonassi un motivetto potresti dirmi se l'hai già sentito?»

Lui annuì. «Sì, naturalmente.»

Ma, non appena eseguii le note del misterioso zufolo che avevo udito nel dormiveglia, Conor cambiò espressione. «No!» esclamò, pallido in viso. «Questa roba non l'ho mai sentita.»

«Conor! Non è il caso di essere scortese», si stupì sua madre.

«Mi dispiace», borbottò lui. Si alzò e depose la cetra sul tavolo. «È tardi e devo ritirarmi. Scusate.»

Lo seguii con lo sguardo mentre si allontanava, rigido e teso. «Mia signora, l'ho forse offeso senza volerlo?»

Grainne sospirò. «No. Ha un carattere sensibile, questo mio ragazzo. Negli ultimi tempi rimugina troppo i suoi pensieri. Non farci caso, gli passerà.»

Eamonn mi diede di gomito. «Forse *tu* potresti dirgli qualcosa, Imri. Tu ne sai qualcosa di rimuginazioni giovanili.»

Presi sul serio quelle sue parole scherzose. «Credo che lo farò, sì.»

Dopo l'inaspettata uscita di Conor, la conversazione si spostò sugli orsi. A differenza della sorella, esplorando con la pattuglia verso sud, Brennan aveva trovato le tracce di un orso. Le aveva seguite lungo un pascolo recintato fino al limite di una boscaglia, dove malgrado il terreno più morbido erano del tutto scomparse.

«Mi sono sentito accapponare la pelle», concluse il giovane, grattandosi la nuca. «Si tratta di *loro*, non c'è dubbio.»

«Cosa possono volere i Saggi da noi?» Eamonn era perplesso.

«Sei tu quello che ci ha portato una carrettata di saggezza», replicò il fratello maggiore. «Forse non gli piace l'odore di quei libri.»

Eamonn guardò sua madre. «Pensi che sia vero?»

«Non lo so.» Grainne appariva preoccupata. «I dalriada sono sempre stati in pace con gli Antichi.» Gettò involontariamente uno sguardo alla porta. «Se sono offesi per questo motivo o un altro, spero che me ne parlino.»

«State dicendo che voi potete trattare con loro?» si meravigliò Dorelei.

«È ciò che faccio», rispose con fermezza la signora dei dalriada. «Ogni cosa ha sempre due lati, giovane cruithne. Anche loro. Non me la prendo per pochi capi di bestiame, quando gli Antichi hanno fame. Oggi non trovano più molte cose che un tempo erano loro proprietà.»

«Allora non pensate che siano maligni?» domandai.

«Maligni?» Grainne mi fissò, perplessa. «No. Capricciosi, questo sì, ma non maligni. Ma oggi è un giorno felice. Parliamo di cose più gradevoli.» Si volse a Eamonn. «Come hai trovato tuo padre? Sta bene?»

Così l'atmosfera si alleggerì.

Avrei voluto saperne di più sui Maghuin Dhonn e discutere le mie esperienze, ma lady Grainne aveva chiarito i suoi desideri, e decisi che l'argomento poteva aspettare. Cominciavo a pensare che lei fosse la persona più adatta da consultare, visto che sembrava conoscere i Maghuin Dhonn meglio di altri e lo ammetteva apertamente. Se erano gli stregoni-orsi a essermi ostili, qualunque cosa volessero, loro non avevano fatto nulla per rivelarsi a me durante quel viaggio nell'interno di Alba. E adesso che eravamo al sicuro a Innisclan dubitavo che ci avrebbero provato.

In questo mi sbagliavo.

Quella notte Dorelei e io facemmo l'amore nel piccolo letto della nostra cameretta, lasciando da parte ogni argomento di conversazione. Dopo cena era stato servito del *uisghe*, ed eravamo eccitati e alticci, divertiti dalle contorsioni che bisognava fare per non cadere dal letto. Fu dolce, sciocco e piacevole, e poi mi addormentai prima che arrivassero pensieri malinconici, senza musica di zufolo o risate femminili nel dormiveglia.

Feci dei sogni, però.

Sognai di fare l'amore con Sidonie.

Fu un lungo episodio onirico, più intenso ed eccitante dei ricordi che avevo assaporato la notte precedente. Ebbi l'impressione di sentirla, di gustarla, di udire la sua voce nelle orecchie. Tutto culminò con un ansimante risveglio che mi lasciò pieno di voglie insoddisfatte, col membro eretto e col cuore gonfio di rimpianti.

Il suono di uno zufolo, e la risata di una donna.

Vieni qui.

Quelle parole strinsero un cappio intorno alla mia volontà e mi trascinarono via. Avevo già fatto altre volte l'esperienza di uscire dal mio corpo e guardare nella mente di un'altra persona, dove vedevo il colore delle intenzioni e le segrete linee-di-colpa. Il dono di Kushiel mi dava modo di capire le pecche altrui, se avessi scelto di usarle a mio vantaggio. Quella notte fu invece come se uscissi dal mio corpo per vedere *me*, inerme e sbalordito.

Benché non avessi la minima intenzione di farlo mi alzai in silenzio e indossai qualcosa. Lasciai appeso al muro il cinturone con la spada. Lo zufolo suonava, ammaliandomi con seducenti promesse. Gettai uno sguardo a Dorelei, immersa nel sonno, e uscii dalla stanzetta.

Il salone al pianterreno di Innisclan era silenzioso, a parte il russare di alcuni uomini della signora che usavano dormire lì, guardie ubriache di *uisghe*. Me le lasciai alle spalle. A muovere i miei piedi era una volontà estranea. Non avevo intenzione di andare ovunque stessi andando. E invece... andai.

Con una parte lontana della mia coscienza ero sicuro di volermi fermare, di voler tornare indietro. E, poiché non lo facevo, quella lontana parte di me desiderò che io aprissi la bocca e chiamassi aiuto. Un grido avrebbe fatto accorrere Joscelin dalla stanza che divideva con Phèdre, spada in pugno.

Solo che... non gridai.

Continuai a camminare. Non volevo farlo, ma lo feci. Come un sonnambulo seguii quel richiamo, seguii gli aneliti del mio cuore, seguii le note dello zufolo. Dentro di me stavo tremando di paura, ma non potevo fermarmi. Aprii il portone e uscii nella notte esterna. La luna piena, nitida e bianca, inargentava il panorama albano. E laggiù, in quel vago chiarore, c'era una piccola figura lontana.

Una donna.

M'incamminai verso di lei. Era accanto a uno dei bassi recinti di pietre. Vidi un riflesso lunare sullo zufolo d'argento che abbassò dalle labbra quando fui più vicino. Qualunque fosse l'incantesimo che mi legava, sembrò allentarsi quando la melodia si spense. Trassi un lungo respiro e tornai padrone di me stesso. Ora potevo sentire di nuovo gli odori della notte, quello dello sterco di cavallo e delle bacche fermentate, e la mia paura lasciò il posto alla rabbia.

«Donna», dissi sgarbatamente, accigliato. «Chi sei tu?»

Lei mi guardò. Era piccola e scura di pelle, con una spettinata chioma nera e pallide iridi grigie. Aveva zigomi larghi e il volto segnato da tatuaggi azzurri: due artigli che le incorniciavano gli occhi. «Puoi chiamarmi Morwen.»

Strinsi i pugni. «Morwen. Cosa vuoi da me?»

«Non ne sono ancora sicura.» Mi studiò. «Sei stato incauto, sai.»

Scossi il capo. «Tu parli per enigmi.»

«A volte sì.» Morwen sorrise. Alzò una mano a sfiorare una borsetta di pelle che portava appesa al collo con un cordone di cuoio. Uno spasimo di desiderio esplose in me, così violento che quasi piegai le gambe. Lei mi guardò divertita. «Eravamo curiosi, e anche un po' impauriti. Il tuo matrimonio è foriero di gravi cambiamenti. Ti ho seguito. Non mi hai sentita? E poi hai sognato l'amore e sparso sul suolo del *taisgaidh* il tuo seme, che chiunque avrebbe potuto raccogliere.» Aprì la borsetta e ne estrasse un oggettino: un rozzo omiciattolo fatto di terreno argilloso. Me lo mostrò, poi lo rimise nel contenitore. «Questa è stata un'imprudenza.»

Strinsi i denti. «Cos'hai fatto, donna?»

«Oh, ti ho legato coi tuoi stessi desideri.» Una ruga le increspò la fronte. «Non ho intenzione di usarlo per nuocerti. Non siamo ancora sicuri, nessuno di noi, di quale sia la via migliore. Neppure Berlik. Non possiamo dirimere l'intreccio per vedere oltre la porta del futuro, non ancora. Ma intanto ho fatto questo.»

Accarezzò ancora la borsetta di pelle.

Rantolai.

«Vuoi fare l'amore con me?» s'informò Morwen. «Vuoi farlo, vero?»

«No.» La fulminai con lo sguardo. «Non con *te.*»

Lei rise. Era la risata che aveva tormentato le mie notti. Non quella di Sidonie, che aveva capovolto il mio mondo. Ma le sue dita accarezzarono la borsetta in cui c'era il mio seme mescolato al terreno albano, e non seppi trattenere un rantolo.

«Potrei *costringerti* a volermi. Forse questo cambierebbe le cose», disse Morwen.

Abbassai lo sguardo. «*Duzhmata, duzhûshta, duzhvarshta*», sussurrai.

Cattivi pensieri, cattive parole, cattive azioni.

La morsa del desiderio si allentò, tenuta a bada dallo spettro di Daršanga. Sembrava che la lezione di Casa Brionia non fosse stata inutile, dopotutto. Respirando tra i denti guardai Morwen. Aveva un'espressione sorpresa.

«Interessante», disse con calma. «Magia angeline?»

Mi permisi una risata aspra. «Non credo proprio. Perché fai questo?»

Morwen inclinò la testa. «Curiosità.» Fece un passo verso di me e mi guardò meglio, con quegli occhi cinti da artigli tatuati. «Noi siamo gente molto antica, angeline, e voi siete giovani. Il vostro arrivo potrebbe essere una marea che non riusciremo a fermare. Noi dominiamo Alba da lungo, lungo tempo.»

«Voi Maghuin Dhonn? Non da molti secoli, a quanto dicono.»

Lei alzò una mano a toccarmi una guancia, e quando feci per scostarmi strinse con l'altra la borsetta di pelle. Le sue dita odoravano di muschio e di bacche. «Sì, invece. Noi possediamo il cuore segreto di Alba. Tutti quei posti sacri ai cruithne e ai dalriada erano nostri, prima.»

«Prima di sacrificare il vostro *diadh-anam*», azzardai.

«Questa è una bugia.» Le sue dita si curvarono, e io sentii la pressione di artigli pesanti sulla pelle, poi si ritrassero. «Sei coraggioso? O soltanto sciocco?»

Chiusi gli occhi. «Stanco, più che altro.»

«Povero ragazzo!» Rise e accarezzò la borsetta di pelle, provocando un non voluto fremito di desiderio nel mio ventre.

«Non avresti dovuto desiderare troppo. Questo legame sei stato tu a farlo. Io mi limito a tirare i fili.»

Dietro i miei occhi chiusi evocai un altro ricordo. Sidonie, in piedi in un raggio di sole, nella camera di Amarante. Il suo sorriso spontaneo mentre si voltava a guardarmi; la sua risata quando mi ero inchinato chiamandola Principessa Sole. La gioia inaspettata che mi aveva allargato il cuore. Riaprii gli occhi. «Dovresti andarci più cauta se vuoi giocare con gli angeline in materia d'amore, donna. Al Beato Elua questo non piace.»

«Qui non siamo nel suo territorio», mi fece notare lei.

«Vero. Ma io sono un suo erede. Suo e di Kushiel.»

Ci guardammo. «Ora vado.» Morwen puntò un dito sulla sua borsetta di pelle. «Non ti sarà fatto del male. Non qui, sulla terra di Grainne. Ma penso che Alba, la vecchia Alba, non ti voglia qui. Se sei saggio, te ne andrai. Torna alla tua Terre D'Ange, al tuo Elua e al tuo amore.»

«Donna, non chiederei di meglio», dissi, cupamente.

Lei scrollò le spalle. «Allora vattene.»

Mentre aprivo la bocca per rispondere, una nuvola passò sulla luna. Le ombre si mossero come nebbia, e i pallidi occhi di Morwen scomparvero. Qualcosa di grosso e lento si mosse nel buio, sbuffando, con passi così pesanti da far tremare il suolo. Mi venne la pelle d'oca, e feci uno scarto come un cavallo libero dalle redini. Ogni residuo di desiderio era scomparso.

La nuvola passò oltre.

Davanti a me non c'era nessuno.

Imprecai, a lungo e con rabbia. Poi feci ritorno nel cortile. Quando una figura snella uscì dal buio del portone mi portai una mano al fianco in cerca dell'elsa della spada, e non trovandola mi disposi a battermi a mani nude, tendendo i muscoli.

«Principe Imriel!» La voce sommessa di un ragazzo. «Sono soltanto io.»

Conor. Abbassai i pugni. «Ah, sì, il ragazzo che non aveva mai sentito quelle note musicali.»

Lui rabbrividì, ma non era freddo. «Tu l'hai vista, vero?»

«Sì.» Lo scrutai un poco. «Quella donna è tua amica?»

«No.» Conor si strinse le braccia al petto. La sua voce si abbassò in un sussurro. «Uno di loro lo era, una volta. Mi ha insegnato una canzone o due. Incantesimi.» Fece una pausa. «Diceva di essere mio padre.»

«Tuo *padre*!»

«Sstt!» supplico, sgomento. «Per favore!»

«Per le ossa di Elua!» Mi passai una mano tra i capelli. «È una cosa tanto abominevole? Voglio dire... avere uno degli Antichi per... per padre?»

«No. Sì.» La sua voce s'incrinò. «Non lo so. È preoccupante.»

«Quanto a questo, posso crederci.» Mi guardai alle spalle, senza volerlo. «Conor, ascolta. Ho appena avuto un incontro molto... strano, e sgradevole. Adesso credo che faremmo meglio a rientrare, chiudere col catenaccio e svegliare uno degli uomini per metterlo di guardia. O magari due, uno anche alla mia porta. Domattina farò una lunga chiacchierata con la tua signora madre. E, se tu non hai già fatto lo stesso, ti consiglio di non aspettare oltre. Questo ti sembra saggio?»

Lui annuì. «Sì.»

«Bene.» Gli misi una mano su una spalla e lo feci girare verso il portone. «Andiamo.»

21

Mi svegliai con la netta sensazione che qualcuno mi spiasse, e quando aprii gli occhi mi accorsi che seduto ai piedi del letto c'era un estraneo. Prima di capire che si trattava di Conor avevo già afferrato il fodero ed estratto la spada a mezzo. Quel gesto lo fece balzare in piedi con un ansito di spavento.

«Elua!» brontolai, disgustato. «Non devi sorprendere un uomo in questo modo.»

«Scusa.» Sulla soglia della stanza, il ragazzo curvò le spalle. «Non credevo che avessi l'abitudine di dormire fino a tardi.»

«Non l'ho mai avuta.» Dopo il mio incontro con Morwen non ero riuscito a chiudere occhio. Soltanto all'alba, disteso accanto a Dorelei, la stanchezza aveva avuto la meglio sul nervosismo. Mi voltai e vidi che mia moglie non c'era. Dall'esterno non proveniva nessun rumore. «Dove sono tutti?»

«Stanno cercando il posto in cui costruire la biblioteca. Devono esaminare e sistemare molti libri. Lady Phèdre non è stata contenta quando Brennan ne ha portato qualche bracciata in una colombaia vuota.» Mi osservò cautamente, da sotto la frangetta di capelli neri. «Possiamo andare a parlare con mia madre, ora? Me l'hai promesso.»

Non ricordavo di aver promesso niente del genere, e certamente non avevo nessuna voglia d'intromettermi nella *sua* discussione con Grainne. Quello che c'era tra loro erano affari loro. Per un momento fui sul punto di dirlo, poi vidi la supplica nei suoi occhi neri. A volte è più facile condividere i propri dilemmi con un estraneo che con una persona cara. E, se c'era qualcuno che sapeva quali potevano essere le incomprensioni tra madre e figlio, ero io. Feci un sospiro e cominciai a vestirmi. «Sì, va bene.»

Il salone di Innisclan era silenzioso e quasi vuoto. Nella cucina, un aiutocuoco dai modi allegri mi diede una fetta di pane spalmata di miele e del latte. Stregoni-orsi o no, dopo l'assedio di Lucca non intendevo più affrontare la giornata a stomaco vuoto. Mangiai in piedi, seccato dall'aria impaziente di Conor.

«D'accordo, d'accordo!» Mi leccai le dita. «Andiamo.»

Lady Grainne accolse con un sorriso divertito la nostra richiesta di un colloquio privato. Ci condusse nel suo alloggio, che comprendeva un piccolo salotto. Al suo gesto d'invito sedetti su una sedia imbottita con un vello di pecora rosso. Conor restò in piedi, nervoso e irrequieto.

«Vuoi che cominci io?» gli domandai.

«Sì, per favore», borbottò.

Trassi un profondo respiro e le raccontai l'intera storia. Lo zufolo, la risata femminile, i rumori ursini fuori dalla tenda, il Pozzo di Brigid, la chiamata di Morwen e l'incantesimo che la donna aveva messo su di me.

A quest'ultimo particolare, la signora dei dalriada s'irrigidì. «Cosa ha usato per legarti?»

«Desiderio.» Sostenni il suo sguardo senza batter ciglio. «Seme virile sparso sul terreno del *taisgaidh*. Ha un mio simulacro fatto di terra e argilla.»

Lei annuì. «Capisco.»

Poi le riferii quel poco che mi aveva raccontato Conor, ma quasi subito lui m'interruppe. «Tu mi hai detto che lui era un *bardo*!» gridò a sua madre, con voce rotta. «Un *bardo* itinerante!»

«E lo è. Non ti ho mentito.» Grainne era seria in viso.

«Perché non mi hai detto *tutto*?»

«Ah, ragazzo.» Lei sorrise tristemente. «Scusami. Ho pensato che mi avresti fatto altre domande quando saresti stato più maturo. Di certo hai sempre saputo che sei diverso, così com'è diverso anche Eamonn. Non immaginavo che tuo padre ti avrebbe fatto visita. Avrei dovuto. A loro piace giocare qualche scherzetto. Agli Antichi.»

«Questa notte non si è trattato di uno scherzetto», dissi.

«No, non lo era.» Lady Grainne si alzò e andò avanti e indietro per la stanza. «Questo mi preoccupa.»

Alzai le sopracciglia. «Preoccupa voi!»

«Vogliono fare del male al principe Imriel?» domandò Conor, a disagio. «*Possono* farlo?»

Lei non rispose direttamente. «Non è un segreto che gli Antichi si sono dichiarati contrari al suo matrimonio con Dorelei mab Breidaia. Tuttavia questo è accaduto, e non credo che romperanno la loro lunga tregua coi dalriada. Ma questa faccenda dell'incantesimo gettato sul principe Imriel non mi piace.» I suoi occhi grigioverdi si spostarono su di me. «Questa è stata un'imprudenza da parte tua.»

Allargai le braccia. «Nel nome di Elua! Come potevo immaginarlo? Va bene. E adesso, mia signora? Non ho intenzione di abbandonare Dorelei, girare la coda e fuggire in Terre D'Ange per la minaccia di una strega-orso. Ma non posso neanche stare a questo gioco di richiami con Morwen, del resto, col pericolo che mi attiri in un'imboscata. E mi sto rivolgendo a voi perché siete l'unica persona, in Alba, che abbia avuto a che fare con gli Antichi.» Gettai uno sguardo a Conor. «Almeno, l'unica che sappia quello che fa.»

«Ah, be'.» Con mia sorpresa, Grainne sorrise. «L'amore e il desiderio sono strane cose, vero? Comunque, non sono la sola. E questa magia va oltre la mia competenza.»

«Aodhan dovrebbe saperne qualcosa», mormorò Conor.

«Gli hai parlato?» domandò sua madre.

Lui annuì, evitando il suo sguardo. «Gli ho detto di... dell'uomo che mi ha insegnato a cantare degli incantesimi. Ha risposto che è pericoloso usarli, a meno che io non voglia studiare la Strada del Bosco.»

«Questo Aodhan è un *ollamh*?» domandai.

«Di adozione», disse Grainne. «Comunque, ha trattato per molti anni con gli Antichi. Cerca di capire... in Eire, gli Antichi ci sono amici. E noi non abbiamo mai lottato contro di loro, a differenza dei cruithne, né qui né in Alba. Loro ci hanno insegnato molte cose sulle proprietà delle erbe e sui luoghi sacri e, sì, anche sulla magia.»

«Magia dei cambiaforma?» volli sapere.

«Così dicono le vecchie storie.» Conor ebbe un brivido. «Ne ho chiesto ad Aodhan. Lui ha detto che sono cose vere. Ha detto che è magia selvaggia, e che l'abbiamo perduta cominciando a civilizzare la terra. Non si può avere niente per niente.»

Mi accigliai. «Capisco.»

« Be', nessuno certo ha mai civilizzato gli Antichi », disse Grainne. « E neppure del vecchio Aodhan si può dire che sia molto civile. Se qualcuno può suggerirti la strada migliore, quello è lui. Puoi portare Imriel a conoscerlo? » domandò a Conor.

Lui raddrizzò le spalle. « Sì. »

Lady Grainne disse che ci avrebbe scusati con gli altri, e stabilimmo di non parlare della cosa a nessuno prima di aver avuto il consiglio dell'*ollamh*. Del resto, era inutile aver troppa fretta d'informarli. Nel caso migliore si sarebbero soltanto preoccupati; in quello peggiore temevo la reazione di Joscelin. Quando si trattava della mia sicurezza, era inflessibile. Non intendevo rischiare che trasformasse la compagnia angeline in un reparto organizzato per affrontare in battaglia gli Antichi. Anche se una parte di me avrebbe voluto proprio questo, adesso ero un principe di Alba per diritto di matrimonio e dovevo rispettare le leggi albane, che sfortunatamente non prevedevano nulla per chi fosse stato affatturato.

Era chiaro inoltre che mettere in pericolo una tregua di lunga data avrebbe costituito una violazione dell'ospitalità dei dalriada. Benché fossi oberato da un incantesimo e osteggiato, nessuno mi aveva ancora fatto del male. Non avevo il diritto di far scoppiare una faida in quella terra. Grainne aveva un buon motivo per dichiararsi offesa da Morwen, ma dubitavo che volesse dare un seguito a quell'episodio.

Era ironico. Firdha mi aveva riempito la testa con migliaia di leggi e usanze, e non ce n'era una che potesse applicarsi al mio caso. Speravo di avere più fortuna con quell'Aodhan. « Non sarebbe meglio prendere una scorta? » domandai a Conor, mentre andavamo nella scuderia.

La nostra compagnia aveva messo le tende in un campo a poca distanza dall'edificio principale. Gli angeline e i cruithne che vedevo nei dintorni passeggiavano, giocavano a dadi o chiacchieravano per ingannare il tempo.

Lui scosse il capo. « Aodhan non si farebbe vedere, se lo facessimo. »

« Capisco », dissi, anche se non capivo affatto.

« Non ci sono rischi, stai tranquillo. »

« Lieto di sentirtelo dire », risposi seccamente.

Mentre lasciavamo Innisclan vedemmo alcuni degli altri. Gli uomini, almeno. Eamonn e suo fratello Brennan stavano esaminando uno dei posti dove pensavano di costruire la biblioteca, con l'assistenza delle capacità siovalesi di Joscelin. Nel vedermi passare a cavallo, Eamonn alzò un braccio in segno di saluto. Nessuno sembrò trovare strano che uscissi in compagnia di Conor. D'altronde avevo promesso di dire due parole al ragazzo.

«Abita lontano questo Aodhan?» gli domandai.

«Oh, forse un'ora di cavallo. O forse due.»

Se non altro, la cavalcata fu piacevole. Per la maggior parte del tempo ci tenemmo proprio sulla costa, che cadeva a picco su una stretta spiaggia costellata di macigni. Era una bella giornata e il sole scintillava sulle acque, appena mosse da una leggera brezza. Guardando quell'ampia distesa di mare vuoto mi chiesi se il Signore dello Stretto non si annoiasse a sorvegliare la costa di Alba, e cosa sarebbe accaduto se avesse smesso di farlo.

Lungo la strada cercai di tirare su di morale Conor. «Sei ancora arrabbiato con tua madre?»

«No», disse, con voce che significava «sì».

«Lo sarei anch'io. Sai, a me è successo qualcosa di simile.»

«Davvero?»

Così gli dissi come avevo scoperto chi ero. Come avevo creduto di essere un orfano, cresciuto al santuario di Elua, e come ne ero stato rapito. Come mi avevano salvato da un luogo terribile, e come avevo appreso dalle parole di un militare di essere il figlio di Bénédicte da La Courcel e Mélisande Shahrizai.

«E come l'hai presa?» domandò Conor, a occhi spalancati.

Scrollai le spalle. «Ci sono rimasto male.»

Lui arrossì. «No, *sul serio.*»

«È vero», dissi. «Mi sono arrabbiato con Phèdre perché non me l'aveva detto.»

Conor cavalcò in silenzio per un po', pensandoci. «Be', ma non è lo stesso. Lei non è tua madre», disse infine.

«No, non lo è.» Un ricordo: il suo polso stretto nella mia mano. Le sue pulsazioni che acceleravano. Il mio impeto di desiderio. La Prescelta di Kushiel. Scacciai quell'immagine. «Ma in un certo senso lo è, Conor. E l'ho perdonata perché sapevo che l'aveva fatto per il mio bene.» Mi sporsi sulla sella e gli diedi una pacca sulle spalle. «Potrebbe essere peggio, sai. Meglio essere figlio di un Antico che della più grande traditrice del regno.»

Mi gettò uno sguardo in tralice. «Tu credi?»

«Oh, sì», dissi. «Fidati.»

Lasciammo la scarpata costiera dove un fiumiciattolo sfociava in mare, e ci dirigemmo verso l'interno. Risalimmo il gorgogliante corso d'acqua tra rocce muschiose e cascate in miniatura. Il sottobosco diventò folto, e fummo costretti a smontare e continuare a piedi, dopo aver legato a un albero il Bastardo e il pony peloso di Conor. A un certo punto ci trovammo in una macchia di rovi così impenetrabile che dovemmo procedere strisciando al suolo.

«Sei sicuro che si passa di qui?» domandai, scostando gli sterpi con le mani.

Lui si portò un dito alle labbra. «Sstt!»

Tacqui e ascoltai, concentrandomi sull'udito come Phèdre mi aveva insegnato a fare. Da qualche parte c'era un borbottio: la voce di un uomo che sembrava parlottare tra sé.

Conor si alzò, staccandosi i ramoscelli spinosi dalla tunica di lana. «Mastro Aodhan! Sono io, Conor. Ho portato un amico, e vengo su richiesta di mia madre. Va tutto bene?»

Il borbottio s'interruppe, poi riprese.

«Sembra che ti abbia sentito.» Anch'io mi tirai fuori dai rovi. «Andiamo.»

Più avanti il corso d'acqua si allargava in una vasta polla, e fu lì che trovammo l'*ollamh*, occupato a pescare. Aodhan era appollaiato su una roccia coperta di muschio, e aveva gettato in acqua una lenza di crini di cavallo. A un primo sguardo non aveva nulla di notevole: un ometto di pelle olivastra, completamente calvo, con una barba bianca annodata in rustiche treccioline. «Cosa volete, figli miei?» domandò.

M'inchinai. «Siamo venuti a cercare la tua saggezza, Figlio del Bosco.»

«Saggezza? Meglio se venivate a cercare pesci. Oggi è una giornata buona per i pesci, a quanto pare.» E come a conferma di questo cominciò a tirare la sua lenza. Lo vedemmo estrarre dall'acqua una bella trota. «Bene. Venite giù, allora.»

Conor e io scendemmo fin sulla riva, mentre l'*ollamh* staccava il pesce dall'amo d'osso. Lo gettò in un cestello di vimini parzialmente sommerso, richiuse il coperchio e si alzò ad accoglierci. « Conor, ragazzo! » esclamò, afferrandolo per le spalle con mani artritiche e callose. Sogghignò. « Finalmente hai trovato il coraggio di parlare a tua madre, eh? »

Lui sbatté le palpebre. « Come fai a saperlo? »

« Ah, ce l'hai scritto in faccia, ragazzo. Alla tua età, ogni cosa lo è. » L'*ollamh* si volse a me. « E tu hai la tua eredità scritta sulla tua. Il principe angeline, eh? »

« Imriel de La Courcel. » Gli rivolsi un altro inchino. « Lieto di conoscerti, Figlio del Bosco. »

« Sono un eremita, non un bardo di corte. Chiamami Aodhan. »

Gli sorrisi. « E tu chiamami Imriel. »

« Piacere di conoscerti, allora. » Aodhan mi strinse la mano. Aveva una pelle dura come vecchio cuoio. Mi scrutò con due brillanti occhi azzurri, infossati sotto cespugliose sopracciglia bianche. « Sei appena arrivato tra i dalriada, giovane Imriel. Quali guai puoi avere, che lady Grainne ne sia così preoccupata da mandarti a cercare il consiglio di un eremita? »

« Una degli Antichi gli ha messo addosso un incantesimo », lo informò Conor.

« Ma non mi dire! » Le folte sopracciglia si alzarono. « Be', ragazzi, datemi una mano con questi pesci, e vi dirò quello che posso. » Aodhan ripescò il cestello dall'acqua e s'incamminò lungo la riva del torrente. Nonostante la sua età - giudicavo che fosse sulla settantina - si muoveva con sveltezza. Sotto l'orlo della rustica tonaca marrone, le gambe nude erano nodose come rami di quercia.

Lo seguimmo alla sua casa, se la si poteva chiamare così. L'*ollamh* viveva in una caverna, benché asciutta e accogliente, nella quale si respirava l'odore di dozzine di fasci di erbe appesi alle pareti. Ce n'erano ovunque, legati con lacci di pelle a ogni sporgenza. Di fronte all'ingresso della grotta il terreno era livellato e pulito. Un filo di fumo si alzava dalla cenere di un focolare costruito a regola d'arte.

« Voglio sperare che tu non abbia dimenticato come si pulisce un pesce. » Aodhan consegnò a Conor il cestello gocciolante.

«Forse puoi insegnare qualcosa al tuo bell'amico angeline, mentre accendo il fuoco.»

«So come si pulisce il pesce», dissi.

Lui mi strizzò l'occhio. «Ma bene! Oggi è il giorno delle sorprese.»

Nel cestello c'erano cinque trote. Conor e io andammo qualche passo più a valle e cominciammo a sbudellarle e ripulirle dalle scaglie. Quando finimmo di lavarle nell'acqua, Aodhan stava mettendo rami sul fuoco. «Ottimo lavoro, ragazzi.» Sistemò su una graticola di bronzo i pesci, che in breve cominciarono a sfrigolare. «Allora, ditemi di questo incantesimo.»

Per la seconda volta in quel giorno raccontai l'intera storia. Come lady Grainne, l'*ollamh* domandò cos'avesse usato Morwen per legarmi. Quando glielo dissi, sbuffò. «Questa sì che è imprudenza.»

Alzai gli occhi al cielo. «Già, così mi hanno detto.»

«Ah, ma tu come avresti potuto saperlo, eh? Tuttavia un giovane come te, appena sposato... dovresti mettere un erede nella pancia di tua moglie, ragazzo, invece di spargere il seme al suolo!» Aodhan mi scrutò, poi tornò a occuparsi dei pesci girandoli a mani nude, incurante del calore. Pezzi di pelle cotta aderivano alla griglia rovente. «Desiderio», mormorò. «Ne coltivi uno segreto, eh?»

Non risposi.

Aodhan annuì. «È questo che ha dato potere all'incantesimo, sicuro.»

«Può essere spezzato?» domandò Conor.

«No.» L'*ollamh* saggiò la cottura del pesce più vicino premendolo con la cornea unghia di un pollice. «Non senza il simulacro, temo.» Rialzò lo sguardo su di me. «Potresti fare un baratto per averlo, o potrebbe farlo la lady. Gli Antichi amano i baratti.»

«Per esempio?»

«Be', c'è il *uisghe.*» Aodhan sogghignò. «Loro hanno un debole per gli spiriti forti. Oppure potresti dargli ciò che vogliono e tornare a casa tua, è il baratto che accetterebbero più facilmente.»

Lo guardai mentre toglieva con destrezza i pesci dalla griglia e li allineava su un piatto di legno. «È questo il tuo consiglio?»

«Ancora non lo so.» Lui mi offrì il piatto. «Dimmi perché sei qui, ragazzo.» Abbassò l'altra mano e batté un dito sulla nuda terra. «Qui in Alba.»

«La successione al trono...» cominciai.

«No, no!» Aodhan scartò quelle parole con un gesto. «So tutto della politica. Anche gli eremiti hanno orecchie. Perché *tu* sei qui.»

Presi un pezzo di pesce dal piatto, e me lo passai da una mano all'altra. Era bollente.

Conor e l'*ollamh* cominciarono a mangiare, staccando pezzi di carne bianca dalla lisca.

«Perché ho pensato che fosse la cosa giusta da fare», dissi lentamente. «Perché avevo dato la mia parola. Perché ero convinto che dedicare la vita ad assicurare una pacifica convivenza tra Alba e Terre D'Ange fosse un modo per riscattare le malefatte di mia madre.» Guardai Conor. «È una lunga storia.»

«Potresti amare la vita in questa terra?» domandò Aodhan. «E mangia il tuo pesce, ragazzo. È migliore, finché è caldo.»

Obbedii e ne mangiai qualche boccone, riflettendo. «Sì. Alba è una bella terra», dissi infine.

«Voi angeline e la vostra bellezza.» Aodhan sbuffò, ma mi parve che avesse apprezzato la mia risposta. Si gettò in bocca un altro pezzo di pesce, e la sua barba si contorse mentre masticava. «Resterai?»

Sostenni il suo sguardo acuto. «Non lo so.»

«Bene.» Lui annuì. «Una risposta onesta. Mangia, e ti darò la mia.» Allungò una mano e diede un colpetto a Conor in mezzo alla fronte, lasciandolo stupito. «E *tu* bada, ragazzo. Ogni cosa che senti qui è sotto il sigillo della discrezione dell'*ollamh*. Infrangilo, e te ne pentirai.»

«Sì, mastro Aodhan», disse lui.

Finimmo di mangiare e ci lavammo le mani nell'acqua fredda del torrente. Aodhan si schiarì la gola. «Ecco il mio pensiero, giovane Imriel. Sembra che in te ci sia un uomo onesto, e Alba deve darti una possibilità, anche la vecchia. Non posso fare niente per rompere l'incantesimo, ma c'è una protezione che potrei mettere su di te, se tu volessi.»

«Sarò al sicuro, in questo modo?»

«Al sicuro!» Lui sbuffò ancora. «Niente è *sicuro*. Ma l'incantesimo può essere annullato finché sarà mantenuta la protezione. Il resto sta a te.» Mi studiò. «Bada, dovrai pagare un prezzo, la grande passione che l'incantesimo usa per legarti.»

Un brivido d'angoscia mi strinse il cuore. «Per sempre?»

«No, ragazzo.» C'era comprensione nella voce dell'*ollamh*. «Soltanto finché porterai la mia protezione. Essa non può cambiarti. Nel profondo del tuo cuore sarai lo stesso. Ma qualunque desiderio tu abbia avuto mentre spandevi il seme che la strega ha in mano...» Scrollò le spalle. «Che tu dorma o sia sveglio, non lo sentirai più.»

«E, se non lo sentirò, quella Morwen non potrà usarlo per chiamarmi?» domandai.

«Esatto», confermò Aodhan.

Mi rigirai intorno al dito l'anello di Sidonie, poi mi costrinsi a lasciarlo, e scacciai ogni pensiero di lei. Forse la scelta migliore era quella. Trassi un profondo respiro e radunai il mio coraggio. «Va bene. Se puoi darmi questa protezione, te ne sarò grato.»

Si asciugò le mani sulla tunica. «Allora procediamo.»

Dopo quel pranzo alla buona, fu strano partecipare al rito formale di Aodhan. Entrò nella sua caverna più volte, portando fuori diversi oggetti. La griglia fu tolta dal fuoco, sul quale lui aggiunse rami di frassino e di betulla. Poi gettò sulla fiamma una manciata di erbe, e nell'aria si sparse un pungente odore di canfora.

«Togliti gli stivali e mettiti lì, ragazzo», disse Aodhan.

Obbedii.

A piedi scalzi rimasi in piedi su un tratto di terreno liscio, mentre lui tracciava un cerchio intorno a me con un bastoncino di nocciolo, quindi toglieva una manciata di sale grosso da una borsetta di pelle e lo spandeva in direzione opposta sul segno circolare. Il sole che filtrava tra gli alberi intorno al torrente faceva luccicare la sua bruna testa pelata. Mi sentivo sciocco, ma Conor assisteva con estrema serietà.

L'*ollamh* cominciò a cantare. «*L'incantesimo di Brigid ti protegga. L'incantesimo di Danu ti salvi. L'incantesimo di Manannan ti faccia scudo. L'incantesimo di Aengus ti difenda.*»

La sua voce era profonda, musicale, espressiva, e vibrava di un potere strano. L'impressione di essere uno sciocco mi abbandonò. Sentivo l'aria vibrare sulla pelle. Il sole sembrava più luminoso, le ombre più nitide e scure. Aodhan girò intorno a me, una volta, due volte, tre volte.

«*Per sorvegliarti da dietro*», intonò, legandomi un cordoncino di cotone rosso al polso destro, e un altro intorno al sinistro. «*Per preservarti davanti. Per difenderti la testa e la fronte.*» Si chinò a legarmi un cordoncino alla caviglia destra. «*Per tutelare i tuoi piedi.*» L'ultimo pezzo di cordoncino me lo mise alla caviglia sinistra.

Non mi mossi, mentre lui mi legava un altro cordoncino di cuoio intorno al collo.

«*Da tutto ciò che cerca di accecarti, tu sia protetto!*» Le sue ultime parole risuonarono come campane. Poi Aodhan batté le mani, con uno schiocco improvviso che mi fece sobbalzare.

E mi sentii... diverso. Non peggio, né meglio. Un po' intorpidito. C'era un senso di perdita, ma vago e lontano. Qualcosa era cambiato, qualcosa si era invertito. Era come se un robusto muro fosse nato in me, a dividermi e a proteggermi da me stesso. Dietro quel muro ero calmo e tranquillo.

Lui mi guardò con un sogghigno. «Be', ecco fatto, giovane Imriel. Come ti senti?»

«Mi sento a posto. Non sono sicuro che sia giusto. Questo è male?»

«No, no.» Lui scosse il capo. «Bada, dovrai tenere tutto addosso. Se uno degli amuleti va perso, potrai chiedere a un *ollamh* di sostituirlo. Ma penso che anche un bardo qualsiasi possa cavarsela, coi vecchi incantesimi.» Toccò l'oggetto che mi aveva appeso al collo col cordoncino di cuoio. «Questa è una pietra canterina. Non te la togliere.»

«Va bene.» La toccai. Una pietra liscia, con un foro nel mezzo. Ancora una volta un amuleto protettivo mi veniva messo al collo, questo però scolpito dalla natura. Almeno stavolta sapevo cosa significava e perché lo portavo. «C'è altro che dovrei sapere?»

«Be', non scartare l'idea di fare un baratto con gli Antichi. Può sempre essere una soluzione.» Aodhan raccolse una granata di saggina e spazzò via ogni traccia del circolo. Sbuffò. «E stai più attento a dove lasci il tuo seme. Ora sparite, voi due, che ho da fare. »

Annuii. « Come posso ripagarti di questo, mio signore? »

Aodhan mi guardò, poi guardò Conor, seduto su un sasso. « Il ragazzo lo sa. »

Mi tornò in mente ciò che Conor aveva detto sulla Strada del Bosco. « Tu vuoi che lui studi con te. »

« Le antiche usanze, aye. » Aodhan continuò a scopare. « È nel suo sangue. »

Li guardai e vidi le loro somiglianze: la pelle bruna, gli zigomi larghi, l'espressione del volto che trascendeva ogni differenza di età. Né cruithne, né dalriada. Erano diversi. Come la donna che avevo visto alla luce della luna. « Anche nel tuo, vero? »

Lui sorrise e non rispose. « Andate via, ora. Mi avete già fatto perdere troppo tempo. »

Andammo via.

22

Quella sera, a cena, presi il coraggio a due mani e raccontai la storia dell'incantesimo per la terza volta.

Ne avrei fatto a meno, se avessi potuto. Ma non c'era altro modo di spiegare il cordone rosso che portavo intorno ai polsi e la pietra levigata dal mare appesa al collo. Così ne parlai, lasciando fuori i particolari del simulacro e del seme sparso al suolo, e senza dir niente della discendenza di Conor. Ci eravamo accordati, lui e io, di non rivelare certi nostri segreti.

«*Dagda Mor,* Imri!» esclamò Eamonn. «Come fai a trovare dei guai ovunque tu vada?»

Feci un sorriso storto. «Solo fortuna, suppongo.»

Joscelin era scuro in viso. «Questo non è accettabile», disse a Grainne, con una calma che poteva far tremare un uomo. «Cosa pensate di fare, adesso?»

«*Joscelin.*» La voce mi uscì più secca di quello che avrei voluto. Sospirai. «Scusami. Il fatto è che non sono... non sono senza colpe in questa... storia. E le leggi albane parlano chiaro. Finché non mi viene fatto del male, non possiamo appellarci a nessuno.» Alzai le braccia per mostrargli i cordoni ai polsi. «Sua signoria lady Grainne mi ha dato un buon consiglio, nonostante tutto.»

«Se dovesse succederti qualcosa...» cominciò lui.

«Non accadrà», intervenne Conor, rosso in viso. «Mastro Aodhan è molto saggio.»

«Però sono preoccupata», mormorò Phèdre. I suoi occhi scuri fermi su di me vedevano cose che io non vedevo. La macchia scarlatta del Dardo di Kushiel nella sua iride sinistra sembrava dirmi che c'erano dei pericoli. «Tu cosa vuoi fare, tesoro?»

Strinsi i denti. «Non fuggirò, se è questo che intendi.»

Sotto il tavolo una mano di Dorelei cercò la mia, la trovò e la strinse forte. Le restituii la stretta, gettando uno sguardo al suo profilo serio.

«Ti va bene così, allora? Accetti le cose come stanno?» domandò Phèdre sottovoce.

«Le accetto, per la maggior parte.» Feci un sospiro. «L'*ollamh* ha detto che Alba deve darmi la possibilità di dimostrare che sono un uomo onesto. Se mi sarà data voglio farne buon uso.» Mi rivolsi a Grainne. «Mia signora, Aodhan ha anche detto che gli Antichi amano i baratti. Come si può arrivare a loro?»

«Il caso e la fortuna, di solito. Gli incontri con gli Antichi dipendono dal loro capriccio.»

«Ci sarà pure un modo di trovarli, anche se, a quanto ho capito, non hanno fissa dimora», dissi.

Lei non rispose e guardò Conor.

Il ragazzo abbassò lo sguardo sul tavolo. «Lui... il bardo mi ha insegnato una canzone per chiamarlo, se ne avessi bisogno», mormorò.

«Quale bardo?» domandò Mairead.

Il pomo d'Adamo di Conor andò su e giù. «Un... un uomo. Uno di loro.»

«Uno degli Antichi?» Sua sorella gli diede un pugno su una spalla. «Perché non ce ne hai mai parlato?»

Brennan guardò la madre. «Ricordo un certo bardo.»

«Lo ricordo anch'io.» Eamonn si accigliò. «Almeno, mi sembra.»

Conor rialzò la testa. «Devo chiamarlo?» domandò a sua madre.

«La scelta è tua», rispose lei.

Il ragazzo restò seduto per un poco, immobile, poi si alzò da tavola e prese la cetra. Senza una parola aprì il portone e uscì nella luce crepuscolare del cortile. Da lì a non molto udimmo le note del suo strumento, una melodia strana e selvaggia che pian piano si ammorbidì in accordi lamentosi, interrogativi. Gli altri figli di Grainne si guardavano, a bocca aperta.

«Suo padre era uno di *loro*?» domandò Eamonn, sbalordito.

«Ah, be'.» Grainne sorrise. «E tu chi sei per giudicare, mio vagabondo ragazzo, con la tua sposa skaldi? Lui è legato alle antiche usanze, così come tu ne porti di nuove. Tra l'uno e l'altro mantenete un buon equilibrio.»

Brigitta gli posò una mano su un braccio, con un'espressione di grande perplessità sul viso. «Eamonn, tu spieghi me tutto questo, più tardi? Lentamente, in caerdicci lingua?»

«Ci proverò», rispose lui, non troppo sicuro.

Nel cortile esterno la musica continuava. Mi alzai da tavola e uscii dal portone per ascoltare. Man mano anche gli altri vennero accanto a me, e tutti assieme restammo lì a guardare.

Conor era una figura dai contorni vaghi nella penombra. Sembrava piccolo e solo, col capo chino sulla cetra che si stringeva al petto. Ma le sue dita danzavano sulle corde, creando rivoli di note chiare che sembravano allontanarsi verso le colline verdi. L'ultima parve restare nell'aria più a lungo, accompagnata da un'eco morente. Quando si voltò e venne da noi, i suoi occhi scuri brillavano.

«Come sapevi che può essere chiamato?» domandò a sua madre.

«Oh, lui cercò d'insegnarlo anche a me.» Sorrise. «Solo che non ho mai imparato a suonare la cetra. Staremo a vedere cosa succederà, d'accordo?»

Mentre finivamo di cenare sembrò che nessuno avesse altro da dire; o forse erano cose troppo grandi per poterle mettere in parole. Eravamo quieti e pensosi. Col passar delle ore fu chiaro che il padre di Conor non si sarebbe fatto vedere subito. Joscelin si ritirò presto, quella sera, e Phèdre andò con lui.

Sapevo che erano preoccupati per come si stavano mettendo le cose, e non potevo biasimarli. Anch'io non ne ero certo compiaciuto. Tuttavia pensavo di aver fatto del mio meglio, malgrado le circostanze avverse. Morwen aveva ragione, quella non era la terra del Beato Elua; non ancora, comunque. Ma forse, se io fossi riuscito ad amare Alba, questo sarebbe cambiato.

A letto, quella notte, Dorelei esaminò gli amuleti che l'*ollamh* mi aveva messo addosso, i cordoni rossi e la pietra canterina.

«Mio principe angeline. Chi ci avrebbe pensato?» mormorò.

«Non hai detto una parola, a cena», osservai.

Lei giocherellò con la pietra canterina. «Questa cosa mi spaventa.»

«Qual è la parte che ti fa paura?» domandai, dolcemente.

«Tutto.» Dorelei sollevò lo sguardo nel mio. «Dimmi, lei è bella?»

«Morwen?» Scossi il capo. «No.»

«Eppure ti ha legato così facilmente.» Si rigirò tra le dita una ciocca dei miei capelli. «Loro *sono* pericolosi, sai. I Maghuin Dhonn. Sono selvaggi e imprevedibili, e non si può mai essere sicuri di cosa vogliono. È strano.» Fece un debole sorriso. «Se ti perdessi per la tua... la tua angeline, chiunque sia... almeno capirei. Tu la ami. Ma questa, questa è solo magia cattiva.»

Le presi una mano e me la posai sul petto. «Dorelei, guardami, avvolto come sono nell'incantesimo dell'*ollamh*. Non andrò da nessuna parte.»

«Ne sono felice», disse semplicemente. «Imriel, quando avremo finito qui, potremo andarcene? Eamonn mi piace, davvero, e anche tutta la sua famiglia. Ma sento la mancanza della mia.»

«Vuoi ritornare a Bryn Gorrydum? Oppure preferisci mettere su casa a Clunderry?» domandai.

«Non è necessario prendere una decisione subito.» Dorelei mi appoggiò la testa su una spalla, e mi mossi per assecondarla, circondandola con un braccio. «Potremmo andare alla fortezza del signor Hyacinthe, con Phèdre e Joscelin.»

Le accarezzai i capelli. «Quello è il posto più sicuro di tutta Alba, non c'è dubbio.»

«Vero.» Lei sorrise, insonnolita, contro la mia spalla. «E forse mia zia Sibeal saprà dirmi perché i miei sogni tacciono da quando ci siamo sposati.»

A questo, non avevo risposta.

La tenni stretta a me con un braccio e continuai ad accarezzarle i capelli mormorandole parole sottovoce, finché non sentii il suo respiro rallentare. E poco dopo anch'io caddi nel sonno, un sonno profondo e senza sogni, indisturbato dal suono dello zufolo e dalla risata di donna.

Il mattino dopo era una bella giornata serena, e dalla tranquillità che udivo all'esterno giudicai che quel bardo non si fosse ancora fatto vivo. Mi sentivo più fresco e riposato che negli ultimi tempi. Prima di vestirmi sedetti sul bordo del letto e controllai la pietra canterina appesa al collo e i cordoni rossi ai polsi e alle caviglie, per accertarmi che non si fossero slegati.

Dorelei mi guardava sorridendo, con le fossette sulle guance. « Sei come un involto che non posso sciogliere. »

« Considerali soltanto degli ornamenti », le consigliai.

Il suo sorriso si allargò. « D'accordo. »

Facemmo l'amore, ridendo e azzittendoci a vicenda quando temevamo di essere uditi dalle stanze vicine. Innisclan non era costruito per l'intimità. Pensai a ciò che Aodhan mi aveva detto, e compresi che imparare ad amare Alba e imparare ad amare Dorelei erano la stessa cosa.

Non pensai affatto a Sidonie.

Per la prima volta mi sembrava lontana, molto lontana. Sull'altra riva del braccio di mare che divideva le nostre terre, sull'altro lato dell'incantesimo che mi proteggeva. Avevo dato me stesso ad Alba, e Aodhan mi aveva messo al riparo dai miei desideri più intimi. Anche l'oscuro richiamo dell'eredità di Kushiel sembrava lontano, come se fosse legato ai miei sentimenti per Sidonie.

« È stato bello », mormorò Dorelei.

Mugolai un assenso.

« Credi che abbiamo concepito un bambino? » Si girò e mi fece posare una mano sul suo addome, intrecciando le dita con le mie. « Mi piacerebbe. »

« Dici davvero? » Mi piegai a posare un bacio sulla pelle olivastra sotto il suo ombelico. « Bene, allora. Penso che dovremo continuare a provarci. »

« *Imriel...* »

Le allargai le cosce e cominciai a leccarla, finché non la sentii contorcersi e sussultare e afferrarmi i capelli. Sapeva di mare e di pane appena cotto. Vestito solo degli amuleti scivolai sopra il suo corpo e la penetrai, con la pietra canterina che oscillava tra di noi a ogni spinta, mentre mi puntellavo a braccia tese.

« Ora! » ansimò Dorelei. « Ora! »

Inarcai la schiena e sparsi il mio seme dentro di lei, obbediente.

Il volto di lei era ammorbidito dal piacere. « È stato bello », ripeté, facendo eco alle sue stesse parole.

«Sì.» La baciai. «Ora dobbiamo alzarci. Ho promesso a Eamonn che farò un'offerta sul tumulo sepolcrale di suo zio.»

Il silenzio che sentivo nella casa era dovuto all'umore dei parenti di Conor, che dovevano ancora digerire la notizia della sua paternità e aspettavano, con un po' d'apprensione, di vedere cosa sarebbe successo dopo il suo richiamo. Su suggerimento di Dorelei noi facemmo visita all'accampamento dove i nostri uomini stavano oziando, per avvertire Urist del prossimo arrivo di un Maghuin Dhonn.

Lui sputò a terra e fece un gesto scaramantico contro i demoni. «Per il Cinghiale Nero! Cos'avete fatto per arrivare a *questo*?»

«Non devono esserci guai sulla terra di lady Grainne», dissi con fermezza. «Non da parte tua.»

Urist mi guardò duramente e accennò col capo verso i cordoni rossi che avevo ai polsi. «Ce ne sono già stati, a quanto pare.»

«Promettimi che non offenderai quel bardo», lo pregò Dorelei.

Incrociò le braccia. «Va bene. Purché lui non ce ne dia motivo.»

Dovemmo accontentarci di questo. Lasciato l'accampamento andammo a visitare la tomba del fratello gemello della madre di Eamonn. Era un semplice tumulo coperto di erba, cinto alla base da un muretto di pietre. Fui sorpreso nel vedere che non c'erano scritte o sculture, nulla di elaborato.

«Che bisogno c'è?» disse Eamonn. «Noi sappiamo che lui riposa qui.»

Salimmo sulla cima del tumulo. In effetti lì si trovava soltanto la testa del defunto, rivolta a est perché era laggiù che lui aveva perso la vita in battaglia, molto lontano, oltre il braccio di mare che separava l'isola dal continente. Eamonn stappò una fiaschetta di *uisghe* e ne versò un poco sul terreno. Poi la consegnò a noi, che facemmo lo stesso. Dorelei era seria come una sacerdotessa mentre spruzzava intorno il liquido ambrato. Brigitta chiuse gli occhi quando fu il suo turno, muovendo le labbra in una preghiera silenziosa. Doveva essere strano per lei, mi dissi. Per quello che ne sapevamo, a ucciderlo poteva essere stato uno dei suoi parenti.

Al termine di quel rito, Eamonn fece un sospiro. «Riposa in pace nella buona terra, zio. Possa il tuo spirito seguirci e proteggerci.»

«Tu credi che lui contento?» gli domandò Brigitta.

«Sì.» Le sorrise. «Se non ho potuto portargli le teste dei suoi nemici, almeno posso dire di aver conquistato la parte più bella della Skaldia.»

Brigitta gli sferrò un ceffone che lui evitò, ridendo. Poi i due si diedero la caccia a vicenda lungo le pendici del tumulo. Una volta scesi sul prato, Eamonn la afferrò per la vita e la trascinò al suolo. Brigitta atterrò sopra di lui, gli batté furiosamente le mani sul petto e infine lo baciò. Erano un bel quadretto, lì abbracciati sull'erba costellata di margherite bianche e gialle. Provai un po' d'invidia, ma nebulosa e distaccata.

«Cosa stai pensando?» volle sapere Dorelei, curiosa.

«Sto pensando che forse a suo zio, se li sta guardando, non importa più molto delle teste dei suoi nemici. La pace è un affare migliore della guerra.»

Il resto della giornata trascorse senza fatti degni di nota. Joscelin era indaffarato nell'aiutare Eamonn a progettare la sua accademia. Parlai a Phèdre della possibilità di accompagnarli a far visita a Hyacinthe; le spiegai il desiderio di Dorelei di rivedere i suoi familiari, e lei fu subito d'accordo. «Povera bambina, non le do torto. Tutto questo non dev'essere stato facile per lei.» Phèdre mi studiò. «E tu?»

Scrollai le spalle. «Sto bene.»

«Mi sembri...» Lei corrugò la fronte, costernata. Una volta tanto era a corto di parole. «Non lo so, tesoro. La stai prendendo con molta calma.»

Ci pensai. «Ricordi cosa ha detto Joscelin dopo la nostra partenza da Saba? Quand'ero arrabbiato perché tu sembravi quella che eri a Daršanga?»

Phèdre scosse il capo.

«Quella notte in cui pensavi che stessi dormendo. Gli hai chiesto se quello che avevi dentro di te lo preoccupava. Lui ha risposto che vederti andare in giro col Nome di Dio nella testa era solo un'altra dannata cosa cui fare l'abitudine.»

Lei rise, stupita. «Elua! Me l'ero dimenticato.»

« Be', è così che mi sento. » Toccai la pietra canterina. « I Maghuin Dhonn, questo... è solo un'altra dannata cosa cui abituarsi. » Gettai uno sguardo a oriente, verso il lontano Stretto e l'ancor più lontana Terre D'Ange. « In un certo senso, potrebbero avermi fatto un favore. Vedi, qualunque cosa abbia fatto l'*ollamh,* mi protegge dai miei desideri. » Abbassai la voce. « O almeno da ciò che provo per Sidonie. »

Phèdre tacque per un poco. « Non sono molto sicura che sia una buona cosa. »

« No? » Mi strinsi nelle spalle. « Neppure io. Ma per il momento non ho una grande abbondanza di scelte. Perciò, se una maledizione si porta dietro anche un vantaggio, tanto vale goderselo. »

Avremmo continuato a parlare, ma giusto allora apparvero Mairead e Caolinn. Come Joscelin, non avevo smesso di allenarmi a « leggere le ore », cosa che divertiva la nostra scorta albana. Le due figlie della signora avevano sentito parlare della nostra particolare disciplina, e dello stile di combattimento cassiliano, ed erano venute a chiedermi di disturbare Joscelin per una dimostrazione.

Così andai a cercarlo e lui accettò, benché con qualche borbottio. Prima che fosse servita la cena mettemmo su un piccolo spettacolo per loro nel cortile anteriore dell'edificio, e fu divertente, perché Joscelin sembrava di malumore e mi mise in difficoltà più di quanto avrebbe voluto. Avevamo lasciato a Terre D'Ange le armi di legno, e ci affrontavamo perciò col ferro affilato, i suoi pugnali contro la mia spada. L'avevamo già fatto spesso, ma di solito Joscelin era più cauto.

« Sei arrabbiato con me? » ansimai, sfruttando tutta l'estensione della spada per tenerlo a bada.

Joscelin girò di lato, costringendomi a voltarmi fino ad avere negli occhi la luce del sole, ormai basso. « Arrabbiato, sì. Con te, no. »

Strinsi le palpebre fissando la sua silhouette scura. « Cosa vuoi che faccia? »

Lui fece una mossa inaspettata, fintando in basso col pugnale sinistro, e imprecai quando il destro calò a imprigionarmi la spada coi ganci dell'elsa. Il sinistro scattò in alto fino a sfiorarmi il mento. «Voglio che tu sia *prudente.*»

Si alzò un coro di esclamazioni e applausi. Joscelin fece un passo indietro e ringraziò col suo inchino cassiliano. Rinfoderai la spada, con un sospiro.

«Ben fatto», disse una voce estranea, melodiosa. «Un'arte che merita una canzone.»

Mi voltai lentamente, con un fremito dietro la nuca.

«*Dagda Mor!*» sussurrò qualcuno.

Il bardo era all'ingresso del cortile, le mani aperte a mostrare che non aveva armi, e a tracolla la cetra, chiusa in una borsa di pelle. Era alto, magro, con lineamenti forti e ruvidi capelli neri striati di grigio.

«Mio signore Ferghus.» Dalla soglia dell'edificio Grainne gli rivolse un cenno del capo. «Sii benvenuto a Innisclan.»

Lui sorrise, scoprendo i denti bianchi. «Lady Grainne. Ti sono grato.»

L'affollato cortile era molto silenzioso quando il bardo Ferghus venne avanti. Joscelin lo osservava cautamente, coi pugnali incrociati e pronti. C'era anche Conor, che assisteva con aria tra meravigliata e intimorita.

Il bardo si fermò accanto a lui e gli posò una mano sulla testa. «Hai suonato bene, ragazzo.»

«Grazie», sussurrò lui.

Joscelin si spostò a bloccargli la strada, quando lo vide venire verso di me. Il bardo sorrise ancora e gli mostrò le mani vuote. Toccai un braccio di Joscelin e mi feci avanti.

«Così sei tu l'angeline divenuto principe di Alba», disse il bardo.

Gli porsi la mano. «Imriel.»

Lui la strinse. «Ferghus.»

Visto da vicino non aveva nulla di pericoloso, ma non sembrava neppure *innocuo.* C'era qualcosa di selvaggio nei suoi occhi neri e negli zigomi larghi. Come Morwen, si portava dietro l'odore di bacche fermentate e d'argilla della foresta. Luoghi allo stato selvatico, pensai. E, benché indossasse giubba e calzoni di rustico panno marrone, aveva il portamento di un re.

« Vuoi cenare con noi, mio signore? » gli propose con cortesia Grainne. « C'è una faccenda di cui vorrei parlarti. »

« Posso suonare per guadagnarmi la cena? » domandò lui. « Come ai vecchi tempi? »

Le rosse sopracciglia di lei s'inarcarono. « Se lo desideri. »

Inaspettatamente, Ferghus scoppiò a ridere. « Ah, Grainne, Grainne! Mi sei mancata, ragazza. » Si avvicinò a lei e le accarezzò una guancia con affetto. « È passato del tempo, troppo. » Poi qualcos'altro attrasse il suo sguardo. « Ah, e questa signora chi è? »

Grainne lo presentò a Phèdre.

Il bardo la guardò per qualche momento. Non riuscivo a vederlo in faccia, ma quella di lei era illeggibile. Joscelin e io ci scambiammo un'occhiata. Per mutuo accordo ci avvicinammo di più.

Ma Ferghus non fece nulla di preoccupante, solo un lungo sospiro. « E così, il preludio del cambiamento è di nuovo su di noi », disse in tono discorsivo. « Con le lame danzanti e una bellezza da far impallidire le stelle. Vent'anni fa non siamo stati capaci di vedere, e al vostro passaggio il mondo si è capovolto. E ora mi chiedo cosa succederà. »

« Parla sempre così? » domandò Phèdre a Grainne.

La signora dei dalriada sorrise. « Più o meno. »

Il bardo si lasciò andare a un'altra inattesa risata. « Oh, sì! Ben giocato, bella signora, ben giocato. » S'inchinò a Grainne. « E in quanto a te, mia cara, accetto la tua ospitalità. Vorrei cenare nella tua dimora, questa sera. »

Fu così che Innisclan accolse un mastro bardo dei Maghuin Dhonn. La cena si svolse in un'atmosfera strana, controllata. Per dire il vero Ferghus fu un ospite esemplare. Mangiò e bevve con gusto, complimentandosi per le pietanze e il vino. In lui non c'era niente di ovvio e niente di straordinario; non aveva neppure i tatuaggi facciali che esibiva Morwen, né quelli che rendevano i cruithne esotici agli occhi angeline. Tuttavia la stranezza lo avvolgeva come un mantello. Portava tra le solide mura di Innisclan una ventata di odori selvatici.

A suo modo era diverso come lo eravamo noi.

Gli angeline.

Questa constatazione mi colpì, a tavola, mentre guardavo Ferghus, e poi Phèdre e Joscelin. Anche loro sembravano fuori posto, lì. Probabilmente anch'io.

Il bardo cercò il mio sguardo. «Singolare, vero? Gli Antichi della terra e i Giovani, seduti a cena alla stessa tavola.»

«Così dite voi, mio signore», mormorò Dorelei.

Il suo sguardo fermo si spostò su di lei. «Piccola sorella dei Cullach Gorrym. Il nostro sangue scorre anche nelle *tue* vene.» Alzò tre dita, toccandosi lo zigomo sotto l'occhio destro. «Da dove credi che venga il dono che tua madre ti ha trasmesso?»

Dorelei impallidì, e le due file di puntini tatuati sulle sue guance risaltarono per contrasto. «Se questo è vero, è anche vero che noi non lo abbiamo mai usato per il male.»

«Fai insinuazioni offensive nella casa della signora?» Ferghus sorrise del suo sorriso spontaneo. «Ah, sì. Non c'è modo di patteggiare la libertà del tuo principe. Dimmi, fanciulla, lo ami? Il bel ragazzo con gli occhi color del mare e un altro nome scritto nel suo cuore?»

Sul pallore di lei dilagò un flusso vermiglio.

«Ferghus...» cominciò Grainne.

«Voi parlate d'insinuazioni offensive, mio signore?» intervenni. «Allora penso che siamo pari, poiché avete appena offeso la mia signora moglie.» Gli sorrisi. «Ma forse possiamo accantonare le nostre diversità con un boccale di *uisghe*, perché c'è la questione di un'altra offesa da discutere.»

Lui tamburellò sulla tavola con dita snelle, inquiete. «Morwen, è così?»

«Tu sai perfettamente che è così», gli disse Grainne.

Ferghus le gettò uno sguardo in tralice. «Fai portare il *uisghe*, allora. Vorrei prima cantare una canzone.»

Lei fece un cenno col capo a Conor e Caolinn, che corsero a prendere una giara di *uisghe* e un vassoio di boccali in ceramica. Brennan mescé il liquore, mentre Ferghus toglieva la cetra dalla borsa e ne controllava l'accordatura con attenzione. Lo strumento appariva vecchio, lisciato e lucidato dall'uso. Era semplice e disadorno, ma la sua forma elegante era stata intagliata con squisito senso estetico.

Il bardo vuotò il boccale di *uisghe* con un sorso così rapido che ebbi l'impressione di sentirne il bruciore in gola. Chiuse gli occhi e schioccò le labbra, poi accennò che gli fosse riempito ancora. Ne bevve metà, e si posò la cetra in grembo.

« Ascoltate », disse, e cominciò a suonare.

Descrivere la perfezione è una cosa impossibile. Ferghus suonava la cetra come una rondine prende il volo, senza sforzo e con grazia. Le prime note mi fecero salire le lacrime agli occhi. Era una musica così bella da indurre nello stesso tempo al pianto e al riso. Il cuore mi si stringeva, trafitto dalla sua melodia.

E poi cominciò a cantare.

Cantava bene, anche se non meglio d'altri musicanti che avevo sentito nel salone della regina. A rendere affascinante l'esecuzione era la cetra. Quei rivoli di note mi prendevano al punto che stentavo a concentrarmi sulle parole. Ci volle un po' prima che mi accorgessi di conoscere la storia che stava raccontando, o almeno un'altra versione di essa.

Era la storia dei Maghuin Dhonn, e di come avevano sofferto sotto il giogo di Tiberium. Di come i tiberiani avevano cercato d'integrarli nella loro società e assimilarli, allo stesso modo dei Cullach Gorrym, dei Tarbh Cró, degli Eidlach Òr e dei Fhalair Bàn.

E di come avevano fallito.

Di come la loro gente si ammalava e moriva mentre l'esercito tiberiano occupava il territorio, domandolo con le sue strade di pietra e portando strane malattie da terre lontane. Di come, ormai quasi sterminati, erano fuggiti nei luoghi selvaggi, l'ultimo rifugio rimasto per loro.

Di come avevano pregato i loro dei e dee non ancora domati, e il loro stesso Maghuin Dhonn, il loro *diadh-anam*, la pietra miliare della loro esistenza. Di come il più grande dei loro stregoni, il potente Donnchadh, aveva digiunato e pregato. Di come si era ubriacato col liquore sacro ed era andato da solo nel Posto delle Porte, per avere una visione del futuro.

Di come il potente Donnchadh aveva visto il modo di evitare la sventura tramite un grande sacrificio, e di come si era trasformato in un'incarnazione vivente del Maghuin Dhonn, il formidabile Orso Bruno. Di come aveva sofferto dopo essere stato catturato e tormentato per divertimento, finché nella sua ira non aveva spezzato le catene e ucciso il governatore tiberiano di Alba.

Di come aveva perso la sua umanità e salvato la sua gente.

La canzone finì, e l'ultima nota fu seguita da un profondo silenzio. Seduto a capo chino, Ferghus appoggiò una guancia alla curva superiore della cetra. Pensai al significato della sua canzone, raffrontandola col resoconto dello storico tiberiano Caledonius, e con ciò che Drustan mab Necthana mi aveva raccontato sul cucciolo di orso nutrito con carne umana da uno stregone folle dei Maghuin Dhonn.

Non sapevo da che parte stesse la verità.

« Mio signore, voi suonate molto bene. Tuttavia la vostra storia mi lascia confusa », ruppe il silenzio la voce di Phèdre.

Ferghus alzò la testa e la guardò. « In che senso? »

Phèdre appoggiò il mento su una mano, contemplandolo coi suoi occhi luminosi. « È stato Cinhil Ru dei cruithne a unire le tribù di Alba e scacciare i tiberiani dalla vostra terra. Perché, dunque, sono i Maghuin Dhonn ad attribuirsene il merito? »

« La magia è una cosa profonda, signora, e misteriose sono le vie per cui agisce. » Ferghus accarezzò il legno della sua cetra. « Cinhil Ru ha riunito le quattro tribù di Alba raccontando loro false storie di orsi nutriti con carne di bambini. Ha detto loro che i Maghuin Dhonn erano impazziti, e che lo stesso destino sarebbe toccato a loro, se non si fossero unite. Così loro hanno obbedito. E poi, dopo che i tiberiani se ne sono andati, è venuto il Signore dello Stretto. Per molti, molti anni, Alba è stata protetta. »

« Ma questo, sicuramente, non ha nulla a che fare coi Maghuin Dhonn », dissi.

Lui volse il suo sorriso su di me. Sembrava amichevole, ma l'apparenza era smentita dalla luce palpitante dei suoi occhi. « Chi può dirlo? Tutte le cose sono legate l'una all'altra, anche se i legami sono invisibili allo sguardo. Sono un abile bardo, ma uno stregone dappoco. »

« A proposito di legami... » Toccai la pietra canterina.

« Ah, sì. » Ferghus depose con cura la cetra e bevve il resto del *uisghe*. « L'incantesimo di Morwen è stato fatto senza infrazioni, sul terreno *taisgaidh*. Ma tu, Grainne, ti senti offesa per il trattamento fatto al ragazzo? »

« È quello che affermo. Non importa dove sia stato fatto l'incantesimo. Lui è stato chiamato contro la sua volontà mentre era mio ospite. Vuoi che il mondo dica che la signora dei dalriada non può proteggere un ospite onorato dentro la sua casa? » Grainne scosse il capo. « Certo che dico di essere stata offesa. Ma posso dimenticarlo, in cambio del simulacro usato. »

Ferghus guardò con intenzione il suo boccale vuoto. « È tutta qui la tua offerta? »

Lei rise. « Vuoi che la raddolcisca? Bene, prendi quella giara. »

« È quello che farò. » Prese la giara e la depose davanti a sé. Poi si alzò, chiuse la cetra nella borsa di pelle e se la mise a tracolla. « Porterò la tua offerta a Morwen, e anche a Berlik. Lui vorrà dire la sua, sulla faccenda. » Si fece serio in viso. « Dimmi, Grainne. E se rifiuteranno? Romperai la nostra lunga tregua? »

Le sue parole restarono nell'aria. Tutti guardarono Grainne, che si accigliò. « Finché al ragazzo non sarà fatto del male, non romperò la nostra tregua », disse lentamente. « Ma, finché lui sarà legato dall'incantesimo, gli Antichi non saranno i benvenuti sulla mia terra. »

Ferghus spostò lo sguardo su Conor. « Ah, signora. Questa è una risposta dura. »

Grainne annuì. « Questa è una situazione dura. »

Il bardo prese la giara del *uisghe* dalla tavola. « Così sia. Farò ritorno prima che passino troppi giorni. » Detto questo, si accomiatò da noi.

23

Nei giorni che seguirono la visita del bardo, quasi non parlammo d'altro.

Cercai di non lasciarmi andare alle speculazioni, perché potevo vedere che ogni ipotesi non faceva che preoccupare Conor, e mi dispiaceva per il ragazzo. Aveva preso ad allontanarsi da casa per stare a lungo con l'*ollamh* Aodhan, e mi dissi che era meglio così. L'*ollamh* aveva un piede in entrambi i mondi, e gli avrebbe dato buoni consigli.

In quanto a me, ero incuriosito dalle differenze tra la storia che mi aveva raccontato Drustan e quella del bardo. Chiesi a Dorelei il suo parere, ma la trovai riluttante. «Non puoi lasciar perdere, Imriel?» mi pregò. «Ti è stato detto che parlarne porta sfortuna. Ancora non ci credi?»

Toccai il cordone rosso che avevo intorno al polso sinistro. «Voglio solo conoscere la verità.»

«Ciò che tu *vuoi* sono cose pericolose.»

La guardai con durezza. «Non hai avuto motivo di lamentartene, ultimamente.»

Era la prima volta che litigavamo, o comunque ci andavamo vicino. Come Conor, decisi che avrei fatto meglio ad allontanarmi da casa per un po'. Sellai il Bastardo e andai in riva al mare, dove trascorsi buona parte del pomeriggio leggendo il libro di lettere d'amore che Sidonie mi aveva regalato.

A parte la pietà per la situazione di Remuel l'Oragen e Claire LeDoux di Namarre, non ne fui affatto commosso. E questa era una cosa snervante. Seduto su un sasso davanti ai riflessi sparsi dal sole sulle onde, cercai di richiamare i sentimenti che avevo tanto cercato di sopprimere.

Non ne trovai la minima traccia.

Erano ancora da qualche parte. Non ne dubitavo. Aodhan non aveva mentito. Mi sembrava di captarne l'esistenza, così come avevo sentito che la mia volontà esisteva ancora la notte in cui Morwen mi aveva chiamato. Ma non potevo provarli più.

Di questo ero stato felice, finché non avevo fatto quel tentativo. Adesso non ne ero più sicuro. Toccai la pietra canterina e mi chiesi cosa sarebbe successo se me la fossi tolta. Poi ripensai a quella notte. *Vieni qui*, aveva ordinato Morwen, e io ero andato, docile come un capretto al macello.

« Beato Elua », mormorai. « Cosa vuoi che faccia? »

Non ebbi nessuna risposta, a parte un borbottio del Bastardo, che alzò la testa a guardarmi con occhi privi di ogni curiosità. Così mi alzai, sciolsi le redini legate a un arbusto e feci ritorno a Innisclan.

Quando arrivai e vidi Dorelei, mi tornarono in mente le parole aspre che ci eravamo scambiati. Le feci le mie scuse. Lei le accettò con un sorriso e si scusò a sua volta, e tutto fu dimenticato.

Così, andai a parlare con Phèdre dei Maghuin Dhonn e le domandai quale versione della storia credeva più vera, tra quella di Ferghus e quella di Drustan.

« È probabile che la verità stia nel mezzo. » Lei tacque un momento. « Tu credi che i cambiaforma esistano davvero? »

Pensai a Morwen. « Forse. »

« Caledonius ha scritto che, quando hanno spellato l'orso, hanno trovato un corpo umano dentro la pelliccia », osservò Phèdre. « Non so, tesoro. Può darsi che Ferghus abbia detto la verità, e che ci sia stata una magia potente. Questo non esclude che anche Drustan fosse nel vero dicendo che i Maghuin Dhonn sono diventati pazzi. » Sorrise, ma di un sorriso che non raggiunse gli occhi.

« Sì, una verità non esclude l'altra », fui d'accordo.

Entrambi tacemmo. Era difficile non ripensare a Daršanga, dove una magia oscura aveva fatto dilagare la follia. Dove ero finito in schiavitù dopo una sventurata serie di avvenimenti. Dove Phèdre e Joscelin mi avevano salvato, sventando un piano malvagio.

« 'Tutte le cose sono legate l'una all'altra, anche se i legami sono invisibili allo sguardo' », citò Phèdre. « È un concetto interessante. »

«Quel bardo è un uomo interessante», dissi, aspro.

Lei rise. «Così la pensa Grainne.»

«Lady Grainne ha dei gusti... interessanti, sì.» La guardai. «Tu non hai...?»

«No, no.» Phèdre scosse il capo, divertita. «Sono cose di molto tempo fa. In quanto a lei, credo che fosse soltanto curiosa.»

«E di Hyacinthe cosa mi dici?» le domandai.

«Hyacinthe.» La sua espressione si raddolcì, pronunciando quel nome. «Ti dirò una cosa. Sarò felice quando saremo al sicuro sotto la sua protezione.»

Non era precisamente una risposta, ma del resto non era quello l'argomento che mi preoccupava. Una volta, non troppo tempo prima, mi avrebbe infastidito, ma ora la mia gelosia era sfumata. In parte, supponevo, era la maturità. Nell'ultimo anno ero cresciuto e cambiato molto, e avevo imparato qualcosa di ciò che significava essere innamorato.

Ma in parte non si trattava di questo. In parte lo dovevo al mutare dei miei desideri.

Più tardi misi alla prova quella riflessione costringendomi a visualizzare un'immagine che avrebbe dovuto tormentarmi: Maslin de Lombelon nel letto di Sidonie.

Mi diede un fremito lontano. Da qualche parte, sul lato interno della protezione dell'*ollamh,* seppi che mi faceva male, seppi che mi provocava una gelosia irragionevole, aspra e odiosa. Ma ciò che provavo era solo una vaga irritazione, e anche questa soltanto perché sentivo come il dovere d'irritarmi. Forse ciò che avevo detto a Phèdre era vero, e quell'incantesimo era in realtà una benedizione. Di certo rendeva più sopportabile la mia vita con Dorelei. Avevamo litigato, è vero, ma questo non era poi del tutto un male. Significava che tra noi cominciava a esserci un rapporto vero. Non stavamo più ciascuno dentro il suo guscio, timorosi di offenderci.

In quanto a ciò che provava Sidonie...

Ah, Elua! Nessuno di noi due era stato sicuro che il nostro amore sarebbe durato. Forse era un bene che il mio stesse avvizzendo e morendo, schiacciato dietro il muro di una stregoneria albana. Forse i miei sentimenti per Dorelei sarebbero cresciuti fino a diventare la passione che desideravo.

Questo, almeno, era ciò che mi dicevo.

Nel frattempo continuavamo a goderci l'ospitalità della signora dei dalriada, in attesa di una risposta degli Antichi. Trascorsero i giorni. Eamonn e Joscelin erano occupati col progetto dell'accademia e della biblioteca; come tutti i siovalesi Joscelin s'interessava di architettura. La nostra annoiata scorta di militi angeline e cruithne fu assegnata allo scavo delle fondamenta della biblioteca. Phèdre e Brigitta si divertivano a catalogare il contenuto dei libri che avevamo portato; l'amicizia che avevano fatto durante il viaggio si rinsaldò.

E io... io trascorrevo buona parte del mio tempo con Dorelei.

Di giorno andavamo in giro a cavallo, esploravamo la zona e cacciavamo la selvaggina permessa in quella stagione. Lei mi aveva insegnato a usare l'arco corto dei cruithne, e ci sfidavamo nel tiro al bersaglio. A volte ci accompagnavano i figli della signora, altre volte andavamo da soli. Cominciavamo a stare bene in reciproca compagnia.

Dopo il tramonto ingannavamo il tempo in lunghe cene nel salone di Innisclan, raccontavamo storie e facevamo musica. La gente della tenuta era di carattere allegro, e se c'era stata qualche diffidenza nel modo in cui trattavano Conor presto passò. La protezione che l'*ollamh* aveva messo su di me reggeva bene. Quando andavo a letto non c'erano zufoli, né risa, né misteriose pressioni sulla mia volontà. A parte i cordoncini rossi e la pietra canterina, la mia aveva ogni apparenza di una vita normale.

E poi vennero i Maghuin Dhonn.

Come il bardo, anch'essi apparvero mentre il sole stava tramontando, poco dopo che ci eravamo seduti a cena. Stavolta fummo avvertiti dai richiami della nostra scorta militare, e ci affrettammo a uscire in cortile per vedere cosa stesse succedendo.

Erano in tre. Venivano dal Nord, senza fretta, sul sentiero che attraversava le colline erbose, e le loro lunghe ombre puntavano a est, verso Terre D'Ange. Mentre li guardavo avvicinarsi ebbi una stretta al cuore, un misto di speranza e d'incertezza.

Gli uomini di Urist si schierarono a destra e a sinistra, formando un corridoio dentro il quale i Maghuin Dhonn avrebbero dovuto passare. Questi li ignorarono. Potei sentire il loro odore nella brezza serotina, un misto di muschio, terra umida e bacche, piuttosto intenso.

Due di loro mi erano ben noti: il bardo Ferghus e Morwen. Il terzo non lo conoscevo. Era un uomo massiccio, mezza testa più alto del bardo, e come Morwen aveva pallidi occhi grigi racchiusi tra due artigli tatuati. Berlik, supposi, poiché entrambi avevano fatto il suo nome. Benché fosse una sera calda portava indumenti di pelliccia d'orso, che lo rendevano ancor più corpulento.

Nel cortile, Grainne si fece avanti, affiancata da Brennan. Noi restammo dov'eravamo. Dorelei si era stretta a me, e Joscelin aveva posato le mani sull'elsa dei pugnali.

« Signora », fu il saluto che l'uomo alto rivolse a Grainne. Aveva una voce profonda, roca. Non riuscii a giudicare bene la sua età, ma aveva il viso più cupo e triste che avessi mai visto.

Grainne annuì. « Mio signore Berlik. »

« Ho ascoltato la vostra offerta. Per sei giorni ho digiunato e pregato. Alcune visioni di ciò che sarà mi sono giunte. Altre mi sono state negate. » Berlik girò la testa, e il suo strano sguardo grigio si posò su di me, palpabile come un contatto. Nella morsa degli artigli tatuati, le sue occhiaie erano scure e stanche. Si volse di nuovo a Grainne. « Il simulacro appartiene a Morwen, e lei non intende cederlo. L'offerta è rifiutata. »

Qualcuno fece udire un ansito. Deglutii e cercai di mascherare il disappunto, ma in me c'era anche sollievo.

Guardando la donna, Morwen, non vidi cenno di trionfo in lei, solo una strana controllata serietà. Non aveva la borsetta di pelle appesa al collo.

« Negate che ci sia stata offesa? » domandò Grainne.

« Non lo nego. » Berlik scosse il capo, facendo ondeggiare i disordinati capelli neri. « Ti porto a mia volta un'offerta. Se dimenticherai l'offesa, giurerò che nessun Maghuin Dhonn torcerà un capello al ragazzo sull'intero suolo di Alba, in lungo e in largo. »

Grainne considerò un poco quelle parole. « Con quale giuramento? »

«Per la roccia e il mare e il cielo, e tutto ciò che questo comprende. Per la sacra verità che mi lega al mio *diadh-anam*», disse lui.

«E i Maghuin Dhonn l'hanno accettato?» domandò lei agli altri due

«Abbiamo accettato, Grainne», disse Ferghus. Tutta la leggerezza aveva abbandonato la sua voce. «Non gli sarà torto un capello sulla testa, né fatto un graffio sulla pelle. In nessun modo.»

«Non capisco.» Grainne fece un passo verso di loro e li guardò in faccia. I suoi occhi si fermarono in quelli di Morwen. «Perché? Se tu non vuoi fare del male a Imriel, perché non cedi il simulacro?»

«Non posso.» Morwen appariva piccola e minuta davanti alla signora dei dalriada, ma sostenne il suo sguardo a testa alta. «È *lui* che vuole fare del male a noi. Questa può essere la nostra sola protezione.»

«Cosa?» protestai, urtato da quelle parole. «Non farei mai niente del genere! O almeno, non vorrei mai farlo se voi mi lasciaste in pace.»

Morwen mi fissò coi suoi occhi di nebbia. «Tu non sai cosa accadrà.»

«Questo è assurdo», disse Joscelin con voce piatta. «Lady Grainne, non metto in discussione la tua responsabilità sulla tua terra, ma...»

«Ah, no!» Il bardo Ferghus alzò una mano ammonitrice. «Non provarci, guerriero. Noi siamo tre e disarmati, ma non siamo impotenti. Voi potete avere le nostre vite a un certo prezzo. E intanto il simulacro è altrove, nascosto. Voi non sapete chi lo reclamerà, se noi cadiamo. Sii saggio, e accetta il nostro giuramento.»

«Principe Imriel, cosa vuoi fare?» domandò Grainne.

Le unghie di Dorelei erano premute sul mio gomito destro, ma non c'erano suggerimenti in quella stretta, soltanto paura. Corrugai le sopracciglia, guardando Berlik. Immobile e paziente l'uomo aspettava la mia risposta. Staccai la mano di Dorelei dal mio braccio e andai verso di lui. A un passo di distanza il suo odore di sottobosco era più forte, mescolato a quello della pelle d'orso. Dovetti alzare la testa per guardare il suo viso triste. « Quello che afferma la vostra donna è una bugia », gli dissi.

« No. » C'era tristezza nei suoi pallidi occhi cerchiati. « Lei può essere o non essere molte cose, ma non è una bugiarda. »

« Parlate per enigmi? »

Berlik scrollò le spalle. « La verità è un enigma. »

Toccai l'elsa della mia spada. « La vostra donna ha una cosa che posso dichiarare mia. Se la sfidassi per questo? Voi rispondereste per lei? »

La sua voce si abbassò al punto che nessun altro poté udirla. « Guarda. » Le maniche della sua giacca in pelle d'orso terminavano con grosse zampe dai neri artigli falcati. Le robuste spalle di Berlik fremettero. Le zampe artigliate si piegarono all'interno.

Rialzai lo sguardo nei suoi occhi.

« Non ti piacerebbe farlo », disse con la stessa voce appena udibile.

« Non mi piace neppure essere legato da un incantesimo », dissi.

« Le cose non sono sempre ciò che sembrano. » Alzando una mano - se la si poteva chiamare mano - toccò la pietra canterina appesa al mio collo. Uno di quegli artigli ticchettò contro di essa. « Accetta il nostro giuramento. Potresti esserne grato. »

Non c'era menzogna nei suoi occhi, solo tristezza. O follia? Non potevo dirlo. Stranamente mi trovai quasi attratto da lui, o almeno desideroso di parlargli ancora. Ma lui si limitò a guardarmi in silenzio.

Sospirai, e feci un passo indietro. « Così sia. »

Grainne annuì. « Allora giurate, mio signore Berlik. »

Le sue maniche in pelle d'orso fremettero quando alzò la mano destra; una mano umana, larga ma normale. Tenendola all'altezza del petto la chiuse a pugno, e la coprì con l'altra. « Per la roccia e il mare e il cielo, e tutto ciò che questo comprende. Per la sacra verità che mi lega al mio *diadh-anam*, giuro questo. Sull'intera Alba, in lungo e in largo, nessun uomo né donna dei Maghuin Dhonn farà del male all'uomo Imriel, non gli torcerà un capello né farà un graffio sulla sua pelle. »

Quelle parole vibrarono nell'aria come un tuono. Da qualche

parte, in distanza, uno stormo d'uccelli prese il volo e si allontanò nel cielo sanguigno. Il bestiame mugolò, a disagio.

Berlik inclinò la testa. « Abbiamo il tuo perdono, signora? »

« Lo avete. Finché manterrete il giuramento », disse Grainne.

« Il giuramento non sarà infranto. » L'uomo sorrise, cupo e accigliato. « Accadrebbe un destino terribile. »

Mi chiesi cosa significavano quelle parole. Avrei voluto che restasse ancora e parlasse con me. A differenza degli altri, in lui non sentivo crudeltà. Mi sarebbe piaciuto sapere cosa lo rendeva così triste e stanco, quale fardello gli gravava sulle spalle. E mi sarebbe piaciuto sapere perché temevano che facessi loro del male. Mi sembrava irragionevole. Se avessi portato rancore, sicuramente capivano che la colpa era delle loro stesse azioni. Tutto era molto strano, dunque. Non ero neanche sicuro di ciò che provavo. Se avessimo potuto parlare come persone ragionevoli, forse tutto si sarebbe risolto.

Invece ciò che udimmo furono le note della cetra del bardo, un dolce susseguirsi di accordi. La musica suonata da Morwen con lo zufolo, che aveva tormentato le mie notti, era assai più bella eseguita da un artista come lui. Non lo avevo neppure visto estrarre lo strumento dalla borsa, ma era lì, posato contro il suo petto, e quelle brune dita danzavano agili sulle corde.

Una strana quiete s'impadronì di tutti noi: la signora e i suoi figli, Phèdre e Joscelin, perfino Dorelei, perfino Brigitta, perfino Urist e i cruithne e gli angeline sotto il suo comando, che si fecero da parte e lasciarono passare i Maghuin Dhonn.

Li guardai uscire dal cortile.

Quella musica mi toccava; il loro incantesimo no.

All'ultimo momento Morwen si volse e mi guardò, con espressione impenetrabile. *Dimmi, lei è bella?* No, avevo risposto a Dorelei, ed ero convinto di pensarlo. Adesso non l'avrei giurato. C'era della bellezza in quei lineamenti selvaggi e poco familiari.

Alzai una mano a stringere la pietra canterina.

Morwen sorrise e uscì.

Fu così che se ne andarono, tre figure in cammino nelle ombre del crepuscolo. Mentre superavano la sommità dell'altura più vicina, una sola rimase eretta: il bardo, che suonava ancora note ormai inudibili. Due figure caddero carponi, una grande e una piccola. A quattro zampe, al trotto. Trattenni il fiato. La paura, che in loro presenza non avevo sentito, mi diede la pelle d'oca.

«Va tutto bene.» Una mano scivolò nella mia. Era Conor, che strinse con forza. «Ne sono certo.»

Gli restituii la stretta. «Spero che tu abbia ragione.»

«È così, principe Imriel», mormorò. «È così.»

24

Lasciammo Innisclan due giorni dopo.

Fu una partenza triste. Il periodo trascorso con la signora dei dalriada e i suoi figli era stato piacevole, ma guastato da fatti inattesi e snervanti. Come Phèdre, anch'io non vedevo l'ora di essere sotto la protezione dei poteri di Hyacinthe.

Salutammo anche Eamonn e Brigitta. Sarebbero intervenuti alle mie nozze albane con Dorelei a Bryn Gorrydum, di lì a un mese, cosicché quella non era ancora una separazione definitiva. Conor sperava che sua madre permettesse anche a lui di partecipare, e promise che in questo caso avrebbe suonato la cetra alla nostra cerimonia.

In quanto agli altri, ci lasciarono andare per la nostra strada con un certo rimpianto, e forse anche un po' di sollievo. Non dubitavo che senza di noi Innisclan sarebbe tornato alla sua quiete pastorale.

Una volta ancora ci mettemmo in viaggio sui *taisgaidh* con l'esperta guida di Urist, tornando sui nostri passi attraverso la verde isola di Alba.

Se il nostro viaggio di andata era stato spensierato, questo lo fu assai meno. L'incontro con gli Antichi aveva messo tutti a disagio. Stranamente, ero il più sereno del gruppo. I Maghuin Dhonn avevano giurato di non farmi del male. Qualunque cosa ci fosse dietro, ero sicuro che Berlik aveva giurato in buona fede.

Le mie notti erano libere da inconvenienti stregoneschi.

I miei giorni erano liberi dal pensiero di Sidonie.

Mi prendevo cura del mio incantesimo protettivo, controllando ogni mattina e ogni sera di avere i cordoni rossi legati ai polsi e alle caviglie, e la pietra canterina appesa al collo. Il giuramento di Berlik poteva essere stato sincero, ma la mia volontà era ancora in balia della fattura di Morwen. Non avevo nessuna voglia di essere attirato fuori dalla tenda in piena notte, incapace d'impedire alle mie gambe di portarmi chissà dove. Di certo quella donna poteva distruggere il mio matrimonio con Dorelei anche senza torcermi un capello.

Dorelei mi piaceva. Se non altro, ora potevo permettere a me stesso di apprezzarla. E c'era molto di buono in lei. Era quieta e pensosa, ma bastava poco per vederla ridere felice. Con lei si stava sempre in buona compagnia. In privato era così come si mostrava in pubblico, senza bizzarri sbalzi d'umore. Non c'era malizia in lei, e aveva un carattere gentile.

La amavo? No. Non c'era niente della passione ossessiva che avevo avuto per Sidonie, sofferente, gioiosa, e assurda. Non mi sentivo il cuore gonfio di emozione quando pensavo a lei, né il suo nome rimbalzava di continuo nei miei pensieri. Con la protezione dell'*ollamh* su di me, dubitavo di poter provare sentimenti così forti per chiunque. Ma almeno non ero tormentato da momenti di depressione alternati ad altri di gioia inesprimibile, sempre in lotta contro un amore che non ero riuscito a reprimere per quanto ci avessi provato.

Comunque, quel periodo sembrava solo un sogno, ora.

E nulla impediva che tra me e Dorelei crescesse l'amore. Non sarebbe stato lo stesso. Sarebbe stato un sentimento più pacato, un affetto destinato ad approfondirsi senza scosse. Come aveva detto Amarante, l'amore non era sempre una tempesta ruggente. Poteva essere anche un porto sicuro.

Mentre attraversavamo Alba cominciai a pensare che non sarebbe stata brutta come avevo temuto. Ogni porto sicuro che avessi conosciuto mi era stato rubato. La casa della mia infanzia, il mio stesso senso d'identità, la vita in incognito da studente a Tiberium. Perfino l'affetto di Phèdre e Joscelin era stato minacciato da oscure tentazioni mentre da ragazzo diventavo uomo. Al mondo c'erano cose peggiori che trovare la tranquillità come principe di Alba e marito di Dorelei. Paradossalmente, l'incantesimo di cui ero vittima mi aveva reso libero di cercare quella tranquillità.

Le cose non sono sempre ciò che sembrano, aveva detto Berlik.

La verità era un enigma.

Arrivammo a Rocca Tempesta in un pomeriggio caldo e afoso. Benché distasse solo un giorno di cavallo da Bryn Gorrydum sorgeva in una zona isolata, sopra una rupe a picco sul mare. Un tempo era stata una fortezza Tarbh Cró, ma qualche anno addietro Drustan l'aveva ceduta a Hyacinthe e Sibeal.

«Non è un posto molto accogliente», commentò Joscelin, guardandola dal basso.

«No», mormorò Phèdre. «Ha sviluppato una predilezione per la solitudine.»

Per me era sempre stato difficile conciliare la figura vivace del mezzosangue tsingano dei loro ricordi con l'uomo che avevo conosciuto. Ma Hyacinthe aveva lavorato per dieci anni sottoposto a un *geas*, come apprendista del vecchio Signore dello Stretto, studiando i segreti del vento e delle onde scritti nelle pagine del Libro Perduto di Raziel. Quando il vecchio Signore era morto, i suoi poteri e la sua maledizione erano passati a Hyacinthe legandolo a un'isola nel mezzo dello Stretto, condannato a una vita di eterno invecchiamento.

Sarebbe stato ancora laggiù, se Phèdre non lo avesse liberato dalla maledizione. Ma non c'era modo di liberarlo dal fardello dei suoi poteri, né di restituirgli gli anni di gioventù perduti.

«L'hai conosciuto?» domandai a Dorelei.

«Oh, sì. È un uomo... imponente.»

Per salire alla fortezza c'era una tortuosa stradicciola tra le rocce. Un tempo quella era stata una postazione difensiva, ma le fosse erano piene di detriti e il ponte levatoio non veniva alzato da anni. Un uomo che poteva chiamare i fulmini sui suoi nemici non temeva di essere attaccato.

«Dobbiamo portare su la nostra scorta, o farla accampare qui?» domandai a Joscelin, incerto su quello che prevedeva il protocollo. «Credi che Hyacinthe sappia della nostra visita?»

«Phèdre gli ha mandato un messaggio», rispose distrattamente lui, ombreggiandosi gli occhi con una mano. Poi rise e indicò la fortezza. «Sembra che ci aspettino.»

Socchiusi le palpebre. Su tre angoli dell'unica torre sventolavano delle bandiere. Due mi erano ben note: il Cinghiale Nero dei Cullach Gorrym e il giglio e le stelle di Terre D'Ange. La terza l'avevo vista una sola volta: un frastagliato cerchio scarlatto in campo nero, attraversato da un dardo dorato. Il Dardo di

Kushiel. Lo issava la nave dell'ammiraglio Rousse quand'eravamo andati a salvare Hyacinthe.

«Dannato tsingano», disse sottovoce Joscelin. Scambiò un lungo sguardo d'intesa con Phèdre, poi si riscosse. «Facciamo accampare qui gli uomini. Dubito che nella fortezza ci sia abbastanza spazio per loro.»

Fu così che noi quattro proseguimmo da soli su per la stradicciola, tenendo i cavalli al passo. Sulla cima trovammo la grata di ferro sollevata e il portone del cortile aperto.

Ci aspettavano, infatti.

Due mozzi di stalla erano pronti a occuparsi dei nostri cavalli, e dietro di loro c'era la famiglia del Signore dello Stretto.

Hyacinthe.

Erano trascorsi sette anni dall'ultima volta in cui l'avevo visto. A quell'epoca ero un ragazzino, ma i ricordi erano ancora vivi in me. La nave spinta dal vento, il grande gorgo, la figura di luce che ne era uscita, meravigliosa e terribile. Phèdre, sospesa sulle onde, che pronunciava il Nome di Dio.

«Hyacinthe», mormorò lei con le lacrime agli occhi, smontando di sella.

Quando li vidi abbracciarsi mi venne un groppo in gola. Lui non sembrava molto più anziano, e neppure lei. Ma si conoscevano da molto, molto tempo. Il volto di lui, mentre la lasciava, fu attraversato da un'espressione di angoscia e di rimpianto così breve che non seppi se l'avevo vista o soltanto immaginata.

«Cassiliano.» Hyacinthe si voltò, tendendo la mano.

«Tsingano.» Un angolo della bocca di Joscelin fremette. Gli strinse la mano. «Sono lieto di rivederti.»

«E io di vedere te.» Hyacinthe prese per le redini il cavallo di Dorelei, e la aiutò a smontare. «Benvenuta, mia cara. Tua zia è stata felice di sapere che ci avresti fatto visita. È un piacere.»

«Vi sono grata, signor Hyacinthe», mormorò lei.

Dorelei andò ad abbracciare allegramente lady Sibeal, sorella di Drustan, che aveva accanto a sé due bambinetti. Joscelin e Phèdre la seguirono. Il Bastardo si agitava innervosito sotto di me, rizzando le orecchie in quel posto a lui sconosciuto.

«Ci sei anche tu.» Hyacinthe lo tenne fermo per il morso. «Imriel de La Courcel.»

Smontai in fretta e m'inchinai, tenendo d'occhio il Bastardo, che però non si ribellava a quella mano estranea. « Vi ringrazio per l'ospitalità, signor Hyacinthe. »

Lui mi guardò senza parlare. Occhi neri, occhi tsingani, simili a quelli dei cruithne, solo che qualcosa si muoveva e cambiava nelle loro profondità, come ombre in movimento sul fondo del mare. Dietro quegli occhi c'era abbastanza potere da disperdere ai quattro venti i Maghuin Dhonn. « Non è necessario che il figlio adottivo di Phèdre nó Delaunay sia così cerimonioso con me. »

Gli porsi la mano. « Imriel, allora. »

La strinse. « Hyacinthe. »

Così ci fu dato il benvenuto a Rocca Tempesta. Dorelei mi presentò di nuovo a sua zia, lady Sibeal, che avevo già conosciuto da ragazzino. Il suo abbraccio fu spontaneo e caloroso, come se fossi un membro della famiglia. Conoscemmo anche i due bambini. Galanna, la femmina, aveva sei anni; Donal appena quattro. Dapprima ci guardarono con timidezza, ma ben presto, rassicurati dai nostri modi amichevoli, si dimostrarono assai ciarlieri.

Benché sorgesse in una località così isolata, nell'interno della fortezza c'era un'atmosfera accogliente. Non avevano una guarnigione, ma vi lavoravano numerosi albani che si occupavano della cucina, delle pulizie, della stalla, e dei vasti orti da cui proveniva la maggior parte dei viveri. Erano molto deferenti col loro padrone e sembravano affezionati a Sibeal e ai bambini. Come un nobile di campagna che ricevesse dei vecchi amici Hyacinthe ci fece visitare l'edificio, compresa una stanza chiusa a chiave all'ultimo piano della torre, dove un antico cofanetto di cuoio chiuso con flange di bronzo conteneva pagine provenienti dal Libro di Raziel.

« È qui che studi? » domandò Phèdre, guardando fuori dalla finestra alta e stretta.

« Vengo qui per riflettere. » Hyacinthe la guardò. « Non ho più niente da studiare. »

Lei guardò il cofanetto. « L'hai imparato tutto a memoria? »

« Tutto il libro, sì », annuì lui.

« Gli *ollamh* approverebbero », osservai.

Hyacinthe rise. «Così dice Sibeal. Venite, vi mostrerò lo specchio marino.»

Ci condusse sul lato della fortezza volto al mare, dove sporgeva una piccola terrazza spazzata dal vento. Una scalinata lunga e stretta scendeva sino alla base della rupe, dove si frangevano le onde. A ogni angolo della terrazza si levava una colonna, e nel centro c'era un largo bacile di bronzo sorretto da un tripode, colmo d'acqua di mare.

Joscelin si avvicinò. «È passato molto tempo dall'ultima volta in cui l'ho visto.»

«Non è lo stesso», lo informò Hyacinthe. «Questo è fatto di metalli provenienti da miniere albane. Ma serve allo stesso scopo. C'è qualcosa che vorresti vedere, cassiliano?»

Joscelin scosse il capo. «Ho visto abbastanza l'ultima volta.»

«Phèdre?» Hyacinthe guardò l'amica.

Lei sorrise. «Tutto ciò che m'interessa è qui. Lasciamo che scelgano i giovani.»

Hyacinthe si volse a noi. «Volete vedere qualcosa?»

«Lo specchio può mostrarmi mia madre?» domandò Dorelei.

«Naturalmente.» Lui chinò la testa e passò un braccio sopra il bacile. L'acqua s'increspò in un modo che non aveva nulla a che fare col vento, poi diventò immobile. Ciò che adesso rifletteva non era più il cielo, ma una scena a me sconosciuta: una stanza piena di luce pomeridiana, dove tre donne cruithne sedevano a ricamare conversando serenamente. Mi piegai sul bacile, affascinato.

«Quella è tua madre?» chiesi, indicando a Dorelei quella che le somigliava di più, attento a non disturbare la superficie dell'acqua.

«Sì.» Lei sorrise con calore. «L'altra donna è Kinada, la madre di Kinadius, e c'è anche sua figlia Kerys. È una mia amica. Sono nel salotto del castello di Clunderry.»

Sembrava una bella stanza, un porto sicuro. Simpatico.

«Tu cosa vuoi vedere, Imriel?» domandò Hyacinthe.

Mi strinsi nelle spalle. «Non riesco a pensare a niente.»

«Imri!» Dorelei mi diede di gomito. «E Alais?»

«Be', d'accordo. Posso vedere Alais?»

« Ma certo. » Hyacinthe non passò il braccio una seconda volta sul bacile, ma l'acqua s'increspò e sulla superficie apparve una diversa immagine.

Era un'altra scena domestica, in un locale che conoscevo bene. Si trattava dello studio che un tempo era stato la stanza dei giochi delle principesse, e avevo trascorso molte ore lì con Alais a seguire le lezioni dell'*ollamh* Firdha.

Alais era lì.

C'era anche Sidonie.

Il mio cuore ebbe uno strano palpito. A un primo sguardo avrei detto che stessero litigando.

Alais corrugò le sopracciglia, incrociando le braccia sul petto. Sidonie appariva turbata. Così distante com'ero mi accorsi che avrei desiderato vederla ridere, veder attenuarsi quella sua espressione preoccupata. Le sue labbra si mossero; Alais scosse il capo e distolse lo sguardo. In quel momento Maslin de Lombelon entrò nella stanza. Rivolse un rigido inchino ad Alais e offrì il braccio a Sidonie.

Lottai contro l'impulso di afferrare la pietra canterina.

Lei non prese il braccio che le veniva offerto, non subito. Il suo turbamento lasciò il posto allo stupore. Girò la testa, come se qualcuno da lontano avesse chiamato il suo nome. Per un attimo parve che dallo specchio marino guardasse direttamente verso di me.

Il cuore mi batteva forte. Gli amuleti alle mie caviglie e ai polsi sembravano all'improvviso troppo stretti e scomodi.

Poi compresi che Maslin doveva aver parlato, benché lo vedessi di spalle, perché l'espressione di Sidonie tornò controllata come al solito e mosse le labbra in risposta. Passò accanto ad Alais, prese il braccio di Maslin e i due lasciarono la stanza. Alais si gettò a sedere su una sedia, seguendoli con uno sguardo fosco. La cagna, Celeste, venne a posarle il mento su un ginocchio, in cerca di qualche carezza.

L'immagine scomparve. L'acqua tornò a riflettere soltanto il cielo.

Dorelei sorrise. « Sorelle. Anche Talorcan e io litigavamo, prima di diventare adulti. Di cosa stavano discutendo, secondo te? »

«Non lo so. Di Maslin, forse. Ad Alais non piace», mormorai.

«A Sidonie sì. Così ho sentito dire, quand'era al tempio di Naamah.»

«Sì.» Mi rivolsi al nostro ospite. «È stato molto interessante, mio signore. Ti ringrazio.»

«Di niente.» Hyacinthe mi guardò un momento, grave e pensoso. Nei suoi occhi il mare non si muoveva più.

Sapevo che aveva anche un altro potere. Il *dromonde*, una seconda vista. Era questo che lo aveva attratto a Sibeal, a una discendente della stirpe di Necthana. Mi chiesi cos'avesse visto, e scoprii di aver paura di saperlo. Ma, qualunque cosa fosse, passò.

«Dovete avere fame, dopo il viaggio. Lasciate che vi mostri le vostre stanze, e poi ceneremo», disse.

Dopo Innisclan, le stanze sembravano spaziose. Ci rinfrescammo e raggiungemmo i padroni di casa nel salone. Fu una cena gradevole, e questo anche grazie ai bambini, che ebbero il permesso di restare nella prima parte della serata. In loro potei vedere qualcosa di ciò che il loro padre era stato un tempo, felice e irriverente.

«Tu sei *carina*», dichiarò Galanna a Phèdre, dopo essere saltata giù dalla sua sedia per palpeggiarle la gonna. «Ti piace il mio vestito?»

«Molto, mia signora», sorrise lei. «È bello come te.»

La bambina scosse indietro i capelli neri, satinati. «Lo so.»

Joscelin diresse un sogghigno a Hyacinthe. «C'è del sangue angeline, nella piccola.»

«Oh, tu dici, cassiliano?» Hyacinthe sistemò meglio il fardello sulle sue ginocchia: il figlio Donal, che si era arrampicato lì. Era una scena che non avevo immaginato di vedere; il Signore dello Stretto nelle vesti di padre solerte.

Il bambino si sporse ad afferrare un cucchiaio da un vassoio di pere cotte.

«No, no, questo lascialo stare.»

«Sono troppo vivaci, vero?» Sibeal si alzò e liberò Hyacinthe del peso del piccolo. «Scusate se ve li abbiamo fatti sopportare. Ma ormai è ora che vadano a letto. Chiamo la bambinaia?»

Un coro di sorridenti proteste la dissuase.

«Qui, lo prendo io.» Dorelei tese le braccia. «Solo un momento.»

«Come vuoi.» Sibeal fu lieta di cederle il bambino, che non appena seduto in grembo a Dorelei cominciò con la sua vocetta incespicante a raccontarle di una rana che aveva trovato e cercato di acchiappare nell'orto, quel mattino.

Li guardai. Dorelei sorrideva, ascoltando il cuginetto con la testa inclinata di lato. Lui aveva un viso rotondo, i riccioli neri e le orecchie sporgenti di suo padre. Se noi avessimo avuto dei figli, sarebbero stati suoi parenti stretti.

«Vogliamo dare alla loro vita un'apparenza di normalità.» Anche Hyacinthe li stava guardando. «E spero di potergli dare le cose che io non ho avuto.»

«Non dubito che tu sia un buon padre», disse Phèdre sottovoce.

«Li vizia terribilmente», osservò Sibeal, e gli sorrise.

Hyacinthe ridacchiò. «Questo perché posso sempre ritirarmi nella torre, e lasciarli a te.»

Ai bambini fu permesso di restare qualche minuto ancora, poi Sibeal fece sentire la sua autorità materna e mise termine alla loro giornata. La bambinaia, una giovane donna Tarbh Cró dall'aria esperta e affettuosa, li prese per mano e se li portò via. Risi nel vedere la riluttanza con cui la seguivano, mugolando proteste e puntando i piedi nel vano tentativo di farla fermare.

Rimasti tra adulti parlammo di cose più serie, e riferimmo loro ciò che era successo coi Maghuin Dhonn. Mi aspettavo che Sibeal fosse contraria a toccare quell'argomento, ma non sembrava preoccupata come lo erano Dorelei e i cruithne in generale. Immagino che essere la sposa di un uomo capace di comandare la potenza del mare avesse questo effetto.

Hyacinthe ascoltò con interesse. «Drustan mi ha chiesto di tenerli d'occhio. C'è qualcosa di strano, però. Non sempre posso vederli. Non tutti loro.»

«Nello specchio marino, vuoi dire?» Joscelin corrugò la fronte.

Lui annuì. «A volte non posso trovarli, anche se so dove sono.»

«Forse è perché a volte non sono umani», mormorai.

«Me lo sono chiesto», disse Hyacinthe. «E mi sono anche chiesto se siano vere le storie che raccontano del loro arrivo in Alba, molto tempo fa, quando lo Stretto era ancora coperto di ghiaccio. Se è vero, la loro magia è antica come ciò che è scritto sul Libro di Raziel, solo diversa.»

Accanto a me Dorelei ebbe un brivido.

«Puoi usare il *dromonde* per apprendere la verità?» domandò Phèdre, curiosa.

Hyacinthe scosse il capo. «Non senza uno dei *Maghuinn Dhonn* davanti a me. E forse neppure così. Il *dromonde* vede indietro come avanti, ma non credo di poter vedere oltre le origini degli tsingani.»

Continuammo a discutere di quell'argomento, ma erano solo speculazioni e non giungemmo a nulla di conclusivo. All'atto pratico, Hyacinthe e Sibeal non sapevano di quella gente più di quello che ne sapevamo noi. Pian piano si fece tardi, ed era ormai notte fonda quando Sibeal disse che anche per gli adulti era l'ora di andare a letto.

«Non abbiamo parlato delle tue cose», disse Phèdre a Hyacinthe. «Hai già preso qualche decisione?»

«Sì.» Scambiò uno sguardo con sua moglie. «Ma ne parleremo domani.» Sorrise a Phèdre, e per la prima volta nei suoi occhi neri ci fu una luce allegra, umana e normale. «Potrei avere un ultimo incarico per la pupilla di Anafiel Delaunay e il suo Compagno Perfetto.»

25

Il mattino dopo mi trovai abbandonato.

Hyacinthe, Phèdre e Joscelin si chiusero nella torre per parlare della misteriosa faccenda in cui il Signore dello Stretto cercava l'assistenza di una Prescelta di Kushiel e di un sacerdote-guerriero cassiliano. Dorelei andò a consigliarsi con la zia circa i suoi sogni veridici, che mancavano da più tempo del consueto.

E io, che non ero un prescelto degli dei, né un guerriero senza pari, né un sognatore visionario, fui lasciato a me stesso.

Oh, un piccolo incarico mi era stato dato; una cosa poco impegnativa. Hyacinthe si era offerto di estendere la sua ospitalità a mezza dozzina dei nostri uomini, il massimo che le risorse di Rocca Tempesta potevano permettersi. Agli altri avrei consegnato la paga mensile, più un rimborso spese per il soggiorno in qualche locanda della vicina città di Bryn Gorrydum, località assai meno noiosa del loro accampamento.

Quel mattino i servi pulirono e diedero aria alle stanze della guarnigione. Scesi a cavallo alla base della rupe per informare Urist.

Lui riunì gli uomini e domandò cinque volontari. Non fui sorpreso quando gli angeline decisero all'unisono di trasferirsi a Bryn Gorrydum.

«Senza offesa, altezza, ma ho saputo che in città c'è una casa di piacere dove alcune serve di Naamah hanno scelto di lavorare», disse allegramente uno di loro. Diede di gomito a quello che gli stava accanto. «Voialtri potete accontentarvi di una contadina, ma io preferisco femmine più pulite, e anche più belle.»

«Pulcioso pervertito», lo apostrofò Urist.

«Bigotto tatuato», replicò sogghignando l'angeline. «Altezza, lo direte voi a lady Phèdre e a messer Verreuil che è stato un onore cavalcare con loro, stregoni-orsi e tutto?»

Sorrisi. «Glielo dirò.»

Nessuno si sorprese che i volontari fossero cinque dei cruithne che avevano fatto parte della scorta d'onore della *ollamh* Firdha. Tirarono la paglia più corta, borbottando e discutendo, mentre gli altri li provocavano con racconti esagerati dei piaceri che si sarebbero persi. Urist assisté alla procedura con un'aria aspra e competente che mi ricordò Gallus Tadius. Questo mi diede una strana nostalgia per i giorni in cui militavo nel Flagello Rosso, a Lucca.

C'erano cose peggiori che essere un soldato, uno tra i tanti, un dente in un ingranaggio. Gallus Tadius ci insegnava a fare il nostro lavoro, e ce lo insegnava bene. Per quanto detestassimo le esercitazioni, c'era anche un certo orgoglio in questo. Quando le mura di Lucca avevano ceduto, tutti eravamo pronti e sapevamo cosa fare. Gallus ci dava gli ordini. Noi li eseguivamo.

C'era una semplice soddisfazione in questo.

Ne sentivo la mancanza, anche se non ero stato tra i più zelanti.

Quella notte avevo dormito poco.

Non avevo sognato Sidonie - anzi, non ricordavo d'aver sognato affatto - ma i miei pensieri continuavano a tornare a lei, confusi e incompleti. Da quando l'avevo vista nello specchio marino di Hyacinthe avevo l'impressione di tendere i miei legami incantati. Mi sembravano stretti, irritanti, e m'innervosiva l'incapacità di *sentire* le mie vere emozioni. Sapevo che questo preoccupava Phèdre. Il Beato Elua ci esortava ad amare a nostro piacimento. Nel proteggermi così dai Maghuin Dhonn stavo violando il suo precetto? Contava qualcosa che facessi del mio meglio per imparare ad amare Dorelei? Non lo sapevo.

Dopo aver distribuito una generosa gratifica agli uomini, sia cruithne sia angeline, li lasciai occupati a smontare il campo. Portai il Bastardo a sgranchirsi le zampe sulle colline lungo il mare, e gli permisi di galoppare a briglia sciolta. Come me, legato ai miei incantesimi, anche lui si era sentito legato viaggiando al passo lento del convoglio.

Il Bastardo galoppava per la pura gioia di farlo, sbuffando e saltando, come se la sua pelle maculata fremesse per l'esuberanza fisica. Stormi di gabbiani si alzavano a roteare sopra di noi, protestando per il disturbo con strida roche. Nel guardarli mi tornarono alla mente mastro Piero e i piccioni del foro, e risi. Lasciai che il Bastardo si sfogasse finché Rocca Tempesta non fu piccola e lontana dietro di noi, e la sua pelliccia si scurì di sudore.

Poi lo feci rallentare al trotto e tornai indietro, passando tra i macigni e gli spunzoni di roccia. Non mi sentivo più saggio di prima, ma almeno ero più calmo.

« Imriel. »

Il Bastardo sobbalzò nell'udire la voce di Morwen, e fece uno scarto violento. Dovetti stringere le gambe intorno alle sue costole, mentre l'istinto mi faceva sfoderare la spada. « Per la barba di Elua! Cosa vuoi da me? »

Morwen sedeva su un sasso, con le ginocchia sollevate sotto la tunica marrone e le braccia chiuse intorno a esse. Aveva i piedi nudi, e le sue dita brune sembravano aggrapparsi alla terra. « Non devi aver paura. Berlik ha parlato per tutti noi. Non voglio farti del male. »

Imprecando costrinsi il Bastardo a smetterla di agitarsi. « Allora perché sei qui? »

Aveva di nuovo al collo la borsetta di pelle. La toccò, e io fui acutamente consapevole dei miei legami. « Il tuo desiderio mi ha chiamato. »

« Non la mia volontà », replicai.

I suoi occhi pallidi incorniciati dagli artigli ebbero un lampo. « È lo stesso. »

Sospirai. « Morwen... sono stanco di giochetti e di enigmi. Te lo chiedo ancora. Cosa vuoi da me? Sei venuta ad ammonirmi ancora di tornare a casa mia? »

Inclinò la testa, pensandoci. « È troppo tardi per questo, credo. Il futuro è intrecciato di molti fili, ma l'insieme è complesso. Alcuni sono già stati tagliati, altri s'indeboliscono. Emerge più di uno schema. Non sappiamo come districare questo enigma. »

« Potreste semplicemente vivere la vostra vita e lasciarmi vivere la mia », dissi, seccato. « È questo che fa la gente comune. »

Morwen scosse il capo. « La posta è troppo alta. »

La pietra canterina che avevo appesa al collo sembrava molto pesante. I polsi mi prudevano e bruciavano. Smontai, lasciando le redini del Bastardo, e m'incamminai verso Morwen con la spada in mano. Lei s'irrigidì, ma non diede cenno di voler fuggire. Potevo sentire il suo odore, intenso, terreno. «*Cosa.* Vuoi. Da. Me?» dissi, a denti stretti.

«Tu hai fatto un'offerta alla terra. Ma non era realmente per lei. Era per un'altra, molto, molto lontana. E tua moglie non ti basta, non ti basterà mai. Questo noi l'abbiamo visto. Ma il futuro continua a cambiare.» Alzò il capo, fissandomi con quegli occhi di nebbia. Con una mano toccò la borsetta di pelle contenente il simulacro, e si posò l'altra sul ventre. «Voglio un figlio da te.»

Mi gettai su di lei, allungando una mano verso la borsetta di pelle.

La mancai.

Elua! Ero stato svelto, ma Morwen lo fu ancor di più. Balzò di lato, e inciampai sul sasso rimasto vuoto. Solo una contorsione a mezz'aria mi permise di cadere sulla sinistra, evitando la mia stessa spada. I polsi e le caviglie mi bruciavano, e la pietra canterina era come una macina da mulino. Quando riuscii ad alzarmi lei stava correndo via, una piccola figura bruna che si allontanava in quel territorio verde.

Per istinto cominciai a inseguirla, tuttavia lei correva più in fretta di qualsiasi donna mortale, aumentando la distanza sempre più. Ritrovai il raziocinio e tornai indietro con l'idea di saltare in sella al Bastardo, ma ormai lui si era così innervosito che mi evitava, deciso a non farsi prendere.

Mi occorse un po' di tempo per calmarlo, sempre col pericolo che si spaventasse ancor di più e fuggisse verso gli strapiombi della costa, rischiando di spaccarsi il suo stupido collo. Quando riuscii a riprenderlo Morwen era scomparsa da un pezzo. Anche il bruciore dei miei cordoni rossi stava sparendo. Spronai il cavallo nella direzione in cui l'avevo vista fuggire, e per quasi un'ora la cercai ovunque, ma inutilmente. Disgustato, feci ritorno a Rocca Tempesta.

Qui trovai tutti di buonumore, o almeno tutti i cruithne. Phèdre e Joscelin erano ancora nella torre, e Hyacinthe stava di guardia allo specchio marino. Ma nel salone lady Sibeal e Dorelei intrattenevano Urist e il suo manipolo di volontari, seduti alla lunga tavola, e chiacchieravano allegramente.

« Oh, Imriel! » Dorelei si voltò, sentendomi entrare. Sembrava felice ed era seduta accanto a Kinadius, che si alzò subito offrendomi la sua sedia. « Stavamo giusto parlando di te. Non ti farai fare i tatuaggi da guerriero, prima della cerimonia nuziale? »

Sedetti al suo fianco. « Vuoi che mi faccia deturpare il viso? »

Kinadius sembrava ridere sotto i baffi. Dorelei mi fece il suo sorriso più vivace, quello con le fossette. « Credo che saresti molto bello con quei tatuaggi virili. Kinadius dice che li hai meritati, quando combattevi assieme a Eamonn. »

La guardai, senza capire se mi stesse prendendo in giro. « Eamonn non ha mai sentito la necessità di tatuarsi. »

« Non è un'usanza dalriada », disse Urist.

« Neppure angeline. » Mi costrinsi a sorridere. « Noi ci tatuiamo sulla schiena, come tutta la gente civile. » Queste parole li fecero ridere. Pensai ai tatuaggi di Morwen e di Berlik. « Ditemi, voi perché lo fate? »

Loro si guardarono. Kinadius scrollò le spalle. « È un segno d'onore. E i nostri nemici si spaventano, vedendo che uno ha già ucciso degli uomini forti prima di loro. » Toccò la lancia e la mezzaluna al centro della sua fronte. « Questo è il primo. Come vi ho detto, l'avete già meritato, a meno che non fosse solo una vanteria. »

« Non far caso a questi ragazzi », mi disse gentilmente Sibeal. « I guerrieri pensano che il sole sorga solo per illuminare le loro gesta, e se le tatuano sul viso perché tutti sappiano cos'hanno fatto. Ma tu puoi vedere che non ho fatto nessuna richiesta del genere al mio signor marito, Hyacinthe. »

« E tu perché ti sei fatta tatuare? » chiesi a Dorelei.

« La Figlia del Bosco non te l'ha detto? » domandò lei.

Scossi il capo. « So cosa significano le due linee che hai sugli zigomi, ma non perché le hai volute. »

« Chi fa sogni veridici viene tatuato perché gli altri possano saperlo e stiano attenti a ciò che dicono. » Il sorriso di Dorelei si spense, lasciando il posto a un'espressione un po' impensierita. « O così dovrebbe essere. »

Mi chiesi cosa le avesse detto sua zia su quell'argomento. Avevo avuto l'intenzione di parlare subito del mio incontro con Morwen, ma ora ci ripensai. Dorelei era preoccupata, e gli altri avevano già discusso fin troppo dei fatti allarmanti che erano successi negli ultimi tempi. Del resto Morwen non mi aveva minacciato, e ciò che aveva detto non riguardava nessuno a parte Dorelei e me. Ne avremmo parlato più tardi, in privato. « Ah, capisco. Sembra che io abbia ancora molto da imparare, prima di diventare un buon pictish. »

Il sorriso di lei riapparve. « Stai dicendo che ti tatuerai, allora? »

« Sulla faccia? Non è probabile. »

Quella sera, intorno al tavolo della cena, si avvertiva una segreta tensione in alcuni di noi. Qualunque fosse la cosa di cui Hyacinthe aveva discusso con Phèdre e Joscelin, sembravano intenzionati a non farne parola con nessuno, e questo li rendeva sfuggenti e nervosi. I bambini non se ne rendevano conto, Urist e i suoi uomini stavano cenando negli alloggi della guarnigione. Lady Sibeal appariva tranquilla, per nulla disturbata da quell'atmosfera, e ne dedussi che lei sapeva tutto. Questo lasciava soltanto Dorelei e me in preda alla perplessità.

Quando Galanna e Donal furono affidati alle cure della bambinaia e portati a letto, io domandai, con voce piatta: « Preferite che ci ritiriamo anche noi due? »

Loro si guardarono.

« Scusaci. » Hyacinthe si strinse nelle spalle. « Ci sono cose che è preferibile tenere circoscritte a poche persone. »

« Hyacinthe... » mormorò Phèdre.

Lui inarcò le sopracciglia. « Vuoi caricarli anche di questo fardello? »

« No. » Dorelei si alzò da tavola con inaspettata fermezza. « Non parlo per Imriel ma, di qualunque cosa si tratti, non ci tengo a preoccuparmene anch'io. Così, vi auguro la buonanotte. »

Mi alzai, accigliato, mentre lei lasciava il salone.

Sibeal commentò l'uscita della nipote con un sospiro. Gli altri guardavano me. Erano tutti e tre figure leggendarie, per molta gente. Phèdre nó Delaunay, la Prescelta di Kushiel, col Dardo che balenava nel suo sguardo e col Nome di Dio nella testa. Joscelin Verreuil, il suo Compagno Perfetto e campione della regina. Hyacinthe, il principe dei Viaggiatori e Signore dello Stretto.

« Imriel, se proprio vuoi... » disse Joscelin.

« No », mormorai. « Come Dorelei, anch'io non ho bisogno di un altro fardello da portarmi dietro. In questo momento, credo che il mio dovere sia stare accanto a mia moglie. »

Nessuno obiettò a quelle parole. Diedi la buonanotte e seguii Dorelei verso la nostra camera. Nel passare davanti al corridoio della guarnigione sentii gli uomini di Urist che parlavano ad alta voce e bevevano. Di nuovo provai nostalgia per la semplicità della loro vita.

Ma non ero stato un soldato dello stesso stampo. Non ero portato a quel cameratismo da caserma. Durante l'assedio di Lucca mi ero adattato a tutto con abnegazione, e nessuno dei miei compagni avrebbe potuto lamentarsi di me. Tuttavia non posso dire che mi amassero. Non avevo la facilità di rapporti umani che aveva reso Eamonn così popolare. Quel genere di spontaneità era difficile per me, anche se era stato un atto irragionevolmente spontaneo a procurarmi l'odio del duca di Valpetra. Dopo che gli avevo mozzato la mano sinistra lui aveva giurato di vendicarsi, e ci sarebbe riuscito se Canis, il fedele strumento di mia madre, non si fosse sacrificato gettandosi davanti al giavellotto indirizzato a me.

Quel tempo mi sembrava molto lontano.

Dorelei stava guardando fuori dalla finestra, aperta alla brezza dell'estate, quando entrai in camera. La finestra dava sull'entroterra, dove si erano già addensate le ombre del tramonto. Si voltò a rivolgermi un breve sorriso. « Scusami, non volevo essere scortese. »

« Non lo sei stata. » Mi sedetti sul letto.

« Tu lo sai cosa stanno meditando? »

« No. » Storsi la bocca. « Oh, potrei azzardare un'ipotesi, probabilmente non lontana dal vero. Credo che c'entri in qualche modo il Libro di Raziel. Phèdre e Hyacinthe hanno continuato a scriversi lettere per anni, su questo argomento. »

« Soltanto oggi ho saputo che sono stati amanti. »

« Molto tempo fa. » Brillava soltanto una lampada a olio, e nella camera ci si vedeva appena. Trovai un paio di candele e le accesi. « Te l'ha detto tua zia Sibeal? Questo la preoccupa? »

« Sì e no. » Guardò le fiammelle muoversi nella corrente d'aria, facendo ballare le ombre. «Dice che l'ha sempre saputo, e non le importa. Dice che tra loro c'è soltanto un'amicizia onesta, e che nessuno dei due vuole di più. Dice che se lui volesse tradirla non lo farebbe sotto il suo tetto.» Fece una pausa, pensosa. «Ma dice che l'amore è una cosa complicata.»

«E i tuoi sogni? Sa perché non ti vengono più?» le domandai.

Dorelei sedette sul letto accanto a me. «Per causa tua.»

«Mia?» Ero stupefatto.

«Non all'inizio.» Mi prese la mano. «All'inizio è stato perché ero lontana da casa e... spaventata. E anche, forse, per colpa di *quelli.*» Strinse le labbra. «La musica che hai sentito. La musica incantata. *Quelli* potrebbero aver fatto qualcosa.»

«All'inizio. Ma ora?» volli sapere.

Accarezzò il cordoncino rosso intorno al mio polso. «Noi vediamo solo brevi immagini, sai. Enigmatiche. Il destino nostro e delle persone che amiamo. Quelle legate alla nostra vita.» Tacque un momento. «Quando avevo otto anni ho visto la morte di mio padre. Non ho capito il sogno finché non è successo.»

«Mi dispiace», dissi sottovoce. Suo padre era stato travolto da una frana, e lei ne aveva sempre parlato con affetto. Non sapevo che avesse previsto la sua morte.

«Ti ringrazio.» Dorelei mi strinse la mano. «Il fatto è che la mia vita, ora, è legata alla tua. E tu hai una protezione contro gli incantesimi.»

«Quelli malvagi. La *loro* magia.»

«Forse è tutto una sola cosa. Ho parlato a mia zia di ciò che mi ha detto quell'uomo, il bardo. Che il nostro dono viene dal loro sangue. Lei ha risposto che potrebbe essere vero.»

«Be', è certo che loro sono ossessionati dalla voglia di vedere più chiaro nel futuro», dissi. Poi rivelai a Dorelei ciò che era successo quel giorno con Morwen.

Lei ascoltò senza interrompermi, seria e preoccupata, finché non giunsi a quando avevo cercato di strapparle la borsetta di pelle. Le sfuggì una risatina incredula. «Le sei davvero saltato addosso?»

«Proprio così.»

Dorelei aveva gli occhi spalancati. «E lei cos'ha fatto?»

« È scappata. » Sogghignai. « Correva come una lepre. Non sono riuscito a raggiungerla, neppure a cavallo. »

« Mi prendi in giro? » domandò, dubbiosa.

Scossi il capo. « Non lo farei mai. Non su queste cose, te l'assicuro. Ma perché ha detto che voleva un figlio da me? Non ha senso. Un mese fa voleva che lasciassi Alba e tornassi a Terre D'Ange. »

« In un mese possono cambiare molte cose », mormorò Dorelei.

Ora fui io a guardarla con tanto d'occhi, stupito quanto lo era stata lei. « Stai dicendo che...? » Mi schiarii la gola e accostai la mano libera al suo addome. Le parole mi uscirono in un soffio. « Aspetti un *bambino*? »

« Be', cosa credi che abbiamo fatto! » esclamò. Fece un sospiro e lasciò la mia mano. « Non ne sono sicura, Imriel, non ancora. Ma penso di sì. »

« Questo è... è meraviglioso! È meraviglioso, no? »

Dorelei mi guardò con fermezza. « In realtà non è cambiato niente, vero? Non dietro questi. » E afferrò uno dei miei cordoni rossi. « Se fosse cambiato qualcosa, non avresti bisogno di questi. »

« Non lo so. » Pensai a quando avevo visto Sidonie nello specchio marino, al mio incontro con Morwen. Al modo in cui i cordoni mi avevano scottato la pelle, mentre la pietra canterina diventava pesante. « Probabilmente no. » La guardai con altrettanta fermezza. « Sto facendo del mio meglio, e credo che sia giusto dire che noi due ci siamo affezionati, ma quella cosa potrebbe non cambiare mai, Dorelei. Non voglio farti false promesse. E tu? Potresti forse dire che hai cominciato ad amarmi? »

Lei non rispose.

« Quando sono rincasato, oggi, eri felice, lì con tua zia e gli uomini di Urist. Kinadius è saltato in piedi come un gatto scottato nel vedermi entrare. Un tempo sperava di poterti corteggiare, lo sai. »

Dorelei arrossì. « Che stai dicendo? »

Allargai le braccia. « Solo che lui è il genere di uomo che potrebbe renderti felice, non io. »

« Un vero pictish, vuoi dire? » Fece un sorriso triste. « Non importa, Imriel. Né tu né io abbiamo accettato questo matrimonio pensando di trovare l'amore e la felicità.»

«No, ma si può sperare», dissi.

«Si può sperare.» Si alzò e tornò a guardare fuori dalla finestra. «E si può anche riconoscere il momento in cui la speranza diventa una follia. Ma non è solo questo. Tutto è diventato così complicato. Noi abbiamo accettato un matrimonio di Stato. Tu non hai accettato che i desideri del tuo cuore fossero chiusi dietro l'incantesimo di un *ollamh*. Non ho accettato che i miei sogni tacessero. Forse questi sono fatti che dovremmo considerare.»

«Cosa vuoi?» le domandai, semplicemente.

Le sue spalle snelle si alzarono e ricaddero. «Lo sai. Ci ho pensato, ogni tanto. Il cielo non crollerebbe se noi ci separassimo. Mio fratello è l'erede del *cruarch*, sì, ma passeranno molti anni prima che cominci a preoccuparsi di avere un erede a sua volta. È stato il *cruarch* a concepire questa soluzione, ma a fare pressioni è stata Terre D'Ange.»

Quella risposta mi prese di sorpresa. Non sospettavo che lei avesse pensato seriamente a mettere fine al nostro matrimonio. Poiché non sapevo cosa dire, mi limitai a rispondere alla sua ultima osservazione. «Credimi, questo lo so. Ho sentito le pressioni fatte su di me.»

«Doverci preoccupare tanto di proteggere i loro interessi!» Dorelei rise, ma senza allegria. «Le nostre nazioni sono alleate, e ciascuna ne trae vantaggio. Chiunque le governi, perché dovrebbe voler cambiare? Secondo te, Imriel, cosa credono che possa garantire un figlio nostro? Fedeltà in ogni circostanza?»

«Non lo so.» Mi sentivo il cuore pesante. «Mia signora, non ho mai detto di essere d'accordo coi miei compatrioti. A parte l'insegnamento del Beato Elua, essi danno un significato eccessivo alla sua discendenza ereditaria.»

«Però sei stato d'accordo sul nostro matrimonio», borbottò. Quando non risposi, sbuffò. «Sai qual è la cosa peggiore, in tutto questo?»

«No», mormorai.

Dorelei si voltò a guardarmi. «In realtà io ti amo.» C'erano lacrime sulle sue guance brune. Fece un gesto spazientito. «Non... non lo so. Non è come nelle canzoni. È una cosa stupida, e fa male. Tu sei insopportabilmente chiuso in te, e mi fai sentire triste. »

« Io non sono... » cominciai.

« Oh, sì che lo *sei*! » Rise ancora, amaramente, asciugandosi le lacrime. « E poi fai del tuo meglio per essere gentile e affascinante, e mi guardi, mi guardi davvero con quegli stupidi occhi azzurri e sorridi, e il mio cuore batte più forte, ed è una cosa che *odio*. E odio te perché lo fai. »

« Questo dovrebbe essere amore, sì », dissi, sottovoce.

« Ora lo sai. » Dorelei tirò su col naso e se lo asciugò. La sua voce si fece più dura. « E cos'è che vuoi *tu*, Imriel de La Courcel? »

Seduto sul bordo del letto, appoggiai i gomiti sulle ginocchia. « Hai parlato di separazione. È questo che vuoi? »

« Non lo so. » Aveva un'aria stanca. « A volte penso che sarebbe meglio per tutti e due. Tu saresti libero. Io potrei sognare ancora. Forse le cose strane seguite al nostro matrimonio finirebbero. Questo mi solleverebbe molto. Mi spaventa il fatto che gli... gli Antichi... s'intromettano nelle nostre vite. E io... quello che provo per te passerà, credo, col tempo. »

« E il bambino? » domandai.

Dorelei scrollò le spalle. « Cosa vuoi che ti dica? Non sarebbe certo il primo cresciuto senza il legittimo padre, in Alba. A Clunderry non mancherebbero certo gli uomini disposti a svolgere questo ruolo. Tu lo riconosceresti, maschio o femmina che sia, almeno spero. Io non sono stata con nessun altro. »

« Naturalmente! » La guardai, stupito.

Dorelei annuì. « Forse dovremmo cancellare le nozze albane. Tu dovrai dirmi cosa occorre per annullare i giuramenti che abbiamo fatto in Terre D'Ange. »

Mi era venuto il mal di capo. Provavo un senso di perdita, acuto e doloroso; la prima vera emozione che sentivo dopo l'incantesimo protettivo messo su di me da Aodhan. *E se ci sarà un figlio?* aveva chiesto Sidonie. Le avevo dato la prima risposta che mi era venuta in mente, presumendo che questo avrebbe fatto poca differenza. Pensai alle lettere di mia madre, piene di affetto materno inaspettato quanto profondo, e al modo in cui Hyacinthe si dedicava ai suoi figli, dopo essere cresciuto senza un padre. E pensai al fatto che per Dorelei ero chiuso in me stesso.

E pensai a Morwen. Morwen aveva detto che il futuro era cambiato. Mi chiesi se sapesse che mia moglie era incinta. « Preferirei non annullare niente. » Deglutii. « Se... se ci sarà un bambino, voglio che lui sappia che ti ho sposata perché ci tenevo a te, e che ti sono rimasto accanto. Voglio essere il padre di mio figlio, o di mia figlia, almeno abbastanza da vederlo vivere, da sentire la sua prima risata. Ma... » Feci un lungo respiro, per alleviare il peso che avevo in petto. « Non se questo ti rendesse infelice, Dorelei. Asseconderò i tuoi desideri. »

« Dici sul serio? » domandò lei.

Annuii. « Se mi dirai che restando ti faccio soffrire, me ne andrò. »

Mi scrutò. « E se resterai cosa succederà più avanti? Di noi? »

« Non lo so », risposi, francamente. « Se scopriremo che la nostra vita assieme non contiene abbastanza felicità da farcela sopportare, così sia. Almeno sapremo di averci provato, e lo saprà anche nostro figlio. Se dovrà diventare l'erede di Talorcan, avrà tutta la legittimità che occorre. » Esitai. « È una tua scelta, in realtà. Tu pensi di poter sopportare la mia presenza ancora un po'? Anche se questo significa la perdita dei tuoi sogni? »

Dorelei rise, ma stavolta non c'era amarezza in lei, solo malinconia. « Oh, credo di poterci riuscire. »

« Bene. » Il mio senso di vuoto cominciò a ritirarsi. Le sorrisi. « Sei sicura? »

« Penso di sì. » Con un sospiro lasciò la finestra, e venne a sedersi accanto a me. « Sai, non era di questo che mi aspettavo di parlare, ma sono lieta di averlo fatto. Era tempo che fossimo del tutto onesti l'uno con l'altra, e stavolta sono da biasimare più di te. Abbiamo promesso di essere amici. »

« Altri matrimoni di convenienza sono stati costruiti su molto meno. »

« Vero. »

La confessione del suo amore era sospesa tra noi. Non avevo neppure sospettato che mi amasse. Nonostante le attenzioni che avevo per lei, erano stati i miei sentimenti, o piuttosto la loro mancanza, ad assillarmi. Chiuso in me stesso, proprio così.

Mi schiarii la gola. « Vuoi che chieda se c'è un'altra camera per gli ospiti? »

« Be', non pensavo che dovessimo portarla *così* lontano », disse subito Dorelei, poi arrossì. Entrambi ridemmo, anche se fu lei a tacere per prima, e tornò seria. « Dovremo aspettare un po' comunque. Saprò per certo come stanno le cose solo tra un paio di settimane. Se sono davvero incinta, non ci sarà nulla di male nel fare l'amore. Il danno è già fatto, per così dire. Se mi sono sbagliata... » Tacque.

« E se ti sei sbagliata? » domandai. « Se non aspetti un bambino, cosa faremo? »

La forza delle donne è diversa da quella degli uomini, profonda e durevole. Dorelei mi guardò coi suoi solenni occhi scuri. Toccò il cordone rosso intorno a uno dei miei polsi. « Imriel, non so cosa vogliano gli Antichi, e non me ne importa. Tu non sei fatto per vivere in questo modo, e neppure io. Se non sono incinta, allora penso che la cosa migliore sia che tu prenda la prima nave per Terre D'Ange. Non credi? »

« Sì. » Fu un profondo sollievo dire quella parola. « Credo anch'io. »

Lei sorrise tristemente. « Bene. »

26

Dopo quella sera, i nostri rapporti migliorarono. La franchezza di Dorelei era stata tonificante come un bagno nell'acqua fredda. Io avevo continuato a dirmi che le cose sarebbero andate bene tra noi, purché mi fossi impegnato a sufficienza. Purché avessi recitato con cura la parte del buon marito. E grazie alla costrizione dell'incantesimo protettivo avevo potuto convincere me stesso di esserci riuscito. Ma non avevo convinto lei.

Mettere le carte in tavola tra noi fu un sollievo. Questo mi permise di accantonare gli assillanti tentativi di essere simpatico, e scoprii che le piacevo anche senza quella maschera artificiosa. Potei smetterla con le piccole premure superficiali, e prestare più attenzione a ciò che lei pensava e sentiva.

Diventammo più maturi l'uno con l'altra, più rilassati. Se l'amore di Dorelei per me la preoccupava, ne parlavamo. E, se il legame dell'incantesimo mi avesse irritato, avrei potuto dirglielo.

Stranamente però questo non accadde. Non come in precedenza.

Parlai con Phèdre di ciò che Dorelei e io avevamo deciso, da soli e in privato. Lei era la confidente della regina, e mi sembrava meglio metterla al corrente di certe situazioni. Mi ascoltò in silenzio.

«Sei arrabbiata con me?» le domandai alla fine.

«Arrabbiata? Elua, no.» Phèdre rise, stupita. «Sto ancora cercando d'immaginarti con un figlio tuo.»

Quelle parole mi strapparono un sogghigno. «No, mi riferivo all'altra cosa. Sciogliere il matrimonio, se lei non fosse incinta.»

«Non sono arrabbiata.» Il suo sguardo corse involontariamente a est, verso Terre D'Ange. «No. Ysandre lo sarà, e certo anche Drustan, ma per quanto riguarda me sarà un sollievo. Anche se l'incantesimo dell'*ollamh* ti protegge, non mi piace l'idea che ti divida dalla tua vera natura. Questo è contrario al precetto di Elua. E senza dubbio loro dovranno capire che la cosa è preoccupante. Ne tu né Dorelei potrete essere biasimati, se farete questa scelta.»

«Tu sei dalla nostra parte, allora?» domandai.

«Naturalmente.» Phèdre mi guardò, sorpresa. Poi esitò. «E cosa pensi di fare dopo, Imri?»

Non avevamo più parlato di Sidonie dopo la partenza da Città di Elua. «Non ne ho idea», risposi con sincerità. «Niente atti sconsiderati, te lo prometto.» Mi strinsi nelle spalle. «Forse potrei accompagnare te e Joscelin, qualunque sia l'incarico che avete accettato.»

«Oh, quello.» Lei mi sorrise. «Allora vuoi sapere di che si tratta?»

Ci pensai. «Non realmente, no.»

Phèdre rise e mi baciò una guancia. «Ben detto.»

Una parte di me sapeva che sarei rimasto fuori dal progetto di Phèdre e Joscelin. *È troppo tardi per questo,* aveva detto Morwen, a proposito di un mio ritorno in Terre D'Ange. *In un mese possono cambiare molte cose,* era stato il commento di Dorelei, dopo il mio racconto. Ormai c'era una linea di separazione inevitabile tra me e quell'ipotesi. Perfino nella stordita perplessità che mi aveva dato il pensiero di essere padre, non avevo dubitato che questo sarebbe accaduto.

Ma avremmo aspettato fino a saperlo con certezza.

In un certo modo fu un periodo piacevole. Riferii a tutti del mio incontro con Morwen, ma nessun Maghuin Dhonn fu più visto nella zona. Lady Sibeal dirigeva la casa con mano gentile ma ferma. Phèdre, Joscelin e Hyacinthe continuavano a occuparsi della loro faccenda privata, che richiedeva lunghe riunioni nella torre, l'uso di mappe, oggetti esoterici, e il silenzio con gli altri. Chi aveva delle preoccupazioni finì per farci l'abitudine. Ogni giorno il Signore dello Stretto ci appariva più umano, di carne e ossa. E la nostra compagnia sembrava rendergli più leggero il fardello delle sue responsabilità quotidiane.

Nel frattempo Urist e i suoi uomini combattevano la noia andando a caccia di selvaggina per la cucina, e talvolta Dorelei e io li accompagnavamo, rivaleggiando tra noi per divertirci, come avevamo fatto a Innisclan.

Mi sentivo in attesa, sospeso tra ciò che sapevo e ciò che non sapevo. Quello che sarebbe successo e quello che doveva succedere, e non c'era niente che potessi fare. D'altra parte, non avrei potuto dire cosa preferivo in realtà.

A volte, il richiamo della libertà era forte. Impossibile negarlo.

Ma altre volte mi scoprivo a guardare Dorelei con inspiegabile tenerezza. Ah, Elua! Il pensiero che noi due avessimo creato una *vita*...

Era un grande mistero. Il più antico dei misteri.

Pregavo il Beato Elua, e le mie preghiere erano semplici. *Ama a tuo piacimento*, ci aveva esortato. Ma non si era dilungato a elencare le molte forme d'amore che potevano esistere. E così pregavo soltanto di poter agire con amore, qualunque cosa fosse successa.

«Ne sei sicura?» domandai a Dorelei, quando mi diede la notizia.

«Sì, ne sono sicura!» Allontanò le mie mani che cercavano di sollevarle la gonna, e poi rise quando la distesi sul letto e incollai un orecchio alla morbida pelle bruna del suo addome. «Imriel, smettila. È troppo presto, non c'è niente da sentire.»

«E come lo sai?» Alzai la testa. «Hai mai posato un orecchio al ventre di una donna gravida?»

«No, sciocco.» Lei mi scompigliò i capelli con le dita. «Ora vieni qui.»

La presi tra le braccia.

Sibeal mandò a chiamare una donna esperta, una strega-erborista di cui si era già servita in gravidanza. Quelle erano cose da donne, di cui non dovevo occuparmi. Era una vecchia contadina, di pelle scura, curva per l'artrite. Più tardi Dorelei mi disse che l'aveva esplorata con gentilezza, e poi si era annusata le dita dilatando le narici.

Fino a quel momento sapevo soltanto che la vecchia era uscita dalla stanza con la bocca sdentata aperta in un gran sogghigno, dichiarando a tutti: «Oh, aye! La ragazza è pregna».

Non me n'ero sorpreso. Dorelei sapeva quello che diceva.

Questo mi rese più tenero, mi rese più premuroso, mi rese

anche un po' matto. Non facevo che rigirarmi il pensiero nella testa. Dimenticai del tutto gli incantesimi che avevo addosso. Di giorno ero felice. Di notte facevo l'amore con Dorelei, mormorando parole dolci al bambino che aveva in grembo.

«Chi di noi t'*interessa*?» mi domandò un giorno, seccamente.

A quelle parole sedetti sui talloni. «Vuoi che ti menta, mia signora, e ti dica che il bambino non ha niente a che vedere con questo?»

«No.» I suoi occhi si empirono di lacrime. «Che gli dei mi aiutino, prenderò quello che posso da te. Dopotutto, ora non importa, non è così?»

«Scusami. Sono cresciuto senza genitori che mi amassero. Non voglio che a mio figlio succeda lo stesso.»

In qualche modo, non so come, eravamo arrivati a capirci, Dorelei e io.

In quei giorni i miei legami incantati, come le sue responsabilità per Hyacinthe, non mi pesavano. Oh, li controllavo ogni giorno, ma nulla li minacciava. Li portavo senza difficoltà. A volte ero lieto di averli. Senza i tormenti della passione, potevo godermi con leggerezza le piccole cose buone della vita.

Fu quasi una sorpresa quando giunse il giorno della partenza per Bryn Gorrydum, ma l'estate se ne stava andando, e nel suo specchio marino Hyacinthe aveva visto la nave ammiraglia del *cruarch* in navigazione nello Stretto. Soltanto un mese addietro consideravo la prospettiva di ripetere la cerimonia nuziale con un vago e impreciso timore, che celavo dietro una maschera di ferma e cortese decisione. Adesso ero calmo.

Fu così che ci mettemmo in viaggio a cavallo, in compagnia del Signore dello Stretto e della sua sposa. I bambini, che si erano affezionati a noi, nel vederci partire protestarono e piansero. Dorelei promise che sarebbe tornata e li abbracciò con affetto commovente. Nel guardarli, mi chiesi se il figlio che avevamo concepito sarebbe nato con qualche inspiegabile caratteristica di uno sconosciuto antenato, come le orecchie a sventola del piccolo Donal.

Il pensiero che sarei stato padre continuava a darmi un'emozione nuova e insospettata. Per un motivo che ancora non capivo bene, questo mi faceva sentire davvero figlio di mia madre.

Benché la città distasse solo un giorno di cavallo, decidemmo di accamparci mezza lega fuori dai suoi confini. Urist mandò Kinadius ad avvertire il resto dei nostri uomini che l'indomani venissero a farci da scorta, per entrare a Bryn Gorrydum in grande stile, come competeva al Signore dello Stretto, a una principessa di Alba e a nobili personaggi angeline assortiti.

« Da quanto tempo non ti succedeva di pernottare in un campo? » domandò Joscelin a Hyacinthe.

« Non tanto quanto puoi pensare, cassiliano. » Hyacinthe aveva un'aria allegra che lo faceva sembrare più giovane. « A volte lascio Rocca Tempesta per andare in vari posti. Ma viaggio in incognito. »

La sua ultima visita a Montrève risaliva a quand'ero ancora un bambino, non molto tempo dopo che Phèdre l'aveva liberato dalla maledizione. Non ero stato presente al suo arrivo, ma ricordavo ancora la sua partenza: una figura anonima su un cavallo grigio, che svaniva nella nebbia dell'alba. Mi ero chiesto cosa si provasse a governare le forze degli elementi, nel vano tentativo di riconciliare quell'uomo silenzioso col ragazzo tsingano che prediceva la fortuna per denaro a Soglia della Notte. Le mie vicissitudini mi sembravano poca cosa confronto al suo destino.

Il mattino dopo arrivò il nostro contingente al completo e ci scortò fino a Bryn Gorrydum.

Se al nostro sbarco in quella città eravamo stati accolti con indifferenza, questa volta gli albani si fecero perdonare. Qualunque riserva avessero per Dorelei e il nostro matrimonio, tenevano in grande considerazione il Signore dello Stretto. Il *cruarch* in persona ci venne incontro al confine della città, seguito dalla sua guardia d'onore. Alla sua destra cavalcava Talorcan, e alla sua sinistra...

« Imri! »

La voce di Alais fremeva di gioia. Se i suoi sospetti per i miei rapporti con Sidonie l'avevano resa fredda con me, sembrava averli dimenticati. Le brillavano gli occhi, ed era più felice di quanto l'avessi mai vista.

Mi sporsi sulla sella per stringerle una mano. « Salve, furfantella. È bello ritrovarti. »

Attraversammo la città in processione sino alla fortezza. Lungo tutto il percorso Alais chiacchierò con entusiasmo, raccontandomi ogni particolare del suo viaggio in Terre D'Ange e poi sullo Stretto, fino al porto di Bryn Gorrydum. Quasi non parlò di come andavano le cose a corte, e io non le feci domande.

Ero nel giusto su una cosa che le avevo detto tempo addietro: gli albani la vedevano con molta simpatia. Il suo passaggio non era festeggiato con le manifestazioni popolari consuete a Città di Elua, non c'erano applausi né lancio di petali di fiori, ma le facce della gente ferma sui bordi delle strade erano eloquenti. Tutti sorridevano con calore, orgogliosi e compiaciuti nel vederla così palesemente felice di essere in Alba.

Un po' di quel favore popolare si rifletteva anche su di me, e ne fui lieto.

Quando arrivammo alla grigia fortezza di Bryn Gorrydum la trovammo piena di cavalieri. Le nozze albane sarebbero state assai meno fastose di quelle a Terre D'Ange, ma il palazzo di Ysandre poteva ospitare per la notte un centinaio di famiglie nobili senza sembrare affollato, mentre a Bryn Gorrydum con una ventina di ospiti in più si cominciava a stare stretti. Dopo il tranquillo eremo di Rocca Tempesta, tutta quella gente mi dava un senso di affollamento soffocante.

Col permesso di suo padre, Alais s'incaricò di mostrarci il nostro alloggio, mentre Talorcan si occupava di Phèdre e Joscelin. Drustan fece gli onori di casa per Hyacinthe e Sibeal. Nel salone era già in allestimento un banchetto. Mentre Alais ci conduceva lungo quegli stretti corridoi, il chiasso delle voci e dei rumori ci seguiva ovunque.

« Comincio a sentire la nostalgia di Innisclan », mormorò Dorelei.

« Ti capisco. Anch'io », sospirai.

Avevo sperato di potermi appartare con Drustan per parlare dei Maghuin Dhonn e di quello che mi era accaduto dopo l'arrivo in Alba, tuttavia era chiaro che non ci sarei riuscito, almeno quella sera. La nostra cerimonia nuziale si sarebbe tenuta solo di lì a due giorni, ma sembrava che i preliminari fossero già iniziati, e che la gente si aspettasse la nostra immediata comparsa in pubblico.

« Fate presto, per favore! » ci supplicò Alais. « Ci sono già tutti, e vi stanno aspettando! »

« Tutti? » Dorelei inarcò le sopracciglia, tra divertita e stupefatta.

« Tutti! » ripeté Alais.

In Terre D'Ange, la festa sarebbe cominciata solo all'arrivo degli ospiti d'onore, ma lì non c'era niente di simile alle usanze angeline. Per la prima volta mi resi conto del divario tra la vita in patria e in Alba. Il nostro arrivo via mare a Bryn Gorrydum era passato quasi inosservato, e a Innisclan e Rocca Tempesta dov'eravamo ospiti di amici non c'erano state differenze sensibili.

Ma quando tornammo al pianterreno era in corso un avvenimento pubblico. Se esisteva un protocollo era quanto mai scarso di formalità, poiché mi riuscì difficile individuarne uno. E se era vero che tutti ci stavano aspettando non lo diedero molto a vedere. Anzi, ebbi l'impressione che pensassero solo a divertirsi.

Faceva caldo, e nel salone affollato c'era odore di umanità sudata. Il lungo tavolo di assi sostenute da cavalletti era carico di cibarie. La vista di un enorme maiale arrosto luccicante di strutto rischiò di farmi subito passare l'appetito.

La gente circolava intorno alle colonne ridendo e scherzando, mangiando e bevendo. C'erano cruithne di pelle scura e altri dall'incarnato e dai capelli più chiari, Tarbh Cró ed Eidlach Òr. La maggior parte degli uomini si teneva nelle vicinanze del tavolo, mentre le donne, assai inferiori di numero, sembravano preferire il lato opposto del salone. Bambini e cani correvano ovunque. I servi si facevano strada nella ressa portando piatti di cibo e caraffe di bevande varie.

« C'è anche Eamonn! » Alais indicò dall'altra parte del locale, dove la sua testa rossa spiccava tra le altre. « È qui da ieri, col suo fratello più giovane e con Brigitta. »

« Mia madre non è ancora arrivata? » volle sapere Dorelei.

« Oh, sì. Vieni, ti porto da lei. » Alais la prese per mano e le due si allontanarono tra la gente.

Feci per seguirle, ma dopo qualche passo fui fermato. Phèdre e Joscelin ancora non si vedevano, e suppongo che la mia faccia angeline spiccasse come una lampada nel buio.

« Voi siete il giovane principe! » Un robusto individuo biondo con due impressionanti mustacchi penduli mi calò una mano su una spalla. «Gwynek di Brea.»

«Imriel de La Courcel», mi presentai.

«Benvenuto!» L'uomo sorrise dietro i baffi. «Peder, vieni a conoscere il giovane principe! E, per tutti i santi, porta da bere per il ragazzo.»

Un individuo altrettanto baffuto ma più alto si avvicinò e mi mise in mano un boccale di enomele. Prima di poter proseguire il cammino in sala fui presentato a una dozzina di capiclan Tarbh Cró, tutti ritenuti abbastanza importanti da essere invitati alle mie nozze.

Erano amichevoli, ma quando parlavano tra loro notavo una sorta di diffidenza che faceva apparire provvisoria quella loro cordialità. Viaggiando sui *taisgaidh*, sotto la protezione delle leggi non scritte, Alba poteva apparire un luogo pacifico. Ora mi tornava in mente che Drustan aveva parlato di continue faide tra i clan. C'era poco da dubitarne. Guardando quegli uomini che bevevano allegramente sotto il tetto del *cruarch*, mi era facile immaginarli a casa loro mentre complottavano scorrerie l'uno ai danni dell'altro.

Poco dopo conobbi anche alcuni capiclan cruithne. Questi erano meno espansivi, e i loro occhi neri sembravano prendermi le misure. Più di una volta li sorpresi a osservare il mio viso non tatuato, come domandandosi se un giovane privo di evidenti capacità belliche meritasse di diventare membro onorario dei Cullach Gorrym.

Fu Eamonn che venne a salvarmi, facendosi largo con le spalle nella ressa. «Che confusione!» Il suo sogghigno storto mi disse che aveva già vuotato parecchi boccali di enomele. «Peggio del giorno della rivolta a Tiberium, eh?»

«O dell'ora di cena a Innisclan», borbottai.

Lui rise. «Vieni. Devi conoscere la famiglia.»

Dorelei si era seduta accanto a sua madre e le stringeva una mano, sorridendo. Al nostro arrivo lady Breidaia si voltò, con occhi colmi di felicità. Tutte le donne si erano illuminate in viso, compresa Alais, che sembrava non stare più nella pelle. Perfino Brigitta sorrideva. E Conor, seduto tra le donne con la sua cetra sulle ginocchia, aveva un sogghigno largo quanto la sua faccia.

C'era da supporre che Dorelei avesse dato loro la notizia che si aspettavano.

M'inchinai profondamente a Breidaia. «Conoscervi è un privilegio che aspettavo con impazienza, mia signora.»

Qualcuna ridacchiò. «Che modi cerimoniosi!»

«Imriel è sempre molto garbato», osservò Dorelei. «Salvo quando non lo è.»

Ignorando le parole della figlia, lady Breidaia si alzò e mi baciò sulle guance. Aveva un modo di fare quieto e sereno, che mi piacque subito. «Benvenuto nella nostra famiglia, Imriel. Ne siamo felici.»

Alais fece udire un mugolio. «Oh, Imri! Non è eccitante?»

Mi accorsi di sogghignare come Conor. «Sì, molto.»

«Perché?» Eamonn era perplesso. «Voglio dire, tu sei *già* sposato, no?»

«Non stanno parlando di questo», lo avvertì Brigitta con amorevole sarcasmo. «Avranno un figlio.»

Eamonn mi guardò. «*Dagda Mor!* Davvero?»

Accennai di sì.

Lui guardò Brigitta, sorridendo. «Be', anche noi dovremmo darci da fare, no?»

In quel momento entrò Drustan. Chi era seduto si alzò, e nel salone scese un rispettoso silenzio. In buona parte questo si doveva anche agli ospiti che lo seguivano, tra cui c'era il Signore dello Stretto.

E Phèdre e Joscelin.

Dopotutto erano stati loro a liberarlo.

A parte i servi che continuavano ad arrivare coi piatti pieni e portavano via quelli vuoti, non si sentiva volare una mosca. Drustan si fermò, girando lo sguardo sui presenti. «Miei signori e signore», disse, con la sua voce ferma e autoritaria. «Siamo qui riuniti per celebrare le nozze della figlia di mia sorella, Dorelei mab Breidaia dei Cullach Gorrym, con Imriel nó Montrève de La Courcel di Terre D'Ange. In loro onore, decreto che per tre giorni dopo la luna nuova, dall'alba all'alba successiva, questo tavolo non sia mai vuoto. Volete unirvi a noi?»

Ci furono acclamazioni e applausi, nonché il rumore della gente che andava a sedersi sulle panche intorno alla lunga tavola, con una fretta che soltanto la presenza di Hyacinthe manteneva entro certi limiti. A capotavola un certo numero di posti era riservato alla famiglia del *cruarch* e agli ospiti d'onore, ma gli altri sembravano a disposizione dei più svelti.

Come si può misurare la durata di un banchetto senza inizio e senza fine? Era tutto all'insegna della semplicità più informale, ma c'era una tale abbondanza di vivande da saziare chiunque. Accompagnai il cibo solido con l'enomele finché non cominciò a girarmi la testa e mi sentii la lingua appiccicosa per il miele fermentato.

Gli albani mangiavano e bevevano senza pausa, vociando e ridendo. Molti di loro non usavano le posate ma soltanto il loro coltello e le mani, gettando gli avanzi ai cani che si aggiravano sotto il tavolo. Lo stesso faceva Alais, che aveva portato Celeste con sé. La cagna aveva un'aria colpevole per quella novità; Alais appariva raggiante. Potevo udire la voce di Eamonn, che sovrastava le altre. Questo mi fece ridere, stordito dall'alcol com'ero.

Dorelei mi guardò, e sulle sue guance apparvero le fossette del sorriso. « Benvenuto in Alba, principe Imriel. »

A capotavola Drustan si sporse verso di me, con gli occhi increspati dal divertimento. « Abbiamo anche pranzi più... civili. Ma ho pensato bene di tenere questo secondo le antiche tradizioni albane », mi spiegò.

« Ospitalità senza confini? » domandai, ripensando agli insegnamenti di Firdha.

Lui annuì. « Proprio così. »

« Credo che sia divertente », commentò Phèdre, all'apparenza del tutto sincera.

Joscelin le gettò uno sguardo in tralice. « Ne sei sicura? »

« Per me, credo che sopporterò tutto questo per amore del figlio adottivo di Phèdre nó Delaunay », sospirò Hyacinthe.

Alzai le braccia. « Ti prego, mio signore, non soffrire per causa mia. »

Ma *fu* divertente, in un modo rumoroso, caotico, maleodorante e affollato. Che quanti sedevano allo stesso tavolo fossero amici o nemici, nella fortezza di Bryn Gorrydum tutti condividevano la stessa pacifica allegria. Questo era il rispetto che dovevano all'ospitalità del *cruarch*. Quando i commensali ebbero mangiato e bevuto a sazietà, e i piatti vuoti furono portati via, i cuochi si presero una pausa. Fuori dalle finestre il sole era tramontato, e con la brezza serotina l'aria del salone si fece più respirabile.

I servi distribuirono caraffe d'acqua fredda, quindi arrivarono le giare del *uisghe*.

Conor mac Grainne accordò la cetra e cominciò a suonare. Per la seconda volta quella sera gli ospiti tacquero, stavolta per ascoltare la musica. Nel breve tempo trascorso dall'ultima volta in cui l'avevo visto, la sua padronanza dello strumento era aumentata. Se prima lo giudicavo abbastanza bravo da esibirsi davanti alla nobiltà angeline, ora sembrava migliore di ogni altro musico che avessi mai sentito, salvo suo padre. Non c'era magia in questo, nessun incantesimo: soltanto arte e passione.

Quella sera Conor non cantò, ma alla terza canzone fu Breidaia a farlo, con voce sorprendentemente dolce e limpida. Al secondo verso si unì a lei Sibeal, e a quello successivo Dorelei, dapprima con timidezza poi sempre più sicura. Le loro tre voci eseguirono un coro complesso, su tre tonalità diverse, intrecciandosi alle note della cetra di Conor.

Al termine della canzone il ragazzo posò la mano sulle corde per non farle vibrare oltre.

« Elua! » Phèdre aveva le lacrime agli occhi. « Non sentivo niente di così bello da... »

« Dalla notte in cui è morta Mairead », finì Hyacinthe.

« È giusto », disse sottovoce Drustan. Mairead era stata la sua sorella più giovane, uccisa nella battaglia di Bryn Gorrydum. Da lei aveva preso il nome la sorella di Eamonn. « È giusto ricordare chi non c'è più, anche quando festeggiamo le gioie del presente. A mia madre sarebbe piaciuto. Vorrei che avesse vissuto per vedere questo giorno. » Si voltò verso Conor, seduto al centro del tavolo. « Puoi chiedermi il compenso di un bardo per questa prestazione, giovane principe dei dalriada. Ci farai sentire qualcos'altro? »

« Come volete, mio signore. » Le guance di Conor arrossirono.

Drustan sorrise. « Dacci un'altra canzone, ragazzo. Una allegra, per farci finire bene la serata. »

Conor trasse un lungo respiro. «Naturalmente, mio signore.»

La canzone che eseguì, facendo saltellare le dita sulle corde, aveva un ritmo così spiritoso e vivace da indurre molti ad alzarsi per ballare nel centro della sala, compresa Phèdre, che costrinse Joscelin a seguirla tirandoselo dietro, nonostante le sue proteste. Conor si esibì in continue varianti, scalando nuove vette a ogni diversa versione del ritornello.

«Vuoi ballare?» domandai a Dorelei.

«E tu *puoi*?» Il suo sorriso con le fossette lampeggiò.

Fu così che danzammo nel salone della fortezza, la vigilia delle nostre nozze albane, tra le persone amate e molti perfetti sconosciuti. E quando Conor finì di suonare eravamo tutti e due felici e senza fiato.

«Il bambino...» chiesi, improvvisamente ansioso.

«Il bambino sta bene.» Dorelei mi prese una mano e se la posò sull'addome. I suoi occhi sorrisero ai miei. «Io, però, sono stanca.»

Guardandomi intorno vidi che molta gente se n'era andata. Hyacinthe e Sibeal erano usciti, e anche lady Breidaia. Joscelin stava accompagnando Phèdre alle scale, e i due chiacchieravano sottovoce. Altri avevano invece l'aria di voler sfruttare al massimo l'ospitalità del *cruarch* e continuare a far baldoria per tutta la notte.

«A letto?» mormorai.

Le fossette di Dorelei si approfondirono. «*Aye.*»

«Imri.» Sudata e rossa in viso, Alais ci intercettò a metà della fuga. Anche lei aveva ballato, con Talorcan. «Dimenticavo. Ho una lettera per te, di Mavros.»

«Mavros!» Quel nome sembrava uscire da un sogno lontano. Guardai Dorelei, impaziente di essere solo con lei, e vidi il mio stesso desiderio nei suoi occhi. «Ah, be', penso che possa aspettare fino a domani, no?»

Alais si mostrò indifferente. «Suppongo di sì. È tuo cugino, sono fatti vostri.»

«Non c'è fretta.» Passai un braccio intorno alla vita di Dorelei e la condussi alle scale. «A domani.»

27

Il mattino seguente non ebbi il tempo di leggere la lettera di Mavros. Avevo troppo da fare. Dopo che un'insonnolita Alais me l'ebbe consegnata come aveva promesso, fui assorbito da cose più urgenti. Dopo la cerimonia nuziale, mi dissi, l'avrei letta con calma. Fino a quel momento era preferibile non pensare alle faccende di Terre D'Ange.

E di cose più urgenti ne avevo.

Per dirne una ci fu il lungo colloquio privato con Drustan, durante il quale potei finalmente parlargli dei Maghuin Dhonn.

Benché sembrasse distratto da altri pensieri, ciò che raccontai lo fece accigliare. « Avrei preferito saperli occupati a fomentare guai tra i Tarbh Cró. Almeno quella è una cosa che posso capire più facilmente. » Scosse il capo. « Clunderry ha una forte guarnigione, ma chiederò a Urist di arruolare altri venti uomini e andare a prenderne il comando. Ha la testa sulle spalle, e mi fido di lui come dei miei vecchi compagni d'arme. Comunque, assegnerò Firdha alla vostra dimora. Così Alais potrà continuare i suoi studi con lei. »

Pensando al tono scettico con cui Aodhan aveva parlato dei bardi di corte, indicai gli amuleti che avevo ai polsi. « Lei sa come... »

« Sì, sì, certo », annuì distrattamente Drustan. « Sa fare tutto il necessario. »

« Siete sicuro che vorrà occuparsene? Lei non parla volentieri dei Maghuin Dhonn. »

Drustan scrollò le spalle. « Alcuni *ollamh* sono troppo superstiziosi, è vero. Le parlerò io. »

« C'è qualcosa che non va, mio signore? » si decise a chiedergli Dorelei. « Non vogliamo disturbarvi alla vigilia delle nostre nozze, ma se riguarda anche noi... »

« Sì, capisco. » Il *cruarch* di Alba fece un sospiro. « C'è una notizia che il signore di Rocca Tempesta mi ha dato questa mattina, tutto qui. Ma immagino che le conseguenze ricadranno sulla vostra generazione.»

«Ha deciso di non addestrare un successore, è così?» domandai.

«Credevo che voi lo sapeste già», disse seccamente lui. «Non importa, prima o poi vi sarebbe stato detto. Per ora vi chiedo di mantenere il silenzio. La sua decisione non incontrerà il favore della gente, e preferisco non renderla pubblica prima delle vostre nozze. Non ho ancora deciso cosa fare in merito.»

«Come volete, mio signore», promisi, e Dorelei annuì.

«Forse potremo persuaderlo a non distruggere le pagine del Libro di Raziel», rifletté Drustan.

«Cosa?» Ero senza fiato.

«Oh, sì.» I suoi occhi s'incupirono. «Hyacinthe teme che quelle conoscenze siano pericolose, e vorrebbe vederle sparire dalla faccia della terra assieme a lui.» Scrollò le spalle. «Non so cosa fare. È un argomento delicato, e vorrei discuterlo con persone esperte quanto prima. Preferirei che quelle pagine restassero in mia custodia, piuttosto di vederle distrutte.»

«Non potete farne uso, come forse sapete», obiettai. «Sono scritte in un alfabeto che nessuno può leggere.»

«Lo so.» Drustan mi guardò con fermezza. «Ma sono un potente strumento di difesa. La maledizione di Alba è diventata una benedizione. Non mi piace l'idea che quelle pagine siano irraggiungibili. Forse un giorno qualcuno potrebbe decifrarle.» Piegò la bocca in un sorriso. «Il vostro erede, magari.»

Dorelei e io ci scambiammo uno sguardo. Lei mormorò: «Non sono sicura che questo mi piacerebbe».

Non lo ero neppure io.

Stavo pensando al modo in cui Hyacinthe teneva i suoi figli lontani dal fardello di quel potere, e a com'era cambiato nel corso del nostro soggiorno a Rocca Tempesta, quasi che ringiovanisse a vista d'occhio. L'avevo attribuito alla presenza di Phèdre e Joscelin, vecchi amici che l'avevano conosciuto prima che diventasse il Signore dello Stretto. Senza dubbio questo era una parte del motivo.

Ma un'altra parte doveva essere la decisione cui era giunto:

portare il suo fardello finché fosse vissuto e poi mettervi *fine*. Nel bene o nel male, nessuno l'avrebbe più portato dopo di lui.

Almeno, se l'avesse distrutto definitivamente.

Avevo i miei dubbi. Non conoscevo Hyacinthe al punto di capire i suoi pensieri, ma conoscevo Phèdre e Joscelin meglio di chiunque sulla faccia della terra, e non era nella loro natura prendere quella decisione a cuor leggero. Phèdre aveva dedicato anni di vita ad accumulare conoscenze arcane, e Joscelin era un discendente di Shemhazai, il cui precetto era: *Ogni conoscenza merita di essere appresa*. Qualunque cosa avessero complottato in quelle settimane, ero pronto a scommettere che non si trattava della distruzione delle pagine del Libro di Raziel.

Ma ero abbastanza cauto da tenere la bocca chiusa su quel pensiero.

Dopo il colloquio con Drustan, Dorelei e io fummo separati come prescriveva la tradizione nuziale albana, che quel mattino mi era stata spiegata nei particolari. Poiché le donne non erano molte - i capiclan non usavano portarsi dietro la moglie nei viaggi - si riunirono in un salotto privato, mentre gli uomini occupavano il salone centrale.

«E cosa fanno queste donne?» domandai a Eamonn.

Lui sogghignò. «Parlano dei segreti della camera da letto. Sono molto eccitate per la presenza di Phèdre tra loro.»

«Non ne dubito. E noi cosa facciamo?»

«Mangiamo, beviamo, ci vantiamo delle nostre conquiste femminili e ci battiamo a duello», rispose allegramente lui. «Che ti piaccia o no, stasera ti vedrai sfidato almeno una volta.»

«Bella prospettiva.»

Aveva ragione, come al solito.

Il banchetto cominciò subito, anzi, non era mai finito, grazie alla generosità illimitata del *cruarch*. Se la sera prima mi era parso una barbara festa di campagna, mi accorsi subito che da quel punto di vista le cose erano ancora peggiorate. Hyacinthe aveva preferito restare in camera, e non potei dargli torto. Drustan presiedette all'inizio della serata, poi offrì un brindisi in mio onore e se ne andò, lasciando Talorcan a fare gli onori di casa.

Non appena fu uscito, ebbero inizio i bagordi.

Dapprima i commensali furono più tranquilli di quanto avevo previsto, perché quelli animati da spirito poetico si alzarono in piedi a turno per declamare poesie da loro composte in onore della donna amata. Mentre fuori scendeva il buio e altre giare di *uisghe* venivano stappate, le vanterie belliche si fecero più esagerate e le poesie lasciarono il posto a canzonacce da taverna. Conor mac Grainne, il più giovane tra i presenti, ascoltava con un sorrisetto mortificato, mentre il fratello maggiore lo prendeva in giro per la sua ingenuità.

Non appena si sentì pronto a farlo, anche Eamonn si alzò. «Gli occhi di Brigitta sono azzurri come le campanule», recitò con orgoglio. «I suoi capelli sono lino scosso dal vento. La curva dei suoi fianchi fa piangere gli uomini forti, e ha la lingua più tagliente del suo pugnale.»

Guardai Joscelin e mi schiarii la gola. «Non sei costretto a restare.»

Lui sembrava divertito. «Lo so.»

Quando venne il mio turno, non me la sentii di fare lo spiritoso. Dopotutto era presente il fratello di mia moglie. Alzandomi sentivo su di me gli occhi di Talorcan. «Il cuore di Dorelei è come un pozzo nascosto», dissi, sentendomi goffo. «Profondo e insondabile. E io sono un secchio sfondato che sogna solo di scendere nelle sue profondità.»

L'applauso che ebbi mi parve sincero. Rosso in viso tornai a sedermi.

Joscelin inarcò le sopracciglia. «E questi versi da dove vengono fuori?»

«Oh.» Mi asciugai le mani sudate sui calzoni. «Abbiamo trovato il nostro accordo, lei e io.»

«Mio signore Joscelin! Volete onorare anche voi la vostra amata?» domandò Eammon.

Con mia sorpresa, Joscelin si alzò. «Phèdre...» cominciò, poi tacque. Seduto accanto a lui lo vidi sorridere, quieto e sereno. «Phèdre cede con la grazia del giunco. E sopporta con la forza delle montagne. Senza di lei la vita sarebbe tranquilla, ma mancherebbe di ogni significato.»

I suoi versi furono seguiti da una pausa di silenzio.

«È una bella poesia.» Il capoclan che avevo conosciuto la sera prima, Gwynek di Brea, batté il fondo del boccale sul tavolo, piangendo lacrime da avvinazzato. « Bella! »

Joscelin annuì. « Grazie, mio signore. »

L'atmosfera che aveva creato resisté solo per qualche momento, prima che ricominciassero le risate, le chiacchiere e le vanterie roboanti, il cui risultato fu una rissa. La cosa cominciò come un'innocua sfida a braccio di ferro, resa un po' dura dalle frasi salaci dei due contendenti, un Tarbh Cró e un cruithne di Talorcan, tra cui sembrava esserci della ruggine di vecchia data. Pensai che fosse l'occasione buona per metterci una pietra sopra.

Ma a metà della sfida, quando il biondo Tarbh Cró stava vincendo, l'avversario lo accusò di barare. I bruni cruithne del Cullach Gorrym, come avevo già notato, sembravano reggere male l'alcol. Non passò molto che furono tutti in piedi, vociando e prendendosi a spinte. Poi qualcuno gridò: « Alle doghe! Alle doghe! » E altri ripresero l'invocazione, finché Talorcan non sorrise e diede il suo consenso.

Di lì a poco due solide doghe da botte, in legno di rovere, furono portate nel salone, e i due cominciarono a battersi con notevole ferocia. Tutti gridavano incitamenti e insulti. Quando il Tarbh Cró cadde al suolo, abbattuto da un colpo alla tempia che gli fece rovesciare gli occhi all'indietro, trattenni il fiato. Ma i suoi sostenitori si limitarono a ridere e lo trascinarono via, privo di sensi.

Il cruithne, un certo Brude, agitò la doga sogghignando. « C'è qualcun altro? »

« Ci provo io! » gridò il mio conoscente, Gwynek.

I duelli a bastonate continuarono. Brude mise a terra Gwynek e un altro capoclan, prima di prendersi una battuta che gli costò qualche ammaccatura sulle costole e il naso rotto e sanguinante. Accettò la sconfitta con buona grazia e andò a sedersi più in là, palpeggiandosi il naso con cautela, mentre i suoi amici gli versavano *uisghe* in gola con sollecitudine.

« Nessuno ci ha mai lasciato la pelle in queste sfide? » domandai a Eamonn.

« Oh, sì », disse lui, guardando il vincitore di Brude alle prese con un altro avversario. « Molte volte. »

A uscire vittorioso da quella catena di duelli fu un Tarbh Cró, un tipo stagionato di nome Goraidh. Aveva un volto indurito dal vento di mare e capelli rossi striati di grigio, ma era molto robusto e svelto di gambe. Quasi mi aspettavo quello che fece, come se fosse una tappa ineluttabile del mio destino, quando lo vidi alzare il bastone ricurvo e puntarlo verso di me. «Vediamo di che pasta è fatto il giovane principe!» gridò.

E naturalmente quella frase fu accolta con un ruggito di approvazioni. I boccali furono battuti sul tavolo e il mio nome fu scandito in coro. Sospirai e mi alzai, augurandomi di uscirne senza troppi danni. Avevo esperienza degli scontri a bastonate - Hugues mi aveva insegnato i rudimenti - ma non molta. Quanto sarebbe stato ironico essere sopravvissuto a commercianti di schiavi, ad aguzzini folli, a una battaglia e a un sicario mandato da una mia parente, solo per farmi spaccare la testa alla vigilia del mio matrimonio...

«Imri», m'interpellò Joscelin. «Guarda come gira la testa. Credo che non ci veda bene dall'occhio destro.»

«È questo l'unico consiglio che sai darmi?» borbottai cupamente.

«Non smettere di muoverti. E cerca di non farti ammazzare.»

Erano stati i Tarbh Cró, sotto il comando di Maelcon l'Usurpatore, a uccidere lo zio di Drustan, il vecchio *cruarch*, e a mandare lo stesso Drustan in esilio tra i dalriada. Non mancai di soppesare questo fatto, quando presi a due mani la doga di rovere e mi piazzai di fronte a Goraidh.

Scoprì i denti ingialliti in un sogghigno bellicoso. «Facciamo un ballo?»

Scrollai le spalle. «Se è questo che vuoi.»

Goraidh si precipitò su di me sferrandomi un rapido colpo con l'estremità sinistra della doga, che parai facilmente. Con un agile gioco di polso lui rovesciò il bastone e mirò alle mie gambe, costringendomi a un balzo indietro. Alcuni spettatori fecero commenti ironici.

Goraidh rise. «Resta qui e combatti, ragazzo!»

Girai sulla sua destra, e vidi che muoveva la testa più del normale per non perdermi di vista. Joscelin aveva ragione sul suo occhio destro. Quando cercò di colpirmi alla testa fui svelto ad abbassarmi e lui barcollò, sbilanciato. Ne approfittai per colpirlo alla coscia sinistra con un calcio che gli strappò una smorfia.

« Non scappare così. Hai paura che ti spacchi la faccia? » sbottò.

« Vorrei consegnarla intatta a mia moglie, la notte delle nozze », risposi.

Questa frase fece ridere i presenti; perfino Goraidh ridacchiò. Stava ancora girando la testa per tenermi d'occhio mentre io continuavo a spostarmi alla sua destra. All'improvviso mi fermai e gli diedi una bastonata da sotto in su tra le gambe, non forte ma precisa.

Non smettere di muoverti.

Goraidh si piegò in due con un grugnito. Mi spostai di lato e lo colsi con la guardia fuori posto. La sua bocca si aprì per lo stupore quando abbassai la doga verso la sua testa priva di protezione.

All'ultimo momento fermai il colpo e mi limitai a toccarlo sopra un orecchio. « Vuoi fare una gentilezza a mia moglie, e finirla qui? »

Per un poco non fui sicuro di come avrebbe reagito. I suoi occhi grigi si strinsero, e nel raddrizzarsi sbuffò. Stava facendo uno sforzo per non palparsi i testicoli doloranti. Assunsi una posizione difensiva e gli diedi il tempo di riprendersi.

Poi anche Goraidh capì qual era la cosa migliore, e fece udire una risata. « Va bene, ragazzo! Visto che alla signora piace tanto la tua bella faccia, la lascerò stare. » Abbassò il bastone e allungò una mano a scompigliarmi i capelli, con rude familiarità. « Sei un demonio sfuggente, ma ci sai fare. »

Così passò la vigilia delle mie nozze. Il duello con Goraidh mi procurò rispetto e sentimenti amichevoli, che si manifestarono in forma di grandi bevute di *uisghe*. A un certo punto ricordo che Talorcan mi piazzò sulla testa un antico elmo di ferro e cuoio ornato da zanne di cinghiale, e mi proclamò fratello onorario dei Cullach Gorrym. Questo richiese che io brindassi alla salute di ogni cruithne presente in sala. L'ultima cosa che mi restò nella memoria, prima che tutto scivolasse nella nebbia, fu qualcuno che domandava con serietà: «Siete *sicuri* che non possiamo fargli il suo tatuaggio di guerriero?»

Il mattino dopo mi svegliai con la pancia che brontolava e il mal di capo. Non c'erano specchi in quella stanza degli ospiti, e Dorelei era ancora sequestrata dalle donne. Mi palpeggiai la fronte, incapace di capire se il dolore che sentivo era l'effetto delle bevute o di un tatuaggio fresco. Quando Joscelin venne a cercarmi, stavo tentando di lucidare il mio pugnale per specchiarmi alla meglio. «Mi hanno...?» M'indicai la fronte.

«No, gliel'ho impedito io.» Sogghignò. «La conseguenza è stata che Talorcan mi ha sfidato a un duello con le doghe.»

Lo guardai. «E come sta?»

Rise. «Un po' ammaccato.»

La cerimonia nuziale doveva aver luogo in un parco al centro della città, ritenuto sacro fin dai tempi più lontani: terra *taisgaidh* lasciata incolta allo stato naturale. Chiunque lo desiderasse era libero di partecipare, e pronunciando il giuramento nuziale in quel luogo Dorelei e io avremmo testimoniato che la nostra unione avveniva per il bene supremo di Alba.

Fu una cosa molto, molto diversa dalle nostre nozze angeline. Quando arrivammo là, io con gli uomini e lei con le donne, la testa mi si stava schiarendo. Ci scambiammo un sorriso. Lei indossava una semplice tunichetta color zafferano e una coroncina di fiori gialli. Io ero vestito in antico stile albano: braghe di panno scuro, torso nudo, e un mantello rosso sulle spalle. A officiare il rito c'erano due *ollamh*: Firdha e un uomo di nome Colum, eretti e seri, ciascuno col suo ramo di quercia d'oro in mano. Tutto intorno a noi, disposti in circolo, centinaia d'invitati d'alto rango. Le donne apparivano fresche e riposate, ma dal volto degli uomini mi parve che stessero pagando le gozzoviglie di quella notte, e Talorcan aveva il braccio destro al collo. Oltre il circolo degli invitati c'era la gente del posto che aveva deciso di assistere, e notai che si trattava di poche persone. Ma il loro umore sembrava quello di un'allegra festività, e ne fui felice.

La cerimonia cominciò con una lunga invocazione alle divinità di Alba, grandi e piccole, adorate da tutte e quattro le tribù: quelle del fuoco e della guarigione, dei fabbri e del bestiame, dei cavalli, dei pozzi, delle sorgenti, dei fiumi, delle battaglie, della poesia, delle cose selvatiche, delle cose cresciute dalla terra, dell'abbondanza e della felicità. Erano una lista interminabile: Lug, Saolas, Nerthus, Macha, Brigid, Aengus, Bel, Manannan, Hengest, Danu, Crom, Aine, Cailleach...

Erano nomi che conoscevo, almeno la maggior parte. La religione di Alba era allo stesso tempo semplice e complicata, con un miscuglio di divinità, di antenati e di spiriti della terra. Non c'erano templi, solo posti sacri, all'incirca un migliaio. Dovevo ammettere che, sebbene capissi le tradizioni, non sentivo quella fede in me. Ma forse sarebbe venuta col tempo. Per amore di nostro figlio, ci avrei provato.

Dopo le divinità, gli *ollamh* invocarono i *diadh-anam*, gli spiriti-guida delle quattro tribù: il Cinghiale Nero, il Toro Rosso, la Cerva Dorata e la Giumenta Bianca. Il sole brillava a picco sulle nostre teste, e io stavo sudando a profusione. Quella era la sola cosa che le due cerimonie nuziali avevano in comune. Mi sembrava trascorsa un'eternità dal giorno in cui avevo sposato Dorelei nel giardino del palazzo reale, bagnato di sudore e col cuore a pezzi nel mio abito dal colletto troppo stretto.

Quando ebbero finito le invocazioni, gli *ollamh* si rivolsero a noi. Dorelei e io ci presentammo coi nostri nomi, inchinandoci profondamente. Firdha domandò: «Dorelei mab Breidaia, Imriel de La Courcel, intendete fare il giuramento di fedeltà?»

«Figlia del Bosco, noi giureremo di esserlo per un anno e un giorno», rispose con fermezza Dorelei. Le sue parole provocarono tra gli spettatori un mormorio, non necessariamente di disapprovazione. Avevamo discusso a lungo quel particolare, poiché tra gli albani erano ammesse due forme di matrimonio, una delle quali meno impegnativa. Se dopo un anno e un giorno avessimo deciso di separarci, il matrimonio sarebbe finito, almeno per quanto riguardava Alba.

Firdha annuì. «Così sia. Unite le vostre mani.»

L'uno di fronte all'altra, incrociammo i polsi e ci stringemmo le mani. Restammo così, sorridenti, mentre prima Firdha e poi Colum ci legavano i polsi con un cordoncino rosso, che si aggiunse a quelli che avevo già. Poi invocarono un'altra serie di divinità perché ci dessero la salute, la gioia e la fertilità.

L'*ollamh* Colum posò il suo ramoscello d'oro sulla mia spalla sinistra. « Pronuncia il tuo giuramento. »

« Per la roccia e il mare e il cielo, e per tutto ciò che questo comprende, per un anno e un giorno, giuro di essere fedele a te e soltanto a te », dissi con calma.

Le mani di Dorelei si strinsero alle mie, umide di sudore. I suoi occhi neri si alzarono a incontrare i miei. La prima volta in cui ci eravamo sposati ero stato io l'unico a sentire il peso del sacrificio.

Questa volta era lei.

Per tutto il tempo in cui le nostre vite sarebbero rimaste legate, o finché fossi stato legato all'incantesimo di Aodhan, i suoi sogni veridici avrebbero taciuto. Cosa significasse questo per lei, non potevo neppure immaginarlo. Mi faceva sentire umile. « Per la roccia e il mare e il cielo, e per tutto ciò che questo comprende... » Deglutì. « Giuro di essere fedele a te e soltanto a te. »

Ci furono applausi, a questo punto, sorprendentemente calorosi. Gli *ollamh* invocarono un'ultima benedizione, poi Dorelei e io c'incamminammo lungo il circolo degli invitati, fianco a fianco, coi polsi ancora legati. Quando ci fermammo dinanzi a Drustan, ci guardò sorridendo.

« Rallegrati, figlia di mia sorella », disse a Dorelei. A me mise un *torque* d'oro intorno al collo nudo. « Sii il benvenuto, principe di Alba. »

Altri applausi.

Commosso, gli rivolsi un inchino. « Cercherò di esserne meritevole, mio signore. »

Gli occhi di Drustan brillavano. « Lo so. »

Completato il circolo, tornammo al centro. Gli *ollamh* ci slegarono i polsi e ci offrirono i cordoni rossi, Firdha a Dorelei e Colum a me. Adesso erano dei portafortuna, che sarebbero stati usati per la nascita del nostro primo figlio. Con quei cordoni avremmo legato il cordone ombelicale prima che questo fosse tagliato per separare la madre dal neonato.

« Conservateli con cura », disse Firdha.

Dorelei e io ci guardammo. « Lo faremo », promisi.

Fu così che ci sposammo una seconda volta, e la seconda fu meglio della prima, molto meglio. Nel guardare il circolo di gente che ci stava intorno vedevo soltanto affetto e desiderio di felicità. Alle nostre nozze angeline nessuno aveva pianto, ma ora vidi gli occhi di Phèdre colmi di lacrime, e anche quelli di molti altri. Alais stava piangendo apertamente, come la madre di Dorelei, Breidaia. Eamonn e Brigitta si tenevano per mano, e dal modo in cui si guardavano compresi che stavano ripensando al loro sposalizio nella Lucca assediata. Anche Joscelin, di solito così stoico, appariva commosso, e notai che il Signore dello Stretto lo guardava sogghignando.

«Ora cosa succederà?» chiesi a Dorelei.

«Ancora banchetti e brindisi. Cos'altro?»

A riportarci alla fortezza per il terzo e ultimo giorno delle celebrazioni c'era un carro speciale. Si trattava di un veicolo aperto, trainato da due cavalli bianchi, con una piccola balaustra tappezzata di drappi di lana e un sedile imbottito; un regalo, mi fu detto più tardi, della signora dei dalriada.

Non appena il carro fu in movimento, molta della gente comune che aveva assistito si avvicinò a toccare i drappi di lana, per godere delle stesse benedizioni che gli *ollamh* avevano invocato su di noi. A dispetto degli sforzi del conducente, il carro ondeggiava da una parte e dall'altra sulle irregolarità del terreno. Dorelei e io dovemmo aggrapparci l'una all'altro, senza fiato, per evitare che uno di quegli scossoni ci buttasse fuori bordo.

Ma, ancor prima di uscire dal prato, il veicolo si fermò.

Dapprima non compresi il perché. Mi accorsi soltanto che sulla processione di gente che ci seguiva era caduto uno strano silenzio. I popolani si allontanarono e scomparvero tra le case.

Fu allora che vidi i Maghuin Dhonn.

Riconobbi subito Berlik, coi suoi indumenti di pelliccia d'orso, e accanto a lui Morwen e Ferghus. Con loro c'era una dozzina di uomini e donne. A parte Berlik e Morwen, che avevano pelle chiara e occhi color nebbia, gli altri erano di carnagione scura come i cruithne, vestiti di rustico panno, con qualcosa di selvatico nelle facce larghe e piatte. Stavano immobili sulla strada ad aspettare il nostro passaggio e nessuno di loro appariva armato. Ferghus aveva la borsa della cetra appesa a una spalla. Non vidi la borsetta del simulacro al collo di Morwen, evidentemente perché l'aveva lasciata al sicuro da qualche parte.

Drustan fermò il cavallo davanti a loro, con espressione dura. «Voi non siete benvenuti, qui.»

«È terra *taisgaidh, cruarch.*» La voce di Berlik era profonda come se uscisse da una caverna del sottosuolo. «Profanerai le antiche usanze?»

Drustan ignorò la domanda. «Cosa volete?»

I pallidi occhi di Berlik restarono su Dorelei e me. La sentii tremare con violenza, al mio fianco. «Non tutti i *diadh-anam* di Alba sono stati invocati, oggi. Noi siamo venuti a offrire la benedizione dei Maghuin Dhonn su questa unione. La rifiutate?»

Tacqui, non sapendo cosa rispondere.

«La rifiutiamo», disse invece Dorelei, con voce inaspettatamente ferma. «C'è un'ombra su di voi, mio signore; su ognuno di voi. Non voglio esserne parte.»

Berlik inclinò la testa. «C'è ombra anche su tutti voi, signora; sullo stesso cuore di Alba. Non è saggio ignorarlo.»

«È una minaccia?» domandò Drustan in tono aspro.

Il Maghuin Dhonn lo guardò senza timore. «No, *cruarch.* È una verità.»

Benché il cielo fosse sereno, in distanza ci fu lo spiacevole rombo di un tuono. Seduto in sella a un baio, Hyacinthe assisteva alla scena. Ma in lui non c'era più traccia dello spensierato ragazzo tsingano; era di nuovo il Signore dello Stretto. Come Berlik nelle sue vesti d'orso anche lui era avvolto da un mantello di potere, ma infinitamente più pericoloso.

Le rughe di stanchezza sulla faccia di Berlik si approfondirono.

«E così ci sei anche tu, mago?» domandò a Hyacinthe, che non si degnò di rispondere.

Il Maghuin Dhonn sospirò. «Noi siamo in pochi. Siamo antichi, e l'antico sangue scorre nelle vene di pochi, ormai. Ma ci siamo presi cura di Alba per molto, molto tempo. Il futuro si restringe. Molto di ciò che abbiamo preservato è ora in pericolo. Non dimenticate che noi abbiamo fatto questa offerta.» Detto ciò Berlik s'inchinò, con le vesti che si contorcevano stranamente intorno a lui; poi si volse e si allontanò verso l'estremità occidentale del prato.

La sua gente lo seguì senza una parola. Soltanto il bardo Ferghus gettò uno sguardo d'addio dalla nostra parte, e fu per suo figlio Conor, che cavalcava accanto a Eamonn. Conor distolse lo sguardo, evitando quello del padre. Fuori da Innisclan nessuno sapeva di chi era figlio.

«Talorcan», chiamò Drustan. «Prendi quanti uomini puoi riunire, e seguili. Quando lasceranno il terreno sacro, assicurati che si allontanino dalla città.»

«*Aye*, mio signore.» Talorcan esitò. «Vuoi che li attacchiamo?»

Drustan fece un sorriso aspro. «Se te ne danno il giusto motivo, sì. Ma preferisco non guastare il giorno delle nozze della figlia di mia sorella con atti di violenza.»

Talorcan lo salutò alzando la mano sinistra. «*Aye*, mio signore.»

Il nostro gruppo era dunque molto ridotto quando rientrammo alla fortezza di Bryn Gorrydum, e non avevamo più voglia di sorridere. Benché la lunga tavola del *cruarch* fosse di nuovo carica di cibarie, nessuno era in vena di approfittarne. Ci furono invece molti discorsi in tono preoccupato su ciò che *loro* volevano.

Anch'io me lo domandavo.

Che Elua mi aiuti, ero convinto che l'offerta di Berlik fosse stata sincera; altrettanto sincera del suo giuramento. Avrei solo voluto che tutto non fosse stato così avvolto nei misteri e nei portenti. Non volevo che ad Alba accadesse del male; in effetti mi ero affezionato a quella terra. Se i Maghuin Dhonn vedevano avvicinarsi un futuro in cui si sarebbero verificati fatti dannosi per colpa mia, avrei voluto che me lo *dicessero*, semplicemente. Forse avremmo potuto fare qualcosa.

Più tardi gli uomini di Talorcan rientrarono, borbottando con aria scontenta. I Maghuin Dhonn avevano oltrepassato il confine della città ed erano scomparsi nella terra *taisgaidh*; del tutto svaniti, senza lasciar traccia.

«Vorrei che questo non fosse successo oggi», mormorò tristemente Dorelei.

«Anch'io, tesoro.» Poco distante da noi Conor appariva silenzioso e depresso. Senza dubbio quei fatti lo avevano preoccupato, benché per ragioni diverse dalle nostre. Schioccai le dita. «Conor! Conor mac Grainne, non avevi promesso di suonare alle mie nozze?»

Lui alzò la testa. «Ne sei sicuro?»

«Più che sicuro. Incantaci, ragazzo.»

I suoi occhi si spalancarono a quella scelta di parole, ma prese la cetra e cominciò a suonare. Dapprima parve che avesse le dita un po' rigide sulle corde, ma in breve ritrovò sicurezza. La canzone che eseguì fu dolce, romantica e melodiosa.

Se vi fosse o no magia in quella musica, non avrei potuto dirlo; non con certezza. Se c'era, ero protetto contro di essa. Ma vedendo come tutti ascoltavano in silenzio, con un sorriso sognante, pensai che ci fosse. Conor suonava come se cercasse di sollevare un macigno, a occhi chiusi e sudando per la concentrazione, coi capelli appiccicati alla fronte. E fu grazie a lui che pian piano l'atmosfera nel salone di Bryn Gorrydum si schiarì.

Quando depose la cetra, ci fu un coro di acclamazioni.

«Un brindisi a mio fratello, il più grande musico dei dalriada da sette generazioni!» esclamò Eamonn, balzando in piedi. Alzò il boccale di enomele. «A Imriel, il miglior amico che un uomo possa chiedere, e a Dorelei, che comunque avrebbe meritato di meglio!»

Risate.

Applausi.

Non fu perfetto, non abbastanza. Probabilmente nulla avrebbe potuto esserlo. Ma salvò la giornata. Le preoccupazioni per i Maghuin Dhonn lasciarono il posto ai festeggiamenti. La gente mangiò e bevve. Ci furono innumerevoli brindisi. Non mancarono le sfide a braccio di ferro e gli scherzi di cattivo gusto, e le battute di spirito sui rapporti nuziali, che Dorelei sopportò arrossendo. Conor suonò ancora più volte, con gli occhi chiusi, le ciglia abbassate sui suoi zigomi larghi, regalandoci canzoni che sembravano intrecciare il presente al passato e al futuro.

Tra una cosa e l'altra il giorno lasciò il posto alla notte, e poi alle ore più buie prima dell'alba. L'uno dopo l'altro gli ospiti si alzarono sulle gambe vacillanti e cercarono la strada per i loro alloggi. Alcuni, come Hyacinthe, Sibeal e Drustan, se ne andarono tra i primi. Altri rimasero più a lungo.

Quando Phèdre e Joscelin ci diedero la buonanotte, lei alzò lo sguardo nei miei occhi e mi prese il viso tra le mani. Ora mi sembrava così piccola, e vulnerabile. La macchia scarlatta del Dardo di Kushiel fluttuava nella sua iride scura. Un tempo quello sguardo mi avrebbe rattristato. Non quella notte.

«Tu sembri... felice, tesoro», disse, dolcemente. «Malgrado tutto.»

«Lo sono», risposi con sincerità. «Malgrado tutto, lo sono.»

Joscelin accennò col capo verso Dorelei, che seduta al tavolo aveva ceduto alla stanchezza e dormiva, con la testa sulle braccia. Nei suoi occhi azzurri come il cielo di estate ci fu una luce. «Abbi cura della tua giovane sposa.»

«Lo farò», promisi.

Quando loro se ne furono andati cercai di svegliare Dorelei, che protestò mormorando qualcosa. Così la presi in braccio e la portai via. Lei appoggiò una calda guancia scura sul mio petto nudo, sulle scale, ignorando le spiritosaggini provenienti dal basso. «Imriel. Io ti amo.»

Le baciai la fronte. «Lo so. Anch'io.»

Una mano di lei mi accarezzò il petto, poi ricadde inerte. «Tu no. Non davvero.»

«Davvero. Meglio che posso, e forse qualcosa in più.»

La nostra stanza era stata cosparsa di petali di fiori, e le lampade a olio spandevano una luce debole. Deposi Dorelei sul letto nuziale e le tolsi la tunichetta color zafferano. Lei fece un sospiro e si girò su un fianco, con una mano sull'addome. Stava cominciando ad arrotondarsi, anche se di poco. Le misi addosso la coperta e mi sdraiai al suo fianco.

Con le mani unite dietro la testa aspettai il sonno.

E continuai ad aspettarlo.

Non volle venire. Qualcosa mi teneva sveglio. Cercai di distrarmi ascoltando il respiro regolare di Dorelei, e i lievi rumori che salivano dal pianterreno della fortezza. Le ultime chiacchiere dei commensali si spensero; i servi terminarono di ripulire i resti del banchetto.

Alla fine rinunciai ai tentativi di dormire, e mi alzai.

M'infilai i pantaloni, presi la lettera di Mavros, e scalzo e a torso nudo scesi di nuovo nel salone, dove c'erano torce ancora accese. Numerosi albani russavano pesantemente, distesi sui tavoli e sulle panche.

Ruppi il sigillo di Casa Shahrizai e aprii il foglio di pergamena. Nell'interno ce n'era un altro, chiuso da una goccia di ceralacca senza nessun sigillo.

Mavros mi aveva scritto una breve lettera, nel suo tipico tono scanzonato, in cui riferiva alcuni fatterelli di corte senza importanza. Ma quella era solo una scusa per farmi avere la lettera di Sidonie, scritta in lingua caerdicci e senza firma per maggior discrezione. Sapevo che l'avrei trovata lì, o almeno l'avevo sospettato. Solo, avevo proibito a me stesso di pensarci.

Guardai la sua elegante calligrafia, e non provai niente.

No, non esattamente.

Per la prima volta dopo l'ultima provocazione di Morwen sentivo una tensione, qualcosa che spingeva e lottava contro lo scudo dell'incantesimo protettivo. Da qualche parte c'era un vago dolore, ma così lontano che avrebbe potuto appartenere a un altro. Gli amuleti a contatto della pelle mi davano il prurito. Andai a sedere accanto a una delle torce più luminose e lessi di nuovo le prime parole di Sidonie.

All'improvviso, la piccola pietra canterina che portavo al collo pesava molto più del *torque* d'oro. Mi passai un dito sotto il cordone di cuoio per alleggerirne la pressione e poi, cedendo a un impulso, chinai il capo e me lo tolsi. Mentre lo sfilavo dalla testa, il cordone s'irrigidì come se il peso della pietra si fosse centuplicato, e mi strusciò con forza contro le orecchie e le guance.

Tenni la pietra sul palmo di una mano e la guardai. Era di nuovo leggera, liscia e fredda. Il cuore mi batteva forte, ma non mi sentivo affatto diverso, a parte lo stupore per aver ceduto alla tentazione di levarmela. Tesi le orecchie, in attesa del suono dello zufolo e della risata di Morwen. Non ci fu niente. I Maghuin Dhonn avevano lasciato la città ed erano lontani. Per il momento, mi dissi, ero al sicuro.

Senza dubbio, almeno per qualche minuto, non mi sarebbe successo nulla di male.

Lessi l'inizio della lettera di Sidonie per la terza volta.

Caro Imriel,

forse questo ti farà ridere, ma ho gettato via parecchi costosi fogli di pergamena, nel tentativo di trovare parole come quelle che Claire Le-

Doux scriveva al suo Remuel l'Oragen. E forse altri ancora ne avrei gettati, se infine Amarante non mi avesse fatto osservare con una certa asprezza che non sono mai stata una sentimentale romantica, e non è probabile che la mia nostalgia di te basti a rendermi tale. La sua franchezza mi ha irritata, cosa che succede di rado.

Così, se ti aspetti una poesia che celebri tutto della tua persona, dai capelli fin giù alle unghie dei piedi, con una sosta a metà strada sulla gloria del tuo scettro, sarai deluso.

Ma sento la tua mancanza, ed è un dolore che nessun balsamo può alleviare. La vita continua, giorno dopo giorno. Fingo di essere qualcuno che non sono, e indosso me stessa come una maschera, mentre attraverso il vuoto che la tua assenza lascia nelle mie giornate. Mi manchi. Quando cammino, mangio, cavalco, parlo, respiro, dormo, tu mi manchi. È un semplice e continuo fatto della mia esistenza. E odiare e detestare questo fatto non serve a nulla.

Mi manchi.

Quelle parole mi colpirono come un pugno nello stomaco. Lì nel salone del *cruarch,* dove sconosciuti albani dormivano sui tavoli sporchi, la gola mi si strinse in un rantolo, a metà tra una risata e un singhiozzo. La diga del mio cuore era crollata, e un torrente di emozioni stava per trascinarmi via. Amore, desiderio, tenerezza, umorismo, anche il dolce piacere di una gentile crudeltà. Era tutto lì, tutto legato in un nodo inestricabile. Tutto vivo e immediato, meraviglioso e straziante.

E, ah, Elua! Per la prima volta *seppi,* oltre ogni dubbio, che volevo passare il resto della vita con Sidonie de La Courcel.

Restai seduto lì a lungo, leggendo e rileggendo la sua lettera da cima a fondo, la pietra canterina stretta in mano, ridendo in silenzio tra me, con le lacrime agli occhi. Avrei potuto continuare a leggerla per ore. Nitida come se l'avessi davanti vedevo Sidonie mentre la scriveva, con un'espressione tra ironica e sofferente, d'autocompatimento. Vedevo le sue mani rapide vergare le parole con sicurezza infallibile, precisa. Per nessuna ragione comprensibile questo mi diede un'altra stretta al cuore.

Io la amavo.

E al piano di sopra la mia due-volte sposa dormiva, con una mano sul ventre come a proteggere e accarezzare nostro figlio.

Amavo anche lei.

Le avevo detto il vero quella sera. Non era lo stesso amore, non era niente di simile all'altro amore. E tuttavia perfino in quel momento lo sentivo. Lessi la lettera di Sidonie per l'ennesima volta, indugiando su ogni parola. Poi chinai la testa e pregai il Beato Elua, stringendo con entrambe le mani il cordone di cuoio cui era appesa la pietra canterina. In fretta, quasi temendo che esitare ancora avrebbe indebolito la mia risolutezza, mi costrinsi a rimetterla al collo.

La pietra ticchettò contro l'oro e restò immobile.

Le mie emozioni si placarono.

L'incantesimo le teneva lontane da me.

Coi gomiti posati sul tavolo mi presi la testa tra le mani e respirai a fondo, lentamente, sforzandomi di tornare alla pace dei sensi.

E pian piano quella pace tornò.

Era ancora tutto dentro di me, benché isolato e chiuso. Nulla era cambiato, né sarebbe cambiato mai. Fino all'ultimo giorno di vita, schiavo delle forze insondabili che governano il cuore dei mortali, avrei adorato la mia fredda, altezzosa, divertente, appassionata cugina Sidonie oltre i confini della ragione.

Ma adesso ero un marito, prossimo a essere padre. E proprio quel giorno avevo pronunciato un voto, un giuramento che intendevo rispettare. Mi ero legato per un anno e un giorno. Lo stesso genere di giuramento col quale i Maghuin Dhonn si erano impegnati a non nuocermi. Il Beato Elua mi avrebbe perdonato, se l'avessi infranto in nome dell'amore. Non ero altrettanto certo che le innumerevoli divinità di Alba avrebbero fatto lo stesso.

Piegai la lettera e tornai di sopra, sapendo che avrei aspettato invano il sonno nel mio letto nuziale.

28

Per tutto il giorno seguente si susseguirono le partenze degli invitati, tra un profluvio di saluti e auguri.

Hyacinthe e Sibeal furono tra i primi ad accomiatarsi. «Il mio regalo d'addio è una promessa che faccio a Phèdre e Joscelin», mi disse il Signore dello Stretto. «Nei limiti del possibile terrò sotto sorveglianza Clunderry nello specchio marino, e anche i Maghuin Dhonn. Se vedrò qualcosa che non va, manderò un messaggio a te e a Drustan.»

«Ti sono grato, mio signore. Sei molto gentile.» Poi, ripensando a quando ci aveva mostrato lo specchio marino e come mi aveva guardato subito dopo, toccai la mia pietra canterina, a disagio. «Signor Hyacinthe... posso farti una domanda?»

Lui annuì. «Sentiamo.»

«Hai mai fatto il *dromonde* per me?»

Lui non rispose subito. Nello sguardo con cui mi scrutò c'erano delle correnti oscure. «Ho visto qualcosa, sì. Solo un'immagine.»

Mi schiarii la gola. «Una cosa pericolosa per Alba? O per Dorelei?»

«No», rispose lentamente, un po' perplesso. «Tu eri solo, e stava nevicando. Eri in ginocchio sotto un albero, con la spada in mano.»

Era il sogno di Dorelei, quello di cui mi aveva parlato una notte in Terre D'Ange mentre stavo per addormentarmi, mezzo ubriaco. Un brivido mi corse nella schiena. «Ti ringrazio.»

Lui fece un sorriso aspro. «Di niente. Come ti dirà anche Phèdre, il *dromonde* può dare risultati molto incerti, vaghi come un sogno e inquinati da strani portenti. Il significato può essere del tutto diverso da quello che appare. In ogni modo, abbi cura di te quest'inverno. Sibeal conta che tu e Dorelei veniate a farci visita, e col bambino.»

Gli restituii il sorriso. «Verremo.»

Quel giorno dicemmo addio anche a Eamonn e Brigitta, e a Conor, benché dapprima non mi fossi accorto che c'era anche lui. Fu Dorelei a darmi di gomito, indicando con un cenno del capo un angolo tranquillo del salone. Conor e Alais conversavano sottovoce, come dimentichi di tutto il resto del mondo.

Guardai Eamonn, inarcando un sopracciglio. «Secondo te, *questo* cosa significa?»

Lui fece una smorfia. «Niente di buono. *Dagda Mor!* Quell'idiota sa bene che Alais è promessa al principe Talorcan.» Chiamò il fratello con un fischio.

Conor si voltò e le sue guance brune s'imporporarono.

Eamonn scosse il capo. «Scusa, mia signora. Sono sicuro che il ragazzo non voleva fare niente di male», disse a Dorelei.

Lei guardò i due che venivano verso di noi. «Oh, be'. Sono giovani.»

Quindici anni, pensai. A Terre D'Ange Conor sarebbe stato troppo giovane per giocare i giochi del corteggiamento, troppo giovane per essere ammesso alla Corte della Notte. Ma abbastanza cresciuto per altri giochi. Gli occhi viola di Alais brillavano più di quello che mi sarebbe piaciuto. Lei aveva sedici anni, ed era lì per sposare Talorcan con una cerimonia che avrebbe senza dubbio fatto impallidire la nostra. Non ci sarebbero stati giochi del corteggiamento per lei. All'apparenza avrei detto che Alais e Talorcan si rispettavano, e forse si piacevano, ma non avevo ancora visto niente di più intimo tra loro. Ripensai alla risposta di Alais quando le avevo chiesto se avrebbe consentito al matrimonio: *Non sono riuscita a trovare una ragione per non farlo.* Mi chiesi se ne avesse trovata una in Conor mac Grainne, figlio della signora dei dalriada e di un bardo Maghuin Dhonn.

«Perché mi guardi così, Imri?» domandò Alais.

«Nessuna ragione», dissi. «Non ancora.»

Molto probabilmente erano solo innocue schermaglie. Ma, Elua, che guaio se non fosse stato così! Per qualche perverso motivo quel pensiero mi strappò un sogghigno.

Alais strinse le palpere. «Qualunque cosa tu voglia dire, non è divertente.»

«Forse hai ragione.»

Tra commossi addii e promesse di visite future, anche Eamonn e Brigitta se ne andarono, e quando i dalriada ebbero lasciato la fortezza restammo con dozzine di capiclan che dovevano essere ringraziati per la loro presenza e i doni che avevano portato.

Tra una cosa e l'altra fu una lunga giornata di stancanti formalità.

A consolarmi c'era solo il fatto che Phèdre e Joscelin non ci avrebbero lasciati subito, ma quel momento era ormai vicino.

Due giorni dopo Dorelei e io, con sua madre e Alais, ci saremmo trasferiti a Clunderry per prendere residenza là. Joscelin avrebbe desiderato accompagnarci per controllare l'efficienza della guarnigione della tenuta, com'era abituato a fare a Montrève. Ma Urist, che aveva già avuto quello stesso incarico dal *cruarch*, lo giudicava inopportuno. Fino ad allora Drustan si era tenuto fuori dalla discussione, e così aveva fatto Phèdre, anche se probabilmente le sarebbe piaciuto venire a Clunderry con noi. Fu la prima volta in cui ebbi occasione di occuparmi di questioni concrete nelle mie vesti di principe di Alba, e per fortuna ebbi l'accortezza di consultarmi con Dorelei sulla faccenda.

«Tu pensi davvero che Joscelin dovrebbe controllare la nostra guarnigione?» disse lei, dopo averci riflettuto. «Imriel, non sarebbe soltanto Urist a giudicarlo inopportuno. Agli occhi della gente di Alba, siamo stati noi a salvare Terre D'Ange dall'invasione degli skaldi. Non piacerebbe a nessuno che un angeline presumesse d'insegnarci queste cose in casa nostra.»

La sua opinione mi aprì gli occhi, e fui lieto di avergliela chiesta. Quella sera a cena parlammo di quell'argomento.

Pensavo che la nostra decisione avrebbe irritato Joscelin, ma lui la accettò con un sorriso tranquillo che mi sorprese. «Non hai torto», disse. «Neppure a me piacerebbe che uno straniero venisse a insegnarmi come organizzare la protezione di Montrève.»

«Voi sarete comunque i benvenuti», precisò Dorelei.

Phèdre la guardò con uno dei suoi sorrisi pensierosi. «Sai, ricordo come sono andate le cose quando ho ereditato Montrève», mormorò. «Quei siovalesi sono sempre stati degli snob.»

Joscelin sbuffò, ma lei non ci fece caso. « Non importava ciò che avevo fatto per la nostra patria, né importava che io fossi l'erede legale del mio signore Delaunay. A loro non piaceva per niente che una cortigiana di città venisse a dirigere la tenuta. Meditavo di fare dei cambiamenti, ma per guadagnare la loro fiducia ho deciso di lasciar andare le cose come andavano, finché non avrebbero avuto più paura che io alterassi la natura di Montrève... solo che, a quel punto, sono stata io a capire che cambiarla sarebbe stato un errore. »

« Stai dicendo che la cosa migliore è che voi due non veniate con noi? » domandai, quando compresi cosa significava quella risposta.

« Voi che ne pensate? » domandò Phèdre, guardando gli altri.

Quella sera c'era tutta la famiglia: Drustan a capotavola, Talorcan, Breidaia e Dorelei, oltre ad Alais, Phèdre e Joscelin. Stranamente, quel concetto era penetrato in me: loro *erano* la mia famiglia, legati dal sangue, dai matrimoni e dall'amore.

I cruithne si guardarono, e a rispondere fu la madre di mia moglie. « Credo che nel tuo cuore vorresti venire, ma sento che la saggezza ti suggerisce altrimenti. Lasciamo che la gente apprezzi i ragazzi per i loro meriti, e diamo tempo al tempo. Poi, quando due leggendari eroi angeline verranno a onorare Clunderry... magari la prossima primavera, quando il bambino sarà arrivato... » Sorrise, con due fossette uguali a quelle della figlia. « La vostra presenza sarà accolta come una benedizione. »

« Perché non può essere *ora*? » domandò Alais, perplessa.

« Perché la gente può essere sciocca, e diffidare degli eroi che non sono i suoi », rispose Drustan.

Così fu deciso. Noi saremmo partiti per Clunderry, e Phèdre e Joscelin per Terre D'Ange. O almeno così potevo supporre, perché non sapevo cos'avessero architettato con Hyacinthe.

Nell'ultima giornata trascorsa assieme rubai un'ora d'intimità e tentai di scrivere una risposta a Sidonie. Questo era il minimo che le dovevo. Non fu la lettera più problematica che avessi mai scritto - a Lucca, quando avevo fatto uscire dalla città una lettera per Phèdre, non sapevo se sarei sopravvissuto all'assedio - ma a suo modo fu difficile.

Mi ero già esposto a un brutto rischio la notte in cui avevo letto la sua; non osavo togliermi ancora la protezione dell'*ollamh*. Così dovetti lottare con l'inchiostro della penna quanto col mio senso di colpa, grattandomi il prurito dei cordoni rossi, mentre cercavo di raggiungere i miei irraggiungibili sentimenti per metterli sulla carta. Fu difficile come masticare un sasso, e ne risultò qualcosa di assolutamente confuso.

Cara Sidonie,

ci sono tante cose che vorrei dirti, e tante sono quelle che non ti posso dire, per motivi che sarebbe troppo lungo spiegare. Qui mi sono trovato invischiato in una strana magia. Domanda a Phèdre e Joscelin; loro sapranno farti capire ciò che intendo.

Va inoltre detto anche questo: tu avevi ragione dicendo che un figlio cambia le cose. Non posso farti grandi promesse, e per onestà non posso neppure chiedere a te di aspettarmi. Quello che c'è nel mio cuore non è mutato, e tuttavia si è allargato a comprendere una situazione che non avrei mai immaginato. Se tu cercherai la felicità con qualche altra persona, ti capirò; perfino se fosse con Maslin, perfino se il solo pensiero mi facesse soffrire come soffro nel dirtelo. Non posso smettere di provare ciò che provo.

Mi sento un idiota. Perdonami.

Senza di me starai meglio. Ma io ti amo. In questo momento non so come potrò uscire dalla situazione in cui mi trovo. Ma ti giuro sul Beato Elua che, se troverò il modo di tornare da te, lo farò. Potrà essere in un modo diverso da quello che prevedevamo, ma le cose non sono sempre prevedibili.

Niente di ciò che ti sto scrivendo ha senso. Solo... chiedi a P. e J. di spiegarti. Tornerò quando potrò, e questo non accadrà per almeno un anno. Se nel tuo cuore potrai salvare un po' di posto per me, ne sarò felice. Se non ci riuscirai, ti capirò. In un modo o nell'altro, ti amo e sento la tua mancanza. Questo non cambierà. Mai.

Era una lettera così detestabile che fui sul punto di strapparla. Ma non c'era il tempo di scriverne un'altra, e il pensiero di lasciare Sidonie senza una risposta mi dava un dolore tale che potevo sentirlo attraverso l'incantesimo. La sigillai e buttai giù una breve lettera per Mavros, che risultò altrettanto ambigua ma non così sofferta. Poi le chiusi entrambe in un solo plico.

Andai a cercare Joscelin e lo trovai da solo nella stanza che divideva con Phèdre, occupato a ripiegare indumenti dentro i loro bagagli. Gli diedi il plico. «Puoi farlo avere a Mavros?»

Lui lo soppesò. «Mavros?»

Sentii un afflusso di calore al volto. Mi grattai un polso. «Ho promesso che tu o Phèdre potrete spiegare... questo.» Indicai il cordone rosso.

«A Mavros?» Joscelin mi scrutò. «Imri, vieni con me.»

Gli tenni dietro nei corridoi della fortezza, sino alla sommità della torre meridionale. Nell'interno c'era un posto di guardia, ma la terrazza superiore era deserta. Joscelin si appoggiò a uno dei merli e incrociò le braccia, mentre la brezza di mare gli scompigliava i capelli biondi.

«E va bene», mi decisi a dire. «C'è anche una lettera per Sidonie. Mavros gliela farà avere. Ti sarei grato se le spiegassi questa faccenda. Ci ho provato, ma è troppo complicato.»

«Sei ancora convinto di amarla?» volle sapere.

Scossi la testa. «Ne sono sicuro.»

«E Sidonie? Prova la stessa cosa?» Il mio cenno d'assenso lo fece sospirare. «Speravo che ti sarebbe passata, Imri. Lo speravo, davvero.»

«E credi che non lo sperassi anch'io?» dissi. «Credi che *lei* non lo speri?»

«Già.» Il suo sorriso fu una smorfia. «E Dorelei? E quel pozzo nascosto dove sognavi di sprofondare? L'altra sera hai detto a Phèdre che eravate felici. Era una bugia per farci stare più tranquilli?»

«No. Non era una bugia.» Cercai le parole. «Joscelin, io *sono* felice, ma questo io che è felice non è del tutto reale. E Dorelei lo sa come lo so io. Quella che sarà la cosa migliore per noi, e per il bambino, la decideremo assieme.»

Joscelin si grattò il mento, lasciando vagare lo sguardo nel cielo estivo come in cerca di una risposta tra le rade nuvole bianche. «Tu sei speciale per trovare la strada più difficile, mio caro. Lo giuro su Elua, avrei una gran voglia di trascinarti via da Alba e...» La sua voce si spense.

«E portarmi con voi a nascondere le pagine del Libro di Raziel dove nessuno possa mai trovarle?» domandai.

Lui inarcò le sopracciglia. «Cosa ti fa pensare *questo*?»

«Non preoccuparti, non ne farò mai parola. E in quanto alla mia lettera... se Sidonie deciderà che ho perso la ragione, non potrò darle torto. Forse sarebbe la cosa migliore.»

«E credi che succederà?» volle sapere Joscelin.

«No», dissi.

Sulla cima spazzata dal vento della torre di Bryn Gorrydum, ci guardammo. «È strano», mormorò Joscelin. «Quando sei partito per andare a Tiberium pensavo che fosse un momento duro, ma lasciarti qui è ancora più duro, Imri. Quando sarà passato un anno e un giorno, e avrai un figlio tuo, potresti pensarla in modo ancora diverso.»

«Lo so.» Mi sfuggì un sospiro. «Non ho fatto promesse che io non possa mantenere, e non ho illusioni su ciò che farò. Consegnerai la lettera?»

Joscelin si raddrizzò. «Sì. E cercherò di convincere Sidonie che non hai smarrito il senno.» Esitò. «Imri, di tutte le donne al mondo, perché proprio lei?»

Ci pensai un poco. «Sai, un giorno Eamonn mi ha detto che Brigitta aveva fatto di lui un uomo migliore. E tu, tu mi hai detto di aver cominciato ad amare Phèdre mentre eravate schiavi in Skaldia, quando il suo coraggio ti ha fatto provare vergogna.»

Joscelin annuì. «Capisco.»

«No, non capisci.» Piegai la bocca in un sorriso aspro. «Questo lo sento continuamente, Joscelin. Lo sento per Dorelei, per Phèdre... per *te*, per Eamonn, per Drustan, per Grainne... Che Elua abbia pietà di me, ho trascorso buona parte della vita con persone che mi facevano desiderare di essere migliore. E, quando c'è qualcuno che non me lo fa pensare, di solito è uno che vorrei ammazzare, come Barquiel de L'Envers. Con Sidonie, invece...» Scrollai le spalle. «Con lei non è così. Con lei mi sento me stesso, e in pace con ciò che sono. Questa è una cosa che mi piace. E credo che lei provi lo stesso. Non so perché, sul serio, non lo so. So soltanto che è così.»

Lui mi guardò per un lungo momento. «Credo di cominciare a capire.»

«Bene. Forse un giorno potrai spiegarmelo.»

Così anche quel discorso fu chiuso, e restai con l'impressione di essere sia soddisfatto sia in colpa. Il plico delle lettere fu chiuso in un baule. Phèdre e Joscelin sarebbero partiti portandosi via questa e altre cose - soltanto Elua sapeva quali - per andare chissà dove, lontano da Alba.

E io sarei rimasto.

L'ultima sera la trascorremmo assieme, nella fortezza di Bryn Gorrydum. Dopo la partenza degli ultimi chiassosi capiclan sembrava un luogo più tranquillo, più vivibile. Era un edificio che avrebbe avuto bisogno di maggiore presenza femminile. E notai che Drustan era molto più sereno e rilassato quando intorno a lui c'erano le numerose donne della sua famiglia. Non avevo mai dato gran peso al giuramento di fedeltà matrimoniale del *cruarch* di Alba. Per otto o nove mesi all'anno, a seconda dei capricci del tempo, lui e Ysandre vivevano separati. Ma se lui si prendeva delle amanti agiva con molta discrezione, perché non vidi né sentii mai nulla che lo facesse sospettare. In Alba, comunque, non gli si conosceva nessuna concubina.

Lo stesso si poteva dire per Ysandre.

Era una scelta cui si erano adattati entrambi. Una vita di abnegazione per cementare l'alleanza tra due terre, lontani da ogni maldicenza che la ponesse a rischio.

Mi chiesi se ne valeva il prezzo.

Il mattino successivo ci salutammo, nel cortile della fortezza. E che fosse perché a restare in Alba ero io, o perché l'incantesimo bloccava i miei sentimenti, la separazione mi riuscì più facile di quand'ero partito per Tiberium.

«Ma guardati», mormorò Phèdre, sistemandomi meglio il *torque* intorno al collo. «Un vero principe albano.»

«Ci sto provando», dissi.

«Lo so, mio caro.» Nei suoi occhi c'erano lacrime tenute a freno. «Abbi cura di te. E della tua famiglia.»

«Farò del mio meglio», promisi.

«Tienti in allenamento», mi raccomandò Joscelin. «E cerca di non farti ammazzare.»

«Non ne ho intenzione.»

Accompagnati dai soldati angeline che ci avevano scortato in tutto il viaggio, Phèdre e Joscelin si avviarono al porto, dove l'ammiraglia del *cruarch* attendeva di salpare per Terre D'Ange. Mentre li guardavo uscire a cavallo provai, soltanto allora, un senso di vuoto e d'abbandono.

«Stai bene, Imri?» Accanto a me, Dorelei fece scivolare una mano nella mia.

«Sì.» Trassi un profondo respiro e le sorrisi. «Non mi avevi mai chiamato col mio diminutivo.»

«Scusami. Sto imparando da Alais.» Anche lei mi sorrise. «Non lo farò, se non ti piace.»

Le strinsi la mano. «Mi piace.»

Subito dopo completammo i preparativi della nostra partenza. Non eravamo un gruppo numeroso, ma c'erano tutti i regali di nozze da caricare sui carri e occorse un po' di tempo. Infine fummo pronti per dire addio a Drustan e a Talorcan. Non ci aspettava un gran viaggio, poiché Clunderry era appena a tre giorni di cavallo da Bryn Gorrydum.

A mezzogiorno eravamo in strada. Ancora in movimento, e per una nuova destinazione. Alba era una bella terra, ma cominciavo a essere stanco delle sue colline disabitate, e stanco di essere ospite nella dimora di qualcun altro. Sarebbe stato un sollievo abitare in un posto fisso e chiamarlo casa.

Nei primi due giorni seguimmo una delle antiche strade tiberiane, e al terzo deviammo a nord su una pista in terra battuta. Nel cavalcare Dorelei descriveva Clunderry ad Alais e a me. Aveva abitato lì fin da bambina, e nel parlarne s'illuminava in viso.

Il castello e le terre erano appartenuti per molti anni a lady Breidaia, ed era stata lei stessa a volere che tutto fosse ceduto in proprietà a Dorelei e a me. Breidaia non aveva mai avuto molte ambizioni, e si era limitata ad amministrare Clunderry fin dalla morte di suo marito. Da tempo non vedeva l'ora di lasciare quel fardello e assumere un ruolo onorario senza troppe responsabilità, a parte quella di curare i suoi giardini e occuparsi dell'educazione dei molti nipoti che si augurava di avere da noi.

A me stava bene, poiché questo aveva reso felice Dorelei.

Arrivammo il mattino del quarto giorno. Tutto era come Dorelei lo aveva descritto. Un modesto corso d'acqua, il Brithyll, serpeggiava tra i campi fino ad allargarsi in un laghetto cinto da canneti. Il castello di Clunderry sorgeva su una piccola altura poco distante, tozzo e robusto, più accogliente di quanto ci si poteva aspettare da una fortezza. Molte piccole case e altre costruzioni dal tetto di paglia costellavano il territorio, e più a monte sorgeva un mulino a vento, le cui pale giravano pigramente.

Sui campi, a oriente e a meridione, stavano maturando i raccolti, per lo più grano, orzo e avena, e c'era un piccolo frutteto. Sulle colline settentrionali si allungavano le basse recinzioni di pietra tipiche di Alba, che delimitavano i pascoli dei bovini e degli ovini.

Più oltre, a occidente, era tutta terra *taisgaidh*, selvatica e boscosa. C'erano leggi complicate che regolavano la caccia e i diritti di pascolo sul nostro territorio, e Dorelei e io eravamo tenuti ad amministrarle nel giusto modo.

Al limitare del bosco sorgeva la casetta di pietra dove avrebbe preso alloggio la *ollamh* Firdha, che aveva l'incarico di continuare a istruire Alais. Anche i diritti e i doveri degli *ollamh* erano stabiliti da leggi complesse.

Sapevo che da qualche parte in quelle verdi foreste c'erano altri posti sacri. Il boschetto di querce dove Dorelei aveva dormito sotto la tutela di un *ollamh*, quando imparava a interpretare i suoi sogni veridici. Il circolo di pietre dove, a sentir lei, si diceva che i *Maghuinn Dhonn* un tempo celebrassero sacrifici di sangue per ottenere in cambio la magia nera. Anche quelle rovine ricadevano sotto la nostra protezione. A noi spettava la responsabilità di far applicare le antiche leggi, e far sì che i sacri posti non fossero profanati.

Fermammo i cavalli su un'altura da cui si poteva osservare il panorama di Clunderry.

« È così bello! » esclamò Alais, con un fervore che fece sorridere Urist. « Sento già di amarlo! »

Dorelei mi guardò. « Tu che ne pensi? »

« Penso che siamo a casa », dissi.

29

La gente di Clunderry ci accolse con reazioni che andavano dalla gioia alla diffidente cautela.

Quest'ultimo sentimento, devo ammetterlo, era riservato a me. Le fattezze cruithne e la pelle olivastra che in Terre D'Ange segnavano Alais come un'estranea qui la mettevano a suo agio, e la sua esuberanza era contagiosa.

Ma la gioia della gente era dovuta soprattutto al ritorno di Dorelei, che riscuoteva l'affetto di tutta la tenuta. La sua amica Keris - sorella di Kinadius - la aspettava sul portone del castello, e attraversò il cortile di corsa per gettarle le braccia al collo. «Oh, quanto mi sei mancata!» esclamò, emozionata. Poi si voltò dalla mia parte e sbatté le palpebre. «Questo è *lui*?»

Dorelei annuì. «Imriel, questa è la mia amica Keris.»

Io ero smontato e tenevo il Bastardo per le redini, non volendo affidarlo a un garzone di scuderia senza avvertirlo. «Lieto di conoscervi, mia signora.»

Le mani di Keris corsero involontariamente a coprire la bocca. «Oh!» S'inchinò, confusa. «Oh!»

«Non preoccuparti», la placò Dorelei con un sorrisetto. «Ti abituerai a lui.»

Aveva ragione, ma ci sarebbe voluto del tempo.

Durante la nostra prima settimana di permanenza a Clunderry fui spesso vicino a desiderare un tatuaggio da guerriero, se non altro per non attirare troppo l'attenzione altrui. Non era la prima volta in cui la mia faccia angeline faceva di me un diverso in una terra straniera, ma di certo questo era peggiorato dal fatto che mi trovavo in una posizione d'autorità su quegli estranei.

E sfortunatamente non era solo il mio aspetto a isolarmi. Terre D'Ange manteneva una presenza nei porti della costa orientale, ma pochi miei compatrioti si erano avventurati nelle zone interne. Come risultato, gli abitanti di Clunderry conoscevano gli angeline solo per la loro discutibile reputazione all'estero. Mi scrutavano con cautela, in attesa che mostrassi qualche perverso segno della famigerata licenziosità angeline, chiedendosi cosa aspettassi a dare il via a una campagna di seduzione verso le ragazze - e anche i ragazzi - più attraenti della zona.

Ironicamente, questo mi ricordava la diffidenza con cui avevo reagito io quando i miei cugini Shahrizai erano venuti a trascorrere un'estate a Montrève, portandosi dietro tutto il loro pericoloso fascino kushelino. Ero rimasto in sospeso, tra la paura e la speranza di sorprendere Mavros in qualche attività scandalosa.

E così, come i miei cugini, mi feci un obbligo di comportarmi sempre in modo impeccabile. Non che questo fosse difficile; avevo fatto a Dorelei un giuramento di fedeltà che intendevo mantenere, e tutti i miei desideri più oscuri erano muti dietro l'insuperabile scudo di un incantesimo. Ma anche questo costruiva una barriera tra me e la gente comune. La storia della maledizione dei Maghuin Dhonn era circolata; tutti guardavano i miei braccialetti di cordone rosso, la pietra canterina che portavo al collo, e mormoravano. Anche il mio allenamento mattutino alla disciplina cassiliana, cui non avrei comunque rinunciato, mi procurava occhiate e commenti poco comprensivi.

Ma pian piano le cose presero a cambiare.

Probabilmente questo processo fu facilitato dalla presenza di Alais. Per ordine di Urist, Kinadius e altri giovani cruithne erano stati assegnati alla protezione di mia cugina. Lei studiava parecchie ore al giorno con la *ollamh* Firdha, che le insegnava il significato dei sogni veridici e altre cose più terrene come la conoscenza delle erbe. Nei momenti liberi Alais esplorava con interesse il castello e i dintorni, accompagnata dalla scorta e dalla sua lupa grigia, e ovunque andasse la gente la accoglieva con simpatia. Così, mentre facevano l'abitudine alla figlia mezzosangue del *cruarch*, cominciarono ad accettare il pensiero che il futuro erede di Clunderry sarebbe stato un mezzosangue anch'egli.

Questo, poco per volta, mi aiutò.

Anche lady Breidaia diede un contributo. Dorelei era molto vicina a sua madre, e non dubitavo che le confidasse tutto di noi. Le vedevo spesso parlare tra loro sottovoce nel salone. Talvolta notavo un'ombra di tristezza negli occhi scuri della donna, e il pensiero che non amavo sua figlia come meritava mi faceva sentire in colpa. Ma Breidaia era un'anima saggia e affettuosa; poteva vedere che stavo facendo del mio meglio, e mi rispettava per questo.

Ripensando a Montrève e a come i vecchi proprietari terrieri siovalesi usavano lavorare fianco a fianco coi loro fattori, decisi di dedicare un po' di tempo alle varie attività della tenuta.

Una delle prime cose che feci fu di consultare Urist sulle misure di sicurezza da lui prese. Clunderry comprendeva un territorio considerevole, circa tremila ettari, ed era impossibile mantenere una sorveglianza completa dei suoi confini. Ma trascorremmo un paio di giorni cavalcando in lungo e in largo per la tenuta sui sentieri aperti dalle pattuglie, e lui m'indicò i posti più adatti alle sentinelle. Con una certa sorpresa venni a sapere che considerava la tenuta di Briclaedh, a settentrione, una delle minacce più pericolose.

« E per quanto riguarda gli... mmm, gli Antichi? » domandai, esitante.

Urist mi guardò con la coda dell'occhio. « Se quelli vengono, principe, passano sulle vie *taisgaidh*. Mettere delle sentinelle nella foresta è un problema. Possiamo sorvegliarne i confini, ma per quanto riguarda le sue profondità conviene sfruttare i raccoglitori abusivi e i cacciatori di frodo. Ho fatto circolare la voce che per chi segnala cose strane viste nei boschi c'è un premio, e... » – tossicchiò, imbarazzato – « l'eventuale perdono per le sue infrazioni. »

« Molto bene. Una saggia misura. Ma perché Briclaedh è una minaccia? »

Urist sogghignò. « Ah, be'... domandatelo alla vostra signora moglie. »

I miei giri per Clunderry assieme a Urist, il pomeriggio o la sera, avevano un ritmo tranquillo. Per discutere delle cose importanti, come il menu del giorno o la necessità di riparare il tetto di una stalla, Dorelei e io ci consultavamo col siniscalco del castello. Il siniscalco era un tipo quieto e competente di nome Murghan, che ai suoi tempi aveva perduto il braccio destro in battaglia. Nessuno aveva dimenticato che era stato un formidabile guerriero, e veniva ammirato, più che compatito. Era inoltre noto che aveva scaldato il letto di lady Breidaia per molti anni, dopo la morte del marito, ma lui non si dava importanza per questo, e io lo apprezzai.

Il pomeriggio, tre volte alla settimana, veniva a farci rapporto il sovrintendente di Clunderry. Il suo compito, per il quale prendeva una paga annuale, consisteva nel supervisionare i lavori quotidiani della tenuta e dirimere le controversie minori. A ogni riunione ci riferiva un lungo elenco dei progressi e dei problemi di Clunderry. Si chiamava Trevedic, ed era un giovane attivo e sveglio. Aveva imparato il lavoro dal padre, e ci teneva molto a farsi un buon nome. Noi esaminavamo le sue decisioni, e davamo udienza alle persone dei cui casi era necessario che ci occupassimo personalmente.

Svolte queste incombenze, il resto del nostro tempo apparteneva soltanto a noi. Mentre mi occupavo del funzionamento della tenuta, Dorelei trascorreva buona parte della giornata nel ben illuminato salone che avevo visto nello specchio marino di Hyacinthe, dove le donne della casa sedevano a filare e cucire, conversando. Il bambino nel suo grembo la rendeva sensibile alla stanchezza e alla nausea, anche se le donne più anziane ci assicuravano, ridendo, che era normale.

La sera ci riunivamo nel salone del pianterreno, per la cena. L'atmosfera era tranquilla, amichevole, e spesso con noi cenavano alcuni dipendenti del castello: il siniscalco Murghan; Kinada, che fungeva da dama di compagnia per lady Breidaia, e i due figli di lei, Keris e Kinadius.

Dopo un giro d'ispezione nella tenuta, quando rientrai per la cena e ci sedemmo a tavola, mi rivolsi a Dorelei. «Se non ricordo male, alle nostre nozze era presente anche Leodan mab Nonna, di Briclaedh, che ci ha regalato una saliera d'argento. Allora mi chiedo: perché mai Urist deve mettere posti di guardia sul nostro confine settentrionale?»

Lady Breidaia alzò gli occhi al cielo. Kinadius fece l'occhiolino a Dorelei, che rispose: «Ecco... quell'uomo è venuto a chiedere la mia mano, prima che annunciassimo il mio fidanzamento con te. Ho rifiutato, su richiesta del *cruarch*».

«E poi?» le domandai.

A rispondere fu Kinadius, in tono allegro. «Oh, be', adesso è quasi un obbligo d'onore che lui faccia qualche razzia. Ha obbedito alla volontà del *cruarch* e mostrato la sua buona fede. Ma ora deve mettere alla prova il vostro coraggio, e molto probabilmente lo farà prima che venga il freddo.» Si batté un dito sulla fronte. «Potrebbe dire di essere stato insultato, perché gli è stato preferito uno che non è un vero guerriero.»

Risi, incredulo. «Per la barba di Elua! Stai scherzando?»

«Temo che non sia uno scherzo», intervenne con calma Breidaia. «In tempo di pace, è con queste razzie che i giovani si guadagnano il tatuaggio di guerriero.»

«E che i capiclan incrementano le loro mandrie», aggiunse Kinadius.

«Rubando bestiame, di cui non hanno bisogno, dalle tenute dei loro pacifici vicini?» domandai.

«Be', sì», disse lui.

«È una cosa stupida», osservò Alais.

Kinadius la guardò sogghignando. «Voi potete pensarla così. Siete una fanciulla.»

Alais gli rivolse una smorfia.

Spinsi via un distratto ricordo di Sidonie scivolato fuori dal mio scudo protettivo, e mi grattai i polsi. Ero stanco di essere legato da costrizioni di ogni genere e impossibilitato ad agire. «Ma ho diritto al mio primo tatuaggio di guerriero, Kinadius, l'hai detto tu stesso. Ho deciso di non riceverlo solo perché non è un'usanza angeline.»

Mi guardò. «*Aye.* E anche perché non volete segnare la vostra bella faccia. È così?»

«Comunque, se Leodan mab Nonna dichiara che non sono un vero guerriero, mi dà del bugiardo. E questo è un insulto, no?»

«Cosa stai meditando?» volle sapere Dorelei, insospettita.

Mi strinsi nelle spalle. «Se lo accusassi di avermi insultato, e fossi il primo a fare una razzia nella sua terra?»

Intorno al tavolo ci fu silenzio, poi Kinadius batté le mani, emozionato.

Dorelei sorrise. «Direi che stai cominciando a parlare come

un principe di Alba», rispose, con una nota di orgoglio nella voce.

Si trattava di un'impresa inutile, una manifestazione delle solite follie umane, ancor più irritante perché qui emergevano la violenza e la stupidità dell'orgoglio maschile. E in un sol colpo mi conquistò il cuore della gente di Clunderry, più di quanto avessero fatto mesi di comportamento sobrio, duro lavoro e cortesia.

Il giorno dopo Urist, il maturo e riflessivo Urist, approvò l'idea. Mi sorprese un poco.

«Ah, e come no!» si compiacque il militare cruithne, battendomi su una spalla un dito duro come un pezzo di legno. «Pensavate che io non fossi un vero cruithne, ragazzo mio? Pensavate che i miei uomini e io non preferissimo servire un signore di cui si può essere fieri?»

«No, certo che no», dissi, prudentemente.

Mi scrutò insospettito. «Che c'è? Avete paura? State pensando che sia meglio andarci cauto?»

Corrugai la fronte. «Paura, no. Andarci cauto, sì.»

Eravamo seduti nella sua stanza alla guarnigione, una cella larga appena per un letto, un cestone per gli indumenti e un paio di sedie. Urist si appoggiò le mani sulle cosce, fissandomi dritto negli occhi. «Ascoltate, ragazzo mio, ho idea che voi siate contrario a farvi dei nemici. Ma queste sono scaramucce amichevoli, niente di più. Non andrete a rischio d'innescare una faida di sangue, con una razzia di bestiame. Far vedere che avete sangue nelle vene, prima che quelli osino mettervi alla prova, è l'idea migliore che abbiate avuto da quando siete sbarcato su Alba.»

«E se quelli di Briclaedh si vendicheranno?» domandai.

Scrollò le spalle. «Possono farlo. Se ci proveranno sarà per riprendersi le bestie, niente di più, e giudicheranno chiusa la faccenda. Voi ne uscirete sempre con un guadagno. Capite?»

«Suppongo di sì», ammisi, riluttante.

Urist mi mise una mano sul ginocchio e strinse forte. «Bravo ragazzo!»

Così, la mia prima vera iniziativa come principe di Alba – ruolo che avevo accettato per promuovere la pace e la prosperità – fu un furto di bestiame ai danni dei miei vicini.

Una volta presa la decisione dovemmo fare subito il piano della razzia, prima che la notizia filtrasse a Briclaedh. Avremmo agito entro un paio di giorni. Urist mise assieme una squadra di trenta uomini, un misto di veterani e di ragazzi inesperti. Poi m'informò che se volevo essere rispettato dovevo condurli io stesso, e in battaglia essere il primo ad attaccare e l'ultimo a ritirarsi.

Cercai d'immaginare come avrei potuto spiegare un'azione del genere alla gente di casa mia, e decisi che sarebbe stato meglio non provarci neppure. C'era una buona ragione, mi dissi, se Drustan aveva minimizzato gli inconvenienti della vita in Alba. Non l'aveva fatto perché fossero pericolosi, ma perché erano situazioni inimmaginabili per la mentalità angeline. Terre D'Ange aveva conosciuto periodi di lotte intestine, tuttavia erano violenze nate dall'ingiustizia, o dalle ambizioni di potere, o dalla vendetta, o dall'onore.

Qui, invece, si trattava di semplici questioni di... sport.

Ne parlai con Alais, consapevole che era l'unica persona in grado di capire. Lei ascoltò gravemente le mie preoccupazioni. «È stupido. Qualsiasi *fanciulla* potrebbe dirtelo», disse infine.

«Pensi che dovrei mettere fine a queste cose?» domandai.

«Non credo che tu possa farlo, Imri. Questa non è Terre D'Ange.»

Sospirai. «Suppongo che tu non abbia avuto sogni veridici di qualche aiuto.»

Corrugò le sopracciglia. «No. Ma sto cominciando a capirli meglio. O almeno, li capirei se li avessi. Ma non ne ho più.»

«Per colpa mia?»

Alais annuì. «Firdha dice che ti sono troppo vicina. Che lo siamo tutti.» Indicò i miei polsi. «Finché tu sarai legato così... è come se in casa fosse acceso il fuoco, ma una grossa pietra ostruisse la canna fumaria. Tutto quello che vediamo è il fumo.»

«Mi dispiace, cara. Mi toglierei questi amuleti, se ne avessi il coraggio.»

Rabbrividì. «Non farlo.»

Non lo feci. Anzi, chiesi a Firdha di controllare se fossero ancora efficienti. Benché i cordoncini rossi cominciassero a sfilacciarsi, reggevano bene. Lei ammise di malavoglia che Aodhan aveva fatto un buon lavoro, al punto che non se la sentiva di metterci le mani sopra, almeno finché continuava a funzionare.

Tutto era ormai pronto. La notte prima dell'incursione, quando ci fummo ritirati nella nostra camera da letto, Dorelei volle farmi un regalo. «Chiudi gli occhi e apri le mani.»

Obbedii, perplesso, e sentii che m'infilava qualcosa di pesante prima a un polso e poi all'altro, attenta a non danneggiare i miei cordoni. Intorno ai miei avambracci si chiuse la familiare pressione di due lunghi bracciali protettivi, dalla morbida imbottitura interna. Le sue abili dita chiusero le fibbie.

«Ora puoi guardare.»

Aprii gli occhi. I bracciali riflettevano la luce della lampada. Le piastre d'acciaio erano fissate con ribattini a uno strato interno di cuoio martellato. Sopra l'acciaio c'era un rivestimento d'argento, con incisa l'immagine del Cinghiale Nero, il Cullach Gorrym, peloso e fiero, in tipico stile cruithne.

Passai le dita sulla superficie liscia, seguendo la curva delle zanne. Era un bellissimo lavoro d'arte, troppo bello per scontrarsi col taglio di una lama.

«Ti piacciono?» domandò timidamente lei.

«Sono meravigliosi.» Lo pensavo davvero.

«Ho chiesto che li finissero prima del previsto.» Dorelei mi prese la mano destra e la girò, baciandomi le nocche delle dita. «Forse serviranno a proteggerti.»

Le presi il viso tra le mani. «Grazie.»

Fece il suo sorriso con le fossette. «Oh, be', ti guardavo, quando ti allenavi con Joscelin. Lui mi ha detto che non avevi mai avuto due bracciali tuoi. Davvero tuoi.»

Scossi il capo. «Infatti. A Lucca ne ho trovato un paio, vecchio e rugginoso. Mi hanno salvato la vita. Ma non ho mai...» Ci pensai un momento. «Non lo so. Forse mi sarei sentito presuntuoso. Dopotutto, non sono un cassiliano.»

«A me questo non importa.» Dorelei si alzò in punta di piedi e mi baciò. Poi mi prese una mano e se la posò sull'addome. «Voglio solo che tu torni a casa, solo questo.»

Le restituii il bacio. «Tornerò.»

Quella notte ebbi modo di capire meglio perché gli uomini si fanno guerra per cause sciocche o folli. Benché le donne abbiano una saggezza più profonda, prima di lasciar andare i loro uomini in battaglia sono più tenere e ardenti che mai. Facendo l'amore con lo spettro della morte che incombeva così su di noi, Dorelei e io conoscemmo un piacere mai provato.

E il mattino dopo partii per la razzia di bestiame.

30

Distesi sulla pancia tra l'erba alta guardammo giù nella valle. I raggi del sole al tramonto scaldavano le grigie pietre del castello di Briclaedh. Non aveva le dimensioni di Clunderry, ma intorno a esso si stendevano pascoli più ricchi.

«Leodan di Briclaedh deve avere almeno duecento capi di bestiame», disse Kinadius, con ammirazione. «Quanti cercheremo di portarne via?»

Urist guardò me, con occhi inespressivi come pietre.

«Venti. Comunque, non meno di dieci», decisi.

Urist grugnì la sua approvazione.

Quella, pensai, era una delle avventure più sconsiderate in cui mi fossi imbarcato, e ciò significava che avevo imparato ben poco dagli errori della mia vita. C'erano modi molto più semplici di procurarsi qualche mucca da latte. L'ardore che Dorelei mi aveva messo in corpo l'avevo perso per strada assai prima d'arrivare lì, e adesso ero stanco e sudato, coi capelli pieni di detriti vegetali.

Ma il comando di quella faccenda l'avevo io, così strinsi le palpebre ed esaminai il territorio. La cosa sarebbe stata più facile in autunno, quando il bestiame veniva tenuto più vicino alle stalle e ai fienili. In quella stagione era invece sparso ovunque sui fianchi delle alture. «Quanti uomini di Leodan pensi che potranno accorrere?» domandai a Urist.

Lui scrollò le spalle. «Così, senza preavviso? Una dozzina.»

Scrutai le torri della fortezza. «Le sentinelle sono tutte in servizio?»

«Naturalmente.» Urist scoprì i denti. «Ma stanotte non sarà luna piena.»

Mi ombreggiai gli occhi e guardai verso sud. «Bene. Allora, un paio di uomini ai due cancelli più vicini. Uno per aprire e chiudere, l'altro per guardargli le spalle. Una dozzina per scegliere le bestie e portarle via. Non ho intenzione di accontentarmi delle prime che capitano, voglio vacche giovani e sane.»

«Questo ci lascia...» Urist contò sulle dita. «Solo quattordici uomini per combattere.»

«Paura?»

«No», grugnì testardamente lui.

«Bene.» Gli diedi una pacca sulle spalle. «Raggruppiamoci più indietro, e aspettiamo il buio.»

Come Clunderry, anche la tenuta di Briclaedh si trovava su uno dei percorsi *taisgaidh*. Quel pomeriggio ci accampammo in una piccola radura. Avevamo impiegato una dannata quantità di tempo per arrivare lì inosservati attraverso la boscaglia, ma con la guida di Urist eravamo riusciti a mantenere la direzione. Il sottobosco era fitto, immerso in un'ombra opprimente che innervosiva i cavalli, e niente faceva pensare che ci avessero visti. A differenza della gente di Clunderry, sembrava che gli abitanti di Briclaedh non amassero avventurarsi nelle vicinanze dei posti sacri, o forse il comandante di quella guarnigione non aveva promesso un premio ai bracconieri che venivano a fargli rapporto, come Urist.

Diedi le ultime istruzioni agli uomini. Nessuno discusse; si limitarono ad annuire, e quelli assegnati alla scelta del bestiame cominciarono a tagliare lunghi rami cui furono lasciate le fronde solo sulla cima.

Sotto quei grandi alberi fronzuti il crepuscolo venne con molto anticipo. Noi avevamo legato i cavalli in fila, al limitare della boscaglia, e con le orecchie tese a ogni rumore aspettammo lì che le ombre si allungassero sulla valle.

Sarebbe stata una notte serena. Sulle colline orientali, la falce di luna diventò più luminosa quando il cielo si scurì, ed emersero sciami di stelle. Piccoli rettangoli di luce gialla apparvero sui muri del castello di Briclaedh e delle case circostanti. Sulle morbide curve delle alture i bovini si accovacciarono a sonnecchiare, visibili come massi neri sulle chiare distese dei pascoli.

«Pronti?» domandai a bassa voce.

Ci furono mormorii d'assenso.

«Allora andiamo.»

Usciti dall'ombra del bosco, scendemmo nella valle tenendo i cavalli al passo. Lungo il tratto di *taisgaidh* che attraversava Briclaedh non c'erano recinzioni, e speravo che la distanza dal castello impedisse alle sentinelle di vederci mentre ne uscivamo per passare sui pascoli.

Ci andò bene. Poco più avanti mandai due coppie di uomini verso sud, in cerca di due cancelli delle recinzioni tra i meno visibili nel buio. Il resto del nostro gruppo attese, tenendo fermi i cavalli per non innervosire i capi di bestiame più vicini, che avevano alzato la testa e ci guardavano senza nessuna curiosità. Controllai le redini del Bastardo per assicurarmi che fossero annodate, un trucco che mi aveva insegnato Urist.

In distanza una torcia si accese; poi un'altra, più lontana.

Gli uomini assegnati ai cancelli erano sul posto.

Feci un cenno a quelli incaricati di radunare il bestiame. « Andate. »

Non c'è un modo silenzioso e furtivo di rubare dei bovini. Gli uomini corsi dentro i recinti dei pascoli cominciarono a gridare e fischiare, roteando i lunghi rami fronzuti. Le mucche muggirono e si alzarono sulle quattro zampe nel loro modo goffo, prima coi quarti posteriori. Gli uomini corsero qua e là per inseguirle, riunirono quanti più capi poterono e presero a spingerli verso i cancelli aperti. Ma quella fase dell'operazione fu trasformata in un caos dalle bestie che cercavano di scappare a destra e a sinistra, e richiese più tempo di quanto avessi previsto.

« Divertente, eh? » sogghignò Urist.

Gli indicai il castello. « Stanno arrivando. »

Molte figure scure uscivano rapidamente verso i campi. Urist aveva sbagliato i calcoli. Quelli a cavallo erano una dozzina, che per far prima stavano montando a pelo; ma dietro di loro ne sopraggiungevano a piedi altri trenta o quaranta, una fiumana di uomini che agitavano coltellacci e picche. Il mio cuore cominciò a battere come un tamburo. « Fermate i cavalieri! » gridai. « Fermate i cavalieri, e andate ai cancelli! »

Poi ci furono addosso, e cominciammo a combattere.

Bastarono pochi momenti perché la mischia fosse un caos completo. Gli uomini di Briclaedh lanciavano grida di guerra del più diverso genere, e quelli di Clunderry facevano lo stesso.

Le facce tatuate cruithne erano tutte uguali, col risultato che non riuscivo a distinguere gli amici dai nemici. Ma compresi subito che quello non era un problema: la mia faccia era molto più distinguibile delle loro, e di conseguenza chi mi veniva addosso agitando un'arma era senza dubbio un nemico.

« Angeline! » D'un tratto, Leodan mab Nonna mi comparve davanti, a cavallo. Lo riconobbi dalle folte sopracciglia che s'incontravano sopra il naso. Le nostre spade s'incrociarono. « Cosa diavolo stai facendo? »

« Tu mi hai offeso. Secondo te non sono un guerriero, eh? » ringhiai.

Alla debole luce delle stelle lo vidi sorridere ferocemente. « Allora dimostralo! »

Con la coda dell'occhio vidi arrivare un'ombra dalla parte opposta. Un po' per prontezza di riflessi e allenamento, e un po' per pura fortuna, alzai il braccio sinistro appena in tempo per fermare un fendente che avrebbe potuto staccarmi la testa.

« Non uccidetelo! » gridò Leodan, contrariato. « In ostaggio, in ostaggio! »

Affondai i talloni nei fianchi del Bastardo e mi disimpegnai. Poco più avanti, tra gente che agitava le armi, riuscii a colpire un avversario che mi aggrediva con una lancia. Una risata, che riconobbi per quella di Urist, mi fece voltare. I suoi uomini erano riusciti a ferire e buttare giù da cavallo almeno metà di quelli di Leodan, ma ora stavano fuggendo inseguiti dai rimanenti, perché i nemici erano in troppi e avrebbero potuto circondarci. Tra i fuggiaschi c'era anche Urist. Mi dissi che quella risata dovevo essermela immaginata. Quando i primi avversari appiedati giunsero sul luogo dello scontro, ero ancora lì, lasciato indietro e abbandonato dai miei. L'obbligo di essere l'ultimo a fuggire mi aveva giocato un brutto scherzo.

Leodan mab Nonna agitò un pugno, trionfante. « Prendetelo! »

Ancora una volta spronai il Bastardo nel tentativo di sfondare quella barriera di corpi umani, sudando e imprecando. Erano troppi, e il fatto che volessero prendermi vivo mi rendeva difficile sferrare colpi mortali. Col piatto della spada ammaccai teste e mani dei cruithne che cercavano di afferrarmi per le gambe o per il braccio sinistro, per trascinarmi giù dal cavallo. Ero circondato da facce tatuate sogghignanti, e benché le mie piattonate fossero dolorose compresi che in quel modo non li avrei scoraggiati.

Il Bastardo nitrì, impennandosi. Tolsi i piedi dalle staffe e lasciai che gli avversari mi afferrassero. Con un balzo atterrai di peso sopra due di loro, schiacciandoli al suolo, e sfruttai la sorpresa per liberarmi delle loro mani e rotolare via. Quando potei rialzarmi, usai la spada per tenere a distanza un semicerchio di uomini a piedi.

« Bel trucco! » commentò Leodan. Poi puntò la spada di lato. « Il cavallo, voialtri, il cavallo! Voglio quel cavallo maculato! »

Tutti si voltarono da quella parte, e anch'io. Il Bastardo non mi aveva abbandonato. Con le orecchie appiattite fronteggiava un uomo di Briclaedh che tentava di prenderlo per le briglie, mordendolo alle mani e alle braccia.

« Bravo, ragazzo mio! » gridai.

Senza starci a pensare rinfoderai la spada, diedi le spalle ai miei aggressori e caricai l'individuo che stava tentando di catturare il Bastardo. Lo abbracciai all'altezza della cintura e lo trascinai a terra con un tonfo. Avevo imparato la lotta nel Siovale, e non avevo nessuna intenzione di lasciarmi rubare il cavallo. Rotolammo da una parte e dall'altra sull'erba fangosa del pascolo, cercando di colpirci a calci e testate, finché non venni a trovarmi sopra di lui. Gli sferrai un pugno in faccia e sentii i suoi denti spaccarmi la pelle delle nocche. L'uomo mi guardò stordito, perdendo sangue dalla bocca e dal naso.

La maggior parte dei militi di Leodan rideva e gridava, incitando il compagno a colpirmi. Gli altri stavano dando la caccia al Bastardo e allargavano le braccia, nel tentativo di fargli circolo intorno. Lui li evitava con scarti rabbiosi e spaventati, sbuffando.

Gli angeline possono essere presuntuosi, ma perfino noi ammettiamo che gli tsingani sono i migliori addestratori di cavalli al mondo, e il Bastardo era stato allevato e addestrato dagli tsingani. Nessuno poteva negare che fosse un gran bastardo, ma era il *mio* bastardo.

Balzai, mi ficcai in bocca due dita sporche di melma e fischiai.

Il Bastardo girò le orecchie.

«Oh, all'inferno», borbottò Leodan.

Passando in mezzo ai suoi aspiranti catturatori, il Bastardo partì al galoppo lento verso di me. Rallentò appena quando giunse alla mia altezza, ma fu abbastanza. Afferrai al volo il pomo della sella, correndo al suo fianco per non perdere la presa. Gli uomini di Leodan erano sparsi qua e là, appiedati, e non si aspettavano quella mossa. Balzai in sella e feci deviare il cavallo verso sud, voltandomi a salutare con un sogghigno il signore di Briclaedh. «Grazie per il bestiame!»

Lui ruggì qualcosa che non compresi. Il cruithne più volgare aveva ancora qualche segreto per me.

Affondai i talloni nei fianchi del Bastardo, e la sua andatura accelerò al galoppo veloce.

Uno dei miei uomini aveva lasciato la torcia accesa al cancello più vicino, conficcandone la base tra due pietre. Il cancello era aperto, e lo oltrepassai senza rallentare. Fu solo molto più avanti, all'estremità del pascolo più esterno, che raggiunsi gli altri.

Gli uomini addetti al bestiame si stavano affrettando ansiosamente per far attraversare anche quel cancello alle nostre prede, mentre Urist e i suoi tenevano a bada i pochi cavalieri di Briclaedh che erano riusciti a seguirli fin lì. Stavolta il numero era dalla nostra parte, e preferivano stare alla larga da noi.

Feci rallentare il Bastardo. «Forza, ragazzi. Muoviamoci.»

Qualcuno gridò un saluto, allegramente.

Urist mi accolse con un sogghigno cauto. «Ah, siete qui.»

«Non grazie a te.» Lo guardai, seccato. «Portiamo a casa queste bestie, d'accordo?»

Lui si posò un pugno sulla fronte, poi sul cuore. «*Aye,* mio signore.»

Avrei dovuto arrabbiarmi - *ero* arrabbiato - ma nello stesso tempo capivo. Quella era Alba. Bisognava che dimostrassi chi ero ai miei alleati, proprio come ai miei nemici. Guardando Urist, vidi chi era lui, meglio di quanto l'avessi visto prima. Era un uomo orgoglioso, che voleva servire un signore meritevole della sua ammirazione. Drustan era fatto della stessa pasta. E non era uno sciocco; sapeva che Leodan di Briclaedh non avrebbe osato uccidermi e incorrere nell'ira di Terre D'Ange. Tuttavia non si era lasciato scappare l'occasione di lasciarmi in un guaio umiliante.

Avrei potuto fargliela pagare e guadagnarmi il suo risentimento.

O potevo accettare i fatti e tenermi il suo rispetto.

Scelsi la seconda soluzione.

Dopotutto, avevamo prevalso, e se quella notte nessuno si era meritato un tatuaggio da guerriero, d'altra parte nessuno ci aveva rimesso la pelle. Questo mi parve positivo. Così mandammo via gli uomini di Leodan - furono abbastanza lieti di andarsene, con la scusa della loro inferiorità numerica -, finimmo di far uscire le bestie dal recinto e chiudemmo il cancello.

Urist non pensava che saremmo stati inseguiti, o almeno non quella notte. Eravamo armati e ci spostavamo rapidamente nella luce zodiacale. Se Leodan si riprometteva di vendicarsi, avrebbe aspettato. Ma per precauzione ordinai a Kinadius e a un veterano assennato di nome Timor di restare indietro, per accertarsi che non ci inseguissero. Noi ci affrettammo verso sud, spingendo avanti le nostre riluttanti prede. All'alba avremmo attraversato il confine settentrionale di Clunderry.

Nonostante la follia della faccenda, devo ammetterlo, mi sentivo a posto. Il sangue mi cantava nelle vene, e avevo l'impressione di essere più vivo che nelle ultime settimane. Su richiesta di Kinadius raccontai come mi ero tolto d'impaccio quando Leodan aveva cercato di prendermi in ostaggio, dando tutto il merito al Bastardo. Li perdonai per essere scappati, risi con loro, e poi ascoltai pigramente i loro tentativi d'inventare una poesia per celebrare l'avventura di quella notte.

Mi chiesi cosa ne avrebbe pensato Sidonie.

Con tutta probabilità mi avrebbe accusato di essere un ridicolo attaccabrighe, e non avrei potuto darle torto. Però, mi dissi, lei era una donna. E mi avrebbe accolto a casa col benvenuto che una donna dà a un guerriero. Potei quasi vedere il suo viso, che esprimeva disperazione e voglia di me. Il desiderio avrebbe vinto, naturalmente. Ah, Elua! Sognai di lei mentre i cavalli ci portavano avanti, gli altri al trotto, il mio con un passo sempre più lento. Immaginai di entrare nella sua camera da letto, sporco di fango e sterco di vacca com'ero.

Non ci avremmo fatto caso, né io né lei.

Sidonie avrebbe riso, di quella sua risata eccitante. Mi bastava pensarci per sentire il cuore in gola. Ma l'avrei afferrata con le mie mani sporche, slacciandole il corpetto, tirandole via il vestito dalla testa fino a lasciarla nuda, e allora i suoi occhi si sarebbero intorbiditi di voluttà. Le mie dita le avrebbero lasciato impronte sporche sulle pelle color crema. La sua bocca avrebbe cercato la mia, supplicandomi senza parole, mentre le aprivo le gambe...

« Imriel. »

La voce di Morwen mi svegliò da quel sogno a occhi aperti.

Ero in mezzo ai boschi.

Da solo.

Un rivolo di gelo mi scese lungo la schiena. « Cosa? Cos'è successo? » sussurrai.

Pochi raggi di luna penetravano il fitto fogliame. Intravidi gli occhi chiari di Morwen e la forma della mano che alzò a stringere la borsetta di pelle appesa al collo. « Tu mi hai chiamata. »

« No », rantolai.

« L'hai fatto. » Le sue dita si strinsero, e io sussultai. « Smonta. »

Una forza irresistibile mi costrinse a obbedire. Il Bastardo mi guardò perplesso quando caddi in ginocchio. Morwen si avvicinò, con la gravità di una sacerdotessa. Mi prese la mano sinistra fra le sue, aprì le fibbie del bracciale metallico e lo tolse. « Vedi? »

Il cordoncino rosso cadde a terra. Doveva essersi strappato quando gli uomini di Leodan mi avevano trascinato giù dalla sella.

Chiusi gli occhi. « No. »

« Posso darti ciò che vuoi da me, Imriel. » Morwen si chinò, mostrandomi la borsetta di pelle. Il suo odore femminile, intenso e rancido, mi avvolse. « Tu volevi fare un baratto. Te ne sto offrendo uno. » Con l'altra mano mi toccò il davanti dei calzoni, palpandomi i genitali. « Dammi un figlio. »

Il miscuglio di disgusto e desiderio animalesco che nacque in me fu sconvolgente, e vicino in modo orribile alle perverse fantasie che avevo avuto. Cercai di spingerla via, ma le mie braccia pesavano centinaia di libbre. Non potei neppure alzarle. « Perché? » mormorai.

« Io l'ho vista. La bambina. »

« Una bambina? » Non capivo.

« Nostra figlia. » Le pupille di Morwen, dilatate, erano dischi neri nella pallida nebbia dell'iride. « Ho visto nostra figlia, Imriel. La figlia di due mondi. Figlia di due razze. Lei camminerà sulla strada antica e sulla nuova, per conservare l'equilibrio tra loro. Sarà una maga, una potente maga. » Le sue mani trovarono i lacci dei miei calzoni, mi abbassarono gli indumenti intorno alle ginocchia. Con un ansito mi accarezzò il membro, facendomi fremere. « Forse abbastanza potente da carpire i segreti del Signore dello Stretto! »

Il respiro mi si bloccò un attimo quando lei mi strinse il membro. *Il palpitante scettro dell'amore.*

« Ho fatto un voto », balbettai, angosciato. « Per un anno e un giorno, ho giurato di essere fedele a Dorelei. Per la pietra e il mare e il cielo, e tutte le cose che comprendono. Il più antico giuramento di Alba, il *tuo* giuramento, Morwen! Vuoi che lo infranga? »

Mi guardò. « Nel tuo cuore, sei già uno spergiuro. »

Strinsi i denti. « Non sono d'accordo. »

Morwen mosse la mano sul mio membro, e rise. « Questo dice il contrario. »

Cercai di richiamare i ricordi di Daršanga, ma erano troppo lontani, e quelli di Sidonie troppo vicini. Il desiderio bruciava, primitivo e bestiale. Mi sembrava che il mio corpo appartenesse a qualcun altro. Morwen mi posò una mano sul petto e spinse. Caddi all'indietro, inerme. Uno spasimo di voluttà nei lombi mi fece inarcare la schiena, e affondai le dita nell'humus della foresta. Morwen cominciò a salire sopra di me, tirandosi su la tunica con una mano, l'altra sempre stretta all'involucro del simulacro che mi dominava. « Questo te lo darò, quando avremo finito. Per riavere la tua libertà pagherai un piccolo prezzo. È in gioco il futuro di Alba », disse.

Si chinò sul mio ventre a bocca aperta, e sentii le sue labbra umide chiudersi intorno al mio membro. Ansimai, cercando invano la forza di respingerla. L'odore acre del suo sesso mi riempì le narici. Il peggio era che, pur disgustato e sgomento, io la volevo. La volevo come se la bellezza che avrei potuto trovare nell'amore fosse contenuta in quella maleodorante selvaggia. La volevo come se tutto ciò che vi era di oscuro in me ribollisse per unirsi al suo ventre. La volevo per girarla bocconi e montarla da dietro, come una bestia, spingendole la faccia nel fango della boscaglia.

No.

« Beato Elua, aiutami tu », sussurrai. « Io non consento a questo. Possente Kushiel, ascolta il tuo erede. Questo è blasfemo, e io lo rifiuto. »

Morwen esitò. « Qui, i tuoi dei non ci sono. »

« *Imriel!* »

Era la voce di Kinadius. Nel sottobosco crepitarono detriti vegetali, calpestati da pesanti scarponi. Più lontano un cavallo nitrì: il Bastardo alzò la testa e rispose. Il volto di Morwen si contrasse in un'espressione furiosa che fece torcere i suoi artigli tatuati. La sua mano strinse la borsetta di pelle con tale forza che mi sentii bruciare i testicoli, e non avrei saputo dire se di piacere o di dolore. I miei occhi si empirono di lacrime.

Piangendo scoppiai a ridere. « Loro no, ma i miei uomini sì. »

Morwen smise di tormentare la borsetta e balzò in piedi con allarmante sveltezza. Le sue dita si trasformarono in unghioni curvi. Mi alzai e la guardai in faccia. « Non farlo », dissi, estraendo la spada. « Giuro su Elua che se lo attacchi lo difenderò a morte. E, se pensi di arrivare a lui senza ferirmi, ti sbagli. Hai tanta voglia di essere *tu* la spergiura, Morwen? »

Emise un suono roco di gola. Per un lungo momento ci fissammo. C'era furia nel suo sguardo, ma anche disperazione, o una sorta di disperata follia. Il rumore delle frasche spostate da Kinadius era sempre più vicino.

Morwen fuggì.

Corse via nel profondo della boscaglia, via nel territorio *taisgaidh*. Scomparve nel buio quasi senza nessun rumore al suo passaggio. Sospirai, rinfoderai la spada e mi tirai su i calzoni prima che Kinadius mi vedesse in quello stato. Sentivo ancora la pressione del desiderio sessuale insoddisfatto, pulsioni e contorsioni profonde nella carne del ventre.

« Mio signore! » Il giovane sbucò dai cespugli, inciampando. « Nel nome di Lug, cosa state *facendo*? »

Raccolsi il bracciale che Morwen mi aveva tolto, e gli mostrai il cordone rosso spezzato. « Una strega-orso. »

Spalancò gli occhi. « Dov'è? »

« Fuggita, per ora. Andiamo. Ho bisogno dei servigi della *ollamh*. »

Tornammo al limite della boscaglia, dove Kinadius aveva lasciato il cavallo. Non ricordavo di esserci entrato, ma il Bastardo aveva lasciato delle orme. Era stata una fortuna che Urist avesse notato quasi subito la mia assenza, una fortuna che avesse mandato una dozzina di uomini a cercarmi, una fortuna che Kinadius, rimasto alla retroguardia, avesse notato le tracce.

O forse non si trattava soltanto di fortuna.

A volte gli dei rispondono alle nostre preghiere in modo imprevedibile.

L'uno dopo l'altro recuperammo gli altri cercatori. Kinadius spiegò l'accaduto a ciascuno con una sola parola, appena sussurrata. *Strega-orso*. Sentirla ripetere mi faceva star male.

« Cosa voleva? » domandò infine uno di loro.

M'indicai il ventre. « Ciò che vuole ogni donna. Ma non l'ha avuto. »

Ci fu una pausa sbalordita, poi Urist scoppiò a ridere fragorosamente, e gli altri lo imitarono. Spesso, quando sono nervosi o intimoriti, gli uomini sono portati alla risata. Questo però ci rimise di buonumore. Quando raggiungemmo gli altri, che spingevano avanti i quattordici capi di bestiame rubati a Leodan di Briclaedh, ero finalmente entrato nelle grazie degli uomini di Clunderry. Fu deciso all'unanimità che non si era mai sentito uno scherzo più divertente: il loro signore angeline - un uomo che aveva dimostrato di saper stare lui stesso agli scherzi - aveva un viso così bello da far innamorare perfino una strega-orso.

Sorrisi aspramente e non volli correggere la loro versione dei fatti, anche se mi sarebbe piaciuto che la cosa fosse così semplice.

Benché fossimo di nuovo sul chi vive, il resto del nostro viaggio di ritorno fu privo di nota. Leodan non organizzò nessun inseguimento, e Morwen non tentò altri trucchi. Attraversammo il confine di Clunderry che il cielo si stava schiarendo, e Urist propose una sosta. Gli uomini dormirono a turno, un'ora alla volta, mentre gli altri tenevano d'occhio gli stanchi capi di bestiame.

Non ci provai neppure.

« Mio signore, giuro che veglierò personalmente su di voi », dichiarò con fervore Urist. Avrei scommesso che si sentiva in colpa, e ne aveva motivo. « Non permetterò che vi accada qualcosa. »

« È tutto a posto. Non ho sonno, nient'altro », dissi.

Vero e non vero.

Ero stanco, del tutto sfinito. Ero graffiato e ammaccato, le nocche spaccate mi facevano male, e puzzavo di sterco di vacca. La sgradevole tensione del desiderio sessuale non era scomparsa, e avevo ancora nel naso l'odore selvatico di Morwen.

Ma ero di nuovo me stesso.

E nonostante tutto l'aria che aspiravo nei polmoni era fresca, la mia capacità visiva più chiara e nitida. Libero dalle catene della magia albana, il mio cuore cantava un'armonia pura come quella che Ferghus traeva dalle corde della sua cetra. Come un carcerato cui avessero offerto un inaspettato giorno di libertà, ero deciso a goderne ogni momento. Guardai il sole che sorgeva dalle colline. Guardai l'ombra gettata dai singoli fili di erba. Guardai gli uomini di Clunderry che dormivano nei loro sacchi a pelo. Guardai le vacche, che ruminavano con filosofica indifferenza.

Pensai a Sidonie.

Pensai anche a Dorelei.

E innalzai una preghiera di ringraziamento e di speranza al Beato Elua, ai suoi Compagni, e a tutti i molti dei di Alba.

Speravo che qualcuno mi stesse ascoltando.

31

«*Da tutto ciò che cerca di accecarti, tu sia protetto!*» Firdha schioccò le dita.

Seduto a gambe incrociate sul pavimento di pietra della sua casupola, battei le palpebre. Senza uscire dal circolo di sale tracciato intorno a me, alzai le braccia ed esaminai i miei nuovi cordoni rossi, intorno ai polsi e alle caviglie.

«Come ti senti?» domandò la *ollamh*.

Era strano rendermi conto di quante cose avevo perduto, e di quanto poco ne avessi sentito la perdita, nel momento in cui Aodhan mi aveva messo addosso quegli amuleti. Ero riuscito assai bene a seppellire il mio cuore. Ciò che mi mancava mi era parso lontano e senza importanza.

Stavolta l'esperienza era diversa.

Stavolta avevo cercato di sentire, e avevo sentito, l'allontanarsi di quei sentimenti. Come un varco che si allargava separandomi da me stesso. Come una pietra che bloccasse una canna fumaria, per dirla con le parole di Alais, o un tappeto che separasse i miei piedi scalzi da un pavimento arroventato dal sole. E ancora una volta fui diviso in due, per mia sicurezza e protezione. Gli occhi mi si empirono di lacrime, nate da un dolore che non potevo più provare. «Mi sento bene. Vi ringrazio, Figlia del Bosco.»

Firdha annuì seccamente e cominciò a scopare via il sale con una granata di saggina. «Allora puoi andare.»

Uscii dalla casupola.

Alais aveva assistito al rituale con l'interesse di un'allieva per l'opera della maestra, ma lasciò l'abitazione della *ollamh* assieme a me e sulla stradicciola mi prese per mano. «Mi dispiace, Imri. Stai soffrendo?»

Trovai un debole sorriso. «Ti ringrazio, cara. No, non esattamente.»

« Bene. » Per un momento pensai che mi avrebbe fatto qualche domanda, ma non disse altro.

Quel giorno a Clunderry c'era un'atmosfera allegra, per la razzia di bestiame andata a buon fine. Urist aveva deciso che sarebbe stato meglio non dare pubblicità alla disavventura che mi era accaduta sulla via del ritorno. Avremmo raddoppiato la guardia lungo i bordi del *taisgaidh*, e aumentato la ricompensa per chi vedeva qualcosa d'insolito, ma non c'era molto altro che potessimo fare.

A Dorelei non potevo nascondere nulla, naturalmente.

Dopo il ritorno ero andato subito a casa di Firdha, senza neppure lavarmi. Nessuno l'aveva trovato strano, ma nessuno conosceva come Dorelei il mio modo di fare. Quando rientrai al castello, il suo viso mi disse che avrei fatto meglio a spiegarle tutto. Gliene parlai durante il bagno nella vasca di rame, mentre lei lavava dolcemente i tagli e i lividi di cui ero coperto.

« Mi stavo chiedendo una cosa », mormorò, verso la fine. « L'altra notte ho fatto un sogno. »

« Un sogno veridico? »

Lei fece un sorriso mesto. « No. Ho sognato che era primavera. Il mio addome era gonfio, e sentivo la bambina muoversi. Ero grassa e pigra e felice. Tu continuavi a portarmi del miele, dicendo che avrebbe addolcito il suo carattere. »

Risi. « La *bambina*? »

« Nel sogno ero sicura che sarebbe stata una femmina. Ma non era un sogno veridico. In ogni modo, mi è piaciuto. » Dorelei mi guardò meglio. « Cos'hai tra i capelli? »

« Sterco di vacca. Dorelei, come fai a sapere se un sogno è veridico o no? »

« Chiudi gli occhi. » Mi versò una bacinella d'acqua calda sulla testa, e cominciò a insaponarmi i capelli. « Non si capisce, non sempre. Occorre pratica. In quei sogni c'è un modo in cui presti attenzione alle cose, mentre una voce ti dice: ascolta, guarda. Ma anche così non sempre si ricorda al risveglio, o si capisce cosa si è sognato. »

« Pensi che sia così che fanno i Maghuin Dhonn? » volli sapere.

Le sue mani si fermarono. Infine disse: « No. No, anche se il nostro dono ha la stessa origine. Qualunque cosa facciano, penso che sia qualcosa di più oscuro e pericoloso. Abbassa la testa, Imri».

Feci come mi chiedeva, e altra acqua mi sciacquò i capelli. «Perché lo pensi?»

Dorelei mi guardò, a disagio. «Se ciò che si dice è vero, loro vedono più lontano nello spazio e nel tempo dei brevi sguardi che i sogni consentono a noi. Loro vedono le possibilità, le cose che possono accadere oppure no, e cercano di cambiare il futuro. Non lo so, Imriel. Anche dei semplici sguardi sono difficili da sopportare. Conoscere troppe cose del futuro è pericoloso, può portare una persona alla follia. Nel tuo primo incontro con Morwen, lei ha detto che voleva farti andare via da Alba. Ora, questo suo desiderio di una bambina, una figlia maga...» Un brivido la scosse. «È terribile.»

«Non preoccuparti. Non ho intenzione di darle un'altra possibilità.»

«Lo so.» Mi prese una mano e mi baciò il polso, sotto il cordoncino rosso bagnato. «Ma vorrei che tu non dovessi vivere in questo modo.»

Le accarezzai il viso. «Non è poi così duro, sai.»

Le sue fossette ricomparvero. «Ti senti abbastanza pulito?»

Mi alzai nella vasca, colando acqua. «Abbastanza per cosa?»

Dorelei rise. Non era la risata che aveva capovolto il mio mondo e creato nel mio cuore uno spazio che nessun altro poteva riempire; tuttavia era la *sua* risata, dolce e felice.

E, che Elua mi perdoni, c'era affetto in me.

Forse non si trattava di amore, ma era una cosa vera e buona.

Mi asciugai in fretta e la presi in braccio, sollevandola senza sforzo. «Sarà meglio che ti faccia qualcosa finché ancora posso, oppure no?» la stuzzicai.

«Mmm.» Dorelei mi passò le braccia al collo e mi baciò. «Mi vorrai ancora bene quando sarò grassa e pesante, e troppo pigra per fare certe cose?»

«Vedremo. Dipende da quali cose», promisi, portandola in camera.

«Se saprò compiacerti, mi rimpinzerai di miele?»

«Ruberò il miele a tutte le api di Alba. Sono bravo ad arrampicarmi sugli alberi.»

Da qualche parte ci fu l'eco di un senso di perdita. Alberi, una coscia di Sidonie sopra le mie mentre giacevamo di fianco voltati l'uno verso l'altra, ancora uniti nel coito. I suoi occhi scuri scintillanti di piacere, al termine della più sconvolgente notte d'amore che avessi mai avuto.

Potrei arrampicarmi su di te come su un tronco d'albero.

Non sapevo che ti piacessero i tronchi d'albero.

Il tuo sì.

Spinsi via quel pensiero e depositai Dorelei sul letto. Lei rise, col fiato corto, eccitata e vogliosa. Ci accoppiammo dolcemente, teneramente. Mi sentivo come se stessi cercando di stringere fra le mie braccia tutta Alba, come se provassi a fare l'amore con la terra stessa.

A dispetto di tutte le ombre che incombevano su di noi, e nonostante la sofferenza che intuivo da qualche parte dietro il mio incantesimo protettivo, quella notte segnò l'inizio del nostro periodo migliore a Clunderry, tra i giorni più sereni della mia vita.

Mi ero fatto accettare.

E c'ero riuscito coi miei meriti, ideando quella razzia di bestiame e avventurandomi a condurla, in sfida a ciò che ostacolava la mia volontà e la mia libertà, accettando gli scherzi e il pericolo. Quella sera ci fu festa al castello, e quando Dorelei e io scendemmo tenendoci per mano per prendervi parte le acclamazioni che ci accolsero furono sincere. Gli occhi di lei brillavano, e probabilmente anche i miei. Per la prima volta sentii che di quella terra avevamo fatto la nostra casa.

Dopo la scorreria Urist raddoppiò la guardia sul confine settentrionale, ma non ci fu nessuna reazione immediata. Leodan di Briclaedh decise che le mosse d'attesa avevano il loro valore, e ci mandò un messo sotto la bandiera della tregua per chiedere la restituzione del suo bestiame. Noi offrimmo al messo la nostra più generosa ospitalità, e lo rimandammo indietro con un cortese messaggio di rifiuto.

«È giusto così. Lui non tenterà nulla fin dopo la stagione del raccolto. C'è troppo da fare», commentò Urist, soddisfatto.

E aveva visto giusto. La lunga estate era sul finire. Benché le giornate fossero ancora calde, la notte cominciava a sentirsi un venticello freddo. C'era da raccogliere molto fieno, e ogni giorno i mietitori erano sui campi a far cantare le loro lunghe falci. Il grano veniva riunito in covoni e portato sugli spiazzi lastricati davanti ai granai, dove i ragazzi giovani battevano le spighe. Poi le donne separavano il grano dalla paglia e dai residui, e infine i sacchi colmi di chicchi erano pesati sotto gli occhi attenti del sovrintendente. Ogni fattore ne riceveva la sua quota, mentre la parte del leone spettava a Dorelei e a me.

Erano attività faticose, e in quelle indaffarate settimane io partecipai a tutte. Non cercavo di guadagnarmi il favore dei lavoranti; quella era la tradizione siovalese, e inoltre ero sinceramente interessato a vedere come viveva la gente comune. Il benessere di Clunderry, poco o tanto che fosse, era costruito sulla loro fatica quotidiana. Trevedic, il sovrintendente, rideva nel vedermi girare accigliato intorno al mulino a vento e misurare la larghezza delle pale e la forma degli ingranaggi; ma quel marchingegno continuava a sembrarmi assai poco efficiente. Ed ero certo che ci fossero sistemi migliori per separare il grano dal loglio. Provai anch'io a partecipare alla battitura delle spighe, e mi accorsi che c'era da spaccarsi la schiena.

« Sembri un contadino », mi disse Dorelei una sera vedendomi rientrare a torso nudo, coperto di sudore e di polvere e frammenti di paglia.

« Ti piace? »

Inarcò un sopracciglio. « Non ne sono sicura. »

Cominciai a scrivere lunghe lettere a Joscelin, descrivendogli i lavori agricoli estivi e chiedendo i suoi esperti consigli siovalesi. Mi pentivo di non aver fatto più attenzione il giorno in cui mi aveva portato a vedere l'ipocausto di Tibault de Toulard per la germinazione precoce delle semenze, e di non aver osservato meglio le tecniche messe in atto a Montrève. Ne sapevo qualcosa, ma nella stagione dei raccolti non eravamo mai rimasti alla tenuta, poiché solo al suo termine rientravamo dalla capitale.

I lavori non finivano col raccolto. L'estate lasciò il posto all'autunno. Il bestiame veniva condotto sui campi mietuti per brucare le stoppie, e i tori erano messi alla monta delle vacche. Una volta ben spogliati, i campi venivano di nuovo dissodati con gli erpici per prepararli alla successiva semina primaverile. Poi c'erano i raccolti invernali di orzo e di avena. Le mele erano pronte per essere staccate dai rami, e in buona parte venivano torchiate e trasformate in sidro. Le querce e i faggi lasciavano cadere le loro ghiande, e i maiali erano condotti nei boschi a nutrirsene.

Quella vita mi piaceva, in ogni suo aspetto, e traevo soddisfazione dal duro lavoro. Mi teneva la mente occupata e non mi lasciava tempo per ruminare le preoccupazioni. Per la prima volta da anni - forse da quand'ero bambino e pascolavo le capre al santuario - mi sentivo davvero utile.

E non c'era nessun segno dei Maghuin Dhonn.

Non sarebbe durato, naturalmente. Su questo non mi facevo illusioni. Ma finché durava ero deciso a godermi ogni momento di respiro. Durante il lavoro prestavo attenzione all'integrità dei miei amuleti, consapevole che perderne uno solo avrebbe potuto costarmi caro. E la pietra canterina non lasciava mai il mio collo.

Tra le cose che feci quell'autunno, di due fui particolarmente fiero.

Per la prima, domandai in giro e venni a sapere che nella tenuta di Sionnachan c'era un apicoltore conosciuto per la qualità del suo miele. Mandai un messaggio a Golven di Sionnachan e gli chiesi il permesso di consultarmi con quell'uomo. Forse perché ero sposato alla nipote del *cruarch*, o forse perché avevo accompagnato la richiesta con un dono - una bella cintura da spadaccino con la fibbia dorata, di fattura angeline - lord Golven mandò il suo apicoltore direttamente da noi.

Mastro Milcis, questo il suo nome, era un'anima gentile con una zazzera di capelli bianchi e luminosi occhi neri. Mi fu subito simpatico. Quando gli spiegai perché desideravo tenere api a Clunderry, approvò con entusiasmo. «Voi siete un marito premuroso, mio signore», disse. «Anche se la vostra sposa non aspettasse un bambino, credetemi, quando una donna ha dei pensieri non c'è niente di meglio del miele per migliorare il suo umore.»

Andammo in giro a piedi per la tenuta. Milcis mi mostrò il posto migliore per sistemare delle arnie, tra il frutteto di meli e il bosco. Insegnò al falegname del villaggio come costruire le arnie e i supporti per i favi, e spiegò ad alcuni contadini come catturare qualche sciame d'api nella stagione primaverile.

«Potremo sperare in un raccolto anticipato? Il bambino arriverà in primavera», spiegai ansioso.

Mastro Milcis rise. «Ah, no, mio signore! Come le donne incinte, anche le api hanno le loro stagioni. Ma non temete, il miele aiuterà la vostra sposa ad avere più latte, e lei ve ne sarà grata. Quando il bambino potrà usare la tettarella, inzuppatela nel miele e lo farete felice.» Nel vedermi accigliato, mi sorrise con calore. «È il vostro primogenito, vero?»

Annuii.

Lui mi posò una mano su una spalla. «Ho messo da parte una certa quantità di miele per l'inverno. Lo sapevate che è l'unico cibo che non va mai a male? Non temete, mio signore, ve ne farò mandare qualche vasetto per la vostra signora moglie.»

«Vi ringrazio, maestro. Sarete ben pagato, ve l'assicuro.»

Avrei voluto fare una sorpresa a Dorelei, ma lei l'aveva già saputo dal sovrintendente. Dopo che Trevedic fu uscito, scosse il capo meravigliata. «Delle arnie, Imriel?»

Le sorrisi. «Te l'avevo promesso.»

«È vero.» Si sedette sulle mie ginocchia. La prominenza del suo addome era più visibile ora, anche coi vestiti. Piccola ma evidente. Mi passò una mano tra i capelli, stringendoli tra le dita. «Perché sei così *gentile* con me?»

«Sto cercando di non essere insopportabilmente assorbito dal lavoro. Preferiresti che ti ignorassi?»

«No.» Mi baciò, poi tolse la mano dai miei capelli. «Mi piace quando ti occupi di me.»

«Col tuo permesso, ci sarebbe una cosa egoistica che vorrei fare.» Inclinai la testa e la guardai. «Ho idea di costruire un piccolo tempio al Beato Elua.»

«Suppongo che sia giusto. Dovremo far conoscere tutto della sua eredità paterna alla nostra bambina», disse lentamente Dorelei.

«O al nostro bambino», precisai.

«O al nostro bambino», concesse lei.

La seconda cosa che realizzai fu dunque questa. Col permesso di Dorelei mandai un messaggio al tempio del Beato Elua e dei suoi Compagni, nella città di Bryn Gorrydum, con una lettera per i sacerdoti e la proposta di una generosa ricompensa. Il messaggero fece ritorno con una risposta affermativa. I sacerdoti erano disposti a inviare uno di loro per un paio di giorni, con un'effigie di Elua e l'incarico di consacrare il tempietto.

Sarebbe stato una cosa modesta. Clunderry non aveva abbellimenti architettonici come i giardini, che in una tenuta angeline avrebbero ospitato un piccolo tempio. Qui ogni tratto di terreno coltivabile intorno al castello era destinato a fornire cibo: carote, cipolle, insalata, acetose, aglio, porri e altre verdure. Una volta alla settimana c'era un mercato, un paio d'ore di cavallo più a oriente, dove le verdure in eccesso venivano barattate. Alba non aveva ancora lo stesso livello di commercio e di scambi di Terre D'Ange; d'altra parte quella semplicità faceva sì che le tenute albane fossero più autosufficienti di quelle angeline.

Lady Breidaia aveva però adottato un'usanza continentale e stava facendo curare alcune aiuole dov'erano state piantate rose, lavanda e colombine, e c'era una zona vicino al laghetto dove crescevano viole selvatiche. Dopo essermi consultato con Alais decisi che avrei fatto costruire lì il tempietto. Alcuni uomini di Urist mi diedero una mano, e cominciammo a montare una bella tettoia di legno sotto cui ospitare l'effigie; Breidaia donò generosamente delle rose con cui ornarla.

Mi occupai di persona del trapianto, che doveva essere fatto in un religioso spirito di rispetto, e questo mi diede una profonda soddisfazione. Le piante di Breidaia erano secche e moribonde a causa della sua inesperienza, ma in quel terreno più umido le loro radici attecchirono bene e in breve le vidi riprendere vita. Col ritorno della buona stagione avrebbero prosperato.

Una settimana dopo i lavori del tempietto erano terminati, e da Bryn Gorrydum giunse notizia che stava per arrivare il sacerdote, o meglio una sacerdotessa. Era un bel mattino colmo di luce e tutta Clunderry venne ad assistere quando la religiosa scese dal carro a cavalli su cui aveva viaggiato, in compagnia di due accoliti.

Dopo tutto quel tempo trascorso fra i cruithne, fu un po' una sorpresa per me. Ormai ero abituato a vedermi intorno gente bassa e robusta dai capelli neri e facce di pelle olivastra, compresa quella di Alais, che apparteneva alla stessa razza. E inoltre la sacerdotessa era molto giovane. Questo non me l'ero aspettato.

La accolsi con un inchino, nel cortile anteriore. «Santa donna, sono Imriel di Clunderry. È un onore avervi qui tra noi.»

«Imriel di Clunderry, dite?» Un sorriso le sfiorò le labbra. Uno degli accoliti era saltato giù dal carro e la aiutò a scendere. «Lieta di conoscervi, altezza. Sono Nehailah Ansout.»

Come prescriveva l'etichetta le strinsi le mani e ci baciammo sulle guance. Le sue labbra erano morbide e asciutte. Sotto la tunica azzurra sacerdotale sorella Nehailah era alta e snella. Nonostante la giornata fredda, era scalza. Aveva luminosi capelli biondi, riuniti in una lunga treccia dietro la schiena, e occhi verdi cosparsi di pagliuzze d'oro.

I miei cordoni rossi cominciarono a darmi il prurito.

«Dov'è la vostra signora moglie?» domandò la sacerdotessa.

Mi schiarii la gola e cercai di non grattarmi i polsi. «Vi attende nel salone, mia signora. Aspetta un bambino, e abbiamo pensato bene di non farla uscire al freddo.»

«Capisco.» Il suo sguardo mi percorse, prendendo nota del *torque* d'oro che avevo al collo, dei cordoni rossi e della pietra canterina. «Vostra altezza è diventato un vero principe di Alba», disse.

Lottai contro l'impulso di pulirmi le unghie dalla terra. «Ci ho provato, sì.»

Lei presentò a me e ad Alais i due accoliti, Denis e Michelet. Erano due ragazzi dalla faccia morbida, neppure diciottenni. Si occuparono loro stessi della statua di Elua, avvolta in un telo scarlatto, e dopo averla tirata giù dal carro non la scoprirono. Era alta appena come un bambino, ma piuttosto pesante.

Scortai sorella Nehailah nell'interno. I suoi piedi nudi non facevano nessun rumore sulle pietre lisce, ma la lunga treccia d'oro ondeggiava come i suoi fianchi nel camminare. Con la coda dell'occhio notai che Kinadius la guardava a bocca aperta, e gli scoccai un'occhiata di avvertimento.

Nel salone grande attendevano Dorelei, sua madre e Alais.

Quest'ultima spalancò gli occhi alla vista della sacerdotessa, ma la salutò con molta cortesia.

Mi sentivo strano, con tre angeline a Clunderry. Quella sera demmo una festicciola in loro onore. Il mattino dopo la statua di Elua sarebbe stata sistemata al suo posto, e ci sarebbe stata una cerimonia per la consacrazione del tempio. Poi sorella Nehailah e i due accoliti se ne sarebbero andati. Ma per un breve intervallo di tempo, un pezzo di Terre D'Ange era entrato a Clunderry.

Questo mi diede la nostalgia della mia terra.

Era una nostalgia che non aveva niente a che fare col desiderio, benché anche quello ci fosse. Era un istinto più profondo, scritto nelle ossa: il semplice anelito di vedere le cose e udire le voci e sentire gli odori di casa, e di avere intorno gente che non guardasse con ostilità la mia faccia non tatuata. Gente che pensasse come me e venerasse gli dei che veneravo io.

Quella sera guardai Alais, cercando di capire se provava le mie stesse sensazioni. Non mi parve così. Lei e Keris cicalavano e ridevano coi giovani accoliti, specialmente con Michelet, un ragazzo dai disordinati riccioli biondi e col naso all'insù, i cui occhi azzurri erano ancora lontani dall'acquistare la distaccata calma dei sacerdoti. E sorpresi Dorelei a osservare me, quando pensava che non me ne accorgessi.

Lei si ritirò presto quella sera, e mi alzai per accompagnarla. «Resta.» Mi posò una mano su una spalla. «Sono certa che preferisci restare.»

«Principe Imriel.» Sorella Nehailah si alzò. Era già buio, e le torce e le candele accese nel salone davano riflessi d'oro fuso ai suoi capelli. Aveva un'espressione grave. «Se non vi spiace, altezza, vorrei dirvi una parola in privato.»

Guardai Dorelei.

«Non si rifiuta la richiesta di una sacerdotessa o di una *ollamh*», disse lei. «Resta.»

La baciai su una guancia. «Ti raggiungo subito.»

Come il salone di Bryn Gorrydum, quello di Clunderry non era fatto per i colloqui privati, e non avevo nessuna intenzione di appartarmi in una stanza con Nehailah Ansout. La condussi all'estremità più lontana del tavolo. «Di che si tratta, mia signora?»

Con le mani castamente unite in grembo, sorella Nehailah mi studiò. Nonostante la giovane età, aveva lo sguardo distaccato di una sacerdotessa esperta. «Ho sentito parlare di questo.» Benché parlasse il cruithne alla perfezione, adesso era passata all'angeline. Accennò col capo ai miei cordoni rossi. «Conosco poco della magia albana, ma ho compreso che siete protetto contro i vostri stessi desideri. Questo mi preoccupa.»

Mi grattai il prurito ai polsi. «Credetemi, preoccupa anche me.»

«C'è qualcosa che si possa fare?»

Allargai le braccia. «Voi sapete perché porto questi amuleti?»

La sacerdotessa corrugò le sopracciglia. «Ho fatto qualche domanda al *cruarch,* quando il racconto è giunto alle mie orecchie. Lord Drustan è generoso nel suo sostegno al nostro tempio, benché sia ancora piccolo e poco frequentato. È suo desiderio che i visitatori angeline si sentano a casa propria, in Alba.»

«Mi fa piacere. Voi sapete che è una maligna fattura albana a minacciarmi, e che è sempre la magia albana a darmi una protezione contro di essa. Se ci fosse qualcosa che il Beato Elua potesse fare, voi lo sapreste meglio di me, mia signora.»

Scosse il capo. «Non ho magia da offrirvi.»

Mi strinsi nelle spalle. «In tal caso, dovrò tenere gli amuleti protettivi.»

«In sfida ai precetti del Beato Elua?» domandò sottovoce sorella Nehailah.

«Non del tutto.» La guardai negli occhi con fermezza. «Amo la mia sposa, signora.»

Qualcosa nella sua espressione cambiò. «Sento una verità più profonda dietro le parole che *non* avete detto, principe Imriel. C'è un'altra, che voi amate e desiderate.»

Distolsi lo sguardo. «Mia signora, ciò che ho detto è tuttavia vero. E Dorelei porta nostro figlio, un figlio che un giorno sarà l'erede di Alba. Ho pregato per avere una guida, ma il Beato Elua tace. Forse, col tempio, questo cambierà. O forse Dorelei e io saremo lasciati a barcamenarci alla meglio in questa situazione. Se voi avete un consiglio, vi sarò grato se me lo darete.»

«Vorrei averlo.» Lei tacque un momento, poi mi offrì un sorriso amaro, più donna che sacerdotessa. «Non sono molti i discepoli di Elua disposti a fare servizio in Alba. Ho pensato che avrei tratto beneficio da questa opportunità. Tuttavia voi sareste meglio servito da qualcuno con più esperienza di me. Scriverò al mio maestro, fratello Louvel. Forse la sua saggezza si rivelerà una guida migliore.»

«Vi ringrazio. Lo apprezzo molto.»

«Ho una cosa per voi.» Sorella Nehailah tolse una lettera sigillata da una tasca della tunica e me la porse. «Questa è stata consegnata a Bryn Gorrydum il giorno prima che partissi. Il *cruarch* mi ha chiesto di consegnarla a voi.»

Mi tremavano le mani quando la presi. «Grazie.»

Un altro lungo sguardo. «Pregherò il Beato Elua che vegli su di voi. Ma nel mio cuore sento che neppure lui può proteggerci da noi stessi, e questo, principe Imriel, è il punto cruciale.» Detto ciò, sorella Nehailah si separò da me.

Sospirai, rigirando più volte la lettera tra le mani. Sulla ceralacca c'era il sigillo di Casa Shahrizai, e la calligrafia che la indirizzava a me era quella veloce di mio cugino Mavros. All'altra estremità del tavolo Alais e Keris stavano ancora flirtando con gli accoliti. Kinadius si era unito a loro, un po' ingrugnito e geloso. Questo mi fece sorridere, ma il loro era un passatempo innocente, e mi faceva piacere che la mia cugina più giovane assaporasse un poco il gioco del corteggiamento.

Ruppi il sigillo e aprii la lettera.

Mavros aveva scritto una pagina intera, e la misi da parte. L'altra lettera, scritta su un minuscolo foglio di carta, consisteva in una sola riga.

Imriel,

che tu abbia perso il senno o no, torna quando puoi.

S.

Non c'era altro, ma fu abbastanza per darmi una stretta al cuore. Nessun altro al mondo poteva farmi venir voglia di ridere e piangere con una sola frase. Con un sospiro allungai il foglietto sulla candela più vicina. Bruciò in un momento, scottandomi le dita. Ne lasciai cadere i resti anneriti sul pavimento di pietra, e li ridussi in cenere col tacco di una scarpa.

« Va tutto bene, mio signore? »

Era il siniscalco, Murghan. Sempre silenzioso e discreto, non l'avevo sentito avvicinarsi. Mi parve di vedere una luce preoccupata nel suo sguardo.

« Tutto bene, sì. » Mi alzai. « Salgo a raggiungere lady Dorelei. Provvedete che i nostri ospiti non manchino di nulla? »

Annuì. « Ci penso io. »

Diedi la buonanotte agli accoliti, alla sacerdotessa, e al personale di Clunderry. Alais era impegnata in una conversazione vivace e le brillavano gli occhi. Avrei voluto scarruffarle i riccioli neri come quand'era bambina, ma mi limitai a baciarla su una guancia. « Divertiti, mia cara », le dissi.

Li lasciai lì a ridere e scherzare, e in camera da letto trovai Dorelei ancora sveglia. Mi guardò con una domanda inespressa nello sguardo.

« Non era niente d'importante », le dissi mentre mi spogliavo. Indicai i miei cordoni rossi. « Sorella Nehailah voleva parlarmi di questi. Dice che scriverà a un sacerdote più anziano, il suo maestro, per vedere se si può fare qualcosa. »

L'espressione di Dorelei si rilassò. « È una buona idea. »

« Sì. » Soffiai sulla lampada e mi sdraiai nel buio. Le parole della sacerdotessa continuavano a tormentarmi.

Nel mio cuore sento che neppure lui può proteggerci da noi stessi.

32

Il mattino dopo, con la statua sul piedistallo, il nostro piccolo tempio fu consacrato.

Benché fossi orgoglioso del posto da me scelto, devo ammettere che in quegli umidi giorni d'autunno il prato appariva alquanto spoglio. Ma, quando l'immagine del Beato Elua fu scoperta dal drappo che la nascondeva, in me scese un senso di pace.

Era una statua all'antica, semplice e rustica, eppure in qualche modo proprio per questo più incisiva. Un'effigie più elaborata non sarebbe stata adatta all'ambiente. Coi canneti del lago alle spalle Elua sorrideva serenamente al castello, le mani aperte in offerta.

«Sii con noi, Beato Elua, qui e altrove.» Sorella Nehailah stappò un flacone di ceramica e unse la statua. Si sparse un profumo di rose. «Possano i tuoi Compagni vegliare su di noi e guidarci. Che tu possa tenerci nella tua mano e offrirci la salvezza. Dacci la forza di camminare sulle tue orme e seguire i tuoi precetti.»

I numerosi spettatori mormoravano tra loro, incuriositi. Era presente anche l'*ollamh* Firdha, ma sulla sua faccia non si leggeva niente.

Finito di recitare la preghiere, sorella Nehailah allargò le braccia nell'atteggiamento della statua. «Nel nome del Beato Elua, dedico questo tempio alla sua adorazione, e all'adorazione dei suoi Compagni.»

L'aria sembrava più luminosa. Aspirai profondamente il profumo di rose.

«È stato bello», disse Dorelei, un po' sorpresa.

Sorrisi. «Cosa ti aspettavi? Un'orgia?»

«Non lo so bene», ammise lei.

Così anche questa cosa fu fatta, e mi sentii meglio. Sorella Nehailah e i due accoliti partirono, ma lì c'era adesso un pezzo di Terre D'Ange e, anche se nei giorni seguenti non trovai nessuna ispirazione, pregare al tempio di Elua giovò alla mia tranquillità mentale.

A volte Alais veniva a pregare con me, ma non molto spesso. Mentre l'autunno andava verso l'inverno il tempo si fece inclemente; sul lago soffiava un vento sempre più freddo.

« Non senti mai la nostalgia della nostra terra? » le domandai un giorno.

« A volte. » Inginocchiata accanto a me, Alais tremava, nonostante il mantello di lana. « Ma vivere qui mi piace, Imri. » Abbassò la voce. « Mi piace più che a casa mia. Sono felice di stare con te, con Dorelei, e zia Breidaia, e tutti quanti. » Si voltò a guardare Celeste, che annusava le canne in riva al lago. « Sento la mancanza di mia madre, questo sì. E anche di Sidonie. Non ci siamo lasciate molto bene. »

Ebbi una stretta al cuore. Toccai la pietra canterina che mi pendeva sul petto. « Perché? »

« Tu lo sai. L'hai visto nello specchio marino. Dorelei me ne ha parlato. »

« Sì. Io... non volevo che pensassi che ti ho spiato », ammisi con un sorriso.

Ma Alais restò seria.

« Avete litigato per Maslin de Lombelon? »

« Non mi è mai piaciuto, lo sai. Ti ha trattato male, e non si è mai sforzato di essere cordiale con me. Credo che sia falso e ambizioso, e che mascheri questi difetti fingendo di essere di modi spicci. Sidonie pensa che sia onesto perché è di una franchezza molto rude. Abbiamo litigato su questo argomento. »

Gli amuleti mi davano il prurito. Da qualche parte, sul lato più lontano dell'incantesimo dell'*ollamh*, si contorceva un'aspra gelosia. Guardai il viso del Beato Elua e mi sfregai il palmo delle mani sulle cosce finché non passò. « Può darsi che lui sia un ambizioso, Alais, e di certo è orgoglioso e arrogante. Ma non credo che sia falso con Sidonie. » Quelle parole sorpresero anche me stesso, tuttavia erano vere.

Alais si accigliò. « Forse. Non lo so. Comunque non credo che possa farla felice. »

« Lei fa felice lui? » le domandai.

« Non realmente, no », rispose infine, senza guardarmi.

« Alais... » Le toccai un braccio.

« Sai, ora capisco un po' meglio queste cose. Qui in Alba è diverso, almeno per me. Vedo la gente che gioca al gioco del corteggiamento perché si diverte. Ed *è* divertente, anche se immagino sia più pericoloso così che farlo per interesse, o per politica. Io vorrei... »

« Cosa, mia cara? »

Alais aveva il naso arrossato dal freddo, ma i suoi occhi erano franchi e fermi. « Vorrei avere più tempo prima di sposare Talorcan. »

Feci un profondo respiro. « Allora lo avrai. »

« E come? » volle sapere.

« Parleremo a tuo padre. » Mi sedetti sui talloni, per cercare di scaldarmi i piedi scalzi. « Sedici anni sono troppo pochi per sposarsi. Il mondo non crollerà se le tue nozze saranno rimandate di un anno. »

Lei mi guardò, incerta e speranzosa.

« Inoltre, tu sei venuta in Alba per trascorrere un anno studiando con la *ollamh*, no? E ancora non hai potuto farlo. »

« In realtà l'ho fatto. Ho imparato molte cose. »

« Cose teoriche. Qui non hai mai fatto sogni veridici », precisai.

« No », ammise lei. « Credi che mio padre mi ascolterà? »

« Sì. E credo che sia necessario chiudere la partita con gli Antichi, prima d'introdurre col matrimonio un altro membro di Casa Courcel nella linea ereditaria albana. Sono abbastanza sicuro che tua madre sarebbe d'accordo su questo. »

« Parlerai tu a mio padre? È probabile che a te dia ascolto. »

« Sì », promisi.

Lei sorrise, ma era un po' tesa. « Sai, non ci sono molte cose che cambierei, di Alba. Questa terra mi piace, Imri, mi piace davvero. Ma vorrei cambiare le leggi di successione. »

« E governare Alba come regina? »

Alais alzò la testa. « Un giorno, sì. »

La guardai con serietà. Tutto ciò che aveva spinto i Maghuin Dhonn a contrastarmi, con la magia e con l'inganno, sembrava già in corso anche senza di me. Alais amava Alba. Alais aveva in sé la possibilità di cambiare l'equilibrio tra il vecchio e il nuovo. «Potrebbero esserci destini peggiori per Alba, mia cara.»

Mantenni la promessa che le avevo fatto e mandai un messaggio a Drustan mab Necthana, per chiedergli udienza. Con mia sorpresa lui rispose subito, informandomi che intendeva venire a Clunderry in occasione della Festa dei Defunti.

Dovevo ammettere che aspettavo quell'avvenimento con una certa apprensione.

Era il periodo dell'anno nel quale, in tutta Alba, il velo che separava i morti dai vivi si faceva più sottile. Il periodo in cui le giornate si accorciavano sempre più, fino al freddo apice della Notte più Lunga. Quasi tutti, a Clunderry, avevano qualche storia da raccontare sugli incontri con gli spiriti che potevano accadere durante la Festa dei Defunti, ma nessuno di loro aveva mai visto un essere vivente posseduto da un morto.

Io l'avevo visto.

Tuttavia era importante che partecipassi. Firdha me lo disse senza mezzi termini: «Tu hai avuto il tuo tempio, principe Imriel. Ora dai ai defunti di Alba ciò che spetta ai defunti».

«La presenza del tempio vi dispiace, Figlia del Bosco?» domandai educatamente.

I suoi occhi neri scintillarono. «Dispiacere a me? No.»

Esitai. «Dispiace agli Antichi?»

La *ollamh* scrollò le spalle. «Date ai defunti ciò che spetta ai defunti.»

Così Clunderry si preparò a onorare i morti e a ricevere il *cruarch*. La visita di Drustan era un onore, ma avrebbe messo duramente alla prova la nostra capacità di ospitare un personaggio illustre. Dorelei e io ci consultammo col siniscalco ed esaminammo le nostre scorte. Credo che alla fine lady Breidaia ebbe pietà di noi e disse una parola a Murghan, perché dopo giorni di deferenti consensi lui cominciò a parlare chiaro. Tra le altre cose prescrisse la macellazione immediata di diverse vacche troppo anziane per la produzione del latte.

«E quanti maiali conviene macellare?» volli sapere.

«Oh, no!» Murghan si mostrò sconvolto. «Questo può essere fatto solo *dopo* la Festa dei Defunti.»

Mi diedi una pacca sulla fronte. «Giusto. Niente suini.»

Tra una cosa e l'altra, facemmo in modo di avere tutto pronto per l'arrivo del *cruarch*. Urist raddoppiò la guarnigione e gli uomini dovettero dormire a turno, in due su ogni letto, brontolando e lamentandosi.

Urist aveva un'aria dura e decisa. « Se non altro, per la Festa dei Defunti posso togliere i miei ragazzi dalla sorveglianza del confine settentrionale. È da escludere che Leodan cerchi di farci una sorpresa, mentre il *cruarch* si trova qui. »

« Se il *cruarch* non ci fosse, oserebbe profanare la festività? » domandai.

Urist scoprì i denti in un fiero sogghigno. « No. Ma potrebbe provarci il giorno dopo, quando tutti sono sazi di alcol e cibo. *Io* lo farei. »

Drustan arrivò in una giornata fredda e ventosa, con una scorta di cinquanta uomini. Clunderry si trovò a essere sovraffollata, ma nessuno era in vena di preoccuparsene, visto che lui ci aveva portato in regalo mezza dozzina di barilotti di *uisghe*. A due di essi fu dato fondo la prima sera, uno dai militi alla guarnigione, e l'altro dal nostro personale nel salone del castello.

Mi fece uno strano effetto ospitare il *cruarch* in casa mia e intrattenere tanta gente, ma all'atto pratico tutto andò relativamente liscio, almeno la prima sera. Drustan era un ospite molto rilassato, sulla sua terra e coi suoi familiari. E, benché l'assenza di Talorcan avesse deluso Dorelei e Breidaia, fui felice che suo figlio non fosse venuto. Drustan lo aveva incaricato di organizzare la Festa dei Defunti a Bryn Gorrydum, per fargli fare pratica. « Inoltre, da quelle parti la festa è troppo selvaggia per me », mi disse, dopo che il lungo tavolo fu sparecchiato. « In città, la gente perde il senso della misura. Preferisco onorare i morti alla vecchia maniera. Tra le antiche pietre e i boschi di querce. Hai provveduto a far pulire i sentieri? »

« Oh, sì. Firdha ha controllato », risposi.

« Bene. Hai fatto un buon lavoro qui, Imriel. Migliore di quello che avrei pensato. »

« Faccio del mio meglio, mio signore », dissi.

« L'ho notato. Allora, di cosa volevi parlarmi? »

Gli spiegai, pacatamente, perché ritenevo saggio rimandare il matrimonio tra Alais e Talorcan di almeno un anno.

Drustan mi ascoltò, guardando Alais. La ragazza stava intrattenendo parecchi nobili minori venuti assieme a lui, per sollevare Dorelei dal compito di occuparsi di quella gente allegra. Lo faceva con una maturità e una sicurezza di sé che in Terre D'Ange non aveva mai mostrato. Se Sidonie l'avesse vista sarebbe stata fiera di lei.

La mia Alais diventava donna.

« Non hai torto », disse Drustan quand'ebbi finito. « Soppeserò con attenzione la richiesta di mia figlia. » Poi scosse il capo, e abbassò la voce. « D'altra parte... forse col tuo matrimonio abbiamo agito con troppa precipitazione. Non immaginavo che i Maghuin Dhonn avrebbero fatto ciò che hanno osato fare. »

« Neppure io. Non sapevo neppure che cose simili potessero essere fatte. »

« Ho parlato con sorella Nehailah », disse inaspettatamente Drustan. « Ha avuto una risposta dal suo maestro. »

« Così presto? Come ha fatto? »

« Questo ha incuriosito anche me, così le ho chiesto il segreto. Sembra che alcuni templi usino le colombe per portare messaggi anche su grandi distanze. Ha promesso d'insegnarmi come si fa. »

Pensai a tutte le colombe che tubavano sui cipressi, fuori dal tempio di Naamah, e sorrisi. « Ingegnoso. Il suo maestro ha un consiglio per me? »

« In un certo senso, sì. » Drustan si fece serio in viso. « Poiché il simulacro che ti lega è stato fatto con l'argilla e la terra di Alba, è dell'opinione che abbia effetto soltanto sul suolo albano. »

« E altrove sarei libero dalla sua magia? » domandai sottovoce.

Il *cruarch* di Alba annuì. « Sì. »

Guardai Dorelei. Sembrava felice, rilassata e in ottima salute. Da quando aspettava il bambino le sue guance si erano arrotondate, o forse questo si doveva al buon miele di Milcis. Lei si accorse del mio sguardo e sorrise, con le fossette più evidenti che mai.

« Una scelta dura », disse il *cruarch*, con sincera comprensione.

« Vero. » Raddrizzai le spalle. « Mio signore, non andrò da nessun'altra parte prima della nascita del bambino. L'ho promesso a Dorelei. Ne parleremo assieme, comunque. »

«Imriel...» Drustan esitò. «Se vuoi un consiglio, direi che quando c'è abbastanza amore un matrimonio può restare in piedi anche se il marito dedica alla moglie solo una stagione, delle quattro che compongono l'anno. Dovrei saperlo meglio di ogni altro.» Mi diede una pacca su una spalla. «Pensaci, e stanotte penserò alla richiesta di Alais. Prima di dare una risposta dovrò consultarmi con Talorcan, e anche con la mia signora moglie.» Fece un sorrisetto. «Forse sorella Nehailah mi permetterà di usare le sue colombe.»

Quando andammo a letto quella sera, prima di spegnere la lampada, dissi a Dorelei del messaggio della sacerdotessa e ciò che ne pensava il *cruarch.*

Lei ascoltò con serietà, i grandi occhi scuri pieni di luce. «Dunque lui ci propone un matrimonio come il suo?»

«Così credo, sì.»

«Non funzionerebbe, però. Non realmente.» Dorelei giocherellò col cordone rosso che avevo a un polso. «Tu saresti sottoposto all'incantesimo che ti è stato fatto in Alba. E ogni volta in cui tornassi qui dovresti rinunciare alla tua libertà di amare.»

«Lo so. E tu ai tuoi sogni veridici.»

«Potresti fare una cosa simile?» volle sapere lei.

«Credo di sì.» Le accarezzai i capelli neri, morbidi e lucidi come seta. «Vuoi la verità? Non lo so, mia cara. Noi non sappiamo mai cosa siamo capaci di fare, finché non siamo chiamati a farlo. Potrei provarci, certo. Ma tu? Tu riusciresti a sopportarlo?»

«Oh, sì.»

«Bene.»

Il suo limpido sguardo mi scrutò. «E *lei* potrebbe?»

Era molto tempo che non ne parlavamo. Non risposi subito, accorgendomi che non ci avevo ancora pensato a fondo. *E se ci sarà un figlio?* aveva detto Sidonie. Odiava il pensiero di non poter condividere una parte così importante di me. Ma questa era già una realtà, e lei lo sapeva. *Che tu abbia perso il senno o no, torna quando puoi.* Sidonie si sarebbe accontentata di tre quarti della mia vita? Le sarebbe bastato avermi come consorte mentre continuavo a vedere la mia sposa albana? Avrebbe accettato di partorire un erede fuori dal matrimonio? Sarebbe stato un sacrificio terribile da chiederle. E non osavo neppure pensare come avrebbero reagito la regina Ysandre e i pari del regno. Forse, tutto considerato, Dorelei e io avremmo fatto meglio a non rinnovare il nostro giuramento matrimoniale alla sua scadenza, dopo un anno e un giorno.

Eppure...

« Non lo so », dissi a bassa voce. « Davvero, mia cara, non lo so. Ma so che qui abbiamo costruito una vita assieme, e che avremo un figlio. E io non posso voltare le spalle a tutto questo. Né ora, né mai. »

« Ne sono felice », sussurrò Dorelei.

Fu così che si concluse quell'umido autunno a Clunderry. E, benché non fossimo troppo ottimisti sul futuro della nostra vita, nessuno avrebbe mai immaginato ciò che il destino ci stava preparando.

L'avventura continua in

LA SPOSA
E LA VENDETTA

IN LIBRERIA DA FEBBRAIO 2011

P.C. & Kristin Cast

HUNTED

Scopri i segreti della Casa della Notte:
13 milioni di copie vendute nel mondo

La mezzaluna blu tatuata sulla fronte è il mio Marchio. La Casa della Notte è la scuola in cui prepararmi alla Trasformazione in vampiro. Un segno e un luogo che mi hanno dato una marea di guai, ma che mi hanno anche fatto sentire protetta, al sicuro. Però ormai niente sarà più come prima. La colpa è di Neferet, la Somma Sacerdotessa, che ha risvegliato Kalona, un potentissimo immortale, per mettere in atto un piano che va oltre la follia: annientare la razza umana. Soggiogati dalla sua incredibile bellezza, gli studenti e gli insegnanti sembrano non rendersi conto del pericolo. Ma io e i miei amici sappiamo bene quale malvagità si celi dietro quel fascino: i terribili demoni-corvo che hanno invaso il cielo di Tulsa e che si nutrono di anime, infatti, sono i suoi figli! E allora ci siamo nascosti nei tunnel in cui vivono i novizi rossi, i ragazzi che hanno rifiutato la Trasformazione, tornando dalla morte con un tatuaggio cremisi. Liberatisi dell'influsso di Neferet, sono diventati nostri alleati e hanno deciso di usare i loro straordinari poteri per aiutarmi. Perché io sono Zoey Redbird, la novizia vampira più dotata della Storia, l'unica che possa salvare il mondo...

EDITRICE NORD

Laurell K. Hamilton

IL BACIO DELLA TEMPESTA

« Un perfetto mix di magia, erotismo e azione...
Un romanzo che vi lascerà senza fiato. »
Publishers Weekly

Meredith Gentry, erede al trono della corte Unseelie, ormai si allontana di rado dal palazzo della zia Andais, signora dell'Aria e delle Tenebre, perché il suo compito primario è concepire un erede. Se rimanesse incinta, potrebbe aspirare a diventare regina; se dovesse fallire, al trono salirebbe Cel, suo cugino, un individuo crudele e spietato, disposto a tutto pur di eliminarla. Quindi deve stare molto attenta. Soprattutto ora che lei e Mistral, il nuovo capitano delle guardie, sono diventati amanti, infrangendo l'esplicito ordine della regina Andais, e che la loro unione ha magicamente trasformato gli aridi Giardini Morti in una magnifica oasi di piante rigogliose e di fiori lussureggianti. Merry è convinta di avere finalmente la prova che la corte Unseelie sta per tornare al suo antico splendore: se così fosse, avrebbe finalmente inizio una nuova era di pace. Ma il destino è in agguato: per sbaglio, Merry entra nel territorio degli sluagh, i sanguinari guerrieri confinanti coi sidhe, viene accusata di tradimento e presa in ostaggio...

EDITRICE NORD

Laurell K. Hamilton

CERULEAN SINS

«*Cerulean Sins* è senza dubbio
il romanzo migliore della serie.»
Publishers Weekly

La traumatica rottura con Richard è ancora una ferita aperta per Anita Blake. Ed è quindi il bisogno di avere una vita sentimentale stabile che la spinge a impegnarsi in una relazione normale... anche se, per una negromante che di lavoro resuscita i morti, «normale» significa frequentare Micah, un leopardo mannaro, senza però rinunciare alle irresistibili tentazioni incarnate da Jean-Claude, il Master della Città. Purtroppo un equilibrio così fragile non è destinato a durare, e infatti l'inatteso arrivo dall'Europa di Musette, la bellissima e potentissima rappresentante del Consiglio dei Vampiri, trascina prima Jean-Claude e poi la stessa Anita in un vortice d'intrighi e lotte di potere dai risvolti imprevedibili. Inoltre, quando St. Luis viene scossa da una serie di brutali omicidi, la situazione diventa ancora più torbida: Anita capisce subito che le morti sono opera di una creatura della notte e gli indizi la portano ben presto a sospettare proprio di Musette. Tuttavia la cacciatrice dovrà agire con grande cautela, perché le sue indagini potrebbero avere conseguenze devastanti per lei e, soprattutto, per i suoi amanti...

EDITRICE NORD

Arnaud Delalande

IL TRADITORE DI VERSAILLES

« Un eccellente thriller storico
ricco di suspense, intrigo e mistero
alla corte di Versailles. »
Livres Hebdo

Versailles, 1774. Giocatore d'azzardo, spadaccino ed ex spia del Doge di Venezia, Pietro Viravolta ha abbandonato la Serenissima per entrare nel Segreto del Re, una rete d'informatori al servizio di Luigi XV. Perciò non è sorpreso quando il duca d'Aiguillon, ministro della corona, lo convoca d'urgenza a corte per far luce sul brutale omicidio di una giovane donna. Tuttavia non può immaginare ciò che l'assassino ha lasciato accanto al cadavere: un'elegante edizione delle opere di La Fontaine e una pergamena, sulla quale sono stati vergati col sangue i titoli di dieci favole e una firma, « il Favolista ». Il messaggio è chiaro: qualcuno si appresta a compiere una serie di omicidi, inscenando macabre rappresentazioni delle opere del celebre autore. E c'è un altro dettaglio, ancora più sconcertante: quattro anni prima, lo stesso Viravolta aveva ucciso un agitatore politico che si faceva chiamare il Favolista... In bilico tra lo sfarzo abbagliante di Versailles e gli oscuri meandri di una nobiltà inquieta, la spia veneziana verrà risucchiata in un vortice di tradimenti, inganni e morti efferate, un vortice che potrebbe cambiare pure il destino del regno di Francia...

EDITRICE NORD

Narrativa Nord – Volume n. 422 – novembre 2010
Pubblicazione periodica registrata al Tribunale di Milano in data 2/2/1980, n. 49
Direttore responsabile: Stefano Mauri

Finito di stampare
nel mese di novembre 2010
per conto della Casa Editrice Nord s.u.r.l.
dalla Mondadori Printing S.p.A.
Stabilimento N.S.M. - Cles (TN)
Printed in Italy